Christine Hikel
Sophies Schwester

Quellen und Darstellungen zur Zeitgeschichte

Herausgegeben vom Institut für Zeitgeschichte

Band 94

Oldenbourg Verlag München 2013

Christine Hikel

Sophies Schwester

Inge Scholl und die Weiße Rose

Oldenbourg Verlag München 2013

Dissertation, Bielefeld 2011

Bibliografische Information der Deutschen Nationalbibliothek

Die Deutsche Nationalbibliothek verzeichnet diese Publikation in der Deutschen
Nationalbibliografie; detaillierte bibliografische Daten sind im Internet über
http://dnb.d-nb.de abrufbar.

© 2013 Oldenbourg Wissenschaftsverlag GmbH
Rosenheimer Straße 145, D-81671 München
Tel: 089 / 45051-0
www.oldenbourg-verlag.de

Konzept und Herstellung: Karl Dommer
Einbandgestaltung: hauser lacour
Satz: Typodata GmbH, Pfaffenhofen a.d. Ilm
Druck und Bindung: Memminger MedienCentrum, Memmingen

Dieses Papier ist alterungsbeständig nach DIN/ISO 9706

ISBN   978-3-486-71718-1
eISBN   978-3-486-71884-3
ISSN   0481-3545

Inhalt

Vorwort

Am Anfang steht der Dank an all diejenigen, die mich und meine Arbeit unterstützt, gefördert, kritisiert und inspiriert haben.

Die ersten Ideen wurden bei Prof. Dr. Martin H. Geyer diskutiert, dem ich dafür ebenso dankbar bin wie für sein anhaltendes Interesse an meiner Arbeit. Ein Promotionsstipendium im DFG-Graduiertenkolleg 1049 „Archiv – Macht – Wissen. Organisieren, Kontrollieren, Zerstören von Wissensbeständen von der Antike bis zur Gegenwart" an der Universität Bielefeld ermöglichte mir neue Perspektiven und den nötigen Freiraum für meine Forschung. Den *1049ern* sei hier deshalb ebenso gedankt wie Prof. Dr. Martina Kessel und Prof. Dr. Willibald Steinmetz, die die Betreuung meiner Dissertation übernommen haben. Viel verdanke ich auch Prof. Dr. Sylvia Schraut, die mich in der Abschlussphase des Projekts mit Rat und Tat unterstützte.

Ruhender Pol in all den Jahren war für mich das Institut für Zeitgeschichte in München. Prof. Dr. Udo Wengst verteilte gleichmäßig Ermahnungen und Ermutigungen und ermöglichte schließlich zusammen mit Dr. Hans Woller in Rekordzeit die Veröffentlichung. Alexander Markus Klotz und Ute Elbracht haben mich und meine Arbeit mit ihrem Wohlwollen und ihrer tatkräftigen Fürsorge begleitet. Auch Petra Mörtl leistete wertvolle Hilfestellung. Ihnen und allen anderen Mitarbeiterinnen und Mitarbeitern des Instituts gilt meine Dankbarkeit. Ihre Begeisterung und ihr Sachverstand machen das IfZ zu einem ganz besonderen Ort, an den ich immer mit Freude zurückkehre.

Nicht genug zu danken ist schließlich all denjenigen, die mit mir nachgedacht, Ideen gesammelt und verworfen haben, die mit mir Pläne geschmiedet und Gedankenexperimente gewagt haben, und die mich ermutigt haben, Altes über Bord zu werfen und Neues zu entdecken. Das war ebenso amüsant wie nervenaufreibend. Allen, die das ausgehalten, die mitgedacht und mitgelacht haben, bin ich von Herzen dankbar. Ganz besonders gilt das für Julia Herzberg, Elisabeth Zellmer, Jacob Eder, Daniela Gasteiger und Nicole Kramer. Ohne euch wäre ich vielleicht auch zu einem Ende gekommen, aber nicht zu einem so schönen.

München, im Juli 2012

Einleitung: „... ewig die beste und liebenswerteste Schwester"

„Sei mir nicht böse, wenn ich Dir leise zuflüstere, dass Du nur ewig die beste und liebenswerteste Schwester sein wirst."[1] Die hier Angesprochene war Inge Scholl, deren jüngere Geschwister Hans und Sophie Scholl im Februar 1943 als Mitglieder der Widerstandsgruppe *Weiße Rose* hingerichtet worden waren. Als Rose Nägele diesen Satz im September 1943 an ihre Freundin Inge Scholl schrieb, ahnte sie vielleicht, dass sie mit ihrer Prophezeiung Recht behalten würde: Inge Scholls Leben sollte davon bestimmt sein, dass sie die Schwester von Hans und Sophie Scholl war. Doch das war eben nur eine Seite der Medaille: Zwar wurde Inge Scholl zur „ewigen Schwester", deren Lebensweg von ihrer Verwandtschaft mit Hans und Sophie geprägt war. Doch umgekehrt war sie es, die die (Widerstands-)Biografien ihrer hingerichteten Geschwister schrieb, deren geistiges Erbe definierte und verwaltete und deren Geschichte immer wieder für die Nachkriegszeit redigierte, aktualisierte und interpretierte. Nur so wurde diese Geschichte vom Ereignis zur Erinnerung, die von breiten gesellschaftlichen Gruppen geteilt wurde.

1917 geboren, gehörte Inge Scholl zu jener Generation der „45er", deren erste politische Sozialisation zwar noch während des *Dritten Reichs* stattgefunden hatte, für die aber die Erfahrung des Zusammenbruchs des NS-Regimes und der Chance zum Neuanfang 1945 entscheidend war.[2] Die 45er waren die Aufbaugeneration der Bundesrepublik und prägten viele Jahrzehnte ihr Geschick. Auch Inge Scholl drückte bis zu ihrem Tod 1998 der Republik ihren Stempel auf. Die vorliegende Studie erzählt deshalb gleichermaßen die Geschichte Inge Scholls, der Erinnerung an die *Weiße Rose* und der westdeutschen Nachkriegsgesellschaft. Ihr Schwerpunkt liegt auf der Zeit der „alten" Bundesrepublik bis zur deutschen Einheit 1989/90. Dieser zeitliche und geografische Rahmen ist dem akteurszentrierten Zugang geschuldet, der Inge Scholl und ihr Handeln in den Mittelpunkt stellt. Zwar endete Inge Scholls öffentliche Präsenz in der Auseinandersetzung mit der Geschichte des Widerstands nicht abrupt an der Schwelle von den 1980er- zu den 1990er-Jahren, aber sie verringerte sich nach und nach.[3] Deshalb werden nur einzelne Aspekte und Entwicklungen bis in die Gegenwart hinein verfolgt. Immer dann, wenn Ereignisse in der DDR auch Auswirkungen auf den Umgang mit der Erinnerung an die *Weiße Rose* in der Bundesrepublik haben, wird zudem auch ein Blick auf die andere Seite des *Eisernen Vorhangs* gewagt.

Dass Inge Scholl die Perspektive der vorliegenden Arbeit prägt, mag die Befürchtung einer allzu einseitigen Darstellung nähren. Doch ich sehe vor allem die

---

[1] IfZ, ED 474, Bd. 24, Rose Nägele an Inge Scholl, 12. 9. 1943.
[2] Moses: Die 45er.
[3] Für einen kurzen Überblick über den Umgang mit der Erinnerung an die *Weiße Rose* nach 1989 siehe Rickard: Memorializing.

Erkenntnismöglichkeiten, die diese akteurszentrierte Herangehensweise bietet: Indem Inge Scholl in ihren unterschiedlichen Rollen als Schwester von hingerichteten Widerstandskämpfern, Hüterin des Familienarchivs und Protagonistin des bundesdeutschen „Demokratiewunders" gezeigt wird, lässt sich das „Gemachtwerden" von Erinnerungsbeständen und historischem Wissen sowie deren Indienstnahme für und Integration in die jeweilige historische Selbstverortung aufzeigen. Erinnerung passiert nicht einfach, sie wird geschaffen und gestaltet. Dabei gehe ich von einer wechselseitigen Beeinflussung von familiärem Wissen und Erinnern an den Widerstand auf der einen und den politischen, gesellschaftlichen und (geschichts-)wissenschaftlichen Rahmenbedingungen auf der anderen Seite aus. Denn, so meine These, die Geschichte der *Weißen Rose* in die Geschichte der Bundesrepublik einzuschreiben war immer nur dann möglich, wenn es gelang, sie an die dominierenden politischen, gesellschaftlichen und historischen Debatten anzuschließen. Die Studie zeigt, wie familiäres biografisches Wissen in diese Debatten einfloss und welche Wirkung es dabei entfaltete. Damit ist sie eine Ergänzung zu all jenen, vor allem sozialpsychologisch geprägten Arbeiten, die den umgekehrten Blickwinkel wählen und untersuchen, wie gesellschaftliches und medial vermitteltes Wissen über die Zeit des Nationalsozialismus in biografische Familienerzählungen integriert wurde.[4]

Der Zugang über Familiengeschichte ermöglicht es, an einem konkreten Beispiel nachzuverfolgen, wie bestimmte Geschichtserzählungen als Erinnerungserzählungen entstehen. Sie erzählen von historischen Ereignissen und entwickeln auf diese Weise bestimmte Narrative. Deren Analyse gibt darüber Aufschluss, wie über welche Ereignisse gesprochen werden kann. Ich werde zeigen, wie Inge Scholl in der Rückschau auf die eigene Biografie die Geschichte ihrer Geschwister und des Widerstands schrieb und welchen narrativen und interpretatorischen Rahmen sie dabei schuf. Dieser Prozess war im Laufe der Jahrzehnte immer wieder Anpassungen und Aktualisierungen unterworfen. Hierbei wird sichtbar, wie Erinnerung im Akt des Erinnerns als Narration immer wieder neu entsteht. Diese Erinnerungserzählungen mit ihren Wissensgrundlagen, Entstehungsbedingungen und Intentionen aufzudecken, ist ein Ziel dieser Studie.

Die Vernetzung von familiärem Wissen mit den politischen und gesellschaftlichen Debatten wird von zwei unterschiedlichen Blickwinkeln aus analysiert werden: erstens aus dem der Familie. Familiäres Wissen in die Öffentlichkeit zu tragen bedeutete immer, auszuloten, was als „privat" und was als „öffentlich" zu gelten hatte.[5] Doch wie veränderten sich die Grenzziehungen zwischen privat und öffentlich? Zudem war die Bereitschaft, die eigenen Erinnerungen mit einer Öffentlichkeit zu teilen, eng mit den eigenen Ansprüchen auf Partizipation verbun-

---

4   Keppler: Tischgespräche. Moller: Vergangenheit. Welzer: Gedächtnis. Ders.: Familiengedächtnis. Ders. u. a. (Hrsg.): „Opa war kein Nazi". Ders. u. a. (Hrsg.): „Was wir für böse Menschen sind!".

5   Siehe hierzu Confino/Fritzsche: Introduction. Confino: Memory. Crane: (Not) Writing History. Fulda u. a.: Zur Einführung.

den. In den Erinnerungserzählungen spiegelte sich nämlich nicht nur der jeweils aktuelle Blick auf die Vergangenheit, sondern darin wurden auch (Ordnungs-) Vorstellungen von Staat und Gesellschaft in Gegenwart und Zukunft artikuliert. Das heißt, dass in den Erinnerungserzählungen Inge Scholls auch ihre Einstellungen und Vorstellungen sichtbar werden und ebenso die Art und Weise, wie diese mit anderen konkurrierten oder konvergierten.

Zweitens steht die Öffentlichkeit als Arena wie als Akteurin im Mittelpunkt.[6] Vor allem die Medien waren ein Austragungsort von Erinnerungsdebatten, die über den Familienkreis hinausgingen. Historiker, Journalisten und Schriftsteller kamen hier ebenso zu Wort wie die Angehörigen der hingerichteten Widerstandskämpfer und die überlebenden Beteiligten. Indem sie sich in diese Auseinandersetzungen einschalteten, speisten sie ihr Wissen und ihre Positionen darin ein. Zugleich waren die Medien auch ein Ort, wo verschiedene Sichtweisen konkurrierten und familiäre Deutungshoheiten unterstützt oder infrage gestellt werden konnten. Hier lassen sich die unterschiedlichen Muster und zentralen Begriffe herausarbeiten, die der Erinnerung an die *Weiße Rose* ihre narrative Struktur gaben.

Doch wer konnte sich wann wie in die Debatten einschalten? Wer wurde gehört, wer nicht? Nur wer Zugang zur Öffentlichkeit erlangte, konnte überhaupt seine Position geltend machen und Anspruch auf Deutungshoheit erheben. Hier ist auch danach zu fragen, wie in den Debatten Legitimität hergestellt wurde. Wie wurde das eigene Wissen als „wahr" beglaubigt? Dies lenkt den Blick auf das Archiv als Ort der Generierung, Selektion, Aufbewahrung und Legitimierung von historischen Wissensbeständen. Sammlung und Sammlungspraxis, Ordnung und Zugänglichkeit des Archivierten bilden deshalb ebenfalls einen Schwerpunkt der vorliegenden Studie. Ich werde zeigen, wie durch Archivierung Wissen über die *Weiße Rose* überhaupt erst hergestellt wurde, wer es wie nutzen konnte und wie der Status als Archivdokument dazu beitrug, Legitimität für Aussagen zu schaffen. Indem man das Archiv als Voraussetzung für Wissensproduktion in den Blick nimmt, geraten nicht nur die Narrative, sondern auch deren Entstehungsbedingungen in den Fokus.[7]

Die vorliegende Studie versteht sich als Beitrag zu verschiedenen historischen Forschungsfeldern, die ich zugleich miteinander in Beziehung setzen möchte. Zunächst ist sie eine Arbeit zur Geschichte der Bundesrepublik und zur bundesdeutschen Vergangenheitsbewältigung. Dabei nimmt sie in Kontrast zu bisherigen Forschungen einen grundlegenden Perspektivwechsel vor: Es geht nicht um den Umgang mit der Verbrechensgeschichte des Nationalsozialismus, den etwa die Arbeiten zu Entnazifizierung, Wiedergutmachung oder zur Auseinandersetzung mit den ehemaligen Konzentrationslagern untersucht haben, sondern mit der Geschichte der *Weißen Rose* steht eine positive Gegenerzählung zu diesen Verbrechensgeschichten im Mittelpunkt. Ich interessiere mich also weniger dafür, wie

---

[6] Hodenberg: Konsens.
[7] Siehe hierzu auch Randolph: „That Historical Family".

mit den Lasten der NS-Vergangenheit umgegangen wurde. Vielmehr geht es mir darum, zu zeigen, wie die Erinnerung an die *Weiße Rose* als eine historische Kontinuitätslinie über die Zäsur der NS-Zeit hinweg als spezifisch bundesrepublikanische Tradition etabliert wurde. Zum Zweiten ist die Arbeit ein Beitrag zum Forschungsfeld über Erinnerung. Ich werde an einem konkreten Beispiel nachverfolgen, wer eigentlich wann, wie, warum und auf welcher Wissensgrundlage an welche Personen oder Ereignisse erinnerte. Im Mittelpunkt stehen die Narrative, in denen sich Erinnertes artikuliert und zugleich durch einen Pakt der Zeitzeugenschaft – in Anlehnung an Lejeunes „autobiografischen Pakt"[8] – als eigene Erinnerung markiert wird. Das „Ich erinnere mich" wird hier in Beziehung gesetzt zum „Ich erinnere an". Das mahnende und fordernde „Erinnern an" ist ein Kennzeichen von Erzählungen über die Geschichte des *Dritten Reichs*. Drittens schließlich geht es um eine Geschichte des Archivs als dem Ort, wo historisches Wissen (aus-)gelagert, ausgesondert, legitimiert und verteilt wird. Ich werde zeigen, wie sich die Geschichte des Erinnerns und der Vergangenheitsbewältigung dann auch als Geschichte von Macht, Kontrolle und Verlust fassen und erzählen lässt.

Forschungsstand – Abgrenzung und Einordnung

Sich auf diese unterschiedlichen Forschungsfelder einzulassen bedeutet, vor allem Abgrenzungen und Einordnungen vorzunehmen. Das soll auch im Folgenden im Vordergrund stehen, nicht jedoch ein erschöpfender Forschungsüberblick.

Die aus den 1990er-Jahren stammende Literatur zur Vergangenheitsbewältigung orientiert sich vor allem an staatlichen Bewältigungsprozessen in Gesetzgebung, Justiz und Verwaltung. Das betrifft Arbeiten wie Norbert Freis Studie über „Vergangenheitspolitik" oder Constantin Goschlers Analyse der Wiedergutmachung.[9] Auch Studien, die sich mit „Geschichtspolitik" beschäftigen, wie etwa das gleichnamige Werk von Edgar Wolfrum, legen ihren Schwerpunkt auf diese Arenen von Aushandlungsprozessen.[10] Solche Konzeptionen, wie sie auch den Begriffen „Vergangenheitspolitik" und „Geschichtspolitik" zugrunde liegen, haben den Nachteil, dass sie mit ihrem „Blick von oben" Akteure außerhalb von Parteien, Parlamenten und Institutionen kaum fassen können. Eine andere Perspektive wählten dagegen die Arbeiten, die sich mit dem Umgang mit ehemaligen Konzentrationslagern in der Nachkriegszeit beschäftigen. Zu nennen sind hier die Monografien von Harold Marcuse über Dachau, von Bertrand Perz über Mauthausen und von Jörg Skriebeleit über Flossenbürg.[11] Diese lokalhistorisch angelegten Studien zeigen, wie jeweils an den Orten selbst die Bevölkerung, politische und gesellschaftliche Gruppen und lokale Honoratioren mit ihrem schwierigen Erbe

---

[8] Lejeune: Pakt.
[9] Frei: Vergangenheitspolitik. Goschler: Schuld.
[10] Wolfrum: Geschichtspolitik.
[11] Marcuse: Legacies. Perz: Mauthausen. Skriebeleit: Erinnerungsort Flossenbürg. Siehe auch Knoch: Tat.

umzugehen versuchten. Dabei ist es den Autoren möglich, zu zeigen, dass und wie lokale Interessen und Intentionen mit anderen politischen und gesellschaftlichen Ansprüchen kollidierten oder konvergierten. Hier wird sichtbar, wie „vernetzt" die Geschichte der Vergangenheitsbewältigung ist und dass sie nicht nur von „oben", sondern ebenso akteurszentriert von „unten" geschrieben werden muss. Hier verortet sich auch die vorliegende Studie. Sie sieht sich als Ergänzung zu den Forschungen über den Umgang mit ehemaligen Konzentrationslagern, indem sie mit der Geschichte des Widerstands die Gegenerinnerung zu den Verbrechensgeschichten des *Dritten Reichs* in den Mittelpunkt stellt. Zugleich geht es weniger um Orte als um Erzählungen, denn die Auseinandersetzung mit dem Widerstand war vor allem ein Aushandeln von Inhalt und Interpretation der Widerstandsgeschichten. Schließlich gibt es auch in der Widerstandsforschung Ansätze, den Umgang mit dem Widerstand in der Nachkriegszeit zu beschreiben, allerdings ist das bislang ein eher marginales Untersuchungsfeld.[12] Erste rezeptionsgeschichtliche Arbeiten über die *Weiße Rose* gibt es seit Anfang der 1980er-Jahre, beginnend mit Günther Kirchbergers Studie *Die „Weiße Rose". Studentischer Widerstand gegen Hitler in München*, die sich vor allem dem Erinnern an der Universität München widmet.[13] In der Folgezeit etablierten sich vor allem zwei Interpretationsrichtungen, die bis heute die Forschung bestimmen. Zum einen ist das die These einer einseitigen, auf Hans und Sophie Scholl fixierten Darstellung der *Weißen Rose* in Historiografie und öffentlichem Erinnern. Demgegenüber – so das Argument weiter – seien andere Widerstandsgruppen und selbst die anderen Mitstreiter der *Weißen Rose* kaum beachtet worden.[14] Beispielsweise hat Tatjana Blaha in ihrer 2003 erschienenen Dissertation über Willi Graf nachzuweisen versucht, dass ihm entgegen seiner tragenden Rolle innerhalb der *Weißen Rose* nach dem Krieg eine „angemessene" Erinnerung verweigert worden sei.[15] Diese Arbeiten lassen sich als Bestandteil einer Widerstandsforschung lesen, die bereits seit Ende der 1970er-Jahre begonnen hatte, dem „vergessenen" Widerstand jenseits der etablierten Forschungs- und Erinnerungsbestände auf die Spur zu kommen. Problematisch ist an diesen Studien allerdings, dass sie eine Art grundsätzliches Recht auf Würdigung und Erinnerung postulieren. Die historische Gewordenheit und die jeweils spezifischen historischen Bedingungen für Erinnerung und wissenschaftliche Auseinandersetzung werden dabei außer Acht gelassen. Eine zweite Forschungsrichtung geht davon aus, dass die bundesrepublikanische Auseinandersetzung mit der *Weißen Rose* von Mythenbildung, bewusster Verfälschung und politischer Instrumentalisierung geprägt gewesen sei.[16] Rezeptionsgeschichte ist

---

[12] Allgemein: Geyer: Resistance. Large: Beacon. Scholtyseck/Schröder (Hrsg.): Die Überlebenden. Zum 20. Juli siehe Dipper: Verräter. Eckel: Transformationen. Frei: Erinnerungskampf. Holler: 20. Juli 1944. Tuchel (Hrsg.): Der vergessene Widerstand. Ueberschär (Hrsg.): Der 20. Juli 1944. Zu anderen Widerstandsgruppen siehe z. B. Roseman: Bund.
[13] Kirchberger: „Weiße Rose".
[14] Schilde: Schatten.
[15] Blaha: Willi Graf.
[16] Breyvogel: „Weiße Rose". Schüler: „Im Geiste der Gemordeten…".

demnach vor allem eine Geschichte der gezielten Manipulation, der Defizite und ungerechtfertigten Indienstnahme. Dagegen blieb die produktive und integrierende Kraft von Widerstandserinnerung als Gegenerzählung und positiver Bezugspunkt für die Nachkriegszeit bislang unterbelichtet. Erst einige wenige Aufsätze von Johannes Steinbach und Peter Tuchel stellen die Entstehungsbedingungen und Interpretationsmuster der Erinnerung an die *Weiße Rose* in den ersten Nachkriegsjahren dar, ohne jedoch genauer nach deren Funktionen zu fragen.[17]

Dem Großteil der Arbeiten über die Rezeptionsgeschichte der *Weißen Rose* ist gemein, dass sie weitgehend ohne Akteure auskommen. Quellengrundlage bilden meist Zeitungsartikel, Gedenkreden oder ähnliches publiziertes Material. Ein Grund dafür ist sicherlich der bislang nur beschränkt mögliche Zugang zu Dokumenten, die einen näheren Einblick in die Motivation und das Handeln etwa der Angehörigen und Überlebenden der *Weißen Rose* zugelassen hätten. Einen ersten Versuch unternahm Barbara Schüler in ihrer im Jahr 2000 publizierten Dissertation *„Im Geiste der Gemordeten…"*.[18] Darin untersucht sie am Beispiel von Inge Scholls pädagogischer Arbeit das Fortwirken und die Neuinterpretation des ideellen Erbes der *Weißen Rose* bis Mitte der 1950er-Jahre, ohne dabei jedoch in größerem Umfang auf Quellen aus Inge Scholls Archiv zurückgreifen zu können, das sich damals noch in Familienbesitz befand.

Zudem fehlen Arbeiten über die Rezeptionsgeschichte der *Weißen Rose*, die sich die Erkenntnisse der Forschungen zu Erinnerung zunutze machen. Erinnern jenseits von physiologischen Prozessen zu untersuchen und damit auch zu einem Gegenstand der Sozial- und Geisteswissenschaften zu machen, ist in der Soziologie des frühen 20. Jahrhunderts verwurzelt. Bis heute fußt ein Großteil der vor allem kulturwissenschaftlich geprägten theoretischen Überlegungen dazu auf den Arbeiten des französischen Soziologen Maurice Halbwachs und seinen Ausführungen über die gesellschaftliche Vernetzung von Erinnerung.[19] Demnach ist Erinnern nur in Auseinandersetzung mit dem jeweiligen sozialen Umfeld möglich, das den sozialen „Rahmen" (*cadre*) dafür bildet, was gedacht und artikuliert werden kann. Selbst die individuelle Erinnerung ist nie isoliert, sondern findet stets in Beziehung und im Austausch mit dem sozialen Umfeld statt. Wer (sich) erinnert, schreibt sich auch in soziale Beziehungen mit ein und (re-)produziert diese zugleich. Erinnerung konstituiert folglich auch soziale Gemeinschaften: Die Gegenwart bringt im Akt des Erinnerns die gemeinsame und Gemeinsamkeit stiftende Vergangenheit erst hervor. Erinnerung wird so zu einem kollektiven Gut sozialer Gruppen und Gesellschaften. Das bedeutet nicht, dass sich alle an das Gleiche erinnern, aber es bedeutet, dass Erinnern eben nur in einem bestimmten Spektrum von Sagbarkeiten möglich ist und innerhalb bestimmter Regeln funkti-

---

[17] Steinbach/Tuchel: „Helden". Tuchel: Spannungsfeld.
[18] Schüler: „Im Geiste der Gemordeten…".
[19] Für einen Überblick siehe Assmann: Erinnerungsräume. Cornelißen: Erforschung. Erll: Kollektives Gedächtnis. Erll/Nünning (Hrsg.): Companion. Berek: Kollektives Gedächtnis. Gudehus u. a. (Hrsg.): Gedächtnis. Le Goff: Geschichte.

oniert. Erinnerung wird in Erzählungen artikuliert, die Gehör finden, latent bleiben oder vergessen werden.

Die Forschung geht davon aus, dass das Erinnerte im Akt des Erinnerns immer wieder neu entsteht. Die erinnerten Ereignisse und Personen sowie die damit verbundenen Assoziationen werden also immer neu hervorgebracht, sie sind veränderlich und damit auch historisch. Die kulturwissenschaftliche Forschung betont diesen aktiven Aspekt des Erinnerns. Sie hat sich von der Vorstellung des menschlichen Gedächtnisses als Speicher gelöst, der Erinnerungen aufbewahrt und die immer gleichen Erinnerungen auf Abruf bereitstellt. Damit schwindet allerdings auch die Bedeutung des Gedächtnis-Begriffs. Vielleicht ist es treffender, statt von Gedächtnis hier von „Erinnerungsbeständen" zu sprechen als dem Bündel von verfügbarem und wieder-holbarem, in Narrativen niedergeschlagenem Wissen über die Vergangenheit.

Aleida Assmann ordnet in ihren theoretischen Überlegungen Erinnerung in ein mehrstufiges System ein, das sich vor allem nach der zeitlichen Nähe zu dem jeweils Erinnerten bemisst und so den generationell gefassten „Zeithorizont" zum Gradmesser macht.[20] Das „kommunikative Gedächtnis" versteht Assmann als gesellschaftliches „Kurzzeitgedächtnis", das sich über drei Generationen erstreckt und vor allem durch Zeitzeugenschaft gekennzeichnet ist. Neben dem zeitlichen Rahmen spielen für Assmann drei weitere Faktoren eine Rolle, die sie als Charakteristika weiterer Verfestigungsstufen von Erinnerung hin zum „kollektiven" bzw. zum „kulturellen Gedächtnis" bestimmt: die mediale Auslagerung von Erinnerung und damit der Schritt zur Überlieferungsbildung jenseits der Zeitzeugenschaft, die Homogenisierung des Erinnerten bei gleichzeitiger Deutungsoffenheit und schließlich die Politisierung von Erinnerung in dem Sinne, dass „aus der Stabilisierung einer bestimmten Erinnerung eine eindeutige Handlungsorientierung für die Zukunft resultiert".[21] Zeit und Generation, Archivierung, die Spannung zwischen Homogenisierung und Deutungsoffenheit sowie Politisierung sind demnach die Analysekategorien, an denen historische Forschung ansetzen kann. Sie bilden auch einen Anknüpfungspunkt für die vorliegende Studie, die diese Prozesse über einen längeren Zeitraum und über Zäsuren der bundesrepublikanischen Geschichte, die auch von Generationswechseln bestimmt ist, verfolgt.

Die Zeitgeschichte, die Hans Rothfels als „Epoche der Mitlebenden" definiert hat, liegt demnach im zeitlichen Horizont des kommunikativen und des kollektiven Gedächtnisses.[22] Zeitgeschichte als Erinnerungsgeschichte zu betreiben, rührt an ein zentrales Konfliktfeld dieser Epoche: die Deutungskonkurrenzen zwischen „Primärerfahrung", „Erinnerungskultur" und Historiografie.[23] Der Zeitzeuge, der Journalist und der Historiker wetteifern hier so verbissen um Deutungshoheiten, politischen Einfluss und „historische Richtigkeit" wie kaum in einer anderen Dis-

---

[20] Hierzu und zum Folgenden siehe Assmann/Frevert: Geschichtsvergessenheit.
[21] Ebd., S. 42.
[22] Rothfels: Zeitgeschichte.
[23] Hockerts: Zugänge. van Laak: Zeitgeschichte.

ziplin. Das ist auch deshalb so brisant, weil es dabei nicht nur um die Geschichte geht, sondern auch um politische und gesellschaftliche Ordnungsvorstellungen, die in der Auseinandersetzung mit der Vergangenheit artikuliert und legitimiert werden. Ähnliche Zusammenhänge lassen sich bei der Archivierung feststellen.[24] Der Prozess der Archivierung in der jeweiligen Gegenwart im Sinne einer medialen Auslagerung (z. B. durch Niederschrift) und „Versammlung" von Erinnerung, wie ihn Jacques Derrida beschreibt, richtet sich an die Zukunft in dem Wunsch, das schon fast Vergangene zu bewahren.[25] Doch was kommt ins Archiv, wer besitzt die Macht zur Konsignation, die Überlieferung garantieren soll? Die Überlieferung ist in diesem Sinne auch ein politischer Akt, denn hier werden Erinnerungsbestände gewissermaßen in die Zukunft verlegt, die die Prioritäten, Deutungen und Hoffnungen der jeweiligen Gegenwart tradieren sollen. Das Archiv schafft, erhält, beglaubigt und verteilt Wissensbestände. Auf der anderen Seite der Medaille stehen Zerstörung, Verdrängen und Vergessen. Sieht man von den Publikationen ab, die sich wie Astrid M. Eckerts Dissertation über die Rückgabe von beschlagnahmten deutschen Akten durch die USA nach dem Zweiten Weltkrieg explizit mit dem Verbleib von Archivmaterial beschäftigen[26], gibt es bislang keine Versuche, die Geschichte von Vergangenheitsbewältigung und/oder Erinnerung auch als Geschichte von Archivierungsprozessen zu schreiben. Dabei bietet der Blick auf das Sammeln, Ordnen und Nutzen von Dokumenten im Archiv die Möglichkeit, auch einen Blick auf die Entstehungsbedingungen und die Legitimierungsstrategien von Erinnerungserzählungen zu werfen, die die Vergangenheitsbewältigung mit bestimmten. Wer wusste eigentlich wann was und wie wurde das Wissen genutzt oder verheimlicht oder das Nichtwissen verschleiert? Hier wird die Gewordenheit von Erinnerung sichtbar. Was in den Medien und in der Öffentlichkeit zu sehen ist, ist eben häufig nicht der Anfang, sondern das Ende eines Aushandlungsprozesses darüber, wie, wann, warum an wen oder was erinnert werden soll. Das Gemachtwerden von Erinnerung als Aushandlungsprozess in den jeweiligen „sozialen Rahmen" herauszuarbeiten, ist deshalb ein zentrales Anliegen der vorliegenden Studie.

Aufbau

Die Arbeit ist thematisch gegliedert, folgt dabei aber einer grob chronologischen Linie, die jedoch immer wieder für Vor- und Rückgriffe verlassen wird. Sie beginnt mit einem biografischen Kapitel über Inge Scholl, das die Jahre 1917 bis 1945 umfasst. Hier geht es darum, zu zeigen, wie Inge Scholl ihre Familie und insbesondere ihre Geschwister Hans und Sophie Scholl bis zu deren Hinrichtung

---

[24] Kessel: Archiv. Assmann: Canon. Burton (Hrsg.): Archive Stories. Cerutti u. a. (Hrsg.): Penser l'archive. Ebeling/Günzel: Einleitung. Espagne u. a. (Hrsg.): Archiv. Farge: Le goût de l'archive. Foucault: Archäologie. Nora: Geschichte. Pompe/Scholz (Hrsg.): Archivprozesse. Steedman: Dust. Vismann: Akten.
[25] Derrida: Archiv. Siehe auch Assmann/Frevert: Geschichtsvergessenheit.
[26] Eckert: Kampf.

im Februar 1943 wahrnahm und beschrieb. In einem zweiten Schritt wird dann analysiert, wie dieses Wissen und diese Erfahrungen in Inge Scholls Auseinandersetzung mit den Biografien ihrer hingerichteten Geschwister einfloss: Inwiefern war Biografie auch Autobiografie? Auf welches Wissen und welche Dokumente – kurz: welches Archiv – konnte sie zurückgreifen? Welche Geschichte erzählte Inge Scholl und wie interpretierte sie Motivation und Zielsetzung des Widerstands?

Wie dieses Wissen dann die Auseinandersetzung mit der *Weißen Rose* nach dem Ende des NS-Regimes bestimmte, ist Thema des zweiten Kapitels, das den Zeitraum von Kriegsende bis Ende der 1940er-Jahre umfasst. Hier wird ausgelotet, warum die Erinnerung an die *Weiße Rose* für die deutsche Nachkriegsgesellschaft überhaupt attraktiv war und welche Faktoren die Einschreibung der Geschichte des Widerstands in ein neues deutsches Geschichtsbild ermöglichten. Danach frage ich nach der Bedeutung der Angehörigen und Überlebenden für die Auseinandersetzung mit dem Widerstand in den ersten Nachkriegsjahren. Neben Inge Scholl und ihrer Familie geht es hier vor allem um die Familien der anderen hingerichteten Mitstreiter der *Weißen Rose*, Christoph Probst, Alexander Schmorell, Willi Graf und Kurt Huber. Wie veränderten der Zugang zu Öffentlichkeit, aber auch die Ansprüche der Öffentlichkeit, die an die Angehörigen und Überlebenden herangetragen wurden, deren Sichtweise auf die eigene Rolle in diesen Debatten? Zudem werden hier die ersten großen Kontroversen um die Erinnerung an die *Weiße Rose* ebenso ein Thema sein wie die Frage, wer sich eigentlich an diesen Debatten beteiligen konnte.

Das dritte Kapitel beleuchtet die Frage von Archivierung als Voraussetzung und Bedingung für Widerstandserinnerung und geht dabei zurück bis in das Jahr 1942, als das Auftauchen der ersten Flugblätter die Gestapo veranlasste, Akten zu diesem Vorgang anzulegen. Deshalb wird zuerst die staatliche Herstellung und Überlieferung von Wissen über die *Weiße Rose* nachverfolgt. In einem zweiten Schritt steht Inge Scholls Familienarchiv im Mittelpunkt und damit die Frage, wie familiäre Sammlungspraxis sowie die Ordnung und Zugänglichkeit des Archivierten funktionierten. Schließlich wird am Beispiel der Sammlung zur *Weißen Rose* des Münchner *Instituts für Zeitgeschichte* (IfZ) ein archivalisches Konkurrenzprojekt in den Blick genommen. Es soll herausgearbeitet werden, welches Wissen wann und wie zugänglich war, welche Archive, Intentionen und Sichtweisen miteinander konkurrierten oder Sammlung in einem größeren Umfang überhaupt erst ermöglichten.

Inge Scholls Politikverständnis und ihr bildungspolitisches Engagement seit Kriegsende sind der Ausgangspunkt für das vierte Kapitel. Es wird untersucht, wie Inge Scholls Sichtweisen mit den politischen Rahmenbedingungen der Nachkriegszeit, aber auch den Erfahrungen aus der Zeit des Nationalsozialismus zusammenhingen. Inwiefern beeinflussten diese auch ihre Auseinandersetzung mit der *Weißen Rose*? Wie und warum gelang es ihr, die Geschichte ihrer Geschwister in die politischen Debatten der späten 1940er- und der 1950er-Jahre zu integrieren? Diesen Fragen wird am Beispiel von Inge Scholls Buch *Die weiße Rose* nachgegangen, das 1952 erschien und bis heute in einer Vielzahl von Auflagen verkauft

wurde. Dann wechselt die Perspektive, und mit dem Interesse von Filmproduktionsfirmen an der *Weißen Rose* als Stoff für Kinofilme seit Anfang der 1950er-
Jahre rückt nicht nur die Frage nach der medialen Darstellbarkeit des „Geistes"
des Widerstands in den Vordergrund, sondern auch eine erbittert geführte Debatte um Öffentlichkeit und Privatheit von (familiärer) Erinnerung.

Dieses „Erinnerungs-Hoch" schien Anfang der 1960er-Jahre anzuhalten, doch
die politischen und gesellschaftlichen Veränderungen, die sich dann in den Studentenprotesten von 1968 niederschlugen, waren hier schon spürbar. Sie stehen
im fünften Kapitel im Mittelpunkt. Exemplarischer Untersuchungsgegenstand ist
die Münchner Ludwig-Maximilians-Universität. Hier waren Hans und Sophie
Scholl bei der Verteilung von Flugblättern im Februar 1943 entdeckt worden. Zunächst geht es deshalb um einen Rückblick, der die Traditionen des städtischen
und universitären Gedenkens an die *Weiße Rose* in den ersten zwei Nachkriegsjahrzehnten beleuchtet. Wie gingen die Stadt München und die Universität mit
dem Widerstandserbe um? Inwiefern lässt sich eine Politisierung der Münchner
Studentenschaft schon vor 1968 feststellen und welche Konsequenzen hatten diese Entwicklungen für die Auseinandersetzung mit der *Weißen Rose*? Dann stehen
1968 und seine Folgen im Mittelpunkt. Ich werde zeigen, wie sich Legitimierungsstrategien für Aussagen über den Widerstand grundlegend wandelten, welchen
Anteil die 68er daran hatten und warum diese neuen Aneignungsversuche letztlich dazu beitrugen, dass die Erinnerung an die *Weiße Rose* an Relevanz verlor.

Das letzte Kapitel eröffnet schließlich einige Perspektiven auf die 1970er- und
1980er-Jahre. Ausgehend von der Feststellung, dass die 1970er-Jahre im Nachgang
von 1968 eine regelrechte Erinnerungslücke bildeten, wird nach den Bedingungen
und Begrenzungen des „Erinnerungsbooms" in den 1980er-Jahren gefragt werden. Dabei wird es insbesondere darum gehen, auszuloten, ob und inwiefern eine
Aktualisierung der Erinnerung an die *Weiße Rose* gelang und welche Bedeutung
Widerstandserinnerung im Kontext einer öffentlichen Auseinandersetzung mit
der NS-Zeit hatte, die zunehmend von der Holocaust-Erinnerung dominiert
wurde.

Quellen

Dass die vorliegende Studie in dieser Form überhaupt entstehen konnte, ist vor
allem dem Archiv des *Instituts für Zeitgeschichte* in München zu verdanken, wo
der Nachlass Inge Scholls seit 2005 zugänglich ist. Dieser mehr als 800 Archivalien-
einheiten umfassende Bestand enthält neben der Sammlung Inge Scholls zur
Weißen Rose auch eine äußerst umfangreiche Überlieferung zu Inge Scholls Aktivitäten in der Nachkriegszeit, insbesondere zu ihrer Auseinandersetzung mit der
Erinnerung an die *Weiße Rose* und ihre öffentlichen Stellungnahmen dazu. Neben
Korrespondenzen sind dort auch Manuskripte, eine Zeitungsausschnittsammlung
und Fotografien enthalten. Dieser Nachlass, der bislang lediglich für Forschungen
zur Ereignisgeschichte der *Weißen Rose* genutzt wurde, bildet die Quellengrundlage für diese Arbeit. Dazu kamen weitere Bestände zur *Weißen Rose* im IfZ, v. a.

die in den 1960er-Jahren entstandene Sammlung über die Widerstandsgruppe. Zudem wurden Dokumente aus dem Nachlass des ehemaligen IfZ-Mitarbeiters Hellmuth Auerbach konsultiert.

So weit es nötig schien und möglich war, wurde das dort vorgefundene Material mit anderen Überlieferungen ergänzt und kontrastiert. Ergänzungen waren vor allem nötig für Inge Scholls frühe bildungspolitische Arbeit in Ulm, sofern die vorliegende Forschungsliteratur nicht ausreichend schien. Dafür wurden Bestände im Ulmer Stadtarchiv zur Stadtpolitik der unmittelbaren Nachkriegszeit herangezogen sowie Akten aus dem *Archiv der Hochschule für Gestaltung* in Ulm und Überlieferungen zur württemberg-badischen bzw. baden-württembergischen Bildungspolitik im Hauptstaatsarchiv Stuttgart. Zum Komplex Entnazifizierung wurden Akten im Staatsarchiv Ludwigsburg eingesehen.

Für die Teile der vorliegenden Studie, die sich mit frühen Publikationen über die *Weiße Rose* bzw. den Widerstand allgemein befassen, wurde der Teilnachlass Ricarda Huchs im Archiv des *Instituts für Zeitgeschichte* herangezogen sowie der Nachlass von Carl Zuckmayer im *Deutschen Literaturarchiv* in Marbach am Neckar. Dazu kam der Nachlass von Günther Weisenborn in der *Stiftung Archiv der Akademie der Künste* in Berlin, wo sich auch im Nachlass des Schauspielers und Regisseurs Kurt Meisel wertvolle Unterlagen zu frühen Filmprojekten über die *Weiße Rose* fanden. Für die Passagen über die Filmprojekte zur *Weißen Rose* wurden zudem Unterlagen aus dem Bestand des Artur Brauner Archivs im *Deutschen Filmmuseum* in Frankfurt a. M. konsultiert.

Was München und die Ludwig-Maximilians-Universität betraf, so wurde dieser Themenkomplex vor allem mit Beständen aus dem Universitätsarchiv, dem Staatsarchiv und dem Hauptstaatsarchiv sowie dem Stadtarchiv München bestritten. Im Stadtarchiv liegt auch der Nachlass Kurt Hubers, in dem sich u. a. Unterlagen zu den Erinnerungsaktivitäten seiner Witwe Clara finden. Dazu kam eine Presseausschnittsammlung der *Weiße-Rose-Stiftung e. V.* in München.

Die Abschnitte über die Friedensbewegung der 1980er-Jahre wurden ergänzt durch Bestände des *Gemeinsamen Mutlangen Archivs*, die im *archiv aktiv* in Hamburg gesammelt sind.

Nicht herangezogen wurden dagegen Materialien, die sich in Privatbesitz befinden und damit nicht allgemein zugänglich sind. Es wurde folglich nicht versucht, Zugang zu privaten Familienarchiven etwa von weiteren Angehörigen und Überlebenden zu erhalten[27] oder zu Sammlungen wie der des britischen Historikers und Publizisten Barry Pree, die in Hamburg in Privatbesitz ist.[28] Damit soll die Überprüfbarkeit der vorliegenden Studie gewährleistet werden. Ebenfalls ver-

---

[27] Die Nachlässe von Christoph Probst, Alexander Schmorell und Willi Graf befinden sich im Bayerischen Hauptstaatsarchiv. Der Nachlass von Probst ist laut Auskunft des Bayerischen Hauptstaatsarchivs a. d. Verf. bereits verzeichnet, die Nachlässe von Schmorell und Graf befinden sich noch in Bearbeitung. Das dem Archiv übergebene Material von Probst und Schmorell umfasst zudem nur die 2011 bereits veröffentlichten Briefe Probsts und Schmorells, siehe Probst/Schmorell: Briefe.

[28] Zankel: Mit Flugblättern, S. 23, FN 67.

zichtet wurde auf Zeitzeugeninterviews. Diese Entscheidung ist vor allem darin begründet, dass wichtige Zeitzeugen entweder schon verstorben sind und/oder ausreichend publiziertes Material vorliegt.[29]

Inge Scholl hielt nichts von Historikern und ihrer Arbeitsweise. Voller Verachtung schrieb sie in ihr Tagebuch:

Was ist Geschichtsschreibung? Wenn einer hergeht, Gestapo-Protokolle und Aussagen vor dem Volksgerichtshof kombiniert mit Aufschrieben von Nahestehenden und daraus seine wissenschaftliche Darstellung zusammenschustert. Ferner ist Geschichtsschreibung, daß man den Stuß des vorangegangenen ‚Historikers' abschreibt, neues dazuinterpretiert und die zweite ‚historische Darstellung' ist fertig. Schließlich kommt dazu, daß man ‚Gerüchte' und gute wie schlechte Legenden mit einbezieht und damit die Lücken füllt, die das lebensnotwendige Schweigen der Leute, die Widerstand *getan* hatten, hinterlassen hat.
Eine Geschichtsschreibung, die wie eine fröhliche Straßenwalze unwegsame Trampelpfade, Spuren, die als Spuren belassen bleiben sollten, fröhlich plattfährt, sodaß jedermann auf dieser Straße losmarschieren kann.[30]

Die Komplexität des (vergangenen) Lebens in Geschichtsschreibung zu fassen, gehört sicherlich zu den größten Herausforderungen der Historikerzunft. Auch auf den folgenden Seiten wird all das passieren, was Inge Scholl fürchtete: Es wird kombiniert, kompiliert und interpretiert, Gerüchte und Legenden werden auftauchen und die Diskrepanz von nachträglichem (Be-)Schreiben und dem, was als historisches Ereignis gilt, wird sich nicht vermeiden lassen. Und dennoch hoffe ich, nicht als fröhliche Straßenwalze alles platt zu machen, was sich einer geradlinigen Erzählung in den Weg stellt, sondern den unwegsamen Trampelpfaden und kaum sichtbaren Spuren zu folgen und so die Verschlungenheit von Erinnerung, Geschichtswissenschaft, Politik und Gesellschaft aufzuzeigen.

---

[29] Neben den in Archiven aufzufindenden Zeitzeugenberichten sind hier v. a. zu nennen Bassler: Weiße Rose, sowie der Dokumentarfilm *Die Widerständigen. Zeugen der Weißen Rose* von Katrin Seybold, BRD 2008.

[30] IfZ, ED 474, Bd. 36, Tagebucheintrag Inge Scholls, 4. 2. 1984, Hervorhebung i. Orig.

1 Familienalbum 1917–1945

Am Anfang steht nicht die Geschichte der *Weißen Rose*, sondern die eines jungen Mädchens, das vom Widerstand gar nichts wusste, aber später das Erinnern an die Widerstandsgruppe prägen würde: Inge Scholl. Wie sah ihr Leben aus, bis die Aufdeckung der *Weißen Rose* im Februar 1943 auch für sie alles änderte? Welche Erlebnisse, Einflüsse und Überzeugungen hatten bis dahin ihre Biografie bestimmt? Und wie wirkten sich diese auf ihre Wahrnehmung des Widerstands aus? Inge Scholls Interpretation der Geschichte ihrer Geschwister war nicht nur Biografie, sondern ebenso Autobiografie. Sie schrieb sie aus der Erfahrung einer gemeinsamen Kindheit und Jugend heraus, die geschwisterliche Nähe genauso gekannt hatte wie Distanz und Eifersucht.

Im Folgenden wird Inge Scholls Leben wie beim Blättern im Familienalbum aufscheinen, in dem in Schnappschüssen die großen und kleinen Ereignisse der Familiengeschichte verewigt sind.[1] Während zunächst Inge Scholls Alltag, ihre Sicht auf Eltern, Geschwister und Freunde ebenso im Mittelpunkt stehen wie ihre politische Sozialisation durch den Nationalsozialismus, geht es dann vor allem um ihre Bewältigung der Hinrichtung ihrer Geschwister.

1.1 Irrungen, Wirrungen: Familienleben 1917–1938

Inge Scholl wurde am 11. August 1917 in Ingersheim-Altomünster bei Crailsheim geboren. Sie war die älteste Tochter des Bürgermeisters Robert Scholl (1891–1973) und seiner zehn Jahre älteren Frau Magdalene Müller (1881–1958). Robert Scholl und Magdalene Müller hatten sich während des Ersten Weltkriegs in einem Lazarett in Ludwigsburg kennengelernt, wo sie beide Dienst taten.[2] Sie heirateten 1916, im darauffolgenden Jahr kam die Tochter Ingeborg, genannt Inge, zur Welt. Die Familie wuchs schnell: Hans (*22.9.1918), Elisabeth (*27.2.1920), Sophie (*9.5.1921), Werner (*13.11.1922) sowie Tilde (*1926), die noch im Jahr ihrer Geburt verstarb. Rückblickend beschrieb Inge Scholl ihre Kindheit immer als sehr glücklich, geprägt von einem liberalen, großzügigen, bürgerlichen Elternhaus. Der enge Zusammenhalt unter den fünf Geschwistern wurde nicht nur von Inge und Elisabeth Scholl positiv erinnert[3], sondern fiel auch anderen auf. Die gemeinsame Freundin Traute Lafrenz schilderte in einem Interview die Verbundenheit der Geschwister, die auch im Erwachsenenalter noch fortbestand.[4] Inge Scholl war die Anführerin der Kinder, so erinnerte sich ihre Schwester Elisabeth: „Unter uns

---

[1] Siehe hierzu Jarausch/Geyer: Spiegel.
[2] Vgl. zu den Biografien von Robert und Magdalene Scholl Zankel: Mit Flugblättern, S. 33–37. Schüler: „Im Geiste der Gemordeten…“, S. 21–30.
[3] Zu Elisabeth Scholl siehe Interview Elisabeth Hartnagel, in: Bassler: Weiße Rose, S. 30.
[4] Interview Traute Lafrenz, in: Bassler: Weiße Rose, S. 43–44.

Geschwistern war Inge, meine älteste Schwester, die führende Person. Sie hatte ungeheuer viele Ideen gehabt, war musikalisch und konnte sehr gut zeichnen. Inge dachte sich Märchen aus, die sie dann mit uns inszenierte."[5]

Die Rollenaufteilung im Hause Scholl war traditionell.[6] Robert Scholl verdiente den Lebensunterhalt, seine Frau Magdalene kümmerte sich um den Haushalt und die Kinder sowie um karitative Aufgaben. Vor ihrer Heirat war sie evangelische Diakonisse gewesen und blieb zeitlebens tief in ihrem Glauben verwurzelt. Robert Scholl gehörte zum Kern der so genannten „jungen Frontgeneration" der zwischen 1890 und 1901 Geborenen, für die der Erste Weltkrieg und das später viel beschworene Fronterlebnis prägend waren.[7] Doch im Gegensatz zu vielen seiner Altersgenossen, die traumatisiert und ohne Zukunftschancen aus dem Ersten Weltkrieg heimgekehrt waren, gelang Robert Scholl eine erfolgreiche Rückkehr ins zivile Leben. Vor dem Krieg hatte er die Württembergische Verwaltungsschule besucht und wurde noch während des Krieges Bürgermeister in Ingersheim. 1920 zog die Familie nach Forchtenberg am Kocher, wo Robert Scholl ebenfalls das Bürgermeisteramt innehatte. Er war bekennender Liberaler, der aber eine abschätzige Distanz zur „Masse" wahrte, deren politische Kompetenz und Entscheidungsfähigkeit er anzweifelte. Der Staatsform der Demokratie stand er daher eher skeptisch gegenüber. Den Nationalsozialismus lehnte er als politische Alternative ab. Als er 1930 als Forchtenberger Bürgermeister nicht wiedergewählt wurde, ging die Familie für einige Zeit nach Ludwigsburg, wo Robert Scholl als Treuhänder arbeitete. 1932 zogen die Scholls nach Ulm. Robert Scholl eröffnete dort ein Steuer- und Wirtschaftsprüferbüro. Diese Phase war für die Familie von wirtschaftlichen Schwierigkeiten geprägt, was auch den Kindern nicht verborgen blieb.[8] Am 7. März 1933 schrieb Inge Scholl erleichtert in ihr Tagebuch: „Vater hat nun wieder ein schönes Geschäft. Er ist sehr froh und wir auch."[9] Alle Geldprobleme waren damit jedoch noch nicht gelöst und ließen etwa Inge Scholl mit Sorge einen Schulausflug erwarten, für den ein Cafébesuch geplant war.[10]

Die nationalsozialistische Machtübernahme 1933 erlebten die ältesten der Scholl-Geschwister als Teenager. Inge Scholl war 15 und wurde im gleichen Jahr 16, Hans Scholl war 14 bzw. 15 Jahre alt.[11] Politik spielte für sie zunächst keine große Rolle. In Inge Scholls Tagebüchern[12] aus dieser Zeit dominieren Einträge über Erlebnisse in der Schule und im Konfirmationsunterricht, über gemeinsame Aktivitäten mit Freundinnen und Geschwistern, über Probleme in der Familie und ihre Bewunderung für die Schauspielerin Greta Garbo. Selbst die großen politischen Ereignisse blieben Randbemerkungen in ihrem Tagebuch. Über die

[5] Interview Elisabeth Hartnagel, in: Bassler: Weiße Rose, S. 30.
[6] Hierzu und zum Folgenden siehe Zankel: Mit Flugblättern.
[7] Wohl: Generation.
[8] IfZ, ED 474, Bd. 35, Tagebucheintrag Inge Scholls, 30. 1. 1933.
[9] IfZ, ED 474, Bd. 35, Tagebucheintrag Inge Scholls, 7. 3. 1933.
[10] IfZ, ED 474, Bd. 35, Tagebucheintrag Inge Scholls, 15. 3. 1933.
[11] Vgl. zum Folgenden auch Zankel: Mit Flugblättern, S. 37–43.
[12] Zum Jahr 1933 in deutschen Selbstzeugnissen siehe Fritzsche: Life, S. 19–75.

„Machtergreifung" schrieb sie: „Jetzt ist Hitler ans Ruder gekommen. Ich glaube, daß sich im ganzen Volk eine furchtbare Spannung gelöst hat."[13] Etwa vier Wochen später folgte eine weitere Notiz zum politischen Tagesgeschehen. Der Eintrag vom 5. März 1933 begann: „Heute habe ich die Briefe geschrieben und meine Haare gewaschen. Letzte Woche wurde von den Roten das Reichstagsgebäude angezündet. Schauderhaft! Heute waren Wahlen."[14] Eine Auseinandersetzung mit den Ereignissen, die über eine bloße Kenntnisnahme hinausgeht, lässt sich in Inge Scholls Tagebüchern nicht finden. Diese Ereignisse standen hinter Alltäglichem zurück und wurden oft erst mit einigen Tagen Verspätung notiert, obwohl Inge Scholl eine sehr gewissenhafte und regelmäßige Tagebuchschreiberin war.

Dagegen spiegelt sich in ihren Tagebüchern eine schleichende Politisierung des Alltags unter nationalsozialistischen Vorzeichen, die sich hinter einer politischen „Eventkultur" verbarg und für die auch Inge Scholl empfänglich war. Diese gab es nicht nur in den großstädtischen Zentren des Nationalsozialismus, sondern ebenso in den mittelgroßen Städten wie Ulm.[15] In ihrem Tagebucheintrag vom 5. März 1933 nahm die Schilderung eines Fackelzugs der Nationalsozialisten, der in ihrem unmittelbaren Lebensumfeld stattfand, weit größeren Raum ein als der Reichstagsbrand und seine politischen Auswirkungen.[16] In den folgenden Wochen hielt Inge Scholl zahlreiche ähnliche Erlebnisse fest, die auf diese Weise den Nationalsozialismus zum Bestandteil ihres Alltags machten: nationalistische Feiern in der Schule, Heldengedenktag, HJ-Tag und die Feiern zum 1. Mai.[17] Hier wurde Politik zum Ereignis, brachte Spannung und Abwechslung und wurde zu einem Element der Unterhaltung.[18] Über den *Tag von Potsdam* am 21. März 1933 schrieb Inge Scholl einen Tag später enthusiastisch: „Gestern wurde der neue Reichstag gegründet. Schulfrei natürlich!!! Große Parade u. Feldgottesdienst auf dem Münsterplatz u. große Putzerei zu Hause! Abends prima Fackelzug, beinah' eine halbe Stunde lang."[19]

Neben den Straßen und Plätzen Ulms wurden auch andere nicht genuin (partei-)politische Räume nationalsozialistisch besetzt. In Inge Scholls Tagebüchern zeigt sich dies vor allem in ihren Einträgen zum Schulalltag und zu den Schulfeiern an der Ulmer Mädchen-Oberrealschule, die einen neuen und politischen Zuschnitt erhielten.[20] Sie reagierte darauf durchweg positiv und in ihren Schilderungen ist neue Begeisterung über den Schulbesuch zu spüren. Inge Scholl war eine nur mittelmäßige Schülerin und die politisierten Lerninhalte brachten neue Chancen auf Anerkennung durch Lehrer und Klassenkameradinnen mit sich. Im

---

[13] IfZ, ED 474, Bd. 35, Tagebucheintrag Inge Scholls, 30.1.1933.

[14] IfZ, ED 474, Bd. 35, Tagebucheintrag Inge Scholls, 5.3.1933.

[15] Siehe hierzu auch Fritzsche: Nazis, v.a. die Kapitel „Januar 1933" und „Mai 1933". Klemp: Nazis.

[16] IfZ, ED 474, Bd. 35, Tagebucheintrag Inge Scholls, 5.3.1933.

[17] Vgl. IfZ, ED 474, Bd. 35, Tagebucheinträge Inge Scholls, 18.3.1933, 26.5.1933, 23.5.1933 und 2.5.1933.

[18] Siehe hierzu auch Haffner: Geschichte.

[19] IfZ, ED 474, Bd. 35, Tagebucheintrag Inge Scholls, 22.3.1933.

[20] IfZ, ED 474, Bd. 35, Tagebucheintrag Inge Scholls, 18.3.1933. Schneider: Höhere Schule.

Deutschunterricht wurden Hitler-Reden besprochen und in der Musikstunde nationalsozialistische Lieder gelernt.[21] Hier zeigt sich in Inge Scholls Tagebüchern deutlich ihre Politisierung. Auf eigene Initiative hin bereitete sie ein Referat über Hitler vor, das sie dann im Mai 1933 mit missionarischem Eifer in der Klasse präsentierte: „Ich will gar nicht eingebildet sein darauf, wenn ich nur wieder ein paar für Hitler gewonnen habe. Das ist sooo [sic!] herrlich, wenn man sich so öffentlich zu diesem großen Mann bekennen darf."[22] Ihr Tagebucheintrag hielt die Anerkennung fest, die ihr die Lehrerin und die Klassenkameradinnen aussprachen. Es ist die einzige Stelle in ihren Aufzeichnungen aus dem Jahr 1933, die einen schulischen Erfolg schildert.[23] Auch andere Schülerinnen erhielten großes Lob für ihre Vorträge über NS-Größen.[24] Über die Politisierung eröffnete sich ein neues Feld der Solidarisierung unter den Schülerinnen. So wurde in Inge Scholls Klasse für ein Hitler-Porträt gesammelt, das dann nach einem gemeinsamen „feierlichen Akt" das Klassenzimmer schmückte.[25] Der Nationalsozialismus war ein Gesprächsthema unter den Mädchen.[26] Über die Haltung der Lehrer zum Nationalsozialismus notierte Inge Scholl kaum etwas. Dezidierte Befürwortung scheint es vor allem beim Stadtpfarrer gegeben zu haben, der nach dem *Tag von Potsdam* im Religionsunterricht „sehr für Hitler" eintrat.[27]

Inge Scholls Begeisterung für den Nationalsozialismus speiste sich vor allem aus der Rhetorik der Volksgemeinschafts-Ideologie.[28] „Einigkeit", „einen" und „einig" sind zentrale Begriffe in Inge Scholls Äußerungen zu ihren Erwartungen an das NS-Regime und Grund für dessen Attraktivität.[29] Dagegen waren für sie „Kommunismus" und „Bolschewismus" mit Chaos und Kriegsangst verbunden.[30] In ihren Tagebucheinträgen mischen sich diese Ängste mit Propaganda und (Tag-)Träumen. So notierte sie am 9. März 1933:

Als wir heute Mittag zum Konfirmandenunterricht gingen, kamen wir an einer Kaserne vorbei. Da waren Kommunisten eingesperrt. Die haben von den Fenstern immer rausgeschrien: ‚Wir wollen Krieg!' [...] Es war erschütternd. Ich mußte richtig das Weinen verbeißen. So also sieht's in Deutschland aus!! In dem ‚einigen' deutschen Reich. Hitler darf das deutsche Volk nicht enttäuschen, sonst gibt's den Bolschewismus in Deutschland.[31]

Hitler und Hindenburg erschienen ihr als Retter. Das setzte sich bis in Spiele und Träume hinein fort.[32] Nicht mehr der Prinz auf dem weißen Pferd rettete hier die

---

[21] IfZ, ED 474, Bd. 35, Tagebucheintrag Inge Scholls, 20. 5. 1933.

[22] IfZ, ED 474, Bd. 35, Tagebucheintrag Inge Scholls, 12. 5. 1933.

[23] Ebd.

[24] IfZ, ED 474, Bd. 35, Tagebucheintrag Inge Scholls, 18. 5. 1933.

[25] IfZ, ED 474, Bd. 35, Tagebucheintrag Inge Scholls, 3. 5. 1933.

[26] IfZ, ED 474, Bd. 35, Tagebucheintrag Inge Scholls, 16. 5. 1933.

[27] IfZ, ED 474, Bd. 35, Tagebucheintrag Inge Scholls, 24. 3. 1933.

[28] Bajohr/Wildt: Einleitung.

[29] IfZ, ED 474, Bd. 35, Tagebucheinträge Inge Scholls, 24. 3. 1933, 30. 3. 1933, 18. 6. 1933.

[30] Zum Antikommunismus als Konsenspotenzial des Nationalsozialismus siehe Stöver: Volksgemeinschaft.

[31] IfZ, ED 474, Bd. 35, Tagebucheintrag Inge Scholls, 9. 3. 1933.

[32] IfZ, ED 474, Bd. 35, Tagebucheinträge Inge Scholls, 9. 3. 1933, 13. 3. 1933, 24. 3. 1933. Siehe auch Burke: Träume. Koselleck: Terror und Traum. Ders.: Nachwort.

schöne Prinzessin vor dem Drachen, sondern der SA-Mann das „deutsche Mädel" vor Kommunisten und Bürgerkrieg.[33] Der Nationalsozialismus wurde zum Filter der Weltwahrnehmung Inge Scholls.

Einigkeit war auch das Versprechen von HJ und BDM[34], das für Inge Scholl einen beträchtlichen Teil der Attraktivität der NS-Jugendorganisationen aus-machte. Die Gleichschaltung der Jugendverbände interpretierte sie als Zeichen dafür, dass „Deutschland immer einiger" wurde.[35] Ihr Bruder Hans war seit Mai 1933 beim Jungvolk, was sie sehr bewunderte.[36] Ihren eigenen Wunsch, dem BDM beizutreten, vertraute sie erstmals Ende März 1933 ihrem Tagebuch an.[37] Drei Monate später schrieb sie: „Ich muß jetzt unbedingt in den BDM gehen. Ich hab's mir überlegt. Alle Gründe und Ausreden, die ich mir schon hundertmal selbst vorgesagt habe, sind nicht triftig u. ganz belanglos eigentlich. Ich muss doch einfach meinem Gewissen folgen."[38] Sie erwartete, dass sich im BDM alle „Stän-de" kennenlernen und „Kameradschaft" herrschen würde.[39] Zwei Tage nach diesem Eintrag konnte sie notieren, dass sie von ihrer Mutter die Erlaubnis für den Eintritt in die Jugendorganisation erhalten hatte.[40]

Der BDM war in Ulm keine besonders beliebte Freizeitbeschäftigung für Mäd-chen. Die Veranstaltungen galten als „fad" und die Mitglieder als „doof".[41] Doch Inge Scholl trat dem BDM aus Überzeugung bei und war bereit, etwas zu ver-ändern und „mal einen Schneid rein[zu]bringen".[42] Hier bot sich ihr wie vielen ihrer Altersgenossen zum ersten Mal die Möglichkeit, sich politisch zu engagieren und dabei Bestätigung zu finden.[43] Diese Einstellung ist selbst noch in Inge Scholls Erklärung zur BDM-Zugehörigkeit sichtbar, die sie 1946 für die amerika-nische Militärregierung abgab: „Mir selbst schwebte als Ziel dabei [beim BDM, C.H.] vor, die mir anvertrauten Kinder zu aufrechten und geraden Menschen zu erziehen und dabei das Beste deutschen Wesens in ihnen zu wecken u. zu pflegen."[44] Auf Fotos, die Inge Scholl beim BDM zeigen, ist sie zusammen mit ordentlich in Uniform gekleideten Mädchen zu sehen, die mit Rucksack, Gitarre und Wimpel ausgerüstet sind (Abb. 1). Das Engagement beruhte auf Freiwillig-keit. Erst mit dem *Gesetz über die Hitler-Jugend* von 1936 gab es „programmatisch die Voraussetzung für eine umfassende Einbeziehung der Jugendlichen in die

---

[33] IfZ, ED 474, Bd. 35, Tagebucheintrag Inge Scholls, 5. 3. 1933.
[34] Reese (Hrsg.): BDM-Generation. Lechner (Hrsg.): „Hitlerjugend".
[35] IfZ, ED 474, Bd. 35, Tagebucheintrag Inge Scholls, 30. 3. 1933.
[36] IfZ, ED 474, Bd. 35, Tagebucheintrag Inge Scholls, 20. 5. 1933.
[37] IfZ, ED 474, Bd. 35, Tagebucheintrag Inge Scholls, 30. 3. 1933.
[38] IfZ, ED 474, Bd. 35, Tagebucheintrag Inge Scholls, 18. 6. 1933.
[39] IfZ, ED 474, Bd. 35, Tagebucheintrag Inge Scholls, 18. 6. 1933. Siehe auch Stöver: Volksge-meinschaft, S. 367–373. Kühne: Kameradschaft, S. 91–110.
[40] IfZ, ED 474, Bd. 35, Tagebucheintrag Inge Scholls, 20. 6. 1933.
[41] IfZ, ED 474, Bd. 35, Tagebucheintrag Inge Scholls, 18. 6. 1933.
[42] IfZ, ED 474, Bd. 35, Tagebucheintrag Inge Scholls, 18. 6. 1933. Siehe auch Retzlaff/Lechner: Bund Deutscher Mädel.
[43] Siehe auch Kock: „Man war bestätigt und man konnte was!".
[44] Staatsarchiv Ludwigsburg, EL 902/21, Inge Scholl an den Oberbürgermeister Ulm [sic!], 4. 2. 1946. Siehe auch Hübner-Funk: Loyalität, S. 311–313.

Abb. 1: Inge Scholl (2. v. r.) mit BDM-Gruppe, ca. Mitte 1930er-Jahre.

Politik".[45] Deshalb war in dieser frühen Phase mit dem selbst gewählten Eintritt in die NS-Jugendorganisationen ein klares Bekenntnis zum Nationalsozialismus verbunden. Noch in späteren Zeitzeugeninterviews wurden die Scholl-Kinder von Altersgenossen entsprechend als besonders „hart" und „linientreu" beschrieben.[46]

Wie ihre Geschwister, die ebenfalls dem BDM oder der HJ angehörten, machte Inge Scholl dort Karriere.[47] Als 18-Jährige erhielt sie hochrangige Führungspositionen bei den Jungmädeln (JM), der Organisation für 10- bis 14jährige Mädchen. Im Mai 1936 wurde sie Ringführerin des JM-Rings VII und war damit für etwa 600 Kinder verantwortlich.[48] Etwa einen Monat später übernahm sie den JM-Ring II.[49] Nach dem Krieg legte Inge Scholl großen Wert darauf, dass sie als Führerin nie „ernannt" worden sei und deshalb auch keinen „Rang" besessen

---

[45] Kollmeier: Ordnung, S. 50. Siehe auch Buddrus: Erziehung, S. 250–270.

[46] Vgl. Zankel: Mit Flugblättern, S. 89–90. Holler: Hans Scholl, S. 28–31 und S. 34–36.

[47] Hans Scholl wurde am 1. Januar 1935 Fähnleinführer, Elisabeth Scholl wurde am 20. April 1936 JM-Gruppenführerin, Sophie Scholl wurde 1936 Scharführerin, 1937 wohl Gruppenführerin, siehe Zankel: Mit Flugblättern, S. 43–44, S. 88.

[48] IfZ, ED 474, Bd. 2, [Diensttagebuch des] Jungmädel-Ring II, Eintrag vom 9. 5. 1936. Evtl. war Inge Scholl schon seit Herbst 1935 Ringführerin. Allerdings variieren diese Angaben in ihren Entnazifizierungsunterlagen: Staatsarchiv Ludwigsburg, EL 902/21, Spruchkammer Ulm/Stadt, Der öffentliche Kläger, Auskunftserteilung, 26. 2. 1947 und 6. 3. 1947.

[49] IfZ, ED 474, Bd. 2, [Diensttagebuch des] Jungmädel-Ring II, Eintrag o. D. [ca. Ende Juni 1936].

habe, sondern ihre Führungstätigkeit nur provisorisch ausgeübt habe.[50] Für ihren aktiven Dienst scheint das jedoch keine Rolle gespielt zu haben.

In einem Diensttagebuch hielten Inge Scholl und ihre Kameradinnen vom JM-Ring II ihre Aktivitäten von Herbst 1935 bis November 1936 fest. Die Eintragungen lassen auf ein straffes Dienstprogramm schließen, in dem Besprechungen, Heimabende, Appelle, Fahrten und Vorträge sich in kurzer Folge abwechselten. In regelmäßigen „Führerinnenbesprechungen" wurden die Mädchen politisch und weltanschaulich geschult und trugen das dort Gelernte und Besprochene dann in die einzelnen Gruppen hinein. Die behandelten Themen umfassten „Raumfragen" (Ostland, Siebenbürgen), Volksgut (Märchen, germanische Sagen), „Rassenkunde/-Hygiene", Außenpolitisches (Kolonien, Abessinien) oder Sprechchorgesänge.[51] Inge Scholl konnte hier ihre Talente im Singen, Musizieren, Theater spielen und Zeichnen einbringen. Trotz aller Bemühungen war es jedoch schwierig, die angestrebten Ziele durchzusetzen. Im Diensttagebuch finden sich häufig Klagen über mangelndes Interesse und zu wenige Teilnehmerinnen, über den Kampf um Räume für Veranstaltungen und die Schwierigkeiten bei der Werbung neuer Mitglieder.[52]

Die Begeisterung der Scholl-Kinder für den Nationalsozialismus löste Konflikte innerhalb der Familie aus. Robert Scholl lehnte Hitler und die NSDAP ab, war aber dennoch dem NS-Rechtswahrerbund beigetreten.[53] Inge Scholl konnte die Kritik ihres Vaters und anderer Erwachsener am Nationalsozialismus nicht nachvollziehen. Sie notierte in ihr Tagebuch: „Aber Vater und Herr E[...] sehen gar nicht das Gute u. Schöne, das er [Hitler, C.H.] schon gebracht hat. Das ist für mich so schwer. Die ewigen Zweifel."[54] Ihre Konflikte trug sie jedoch eher mit ihrer Mutter aus.[55] Zu alltäglichen Meinungsverschiedenheiten und zunehmender Distanz kamen Auseinandersetzungen über Hitler.[56] Pubertätskonflikte wurden auch über politische Fragen verhandelt.[57]

Inge Scholl blieb bis 1938 im BDM bzw. bei den JM aktiv[58], obwohl sie bereits 1934 die Oberrealschule für Mädchen mit der Mittleren Reife abgeschlossen hatte[59] und seitdem im Büro ihres Vaters mitarbeitete.[60] Das Engagement in den NS-

[50] Staatsarchiv Ludwigsburg, EL 902/21, Inge Scholl an die Spruchkammer Ulm/Stadt, 2.5. 1947.
[51] Vgl. IfZ, ED 474, Bd. 2, [Diensttagebuch des] Jungmädel-Ring II. Siehe auch Shuk: Weltbild. Buddrus: Erziehung, S. 61–81.
[52] Vgl. z.B. IfZ, ED 474, Bd. 2, [Diensttagebuch des] Jungmädel-Ring II, Eintrag vom 13.11. 1935.
[53] Zankel: Mit Flugblättern, S. 37.
[54] IfZ, ED 474, Bd. 35, Tagebucheintrag Inge Scholls, 15.5.1933.
[55] IfZ, ED 474, Bd. 35, Tagebucheinträge Inge Scholls, 10.3.1933 und 15.3.1933.
[56] IfZ, ED 474, Bd. 35, Tagebucheintrag Inge Scholls, 26.6.1933.
[57] Maubach: Stellung halten, S. 45–61.
[58] Sophie Scholl an Fritz Hartnagel, o.D. [Mitte Januar 1938], in: Scholl/Hartnagel: Damit wir uns nicht verlieren, S. 40–41.
[59] IfZ, ED 474, Bd. 2, Mädchenoberrealschule Ulm, Zeugnis der mittleren Reife für Inge Scholl, 28.3.1934.
[60] Kurzbiografie Inge Scholls, in: Aicher-Scholl (Hrsg.): Sippenhaft, S. 132–133.

Jugendorganisationen war eine Alternative, dem familiären Zugriff zu entgehen und sich eigene Räume und Möglichkeiten der Anerkennung zu schaffen.[61]

Im Rückblick schilderte Inge Scholl die Zeit ihres Engagements im BDM jedoch auch als Phase der aufkommenden Zweifel und der Distanzierung vom National-sozialismus. Sie führte diese Veränderungen auf Erlebnisse zurück, die den eigenen idealistischen Vorstellungen über HJ und BDM zuwidergelaufen seien.[62] Die zu-nehmende Professionalisierung und Vereinheitlichung der NS-Jugendverbände ab 1936 engten die bislang vorhandenen Spielräume ein.[63] Das Diensttagebuch schweigt dazu. Es war nicht der richtige Ort, um Zweifel zu formulieren. Tagebücher Inge Scholls aus dieser Zeit gibt es keine. Ihre erste Einschätzung zu dieser Phase findet sich erst in ihrer Erklärung zur Zugehörigkeit zum BDM, die sie 1946 im Rahmen der Entnazifizierung für die amerikanische Militärregierung abgab:

In den Jahren 1936/37 aber begann eine Politisierung, Militarisierung und Vermassung der Hit-lerjugend, die meinen Grundsätzen zutiefst widersprach. In dieser Zeit gingen mir und meinen Geschwistern die Augen auf für Dinge und Züge in der Partei und Politik Hitlers, die uns ab-stiessen u. entsetzten.[64]

Dazu kamen Konflikte und Auseinandersetzungen mit Führern, die auf persön-lichen und ideologischen Differenzen beruhten. Alle fünf Scholl-Geschwister hatten zunehmend Probleme mit ihren Vorgesetzten.[65] Inge Scholl nannte noch nach dem Krieg in ihrer Erklärung für die amerikanische Militärregierung diese Meinungsverschiedenheiten als einen Grund für ihren Rückzug vom BDM:

Ich wollte noch die mir anvertraute Jugend davor bewahren u. machte den verzweifelten Ver-such, einen eigenen Weg aus dieser neuen Richtung der Jugend herauszufinden. Er endete damit, dass ich wegen Meuterei als Führerin unmöglich erklärt wurde und von meinem Amt zurücktrat.[66]

Im Herbst 1937 wurden Inge und Hans Scholl sowie ihr jüngerer Bruder Werner von der Gestapo wegen des Verdachts auf „bündische Umtriebe" und den Verstoß gegen § 175 verhaftet.[67] Hans Scholl leistete zu diesem Zeitpunkt seinen Wehr-dienst ab und war in der HJ nicht mehr aktiv. Während Inge und Werner Scholl schnell wieder entlassen wurden, musste Hans Scholl länger in Haft bleiben. Ge-gen ihn erhärtete sich der Anfangsverdacht, auch bezüglich § 175, der homo-

---

[61] Siehe auch Kock: „Man war bestätigt und man konnte was!". Maubach: Stellung halten, S. 45–61.

[62] Scholl: Weiße Rose, Frankfurt a. M.: Verlag der Frankfurter Hefte, ¹1952, S. 12–18.

[63] Kollmeier: Ordnung, S. 115–123. Kollmeier verweist hier auf den Erinnerungsbericht Inge Scholls *Die weiße Rose*, siehe ebd., S. 122, FN 177. Zankel: Mit Flugblättern, S. 44–52. Pine: Confirmity.

[64] Staatsarchiv Ludwigsburg, EL 902/21, Inge Scholl an den Oberbürgermeister Ulm [sic!], 4. 2. 1946.

[65] Zankel: Mit Flugblättern.

[66] Staatsarchiv Ludwigsburg, EL 902/21, Inge Scholl an den Oberbürgermeister Ulm [sic!], 4. 2. 1946. Siehe auch Hübner-Funk: Loyalität, S. 311–313.

[67] Vgl. zum Folgenden Zankel: Mit Flugblättern, S. 53–58. Holler: Hans Scholl, S. 38–43. Koll-meier: Ordnung, S. 122.

sexuelle „Unzucht"[68] bestrafte. Im Frühjahr 1938 wurde Hans Scholl vom Sondergericht Stuttgart zu einer Haftstrafe verurteilt, die jedoch unter das nach dem „Anschluss" Österreichs erlassene Straffreiheitsgesetz vom 30. April 1938 fiel. Am 4. Juni 1938 notierte Inge Scholl erleichtert in ihr Tagebuch:

Gestern ein Freudentag in meinem Leben […]. Hans ist frei! Hans ist frei! Ganz frei! Mutter hat es mir in einem langen, befreienden Brief geschrieben. […] Alles ausgelöscht, die große dunkle Wolke ist fort, zerstört mit einem Tag.[69]

Inge Scholl war neben ihren Eltern die einzige aus der Familie, die wusste, dass Hans Scholl nicht nur wegen „bündischer Umtriebe" und „Devisenvergehen" verurteilt worden war, sondern auch aufgrund § 175. Hans Scholl hatte seine Eltern gebeten, außer seiner Schwester Inge niemandem etwas davon zu sagen.[70] Inge Scholl hielt sich auch noch nach dem Krieg an dieses Versprechen. In ihrem 1952 erschienenen Buch *Die weiße Rose* schrieb sie ganz allgemein von einer „Verhaftungswelle" gegen die Jugendbewegung, ohne konkreter zu werden.[71] Auch die 1984 veröffentlichten *Briefe und Aufzeichnungen* ihrer Geschwister erwähnen § 175 nicht.[72] Erst als in den 1980er-Jahren die Akten des Verfahrens gegen Hans Scholl wieder aufgefunden wurden, flossen diese Quellen in die Forschung ein.[73]

Für Inge Scholl und ihre Geschwister war diese erste Erfahrung von Kontrolle und Repression durch das NS-Regime ein einschneidendes Erlebnis.[74] Inge Scholl litt darunter, im Gefängnis gewesen zu sein.[75] Dazu kamen biografische Veränderungen, die schon vor der Verhaftung 1937 eingesetzt hatten und die die älteren Scholl-Geschwister nach und nach von den NS-Jugendorganisationen entfernten.[76] 1937 war Inge Scholl 20 und Hans Scholl 19 Jahre alt. Inge Scholl absolvierte seit 1934 ihre Berufsausbildung und ging im Mai 1938 als „Haustochter" zu einer Familie in Lesum bei Bremen.[77] Hans Scholl legte 1937 sein Abitur ab und verließ Ulm, um Reichsarbeitsdienst und Wehrdienst abzuleisten. Die Scholl-Geschwister entwuchsen der HJ-/BDM-Zielgruppe der 15- bis 18Jährigen, ohne ihr Engagement in anderen NS-Organisationen weiterzuführen. Inge Scholl wurde zwar 1939 automatisch in die NS-Frauenschaft aufgenommen, war dort aber nie aktiv beteiligt und trat 1941 aus. Ihre Austrittserklärung zog keinerlei negative Konsequenzen nach sich.[78]

---

[68] Siehe Art. 6 des Gesetzes zur Änderung des Strafgesetzbuchs vom 28. Juni 1935, RGBl. I, S. 839.
[69] IfZ, ED 474, Bd. 35, Tagebucheintrag Inge Scholls, 4. 6. 1938.
[70] Zankel: Mit Flugblättern, S. 57.
[71] Scholl: Weiße Rose, Frankfurt a. M.: Verlag der Frankfurter Hefte, [1]1952, S. 20–21.
[72] Scholl/Scholl: Briefe und Aufzeichnungen.
[73] Vgl. Holler: Hans Scholl. Schneider/Süß: Volksgenossen.
[74] Zu Sophie Scholl siehe Zankel: Mit Flugblättern, S. 90–92.
[75] IfZ, ED 474, Bd. 35, Tagebucheintrag Inge Scholls, 25. 5. 1938.
[76] Zu diesem Phänomen siehe auch Maubach: Stellung halten, S. 61.
[77] Scholl/Scholl: Briefe und Aufzeichnungen, S. 279, Kommentar zum Brief Sophie Scholls an Inge Scholl, 8. 7. 1938.
[78] Staatsarchiv Ludwigsburg, EL 902/21, Inge Scholl an den Oberbürgermeister Ulm [sic!], 4. 2. 1946.

Inge Scholl blieb nach ihrer Entlassung aus dem Gefängnis noch einige Monate beim BDM[79], der für sie jedoch die frühere Funktion als Orientierungspunkt
verloren hatte. Stattdessen suchte sie nach Wegen, ihr Leben neu zu ordnen und
ihm eine andere Richtung zu geben. Dabei gewann die Familie, vor allem die
Eltern, wieder an Bedeutung. Nach dem Prozess gegen ihren Bruder Hans schrieb
ihr ihre Mutter einen Brief, über den Inge Scholl in ihr Tagebuch notierte: „Von
Mutter kam ein ausführlicher Brief über die Verhandlung, der mir sehr zu
denken gegeben hat. Es gibt nun nur noch eines: Stufen emporsteigen, unermüdlich.“[80] Die Verirrungen des eigenen Engagements für den Nationalsozialismus, die sich für Inge Scholl auch in den „Verfehlungen“ ihres Bruders zeigten,
verlangten nach Korrektur. In der Folgezeit wurde vor allem ihr Vater für sie und
ihre Geschwister wieder wichtiger.[81] Inge Scholl reflektierte diese Entwicklung in
ihrem Tagebuch:

Meine Führer suche ich mir selbst. Jugend kann nicht von Jugend geführt werden, aber *geführt*
werden muß sie. Ich will mir meinen Führer selbst suchen, denn nur dann kann ich geführt
[werden] und auch tatsächlich vorwärts kommen. Einer meiner Hauptführer ist mein Vater.
Nur der bloße Gedanke an ihn, seine Lauterkeit und sein Wissen und Können macht mich
stark.[82]

Inge Scholls Absage an das Grundprinzip der Jugendbewegung, „Jugend führt Jugend“, das HJ und BDM als „Selbstführung“ übernommen hatten[83], bedeutete die
Loslösung von jeder Form von Jugendbewegung. An deren Stelle setzte sie ihren
Vater und ordnete ihre Biografie und ihr persönliches Fortkommen wieder in
einen familiären Kontext ein.

Diese neue ideelle Nähe zu ihrer Familie hing auch damit zusammen, dass Inge
Scholl seit Mai 1938 das erste Mal für längere Zeit das elterliche Haus verlassen
und eine Arbeitsstelle in Lesum bei Bremen angetreten hatte. Die räumliche
Distanz zu ihren Eltern machte die Abgrenzung, die sie in Ulm durch politisches
Engagement hergestellt hatte, überflüssig. Inge Scholl lebte für sechs Monate als
„Haustochter“ bei Familie Eggers und kümmerte sich dort um den Haushalt und
die Kinder. In dieser Zeit blieben Konflikte nicht aus. Inge Scholl verstand sich
zwar gut mit den Kindern, doch Frau Eggers war mit ihren Leistungen im Haushalt oft unzufrieden.[84] Erst in den Sommerferien, als Familie Eggers in den Ur-
laub gefahren war, hatte auch Inge Scholl einige freie Wochen. Sophie und Werner

---

[79] Sophie Scholl an Fritz Hartnagel, o. D. [Mitte Januar 1938], in: Scholl/Hartnagel: Damit wir
uns nicht verlieren, S. 40–41.

[80] IfZ, ED 474, Bd. 35, Tagebucheintrag Inge Scholls, 25. 6. 1938.

[81] IfZ, ED 474, Bd. 35, Tagebucheinträge Inge Scholls, 10. 6. 1938 und 26. 10. 1938. Rückblicken-
de Einordnung in: Scholl: Weiße Rose, Frankfurt a. M.: Verlag der Frankfurter Hefte, [1]1952,
S. 15–18. Sönke Zankel sieht im Einfluss Robert Scholls auf Sophie Scholl einen entscheidenden Faktor für deren Entscheidung zum Widerstand, siehe Zankel: Mit Flugblättern.

[82] IfZ, ED 474, Bd. 35, Tagebucheintrag Inge Scholls, „? Juni 1938“ [Orig.-Datierung], Hervorhebung i. Orig.

[83] Kollmeier: Ordnung.

[84] IfZ, ED 474, Bd. 35, Tagebucheintrag Inge Scholls, 27. 8. 1938.

Scholl sowie Anneliese Kammerer, eine Freundin aus Ulm, kamen zu Besuch und sie fuhren gemeinsam an die Nordsee.[85]

Während ihrer Zeit in Lesum entdeckte Inge Scholl ihr Interesse für zeitgenössische Kunst und Literatur. Sie besuchte Ausstellungen in Bremen und fuhr in die nahe Lesum gelegene Künstlerkolonie Worpswede. In dem Dorf hatten sich Ende des 19. Jahrhunderts Künstler wie Fritz Mackensen, Otto Modersohn und Paula Modersohn-Becker niedergelassen und gearbeitet.[86] Während des Nationalsozialismus galt die Kolonie als Stützpfeiler „deutscher Kunst".[87] Inge Scholl traf dort mehrere Male den Schriftsteller Manfred Hausmann, den sie sehr verehrte.[88] Nach ihrem letzten Ausflug nach Worpswede schrieb sie in ihr Tagebuch:

> Laß mich deine Großzügigkeit und deine Klarheit und Wahrheit nicht verlieren. Lebt wohl, alle ihr Menschen, die ihr Euch um mich bemüht habt. Liebes Worpswede. Ein bisschen weißt du auch von meinem Glück und meiner Sehnsucht.[89]

Die Rückfahrt nach Ulm führte sie über Köln, wo sie einen Freund ihres Bruders Hans, Ernst Reden, besuchte.[90] Reden stammte aus einer Kölner Industriellenfamilie und war lange Zeit in der bündischen Jugend und der HJ aktiv. 1935 ging er nach Ulm, wo er seinen Wehrdienst ableistete. Dort lernte er den einige Jahre jüngeren Hans Scholl kennen. Reden wollte Offizier werden, interessierte sich aber sehr für Kunst und Literatur, schrieb selbst Gedichte[91] und stand der Künstlerkolonie in Worpswede nahe.[92] Wie Hans Scholl wurde auch er in dem Prozess 1938 unter anderem wegen Verstoßes gegen § 175 verurteilt. Seine Haftstrafe von drei Monaten galt durch die Untersuchungshaft als abgegolten. Doch die Gestapo nahm ihn daraufhin erneut fest und verbrachte ihn ins KZ Welzheim, wo er mehrere Monate inhaftiert blieb.[93] Nach seiner Freilassung kehrte er nach Köln zurück. Trotz seiner Konflikte mit dem NS-Regime stand er diesem weiterhin loyal gegenüber. Als Inge Scholl ihn besuchte, schenkte er ihr das von ihm verfasste schmale Bändchen *Brief an den Soldaten Johannes*, in dem er ein Bekenntnis zu Adolf Hitler forderte.[94]

Ernst Reden war Inge Scholls erste große Liebe. Sie entdeckte während ihres Aufenthalts in Lesum seine Lyrik.[95] Nach ihrem Besuch in Köln korrespondierte

---

[85] IfZ, ED 474, Bd. 35, Tagebucheintrag Inge Scholls, 9. 8. 1938.
[86] Strohmeyer u. a.: Landschaft.
[87] Ebd.
[88] IfZ, ED 474, Bd. 26, Manfred Hausmann an Inge Scholl, 15. 6. 1938. Bd. 35, Tagebucheinträge Inge Scholls, 25. 6. 1938, 26. 10. 1938. Bd. 16, Inge Scholl an Magdalene Scholl, 7. 7. 1938, und Inge Scholl an die Eltern, 9. 9. 1938.
[89] IfZ, ED 474, Bd. 35, Tagebucheintrag Inge Scholls, 26. 10. 1938. Bd. 23, Ernst Reden an Inge Scholl, 6. 10. 1938.
[90] IfZ, ED 474, Bd. 35, Tagebucheintrag Inge Scholls, 26. 10. 1938. Zu Ernst Reden siehe im Folgenden Zankel: Mit Flugblättern, S. 47–49. Holler: Hans Scholl, S. 31–32.
[91] Siehe die Gedichte Redens in: IfZ, ED 474, Bd. 23.
[92] Siehe Fotos und Korrespondenz mit Worpsweder Künstlern, vor allem Manfred Hausmann, in: IfZ, ED 474, Bd. 23.
[93] Holler: Hans Scholl, hier S. 43.
[94] IfZ, ED 474, Bd. 23.
[95] IfZ, ED 474, Bd. 35, Tagebucheintrag Inge Scholls, 12. 6. 1938.

sie regelmäßig mit ihm[96] und schrieb Liebeserklärungen in ihr Tagebuch.[97] Reden eröffnete Inge Scholl eine ihr unbekannte literarische Welt. Auf seinen Vorschlag hin las sie Rainer Maria Rilke, Georg Trakl und den bündischen Schriftsteller Werner Helwig.[98] Die Werke Manfred Hausmanns, die sich seit Anfang der 1930er-Jahre intensiv mit der Suche nach Gott auseinandersetzten[99], erlaubten Inge Scholl einen neuen, reflektierten Zugang zu ihrer eigenen Religiosität. Rückblickend schrieb sie über diese Zeit:

> Wieviel habe ich ihm [Ernst Reden, C.H.] zu verdanken, ihm und Gott, für die Strecke des Lebens, die wir zusammen gehen durften. Denn es war eine so wichtige Zeit für uns beide, das langsam vom Unterbewußten ins Bewußte tretende Suchen nach Gott.[100]

Die Chancen auf eine Ehe schienen nicht schlecht zu stehen. Doch Ernst Reden stellte die Verlobung und eine zukünftige Eheschließung immer wieder infrage. Im Juli 1939 bot er Inge Scholl an, die Verbindung zwischen ihnen aufzulösen, da ihn das Wehrkreiskommando Köln von der Liste der Offiziersanwärter gestrichen hatte. Er schrieb Inge Scholl:

> Eine Begründung ist keine angeführt worden – ich kann mir den Fall aber schon selber zurechtlegen, so daß ich nicht anfragen brauche.
> Ich bitte Dich, Dir diesen Fall ganz genau zu überlegen. Ich möchte nicht, dass Dein guter Name durch mich einen schlechten Anstrich bekommt. Deshalb könnte ich es verstehen, wenn Du nach allem, was auf mir lastet, Deine Verbindung zu mir auflösen möchtest.[101]

Im August 1939 führte er wiederum seine unsichere Lage an, um Inge Scholls Heiratsabsichten zu bremsen.[102] Anfang Dezember, drei Monate nach Kriegsbeginn, überwarf sich Ernst Reden mit seinem Vater, was seine Entlassung aus dem Familienbetrieb und den erzwungenen Auszug aus dem Elternhaus zur Folge hatte.[103] Wenige Tage später wurde er zur Wehrmacht eingezogen.[104] Von Hochzeit war nun keine Rede mehr.

1.2 Entfremdung, Eifersucht und neue Wege: Zwischen Ulm und München

Auch in Ulm hatte sich unterdessen einiges geändert. Seit Ende Juni 1939 wohnte die Familie Scholl ganz im Zentrum der Stadt, am Münsterplatz „im 3. Stock ei-

---

96 Siehe die Korrespondenz in: IfZ, ED 474, Bd. 23.
97 IfZ, ED 474, Bd. 35, Tagebucheinträge Inge Scholls, 24. 7. 1939 [sic!, korrekt: Juni], 8. 7. 1939, 17. 8. 1939.
98 IfZ, ED 474, Bd. 35, Tagebucheintrag Inge Scholls, 8. 7. 1939. Bd. 23, Ernst Reden an Inge Scholl, 29. 10. 1939. Siehe auch Bersch: Pathos.
99 Jung-Schmidt: Sind denn die Sehnsüchtigen so verflucht?
100 IfZ, ED 474, Bd. 31, Inge Scholl an Otl Aicher, 10./11. 6. 1943.
101 IfZ, ED 474, Bd. 23, Ernst Reden an Inge Scholl, 21. 7. 1939.
102 IfZ, ED 474, Bd. 23, Ernst Reden an Inge Scholl, 13. 8. 1939 und 14. 9. 1939.
103 IfZ, ED 474, Bd. 23, Ernst Reden an Inge Scholl, 9. 12. 1939.
104 IfZ, ED 474, Bd. 23, Ernst Reden an Inge Scholl, 13. 12. 1939.

nes hohen Hauses".[105] Hans Scholl hatte seinen Militärdienst beendet und begann
sein Medizinstudium in München. Inge Scholl hatte ihre Sekretärinnentätigkeit
im Büro ihres Vaters wieder aufgenommen. Sie wohnte weiterhin bei ihrer Familie, wo sie sich mit ihrer Schwester Sophie ein Zimmer teilte. 1940 legte Sophie
Scholl ihr Abitur ab. Um dem Reichsarbeitsdienst zu entgehen, begann sie wie
ihre Schwester Elisabeth in Ulm eine Ausbildung zur Kindergärtnerin. Trotzdem
musste sie 1941 zuerst den Reichsarbeitsdienst und dann den Kriegshilfsdienst
ableisten, bevor ihr Studium in München beginnen konnte. Als auch Werner
Scholl 1941 Abitur machte und anschließend zur Wehrmacht eingezogen wurde,
war Inge Scholl die einzige unter den Geschwistern, die permanent in Ulm lebte.
Besuche in Ulm oder München, Wochenendheimfahrten oder Fronturlaube und
Korrespondenz erhielten nun den engen Kontakt zwischen den Familienmitgliedern aufrecht.

Als Inge Scholl 1941 nach einer längeren Pause wieder anfing, Tagebuch zu
schreiben[106], war ein neuer Mann in ihr Leben getreten: Otto Aicher, von seinen
Freunden Otl genannt.[107] Aicher war ein Klassenkamerad ihres jüngeren Bruders
Werner. Er galt als strenggläuber Katholik[108] und war kein HJ-Mitglied.[109] 1941
war Otl Aicher bereits zur Wehrmacht eingezogen, doch sein andauernd schlech-
ter Gesundheitszustand – u. a. litt er unter Malaria – bewahrte ihn vor dem Front-
einsatz.[110] In einem umfangreichen Briefwechsel hielt er Kontakt mit Inge Scholl.
Diese war offensichtlich beeindruckt von Aicher. Er war das Gegenteil der oft un-
sicheren und schüchternen Inge Scholl, selbstbewusst und durch seinen Glauben
in einem festen Weltbild verankert. Otl Aicher unterstützte ihren Wunsch nach
„Führung". Er beeinflusste ihre Lektüreauswahl – die Kirchenväter, Platon, den
Religionsphilosophen Theodor Haecker[111] – und wurde ihr wichtigster Gesprächspartner über Philosophie, Literatur und Religion.[112] Unter seinem Ein-
fluss wandte sie sich dem Katholizismus zu. Diese Hinwendung zur katholischen
Kirche verstärkte das Ungleichgewicht in ihrer Beziehung zu Otl Aicher noch.
Dieser übernahm die Rolle des Glaubenslehrers, sie die der Schülerin.

Die Nähe zu Aicher entfernte sie von Ernst Reden, der mittlerweile an der Ostfront eingesetzt war. Reden schrieb zwar weiterhin regelmäßig an Inge Scholl,

105 IfZ, ED 474, Bd. 35, Tagebucheintrag Inge Scholls, 3. 7. 1939.
106 IfZ, ED 474, Bd. 35, Tagebucheintrag Inge Scholls, 19. 1. 1941.
107 Zur Biografie Otl Aichers und zur Beziehung von Otl Aicher und Inge Scholl siehe auch
     Barbara Schüler: „Im Geiste der Gemordeten...", und Moser: Otl Aicher.
108 Schüler: „Im Geiste der Gemordeten...", S. 39–43.
109 Zu Otl Aichers Selbstdarstellung siehe Aicher: innenseiten. Dagegen kritisch: Zankel: Mit
     Flugblättern, S. 52–53, FN 126.
110 Zur Wehrmachtsangehörigkeit Otl Aichers siehe Schüler: „Im Geiste der Gemordeten..."
     und Aicher: innenseiten.
111 IfZ, ED 474, Bd. 35, Tagebucheintrag Inge Scholls, 5. 3. 1942. Zur Lektüre vgl. auch die Bib-
     liothek der Scholl-Geschwister, IfZ, ED 474, Bd. 139–159.
112 IfZ, ED 474, Bd. 35, Tagebucheinträge Inge Scholls, 7. 3. 1940 [sic!, korrekt: 1941], 31. 7.
     1941.

aber die fortschreitende Entfremdung entging ihm nicht. Am 22. September 1941 teilte er Inge Scholl seine Befürchtungen mit:

Manchmal habe ich ein wenig Angst, wenn ich an Deine Entwicklung im letzten Jahre denke. Du weißt wohl, wie sehr ich Otl schätze und verehre und mit wie viel Achtung ich seine gesamte Gedankenwelt betrachte (und vor allem: wie unermeßlich viel ich selbst von ihm gelernt habe!) Aber manchmal, wenn ich einen Brief von *Dir* bekomme, in dem ich diese Gedankenwelt von Otl wieder finde, muß ich mich zusammenreißen, weil ich nicht gerne weinen will. Wie nahe sind mir dann die Tränen! Ich weiß nicht, ob Du mich verstehen kannst![113]

Inge Scholls Distanzierung von Reden zeigt sich auch in ihren Tagebüchern. Während sie dort lange über ihre Beziehung zu Aicher reflektierte, kam Reden nur in schriftlich formulierten Fürbitten an Gott vor, in denen sie um dessen Schutz und Seelenheil bat.[114] Um Liebe ging es hier nicht mehr.[115]

Auf Vorschlag Aichers begann Inge Scholl, ihre Tagebucheinträge als Gebete zu formulieren.[116] Während bereits seit 1941 in ihren Eintragungen religiöse Themen und Überlegungen dominierten, wurden nun die Niederschriften selbst zum Gebet. Im Dialog mit Gott reflektierte sie ihren Alltag und ihren Glauben und notierte ihre Wünsche und Fürbitten für Freunde und Verwandte. Der Gebetscharakter ihrer Eintragungen veränderte das bislang verwendete Vokabular und färbte es stark religiös. „Leid", „Mitleid", „Dunkelheit", „Hoffnung", „Licht", „Liebe" und „Gnade" waren nun zentrale Begriffe, um das eigene Leben zu erfassen und zu beschreiben. Für sie stellte sich der Katholizismus als Rückkehr zum wahren Glauben dar. Damit grenzte sie sich auch von der protestantischen Erziehung ihrer Kindheit ab und versuchte, so wie früher über das Engagement für den Nationalsozialismus, Eigenständigkeit gegenüber ihren Eltern zu erwerben. Der Protestantismus war für sie – wie sie rückblickend schrieb – der Glaube der Kindheit und erst die Dogmen und Glaubensanschauungen des Katholizismus konnten dieses Glaubensfundament für ein erwachsenes Leben tragfähig machen.[117] Sie begann, über eine Konversion nachzudenken.[118]

Eine religiöse Wende machte in dieser Phase nicht nur Inge Scholl durch, sondern das Gleiche galt – mehr oder weniger – auch für ihre Geschwister. Die Gründe und Kontexte waren dafür sehr verschieden.[119] Inge Scholl ging allerdings davon aus, dass vor allem ihre Schwester Sophie sich mit genau der gleichen Überzeugung wie sie dem Katholizismus zugewandt habe. Sie schrieb in ihr Tagebuch: „Es ist tatsächlich bei Sofie derselbe Drang und Anstoß wie bei mir: die Fülle der

---

113 IfZ, ED 474, Bd. 23, Ernst Reden an Inge Scholl, 22. 9. 1941, Hervorhebung i. Orig.
114 Z. B. IfZ, ED 474, Bd. 35, Tagebucheintrag Inge Scholls, o. D. [ca. Juni 1942].
115 Zu den Zweifeln Inge Scholls an Redens „Wahrhaftigkeit" siehe IfZ, ED 474, Bd. 35, Tagebucheintrag Inge Scholls, 17. 12. 1942.
116 IfZ, ED 474, Bd. 35, Tagebucheinträge Inge Scholls, o. D. [ca. Juni 1942] und 28. 10. 1942.
117 IfZ, ED 474, Bd. 291, [Inge Scholl]: Biografische Notizen über Hans und Sophie Scholl, o. D. [Nachdatierung, handschriftlich: „1947 (?)"], S. 36–37.
118 IfZ, ED 474, Bd. 35, Tagebucheintrag Inge Scholls, 19. 6. 1942.
119 Die Forschung konzentrierte sich dabei auf Hans und Sophie Scholl, siehe zuletzt Zankel: Mit Flugblättern. Zu Inge Scholl siehe Schüler: „Im Geiste der Gemordeten …". Zu Elisabeth und Werner Scholl siehe IfZ, ED 474, Bd. 35, Tagebucheinträge Inge Scholls, o. D. [Juni 1942] und 16. 12. 1942.

Segnungen durch die Messe, besonders durch die Kommunion, die dadurch hereinströmende Gnade ist es, nach der wir uns hinsehnen."[120] Das Umfeld ihrer Geschwister Hans und Sophie in München, wo seit dem Frühjahr 1942 auch Sophie Scholl studierte, war gewissermaßen katholischer geworden.[121] Entsprechenden Einfluss auf den jungen Studenten Hans Scholl und seine Schwester übten vor allem deren ältere katholische Mentoren aus:[122] der Theologe und ehemalige Herausgeber der seit Juni 1941 verbotenen Zeitschrift *Hochland*, Carl Muth, der Religionsphilosoph Theodor Haecker, der mit Rede- und Publikationsverbot belegt war, und der ehemalige Justizbeamte, Autodidakt und überzeugte, aber der Amtskirche kritisch gegenüberstehende Katholik Josef Furtmeier. Aus dem engeren studentischen Freundeskreis brachte lediglich Willi Graf eine tiefe Verwurzelung im katholischen Glauben mit.

Inge Scholl kam mit dem Münchner Leben ihrer Geschwister zum ersten Mal im Sommer 1942 in Kontakt, als sie diese für zehn Tage besuchte.[123] Zu diesem Zeitpunkt waren bereits die ersten Flugblätter der *Weißen Rose* verschickt worden, doch Inge Scholl wusste nichts von den illegalen Tätigkeiten, in die ihr Bruder Hans verwickelt war. Ihre Schwester Sophie sollte sich erst später aktiv am Widerstand beteiligen. Inge Scholl freute sich auf den Aufenthalt in München, wo sie bei Muth im Vorort Solln wohnen sollte. Von Sophie Scholl erfuhr sie, dass sie auch Haecker kennen lernen würde.[124] In die Vorfreude mischte sich jedoch die Sorge um die Frage der Konversion. Sie wusste, dass Muth, mit dem auch Aicher eng verbunden war, sie dazu drängen würde.[125] Im Tagebuch beschrieb sie ihre widerstreitenden Gefühle:

Heute sind mir die Tränen in die Augen geschossen, als ich in Sofies Brief las, daß Haecker zur gleichen Zeit bei dem guten alten Herrn [Muth, C.H.] zu Gast sei, wie ich, und daß ich ihn da wohl kennen lerne. – Und doch, mein Vater, ist mir ein wenig bange vor diesen Tagen, so sehr ich mich gefreut habe und so schön es dort ist. Es ist wegen dem Schritt in die Mutter Kirche. Ich muß ihn ganz allein tun, nur an Deiner Hand.[126]

Die Gespräche mit dem greisen, bereits schwer kranken Muth kreisten dann auch vor allem um religiöse Themen. Sie sprachen über die Konvertitin und Übersetzerin Thomas von Aquins Edith Stein, über die Heiligenverehrung und die Bedeutung der Beichte und der Kommunion.[127] Inge Scholl las nach Muths Anleitung

---

[120] IfZ, ED 474, Bd. 35, Tagebucheintrag Inge Scholls, 29.6.1942. Die Schreibweisen des Namens ihrer Schwester Sophie/Sofie variieren in Inge Scholls Eintragungen. Auch Sophie Scholl selbst schrieb ihren Namen sowohl mit „f" als auch mit „ph".

[121] Vgl. Zankel: Mit Flugblättern, S. 62–70, S. 200–228.

[122] Zur Bedeutung der Mentoren Zankel: Mit Flugblättern.

[123] IfZ, ED 474, Bd. 35, Tagebucheintrag Inge Scholls, 18.6.1942.

[124] Zur Bedeutung der Theologie Muths und Haeckers für Inge Scholl siehe Schüler: „Im Geiste der Gemordeten...", S. 88–148. Siehe auch IfZ, ED 474, Bd. 35, Tagebucheinträge Inge Scholls, 30.10.1942, 1.11.1942, 8.12.1942.

[125] Siehe Schüler: „Im Geiste der Gemordeten...".

[126] IfZ, ED 474, Bd. 35, Tagebucheintrag Inge Scholls, 18.6.1942.

[127] IfZ, ED 474, Bd. 35, Tagebucheinträge Inge Scholls, 11.7.1942 und 14.7.1942. Den Aufenthalt in München schrieb Inge Scholl in mehreren subsumierenden Einträgen nieder, die jeweils mehrere Tage umfassen.

Spinoza und die Autoren der konservativen *Renouveau-catholique*-Bewegung[128], Literatur über Friedrich Nietzsche und über François Fénelon.[129] Auch nachdem sie wieder nach Ulm zurückgekehrt war, richtete sie sich in ihrer Lektüre weiterhin nach den Vorschlägen Muths. Neben religiösen und philosophischen Fragen waren bei ihrem Besuch in Solln auch persönliche Beziehungen thematisiert worden. Zu Inge Scholls Überraschung kritisierte Muth ihr Verhältnis zu Aicher. Er hielt nichts von dessen „Stolz" und „Grübelei" und warf ihm vor, sich „in Gottes Dinge mischen" zu wollen.[130] Davon sei auch Inge Scholl „ungünstig beeinflußt".[131] Sie notierte in ihr Tagebuch: „Er [Muth, C.H.] zeigte überhaupt eine überraschende Zurückhaltung der Person Otl's gegenüber. Ich muß sagen, im Grunde finde ich diese Zurückhaltung wunderbar, wenn ich auch oft leicht mißtrauisch dabei bin."[132] Hier spiegelte sich ihre Verwirrung über Muths Urteil über Otl Aicher wider, das ihrer eigenen Einschätzung widersprach und sie in Loyalitätskonflikte brachte. Wenig später schrieb sie fast rechtfertigend: „Zwischenhinein darf ich wohl einmal bemerken, welcher Halt und welche Heimat Otl mir geworden ist."[133]

Carl Muth sprach mit Inge Scholl auch über deren familiäre Probleme.[134] Bereits seit 1941 schilderte Inge Scholl in ihren Tagebüchern ihren Vater als äußerst reizbar und unbeherrscht.[135] Dazu kam aktuell die Sorge um eine mögliche Verurteilung Robert Scholls aufgrund des „Heimtückegesetzes", nachdem ihn eine seiner Mitarbeiterinnen wegen einer kritischen Äußerung über Hitler denunziert hatte.[136] Inge Scholl belastete jedoch insbesondere die Haltung ihres Vaters zu ihrer Religiosität, die dieser nicht ernst nahm und die immer wieder Anlass für Streit war. Noch wenige Tage vor ihrer Abreise nach München hatte Inge Scholl eine solche Episode in ihrem Tagebuch festgehalten:

Aber ich danke Dir, daß ich mich daran, an diesen eigenwilligen Angriffen meines Vaters schärfen kann. Aber heute wurde ich wieder gereizt durch die Art, wie er etwas sagt: so, als sei er der Allein Weise und ich ein oberflächliches, […] unfähiges Ding. Und da habe ich gezittert und geriet außer mich. […] Es scheint so zu sein: Vater nimmt meine Selbständigkeit, meine Anfänge vor allem im Suchen nach Dir für Schwärmerei und Spielerei, für eine Übergangsstufe. Das

---

[128] Vgl. hierzu auch die Literatur in der Bibliothek der Scholls, zu der auch Autoren wie Georges Bernanos, Léon Bloy, Paul Claudel, Francis Jammes und Ernest Hello gehören, siehe IfZ, ED 474, Bd. 140–159. Werner Bergengruen, einen deutschen Vertreter des *Renouveau catholique*, lernte Inge Scholl bei Muth kennen, siehe IfZ, ED 474, Bd. 35, Tagebucheintrag Inge Scholls, 23. 7. 1943. Zur Bedeutung dieser Richtung des Katholizismus für Inge Scholl siehe Schüler: „Im Geiste der Gemordeten…". Allgemein: Chenaux: Entre Mauras et Maritain. Neumann: Theologie.

[129] IfZ, ED 474, Bd. 35, Tagebucheinträge Inge Scholls, 11. 7. 1942 und 14. 7. 1942.

[130] IfZ, ED 474, Bd. 35, Tagebucheintrag Inge Scholls, 23. 7. 1942.

[131] Ebd.

[132] Ebd.

[133] Ebd.

[134] Ebd.

[135] IfZ, ED 474, Bd. 35, Tagebucheinträge Inge Scholls, 16. 4. 1941, 18. 3. 1942, 17. 6. 1942, 4. 8. 1942.

[136] Zankel: Mit Flugblättern. Siehe auch IfZ, ED 474, Bd. 35, Tagebucheintrag Inge Scholls, 27. 7. 1942.

erschüttert mich immer wieder. [...] Ich aber kann seine Endziele nicht für das Liebenswerteste halten, weil sie beim Menschen stehen bleiben und weil sie so sehr vom Stolz durchschwängert sind. Dieser Riß aber ist so deutlich – und Vater so weit ab von der Barmherzigkeit, die sich liebend herabbeugt.[137]

Dabei war es gerade Robert Scholls Ablehnung, die Inge Scholl weiter zum Katholizismus trieb. Wie bereits 1938 suchte sie sich auch jetzt neue „Führer", nun als Vaterersatz. In ihren gebetsartigen Tagebucheintragungen sprach sie Gott meist als „Vater" an und fand in Haecker und Muth neue Vorbilder. Während ihr Bruder Hans sich fragte, „ob nicht manchmal ein wenig bedrückend sei, so um den ‚schlecht gelaunten', kranken Herrn M.[uth] herum zu sein", bemerkte Inge Scholl nur, „wie wunderbar beherrscht und lieb [...] jener [ist] trotz seiner Beschwerden".[138] Angesichts der schwierigen Situation zu Hause erschien Inge Scholl die Gelehrtenvilla in Solln als Ort der Ruhe und des Verständnisses. Muth riet ihr, für ihren Vater zu beten.[139]

Wenn Inge Scholl nicht bei Muth in Solln war und sich dort mit ihm unterhielt oder las, beteiligten ihre Geschwister sie an ihren Unternehmungen. Sie gingen gemeinsam zu einem Leseabend von Claudels *Seidenem Schuh* bei ihrem Kommilitonen Alexander Schmorell, hörten ein Beethovenkonzert im Brunnenhof der Residenz, nahmen an einer Vorlesung Professor Kurt Hubers über Leibniz an der Universität teil und besuchten den Buchhändler Josef Söhngen.[140] Sie diskutierten über Religion, Kunst und Literatur.[141] Bei einer privaten Lesung im Atelier des Malers und Architekten Manfred Eickemeyer lernte Inge Scholl Theodor Haecker kennen, der dort aus seinem Manuskript *Der Christ und die Geschichte* las. Sie war von seiner Persönlichkeit und seinem Vortrag begeistert, in dem er das „Vorwort" und das Kapitel „Träger der Geschichte" vorstellte.[142] Dagegen hielt sie wenig von Hans Scholls Freunden, die ebenfalls gekommen waren. In der Diskussion kamen ihr alle Fragenden – ihr Bruder Hans ausgenommen – so vor, als hätten sie den Vortrag „in seinem Kern überhaupt nicht begriffen".[143] Sie war froh, als Haecker den „ganzen Firlefanz" beendete und weiterlas.[144] Diese sehr kritische Haltung gegenüber den Freunden ihrer Geschwister findet sich in Inge Scholls Tagebucheinträgen über den München-Besuch mehrfach.[145] Sie erscheint als Abgrenzung der geschwisterlichen Vertrautheit gegenüber dem neuen Münchner Freundeskreis, in dem Inge Scholl sich selbst als „Fremdling" sah.[146] In ihren Aufzeichnungen versuchte sie, eine enge Verbindung mit ihrem Bruder Hans herzustellen. Sie hielt ihre Überlegungen zu Hans Scholls Charakterzügen darin fest, meinte gar, Ähnlichkei-

---

[137] IfZ, ED 474, Bd. 35, Tagebucheintrag Inge Scholls, 17. 6. 1942.
[138] IfZ, ED 474, Bd. 35, Tagebucheintrag Inge Scholls, 23. 7. 1942.
[139] Ebd.
[140] IfZ, ED 474, Bd. 35, Tagebucheinträge Inge Scholls, 11. 7. 1942, 14. 7. 1942 und 10. 8. 1942.
[141] IfZ, ED 474, Bd. 35, Tagebucheinträge Inge Scholls, 14. 7. 1942 und 23. 7. 1942.
[142] IfZ, ED 474, Bd. 35, Tagebucheintrag Inge Scholls, 14. 7. 1942.
[143] Ebd.
[144] Ebd.
[145] IfZ, ED 474, Bd. 35, Tagebucheinträge Inge Scholls, 14. 7. 1942 und 23. 7. 1942.
[146] IfZ, ED 474, Bd. 35, Tagebucheintrag Inge Scholls, 14. 7. 1942.

ten mit ihm an sich zu entdecken und machte in ihren Schilderungen von Diskussionen Hans Scholls Äußerungen zum Mittelpunkt, während dessen Freunde nur als intellektuell und charakterlich unterlegene Randfiguren erscheinen.[147]

Ende Juli 1942 kehrte sie nach Ulm zurück, wo sie schlechte Nachrichten erwarteten. Ernst Reden war an der Ostfront verwundet worden[148] und starb wenige Wochen später im Lazarett.[149] Er war der erste enge Freund Inge Scholls, der gefallen war. Der Tagebucheintrag über seinen Tod spiegelt christliche Auferstehungshoffnung, keine nationalsozialistische Heldentod-Propaganda. Sie betete: „O all meinen Schmerz wandle für ihn in Seeligkeit [sic!]. Nimm Du seine liebe Seele an Dich, Du Heimat. Das Tor zur Seligkeit soll offen sein!"[150] Auch in der Familie häuften sich die Sorgen. Hans Scholl musste mehrere Monate zur „Frontfamulatur" nach Russland, wo auch schon sein Bruder Werner und Fritz Hartnagel, der Verlobte Sophie Scholls, eingesetzt waren. Trotz aller Gebete Inge Scholls und der Gnadengesuche ihrer Brüder musste Robert Scholl am 24. August 1942 die viermonatige Haftstrafe antreten, zu der er aufgrund des „Heimtücke"-Gesetzes verurteilt worden war.[151] Seine älteste Tochter hoffte, dass „ihm viel Segen erstehe aus diesen 4 Monaten".[152]

In dieser schwierigen Phase erwies sich das Christentum für Inge Scholl als probates Mittel der Krisenbewältigung: Es stellte ihr ein konsistentes, sinnhaftes Weltbild sowie Begriffe und Bilder zur Verfügung, die Ängste und Verluste zu verarbeiten. Zugleich zeigte sich hier, wie weit sich Inge Scholl durch die Hinwendung zum Christentum von ihrer früheren nationalsozialistischen Ideologisierung entfernt hatte. „Leid" und „Läuterung" wurden nun zu zentralen Begriffen in ihrem Tagebuch. Zum ersten Mal formulierte Inge Scholl die Vorstellung von Katharsis im Kontext des Todes von Ernst Reden. Sie schrieb: „Mich aber laß wachsen an seinem Tod."[153] Kurze Zeit später wiederholte sie die Bitte um Läuterung, als ihr Vater im Gefängnis war.[154] Diese Formel wurde zu einem festen Bestandteil ihres Gebets.[155] Am 25. Oktober 1942 schrieb sie fast prophetisch:

Sei mit allen Leidenden, Angstvollen und Verzagten, leuchte mit Deiner Liebe und Hoffnung in die Dunkelheit der Welt und laß mich keinen Augenblick vergessen, daß ich mit ihnen leiden soll. Laß mich bereit sein, wenn Du Schweres mir zu tragen auferlegst. Dein Reich komme. Amen[156]

In den Semesterferien im Sommer war Sophie Scholl wieder in Ulm, wo sie Kriegshilfsdienst in einer Rüstungsfabrik ableisten musste. Doch das Verhältnis

---

147 IfZ, ED 474, Bd. 35, Tagebucheinträge Inge Scholls, 14. 7. 1942 und 23. 7. 1942.
148 IfZ, ED 474, Bd. 35, Tagebucheintrag Inge Scholls, 22. 7. 1942.
149 IfZ, ED 474, Bd. 35, Tagebucheintrag Inge Scholls, 21. 8. 1942.
150 IfZ, ED 474, Bd. 35, Tagebucheintrag Inge Scholls, 21. 8. 1942. Siehe auch die Tagebucheinträge Inge Scholls, 22. 8. 1942, 26. 8. 1942, 28. 8. 1942, 25. 10. 1942.
151 IfZ, ED 474, Bd. 35, Tagebucheintrag Inge Scholls, 24. 8. 1942.
152 IfZ, ED 474, Bd. 35, Inge Scholl an Otl Aicher, 9. 8. 1942.
153 IfZ, ED 474, Bd. 35, Tagebucheintrag Inge Scholls, 22. 8. 1942.
154 IfZ, ED 474, Bd. 35, Tagebucheintrag Inge Scholls, 26. 8. 1942.
155 IfZ, ED 474, Bd. 35, Tagebucheintrag Inge Scholls, 12. 9. 1942.
156 IfZ, ED 474, Bd. 35, Tagebucheintrag Inge Scholls, 25. 10. 1942.

der Schwestern war von Inges Eifersucht auf Sophie belastet. Auslöser war Otl Aicher, der sich schon seit Anfang des Jahres zunehmend der jüngeren Schwester zuwandte.[157] Sie schrieben sich Briefe, Otl Aicher schickte Sophie Scholl Texte und ein Foto von sich, und sie besuchten sich gegenseitig.[158] Inge Scholl kämpfte mit ihren Gefühlen, die sie sich anfangs nicht einmal eingestehen konnte: Statt von „Eifersucht" sprach sie von „Mißgunst".[159] In ihren Tagebüchern nahmen nun die Gebete um das „rechte Verhältnis" zu ihrer Schwester viel Platz ein – ein Zeichen dafür, wie sehr es sie beschäftigte. Am 27. August 1942 notierte sie: „Hilf, daß ich umsonst lieben lerne, ohne Gegenliebe zu verlangen, das Verhältnis zwischen Sofie und mir quält mich [...]."[160] Dazu kamen kleine alltägliche Konflikte um neue Kleidung oder Sophie Scholls Wunsch, Klavierstunden zu nehmen, was Inge Scholl befürchten ließ, dass sie nun die häuslichen Pflichten ihrer Schwester übernehmen müsse.[161] Dabei hatte bereits die Haftstrafe ihres Vaters dazu geführt, dass sie während dessen Abwesenheit einen Großteil der Verantwortung für das Wirtschafts- und Steuerprüferbüro trug.[162] In ihrem Tagebucheintrag fuhr sie fort:

Ach Vater, von Herzen bitte ich Dich: Sag' Du mir, wie ich mich zu Sofie verhalten soll[:] Ich will es tun. Innig bitte ich Dich, Vater, laß mich sie richtig lieb haben und laß mich nicht allzu sehr ihre kleinen Fehler und Lästigkeiten sehen. Innig bitte ich Dich um Geduld.[163]

Otl Aicher hielt Inge Scholl in einer Mischung aus Nähe und Distanz, die ihre Eifersuchtsgefühle verstärkte und sie gleichzeitig ständig auf Aichers Gunst hoffen ließ. Bereits im Januar 1942 hatte er ihr deutlich gemacht, dass er „den Platz neben sich für andere freihalten" wolle.[164] Doch Inge Scholl spekulierte, dass er dies nur tue, „damit der, der seiner Höhe am nächsten ist, neben ihm sein kann. [...], ob er mich damit emporziehen will, damit ich mich anstrenge, am höchsten zu kommen?"[165] Eine noch größere Enttäuschung war Otl Aichers Tagebuch, das er ihr „mit kindlich schenkenden Händen" zum Lesen gegeben hatte.[166] Dort stand schwarz auf weiß, dass sie für ihn nicht die zentrale Rolle spielte, wie sie immer angenommen hatte. In ihrem Tagebucheintrag spiegelt sich ihre Verletztheit:

Otl's Tagebuch [...] hat mich enttäuscht, einfach weh getan im ersten Augenblick, weil er so selten von mir darin spricht, daß mir [...] war, als lebe ich an seinem Rande, und als sei all meine innerste Hingabe [...] nichts, all die erhabenen, erfüllten Stunden mit ihm, die ich empfinde wie Sternengeriesel, nichts.[167]

---

[157] IfZ, ED 474, Bd. 35, Tagebucheintrag Inge Scholls, 5. 2. 1942.
[158] IfZ, ED 474, Bd. 35, Tagebucheinträge Inge Scholls, 18. 3. 1942, 8. 12. 1942, 25. 12. 1942.
[159] IfZ, ED 474, Bd. 35, Tagebucheinträge Inge Scholls, 31. 7. 1942, 7. 8. 1942.
[160] IfZ, ED 474, Bd. 35, Tagebucheintrag Inge Scholls, 27. 8. 1942.
[161] IfZ, ED 474, Bd. 35, Tagebucheintrag Inge Scholls, 14. 8. 1942.
[162] Fritz Hartnagel an Sophie Scholl, 30. 8. 1942, in: Scholl/Hartnagel: Damit wir uns nicht verlieren, S. 398–399.
[163] IfZ, ED 474, Bd. 35, Tagebucheintrag Inge Scholls, 27. 8. 1942.
[164] IfZ, ED 474, Bd. 35, Tagebucheintrag Inge Scholls, 21. 1. 1942.
[165] Ebd. Siehe auch Inge Scholl an Otl Aicher, 9. 8. 1942.
[166] IfZ, ED 474, Bd. 35, Tagebucheintrag Inge Scholls, 8. 9. 1942.
[167] Ebd.

Inge Scholl blieb zwischen Hoffen und Bangen. Momente der Eifersucht wechselten mit Zuversicht.

Mitte Oktober wurde Robert Scholl vorzeitig aus der Haft entlassen.[168] Hans
Scholl kehrte Anfang November unversehrt aus Russland zurück.[169] Doch schon
wenige Tage später gab es wieder schlechte Nachrichten: Der NS-Rechtswahrerbund erteilte Robert Scholl Berufsverbot[170], sodass Sophie Scholl ihren Verlobten
um finanzielle Unterstützung für ihre Familie bitten musste.[171] Nach den Weih-
nachtsferien setzten Hans und Sophie Scholl ihr Studium in München fort.
Gleichzeitig verstärkte die *Weiße Rose* ihre bereits im Spätherbst wieder aufge-
nommene Widerstandstätigkeit. Der Rest der Familie Scholl ahnte wohl nichts
davon, auch wenn Inge Scholl in ihren Erinnerungen festhielt, sie habe, nachdem
ihr Bruder Hans ihr ein Flugblatt der *Weißen Rose* in Ulm gezeigt hatte, sofort ihn
als Urheber vermutet.[172] Zweifel an dieser Aussage weckt jedoch ihr Verhalten im
Vorfeld der Verhaftung ihrer Geschwister.[173] Am 17. Februar 1943 kam Hans
Hirzel zu Inge Scholl, der im Auftrag von Hans und Sophie Scholl Flugblätter in
Ulm verteilt bzw. versandfertig gemacht hatte. Er war denunziert und daraufhin
von der Ulmer Gestapo verhört worden. Anschließend bat er Inge Scholl, nach
München zu fahren, um ihren Geschwistern mitzuteilen, dass das Buch *Macht-
staat und Utopie* von Gerhard Ritter angekommen sei. Das war das Codewort,
falls Gefahr für den Widerstandskreis bestünde, was Inge Scholl allerdings nicht
wusste. Und offenbar war ihr die Dringlichkeit gar nicht bewusst. Denn statt wegen dieser Nachricht extra die Reise nach München auf sich zu nehmen, rief sie
Otl Aicher an, der gerade bei Muth in Solln war. Auch Aicher richtete das Codewort Hans Scholl nicht gleich aus, sondern verabredete sich mit ihm telefonisch
für den folgenden Tag. Doch als Aicher schließlich in der Wohnung von Hans
und Sophie Scholl in der Franz-Joseph-Straße ankam, waren diese schon verhaftet worden, als sie Flugblätter im Lichthof der Universität München verteilt
hatten. Warum Inge Scholl so handelte, darüber lässt sich nur spekulieren. Die
Gefährlichkeit der Situation erkannte sie offensichtlich nicht.

Die Familie Scholl erfuhr erst drei Tage nach der Verhaftung Hans und Sophie
Scholls durch deren Freundin Traute Lafrenz davon. Elisabeth Scholl berichtete
später in einem Interview, dass am 18. Februar 1943 zwar Gestapo-Beamte bei
ihren Eltern nach Briefen von Hans und Sophie Scholl gefragt hatten, was diesen
jedoch „nicht weiter beunruhigend" vorgekommen sei.[174] Offensichtlich war ihnen nie der Gedanke gekommen, dass ihre Kinder Widerstand leisten könnten.

---

[168] Fritz Hartnagel an Sophie Scholl, 4. 11. 1942, und Kommentar, in: Hartnagel/Scholl: Damit
wir uns nicht verlieren, S. 423.

[169] Sophie Scholl an Fritz Hartnagel, 7. [November] 1942, in: Hartnagel/Scholl: Damit wir uns
nicht verlieren, S. 424.

[170] Schüler: „Im Geiste der Gemordeten…", S. 234.

[171] Sophie Scholl an Fritz Hartnagel, 19. 11. 1942, in: Hartnagel/Scholl: Damit wir uns nicht verlieren, S. 433.

[172] IfZ, ED 474, Bd. 35, Inge Scholl: Erinnerungen an München, o. D. [ca. 1944/45].

[173] Zum Folgenden siehe Zankel: Mit Flugblättern, S. 400–405, S. 465–468.

[174] Interview Elisabeth Hartnagel, in: Bassler: Weiße Rose, S. 20.

Am 22. Februar, dem Tag der Verhandlung vor dem Volksgerichtshof (VGH) in München, fuhren Robert und Magdalene Scholl sowie Werner Scholl, der gerade Fronturlaub hatte, nach München. Dort konnten sie jedoch nichts mehr ausrichten. Am Nachmittag besuchten sie noch einmal Hans und Sophie Scholl im Gefängnis. Ohne zu wissen, dass die Hinrichtung für den gleichen Tag angesetzt war, kehrten sie dann wieder nach Ulm zurück. Am Folgetag reiste Inge Scholl nach München, um ihre Geschwister noch einmal zu sehen. Im Justizpalast erfuhr sie von einer Sekretärin, dass die Urteile bereits vollstreckt waren.[175] Die völlig ahnungslose Elisabeth Scholl, die eine neue Arbeitsstelle in der Nähe von Ingolstadt angetreten hatte, las am gleichen Tag in der Zeitung von der Verurteilung und Hinrichtung ihrer Geschwister.[176] Am 24. Februar 1943 wurden Hans und Sophie Scholl auf dem Friedhof am Perlacher Forst, direkt neben dem Gefängnis Stadelheim, beerdigt.[177] Außer den Eltern und Geschwistern war nur Traute Lafrenz gekommen.[178]

Die Prozesse gegen die *Weiße Rose* gingen weiter.[179] Zusammen mit den Geschwistern Scholl wurde der Medizinstudent Christoph Probst bereits am 22. Februar 1943 wegen seiner Beteiligung am Widerstand zum Tode verurteilt und hingerichtet. In einem weiteren Verfahren ergingen Todesurteile gegen die Studenten Alexander Schmorell und Willi Graf sowie gegen Professor Kurt Huber, die wenige Monate später vollstreckt wurden. Zahlreiche andere Beteiligte und Mitwisser wurden zu Haftstrafen verurteilt.

Inge Scholl, ihre Eltern und ihre Schwester Elisabeth wurden einen Tag nach der Beerdigung Hans und Sophie Scholls in „Sippenhaft" genommen und in das Gefängnis am Frauengraben in Ulm gebracht.[180] Nach wenigen Wochen durfte Elisabeth Scholl das Gefängnis wieder verlassen.[181] Inge Scholl und ihre Mutter folgten im Sommer 1943, nachdem Inge Scholl schwer erkrankt war.[182] Lediglich Robert Scholl, der wegen „Rundfunkverbrechen" im Herbst 1943 noch einmal zu einer Haftstrafe verurteilt wurde, blieb bis Ende 1944 im Gefängnis.[183] Werner Scholl musste zurück an die „Ostfront".[184] Seit Sommer 1944 galt er als verschol-

---

[175] Siehe die Erinnerungen Inge Scholls an diesen Tag in: Vinke: Sophie Scholl, S. 170.

[176] Interview Elisabeth Hartnagel, in: Bassler: Weiße Rose, S. 21.

[177] Sönke Zankel weist darauf hin, dass die Leichen vermutlich von Hans Scholls Freundin Traute Lafrenz freigekauft wurden: Zankel: Mit Flugblättern, S. 467–468. Siehe auch Interview Elisabeth Hartnagel, in: Bassler: Weiße Rose, S. 28. Schüler: „Im Geiste der Gemordeten...", S. 220.

[178] IfZ, ED 474, Bd. 35, Inge Scholl: Erinnerungen an München, o. D. [ca. 1944/45].

[179] Hierzu und zum Folgenden siehe Zankel: Mit Flugblättern.

[180] Dafür gibt es seit 2009 eine Gedenktafel am Untersuchungsgefängnis: http://www.justiz portal.de/servlet/PB/menu/1240294/index.html?ROOT=1153239 (zuletzt eingesehen am 3. 6. 2012).

[181] Aicher-Scholl (Hrsg.): Sippenhaft, S. 19 [Kommentar]. Schüler: „Im Geiste der Gemordeten...", S. 234.

[182] IfZ, ED 474, Bd. 19, Inge Scholl an Rose Nägele, 17. 8. 1943.

[183] IfZ, ED 474, Bd. 32, Inge Scholl an Otl Aicher, 26. 11. 1944.

[184] IfZ, ED 474, Bd. 31, Inge Scholl an Otl Aicher, 12./13. 3. 1943.

len.[185] Die Familie verließ Ulm und zog auf den einsam in der Nähe des Dorfes Ewattingen im Schwarzwald gelegenen *Bruderhof*.[186] Die soziale Ausgrenzung, die drohende Kündigung ihrer Mietwohnung und die schwierige wirtschaftliche Situation hatten diesen Schritt notwendig gemacht.[187] Lediglich Elisabeth Scholl, die eine Stelle bei Otl Aichers Schwester Hedwig Daub angetreten hatte, blieb noch in der Stadt.[188]

1.3 Nach dem Ende der *Weißen Rose*: Erinnern und neu beginnen

Bereits kurz nach der Verhaftung Hans und Sophie Scholls am 18. Februar 1943 setzte die Rezeption des Widerstandsgeschehens ein, die von ganz unterschiedlichen und gegenläufigen Aneignungen und Interpretationen geprägt war. Daraus ergab sich ein in Deutschland ebenso wie bei den Alliierten kollektiv verfügbarer Wissensbestand. Multiplikator waren die Medien. In den Zeitungen standen Fahndungsaufrufe nach dem vor der drohenden Verhaftung geflohenen Alexander Schmorell, die Münchner Studentenschaft protestierte gegen die „Hochverräter" aus den eigenen Reihen und in Zeitungsannoncen versicherten Privat- und Geschäftsleute namens Scholl, mit den Geschwistern Scholl keinesfalls verwandt zu sein.[189] Gestapo und Justiz schrieben ihre Sichtweise des Widerstands in den Akten nieder: Sie zeichneten darin das Bild von Kriminellen, die sich der „Vorbereitung zum Hochverrat" und der „Wehrkraftzersetzung" schuldig gemacht hätten. Als im September 1943 ein Prozess gegen Inge Scholl und ihre Eltern wegen „Rundfunkverbrechen" stattfand – ein Vorwurf, der sich im Laufe der Ermittlungen gegen den Widerstand ergeben hatte –, wurde die Familiengeschichte der Scholls vom Staatsanwalt als Belastungsmaterial angeführt, „angefangen mit dem Jungenskandal 1938 bis heute".[190]

Zugleich wurden die Flugblätter der *Weißen Rose* weiter vervielfältigt und verteilt und es wurde über die Tat der Widerstandsgruppe berichtet:[191] Das *Nationalkomitee Freies Deutschland* verwies in seinen Flugschriften auf die Münchner Ereignisse, Thomas Mann erwähnte in seiner BBC-Sendung *Deutsche Hörer!* die *Weiße Rose* und das britische Militär benutzte einen Nachdruck des fünften Flugblatts zur Gegenpropaganda. Flugzeuge der *Royal Air Force* (RAF) warfen es in

---

[185] IfZ, ED 474, Bd. 35, Tagebucheintrag Inge Scholls, 17. 6. 1944.

[186] IfZ, ED 474, Bd. 32, Inge Scholl an Otl Aicher, 22. 5. 1944 und 23. 6. 1944.

[187] IfZ, ED 474, Bd. 240, Wie lange noch Scholl? – eine berechtigte Frage. Das zersetzende Vorbild des Vaters stürzte die ganze Familie ins Verhängnis, in: Ulmer Sturm, 8. 10. 1943. Aicher-Scholl (Hrsg.): Sippenhaft, S. 101–102.

[188] Vgl. Kurzbiografie Elisabeth Scholls, in: Aicher-Scholl (Hrsg.): Sippenhaft, S. 134.

[189] Zankel: Mit Flugblättern, S. 432, S. 461–462. Münchner Neueste Nachrichten, 2. 3. 1943 und 3. 3. 1943.

[190] IfZ, ED 474, Bd. 17, Inge Scholl an Werner Scholl, 1. 10. 1943.

[191] Zum Folgenden Zankel: Mit Flugblättern, S. 514–556. Petrescu: Against All Odds, S. 161–165.

Millionen von Exemplaren über deutschen Städten ab. So entstanden konkurrierende Erzählungen und Interpretationen des Widerstands, wenn auch mit höchst unterschiedlichen Verbreitungsgraden.

Inge Scholl und ihre Familie hatten keinerlei Einfluss auf diese Formen der kollektiven Aneignung der Geschichte von Hans und Sophie Scholl. Zudem wies das Wissen über die eigene Familiengeschichte erhebliche Lücken auf. Niemand war in die Aktionen der *Weißen Rose* eingeweiht gewesen oder wusste Näheres über Intentionen, Vorgehen oder Ziele des Widerstands. Auch über die Zeit von der Verhaftung bis zur Hinrichtung war ihnen nur wenig bekannt. Zu diesem Zeitpunkt setzte sich das Wissen der Familie vor allem aus dem zusammen, was sie von den Gestapo-Beamten in den Verhören während der „Sippenhaft" erfahren hatten.[192]

Schon kurz nach ihrer Verhaftung fasste Inge Scholl den Entschluss, die Geschichte ihrer Geschwister festzuhalten. Am 30. März 1943 schrieb sie an Otl Aicher aus dem Gefängnis: „Ich werde mir, wenn ich zu Hause bin, jede kleinste Erinnerung an die Beiden, so gut ich's vermag, aufschreiben, denn die Zeit könnte manches verwischen."[193] Die Angst vor dem Vergessen als einem zweiten Verlust ihrer Geschwister motivierte sie, ihre Erinnerungen niederzuschreiben, sie dem Papier als einem beständiger erscheinenden Medium anzuvertrauen und sie so reproduzierbar zu machen.[194] Der erste Plan zur Archivierung war formuliert. Allerdings dauerte es bis zum Herbst 1944, bis Inge Scholl ihr Vorhaben systematisch in die Tat umsetzte.[195] Noch Anfang 1944 notierte sie in ihr Tagebuch: „Eigentlich wollte ich dieses Heft dazu benutzen, alles was ich von Sophie und Hans weiß aufzuschreiben. Doch ich kann mir ja ein neues hierzu nehmen."[196] Die Annäherung an ihre Geschwister war also ein langsamer und langwieriger Prozess und eine Neuentdeckung von deren Biografien, aber auch ihrer eigenen. Der Bruch, den der Widerstand Hans und Sophie Scholls auch im Leben ihrer ältesten Schwester hervorgerufen hatte, verlangte von Inge Scholl eine biografische Neuorientierung. Nicht nur die Geschichte ihrer Geschwister, auch ihr eigenes Leben musste neu geschrieben werden.

Dazu gehörte nicht nur das Sich-Erinnern, sondern auch der Austausch mit Familie und Freunden. In einem Brief Inge Scholls an ihren Bruder Werner heißt es: „Was Du in Deinem Brief vom 15. 8. an mich mir sagst von der Erinnerung ist sehr schön und wahr: Sie wird eine nie versiegende Schale sein."[197] In ihrer Korrespondenz schilderte Inge Scholl immer wieder gemeinsame Erlebnisse mit Hans

---

[192] IfZ, ED 474, Bd. 406, Inge Scholl an Robert Scholl, 1. 5. 1963.

[193] IfZ, ED 474, Bd. 31, Inge Scholl an Otl Aicher, 30. 3. 1943.

[194] Zur Bedeutung der medialen „Auslagerung" siehe auch Assmann/Frevert: Geschichtsvergessenheit, S. 49, sowie Kap. 3 dieser Studie.

[195] Der genau Termin lässt sich aus den Quellen nicht erschließen. Für einen Beginn im Herbst spricht die zunehmende Erwähnung von Erinnerungen in Briefen und Aufzeichnungen Inge Scholls. Siehe auch IfZ, ED 474, Bd. 33, Inge Scholl an Otl Aicher, 8. 2. 1945.

[196] IfZ, ED 474, Bd. 35, Tagebucheintrag Inge Scholls, 11. 2. 1944.

[197] IfZ, ED 474, Bd. 17, Inge Scholl an Werner Scholl, 4. 9. 1943.

und Sophie und interpretierte sie neu, vom Ende der Geschichte, dem Widerstand und der Hinrichtung ihrer Geschwister her.[198] Auch in den Kassibern, den geschmuggelten Briefchen, die die Familie während der Haftzeit austauschte, spielen diese Erinnerungen eine große Rolle.[199] Ein anderer Ort, sie niederzuschreiben, war das Tagebuch.[200] Ohne eine systematische Erinnerungserzählung festzuhalten, finden sich schon hier Erzählmuster und Deutungen über den Widerstand. Die Neuentdeckung der Biografien ihrer Geschwister ergab sich nur zu einem Teil aus den eigenen Erinnerungen. Dazu kamen die Briefe, Tagebuchaufzeichnungen und Notizen, die Hans und Sophie Scholl hinterlassen hatten.[201] Darin schien ein unmittelbarer Zugang zu ihren Gedanken und Gefühlen möglich, wenn auch nicht direkt zum Widerstandsgeschehen, wozu keine Aufzeichnungen existierten. Gerade hier blieb viel Raum für Interpretation.

Inge Scholl griff für ihre Lebenserzählungen auf Begriffe, Deutungs- und Erzählmuster zurück, die ihr aus der Auseinandersetzung mit dem Christentum und dem Katholizismus vertraut waren. Die eigene Geschichte und die ihrer überlebenden Familienmitglieder interpretierte sie in dieser Phase vor allem als Weg der Läuterung durch Leid. Leid war der zentrale Begriff, um das Familienschicksal und den Umgang damit zu beschreiben.[202] So berichtete sie Otl Aicher: „Wenn ich sehe, wie meine Lieben an dem Tod von Hans und Sophie und an unserem ganzen Geschick wachsen, dann möchte ich in die Knie sinken und sagen: ‚Du seeliges [sic!] Leid!'"[203] Über ihre eigene Situation hielt sie fest: „Mein Leid aber trage ich trotz aller Demut mit Hochgemutheit, in dem seligen Bewußtsein, daß Er [Gott, C.H.] nicht jedem solche Last anvertraut. Ich weiß, daß Er seinen Segen damit vorhat."[204] Sie verglich sich mit dem heiligen Christophorus, der der Legende nach seine Last – Jesus und mit ihm die ganze Welt – sicher über den Fluss getragen hatte.[205] In Inge Scholls Perspektive brachte das gemeinsame Leid die Familie wieder zusammen, eröffnete allen Familienmitgliedern einen neuen Zugang zu Gott und damit auch zu Hans und Sophie Scholl. Denn sie registrierte bei all ihren Familienmitgliedern einen neuen Bezug zur Religion, die – vor allem in der Vater-Tochter-Beziehung – in den vorhergehenden Jahren häufig trennend gewirkt hatte.[206]

---

[198] IfZ, ED 474, Bd. 31, Inge Scholl an Otl Aicher, 30.3.1943, 26.4.1943, 6.6.1943, 4.3.1944, 31.10.1944, 28.11.1944, 10.2.1945, 17.2.1945, 22.2.1945.

[199] IfZ, ED 474, Bd. 261. Teilweise veröffentlicht in Aicher-Scholl (Hrsg.): Sippenhaft.

[200] IfZ, ED 474, Bd. 35, Tagebucheinträge Inge Scholls, 13.8.1943, 16.8.1943, 20.10.1943 (abends), 24.11.1943, 15.2.1944, 24.5.1944, 23.2.1945.

[201] IfZ, ED 474, Bd. 31, Inge Scholl an Otl Aicher, 28.8.1943. Bd. 35, Tagebucheintrag Inge Scholls, 8.7.1945.

[202] Exemplarisch siehe IfZ, ED 474, Bd. 31, Inge Scholl an Otl Aicher, 16.5.1943, 19.5.1943, 4.6.1943, 8.8.1943.

[203] IfZ, ED 474, Bd. 31, Inge Scholl an Otl Aicher, 4.6.1943.

[204] IfZ, ED 474, Bd. 31, Inge Scholl an Otl Aicher, 16.5.1943.

[205] IfZ, ED 474, Bd. 31, Inge Scholl an Otl Aicher, 13.4.1943 und 6.8.1943. Bd. 17, Inge Scholl an Werner Scholl, 17.6.1943. Siehe auch Bd. 26, Frido Kotz an Inge Scholl, 5.7.1943.

[206] IfZ, ED 474, Bd. 31, Inge Scholl an Otl Aicher, 4.6.1943 und 18.9.1943. Bd. 17, Inge Scholl an Werner Scholl, 26.5.1943.

Die christliche Tradition bot ihr Vorbilder, die Lebensgeschichten ihrer Geschwister neu zu fassen und zu erzählen: als Hagiografie, also als Heiligengeschichte. Hagiografische Erzählmuster sind aber auch typisch für autobiografische Erzählungen.[207] Es sind Erzählungen von der Nachfolge Christi, die beispielhaft nachgelebten Glauben präsentieren. Darin ließen sich die Lebenswege Hans und Sophie Scholls ebenso wie ihr eigener fassen. Diese Muster finden sich nicht erst in der Niederschrift, die Inge Scholl im Herbst 1944 begann, sondern lassen sich schon früher ausmachen, in all den kleinen Erinnerungen und Episoden über Hans und Sophie Scholl, die Inge Scholl in ihren Tagebüchern und Briefen festhielt. Die entscheidende Gemeinsamkeit, die Inge Scholl in ihrem Lebenslauf und denen all ihrer Geschwister zu entdecken glaubte, war die Hinwendung zunächst zum Christentum und dann zum Katholizismus.[208] Diese Überlegung hatte sie auch schon früher angestellt.[209] Zudem schien sich dies auch in den Aufzeichnungen ihrer Geschwister selbst zu zeigen. Am 28. August 1943 schrieb Inge Scholl an Otl Aicher:

> Ich fand gestern ein kleines schwarzes Wachstuchheft, in das Sophie in ihrer Kriegshilfsdienstzeit in Blumberg einige Tagebuchnotizen gestreut hat. Ich war so sehr ergriffen, als ich sie gelesen hatte. Ihr Wollen war tatsächlich das einer Heiligen und irgendwie habe ich ein Gefühl der Scham, ob ich solche Größe neben mir wert war.[210]

Die Leben ihrer Geschwister wurden so zu Heiligengeschichten, zu ahistorischen, überzeitlichen Erzählungen über den Glauben, nicht über den Widerstand. Im Zentrum stand die Geschichte vom „seligen Sterben und der großen Freude"[211] und die „Heimkehr"[212] zu Gott, die in Inge Scholls Sichtweise der Tod im Glauben bedeutete. Lebensgeschichte wurde so zur *imitatio Christi*. Wie Heilige rief Inge Scholl ihre Geschwister auch in ihren gebetsartigen Tagebucheinträgen an.[213]

Die Loslösung vom historischen Kontext ermöglichte jedoch auch die Emanzipation von nationalsozialistischen Interpretationen und die Etablierung einer Gegenerzählung, die auf ein Leben ohne den Nationalsozialismus verwies. Hier zeigt sich vielleicht am deutlichsten, dass Inge Scholl nach der Hinrichtung ihrer Geschwister endgültig mit dem Nationalsozialismus gebrochen hatte. Sie folgte einem heilsgeschichtlichen Geschichtsbild, wie es Haecker in *Der Christ und die*

---

[207] Schneider: Herzensschrift, S. 19. Eckert: Legende, S. 37–40. Zur Tradition religiös orientierter Autobiografik vgl. auch Wagner-Egelhaaf: Autobiographie. Zur Autobiografie von Frauen und während des NS siehe Holdenried: Autobiografie, S. 62–84 und S. 233–242. Engelhardt: Geschlechtsspezifische Muster, S. 368–392.

[208] IfZ, ED 474, Bd. 32, Inge Scholl an Otl Aicher, 4.3.1944. Bd. 33, Inge Scholl an Otl Aicher, 10.2.1945.

[209] IfZ, ED 474, Bd. 35, Tagebucheintrag Inge Scholls, 29.6.1942.

[210] IfZ, ED 474, Bd. 31, Inge Scholl an Otl Aicher, 28.8.1943. Das gleiche Muster ist auch bei Herta Probst, der Witwe Christoph Probsts, zu finden. Exemplarisch ist IfZ, ED 474, Bd. 25, Herta Probst an Inge Scholl, 2.11.1943: „Christel [Christoph Probst, C.H.] ist ein Heiliger, das spüre ich täglich immer mehr u. mit grösserer Gewissheit."

[211] IfZ, ED 474, Bd. 31, Inge Scholl an Otl Aicher, 30.3.1943. Ähnlich auch Bd. 32, Inge Scholl an Otl Aicher, 28.11.1944.

[212] IfZ, ED 474, Bd. 33, Inge Scholl an Otl Aicher, 14.1.1945.

[213] IfZ, ED 474, Bd. 35, Tagebucheinträge Inge Scholls vom 24.11.1943 und 24.5.1944.

Geschichte entworfen hatte. Haecker machte den Einzelnen und seine Erlösung zum Zentrum und Ziel allen historischen Geschehens, das nicht in der Endlichkeit der weltlichen Geschichte, sondern in der Unendlichkeit Gottes liege:

> Alle Geschichte ist Geschichte des Weges zum Heil oder des Abfalles vom Heil, des Weges zu Gott oder des Abfalles von Gott. [...] So transzendiert die Geschichte der Personen auf dem Wege zum Heile [...] sogar auch die *laute Mitte* aller Geschichte, die Gemeingeschichte, die *historia communis*, welche die politische der Staaten und der Reiche ist, und noch dazu die innigere, geheimnisvollere, welche die jeder einzelnen Familie ist. Um der Geschichte der einzelnen heiligen Seele willen ist jede andere Geschichte; *ihr* müssen dienen Aufstieg und Niedergang der Reiche, Kriege und Revolutionen.[214]

Nachfolge bedeutete nicht Widerstand, sondern Glaube. Dadurch schien auch ein nachträglicher Brückenschlag zu den Toten möglich. Im Juni 1943 schrieb Inge Scholl an ihren Bruder Werner:

> Aber ich möchte mit all meinem guten Willen an Jesus Christus glauben und an die Unsterblichkeit der Menschenseele. Ich glaube und empfinde es, daß desto stärker und lebendiger mein Glaube wird, desto lebendiger ist die Nähe und Verbindung zu Sophie und Hans.[215]

Auch Rose Nägele, einer engen Freundin Hans Scholls, empfahl sie Ähnliches.[216]

Wie Inge Scholl ihre Lebensgeschichte und die Biografien ihrer Geschwister parallelisierte, zeigt sich am deutlichsten an der Frage der Konversion zum Katholizismus. Inge Scholl hatte sich schon lange über diesen Schritt Gedanken gemacht, aber erst nach der Hinrichtung ihrer Geschwister traf sie die Entscheidung, zu konvertieren.[217] Das hing auch damit zusammen, dass Inge Scholl davon ausging, dass Hans und Sophie Scholl als Katholiken gestorben waren und die Konversion zwar nicht mehr formal, so aber doch ideell noch vollzogen hatten. Bestärkt wurde sie in dieser Überzeugung von ihrem Bruder Werner, der ihr berichtet hatte, Hans Scholl habe ihm kurz vor seinem Tod gesagt, er sterbe „im Glauben an die katholische Kirche".[218] Rückblickend schien sich auch Sophie Scholls Leben als Weg zum Katholizismus deuten zu lassen. Inge Scholl erinnerte sich an Situationen des innigen Gebets von Sophie Scholl, der Bedeutung eines zufällig gefundenen Rosenkranzes für diese oder deren „Sehnsucht nach der Messe", die sie nun als Wegmarken zur Konversion deutete.[219] Sie notierte in ihr Tagebuch: „So wie ich in Sophie's Sache Einblick hatte, kann ich sagen, daß sie diesen Schritt [die Konversion, C.H.] noch entschiedener, ohne viele Umschweife des Abwägens von allem Möglichen, getan hätte."[220]

---

[214] Haecker: Christ, S. 108–110, Hervorhebung i. Orig. Das Buch erschien erst nach Haeckers Tod, Inge Scholl kannte das Manuskript aber zumindest zum Teil aus einer Lesung Haeckers. Zu Haeckers Geschichtsbild siehe auch Mayr: Haecker, S. 32–38.

[215] IfZ, ED 474, Bd. 17, Inge Scholl an Werner Scholl, o. D. [ca. Juni 1943]. Siehe auch Inge Scholl an Werner Scholl, 4. 9. 1943.

[216] IfZ, ED 474, Bd. 19, Inge Scholl an Rose Nägele, 26. 2. 1943.

[217] IfZ, ED 474, Bd. 35, Tagebucheintrag Inge Scholls, 21. 12. 1944. Siehe auch Schüler: „Im Geiste der Gemordeten...", S. 234–250.

[218] IfZ, ED 474, Bd. 22, Inge Scholl an Theodor Haecker, 24. 9. 1944 und 22. 1. 1945.

[219] IfZ, ED 474, Bd. 17, Inge Scholl an Werner Scholl, 11. 6. 1943. Bd. 33, Inge Scholl an Otl Aicher, 17. 2. 1945. Bd. 35, Tagebucheintrag Inge Scholls, 15. 2. 1944.

[220] IfZ, ED 474, Bd. 35, Tagebucheintrag Inge Scholls, 15. 2. 1944.

Mit Inge Scholls Entscheidung zur Konversion, so schrieb sie mehrfach an Otl Aicher, kamen auch die Erinnerungen an Hans und Sophie Scholl mit neuer Intensität zurück.[221] Im November 1944 berichtete sie Aicher: „Zur Zeit muß ich oft so sehr an Sophie und Hans denken. Ach, eigentlich immer – aber so wie jetzt – vielleicht machen es die Erinnerungen."[222] Und nachdem sie begonnen hatte, ihre Tagebücher als „Leitfaden" benutzend[223], ihre Beweggründe zur Konversion niederzuschreiben[224], wandte sie sich kurze Zeit später auch der Abfassung ihres ersten systematischen Erinnerungsberichts über ihre Geschwister zu. Biografisches und autobiografisches Schreiben liefen zumindest zeitweise parallel.[225] Zugleich knüpfte Inge Scholl ihre Konversion symbolisch an den Tod ihrer Geschwister. Sie wählte als Tag ihres Eintritts in die katholische Kirche den 22. Februar 1945, den zweiten Todestag Hans und Sophie Scholls. In einem Brief an Otl Aicher erklärte sie ihre Entscheidung und legte dar: „[…] ich wollte das Mitfreuen hier irgendwie zum Ausdruck bringen und an ihre Heimkehr die meine knüpfen. Und dann hat dieser Tag für mich eine tiefe Bedeutung gerade durch das Licht, das von ihren Narben ausging […]."[226] Inge Scholl stellte damit ihr Leben in die Nachfolge ihrer Geschwister und schrieb sich in das „Heilsgeschehen" mit ein. Die Konversion stellte für sie den Akt dar, der symbolisch dem Tod ihrer Geschwister am nächsten kam: Das Ende des alten Lebens und der Neubeginn. Dazu kam die der Konversion vorausgegangene Lebensbeichte, die Inge Scholl am 20. Februar 1945 ablegte.[227] Vorher hatte sie Otl Aicher mitgeteilt, sie wolle „recht nüchtern und auch radikal aufrichtig sein".[228] Diese Beichte war eine Abrechnung mit ihrem alten Leben, doch damit verbunden waren auch Vergebung und Neubeginn.[229] Dies betraf nicht nur ihr religiöses Leben, sondern ihre Biografie als Ganzes. Es war auch eine Abspaltung ihrer NS-Vergangenheit, die nun zu dem alten Leben vor der Wende der Konversion gehörte.[230] Unmittelbar nach Inge Scholls Konversion fand eine Messe zum Andenken an ihre Geschwister statt.[231] Das Tagesevangelium schien ihre Entscheidung zu bestätigen.[232] Die Stelle Matthäus 16,13-19 enthielt in Vers 18 das Gründungspostulat der Kirche: „Ich aber sage dir: Du bist Petrus und auf diesen Felsen werde ich meine Kirche bauen und die Mächte der Unterwelt werden sie nicht überwältigen."

---

[221] IfZ, ED 474, Bd. 32, Inge Scholl an Otl Aicher, 31. 10. 1944, 18. 11. 1944, 6. 12. 1944, 22. 2. 1945.
[222] IfZ, ED 474, Bd. 32, Inge Scholl an Otl Aicher, 18. 11. 1944.
[223] IfZ, ED 474, Bd. 32, Inge Scholl an Otl Aicher, 11. 9. 1944.
[224] Diese „Erläuterungen", wie Inge Scholl sie bezeichnete, sind nicht überliefert. Der Verweis auf die Benutzung ihrer Tagebücher als Orientierungshilfe lässt jedoch darauf schließen, dass es sich um autobiografische Aufzeichnungen handelte.
[225] IfZ, ED 474, Bd. 33, Inge Scholl an Otl Aicher, 8. 2. 1945.
[226] IfZ, ED 474, Bd. 33, Inge Scholl an Otl Aicher, 14. 1. 1945.
[227] IfZ, ED 474, Bd. 33, Inge Scholl an Otl Aicher, 22. 2. 1945.
[228] IfZ, ED 474, Bd. 33, Inge Scholl an Otl Aicher, 13. 2. 1945.
[229] Vgl. hierzu auch Riley: Character and Conversion. Ulmer: Konversionserzählungen.
[230] Zur „politischen Konversion" siehe Eitler: „Gott ist tot – Gott ist rot", S. 43–48.
[231] IfZ, ED 474, Bd. 33, Inge Scholl an Otl Aicher, 24. 2. 1945.
[232] Ebd.

Je näher der Termin der Konversion rückte, desto intensiver begann Inge Scholl, sich wieder mit dem Erinnerungsbericht über Hans und Sophie Scholl auseinanderzusetzen, der einige Zeit brachgelegen hatte.[233] Die Arbeit daran bereitete ihr Mühe und dauerte länger als geplant. Am 3. März 1945 erklärte sie Otl Aicher: „Ich bin ihn schon etwas überdrüssig, bin jedoch gewillt, das Ganze unverdrossen fertig zu machen."[234] Erst Ende Juni 1945 stellte sie ihren Bericht fertig.[235] Die *Erinnerungen an München* waren ihr erster größerer Versuch, sich die Geschichte ihrer Geschwister wieder anzueignen. Die Erzählung ist autobiografisch angelegt, denn Inge Scholl schrieb sich in der Rolle als Besucherin in München, die Eindrücke und Erlebnisse schildert, in den Text ein. Vor allem dort, wo es um die Widerstandsaktionen geht, wechselt die Erzählerposition zum objektivierenden „sie". Als wesentliche Voraussetzungen für den Widerstand benannte Inge Scholl hier drei Gründe. Der erste lag – so Inge Scholl – in den Persönlichkeiten ihrer Geschwister. Sie beschrieb sie als aufgeschlossen gegenüber der abendländischen Kultur, der Freiheit und der Humanität.[236] Damit eng verbunden sei – zweitens – der Einfluss Carl Muths.[237] Und schließlich sei noch hinzugekommen, dass Hans und Sophie Scholl andere Gleichgesinnte getroffen hatten, die wie sie bereit waren, Widerstand zu leisten.[238] Alle drei Faktoren führte Inge Scholl jedoch auf einen gemeinsamen Fluchtpunkt zurück: den Glauben. Widerstand, so argumentierte sie, sei nur dem möglich gewesen, der auf Gott und sein Rufen hörte:

Man muss sich hoch genug emporschwingen, um das tiefe Vorhaben unserer Zeit zu sehen, und dann demütig genug bereit sein, sich ihm ganz hinzugeben und ihm ans Licht zu verhelfen, sei es nun in Passivität oder in Aktivität. O, warum sah ich so oft nicht jene Gewichte des Lichts, die die gesunkene Waagschale meines Geistes wieder hätten hochziehen können.[239]

Widerstand wurde so zu einem religiösen Problem. Dennoch brach in den *Erinnerungen an München* die ahistorische Erzählung erstmals auf. Insbesondere in Bezug auf die Motivation und Rechtfertigung des Widerstands führte Inge Scholl den verbrecherischen Charakter des NS-Regimes an. Sie schrieb über die Hinrichtung eines Wehrdienstverweigerers oder schilderte die Deportation geisteskranker Kinder, die singend in den Deportationsbus gestiegen seien, weil ihre Betreuerinnen ihnen erzählt hatten, er würde sie in den Himmel bringen.[240] Inwiefern es sich dabei um Erinnerungen und Erlebnisse Inge Scholls und ihrer Geschwister handelte oder ob allgemein bekanntes und als „Verbrechenserzählungen" abrufbares, kollektives Wissen verarbeitet wurde, lässt sich kaum feststellen. Inge Scholl individualisierte diese Passagen in ihrer Erzählung, indem sie die-

---

[233] IfZ, ED 474, Bd. 33, Inge Scholl an Otl Aicher, 8. 2. 1945.
[234] IfZ, ED 474, Bd. 33, Inge Scholl an Otl Aicher, 3. 3. 1945.
[235] IfZ, ED 474, Bd. 35, Tagebucheintrag Inge Scholls, 23. 6. 1945.
[236] IfZ, ED 474, Bd. 35, Inge Scholl: Erinnerungen an München, o. D. [1944/45], S. 7–8, S. 20.
[237] Ebd., S. 20.
[238] Ebd.
[239] Ebd., S. 48.
[240] In ähnlicher Form findet sich eine solche Erzählung auch über die Deportation des Waisenhauses im Warschauer Ghetto, siehe z. B. Szpilman: Der Pianist, S. 93–94.

se als miterlebte Vorkommnisse oder verbürgte Zeugnisse darstellte. Die zeit-lose Geschichte des Weges zu Gott wurde hier zum ersten Mal im konkreten historischen Geschehen verortet. Auch wenn diese Episoden den Widerstand rechtfertigten, erklärbar und sinnhaft blieb er für Inge Scholl nur innerhalb des Religiösen und der *imitatio Christi*:

> Das durchaus Massgebende, womit allein der Sinn dieser Lichtflut aus ihrer Todesstunde zu ahnen und zu deuten ist, ist das Wesen des Opfers. Es wäre immer falsch, die Versuche Hans' und seiner Freunde als rein politisches Wirken zu betrachten. Sie entsprangen vielmehr jenen Tiefen, in denen sich der ganze Mensch, eben als Mensch in die Gemeinschaft eingefügt sieht.[241]

Doch das Opfer ist, folgt man Inge Scholls Argumentation, wie auch das Opfer Christi eines für die Menschen und die Gegenwart, das sich nicht in Transzendenz erschöpft. Es gibt hier vielmehr eine weltliche Perspektive des Opfers und der Sühne, die für Gegenwart und Zukunft relevant ist. So fuhr Inge Scholl fort:

> Ihr Tun war getragen von dem grossen Verlangen, die schwere Schuld, die in ihrer Zeit dunkelte, und die in ganz besonderem Masse auf dem Volke lastete, das das ihre war, auszugleichen und eine Brücke der Versöhnung in die Zukunft zu schlagen.[242]

Der Erfolg des Widerstands lag in Inge Scholls Interpretation also in der Chance auf Versöhnung und in der Hoffnung auf eine friedliche Zukunft. Diese Diagnose des Widerstands ihrer Geschwister hatte Inge Scholl das erste Mal am 23. Februar 1945 in ihr Tagebuch notiert, einen Tag nach ihrer Konversion:

> Diese Tat von Hans, die den Tod zur Folge hatte, ist im Grunde eine Rückkehr zu einem tiefen Wesenszug seiner Kindheit: Versöhnung. Es war zweifellos ein Versuch, das deutsche Volk zu versöhnen, seine Geschichte zu heilen. [...] Bei Sophie kam es aus Erbarmen und Gerechtigkeitsgefühl.[243]

Hier setzte Inge Scholl auch die Formel der *imitatio Christi* in einen weltlichen Kontext, der Anknüpfungspunkte für eine wesentlich „politischere" und gegenwartsbezogenere Interpretation des Widerstands anbot. Der Grund für diese Wende ist vor allem im Kriegsende und dem Zusammenbruch des NS-Regimes zu sehen. Damit eröffneten sich Zukunftschancen und die Hoffnung auf reale Gestaltung und Bestimmung des eigenen Lebenswegs, die vorher nur auf transzendenter Ebene möglich gewesen waren.

Inge Scholl nahm die Endphase des Krieges und die ersten Friedensmonate ambivalent wahr. Sie erlebte diese Zeit zusammen mit ihren Eltern und Otl Aicher, der in den letzten Kriegstagen desertiert war, auf dem *Bruderhof*. Im Frühjahr 1945 waren französische und amerikanische Truppen schnell in den Südwesten Deutschlands vorgedrungen. Am 26. April 1945 wurde Ewattingen kampflos von der französischen Armee besetzt.[244] Dennoch erfuhr Inge Scholl diese Zeit als chaotisch und von Gewalt geprägt, wie sie später in einem Erinne-

---

[241] IfZ, ED 474, Bd. 35, Inge Scholl: Erinnerungen an München, o. D. [1944/45], S. 73.
[242] Ebd., S. 74.
[243] IfZ, ED 474, Bd. 35, Tagebucheintrag Inge Scholls, 23. 2. 1945.
[244] Ehmer: Besetzung.

rungsbericht festhielt.[245] Auch ihre Tagebucheinträge aus dieser Zeit spiegeln eine gespaltene und geradezu aus den Fugen geratene Gesellschaft, die sich mit der neuen Situation erst arrangieren musste. Die Anlässe für Konflikte waren vielfältig und Inge Scholls Einschätzungen schwankend: Sie setzte sich für einen verhafteten SS-Angehörigen ein und kritisierte die „Antifaschisten", denen es an christlicher Liebe fehle.[246] Sie bemängelte die Einstellung der französischen Besatzer, die sich als „Sieger" und nicht als „Befreier" gebärdeten, und notierte zugleich selbstkritisch in ihr Tagebuch, nicht „aufrichtig genug für die Franzosen eingetreten" zu sein.[247] Als sich die Lage beruhigte, hatte sich in Inge Scholls alltäglichem Leben nur wenig geändert. Sie fühlte sich – wie auch früher schon – einsam auf dem abgeschiedenen *Bruderhof*.[248] Besuch kam selten. Umso glücklicher war Inge Scholl, als Hildegard Sch., eine Bekannte Sophie Scholls aus der Zeit des Kriegshilfsdiensts, auf dem *Bruderhof* vorbeikam. Sie schrieb darüber in ihr Tagebuch: „Ein kleines Stück aus Sophieleins Leben. Und der Name steht auch in ihren feinen Tagebüchlein."[249] Doch was würde aus Inge Scholls eigenem Leben werden?

Ihre Zukunftsvorstellungen, auf die sich in ihren Briefen und Tagebüchern nur wenige Hinweise finden, waren vage. Sie war bereit, ihren Beitrag zum praktischen wie moralischen Wiederaufbau zu leisten.[250] Dabei sah sie sich in der traditionellen Frauenrolle der Helferin und Unterstützerin des Mannes, auch als Zivilisatorin, „nämlich den bisher aller natürlichen Ordnung und Lebensführung und aller positiven Arbeit entwöhnten Mann wieder in die Bahnen des normalen Lebens zu führen".[251] Im Mai 1944 hatte sie in ihr Tagebuch den Wunsch notiert, nach Kriegsende das Abitur nachzuholen, wenn dies für ihre „Aufgabe" nötig sei.[252] Ihre ganze Hoffnung setzte sie auf Theodor Haecker als intellektuelle und moralische Leitfigur für den Aufbau eines christlichen Europas. Inge Scholl war überzeugt, dass nicht nur sie, sondern eine ganze Generation junger Europäer das erwarteten.[253] Ihre Kontakte zu Haecker waren auch nach der Hinrichtung ihrer Geschwister eng geblieben. Haecker hatte die Scholls in Ulm besucht und im Sommer 1944 sieben Wochen bei ihnen auf dem *Bruderhof* verbracht.[254] Nach

---

[245] IfZ, ED 474, Bd. 474, Inge Scholl: Der Bruderhof, o. D. [15. 3. 1989]. Auch online einsehbar im Dossier „60 Jahre Kriegsende" der *Badischen Zeitung*, Januar 2005. Dort sind auch zahlreiche andere Zeitzeugenberichte über das Kriegsende in Baden veröffentlicht: http://lahr. badische-zeitung.de/aktionen/2005/dossiers/kriegsende (zuletzt eingesehen am 3. 6. 2012). Siehe auch: Wolfrum u. a.: Krisenjahre. Koop: Besetzt, S. 35–39.

[246] IfZ, ED 474, Bd. 35, Tagebucheinträge Inge Scholls, 2. 6. 1945, 3. 6. 1945 und 8. 7. 1945.

[247] IfZ, ED 474, Bd. 35, Tagebucheinträge Inge Scholls, 2. 6. 1945 und 17. 7. 1945.

[248] IfZ, ED 474, Bd. 35, Tagebucheinträge Inge Scholls, 8. 1. 1944 und 16. 7. 1945.

[249] IfZ, ED 474, Bd. 35, Tagebucheintrag Inge Scholls, 16. 7. 1945. In dem Tagebucheintrag ist der Nachname mit Sch. abgekürzt. Vermutlich meinte Inge Scholl Hildegard Schüle.

[250] IfZ, ED 474, Bd. 17, Inge Scholl an Werner Scholl, 4. 8. 1943.

[251] IfZ, ED 474, Bd. 35, Tagebucheintrag Inge Scholls, 23. 10. 1943.

[252] IfZ, ED 474, Bd. 35, Tagebucheintrag Inge Scholls, 24. 5. 1944.

[253] IfZ, ED 474, Bd. 22, Inge Scholl an Theodor Haecker, 19. 11. 1944.

[254] IfZ, ED 474, Bd. 32, Abschrift des Eintrags Theodor Haeckers in das Gästebuch des *Bruderhofs*, o. D. [August 1944].

seiner Abreise hatte Inge Scholl begonnen, seine Manuskripte für ihn abzutippen, darunter die regimekritischen *Tag- und Nachtbücher* und die *Metaphysik des Fühlens*. In der Abgeschiedenheit des Schwarzwalds sollten Haeckers Werke „wie das kleine Moseskind im Schilfkörbchen" den Krieg überdauern, „bis ihre Zeit gekommen ist".[255] Doch Inge Scholls Zukunftshoffnungen zerschlugen sich, als sie im Juli 1945 erfuhr, dass der schwer kranke Haecker bereits kurz vor Kriegsende, im April 1945, gestorben war.[256]

Weitere Veränderungen zeichneten sich bereits seit dem Frühsommer ab, als die amerikanische Militärregierung Robert Scholl zum Oberbürgermeister von Ulm berief.[257] Im August 1945 kehrte auch Inge Scholl nach Ulm zurück.[258] Da die gemeinsame Wohnung am Münsterplatz im Krieg zerstört worden war, zog die Familie nun in die Mozartstraße, ein wenig außerhalb des Stadtzentrums. Vom *Bruderhof* nahm Inge Scholl auch die Familienerinnerung an ihre Geschwister wieder mit nach Ulm: die Tagebücher, Briefe und Fotos von Hans und Sophie Scholl ebenso wie die Aufzeichnungen ihrer eigenen Erinnerungen.

Ein Anknüpfen an das gemeinsame Familienleben vor und während des Kriegs war nicht mehr möglich. Drei der fünf Scholl-Kinder hatten das NS-Regime nicht überlebt: Hans und Sophie Scholl waren hingerichtet worden, Werner Scholl galt seit dem Sommer 1944 als an der russischen Front vermisst. Doch schon während der „Sippenhaft" war die Familie wieder näher zusammengerückt. Vor allem die Konflikte zwischen Inge Scholl und ihrem Vater hatten sich geglättet und sie war ihrer Schwester Elisabeth und ihrer Mutter wieder nähergekommen.[259] Zudem hatte sie sich mit ihrer Konversion erstmals aus allen Familienzwängen emanzipiert. Elisabeth Scholl heiratete im Herbst 1945 Fritz Hartnagel, den ehemaligen Verlobten ihrer Schwester Sophie. Otl Aicher blieb Inge Scholls engster Vertrauter. Sie ergriffen die Chance des Neuanfangs: Schon kurz nach ihrer Rückkehr nach Ulm organisierten sie eine erste Vortragsreihe zu religiösen und moralischen Themen der Gegenwart, die in der Martin-Luther-Kirche in Ulm stattfanden.[260] Im April 1946 öffnete die Volkshochschule in Ulm ihre Pforten, die Inge Scholl und Otl Aicher mit initiiert hatten.[261]

Aus dieser Zeit sind keine Tagebücher Inge Scholls überliefert und es gibt auch nur wenig Korrespondenz mit Otl Aicher und der Familie, weil sich alle überwiegend in Ulm aufhielten – es war also nicht nötig, Briefe zu schreiben. Doch es scheint, dass mit der Phase der erzwungenen Zurückgezogenheit auf dem *Bruderhof* auch Inge Scholls Rückzug in die Religion ein Ende gefunden hatte. Zwar

---

[255] IfZ, ED 474, Bd. 22, Inge Scholl an Theodor Haecker, 28.10.1944. Siehe auch Inge Scholl an Theodor Haecker, 28.10.1944, 19.11.1944, 2.12.1944.

[256] IfZ, ED 474, Bd. 35, Tagebucheintrag Inge Scholls, 1.7.1945.

[257] Stadtarchiv Ulm, B 006.10, Nr. 8.1, Aktennotiz von Irvin L. Harrow, 7.6.1945. IfZ, ED 474, Bd. 8, Robert Scholl an die Alliierte Militärregierung, 1.6.1945.

[258] IfZ, ED 474, Bd. 35, Tagebucheintrag Inge Scholls, 7.8.1945.

[259] Exemplarisch: IfZ, ED 474, Bd. 17, Inge Scholl an Werner Scholl, 26.5.1943. Bd. 31, Inge Scholl an Otl Aicher, 4.6.1943.

[260] Schüler: „Im Geiste der Gemordeten…", S. 269–282.

[261] Ebd., S. 288–331.

spielte der Glaube für sie weiterhin eine zentrale Rolle, aber ihr Leben „verwelt-lichte" sich und sie wandte sich konkreten Projekten zu. Sie engagierte sich in der Bildung und machte sich Gedanken über die Neugestaltung der Gesellschaft. Die Erinnerung an ihre Geschwister begleitete sie: Kaum nach Ulm zurückgekehrt, waren sie und ihre Familie mit den Geschichten über den Widerstand konfrontiert, die ohne ihr Zutun entstanden und im Umlauf waren. Doch nun konnten sie erstmals ihre Version des Geschehens hinzufügen.

2 Aneignungen oder: Vom Nutzen und Nachteil der Historie für die Nachkriegszeit

„Vor uns liegt eine Unmasse von Literatur über den Widerstand"[1], klagte der Verfasser einer 1948 von der Hamburger *Vereinigung der Verfolgten des Naziregimes* (VVN) herausgegebenen Bibliografie zur Widerstandsliteratur. Diese Zusammenstellung enthielt nicht nur Werke über den Widerstand im engeren Sinne, sondern auch Veröffentlichungen zu Konzentrationslagern, die ebenfalls unter dieser Kategorie subsumiert wurden. Das zeigt einerseits, dass das, was unter „Widerstand" verstanden wurde, noch relativ unspezifisch war. Auch der Begriff selbst wurde häufig ersetzt durch Wörter wie „Tat", „Opfer" oder „Wirken". Andererseits wird deutlich, dass ein großes Interesse an diesem Thema existierte. Es gab Menschen, die Zeitungsartikel, Reden oder Rundfunkberichte schrieben, eine Öffentlichkeit, die sie lesen oder hören wollte und schließlich die alliierten Besatzungsbehörden, die den Zugang zu den Medien kontrollierten, doch die Widerstandserzählungen passieren ließen.[2] Und es stellte sich heraus, dass Wissensbestände über den Widerstand existierten, die nun reaktiviert werden konnten.

Auch die *Weiße Rose* kam in der Bibliografie der VVN vor.[3] Bereits kurz nach Kriegsende, etwa seit dem Sommer 1945, tauchte die Widerstandsgruppe regelmäßig in Presse und Rundfunk auf, es gab erste Buchveröffentlichungen und eine Vielzahl an Gedenkveranstaltungen. In den Zeitungen erschienen die ersten Berichte über den Widerstandsroman *Es waren ihrer sechs* von Alfred Neumann, der eben in den USA herausgekommen war, und eine gewisse Annemarie Scholl erregte mit ihrer Behauptung, am Widerstand der *Weißen Rose* beteiligt gewesen zu sein, einiges Aufsehen. Im November 1945 fand die erste große Gedenkfeier in München statt und etwa seit Herbst berichteten die Medien immer häufiger über die Widerstandsgruppe.[4] Doch warum war die Erinnerung an die *Weiße Rose* überhaupt attraktiv für die deutsche Nachkriegsgesellschaft? Wie kam es dazu, dass die Geschichte dieser Widerstandsgruppe zu kollektiv verfügbarem Wissen wurde?

Inge Scholl und die Angehörigen der anderen hingerichteten *Weiße-Rose*-Mitglieder fanden sich nach Kriegsende in der Situation wieder, dass sie mit Erzählungen über den Widerstand konfrontiert waren, die ohne ihr Zutun entstanden waren. Doch zum ersten Mal konnten sie nun darauf Einfluss nehmen. Allerdings hatte das auch weitreichende Konsequenzen: Wie und wo sollte die Grenze zwi-

---

[1] Ahrens: Widerstandsliteratur.
[2] Dass es entsprechende Kontrollen gab, zeigt sich z. B. in IfZ, ED 474, Bd. 282, Romano Guardini an Inge Scholl, 17. 10. 1945. Siehe auch Artikel „Widerstand", in: Eitz/Stötzel: Wörterbuch.
[3] Ahrens: Widerstandsliteratur, S. 11 und S. 16.
[4] Vgl. dazu die von Inge Scholl gesammelten Presseausschnitte, IfZ, ED 474, Bd. 240, sowie ihre Sammlung von frühen Gedenkreden, IfZ, ED 474, Bd. 382. Siehe auch Steinbach/Tuchel: „Helden".

schen Öffentlichkeit und Privatheit gezogen werden? Welche Erinnerungen waren teilbar, welche nur der Familie vorbehalten? Und wie sollte das Problem gelöst werden, dass das Sprechen über einen Beteiligten notgedrungen auch immer das über alle anderen bedeutete? Die Familien wurden im öffentlichen Kommunikationsraum zu Konkurrenten um eine Deutungsmacht, die ihnen innerhalb ihrer eigenen Familienerinnerung niemand streitig gemacht hatte.

2.1 Zwischen Vergangenheit und Zukunft: Anfänge von Vergangenheitsbewältigung

2.1.1 Geschichtsbilder und Widerstandserinnerung

Die unmittelbare Nachkriegszeit war, trotz aller Alltagsnöte und der ungewissen Zukunft, eine geschichtsversessene Zeit.[5] „Zeit", „Wende", „Gegenwart", „Heute" und „Zukunft" bildeten ein Begriffsfeld, in dem sich die Wahrnehmung von Ungleichzeitigkeit, von Zäsur und dem Verschwimmen der Grenzen zwischen Vergangenheit, Gegenwart und Zukunft spiegelte.[6] Auch die häufig aufgerufene religiöse Vorstellung von Apokalypse, die nicht nur den Zusammenbruch beschrieb, sondern auch eine Heilserwartung transportierte, verwies darauf.[7] Gleichzeitig war für die deutsche Gesellschaft mit dem Ende des NS-Regimes die eigene Geschichte unsicher geworden. Der Nationalsozialismus musste zwar erklärt werden, konnte aber nicht mehr als Referenzpunkt für historische Selbstverortung dienen. Das NS-Regime war selbst historische Verhandlungsmasse geworden. Seine Deutungsmacht über die Geschichte war ebenso hinfällig wie seine Geschichtsbilder und Erinnerungsbestände. Auch die territorialen Grenzen und die Vorstellung davon, was „Deutschland" nun eigentlich sei, waren nicht mehr klar zu benennen. In diesem Kontext entstand Freiraum für eine neue historische Selbstverortung, die jedoch nicht allein der Historiografie und ihren methodischen und analytischen Instrumenten überlassen blieb.[8] Vielmehr wurde sie als „Vergangenheitsbewältigung" zu einer zentralen Debatte von Politik, Justiz und Gesellschaft in der Nachkriegszeit.[9] Doch auf welche historischen Ereignisse und Personen konnte, sollte und wollte sich die aus den Fugen geratene und kaum noch als Kollektiv existierende deutsche Gesellschaft beziehen?[10]

---

[5] Assmann/Frevert: Geschichtsvergessenheit.
[6] Vgl. die entsprechenden Artikel in: Kämper: Opfer – Täter – Nichttäter. Ausführlich Dies.: Schulddiskurs.
[7] Artikel „Apokalypse", in: Kämper: Opfer – Täter – Nichttäter.
[8] Berg: Holocaust. Geyer: Schatten. Kämper: Schulddiskurs. Schulze: Geschichtswissenschaft. Wolfrum: Geschichte, S. 56–69.
[9] Albrecht: Frankfurter Schule, S. 507–510. Frei: 1945. Ders.: Vergangenheitspolitik. Herf: Erinnerung. Moeller: War Stories. Müller (Hrsg.): Ideologies. Reichel: Vergangenheitsbewältigung. Ders. u. a. (Hrsg.): Nationalsozialismus. Steinbach: Postdiktatorische Geschichtspolitik.
[10] Hockerts: Stunde Null?

Schon kurz nach Kriegsende überschwemmte eine Welle an „Schriften zur Zeit" den Markt.[11] Diese kleinen Broschüren, die Theologen, Philosophen oder Journalisten verfasst hatten, versuchten eine Antwort auf diese drängenden Fragen zu geben. Ihre Lehren aus der Geschichte waren im Detail so unterschiedlich wie ihre Autoren, doch als kleinster gemeinsamer Nenner lässt sich die Rückbesinnung auf Traditionen festhalten, die als spezifisch deutsch, jedoch nicht als nationalsozialistisch gedeutet wurden: Klassik und Romantik, die Befreiungskriege und die Revolution von 1848.[12] Das 100. Jubiläum der Paulskirchenversammlung von 1848 und das Goethejahr 1949 wurden zu Fixpunkten und eröffneten die Gelegenheit, die neue Selbstverortung zu bekräftigen.[13] Beide Jahrestage fielen überdies in die Phase der doppelten Staatsgründung und waren somit zwei der Feen, die mit ihren Wünschen und Hoffnungen an der Wiege der Bundesrepublik wie der DDR standen.[14] Die Interpretation dieses Erbes war dann jedoch so gegensätzlich wie die politischen Systeme und das Selbstverständnis der beiden deutschen Staaten.[15]

In den Westzonen etablierte sich ein bürgerliches Geschichtsbild, das auf dem Literaturkanon von Klassik und Romantik, den Werten des bürgerlichen Zeitalters des 19. Jahrhunderts und dem geschichtsphilosophischen Denken des Historismus basierte. Defensiv ausgerichtet war es nicht. Kulturelle Überlegenheitsgefühle lösten die eben gescheiterten politischen und militärischen Großmachtfantasien ab. Selbst wenn nun keine politische Weltherrschaft mehr angestrebt wurde, die Vorstellung kultureller Hegemonie blieb präsent. Trotz dieser offensiven Ausrichtung eröffnete die Rückbesinnung auf jene Kulturtraditionen aber auch Wege, wieder Aufnahme in die imaginierte Gemeinschaft des Westens oder des „Abendlandes"[16] nach dem „Zivilisationsbruch" (Dan Diner) des Nationalsozialismus zu finden. Denn letztlich hatten all diese kulturellen Wurzeln auch über eine europäische Perspektive verfügt. Damit durften auch die Deutschen wieder auf die Aufnahme in die „Weltgemeinschaft" hoffen. Politisch wirksam wurde dies dann vor allem in der Gründungsphase der Bundesrepublik und ihren ersten Jahren. Adenauers Politik der Westbindung lässt sich als realpolitische Ausgestaltung dieser Ideen interpretieren.[17]

Vor diesem Hintergrund wundert es nicht, dass der Historiker Friedrich Meinecke in seiner Bilanz *Die deutsche Katastrophe*[18] zur Bildung von Goethe-Gesellschaften aufrief, um dadurch Deutschland wieder aufzurichten. Diese Episode

---

[11] Exemplarisch Barth: Wort. Ebbinghaus: Schicksalswende. Harzendorf: So kam es. Kapphan: Zukunft. Kramer: Ruinen. Tellenbach: Not. Siehe auch Kießling: Die undeutschen Deutschen.
[12] Siehe auch Wolfrum: Geschichtspolitik.
[13] Ebd. Klemm: Erinnert – umstritten – gefeiert. Roth: Erbe. Meier: Goethe. Assmann: Jahrestage.
[14] Herf: Erinnerung.
[15] Weber: Thomas Mann.
[16] Artikel „Abendland", in: Kämper: Opfer – Täter – Nichttäter. Schildt: Abendland. Ders.: Ideologie.
[17] Granieri: Alliance.
[18] Meinecke: Katastrophe. Wehrs: Schwierigkeiten.

rief nachträglich in der Geschichtswissenschaft immer wieder befremdetes Kopf-
schütteln hervor, doch in diesem Kontext wird sie verständlich.[19] Über den Rück-
bezug auf „deutsche Kultur" fand eine explizite Abgrenzung des „echten
Deutschen"[20] vom Nationalsozialismus statt, der auf diese Weise aus der deutschen (National-)Geschichte herausgeschrieben wurde. Die Trennlinie dazwi-
schen bildeten die Teilhabe an bzw. der Ausschluss von diesen Errungenschaften.
So begründete der Journalist Franz Albert Kramer in seiner Auseinandersetzung
mit dem Nationalsozialismus *Vor den Ruinen Deutschlands. Ein Aufruf zur geschichtlichen Selbstbestimmung* Hitlers spätere biografische Entwicklung mit dessen fehlender Erziehung zu deutschen Kulturwerten in der Kindheit:

> [Hitlers] Entwicklung scheint ohne jeden geistigen Glanz, ohne jede gefühlsmäßige Wärme,
> ohne jede sittliche Erhebung verlaufen zu sein. In seinen Erinnerungen ist mit keinem Wort von
> Märchen, vom ‚Schatzkästlein' eines Hebel, von der ‚Guten Einkehr' eines Richter, von den
> christlichen Unterweisungen einer Mutter die Rede. Von des deutschen Knaben Wunderhorn,
> aus dem die deutsche Jugend zu leben pflegt, scheint nicht das geringste über ihn gekommen zu
> sein. Er scheint Stifter und Raabe, Storm und Reuter nicht gelesen zu haben, von Scott und
> Dickens ganz zu schweigen. Hat er jemals den Sprachklang eines Hölderlin oder Mörike im Ohr
> gehabt? Ist ihm je ein Gedanke Goethes nachgegangen? Er wird in allen seinen Reden und
> Schriften nie ein Zitat aus der deutschen Literatur bringen.[21]

In dieser Sichtweise waren Hitler und das NS-Regime das Ergebnis einer Bil-
dungskatastrophe. Damit war der Nationalsozialismus diskreditiert, nicht aber
die Deutschen. Diese Ausgrenzung und Auslagerung des Nationalsozialismus in
das „absolut Andere" (Gerhard Paul) und das Fremde lässt sich generell für die
frühe Auseinandersetzung mit der NS-Zeit feststellen.[22] Bis in die 1960er-Jahre
hinein dominierte die Vorstellung von den diabolischen und pathologischen Tä-
tern, die nie in die deutsche Gesellschaft integriert gewesen seien.[23] Die damit eng
verbundene Imagination der Gestapo als allwissendes, Herrschaft sicherndes
Überwachungsinstrument bestätigte zusätzlich die Trennung der „normalen
Deutschen" vom Nationalsozialismus.[24]

Die Konzeption dieses Geschichtsbilds, das sich vor allem über bürgerliche Bil-
dungsideale konstituierte, hatte entscheidenden Einfluss auf die Rezeption des
Widerstands. Die sich in Westdeutschland früh etablierende Ignoranz vor allem
gegenüber dem Widerstand des linken Spektrums erklärt sich nicht nur aus einer
traditionellen und sich im Kontext des entstehenden Ost-West-Konflikts verschärfenden Kommunismusfurcht, sondern auch aus dem bürgerlichen Geschichtsbild, das sich durchsetzte. Denn darin war kein Platz für konkurrierende
Deutungen von Geschichte, Politik und Gesellschaft, wie sie sich aus linken Positionen ergaben. Das bedeutete nicht, dass die Erinnerung an diesen Widerstand
im jeweiligen Milieu verstummt wäre, aber sie war in der Gesamtheit der deut-

---

[19] Schulze: Geschichtswissenschaft. Berg: Holocaust, S. 64–104. Clark: Catastrophe, S. 33–41.
[20] Vgl. hierzu den Artikel „deutsch", in: Kämper: Opfer – Täter – Nichttäter.
[21] Kramer: Ruinen, S. 9.
[22] Paul: Psychopathen, S. 13–20. Knoch: Tat, hier insbesondere die Kapitel 1 und 2.
[23] Ebd. Siehe auch Hodenberg: Konsens, S. 270.
[24] Paul: Psychopathen, S. 18.

schen Nachkriegsgesellschaft nicht konsensfähig.[25] Dass die Erinnerung an den
20. Juli lange Zeit ähnlich problematisch war, ist jedoch weniger auf dessen mangelnde Anschlussfähigkeit an das bürgerliche Geschichtsbild zurückzuführen.
Zwar waren die alten militärischen und adligen Eliten in dem Widerstandskreis
vertreten gewesen, doch es gab auch bürgerliche Schlüsselfiguren wie Carl Friedrich Goerdeler. Als schwerwiegender erwies sich die Kollision mit der in der Gesellschaft tief verankerten Vorstellung von der Pflicht zur Einhaltung des Eides
gegenüber Hitler. Diese Entschuldungs- und Sinngebungsstrategie für das eigene
Verhalten oder das naher Angehöriger, die ebenfalls Soldaten gewesen waren, aber
weitergekämpft hatten und vielleicht auch gefallen waren, behinderte bis in die
1950er-Jahre eine in der ganzen Breite der Gesellschaft verankerte Akzeptanz dieser Widerstandsgruppe.[26] Daraus lässt sich jedoch nicht schließen, dass Widerstandserinnerung grundsätzlich über keinen gesellschaftlichen Rückhalt in der
Nachkriegszeit verfügte, wie die auf den *20. Juli* fokussierte Widerstandshistoriografie häufig verallgemeinert.[27] Retardierend auf die Rezeption des *20. Juli* wirkten auch Ressentiments der Alliierten, die in den Attentätern Vertreter gerade
jener antidemokratischen, preußisch-militaristischen und adligen Kaste sahen,
die für sie als Leitfiguren einer Demokratie westlichen Vorbilds oder einer Sozia-
lisierung nach sowjetischem Muster nicht infrage kamen.[28]

Solche Vorbehalte gab es gegenüber der *Weißen Rose* nicht. Die Alliierten
waren über die Gruppe relativ gut informiert und die Briten hatten das fünfte
Flugblatt für ihre Gegenpropaganda in Deutschland genutzt.[29] Die männlichen
Beteiligten wurden in erster Linie als Studenten wahrgenommen, nicht als Soldaten[30], obwohl Hans Scholl, Alexander Schmorell, Christoph Probst und Willi
Graf Mitglieder einer Studentenkompanie gewesen waren. Und schließlich erschien die *Weiße Rose* anschlussfähig an das bürgerlich geprägte Geschichtsbild
der Nachkriegszeit. Die Widerstandsgruppe hatte in all ihren Flugblättern auf
kulturelle und religiöse Wurzeln verwiesen, auf die sich auch das Geschichtsbild
der Nachkriegszeit berief: Sie hatten Schiller und Goethe zitiert[31] und mit Theodor Körners Aufruf „Frisch auf, mein Volk, die Flammenzeichen rauchen!" zu
einem neuen „Befreiungskrieg" gegen Hitler aufgerufen.[32] Die Flugblätter waren
zwar in dieser Phase in der breiteren Öffentlichkeit eher wenig bekannt, doch

---

[25] Miller: Widerstand.
[26] Tuchel: Vergessen. Frei: Erinnerungskampf. Geyer: Der Kalte Krieg.
[27] Exemplarisch seien hier nur genannt Tuchel: Vergessen. Steinbach: „Stachel".
[28] Hammerstein: Schuldige Opfer? Kettenacker: Haltung. Finker: Stellung.
[29] Vgl. Kap. 1.
[30] Ein seltenes Beispiel ist ein früher Artikel von Hans Werner Richter: Studentenrebellion und
Fronterlebnis, in: Studio, o. D. [ca. 1946?], in: IfZ, ED 474, Bd. 240. Siehe auch Ruf, Nr. 9,
15. 12. 1946, vgl. Tuchel: Wahrnehmung, S. 50, FN 17.
[31] 1. Flugblatt, zit. nach: Scholl: Weiße Rose, Frankfurt a. M.: Verlag der Frankfurter Hefte, [1]1952,
S. 86–88.
[32] 6. Flugblatt, zit. nach: Scholl: Weiße Rose, Frankfurt a. M.: Verlag der Frankfurter Hefte, [1]1952,
S. 110.

gerade das letzte Blatt, in dem diese Bezüge sehr deutlich werden, wurde schon früh häufig zitiert.[33]

Die Geschichte der *Weißen Rose* passte also zu dem sich etablierenden neuen deutschen Geschichtsbild. Das war eine zentrale Voraussetzung für ihre Rezeption. Doch es bleibt die Frage, warum Widerstandserinnerung überhaupt attraktiv war. Musste der Widerstand nicht als Anklage gegen all jene angesehen werden, die nichts gegen das NS-Regime unternommen hatten? An der Antwort auf diese Frage wird die ganze Paradoxie und das schwierige Spannungsverhältnis deutlich, das den Umgang mit dem Nationalsozialismus in dieser frühen Phase kennzeichnete. In der westdeutschen Geschichtserzählung war die Zeit des Nationalsozialismus ebenso ständiger Referenzpunkt wie blinder Fleck. Das Narrativ desintegrierte den Nationalsozialismus aus der (National-)Geschichte, indem es ihn als Irrweg verführter Massen qualifizierte[34], die Täter als „dämonische Führungspersonen" oder „kriminelle Exzeßtäter" aus der Gesellschaft ausgrenzte und die Gestapo als allmächtiges und allwissendes Herrschaftsinstrument imaginierte.[35] Die deutsche Gesellschaft erschien so als erstes Opfer des von ihr vollkommen abgelösten nationalsozialistischen Herrschaftssystems.[36] Diese Sichtweise übernahmen auch die Alliierten bei den Nürnberger Prozessen, nicht nur durch den Anspruch, dort die Schuldigsten aller Schuldigen aburteilen zu wollen, sondern auch durch die deutschen Zeugenaussagen, die in die Verhandlungen ihre Sicht der Dinge einschrieben.[37] So kritikwürdig das sein mag, hier lag auch die Möglichkeit zur Rehabilitation für all diejenigen, die eben nicht zu jener „Verbrecherclique" gezählt wurden. Es entstand Platz für eine Gegenerzählung zur Verbrechensgeschichte des Nationalsozialismus. Diese konzipierte die Zeit des *Dritten Reiches* als historischen Ausnahmezustand, in dem das „echte" Deutschland der Klassik und der Romantik, der Befreiungskriege und der Revolution von 1848 nur im Belagerungszustand überlebte. Und so wie der Ort der NS-Herrschaft das Inszenierte und das Sichtbare war, war der Ort des „echten" Deutschlands das Verborgene und Unsichtbare, wo diese deutschen Traditionen vor den Allmachtsbestrebungen des NS-Staates gehütet wurden. Diese Unsichtbarkeit war jedoch gleichzeitig das Problem: Wie sollte der unwissende, unbeteiligte Dritte nach Kriegsende von der Existenz dieses Deutschlands überzeugt werden? Diese Beglaubigungslücke füllte der Widerstand aus und das machte die Erinnerung daran so attraktiv. Der Widerstand hatte eine Zeichenfunktion. Er stand – nach innen und nach außen – dafür, dass diese „echten" deutschen Traditionen auch während des Nationalsozialismus weitergelebt hatten.[38] Zugleich zeigte sich an der Vergeblichkeit des Widerstands, der nur in Märtyrertum oder tragischem Heldentum enden

---

[33] Siehe die Beispiele in IfZ, ED 474, Bd. 240.
[34] Schulze: Geschichtswissenschaft.
[35] Paul: Psychopathen. Knoch: Tat.
[36] Ebd.
[37] Paul: Psychopathen.
[38] Eckel: Transformationen, S. 140–141. Kershaw: NS-Staat. Müller/Mommsen: Widerstand, S. 13. Steinbach: Widerstand.

konnte – so werden alle Widerstandsgeschichten dieser Zeit erzählt –, dass angesichts eines als allmächtig imaginierten Staates nur das Schweigen und Stillhalten die richtige Strategie sein konnte.

Die Widerstandserzählungen bestätigten also zentrale Motive des Geschichtsbildes und unterstützten gängige Entschuldungsstrategien: Da Widerstand zwangsläufig den Tod bedeutete, musste die Entscheidung, die Traditionen des „wahren" Deutschlands über die Zeit des Nationalsozialismus für die deutsche Zukunft im Verborgenen zu hüten, die bessere sein. Widerstand war demnach objektiv sinnlos und nur als bewusstes Märtyrertum in seiner symbolischen Funktion für die Nachwelt wertvoll und erinnerungswürdig.[39] Zugleich bestand darin das entscheidende Argument und die Rechtfertigung dafür, nicht aktiv gegen das NS-Regime eingetreten zu sein. In dieser Argumentationslinie war der Widerstand eben kein Vorwurf an all diejenigen, die geschwiegen hatten, sondern eine Bestätigung dieser Verhaltensweise als der klügeren.[40] Franz Josef Schöningh, der Mitherausgeber der *Süddeutschen Zeitung* und der wiedererstandenen Zeitschrift *Hochland*, schrieb 1946 in einem großen Artikel über die *Weiße Rose*:

Wenn es ihnen an Klugheit im Sinn der Welt gebrach, so besaßen sie doch eine höhere: Nur ihr Lebensopfer konnte für diejenigen draußen, deren Blick nicht von Haß verdunkelt ist, im grell leuchtenden Blitz des Fallbeils offenbaren, was in zahllosen Deutschen während jener schrecklichen Zeit vorging.[41]

Diese Konzeption verlegte den Aufruf zur Nachfolge des Widerstands ganz in die Gegenwart. Während eine solche Forderung im *Dritten Reich* als vollkommen sinnlos erscheinen musste, schien nun die Zeit gekommen, die bislang im Verborgenen liegenden Traditionen wieder hervorzuholen und neu zu beleben. Darin lag – zeitgenössischen Interpretationen folgend – auch der Sinn des Widerstands. So hieß es in einem Zeitungsartikel: „Nein, Freunde, es ist nicht nutzlos gewesen. Der tragische Ablauf des Aufstandes Scholl war ein Symbol. Ein erstes. Pfadfinder auf einem neuen Wege sind immer Märtyrer gewesen, und keine Idee hat ohne Opfer begonnen, am wenigsten die der Freiheit."[42]

Das religiös konnotierte Vokabular, mit dem über die Zeit des Nationalsozialismus und den Widerstand gesprochen wurde, war ganz typisch für die frühe Nachkriegszeit. Darin spiegelte sich nicht nur eine zunehmende Religiosität, sondern auch der Rückgriff auf bekannte und erprobte Bewältigungsmuster von als katastrophisch wahrgenommenen Ereignissen. Zugleich ließ sich durch Begriffe wie „Märtyrer" Distanzierung ausdrücken. In der christlichen Tradition ist ein Märtyrer ein Zeuge, dessen starker und unerschütterlicher Glaube es ihm un-

---

[39] Agamben: Auschwitz, S. 23–25.
[40] Siehe hierzu auch die knappen Überlegungen von Kirchberger: „Weiße Rose", S. 32, S. 40–41.
[41] Stadtarchiv München, NL Kurt Huber, Nr. 196, Franz Josef Schöningh: Sechs Tote bitten die Welt um Gerechtigkeit, in: Sonderdruck aus der Süddeutschen Zeitung vom 1.11.1946. Ähnlich auch schon Hans von Hülsen: Helden gegen Hitler, in: Süddeutsche Zeitung, 23.10.1945.
[42] IfZ, ED 474, Bd. 240, Die Geschwister Scholl, in: Schwäbische Zeitung (Tübingen), o. D. [Frühjahr 1946]. Siehe auch Hans von Hülsen: Helden gegen Hitler, in: Süddeutsche Zeitung, 23.10.1945.

geachtet aller Zeitumstände ermöglicht, aktiv die Entscheidung für den Tod zu treffen.[43] Auch dadurch blieb Widerstand eine unrealistische Handlungsoption. Gleiches gilt für den Begriff des tragischen, weil gescheiterten „Helden"[44], der ebenfalls in den frühen Texten über die *Weiße Rose* verwendet wurde.[45] Beide waren Figuren, die „aus banalen geschichtlichen Zusammenhängen herausgelöst in die Zeitlosigkeit erhoben erscheinen".[46] Zugleich hob die Vorstellung vom bewussten Selbstopfer die Täter-Opfer-Dichotomie auf. Denn wer sich selbst geopfert hatte, brauchte niemanden, der ihn zum Opfer gemacht hatte.

Diese Erzählmuster wiederholte die Widerstandshistoriografie und verlieh ihnen wissenschaftliche Beglaubigung. Exemplarisch dafür steht Hans Rothfels' Studie *Die deutsche Opposition gegen Hitler. Eine Würdigung*, die 1949 in Deutschland erschien.[47] Die *Weiße Rose* erscheint darin als Widerstandsgruppe, der es vor allem darum ging, ein Zeichen zu setzen, um „ihren Glauben [sic!] zu bekennen und sich selbst sowohl wie den Namen Deutschlands zu reinigen."[48] „Opferwille" und „Martyrium" charakterisierten das Handeln der Oppositionellen, so Rothfels weiter.[49] Selbst die Historiografie machte Widerstand zu einem moralischen Phänomen, dessen Zielsetzung darin lag, stellvertretend ein Zeichen gesetzt zu haben. Das „Prinzipielle" des Widerstands lag „in den Kräften moralischer Selbstbehauptung, die über die Erwägung des bloß politisch Notwendigen weit hinausgehen."[50]

2.1.2 Geschichte(n) der *Weißen Rose*

Schon die vielen kleinen Broschüren zur Situation der Gegenwart und den Umständen, die dazu geführt hatten, waren nicht vorwiegend von Historikern verfasst worden, auch wenn sie sich alle mit Historischem befassten. Sie changierten zwischen dem Impetus, nun endlich die „Wahrheit" über die Zeit des Nationalsozialismus sagen zu dürfen, und dem Gefühl, vom Nationalsozialismus betrogen und getäuscht worden zu sein und deshalb eben über diese Zeit eigentlich gar nichts zu wissen. Der Mediävist Gerd Tellenbach meinte dazu in seiner Schrift *Die deutsche Not als Schuld und Schicksal*: „Die Tatsachen kann heute kaum irgendein Mensch auch nur annähernd vollkommen und genau kennen, immerhin mögen sie genügen, um wenigstens die Grundzüge zu übersehen."[51] Die Ge-

---

[43] Zur Rezeption des Widerstands als Martyrium siehe Hummel: Glaubenszeugen. Allgemein Weigel: Schauplätze.

[44] Giesen: Tätertrauma.

[45] Steinbach/Tuchel: „Helden". Hans von Hülsen: Helden gegen Hitler, in: Süddeutsche Zeitung, 23.10.1945.

[46] Plum: Widerstand, S. 257.

[47] Rothfels: Deutsche Opposition. Zuerst in englischer Sprache erschienen, siehe Rothfels: German Opposition. Siehe auch Eckel: Geschichte. Berg: Holocaust, S. 160–174.

[48] Rothfels: Deutsche Opposition, S. 18.

[49] Ebd., S. 19.

[50] Ebd., S. 17.

[51] Tellenbach: Not, S. 7.

schichte der NS-Zeit war also in den Augen der Zeitgenossen eine höchst unsichere Angelegenheit.

Auch über die *Weiße Rose* waren verschiedene Geschichten im Umlauf. Über deren Quellen lässt sich kaum etwas sagen. Es ist davon auszugehen, dass ein Großteil des Wissens noch aus der NS-Zeit stammte und sich ebenso aus nationalsozialistischen wie aus alliierten Quellen speiste.[52] Ihrem Inhalt nach ähnelten sie sich: Sie konzentrierten sich auf die Flugblattaktion Hans und Sophie Scholls an der Universität, die zu ihrer Verhaftung und zur Aufdeckung des Widerstandskreises geführt hatte.[53] Doch was als faktisch richtig zu gelten hatte, war immer wieder unklar. So gab es Presseberichte, in denen die Flugblattverteilung zu einem Anschlag einer Protestnote am Haupteingang der Universität wurde.[54] Das verweist auf ältere, etablierte Erzählungen von oppositionellem Verhalten: 1517 hatte Martin Luther seine 95 Thesen an das Tor der Schlosskirche von Wittenberg angeschlagen. Eine andere Traditionslinie wies in die Zeit der Restauration nach den Befreiungskriegen. Der Theologiestudent Karl Ludwig Sand, der 1819 den als Reaktionär geltenden Dramatiker August von Kotzebue ermordete, trug bei seiner Verhaftung ein Flugblatt bei sich, von dem man annahm, er habe es nach der Tat an einer Kirchentür anschlagen wollen.[55] Solche Abweichungen blieben jedoch kurzlebige Episoden, die bald wieder verschwanden.

Daneben gab es aber auch den Fall gezielter Fälschung. Seit dem Sommer 1945 erregte eine gewisse Annemarie Scholl, die sich als Cousine Hans und Sophie Scholls ausgab, in der Presse einiges Aufsehen mit der Behauptung, ebenfalls am Widerstand beteiligt gewesen zu sein.[56] Ihre Geschichte changierte zwischen Gestapo-Brutalität und selbstlosem Heldentum: Weder Hans und Sophie Scholl noch der zusammen mit ihnen verhaftete Alexander Schmorell hätten trotz der Verhörmethoden der Gestapo andere Beteiligte verraten. Sophie Scholl sei während des Verhörs sogar ein Bein gebrochen worden. Auf die Frage des Richters, ob sie Hitler töten würden, hätten die Geschwister geantwortet: „Ja, sofort!"[57] Über sich selbst gab Annemarie Scholl an, sie sei mit Kurt Huber und anderen kurze Zeit nach der Hinrichtung Hans und Sophie Scholls verhaftet worden. Ihre Berichte über Folterungen durch die Gestapo waren so brutal, dass die Zeitungen

---

[52] Siehe Kap. 1.

[53] Siehe IfZ, ED 474, Bd. 240.

[54] IfZ, ED 474, Bd. 240, Die Geschwister Scholl, in: Die Tribüne (Stuttgart), Jg. 1, Nr. 1, 15. 4. 1946. Die Geschwister Scholl, in: Schwäbische Zeitung (Tübingen), o. D. [ca. Frühjahr 1946].

[55] Für diesen Hinweis danke ich Sylvia Schraut.

[56] Stadtarchiv München, NL Kurt Huber, Nr. 196, Münchener Aufstand – amerikanisches Buch, in: Münchener Zeitung, 25. 8. 1945. IfZ, ED 474, Bd. 240, Münchner Rebellion 1943 wurde Roman, in: Augsburger Anzeiger, 24. 8. 1945. Die Geschwister Scholl, in: Südkurier, 19. 10. 1945. Die Münchner Revolte von 1943, in: Sonntagspost (Katstein), 3. 11. 1945. Weitere Verweise finden sich bei Steinbach/Tuchel: „Helden", FN 20. Siehe auch Hikel: Lügengeschichten.

[57] IfZ, ED 474, Bd. 240, Münchner Rebellion 1943 wurde Roman, in: Augsburger Anzeiger, 24. 8. 1945. Die Geschwister Scholl, in: Südkurier, 19. 10. 1945.

sich weigerten, hier ins Detail zu gehen.[58] Doch auch die junge Frau habe niemanden verraten. Schließlich, so hieß es weiter, habe Annemarie Scholl ein Todesurteil ersehnt, sei dann allerdings zu einer Zuchthausstrafe und der anschließenden Einweisung in ein KZ verurteilt worden.

Diese Geschichte geisterte seit dem Sommer 1945 durch die Presse, bis diese kurze Berühmtheit Annemarie Scholl zum Verhängnis wurde. Sie flog auf, als Angehörige und Überlebende intervenierten. Robert Scholl etwa stellte gegenüber der Polizei in Heidelberg klar, dass die angebliche Cousine der Scholls gar keine war und sich auch nicht am Widerstand beteiligt hatte.[59] Die Namensgleichheit war reiner Zufall. Aber Annemarie Scholl verfügte über exklusives Wissen über die *Weiße Rose* und hatte dieses zu nutzen gewusst. Es stellte sich heraus, dass sie während des Nationalsozialismus im Gefängnis gewesen war, allerdings nicht aus politischen Gründen, sondern als „Kriminelle".[60] Bei einem Gefangenentransport, der im Ulmer Gefängnis Station machte, hatte sie zufällig Inge Scholl kennengelernt, die dort in „Sippenhaft" war. Diese erzählte ihr die Geschichte ihrer Geschwister, in die Annemarie Scholl später ihre eigene neue Biografie einfügte.[61] Als der Betrug ans Licht kam, wurde sie verhaftet und von einem amerikanischen Militärgericht wegen Fälschung ihres Entnazifizierungsfragebogens verurteilt.[62] Die Zeitungen druckten – nun wesentlich kleinformatiger – Richtigstellungen ab.[63] Einige Episoden aus Annemarie Scholls fingierter Biografie wurden noch eine Zeit lang in die vermeintliche Lebensgeschichte Sophie Scholls integriert, bis auch sie vollends verschwanden.[64]

Annemarie Scholl war in der Erinnerung an die *Weiße Rose* ein Einzelfall[65], der jedoch symptomatisch für die Probleme der Nachkriegszeit beim Umgang mit dem Widerstand war. Weil das Wissen über die NS-Zeit als unsicher und die – ohnehin praktisch nicht zugängliche – nationalsozialistische Überlieferung als unglaubwürdig galten, rückten alternative Überlieferungsformen in den Mittel-

---

[58] IfZ, ED 474, Bd. 240, Die Geschwister Scholl, in: Südkurier, 19. 10. 1945. Die Münchner Revolte von 1943, in: Sonntagspost (Katstein), 3. 11. 1945.

[59] IfZ, ED 474, Bd. 6, Der Polizeidirektor von Heidelberg an Robert Scholl, 19. 10. 1945. Das Schreiben von Robert Scholl an die Polizei ist nicht überliefert. Jürgen Wittenstein erinnerte sich in den 1980er-Jahren, er habe Annemarie Scholl als Lügnerin entlarvt: IfZ, ED 474, Bd. 285, Jürgen Wittenstein an Inge Scholl, 11. 4. 1985.

[60] IfZ, ED 474, Bd. 7, Robert Scholl an H. Rüfer, 27. 5. 1947 (Entwurf; Annemarie Scholl wird hier irrtümlich als Marianne Scholl bezeichnet). Siehe auch Bd. 93/1, Kassiber, Juni 1943. Bd. 282, Inge Scholl: Erinnerungsnotiz [zu Annemarie Scholl], 8. 6. 1991.

[61] IfZ, ED 474, Bd. 7, Robert Scholl an H. Rüfer, 27. 5. 1947 (Entwurf; Annemarie Scholl wird hier irrtümlich als Marianne Scholl bezeichnet).

[62] IfZ, ED 474, Bd. 359, F. Sartorius (Rhein-Neckar-Zeitung, Hauptschriftleitung, Heidelberg) an [unleserlich], 9. 11. 1945. Bd. 6, Der Polizeidirektor von Heidelberg an Robert Scholl, 19. 10. 1945.

[63] IfZ, ED 474, Bd. 6, Annemarie Scholl, in: Rhein-Neckar-Zeitung, 13. 10. 1945.

[64] IfZ, ED 474, Bd. 240, Die Geschwister Scholl, in: Stuttgarter Zeitung (Tübingen), o. D. [Frühjahr 1946]. Als „Fehler" markiert tauchte die Geschichte der Folterung Sophie Scholls aber z. B. noch Anfang der 1960er-Jahre auf, siehe Prittie: Deutsche, S. 194.

[65] Ähnliche Versuche, sich in die Geschichte des Widerstands einzuschreiben, gab es aber auch beim *20. Juli*: Toyka-Seid: Gralshüter.

punkt. Diese Gegenarchive manifestierten sich in erster Linie über Zeugenschaft. Das traf vor allem auf politische Verfolgung und Holocaust zu.[66] Beglaubigung erfolgte durch den Verweis auf das eigene Erleben oder auch über familiäre oder freundschaftliche Bindungen. Dabei ging es oft weniger darum, für das eigene Leben zu zeugen, als für die Toten, an deren Stelle nun der Zeuge sprechen muss-te.[67] Der Zeuge bot seinem Gegenüber einen autobiografischen Pakt an.[68] Anne-marie Scholl konnte ihn nicht einhalten, denn ihre Autobiografie war erfunden. Damit brach sie den Konsens, auf dem die Auseinandersetzung mit der NS-Ver-gangenheit und dem Widerstand zum Großteil beruhte. Selbst die Entnazifizie-rung basierte auf diesen Prinzipien.[69] Auch Robert Scholls Intervention erklärt sich daraus, denn Annemarie Scholls Betrug drohte die Legitimität familiärer Zeugenschaft zu unterminieren. Deshalb fielen die Reaktionen auf Annemarie Scholls Fälschung auch so hart aus. Sie wurde als Zeugin delegitimiert. Nicht nur ihre Verurteilung durch ein amerikanisches Militärgericht brandmarkte sie als Fälscherin. Die angebliche Widerstandskämpferin wurde nun als „Betrügerin"[70] bezeichnet, die eine „Lügengeschichte" erfunden habe, um sich „interessant zu machen".[71] In der Richtigstellung einer Zeitung hieß es, die Geschichte Anne-marie Scholls sei eine „irrtümliche Berichterstattung" gewesen.[72] Der Betrugsfall zeigt aber auch, dass es attraktiv war, sich in die Geschichte des Widerstands ein-zuschreiben. Ob dabei Annemarie Scholl auch materielle Vorteile entstanden, ist nicht bekannt, zumindest aber war ihr die Aufmerksamkeit der Öffentlichkeit sicher.

Dass es Annemarie Scholl überhaupt gelingen konnte, eine fingierte Biografie in die Geschichte der *Weißen Rose* zu integrieren, lag nicht nur an ihrem exklusi-ven Wissen und ihrer Dreistigkeit. Sie hatte auch deshalb Erfolg, weil noch nicht genau festgelegt war, wer eigentlich zu der Münchner Widerstandsgruppe gehört hatte und wer nicht. Zudem war bei einer Zuhörerschaft, die das eigene Wissen über die NS-Zeit als defizitär einstufte, das Interesse an solchen Neuigkeiten groß. In der Presse war die Geschichte der *Weißen Rose* schnell auf Hans und Sophie Scholl zentriert. Das hing vor allem mit der Konzeption der Erzählung zusam-men, die die Flugblattverteilung im Lichthof zum entscheidenden Ereignis des Widerstands machte. Hier wirkten auch nationalsozialistische Einschätzungen zu dem Münchner Widerstandskreis weiter. So hatte es im Urteil des zweiten *Weiße-Rose*-Prozesses gegen Schmorell und andere geheißen: „Zwei von ihnen, Hans und Sophie Scholl, waren die Seele der wahrhaft hoch- und landesverräterischen,

---

[66] Assmann: Last. Wieviorka: Era.
[67] Agamben: Auschwitz. Assmann/Hartman: Zukunft. Baer: Einleitung.
[68] Lejeune: Pakt.
[69] Niethammer: Mitläuferfabrik.
[70] IfZ, ED 474, Bd. 6, Der Polizeidirektor von Heidelberg an Robert Scholl, 19.10.1945.
[71] IfZ, ED 474, Bd. 359, F. Sartorius (Rhein-Neckar-Zeitung, Hauptschriftleitung, Heidelberg) an [unleserlich], 9.11.1945.
[72] IfZ, ED 474, Bd. 6, Annemarie Scholl, in: Rhein-Neckar-Zeitung, 13.10.1945.

feindbegünstigenden, unsere Wehrkraft zersetzenden Organisation."[73] In den *Meldungen wichtiger staatspolizeilicher Ereignisse* war mehrfach vom „Propagandafall Scholl" die Rede gewesen.[74] Das führte dazu, dass Hans und Sophie Scholl auch in der Nachkriegszeit die Schlüsselrollen des Widerstands zugeschrieben wurden und sie in den Mittelpunkt der Widerstandserzählung rückten. Gerade die Urteile des Volksgerichtshofs wirkten aber auch insofern weiter, da sie den Grad der Beteiligung am Widerstand, die Hierarchie innerhalb der Gruppe und die Intensität der Beziehungen offenzulegen schienen.[75] Als Kern des Widerstandskreises und tragende Akteure galten deshalb all diejenigen, die vom VGH zum Tode verurteilt worden waren: Hans und Sophie Scholl, Christoph Probst, Alexander Schmorell, Willi Graf und Kurt Huber. Deren Freundschaften wurden als besonders eng gedeutet. Innerhalb der Gruppe ergab sich die Hierarchisierung aus der Abgrenzung der Geschwister Scholl auf der einen und ihrer „Freunde" auf der anderen Seite. Das Todesurteil war das zentrale Kriterium dafür, die Beteiligten einzugrenzen. Allerdings gab es auch hier Grauzonen, die verhandelbar blieben, wie der Fall Hans Konrad Leipelt zeigt.[76] Der Chemiestudent hatte nach der Aufdeckung der *Weißen Rose* zusammen mit einigen Kommilitonen Flugblätter weiterverteilt und für die mittellose Witwe Kurt Hubers Geld gesammelt. Er wurde denunziert, zum Tode verurteilt und noch kurz vor Kriegsende hingerichtet. Nach Kriegsende wurde sein Name immer wieder im Zusammenhang mit der *Weißen Rose* erwähnt, ohne jedoch die gleiche Kanonisierung zu erfahren wie die sechs anderen.[77] Hier gerieten verschiedene Interpretationen davon, wer zum Widerstandskreis gezählt hatte, in Konflikt. Ein Argument, Leipelt auszuschließen, lieferten die Angehörigen der anderen Hingerichteten. Sie meinten, er könne ausgeklammert werden, weil er „nicht unmittelbar zu dieser Freundesgruppe gehörte, sondern nur mit ihr aktiv sympathisierte".[78]

Tatsächlich hatte Leipelt seine Widerstandsaktivität erst nach der Flugblattaktion Hans und Sophie Scholls im Lichthof begonnen und weder die Geschwister noch

---

[73] Urteil 1H 101/43 -- 6J 24/43, S. 3, in: Nationalsozialismus, Holocaust, Widerstand und Exil 1933–1945. Online-Datenbank, http://db.saur.de/DGO/basicFullCitationView.jsf?documentId= wh2935 (zuletzt eingesehen am 3.6.2012).

[74] Meldung wichtiger staatspolizeilicher Ereignisse – Nr. 1 (7.5.1943), S. 2, in: Nationalsozialismus, Holocaust, Widerstand und Exil 1933–1945. Online-Datenbank, http://db.saur.de/DGO/ basicFullCitationView.jsf?documentId=rk787 (zuletzt eingesehen am 3.6.2012). Ähnliches findet sich in den Meldungen Nr. 2–4, ebd.

[75] Zankel: Mit Flugblättern, S. 4.

[76] Hierzu und zum Folgenden siehe Zankel: Mit Flugblättern, S. 514–530. Schultze-Jahn: Zeit, S. 11–12.

[77] Stadtarchiv München, NL Kurt Huber, Nr. 196, Der Todesweg eines Kämpfers, in: Süddeutsche Zeitung, 8.3.1946. Karl Alt: Wie sie starben. Die letzten Stunden der Geschwister Scholl, Sonderdruck von Neubau 1946, 1, o. Pag. Vgl. auch Alt: Todeskandidaten, S. 85–94. IfZ, ED 474, Bd. 240, Notiz der Schriftleitung zu: F. Kemp: Gedenkfeier für die Opfer der Münchner Studentenrevolte, in: [Süddeutsche Zeitung], o. D. [Anfang November 1946]. Huch: Aktion (II), S. 351–352.

[78] IfZ, ED 474, Bd. 240, Notiz der Schriftleitung zu: F. Kemp: Gedenkfeier für die Opfer der Münchner Studentenrevolte, in: [Süddeutsche Zeitung], o. D. [Anfang November 1946].

die anderen Hingerichteten persönlich gekannt. Dagegen wurde er von der Ludwig-Maximilians-Universität (LMU) in München konsequent in das Erinnern an den Widerstand mit einbezogen. Schon die erste dort zu Ehren der *Weißen Rose* angebrachte Gedenktafel aus dem Jahr 1946 nannte neben den Geschwistern Scholl, Probst, Schmorell, Graf und Huber auch Hans Konrad Leipelt. Dieser Umstand führte dazu, dass sich die *Süddeutsche Zeitung*, als sie über die Enthüllung der Tafel berichtete, dafür rechtfertigen musste, dass in einer am Vortag erschienenen Beilage über die Widerstandsgruppe Leipelt gefehlt hatte. Sie berief sich auf die anderen Angehörigen, die ihn nicht dazuzählten.[79] Das zeigt die Bedeutung der Familien für die Erinnerung an die *Weiße Rose*. Sie konnten kraft ihrer Autorität als Angehörige über den narrativen Ein- und Ausschluss aus der Gruppe mit entscheiden. Leipelt hatte jedoch keine Familie, die sich um sein Andenken kümmern konnte. Sein Vater war bereits 1938 gestorben, seine Mutter, die Jüdin war, beging Selbstmord, als sie nach der Festnahme ihres Sohnes ebenfalls inhaftiert wurde.[80] Auch seine Schwester kam im Gefängnis ums Leben.[81] Hella R., eine Bekannte Leipelts, versuchte 1948 erfolglos, den Schriftsteller Carl Zuckmayer, der zusammen mit Inge Scholl einen Film über die Widerstandsgruppe plante[82], für Leipelts Lebensgeschichte zu gewinnen.[83]

Ob es sich nun um unterschiedliche Varianten der Geschichte von der Verteilung des letzten Flugblatts, Annemarie Scholls erfundene Beteiligung am Widerstand oder die Debatte um Hans Konrad Leipelts Zugehörigkeit zur *Weiße Rose* handelte: All diese Fälle zeigen, wie in den ersten Nachkriegsmonaten versucht wurde, zu Gewissheiten über den Widerstand zu gelangen und das Wissen darüber von den vermuteten Manipulationen des Nationalsozialismus zu befreien. Es sind die aufregenden und auffallenden Artikel der archivierten Pressesammlungen – und die, die Ausnahmen bilden. Der weitaus größere Teil erzählt eine sich gleichende Version der Widerstandsgeschichte, die mit der Lichthofszene beginnt, mit den Todesurteilen endet und als erinnerungswürdig nur die sechs in diesem Kontext Hingerichteten einstuft.[84] Es ist eine kurze Geschichte, die in wenigen Spalten das Wesentliche erzählt. Sie normierte das, was als faktisch richtig galt. Aus diesen Artikeln spricht eine schnelle ikonische Verdichtung und Standardisierung, die Wiedererkennbarkeit garantierte.[85]

Trotzdem glich kein Bericht dem anderen. Um den ikonischen Kern des Widerstandsgeschehens lagerten sich unterschiedliche, wandelbare und teils konkurrierende Deutungen an. Erinnern erschöpfte sich nicht in der Wiederholung der immer gleichen Geschichtserzählung, sondern verlangte nach Interpretation und

[79] Ebd.
[80] Zarusky: Hans Leipelt.
[81] Ebd.
[82] Siehe Kap. 4.
[83] DLA, A: Zuckmayer (Manuskripte Anderer: Aicher-Scholl, Inge), Mappe 4, Hella R. an Carl Zuckmayer, 12. 12. 1948.
[84] IfZ, ED 474, Bd. 240. Stadtarchiv München, NL Kurt Huber, Nr. 196.
[85] Assmann/Frevert: Geschichtsvergessenheit, S. 42.

der Herstellung von Gegenwartsbezug.[86] Dieser konnte – wie schon gezeigt wurde – darin bestehen, das Überleben der „echten" deutschen Kulturtraditionen sichtbar zu machen. Neben dieser Verortung entstand schnell eine Vielzahl an Interpretationen, die auf ihre jeweilige, teilweise eng begrenzte Zuhörerschaft und deren Bedürfnisse nach Deutung und Orientierung zugeschnitten waren. Ansatzpunkt war vor allem der Tod der Widerstandskämpfer, der Interpretation zuließ. Was hatte sie zu ihrem Handeln motiviert? Wofür waren sie gestorben? Was bedeutete das für die Gegenwart und die persönliche Lebensführung? Hier erschien die Geschichte wieder als Lehrmeisterin des Lebens. Der sinnlose Tod musste sinnhaft gemacht werden – wie dies etwa auch für die christlichen Märtyrer gegolten hatte.[87] Die unterschiedlichen Antworten auf diese Fragen machten die Erinnerung an den Widerstand pluralistisch, flexibel und für unterschiedlichste gesellschaftliche Gruppen rezipierbar. Konflikte über Erinnerung entbrannten in der Folgezeit in erster Linie um diese Deutungen, weniger um das, was als faktisch richtig zu gelten hatte.

Die Pluralität von Deutungen und Aneignungen wurde schon bei der ersten großen Gedenkfeier sichtbar, die am 4. November 1945 in München stattfand und auch im Rundfunk übertragen wurde.[88] Vermutlich initiierte Josef Furtmeier, ein ehemaliger Mentor Hans Scholls, die Feier.[89] Neben Furtmeier traten der Münchner Oberbürgermeister Karl Scharnagl, der bayerische Kultusminister Franz Fendt und der Tübinger Theologe Romano Guardini als Redner auf.[90] Alle sprachen über die *Weiße Rose* und doch sagte jeder von ihnen etwas anderes. Die Widerstandsaktionen selbst wurden kaum erwähnt. Das Wissen darüber war die Grundlage dafür, sich als Erinnerungsgemeinschaft zusammenzufinden. Die Aufgabe der Redner bestand vielmehr in der Deutung dieses Widerstandshandelns und der Herstellung von Gegenwartsbezug.

Den Anfang machte der Münchner Oberbürgermeister Karl Scharnagl.[91] Er begann nicht mit dem Widerstand, sondern ehrte zunächst die gefallenen Soldaten sowie die während des *Dritten Reiches* umgekommenen KZ-Häftlinge und Gefängnisinsassen. Erst dann sprach er über die Mitglieder der Widerstandsgruppe, „die uns durch ihre Lebensführung in besonderer Weise nahegestanden haben, die in Verbindung waren mit unserer Stadt und ihrem Kulturleben".[92] Diese postulierte Verbindung mit der Stadt begründete das Gedenken und erfüllte zugleich die Funktion einer Rehabilitation. München war nun nicht mehr die

---

[86] Assmann: Erinnerungsräume. Wolfrum: Geschichtspolitik. Jarausch: Zeitgeschichte.

[87] Agamben: Auschwitz, S. 24–25.

[88] Zur Festlegung des Datums der Gedenkfeier siehe IfZ, ED 474, Bd. 382, Inge Scholl an Romano Guardini, 20. 10. 1945. Bd. 6, Robert Scholl an den Stuttgarter Rundfunk, 21. 10. 1945.

[89] IfZ, Fa 215, Bd. 2, Hellmuth Auerbach: Gespräch mit Herrn Furtmeier, 21. 8. 1964. Zu Furtmeier siehe Zankel: Mit Flugblättern, S. 211–213. Hikel/Zankel (Hrsg.): Weggefährte.

[90] Sie starben für uns alle, in: Süddeutsche Zeitung, 6. 11. 1945.

[91] Stadtarchiv München, Bürgermeister und Rat, Nr. 2066, Rundfunkansprachen: Ansprache des Oberbürgermeisters Scharnagl bei der Geschwister-Scholl-Gedenkfeier in München am 4. 11. 45.

[92] Ebd.

„Hauptstadt der Bewegung", sondern Ort einer Gegenbewegung. Die Münchner Widerstandsgruppe habe gezeigt, dass „die Gesinnung, die sie beseelt hat, im deutschen Volke nicht ausgestorben war, sondern mächtig genug geblieben ist, zu Äußerungen zu kommen, die den Einsatz des Lebens erforderten".[93] Einen engen Bezug zur Stadt München und insbesondere zur Universität stellte auch Franz Fendt her, der „die Trauer der Universität um ihre Toten zum Ausdruck brachte"[94], wie es im Bericht der *Süddeutschen Zeitung* hieß.

Furtmeier war der Einzige unter den Rednern, der Hans und Sophie Scholl und einige andere Mitstreiter der Widerstandsgruppe persönlich gekannt hatte. Seine Rede bezog diese privaten Verbindungen mit ein und versuchte, Charakterbilder der Beteiligten entstehen zu lassen und so den Widerstand verständlich zu machen.[95] Seine Interpretation des Widerstands war getragen von einer Absage an das Preußentum, in der alle Ressentiments Süddeutschlands zu finden waren, aber auch die in der Nachkriegszeit gängige Abwendung von dem als preußisch angesehenen deutschen Militarismus. Den Widerstand sah er vor allem als Widerstand des Süddeutschen gegen das im Nationalsozialismus pervertierte Preußentum. Widerstandsrezeption wurde hier gleichermaßen zum regionalpatriotischen Projekt wie zu einer neuen ideellen Leitlinie für einen neuen deutschen Staat. Denn darin sah Furtmeier das Erbe des Widerstands: Aufarbeitung der Vergangenheit, die er mit dem Begriff der „Reue" umschrieb, und schließlich, darauf aufbauend, ein neues deutsches Staatswesen, „das Recht und Freiheit und friedlichen Gemeinsinn zur schönen Einheit verbindet".[96]

Der letzte und mit Abstand ausführlichste Beitrag stammte von Romano Guardini.[97] Der Tübinger Theologe entfaltete ein kompliziertes Geflecht christlicher Heils- und Geschichtsvorstellungen, in das er den Münchner Widerstand einordnete. Es sei den Widerstandskämpfern, so Guardini, vordergründig darum gegangen, die Universität als Ort der Wahrheitsfindung zu rehabilitieren und die „Ehre des deutschen Volkes"[98] wiederherzustellen. Darin ließe sich aber nicht der letzte Sinn des Widerstands finden. Diesen sah Guardini vielmehr in der Transzendenz, dem bewussten Selbstopfer und der *imitatio Christi*. Die Geschichte war damit nur als Heilsgeschichte erklärbar und ordnete den Widerstand in ein christliches Welt- und Menschenbild ein.

Diese Pluralität der Deutungsangebote, wie sie schon bei einer einzigen Gedenkfeier sichtbar wurde, ermöglichte in der Folgezeit eine breite gesellschaftliche Verankerung der Erinnerung an die *Weiße Rose*. Der gemeinsame Referenzpunkt, auf den sich eine Vielzahl an Interpretationen bezog, schuf Gemeinsamkeit in der

---

[93] Ebd.
[94] Sie starben für uns alle, in: Süddeutsche Zeitung, 6. 11. 1945.
[95] IfZ, Fa 215, Bd. 2, Josef Furtmeier: Pro orbis concordia. Gedenkrede für die Opfer der studentischen Erhebung in München Februar 1943, o. D. [4. 11. 1945], Bl. 137–144.
[96] Ebd., Bl. 144.
[97] Guardini: Waage. Für unterschiedliche Fassungen der Rede siehe die Korrespondenz zwischen Inge Scholl und Romano Guardini in IfZ, ED 474, Bd. 382.
[98] Guardini: Waage, S. 17.

fraktionierten Nachkriegsgesellschaft, ohne Uniformität einzufordern. Vielmehr zeigte sich hier, wie demokratische Gesellschaften funktionieren: Sie ermöglichen Pluralität, müssen die damit verbundenen Spannungen aber auch aushalten und Gemeinsamkeiten immer wieder neu verhandeln. Zugleich blieben diese unterschiedlichen Interpretationen aber auch kompatibel, weil sie grundsätzlich in ein gemeinsames Geschichtsbild eingeordnet waren. Dieser Rahmen steckte die Sagbarkeiten über Widerstand ab.

2.2 Die Angehörigen: Zwischen Wissensmonopol, Deutungshoheit und Kontrollverlust

2.2.1 Positionierungen: Meine, deine, unsere Erinnerung?

„Ich habe gestern und heute den ganzen Tag fast […] an dem Schriftstück über Sophie und Hans gearbeitet, das am Radio verlesen werden soll."[99] Als Inge Scholl das in ihr Tagebuch schrieb, war es Ende August 1945 und sie wohnte seit drei Wochen wieder in Ulm. Die beginnende öffentliche Auseinandersetzung mit dem Widerstand der *Weißen Rose* hatte sie bereits eingeholt. Anfang Oktober fuhr sie nach München und an den Tegernsee, wo sie Josef Furtmeier kennenlernte und die Familie Probst besuchte.[100] Sie besprach dort Einzelheiten zu der für den 4. November 1945 in München geplanten großen Gedenkfeier für die *Weiße Rose*, bei der sie zwar nicht als Rednerin vorgesehen war, aber ihre Unterstützung dennoch gefragt war. Woher diese schnelle Einbindung in das öffentliche Erinnern an den Widerstand kam, lässt sich aus den Quellen nicht beantworten. Es ist zu vermuten, dass vor allem die amerikanische Militärregierung ihr Wege ebnete, zu der ihr Vater als neuer Ulmer Oberbürgermeister enge, wenn auch nicht immer unproblematische Kontakte unterhielt.[101]

Doch Inge Scholl fühlte sich zunächst der Situation weder gewachsen noch hatte sie Vertrauen in das öffentliche Gedenken. Beim Abfassen der Radioansprache beunruhigte sie die Frage, ob sie überhaupt in der Lage sei, eine angemessene Form zu finden. Sie vertraute ihre Zweifel dem Tagebuch an. Dort hieß es: „Ich bin so wenig zufrieden. Vor jeglichem Affekt fürchte ich mich."[102] Für Inge Scholl bestand die Herausforderung vor allem darin, mit einer Öffentlichkeit, die ihre Geschwister nicht persönlich gekannt hatte, die eigenen Erfahrungen und Erinnerungen zu teilen. Das war etwas ganz anderes als etwa die Niederschrift der *Erinnerungen an München*, die lediglich für den Familien- und engsten Freundeskreis bestimmt gewesen waren. Und selbst dabei hatte Inge Scholl sich monatelang ge-

---

99 IfZ, ED 474, Bd. 35, Tagebucheintrag Inge Scholls, 28.8.1945.
100 IfZ, ED 474, Bd. 35, Tagebucheintrag Inge Scholls, 9.9.1945.
101 IfZ, ED 474, Bd. 35, Tagebucheintrag Inge Scholls, 21.8.1945.
102 IfZ, ED 474, Bd. 35, Tagebucheintrag Inge Scholls, 28.8.1945.

quält.[103] Zugleich erschienen ihr die Forderungen der Öffentlichkeit nach Gedenken wie eine unangemessene Vereinnahmung und Entfremdung, die stets ins Geschmacklose und Triviale abzugleiten drohten und kaum zu kontrollieren waren. Nach ihrer Reise zur Vorbereitung der Gedenkfeier am 4. November schrieb sie ernüchtert:

> Es ist ein [...] Geschrei um diese Toten – mir kommt es ein wenig vor wie das Getriebe einer Leichenfeier. Und darum sind sie doch so schön gekommen. Man wird ganz einsam in diesem Gewühl und fast möchte ich Hans und Sophie darum um Nachsicht bitten. Überdies muß man sich so hartnäckig wehren, daß man nicht an ihrem Geist vorbeigeht, wenn man mit den Leuten über die Feier verhandelt.[104]

Das Unbehagen übertrug sie auch auf die vorgesehenen Redner. Als Inge Scholl Josef Furtmeier in München kennenlernte, fiel ihr Urteil ambivalent aus. Sie beschrieb ihn als „wahren *Menschen*"[105], äußerte aber gleichzeitig ihre Zweifel an seinem kritischen Urteil über Guardini.[106] Als Guardini ihr den Entwurf seiner Rede für die Gedenkfeier schickte, konnte Inge Scholl damit zunächst nichts anfangen. Erst allmählich erschloss sich ihr deren Inhalt und sie war versöhnt.[107] Die Feier selbst war dann eher eine Enttäuschung für sie. In ihrem Tagebuch heißt es: „Gestern war eine Gedenkfeier für Hans und Sophie und [...] [die] anderen. Ich muß ein wenig Schweigen darübergehen lassen."[108] Nur da, wo Erinnerung wieder zum Familienritual wurde, war sie auch ihr wieder zugänglich. Sie fuhr fort: „Die Gräber mit den schlanken, zarten Kränzen von Otl haben mich angerührt."[109]

Inge Scholl arrangierte sich im Laufe der Zeit mit der Situation. Für andere war das schwieriger und führte zu deren völligem Ausschluss aus dem ritualisierten Totengedenken, wie es etwa an den Todestagen und an Allerheiligen stattfand. Deutlich wird das etwa im Fall von Rose Nägele, einer engen Freundin Hans Scholls. Am 23. Februar 1947, kurz nach den Gedenkfeiern zum vierten Todestag der Geschwister Scholl und Probsts, schrieb sie resigniert an Inge Scholl:

> Zuerst dachte ich zu Euch zu fahren, nach München zu Hans und Sofie auch, doch dann bekam ich plötzlich Angst vor all den Menschen, die auch dort sein würden, die auch nun zu dem großen Kreis um Euch gehören, lauter Fremde mir, die ich einmal in den kleinen Kreis um ‚Sie‘ gehört habe.[110]

Hier kollidierten private Bedürfnisse nach Trauerarbeit und Erinnerung mit den Ansprüchen der Öffentlichkeit, Widerstandserinnerung kollektiv verfügbar und

---

[103] Siehe Kap. 1.
[104] IfZ, ED 474, Bd. 35, Tagebucheintrag Inge Scholls, 9. 9. 1945.
[105] IfZ, ED 474, Bd. 35, Tagebucheintrag Inge Scholls, 4. 10. 1945, Hervorhebung i. Orig.
[106] Ebd.
[107] IfZ, ED 474, Bd. 35, Tagebucheintrag Inge Scholls, 30. 10. 1945. Dagegen wesentlich positiver Inge Scholls Antwortschreiben auf Guardinis Übersendung des Redeentwurfs, siehe Bd. 382, Inge Scholl an Romano Guardini, 20. 10. 1945.
[108] IfZ, ED 474, Bd. 35, Tagebucheintrag Inge Scholls, 5. 11. 1945.
[109] Ebd.
[110] IfZ, ED 474, Bd. 24, Rose Nägele an Inge Scholl, 23. 2. 1947. Vgl. auch Bd. 227, Karin Kleeblatt an Inge Scholl, 27. 2. 1948.

ritualisiert nutzbar zu erhalten.[111] Der unterschiedliche Umgang mit der Tatsache, dass die Erinnerung an die *Weiße Rose* nicht allein den Familien und Freunden gehörte, trennte die Personen, die in den Erinnerungsdebatten aktiv blieben, von jenen, die daraus verschwanden. Erinnerung ließ sich re-privatisieren, aber nur durch den vollständigen Rückzug aus der öffentlichen Auseinandersetzung mit dem Widerstand.[112]

Die schnelle Reduktion der Erinnerungserzählung auf die imaginierte Kerngruppe der Hingerichteten führte jedoch dazu, dass vor allem deren Angehörige sich ohne ihr Zutun entstandenen Widerstandsgeschichten gegenübersahen. Umgekehrt gab es aber auch ein öffentliches Interesse an ihrer Version des Geschehens, wie etwa die Anfrage an Inge Scholl, eine Rundfunkansprache zu verfassen, zeigt. In diesem Spannungsfeld bewegten sich Inge Scholl und die anderen Angehörigen. Doch wer von ihnen trat eigentlich in der Öffentlichkeit auf und welche Rolle spielte die Erinnerungsarbeit in ihrem Leben? Erinnern, so lässt sich plakativ sagen, war die Angelegenheit der Schwestern und auch jeweils nur einer Schwester. Im Fall der Scholls war das Inge – und nicht Elisabeth. Auch Robert Scholl war nur selten beteiligt und eher dann, wenn potenziell schwierige Verhandlungen mit Behörden anstanden, etwa wegen der Übergabe von Akten. Bei Probsts fiel das Erinnern in den Zuständigkeitsbereich von Christoph Probsts Schwester Angelika, weniger in den seiner Witwe und seiner Mutter.[113] Ähnlich sah es bei Familie Graf aus, wo vor allem Willi Grafs jüngere Schwester Anneliese involviert war.[114] Ausnahmen stellen die Familien Schmorell und Huber dar. Um Alexander Schmorells Andenken kümmerte sich zum einen Angelika Probst, die eng mit Schmorell befreundet gewesen war[115], zum anderen Hertha Blaul, die spätere Ehefrau von Alexander Schmorells Halbbruder Erich.[116] Im Fall Kurt Hubers fiel die Bewahrung seines Andenkens ganz in den Zuständigkeitsbereich seiner Witwe Clara Huber. Seine Schwestern mischten sich nur selten ein.[117]

Widerstand war zwar überwiegend die Angelegenheit von Männern gewesen – selbst Sophie Scholls Beteiligung war innerhalb der Gruppe umstritten gewesen.[118] Doch das Erinnern und damit das Interpretieren und die Nutzbarmachung des Widerstands lag nach dem Krieg in den Händen von Frauen.[119]

---

[111] Ähnliches gilt für den *20. Juli*. Für die Perspektive der Angehörigen siehe z. B. Aretin: Enkel, S. 133–167.

[112] Fulda u. a.: Einführung.

[113] Vgl. etwa die Korrespondenz von Angelika Knoop [d. i. Angelika Probst] mit Ricarda Huch in: IfZ, ZS A/26 a, Bd. 4.

[114] Vgl. z. B. IfZ, ED 474, Bd. 263, Anneliese Knoop[-Graf] an Inge Scholl, 9. 2. 1948.

[115] IfZ, ZS A/26 a, Bd. 4, Angelika Knoop [d. i. Angelika Probst] an Ricarda Huch, 23. 8. 1946.

[116] Vgl. etwa die Korrespondenz von Hertha Blaul und Erich Schmorell mit Ricarda Huch, in: IfZ, ZS A/26 a, Bd. 4.

[117] Ein Beispiel ist das Filmprojekt Inge Scholls von 1947/48, siehe die Korrespondenz Inge Scholls mit Paula und Dorothea Huber, IfZ, ED 474, Bd. 402.

[118] Zankel: Mit Flugblättern.

[119] Hikel: Erinnerung. Holtmann: Saefkow-Jacob-Bästlein-Gruppe. Für andere europäische Länder galt das nicht, wo es Widerstand gegen die deutschen Besatzer gegeben hatte. Dort

Obwohl sie oft hinter den (männlichen) Protagonisten ihrer Widerstandserzählung unsichtbar blieben, war Widerstandserinnerung deshalb weiblich geprägt. Gleiches galt auch für die Witwen der in der Folge des *20. Juli* Hingerichteten. Das Erinnern an den Widerstand war überwiegend die Angelegenheit der Jüngeren, wie im Falle der *Weißen Rose* die der Schwestern. Diese Frauen partizipierten maßgeblich an einem der zentralen Politikfelder der Nachkriegszeit: der Vergangenheitsbewältigung.[120] Damit trugen sie nicht nur dazu bei, die Widerstandserinnerung darin zu integrieren, sondern wurden ihrerseits am neuen politischen System beteiligt.

Allerdings waren die Schwestern und Witwen nie ausschließlich Erinnernde, sondern nutzten vielmehr die Chancen, die sich ihnen nach Kriegsende boten. Sie setzten ihre unterbrochenen Ausbildungen fort oder fingen ganz Neues an. So wurde Anneliese Knoop-Graf Lehrerin und engagierte sich in der FDP[121], Angelika Probst studierte Psychologie und Psychotherapie[122], Inge Scholl wechselte aus dem Sekretariat ihres Vaters in die Erwachsenenbildung und wurde Mitbegründerin und langjährige Leiterin der Ulmer Volkshochschule (vh).[123] Clara Huber bemühte sich um die wissenschaftliche Rehabilitation ihres Mannes und um die Publikation seiner Werke.[124] Herta Probst heiratete erneut.[125] In verschiedenen Phasen ihres Lebens waren all diese Frauen unterschiedlich intensiv in das öffentliche Erinnern eingebunden oder wurden zunehmend unsichtbar. Zu letzterer Gruppe gehörten vor allem Herta und Angelika Probst sowie Familie Schmorell, deren Beteiligung beständig abnahm. Zu den eher Aktiven sind Inge Scholl, Anneliese Knoop-Graf und Clara Huber zu zählen.[126]

Die Konzentration der Erinnerungserzählung auf die Hingerichteten führte nicht nur dazu, dass diese zu einer untrennbaren Freundesgruppe wurden, sondern auch zur erzwungenen Auseinandersetzung der Angehörigen miteinander. Da es nicht möglich war, über den Widerstand des eigenen Familienmitglieds zu sprechen, ohne gleichzeitig auch die anderen Hingerichteten miteinzubeziehen, übertrugen sich die in den Widerstandserzählungen imaginierten Bindungen unter den Beteiligten auf deren Angehörige. Sie mussten sich also nicht nur mit den konkurrierenden Erinnerungen der Öffentlichkeit, sondern auch mit denen der jeweils anderen Familien und der Überlebenden auseinandersetzen. Auch wenn die Angehörigen nach außen häufig als monolithischer und einheitlich agierender

---

dominierten männliche Erzähler und Erzählungen. Für das Beispiel Norwegen siehe Lenz: Haushaltspflicht.

[120] Hikel u. a.: Impulse.

[121] Schäfers: Schriften, S. 157–158.

[122] IfZ, ED 474, Bd. 277, Angelika Probst an Inge Scholl, 31.12.1951.

[123] Schüler: „Im Geiste der Gemordeten…".

[124] Siehe die Korrespondenz Clara Hubers, Stadtarchiv München, NL Kurt Huber, Nr. 61.

[125] Über Herta Probsts Leben nach Kriegsende gibt es kaum Informationen. Dass es eine zweite Eheschließung gab, wird meist durch die Namensänderung deutlich gemacht, siehe z. B. Graf: Briefe und Aufzeichnungen, S. 346 (Register). Ähnlich bei den Erinnerungsberichten zu Christoph Probst, in: IfZ, Fa 215, Bd. 3.

[126] Siehe die folgenden Kap.

Block auftraten, wurde dieser Konsens untereinander immer wieder neu erarbeitet und zerfiel zeitweise auch.

Der Kontakt zueinander war während des Krieges sehr unterschiedlich gewesen und konnte sich erst nach dem Ende des NS-Regimes ungehindert entfalten. Vor allem die Familien Scholl und Probst unterhielten seit der Hinrichtung ihrer Angehörigen enge Verbindungen. Das lag nicht nur daran, dass diese die ersten Toten der Widerstandsgruppe gewesen waren. Gerade Inge Scholl ging davon aus, dass es ein letzter Wunsch ihrer Schwester Sophie gewesen war, dass sie sich um die Kinder Probsts kümmerte.[127] Auch Schuldgefühle dürften eine Rolle gespielt haben. Denn Probst war, was beiden Familien bekannt war, nur aufgrund seines Flugblattentwurfs zum Tode verurteilt worden, den Hans Scholl bei seiner Verhaftung in der Manteltasche bei sich gehabt hatte. Noch Jahrzehnte später riss dieses Wissen tiefe Gräben zwischen beiden Familien auf.[128] Während des Krieges besuchten Herta Probst und die Kinder die Scholls auf dem *Bruderhof,* sie schrieben sich regelmäßig und Inge Scholl und ihre Eltern unterstützten nach Kräften die junge Familie.[129] Lediglich Angelika Probst lernte Inge Scholl erst später kennen.[130] Kontakt zu Schmorells ergab sich in München, auf dem Friedhof am Perlacher Forst, wo außer Hans und Sophie Scholl und Christoph Probst auch Alexander Schmorell beerdigt worden war. Manchmal traf man sich dort beim Besuch der Gräber.[131] Mit Familie Graf korrespondierte Inge Scholl zwar seit 1947[132], doch Anneliese Knoop-Graf kannte sie noch 1952 nicht persönlich.[133] Auch die Bekanntschaft Clara Hubers machte Inge Scholl vermutlich erst nach dem Krieg. Das legt jedenfalls die überlieferte Korrespondenz nahe, die erst Ende der 1940er-Jahre beginnt und anfangs noch einen recht förmlichen und distanzierten Ton hat.[134]

Inge Scholl verfolgte in der Auseinandersetzung mit den anderen Angehörigen und Überlebenden schnell eine Strategie der freundlichen Kontrolle. Als Familie Probst für den 22. Februar 1946 eine Gedenkfeier für alle Familien plante, schrieb Inge Scholl an Otl Aicher und bat ihn, einen Blick auf die Vorbereitungen zu werfen und eventuell einzuschreiten: „Ich wäre Dir sehr dankbar, wenn Du dies tun und ihr [Angelika Probst, C.H.] gleich einmal schreiben könntest. Sie wollen eben

---

[127] Inge Scholl schrieb dies rückblickend an Angelika Probst, siehe IfZ, ED 474, Bd. 277, Inge Scholl an Angelika Probst, 26. 4. 1952.

[128] IfZ, ED 474, Bd. 342, Angelika Probst an Inge Scholl, 27. 1. 1963.

[129] Siehe die Korrespondenz zwischen Inge Scholl und Herta Probst in IfZ, ED 474, Bd. 25. Bd. 32, Inge Scholl an Otl Aicher, 4. 3. 1944, 23. 6. 1944, 11. 11. 1944 (nachts), 18. 11. 1944. Nach dem Krieg setzte die Korrespondenz zwischen Inge Scholl und Herta Probst erst wieder 1948 ein, siehe Bd. 277, Herta Siebler[-Probst] an Inge Scholl, 3. 2. 1948.

[130] IfZ, ED 474, Bd. 32, Inge Scholl an Otl Aicher, 23. 6. 1944. Bd. 285, Inge Scholl an Jürgen Wittenstein, 28. 12. 1946.

[131] Aicher-Scholl (Hrsg.): Sippenhaft, S. 85–86, S. 109. Interview Elisabeth Hartnagel, in: Bassler: Weiße Rose, S. 28–29.

[132] IfZ, ED 474, Bd. 263, Gerhard Graf an Familie Scholl, 22. 6. 1947.

[133] IfZ, ED 474, Bd. 263, Inge Scholl an Anneliese Knoop[-Graf], 9. 5. 1952.

[134] Siehe die Korrespondenz in IfZ, ED 474, Bd. 268.

etwas machen und deshalb bitte ich dich, sieh ein wenig dazu, daß es richtig und gut wird."[135] Ganz ähnlich erging es Jürgen Wittenstein, der mit Hans Scholl in München Medizin studiert hatte. Als er für eine Vortragsreise an britischen Universitäten, wo er vom Widerstand der Münchner Studenten berichten sollte, Inge Scholl und ihren Vater um Details aus den Biografien Hans und Sophie Scholls bat[136], überließ Inge Scholl ihm zwar das gewünschte Material, allerdings nur unter dem Vorbehalt, dass Wittenstein ihr und ihrem Vater seinen Vortrag zur Korrektur vorlege. So wollte sie sich die Möglichkeit offenhalten, „eventuelle Missverständnisse oder Unstimmigkeiten richtigzustellen".[137] Gleiches galt für einen anderen heiklen Punkt: die Weitergabe von Fotos und Dokumenten für Publikationsprojekte. Im Juli 1946 schrieb Inge Scholl an Hans Hirzel, der als Mitglied der so genannten Ulmer Schülergruppe am Widerstand beteiligt gewesen war. Hirzel solle, so bat sie, vorsichtig sein, wenn er nach Unterlagen gefragt werde, und schloss: „So können wir gemeinsam das Bild und Ansehen der Lieben hüten und manches, das zu dessen Verzerrung vor der Welt beitragen würde, verhüten."[138] Einfluss auf Erinnerung zu nehmen hieß hier zunächst, Kontrolle auszuüben. Und das betraf nicht nur die Öffentlichkeit, sondern diejenigen, die aufgrund ihrer Zeugenschaft Aussagen in der Öffentlichkeit Legitimation verleihen konnten: die Angehörigen und Überlebenden und – im übertragenen Sinne – die Selbstzeugnisse der Hingerichteten.

Die Beteiligung der Angehörigen und Überlebenden an den öffentlichen Stellungnahmen zum Widerstand blieb relativ gering. Der weitaus größere Anteil an Rundfunkreden, Presseartikeln oder Gedenkfeiern ging auf Menschen zurück, die sich in ihrer Funktion als Journalisten, Lehrer, Vereinsvorsitzende oder Vertreter von Jugendverbänden in der Erinnerungsarbeit engagierten.[139] So gab es auf der einen Seite eine starke Pluralisierung und Zersplitterung von Widerstandserinnerung, auf der anderen Seite setzte im Bereich der Medien mit größerer Reichweite zunehmend eine Professionalisierung ein. Berichte über die *Weiße Rose* in Presse und Rundfunk wurden nun überwiegend von Journalisten verfasst. Die Angehörigen und Überlebenden, wenn sie beteiligt waren, standen entweder noch vor diesem Entstehungsprozess, indem sie Autoren Material lieferten[140], oder sie mussten sich, falls sie doch selbst Autoren waren, den Regeln unterwerfen, die das jeweilige Medium aufstellte. Besonders deutlich wird das im Fall von Angelika Probst, die 1947 für die katholische Zeitschrift *Der Fährmann* einen Artikel über die *Weiße Rose* und die Beteiligung ihres Bruders verfasste. Vor der geplanten Ver-

---

[135] IfZ, ED 474, Bd. 445, Inge Scholl an Otl Aicher, 13.1.1946.
[136] IfZ, ED 474, Bd. 285, Jürgen Wittenstein an Robert Scholl, 22.12.1946, und Jürgen Wittenstein an Inge Scholl, 23.2.1947.
[137] IfZ, ED 474, Bd. 285, Inge Scholl an Jürgen Wittenstein, 28.2.1946. Zur Übernahme von Inge Scholls Argumentation durch Wittenstein siehe ebd., Jürgen Wittenstein an Inge Scholl, 10.12.1947.
[138] IfZ, ED 474, Bd. 268, Inge Scholl an Hans Hirzel, 12.7.1946.
[139] Vgl. die Pressesammlung in IfZ, ED 474, Bd. 240, sowie die gesammelten Gedenkreden, Bd. 383–384 und Bd. 397–398.
[140] Exemplarisch: IfZ, ED 474, Bd. 268, Inge Scholl an Hans Hirzel, 12.7.1946.

öffentlichung wurde der Beitrag vom Generalvikar des Erzbischöflichen Ordinariats Freiburg, Dr. Hirt, begutachtet. Dessen Urteil fiel sehr kritisch aus. Er monierte, dass Probst und „seine Gesinnungsgenossen in der Bekämpfung des sogenannten Dritten Reiches Wege [gegangen sind], welche nicht in Einklang stehen mit den christlichen Moralgrundsätzen. Denn Revolution, auch gegenüber einer Regierung, welche Unrecht übt und eine Tyrannei darstellt, ist nicht erlaubt."[141] Dabei hatte Angelika Probst in ihrem Artikel keineswegs zu einer Nachfolge im Widerstand aufgerufen als vielmehr zu einer Nachfolge im Glauben:

> Mit dem Namen Christi auf den Lippen sind sie gestorben, und das Kreuz des Heilandes ward nicht nur auf Golgatha errichtet, sondern auch in den Mordkellern der Gestapo. Das große Erbe aber müssen und dürfen wir antreten. Und wer es recht begriffen hat, für den gibt es kein Schwanken mehr auf dem Weg.[142]

Hirt riet zwar nicht direkt von der Veröffentlichung ab, forderte aber eine klarstellende Einleitung seitens der Redaktion. Tatsächlich kündigte die Zeitschrift dann in einer Vorbemerkung zu Angelika Probsts Bericht an, dass sie in einem eigenen Beitrag noch dazu Stellung nehmen werde, ob die Kirche einen „revolutionären Aufstand gegen eine bestehende Regierung moralisch als erlaubt betrachtet".[143] Die Deutungshoheit der Angehörigen war in diesem Kontext zumindest teilweise außer Kraft gesetzt.

Dagegen waren die Familien immer dann erfolgreich, wenn es ihnen gelang, ihre Erzählung über die *Weiße Rose* in die Vorgaben einzupassen, die die Sichtweisen auf die NS-Vergangenheit bestimmten. Inge Scholl hatte schon in den *Erinnerungen an München* Anknüpfungspunkte geliefert. Insbesondere das Sprechen in religiösen Termini und die Überzeugung, dass der Widerstand Zeichen gesetzt hatte, um die Ausgrenzung Deutschlands aus der Weltgemeinschaft rückgängig zu machen, erwiesen sich nun als anschlussfähig. In ihren ersten öffentlichen Äußerungen zum Widerstand bestätigte Inge Scholl zentrale Deutungen der unmittelbaren Vergangenheit. Sie sprach von den Bedrohungen durch den „tausendäugigen Staat"[144] und trennte das „andere Deutschland" vom Nationalsozialismus, wie es im Widerstand sichtbar geworden sei: „Ein entschiedenes Nein sollte im Namen aller dieser unterdrückten Deutschen ausgesprochen werden gegenüber dem Unrecht und den Greueln, die die Tyrannen des dritten Reiches im Namen des ganzen deutschen Volkes ausübten."[145] Inge Scholl verortete den

---

141 IfZ, Fa 215, Bd. 4, Dr. Hirt an die Schriftleitung des *Fährmann*, 19. 2. 1947.

142 IfZ, Fa 215, Bd. 4, Angelika Probst: Christoph Probst, in: Der Fährmann (1947), 3, S. 8–11, hier S. 11. Später distanzierte sich Angelika Probst von ihrer Darstellung, siehe IfZ, Fa 215, Bd. 3, Hellmuth Auerbach: Gespräch mit Angelika Probst, 9. 7. 1964.

143 IfZ, Fa 215, Bd. 4, Angelika Probst: Christoph Probst, in: Der Fährmann (1947), 3, S. 8–11, hier S. 8.

144 IfZ, ED 474, Bd. 397, [Inge Scholl]: Zum Gedenken an Sophie und Hans Scholl und ihre Freunde, o. Ang. [vermutlich Rundfunk, ca. 1945].

145 IfZ, ED 474, Bd. 397, [Inge Scholl]: Bericht über die Widerstandsbewegung des Studentenkreises um Hans Scholl, o. Ang. [vermutlich Rundfunk, ca. 1945]. Ähnlich auch Inge Scholl: Zum Gedenken der Geschwister Scholl und ihrer Freunde, o. Ang. [handschriftl. erg.: „Radiosendung Südd. Rundfunk, 22. 2. 49". Die korrekte Datierung ist 1947.]

Widerstand in der christlich-abendländischen Kultur als international verbinden-
den Wertekanon.[146] Mehr noch: Sie eröffnete in ihren frühen öffentlichen Stellungnahmen auch Perspektiven, die alle Grenzen hinfällig und so die *Weiße Rose*
uneingeschränkt rezeptionsfähig machten. Es sei, so wiederholte sie immer
wieder, ihren Geschwistern und deren Freunden nicht um Politik, sondern um
das „Menschliche schlechthin" gegangen.[147] Sie bewegte sich damit in einem
Deutungsrahmen, der den *common sense* der frühen westdeutschen Vergangenheitsbewältigung ausmachte. Ihre Interpretationen entsprachen den gängigen
Mustern, die das Sprechen über die NS-Zeit regelten und nicht nur die öffentlichen Debatten, sondern auch die geschichtswissenschaftliche Auseinandersetzung
mit dem Nationalsozialismus bestimmten. Inge Scholl verfolgte diese offenkundig
mit Interesse. Schon im Juni 1946 gab es an der neu gegründeten Ulmer Volkshochschule eine Vortragsreihe zum Thema *Das neue Geschichtsbild*. Prominent
besetzt, sprachen hier etwa der Historiker Gerhard Ritter über *Die Verwüstung des
Geschichtsbilds im Dritten Reich* oder die Politikerin und Schriftstellerin Gertrud
Bäumer über *Das geschichtliche Bild des wahren Deutschen*.[148] Die familiären,
öffentlichen und historiografischen Deutungen entsprachen sich, bestärkten sich
so gegenseitig und stabilisierten damit die Erinnerung an die *Weiße Rose* als Bestandteil einer neuen historischen Selbstverortung.

2.2.2 Widerstandserinnerung als nationale Ressource: Ein Gedenkbuch-Projekt Ricarda Huchs und ein Roman Alfred Neumanns

Im Frühjahr 1946 erschien in mehreren deutschen Tageszeitungen ein Aufruf der
Historikerin und Schriftstellerin Ricarda Huch, der versprach, der Erinnerung an
den Widerstand eine ganz neue Wendung zu geben.[149] Die Autorin bat darin die
Angehörigen und Überlebenden von Widerstandskämpfern um Unterstützung
für ihr neuestes Projekt: „Ich habe es mir zur Aufgabe gemacht, Lebensbilder dieser für uns Gestorbenen aufzuzeichnen und in einem Gedenkbuch zu sammeln,
damit das deutsche Volk daran einen Schatz besitze, der es mitten im Elend noch

---

[146] IfZ, ED 474, Bd. 397, [Inge Scholl]: Zum Gedenken an Hans und Sophie Scholl und ihre
Freunde, o. Ang. [vermutlich Rundfunk, ca. 1945]. Bd. 398, [Inge Scholl]: Zum Gedenken
der Freunde..., o. Ang. [ca. Ende 1940er-Jahre].

[147] IfZ, ED 474, Bd. 397, [Inge Scholl]: Zum 22. Februar, o. Ang. [handschriftl. erg.: „Radioan-
sprache (in München?) 1946". [Korrekt ist vermutlich Bayerischer Rundfunk, 22.2.1948,
siehe Archiv des Bayerischen Rundfunks, SN/32.1]. Siehe auch: IfZ, ED 474, Bd. 397, [Inge
Scholl]: Zum Gedenken an Hans und Sophie Scholl und ihre Freunde, o. Ang. [vermutlich
Rundfunk, ca. 1945]. Bd. 398, [Inge Scholl]: Zum Gedenken der Freunde..., o. Ang. [ca.
Ende 1940er-Jahre].

[148] Schüler: „Im Geiste der Gemordeten...", S. 291 und S. 476.

[149] IfZ, ED 474, Bd. 240, Bilder der Märtyrer. Ein Aufruf von Ricarda Huch, in: Stuttgarter
Zeitung, 28.5.1946. Später abgedruckt in Weisenborn (Hrsg.): Aufstand, S. 9. Zum Projekt
„Gedenkbuch" siehe Huch: Gedenkbuch. Ricarda Huch [Ausstellungskatalog]. Bronnen:
Fliegen.

reich macht."[150] Widerstandserinnerung war hier eine Ressource nationaler Selbstbestätigung, die wie Heiligenviten oder Nekrologe funktionieren sollte. Ricarda Huchs Fokus lag auf dem bürgerlichen und militärischen Widerstand. Sie nannte in ihrem Aufruf ganz zu Anfang die Geschwister Scholl und Kurt Huber, dann zahlreiche Protagonisten anderer Widerstandsgruppen, etwa Dietrich Bonhoeffer, Carl Friedrich Goerdeler und Claus Schenk Graf von Stauffenberg, sowie Mitglieder der *Roten Kapelle*.[151] Huchs Verständnis von Widerstand, das sich in dieser Auswahl zeigte, spiegelte ihre eigenen Erfahrungen: Ihr Schwiegersohn, der Ökonom Franz Böhm, hatte Goerdeler in wirtschaftlichen Fragen für die Nachkriegsplanungen des Widerstandskreises beraten. Nur durch einen Zufall war Böhm nach dem Scheitern des Attentats vom 20. Juli 1944 der Verhaftung entgangen.[152] Der Anlass für Ricarda Huchs Aufruf war nicht in erster Linie, ihr Projekt bekannt zu machen. Vielmehr benötigte sie die Unterstützung der Angehörigen, Überlebenden und anderen Zeitzeugen, um die notwendigen Informationen und Materialien für ihr Buch zu erhalten. Sie beteuerte ihre doppelte Wertschätzung dieser Dokumente in ihrer Materialität ebenso wie in ihrem Inhalt: „Ich versichere, daß alles, was an mich gelangt, mit der Liebe und Ehrfurcht aufgenommen und verwahrt wird, die ich für diese unsere Toten empfinde…".[153]

Ricarda Huchs Aufruf fiel auf fruchtbaren Boden. Inge Scholl und die anderen Angehörigen betrachteten nämlich den Umgang mit Widerstandserinnerung in der Öffentlichkeit zunehmend kritisch. Inge Scholl versicherte Ricarda Huch, „wie wohltuend es für uns und alle Freunde unserer Teuren ist, daß gerade Sie, verehrte gnädige Frau, diese Aufgabe übernommen haben. Das wird ein starkes Gegengewicht bedeuten gegenüber all dem Unrat, der schon über die Lieben publiziert wurde."[154] Auch Angelika Probst war „glücklich und dankbar, dass Sie sich jetzt um das Andenken dieser Menschen kümmern wollen. Es wird Zeit, dass eine würdige Feder das tut, nachdem so manche Schwätzer sich schon an diesem Thema versucht und versündigt haben."[155] Die Zersplitterung von Erinnerung und die Tatsache, dass kaum kontrolliert werden konnte, wer was über den Widerstand sagte, hatten dazu geführt, dass die Angehörigen planten, eine Gesamtdarstellung über die Widerstandsgruppe entweder selbst zu verfassen oder an eine vertrauenswürdige Person abzugeben. So hatten Inge Scholl und Angelika Probst überlegt, zusammen einen solchen großen Wurf zu wagen.[156] Ricarda Huchs *Gedenkbuch*-Projekt musste den Familien deshalb wie ein Glücksfall scheinen, noch dazu, da Huchs Reputation außerordentlich war. Sie galt als eine der bedeutends-

[150] Ebd.
[151] Weisenborn (Hrsg.): Aufstand, S. 9.
[152] Huch: Gedenkbuch. Bronnen: Fliegen.
[153] Ricarda Huch: [Aufruf], zit. nach Weisenborn (Hrsg.): Aufstand, S. 9.
[154] IfZ, ZS A/26 a, Inge Scholl an Ricarda Huch, 7. 8. 1946.
[155] IfZ, ZS A/26 a, Angelika Knoop [d. i. Angelika Probst] an Ricarda Huch, 5. 7. 1946.
[156] IfZ, ED 474, Bd. 285, Inge Scholl an Jürgen Wittenstein, 28. 12. 1946. Zum Wunsch nach einer „Gesamtdarstellung" siehe auch IfZ, ED 474, Bd. 268, Hans Hirzel an Inge Scholl, 13. 6. 1946. Bd. 285, Inge Scholl an Jürgen Wittenstein, 28. 12. 1946.

ten Schriftstellerinnen Deutschlands, sie hatte Erfahrung mit historischen Stoffen und sie hatte sich nie vom Nationalsozialismus vereinnahmen lassen, sondern über ihren Schwiegersohn sogar Kontakt zum Widerstand gehabt.[157]

Ricarda Huch hatte sich aber mit dem *Gedenkbuch* eine Bürde aufgeladen, die sie kaum noch tragen konnte. Ihr hohes Alter – sie war schon über 80 – setzte ihr zu und die Arbeit an dem Buch erwies sich als schwieriger als erwartet.[158] Das lag nicht am Material als vielmehr an der Nähe des Stoffes zur Gegenwart und den damit verbundenen Ansprüchen vor allem von Seiten der Angehörigen. Am 10. August 1947 schrieb sie resigniert:

Ich arbeite an meinem Buch – nicht gern –, aber ich habe es übernommen und muß es ausführen. Ich bin ja durch die Wirklichkeit so gebunden, daß ich sozusagen nur eben die Finger zum Schreiben bewegen kann. Der Pegasus wird zum Ackergaul. […] hier bin ich sklavisch gebunden an das, was die Angehörigen mir mitteilen und was sie zur Veröffentlichung freigeben.[159]

Sie fühlte sich in ihrer dichterischen, weniger ihrer wissenschaftlichen Freiheit beschränkt. Wie nahe sie sich an die Vorgaben der Angehörigen hielt, zeigt ein Vergleich der Porträts von Hans und Sophie Scholl mit den biografischen Texten, die Inge Scholl bis zu diesem Zeitpunkt über ihre Geschwister verfasst hatte.[160] Das betrifft vor allem die Darstellung der Familiengeschichte, der Charakteristika Hans und Sophie Scholls und der Einflüsse, die die Entscheidung zum Widerstand ermöglicht hatten. In Huchs Text findet sich, was Inge Scholl ihr geschrieben hatte: Die Szenen des vorbildlichen, ebenso behüteten wie freien Familienlebens, das von einem gütigen und weitsichtigen Vater dominiert wurde. Dessen Vorbild, so wird weiter ausgeführt, habe den Kindern Alternativen zum Nationalsozialismus aufgezeigt und sie so dem verderblichen Einfluss der HJ wieder entzogen. Die Einflüsse der bündischen Jugend, der Literatur, der Philosophie und vor allem die Entdeckung des Christentums werden als entscheidend dafür angeführt, dass aus der Ablehnung des Nationalsozialismus Widerstand werden konnte, trotz der ständigen Bedrohung durch die Gestapo. Dazu seien die Freundschaften mit den späteren Mitstreitern und die charakterlichen Anlagen wie außerordentliche Empathie, Kühnheit, Empfindsamkeit und Gerechtigkeitssinn gekommen. Auch zum Widerstand machte Ricarda Huch konkrete Angaben. Sie zitierte ausführlich aus den Flugblättern und vermutete, dass vor allem Hans

---

[157] Zur Einschätzung der Angehörigen und Überlebenden siehe IfZ, ED 474, Bd. 268, Hans Hirzel an Inge Scholl, 13. 6. 1946, und Inge Scholl an Hans Hirzel, 12. 7. 1946. IfZ, ZS/A 26 a, Bd. 4, Hertha Blaul an Ricarda Huch, 20. 8. 1946, und Clara Huber an Ricarda Huch, 28. 11. 1946.

[158] Ricarda Huch [Ausstellungskatalog]. Bronnen: Fliegen. Huch: Gedenkbuch.

[159] Ricarda Huch an Marie Baum, 10. 8. 1947, zit. nach: Ricarda Huch [Ausstellungskatalog], S. 402.

[160] Hierzu und zum Folgenden siehe Huch: Aktion, und IfZ, ED 474, Bd. 291, [Inge Scholl]: Biografische Notizen über Hans und Sophie Scholl, o. D. [handschriftliche Nachdatierung „1947 (?)"], auch in ZS/A 26 a, Bl. 126–171 [unvollständig]. Ähnliches findet sich in: IfZ, ED 474, Bd. 292, Inge Scholl: Die weisse Rose, o. D. [ca. 1940er-Jahre?]. Bd. 35, [Inge Scholl]: Erinnerungen an München, o. D. [1944/45].

Scholl und Alexander Schmorell die Texte verfasst hätten.[161] Huchs Porträts der Widerstandskämpfer waren vor allem Bestandsaufnahmen, der Versuch – wie sie an Inge Scholl schrieb –, „ein treues Abbild der jungen Menschen zu geben, deren Tat in jener dunklen Zeit [...] wie ein Licht aufflammte."[162] Dieses Abbild spiegelte dann jedoch die Ansichten, Einschätzungen und Bewertungen der Angehörigen.

Eingeengt von der Verantwortung gegenüber den Familien und zunehmend von den Folgen des Alterns beschränkt, befürchtete Ricarda Huch, ihrer selbst gewählten Aufgabe nicht gewachsen zu sein. Im Oktober 1947 schrieb sie an den befreundeten Schriftsteller Günther Weisenborn und gestand ihm, dass sie die Arbeit allein nicht bewältigen könne.[163] Sie schlug ihm vor, das Material aufzuteilen. Während sie sich weiterhin mit der *Weißen Rose* und dem *20. Juli* befassen wollte, sollte Weisenborn den Teil über die *Rote Kapelle* übernehmen, der ihr große Schwierigkeiten bereitete.[164] Doch schon wenige Wochen, nachdem sie Weisenborn geschrieben hatte, starb sie. Vollendet hatte sie lediglich die Porträts über die Münchner Widerstandsgruppe.[165] Sie erschienen im Oktober 1948 in zwei Teilen in der *Neuen Schweizer Rundschau* unter dem Titel *Die Aktion der Münchner Studenten gegen Hitler*.[166] Diese Darstellung hat nie sehr viel Aufmerksamkeit auf sich gezogen, wohl weil sie an diesem relativ abgelegenen Ort erschienen ist. Dabei war sie das einzige fundierte biografische Werk über die Widerstandsgruppe, das es zu diesem Zeitpunkt gab.

Die Materialien, die Ricarda Huch über den Widerstand gesammelt hatte, übernahm Günther Weisenborn. Als sein Buch *Der lautlose Aufstand* 1953 erschien, hatte sich das zugrunde liegende Konzept stark gewandelt. Weisenborn löste Huchs Beschränkung auf die *Weiße Rose*, den *20. Juli* und die *Rote Kapelle* auf und nahm zahlreiche Beispiele aus dem linken Arbeiterwiderstand auf. Während Ricarda Huch ein persönlich gehaltenes Gedenkbuch geplant hatte, beabsichtigte Weisenborn nun eine sachliche Bestandsaufnahme des gesamten Widerstands.[167] Er schrieb in seinem Vorwort:

Auf Grund eines außerordentlich umfangreichen Briefwechsels, der Forschungen von Einzelpersönlichkeiten und der Zeitschrift ‚Ulenspiegel', der überprüften Sammelberichte von Wider-

---

[161] Huch: Aktion, S. 292. IfZ, ED 474, Bd. 291, [Inge Scholl]: Biografische Notizen über Hans und Sophie Scholl, o. D. [handschriftliche Nachdatierung „1947 (?)"], S. 45. Das entsprach auch den Ermittlungen der Gestapo, siehe die Anklageschrift gegen Schmorell u. a. Anklage 6J 24/43, in: Nationalsozialismus, Holocaust, Widerstand und Exil 1933–1945. Online-Datenbank, http://db.saur.de/DGO/basicFullCitationView.jsf?documentId=wh2551 (zuletzt eingesehen am 3. 6. 2012).

[162] IfZ, ED 474, Bd. 734, Ricarda Huch an Inge Scholl, 22. 8. 1946.

[163] ADK, Günther Weisenborn Archiv, 878, Ricarda Huch an Günther Weisenborn, 15. 10. 1947. Siehe auch Weisenborn (Hrsg.): Aufstand, S. 17. Huch: Gedenkbuch.

[164] Ebd.

[165] Huch: Gedenkbuch.

[166] Huch: Aktion. Dies.: Aktion (II). Siehe auch IfZ, ED 474, Bd. 734, Antje Lemke-Bultmann an Inge Scholl, 15. 4. 1948.

[167] Ricarda Huch [Ausstellungskatalog], S. 406.

standsgruppen, von Beiträgen aus O.D.F.-Büros, von amtlichem Material, Abschriften von Ge-
stapoakten, die nach einem Aufruf des Verfassers eintrafen, und auf Grund der bisherigen Veröffentlichungen sammelte sich ein Material an, das sich gegenseitig kontrollierte und ergänzte,
das immer wieder überprüft wurde und immer stärker das gewaltige Profil der gesamtdeutschen
Widerstandsbewegung zeigte.[168]

Weisenborn verwies auf die Authentizität des von ihm benutzten Quellenkorpus,
der sich nicht mehr aus „subjektiven" Zeitzeugenberichten, sondern aus „objek-
tiven" Akten zusammensetzte. Nicht die Akteure, die das Material bereitstellten,
kontrollierten den Autor und seine Arbeit – so suggerierte Weisenborn –, sondern
das Material kontrollierte sich selbst.

Ricarda Huchs Tod enttäuschte die Hoffnungen auf eine in absehbarer Zeit
publizierbare Gesamtdarstellung über den Widerstand. Alternative Projekte, die
zwischenzeitlich im Gespräch gewesen waren – etwa eine Darstellung durch den
Münchner Journalisten Herbert Hohenemser[169] oder neue Pläne Angelika Probsts
für eine Publikation[170] –, waren im Sande verlaufen. Lediglich Clara Huber setzte
die schon länger geplante Publikation eines Erinnerungsbuches für ihren Mann
um. 1947 erschien der Sammelband *Kurt Huber zum Gedächtnis*.[171]

Diese vielen unterschiedlichen Publikationsvorhaben aus dem Kreis der Angehörigen lassen sich weniger als Kritik an Ricarda Huchs langwieriger Arbeit an
den Porträts der Widerstandskämpfer lesen als vielmehr als Antwort auf einen
anderen Autor und sein Werk:[172] Alfred Neumann und seinen Roman *Es waren
ihrer sechs*, der zuerst im Sommer 1945 in englischer Sprache unter dem Titel *Six
of them* in den USA veröffentlicht worden war.[173] Der seit 1933 im Exil lebende
Neumann war in der Zwischenkriegszeit vor allem wegen seiner historischen Ro-
mane ein bekannter und viel gelesener Autor gewesen.[174] Und obwohl sich die
bereits geplante deutschsprachige Ausgabe von *Six of them* verzögerte[175], nahm die
deutsche Presse neugierig Notiz von Neumanns neuestem Werk, weil allgemein
davon ausgegangen wurde, dass er über die Münchner Widerstandsgruppe ge-

---

[168] Weisenborn (Hrsg.): Aufstand, S. 17. Die Abkürzung O.D.F. steht für *Opfer des Faschismus*,
eine Organisation von ehemaligen Verfolgten des NS-Regimes. Mit dem „Aufruf des Verfassers" ist Weisenborns Artikel *Es gab eine deutsche Widerstandsbewegung* in der *Neuen Zeitung*
vom 9. 12. 1946 gemeint.

[169] IfZ, ED 474, Bd. 402, Inge Scholl an Bavaria Film, 29. 4. 1947. Zu Plänen Inge Scholls für eine
Gesamtdarstellung siehe auch DLA, A: Zuckmayer (Manuskripte Anderer: Aicher-Scholl,
Inge), Mappe 5, Inge Scholl an Carl Zuckmayer, 4. 3. 1947.

[170] Stadtarchiv München, NL Kurt Huber, Nr. 61, Angelika Probst an Clara Huber, 4. 8. 1947
und 18. 8. 1947.

[171] Huber (Hrsg.): Kurt Huber.

[172] Zum Folgenden siehe auch Hikel: Lügengeschichten.

[173] Neumann: Es waren ihrer sechs. Englischsprachige Ausgabe: Alfred Neumann: Six of them.
Zur Übersetzung siehe auch IfZ, ED 356, Bd. 4, Alfred Neumann an [Hans von Hentig],
31. 7. 1945. Widerstandsromane waren nicht unüblich in den ersten Nachkriegsjahren. Für
die SBZ siehe Fallada: Jeder stirbt für sich allein, der sich mit dem Widerstand des Berliner
Arbeiterehepaars Otto und Elise Hampel literarisch auseinandersetzt.

[174] Stern: Alfred Neumann. Umlauf: Exil.

[175] Stern: Alfred Neumann. Siehe auch: Es waren ihrer sechs, in: Süddeutsche Zeitung, 1. 2.
1946.

schrieben habe.[176] Diese Sichtweise schien sich zu bestätigen, als deutsche Zeitungen im Winter 1945 erste Teilabdrucke des Romans veröffentlichten. So hieß es in der *Neuen Zeitung*: „Wir drucken nachstehend das [...] Kapitel ab, das die Verhaftung Sophie Scholls schildert, die hier Sophia Moeller heißt."[177] Dass es sich eigentlich um einen Roman handelte, der sich an historischen Ereignissen orientierte, sie aber nicht reproduzierte, war in der deutschen Öffentlichkeit zunächst nicht präsent. Als das Buch 1947 in Deutschland unter dem Titel *Es waren ihrer sechs*[178] erschien, löste es eine erregte Debatte über Erinnerungskompetenzen und das Verhältnis von Fakten und Fiktion aus. Doch was hatte Neumann eigentlich geschrieben?

Er erzählte in seinem Roman die Geschichte des Geschwisterpaars Hans und Sophia Moeller, von Christoph Sauer und Alexander Welte sowie von Professor Karl von Hennings, einem Kriminalpsychologen, und seiner Frau Dora. Aus unterschiedlichen Motiven zum Widerstand gegen den Nationalsozialismus getrieben, so der Plot, verteilten sie in München regimekritische Flugblätter und wurden schließlich verhaftet, zum Tode verurteilt und hingerichtet. Szenenartig nebeneinandergestellt, erzählen die einzelnen Kapitel nach und nach die Geschichten aller Beteiligten. Dabei liegt der Schwerpunkt auf der Erzählgegenwart, also der Verhaftung, den Verhören, dem Prozess und schließlich den Hinrichtungen. In Rückblenden erfährt der Leser die Lebensgeschichten der Protagonisten, die auch – mal mehr und mal weniger klar – Aufschluss über deren Motivation zum Widerstand geben. Trotz teilweise durchaus hehren Motiven – so musste etwa Sauer erleben, wie seine Mutter, die ein jüdisches Kind versteckte, denunziert und verhaftet wurde – sind die Studenten vor allem durch psychische und physische Verletzungen und Abnormitäten gekennzeichnet. Der kriegsversehrte Hans Moeller unterhält eine geradezu libidinöse Beziehung zu seiner Beinprothese, seine Schwester Sophia ist tief in den nationalsozialistischen Erziehungsapparat verstrickt und kann sich nur mit Mühe der sexualisierten Ansprüche von „Weibtum" und „Gebärpflicht", „heldischer Aufzucht" und „Zuchttriumph" erwehren[179], Christoph Sauer ist durch eine simulierte psychische Erkrankung dem Wehrdienst und damit der Front entgangen. Aus Angst, die aktenkundige Störung könne dazu führen, seine Todesstrafe auszusetzen, begeht er im Gefängnis Selbstmord. Zudem wird im Roman lange gemutmaßt, Sauer habe die Widerstandsgruppe verraten. Welte bleibt von den Hauptfiguren die konturloseste. Ähnlich wie Hans Moeller war er begeisterter Nationalsozialist gewesen, bis er vollkommen desillusioniert wurde. Lediglich Karl von Hennings und seine Frau Dora sind weniger

---

[176] Stadtarchiv München, NL Kurt Huber, Nr. 196, Münchener Aufstand – amerikanisches Buch, in: Münchener Zeitung, 25. 8. 1945. IfZ, ED 474, Bd. 240, Münchner Rebellion 1943 wurde Roman, in: Augsburger Anzeiger, 24. 8. 1945. Die Geschwister Scholl, in: Südkurier, 19. 10. 1945. Die Münchner Revolte von 1943, in: Sonntagspost (Katstein), 3. 11. 1945.

[177] Die Verhaftung. Aus dem München-Roman von Alfred Neumann, in: Die Neue Zeitung, 7. 12. 1945.

[178] Neumann: Es waren ihrer sechs.

[179] Ebd., S. 252.

ambivalent gezeichnet.[180] Insgesamt ergab sich aber das Bild, als ob es nur möglich sei, die Normalität des Nationalsozialismus durch Krankheit infrage zu stellen. Widerstand ist dann das Produkt von psychischer und physischer Abnormität.

Der Roman wurde zum Skandal. Schon im Februar 1946, noch bevor nicht mehr als einige Auszüge des Romans in deutschen Zeitungen erschienen waren, brachte die *Süddeutsche Zeitung* Auszüge aus einem offenen Brief Neumanns, in dem dieser sich gegen die Kritik Hans Werner Richters wandte.[181] Der noch unbekannte Autor Richter hatte Neumann eine „misrepresentation of facts" vorgeworfen.[182] Obwohl Neumanns Buch ein Roman war und in den deutschen Ausgaben auch diesen Untertitel trug, wurde es in Deutschland bzw. von deutschen Lesern häufig als historischer Tatsachenbericht gelesen. Diese Lesart hatten allerdings beispielsweise die in der *Neuen Zeitung* erschienen Vorabdrucke ja auch nahegelegt.[183] Dabei hatte Neumann auf Authentizitätsmarker in seinem Roman verzichtet, etwa den Verweis auf (fiktive) Zeugen oder auf Zitate aus den Flugblättern, die ja teilweise auch im Ausland schon bekannt waren. Damit unterschied sich Neumanns Darstellung von einem anderen, zeitgleich erschienenen historischen Roman, der vom Widerstand an der Münchner Universität inspiriert war. So setzte der in Deutschland nur wenig rezipierte, 1945 in Großbritannien veröffentlichte Roman von William Bayles *Seven were Hanged*[184] bewusst darauf, den Eindruck von Faktentreue zu erwecken. Das Werk, das sich ausdrücklich auf den Münchner Widerstand bezog, versprach in seinem Untertitel einen „authentic account" und ließ den fiktiven, aber nicht als solchen gekennzeichneten Zeugen Karl Glück die Geschichte des Widerstands erzählen.[185] Problematisch wurde die realistische oder historische Lesart von Neumanns Roman, sobald dessen Handlung und Personal von dem abwichen, was die informierten Leser erwarteten. Diese Differenzen wurden nicht als Fiktionalitätsbelege wahrgenommen, sondern – wie im Falle Hans Werner Richters – als „misrepresentation of facts" und damit als bewusste Fälschung oder mangelnde Kenntnis des Autors. Auch wenn Neumann in seiner Stellungnahme zu Richters Vorwürfen argumentierte, es handele sich bei seinem Buch um „reine Erfindung und freies Spiel der Phan-

---

[180] Was vermutlich auch daran lag, dass Neumann hier den Kriminalpsychologen Hans von Hentig und dessen Frau zum Vorbild nahm, mit denen er eng befreundet war. Stern: Alfred Neumann, S. 263–264. Umlauf: Exil. Mayenburg: Kriminologie, S. 387–389. Siehe auch Alfred Neumanns handschriftliche Widmung im Exemplar Hentigs von *Six of them*, IfZ-Bibliothek, Signatur 00/K 1311, sowie IfZ, ED 356, Bd. 4, Alfred Neumann an [Hans von Hentig], 31. 7. 1945.

[181] „Es waren ihrer sechs", in: Süddeutsche Zeitung, 1. 2. 1946.

[182] Ebd.

[183] Die Verhaftung. Aus dem München-Roman von Alfred Neumann, in: Die Neue Zeitung, 7. 12. 1945.

[184] Bayles: Seven were Hanged. Vgl. auch Siegmund-Schultze: Widerstandsbewegung, S. 28.

[185] Bayles: Seven were Hanged. Karl Glück wird konsequent Karl Gluck geschrieben, was allerdings als Druck- oder Schreibfehler anzusehen ist. Der Autor lässt Glück/Gluck im Roman erklären: „*Gluck* means ‚luck', and I know that my luck has been very exceptional." (S. 67, Hervorhebung i. Orig.)

tasie" und seine Protagonisten seien „Phantasiegeschöpfe"[186], die Vorbehalte der Öffentlichkeit konnte er damit nicht beruhigen. Die Parallelen zu den Münchner Widerstandsaktionen der Jahre 1942/43 schienen den deutschen Lesern zu offensichtlich.[187] Und auch Clara Huber fühlte sich ungerecht behandelt, glaubte sie doch, Neumann habe sie in Gestalt der Romanfigur Dora von Hennings auf das Schafott geschickt.[188] Noch der 1949 im *Neuen Verlag* erscheinenden Neuausgabe seines Romans fügte Neumann eine drei Seiten umfassende *Feststellung* hinzu, die seine Quellen – vor allem ein kurzer Bericht des amerikanischen *Time Magazine* von 1943[189] – und seine Motivation offenlegten, um so „zur Aufklärung der öffentlichen Meinung in Deutschland" beizutragen.[190] Das Bemühen war vergeblich: Selbst Anfang der 1950er-Jahre wurde Neumanns angeblich mangelnde historische Korrektheit von der Presse kritisiert.[191]

Dieser Vorwurf betraf nicht nur den Ablauf der Ereignisse, sondern auch die Darstellung der Widerstandskämpfer, ihrer Motivationen und Ziele. Denn von deren sonst in der Presse genannter tiefer Verwurzelung im „Sittlich-Geistigen"[192] und der „christlichen Glaubenskraft"[193], die ihnen ermöglicht hatten, „ein ehern notwendiges Opfer zu bringen"[194] und „einen stellvertretenden Tod"[195] auf sich zu nehmen, war in *Es waren ihrer sechs* nicht viel zu finden. Stattdessen lauerten – so behaupteten die Rezensionen – in dem „Schundroman"[196] „Schauerszenen"[197], „billigste Unterhaltung"[198] und „Sensationsgier"[199], verfasst in einem „grässlichen' Ton, der *eine Ungeheuerlichkeit* darstellt"[200], und schließlich „die Verzerrung der Charaktere, das trübe Zwielicht einer zweifelhaften Erotik, die Verkeh-

---

[186] „Es waren ihrer sechs", in: Süddeutsche Zeitung, 1.2.1946.

[187] Ebd.

[188] Ebd.

[189] Stern: Alfred Neumann, S. 263–264. Umlauf: Exil.

[190] Neumann: Es waren ihrer sechs, Stockholm 1949, Anhang o. Pag.

[191] IfZ, ED 474, Bd. 240, Emil Zenz: Die sechs von der Weißen Rose, in: Der Sonntag (Trier), 21.9.1952.

[192] Hans von Hülsen: Helden gegen Hitler, in: Süddeutsche Zeitung, 23.10.1945.

[193] Franz Josef Schöningh: Sechs Tote bitten die Welt um Gerechtigkeit, in: Sonderdruck aus der Süddeutschen Zeitung, 1.11.1946.

[194] Ebd.

[195] Stadtarchiv München, NL Kurt Huber, Nr. 196, F. Kemp: Gedenkfeier für die Opfer der Münchner Studentenrevolte, in: Süddeutsche Zeitung, o. D. [Anfang November 1946].

[196] DLA, A: Zuckmayer (Manuskripte Anderer: Aicher-Scholl, Inge), Mappe 2, Hans Hirzel: [Rezension zu Neumann: *Es waren ihrer sechs*], in: Studentische Blätter, 15.2.1948.

[197] DLA, A: Zuckmayer (Manuskripte Anderer: Aicher-Scholl, Inge), Mappe 2, Herbert Hupka: [Rezension zu Neumann: *Es waren ihrer sechs*], Radio München, o. D. [ca. 1948].

[198] Ebd.

[199] DLA, A: Zuckmayer (Manuskripte Anderer: Aicher-Scholl, Inge), Mappe 2, Herbert Wiegandt: „Es waren ihrer sechs.", in: Schwäbische Donauzeitung, o. D. [ca. 1948], unvollständige Abschrift.

[200] DLA, A: Zuckmayer (Manuskripte Anderer: Aicher-Scholl, Inge), Mappe 2, Hans Hirzel: [Rezension zu Neumann: *Es waren ihrer sechs*], in: Studentische Blätter, 15.2.1948, Hervorhebung i. Orig.

rung des Reinen und Ursprünglichen ins Morbide, ja Perverse"[201], kurzum: „Es sind die Tagträume eines Emigranten, der sich ins Dritte Reich hinüberphantasiert, um in Gedanken abwechselnd den Sadisten und das bald heldenhafte, bald interessant psychopathische Opfer zu spielen."[202] Mit dieser Geschichte ließ sich keine Gegenerzählung zur Verbrechensgeschichte des Nationalsozialismus begründen, wie sie in der westdeutschen Auseinandersetzung mit dem Widerstand Konsens war. Die Kritiker von Neumanns Roman hatten schnell das Grundproblem ausgemacht, das nach ihrer Einschätzung dem Erfolg des Autors entgegenstand: Neumann war Emigrant und hatte die Zeit des *Dritten Reichs* nicht in Deutschland miterlebt.[203] Dabei blieb ausgeblendet, dass dem Juden Neumann nach der nationalsozialistischen Machtübernahme Gefahr für Leib und Leben drohte und er deshalb Deutschland hatte verlassen müssen. In einer Rezension, die der *Mannheimer Morgen* 1948 abdruckte, hieß es:

Nicht einmal ein Deutscher, der das alles miterlebt hat, wird heute schon in der Lage sein, die Tragik der vergangenen zwölf Jahre und die Atmosphäre zwischen Bangen und Hoffen, in der wir lebten, richtig zu erkennen und widerzugeben [sic!]. Wie aber könnte es einer, zu dem die Nachricht aus der Unwirklichkeit, die unser Volk umnebelte, nur in Fetzen und Bruchstücken, Zerrbildern und Phantasien hinausdrang? Wir bemerken das immer wieder in den Büchern der Emigranten, daß – wo es um die Interna des Tausendjährigen Reiches geht – Bilder entstehen, die uns fremd sind und die auch der klärende Abstand, aus dem sie verstanden sind, nicht wahrscheinlicher macht.[204]

Die deutsche Erinnerungsgemeinschaft konstituierte sich demnach als exklusive Erlebnisgemeinschaft, deren Erfahrungen kaum zu benennen oder gar teilbar waren. Hier wiederholte sich nicht nur die Erzählung, die die Deutschen selbst zu Opfern des Nationalsozialismus machte, sondern hier lebten auch nationalsozialistische Vorstellungen von Volksgemeinschaft fort.[205] Emigranten wie Neumann passten in kein Erzählmodell über die NS-Zeit. Auch in der Dichotomie von dämonischem Täter und Opfergemeinschaft der in Deutschland Verbliebenen hatten sie keinen Platz. Neumann konnte weder Täter noch Opfer *sein*, sondern nur „abwechselnd den Sadisten und das [...] Opfer *spielen*".[206] Die erzählte Geschichte im Roman war dann ebenso wie die Legitimation für die eigene Autorschaft nur die Vorspiegelung falscher Tatsachen. Die Angst vor den „fremden

---

[201] DLA, A: Zuckmayer (Manuskripte Anderer: Aicher-Scholl, Inge), Mappe 2, Herbert Wiegandt: „Es waren ihrer sechs.", in: Schwäbische Donauzeitung, o. D. [ca. 1948], unvollständige Abschrift.

[202] DLA, A: Zuckmayer (Manuskripte Anderer: Aicher-Scholl, Inge), Mappe 2, Hans Hirzel: [Rezension zu Neumann: *Es waren ihrer sechs*], in: Studentische Blätter, 15. 2. 1948.

[203] Lühe (Hrsg.): Heimatland. Stern: Alfred Neumann, S. 264–265. Das galt auch schon für Hans Werner Richters Einschätzung, siehe Cofalla: Der „soziale Sinn" Hans Werner Richters, S. 19–28. Brockmann: Literary Culture, S. 1–20.

[204] IfZ, ED 474, Bd. 240, Werner Gilles: „Die weiße Rose", in: Mannheimer Morgen, 29. 5. 1948.

[205] Auf ähnliche Weise wurden auch jüdische Wortmeldungen delegitimiert, siehe Berg: Holocaust, S. 363–370.

[206] DLA, A: Zuckmayer (Manuskripte Anderer: Aicher-Scholl, Inge), Mappe 2, Hans Hirzel: [Rezension zu Neumann: *Es waren ihrer sechs*], in: Studentische Blätter, 15. 2. 1948, Hervorhebung d. Verf.

Bildern" war auch die Angst vor der Entfremdung der eigenen Geschichte und vor dem Verlust der Deutungshoheit über die Zeit des Nationalsozialismus. Die Erinnerung an die *Weiße Rose* war zu einer Frage nationaler Selbstvergewisserung geworden.

Auch Inge Scholl fand Neumanns Roman sehr bedenklich. Am 12. Juli 1946, noch bevor das Buch in Deutschland erschienen war, schrieb sie an Hans Hirzel, Neumann habe „einen zweiten Horst-Wessel-Roman mit anderen Vorzeichen in die Welt gesetzt [...], der dem von Hans [sic!] Heinz Ewers an Frivolität wenig nachsteht".[207] Erste öffentliche Proteste der Angehörigen blieben jedoch folgenlos[208] und konnten das Erscheinen der deutschen Ausgabe ebenso wenig verhindern wie der Aufschrei der Presse. Als der Roman dann jedoch in Deutschland erhältlich war und sein Erfolg bei der Leserschaft absehbar schien, organisierte Inge Scholl den Protest der Angehörigen neu.[209] Sie schickte im Namen aller Betroffenen einen offenen Brief an die Presse[210], sicherte sich ihr wohl- und dem Buch feindlich gesonnene Rezensenten[211] und versuchte, die Unterstützung des Schriftstellers Carl Zuckmayer – im Übrigen auch ein Emigrant – gegen Neumann zu gewinnen.[212] Ihr offener Brief sammelte die bereits vorgebrachten Argumente gegen *Es waren ihrer sechs* und dessen Autor. Sie kritisierte die von Neumann aufgeworfenen Motive des Widerstands ebenso wie seine schriftstellerische Leistung und den ihrer Meinung nach fehlenden Einblick des Autors in den Sachverhalt und schlussfolgerte: „Das Echo auf dieses Buch ist aus weiten und besten Kreisen der Jugend in Deutschland mit Recht ein ablehnendes."[213] Das war ein etwas vorschnelles Urteil, denn *Es waren ihrer sechs* war beim Lesepublikum durchaus erfolgreich. Allein 1947 erschienen zwei Ausgaben des Buches, eine davon für einen Buchclub. 1949 kamen noch einmal zwei Auflagen auf den deutschen Markt, die der *Neue Verlag* herausbrachte.[214] Das wundert insofern nicht, da Alfred Neumann trotz seiner Zeit im Exil in Deutschland noch ein bekannter

---

207 IfZ, ED 474, Bd. 268, Inge Scholl an Hans Hirzel, 12. 7. 1946. Inge Scholl spielt hier auf folgendes Buch an: Hanns Heinz Ewers: Horst Wessel. Ein deutsches Schicksal, Stuttgart u. a. 1932. Zum Kult um Horst Wessel während des Nationalsozialismus siehe Siemens: Horst Wessel.

208 „Es waren ihrer sechs", in: Süddeutsche Zeitung, 1. 2. 1946.

209 IfZ, ED 474, Bd. 402, Inge Scholl an Herrn und Frau Dr. Schmorell, 13. 1. 1948. Siehe auch Bd. 263, Anneliese Knoop[-Graf] an Inge Scholl, 9. 2. 1948.

210 Vgl. z. B. IfZ, ED 474, Bd. 240, Ein Brief von Inge Scholl, in: Hannoversche Neueste Nachrichten, 5. 6. 1948. Werner Gilles: „Die weiße Rose", in: Mannheimer Morgen, 29. 5. 1948. „Es waren ihrer sechs", in: Lüneburger Landeszeitung, 2. 6. 1948. „Ich lehne diesen Roman ab", in: Wetzlarer Neue Zeitung, 25. 5. 1948. „Billige Sensation", in: Die Tagespost (Berlin), 12. 8. 1948.

211 DLA, A: Zuckmayer (Manuskripte Anderer: Aicher-Scholl, Inge), Mappe 2, Rezensionen von Josef Stallmach (Göttinger Universitätszeitung), Herbert Hupka (Radio München), Hans Hirzel (Studentische Blätter), Wiegandt (Schwäbische Donauzeitung, unvollständige Abschrift). Siehe auch Mappe 5, Inge Scholl an Carl Zuckmayer, 5. 3. 1948.

212 DLA, A: Zuckmayer (Manuskripte Anderer: Aicher-Scholl, Inge), Mappe 5, Inge Scholl an Carl Zuckmayer, 5. 3. 1948 und 17. 5. 1948.

213 IfZ, ED 474, Bd. 240, „Ich lehne diesen Roman ab", in: Wetzlarer Neue Zeitung, 25. 5. 1948.

214 Alfred Neumann: Es waren ihrer sechs. Roman, Berlin: Habel 1947, sowie als Ausgabe der Deutschen Buch-Gemeinschaft, Berlin 1947. 1949 gab es zwei Ausgaben des *Neuen Verlags*, Stockholm.

Autor war, dessen Werke spannende Lektüre versprachen. Dass dies auch auf *Es waren ihrer sechs* zutraf, konnten selbst kritische Rezensionen nicht leugnen.[215] Dazu kam, dass es keine alternativen Darstellungen über den Widerstand gab, wenn man von publizierten Gedenkreden[216], Zeitungsartikeln[217] oder Publikationen zu einzelnen Beteiligten[218] absieht. Ricarda Huchs *Gedenkbuch*-Projekt hatte nicht in der erwünschten Gesamtdarstellung geendet und Günther Weisenborn hatte seine Studie noch nicht fertiggestellt. Schließlich – und darüber können auch die vielen kritischen Stellungnahmen nicht hinwegtäuschen – war es einem Großteil der Leserschaft vermutlich schlichtweg egal, ob die Story in *Es waren ihrer sechs* erfunden war oder nicht. Sie suchten spannende Unterhaltung, die sie in dem Roman fanden, ohne sich in ihrer Geschichtsdeutung beeinträchtigt zu fühlen.

Inge Scholl hatte dem zunächst nichts entgegenzusetzen. Erst als sie 1952 ihre eigene Darstellung *Die weiße Rose* über die Münchner Widerstandsgruppe veröffentlichte, gelang es ihr damit, Neumanns Roman vom Markt zu verdrängen.[219] Doch die Erfahrungen der Neumann-Debatte wirkten lange nach als Beispiel für eine missglückte Aneignung der Geschichte der *Weißen Rose*. Noch 1968 schrieb Anneliese Knoop-Graf an Inge Scholl: „Ich denke [...] mit Schaudern an Neumanns Buch ‚Es waren ihrer sechs‘. Das Buch wird wohl in Deutschland keine Rolle mehr spielen, ist vielleicht inzwischen gar nicht mehr bekannt."[220] Es blieb zumindest die Hoffnung auf Vergessen.

2.2.3 „welch unerhörte pädagogische Macht": Inge Scholls Filmprojekt 1947/48

Widerstand als spannende Unterhaltung war auch an anderer Stelle ein Thema. Seit dem Sommer 1946 wurden in der amerikanischen Besatzungszone Filmproduktionsfirmen lizenziert, sodass dort das Interesse an geeigneten Stoffen für neue Filme wuchs, die den amerikanischen Vorgaben von Entnazifizierung und Demokratisierung ebenso entsprachen wie dem deutschen Publikumsgeschmack.[221] Dabei geriet die Geschichte der *Weißen Rose* schnell ins Visier der Produzenten.[222] Im Frühjahr 1947 wandte sich die Münchner Produktionsfirma *Bavaria Film* an Inge Scholl und warb um deren Mitarbeit an einem Spielfilm

---

[215] Siehe z. B. DLA, A: Zuckmayer (Manuskripte Anderer: Aicher-Scholl, Inge), Mappe 2, Josef Stallmach: [Rezension zu Neumann: *Es waren ihrer sechs*], in: Göttinger Universitätszeitung, o. D.

[216] Beispiele sind Guardini: Waage. Vossler: Gedenkrede.

[217] Siehe IfZ, ED 474, Bd. 240.

[218] Alt: Todeskandidaten. Huber (Hrsg.): Kurt Huber.

[219] Siehe Kap. 4.2.

[220] IfZ, ED 474, Bd. 263, Anneliese Knoop-Graf an Inge Scholl, 8. 5. 1968.

[221] Zur amerikanischen Filmpolitik siehe: Fay: Theaters. Fehrenbach: Cinema. Hauser: Neuaufbau. Shandley: Rubble Films.

[222] IfZ, ED 474, Bd. 402, Inge Scholl an Bavaria Film, 29. 4. 1947. Bd. 227, Angelika Probst an Inge Scholl, 30. 1. 1948.

über die *Weiße Rose*.[223] *Bavaria Film* stellte ihr in Aussicht, man werde sich „[i]n der Beschaffung des Materials und den nötigen Informationen [...] ausschliesslich auf Sie stützen".[224] Zudem wurde zugesichert, die Verfilmung nur in die „besten Hände" zu legen.[225] Gleichzeitig zeigte sich die Produktionsfirma entschlossen, das Projekt auch ohne Inge Scholl zu realisieren. In diesem Fall wollte man sich lediglich motivisch an der Geschichte der *Weißen Rose* orientieren.[226] Dass der Film gedreht würde, stand für *Bavaria Film* also fest, lediglich die Konditionen waren noch zu verhandeln.

Die Idee zu diesem Filmprojekt ging vermutlich auf Erich Pommer zurück[227], den Film-Kontrolloffizier für die amerikanische Besatzungszone.[228] Pommer war wegen seiner jüdischen Herkunft nach der nationalsozialistischen Machtübernahme in die USA emigriert, wo er bereits in den 1920er-Jahren als Filmproduzent gearbeitet hatte. In Deutschland war er vor allem durch die Produktion von Fritz Langs *Metropolis* und Josef Sternbergs *Der blaue Engel* bekannt geworden. 1946 kehrte er nach Deutschland zurück und übernahm den Wiederaufbau der Filmindustrie in der amerikanischen Zone. Die Erwartungen von Politik, Filmindustrie und Öffentlichkeit waren auf beiden Seiten des Ozeans groß, aber voller Widersprüche. Während in Deutschland davon geträumt wurde, an die goldenen Zeiten des deutschen Kinos der Zwischenkriegszeit anzuknüpfen, fürchtete Hollywood um seinen Einfluss auf dem gerade erst wiedereroberten europäischen Markt und die US-Regierung kämpfte mit der Angst vor Kontinuitäten der goebbelsschen Filmindustrie.[229]

Auch Inge Scholl verfolgte eigene Ziele, als sie Ende April 1947 der *Bavaria Film* mitteilte, dass sie deren Vorhaben grundsätzlich befürworte.[230] Ihre Erwartungen an das Medium Film waren hoch. Sie ging davon aus, damit die mediale Reichweite zu erzielen, auf die ihrer Ansicht nach der Widerstand ihrer Geschwister angelegt gewesen war. In ihrer Antwort an *Bavaria Film* führte sie aus: „Ich bin mir bewusst, welch unerhörte pädagogische Macht der Film für den heutigen Menschen besitzt und glaube, dass es wirklich möglich wäre, auch in seiner Gestalt das Fortwirken dessen zu versuchen, was meine Geschwister und ihre Freunde erfüllte."[231] Der Film war für sie also viel mehr als Unterhaltung, er war ein

---

223 IfZ, ED 474, Bd. 402, Bavaria Film an Inge Scholl, 25. 3. 1947.
224 Ebd.
225 Ebd.
226 Ebd.
227 Ebd. DLA, A: Zuckmayer (Manuskripte Anderer: Aicher-Scholl, Inge), Mappe 3, Carl Zuckmayer an Erich Engel, 26. 9. 1948. Zeitgleich gab es auch ein vom *Office for Strategic Services* initiiertes Dokumentarfilmprojekt zum *20. Juli*. Der aus konfiszierten NS-Filmaufnahmen der Volksgerichtshofsprozesse zusammengestellte Film kam jedoch nie regulär in die Kinos, siehe Hahn: Umerziehung, S. 396, S. 409–410.
228 Hardt: Caligari. Jacobsen: Erich Pommer.
229 Fehrenbach: Cinema. Hauser: Neuaufbau. Zu den deutschen Erwartungen an Pommer siehe auch Erich Kästner: Gespräch mit Erich Pommer, in: Die Neue Zeitung, 15. 7. 1946.
230 IfZ, ED 474, Bd. 402, Inge Scholl an Bavaria Film, 29. 4. 1947.
231 Ebd. Zur Haltung Inge Scholls zum Film siehe auch den Beitrag Inge Scholls zur Leserdiskussion „Gegenwartsfilm – ja oder nein?", in: Die Neue Zeitung, 29. 2. 1948.

Nachholen und eine Fortsetzung des Widerstands der *Weißen Rose* mit anderen Mitteln. Diese Erwartungen an die Möglichkeiten des Films erwiesen sich in der Folgezeit jedoch als kaum erfüllbar. Inge Scholl einigte sich mit *Bavaria Film* darauf, dass der mit ihr eng befreundete Journalist Herbert Hohenemser bis zum Sommer 1947 das Exposé für den Film schreiben sollte.[232] Als es im November noch nicht vorlag, mahnte die Produktionsfirma zur Eile, auch weil es zunehmend Konkurrenz um den *Weiße-Rose*-Stoff gab.[233] Immerhin existierte ein im Auftrag der *Bavaria Film* verfasstes Treatment, das den Titel *Es endet die Nacht* trug.[234] Doch Inge Scholl waren nach dem ersten Treffen mit Vertretern der *Bavaria Film* Zweifel an deren Kompetenz gekommen.[235] Diese ließen sie nicht das Projekt an sich infrage stellen, veranlassten sie aber dazu, die Dinge selbst in die Hand zu nehmen. Zum einen war nun nicht mehr die Rede davon, dass Hohenemser das Exposé schreiben sollte. Stattdessen zogen sich Inge Scholl und Otl Aicher zum Jahreswechsel 1947/48 auf eine Hütte in den Bergen zurück und erarbeiteten gemeinsam einen Entwurf.[236] Zum anderen versuchte Inge Scholl, Personalentscheidungen in ihrem Sinne durchzusetzen. Im Herbst 1947 schrieb sie dem Schriftsteller Carl Zuckmayer, zu dem sie schon im Frühjahr wegen einer möglichen Lesung Zuckmayers an der Ulmer Volkshochschule Kontakt aufgenommen hatte.[237] Sie bat ihn, das Drehbuch für den Film zu übernehmen. Die Entscheidung für Zuckmayer war pragmatisch: Er war ein renommierter Schriftsteller, der bereits erfolgreich als Drehbuchautor gearbeitet hatte, und er besaß gute Kontakte zu den amerikanischen Behörden, in deren Auftrag er 1946/47 Deutschlands Kulturleben begutachtet hatte.[238] Zudem galt er als unbelastet vom Nationalsozialismus, da er wegen kritischer Äußerungen 1938 hatte ins Exil gehen müssen.[239] Vorbehalte, wie sie sie gegen Neumann wegen dessen Zeit im Exil gehegt hatte, hatte Inge Scholl in diesem Falle jedoch nicht.

---

[232] Friedrich-Wilhelm-Murnau-Stiftung, Bavaria Film (München), Literarische Abteilung: Vorschläge zu einem Produktionsprogramm, 7.7.1947. Ein rudimentär gebliebener, undatierter Entwurf eines Exposés Hohenemsers findet sich in IfZ, ED 474, Bd. 402.

[233] IfZ, ED 474, Bd. 402, Bavaria Film an Inge Scholl, 20.11.1947.

[234] Friedrich-Wilhelm-Murnau-Stifung, Bavaria Film (München), Literarische Abteilung: Vorschläge zu neuen Stoffen, o.D. [ca. Ende 1947]. Als Verfasser des Treatments wird „Dr. Kades" angegeben, vermutlich ist damit der Schriftsteller Hans Kades gemeint.

[235] IfZ, ED 474, Bd. 402, Inge Scholl an Carl Zuckmayer, 24.11.1947.

[236] IfZ, ED 474, Bd. 402, Inge Scholl an Carl Zuckmayer, 13.1.1948.

[237] Ebd. DLA, A: Zuckmayer (Manuskripte Anderer: Aicher-Scholl, Inge), Mappe 5, Inge Scholl an Carl Zuckmayer, 4.3.1947, und IfZ, ED 474, Bd. 402, Carl Zuckmayer an Inge Scholl, 21.10.1947. Der Kontakt zu Zuckmayer war über die Vermittlung von Christoph Dohrn und Herbert Hohenemser zustande gekommen, siehe ebd. und Schüler: „Im Geiste der Gemordeten...", S. 424–427.

[238] Einleitung, in: Zuckmayer: Deutschlandbericht, S. 7–49.

[239] Ebd.

Der Postweg in die Schweiz, wo Zuckmayer lebte, erwies sich als schwierig und überdies war Zuckmayer häufig auf Reisen.[240] So erfuhr Inge Scholl nur über die Vermittlung von Freunden, dass der Schriftsteller grundsätzlich sein Einverständnis erklärt hatte, das Projekt zu übernehmen.[241] Im Januar 1948 schrieb sie deshalb erstmals an die Familien der anderen Hingerichteten, um deren Zustimmung und möglichst auch deren Mitarbeit zu gewinnen.[242] Sie fühlte sich nicht nur aus moralischen Gründen dazu verpflichtet, sondern handelte auch aus ganz pragmatischen Erwägungen heraus. Für das noch ungeschriebene Drehbuch benötigte sie zusätzliche biografische Informationen über die anderen Hingerichteten.[243]

Diese Briefe erwiesen sich jedoch als etwas zu voreilig. Anfang Februar meldete sich Carl Zuckmayer und bekräftigte zwar seine grundsätzliche Bereitschaft, an einem Film über den Widerstand mitzuarbeiten[244], aber nicht unter den gegenwärtigen Bedingungen einer „amerikanisch kontrollierten deutschen Filmindustrie".[245] Und er fuhr fort: „So, wie die Dinge jetzt liegen, würde *ich* einen solchen, für Deutschland und die Welt ungeheuer wichtigen Film nicht in Deutschland machen, weil ich keine Garantie für seine richtige Ausführung sehen würde."[246] Daraus sprach weniger die Furcht vor Kontinuitäten zum NS-Film als vielmehr ein wachsendes Misstrauen gegenüber der amerikanischen Militärregierung. Schon im Kontext von Zuckmayers Bericht über die Deutschlandreise 1946/47 hatten sich erste Diskrepanzen bei der Frage nach dem Umgang mit dem zerstörten Land ergeben, die sich in der Folgezeit verschärften.[247] Auch von Erich Pommer hielt Zuckmayer nichts, obwohl – oder vielleicht gerade weil – beide beim *Blauen Engel* schon zusammengearbeitet hatten.[248] Und schließlich waren seiner Wahrnehmung nach Deutschland und damit das potenzielle Filmpublikum „an einem physischen und moralischen Tiefpunkt"[249] angekommen und er glaubte nicht, dass ein Film über den Widerstand eine positive Reaktion beim Publikum hervorrufen könne.[250]

---

[240] So erreichte der Brief, den Inge Scholl im März 1947 an Zuckmayer geschrieben hatte, diesen erst im Oktober desselben Jahres, siehe IfZ, ED 474, Bd. 402, Carl Zuckmayer an Inge Scholl, 21.10.1947, und Inge Scholl an Carl Zuckmayer, 13.1.1948.

[241] IfZ, ED 474, Bd. 402, Inge Scholl an Carl Zuckmayer, 13.1.1948.

[242] IfZ, ED 474, Bd. 402, Inge Scholl an [Clara] Huber, 13.1.1948, an Herrn und Frau Dr. Schmorell, 13.1.1948, und an Familie Graf, 28.1.1948. Bd. 227, Angelika Probst an Inge Scholl, 30.1.1948.

[243] Ebd.

[244] IfZ, ED 474, Bd. 402, Carl Zuckmayer an Inge Scholl, 2.2.1948. Bereits im Mai 1947 hatte Zuckmayer, der zu diesem Zeitpunkt noch nichts von Inge Scholls Plänen wusste, in seinem *Bericht über das Film- und Theaterleben in Deutschland und Österreich* dem amerikanischen Kriegsministerium eine Verfilmung der Geschichte der *Weißen Rose* vorgeschlagen. Siehe Sannwald: Nicht von Zuckmayer, S. 515.

[245] IfZ, ED 474, Bd. 402, Carl Zuckmayer an Inge Scholl, 2.2.1948.

[246] Ebd. Hervorhebung i. Orig.

[247] Einleitung, in: Zuckmayer: Deutschlandbericht, S. 7–49.

[248] Einleitung, in: Zuckmayer: Deutschlandbericht, S. 7–49, hier S. 47.

[249] IfZ, ED 474, Bd. 402, Carl Zuckmayer an Fritz Thiery (Bavaria Film), 4.3.1948.

[250] Ebd.

Inge Scholl war erleichtert, dass mit Zuckmayers Antwort der Druck, sich schnell entscheiden und Material liefern zu müssen[251], erst einmal von ihr genommen war.[252] Denn als sie Anfang Februar 1948 das Exposé auf Drängen der *Bavaria Film* abgeliefert hatte, hielt sie es selbst noch für einen eher unvollständigen Entwurf, weil ihr die Zeit und die Ruhe für eine gründliche Ausarbeitung gefehlt habe.[253] Überdies kam das Exposé bei *Bavaria Film* nicht sehr gut an. Es handele sich dabei zwar um eine „authentische Materialgrundlage", doch was nun folgen müsse, sei „die Aufgabe des Filmdichters".[254]

Auch die ersten Reaktionen der anderen Familien auf Inge Scholls Projekt fielen nur sehr verhalten aus. Schnelle Entscheidungen für eine Verfilmung, wie sie *Bavaria Film* einforderte, waren hier also nicht zu erwarten. Lediglich Clara Huber und Herta Probst hatten Zustimmung signalisiert.[255] Anneliese Graf erklärte sich nur unter der Maßgabe zu einer Mitarbeit bereit, falls dies der einzige Weg sein sollte, etwas „Neumann-Ähnliches" zu verhindern.[256] Angelika Probst, Familie Schmorell und die Schwestern Kurt Hubers standen dem Vorhaben jedoch äußerst kritisch gegenüber.[257] Sie teilten Inge Scholls Optimismus gegenüber dem Medium Film nicht, sondern sahen vor allem Gefahren. Sie fürchteten, es werde nicht möglich sein, die Hingerichteten in ihrer Persönlichkeit zu fassen und diese durch Schauspieler darstellen zu lassen.[258] Es gehe bei der Widerstandsgruppe nicht um die Tat, sondern um den Geist, der dieser Tat zugrunde gelegen hatte.[259] Diese Frage kristallisierte sich als zentraler Streitpunkt heraus. Zwar waren sich alle Beteiligten grundsätzlich darüber einig, dass es bei dem Film um die ideellen Grundlagen des Widerstands gehen sollte. Inge Scholl stimmte dem ebenso zu wie die anderen Familien oder Carl Zuckmayer.[260] Die Meinungen schieden sich daran, ob der Nachkriegsfilm und vor allem die daran beteiligten Personen das leisten könnten oder nicht. Angelika Probst etwa hielt ganz im Gegensatz zu Inge Scholl weder etwas von Zuckmayers Fähigkeiten – sie kritisierte seine „Banalität" und „Oberflächlichkeit"[261] –, noch hatte sie Vertrauen in die Darstellungsmög-

---

[251] IfZ, ED 474, Bd. 402, Bavaria Film an Inge Scholl, 20.11.1947.
[252] DLA, A: Zuckmayer (Manuskripte Anderer: Aicher-Scholl, Inge), Mappe 5, Inge Scholl an Carl Zuckmayer, 17.5.1948. IfZ, ED 474, Bd. 402, Inge Scholl an A[ntje] Lemke, 9.3.1948. Siehe auch Stadtarchiv München, NL Kurt Huber, Nr. 61, Carl Zuckmayer an Clara Huber, 29.5.1948.
[253] IfZ, ED 474, Bd. 402, Inge Scholl an [Erika] Beyfuss (Bavaria Film), 4.2.1948.
[254] IfZ, ED 474, Bd. 402, E[rika] Beyfuss (Bavaria Film) an Inge Scholl, 14.2.1948.
[255] IfZ, ED 474, Bd. 402, Inge Scholl an [Dorothea] Huber, 25.4.1948. Bd. 277, Herta Siebler [-Probst] an Inge Scholl, 3.2.1948.
[256] IfZ, ED 474, Bd. 236, Anneliese Knoop[-Graf] an Inge Scholl, 9.2.1948.
[257] IfZ, ED 474, Bd. 402, Paula Huber an Inge Scholl, 19.4.1948, Dorothea Huber an Inge Scholl, 20.4.1948. Bd. 282, Erich Schmorell an Inge Scholl, 11.3.1948. Bd. 277, Angelika Probst an Inge Scholl, 30.1.1948.
[258] Ebd.
[259] Ebd.
[260] Ebd. IfZ, ED 474, Bd. 402, Inge Scholl an Bavaria Film, 29.4.1947, Carl Zuckmayer an Fritz Thiery (Bavaria Film), 4.3.1948.
[261] IfZ, ED 474, Bd. 277, Angelika Probst an Inge Scholl, 30.1.1948.

lichkeiten des Films, der ihr „mechanisch, leblos und zweidimensional" erschien.[262] Sie fürchtete, dass das Endergebnis nur „Kitsch" sein könne, nicht jedoch den Geist des Widerstands zeigen würde, denn: „Es *muss* so und so vieles
dazuerfunden werden, denn die Tatsachen an sich ergeben keinen Film [...]."[263]
Es stellte sich also die Frage nach einer authentischen Darstellung, die den Geist
des Widerstands ebenso betraf wie den Ablauf der Ereignisse. Wie problematisch
das tatsächlich war, zeigte sich am Exposé, das Inge Scholl und Otl Aicher für
Bavaria Film verfasst hatten.[264] Die drehbuchartig konzipierte Skizze ist in Szenen unterteilt und teilweise in Dialogform verfasst. Das zwang zu einem bestimmten Vorgehen. Die Spielsituationen mussten sehr konkret angeben werden:
Wo fanden sie statt? Wer war da? Wer tat was? Das heißt, es ließ sich nichts mehr
hinter allgemeinen Formulierungen wie „Hans und Sophie Scholl und ihre Freunde" verbergen, sondern alle Akteure mussten genau benannt und mit präzisen
Angaben zu ihrem Handeln ausgestattet werden und die jeweiligen Orte dieses
Handelns mussten detailliert beschrieben werden. Der Film als authentisch abbil-
dendes Medium, wie ihn sich die Angehörigen vorstellten, forderte Augenzeugenschaft, die durch Dokumente nur unzureichend zu ersetzen war. Diese Lücke zwischen persönlicher und vermittelter Erfahrung schloss die Fantasie. Gleiches galt
für die Dialoge. Zwar beteuerte Inge Scholl, sie habe sich bei der Abfassung des
Exposés auf das überlieferte Material bezogen – vor allem die Briefe und Tagebücher – und Gespräche „rekonstruiert".[265] Doch hatten nicht Inge Scholl und Otl
Aicher den Protagonisten ihre Worte in den Mund gelegt? Die immer wieder ge-
stellte Forderung, dass sich der „Geist" des Widerstands im Film wiederfinden
müsse und dessen Darstellung als wesentlich bedeutsamer empfunden wurde als
die des Widerstandshandelns, rührte auch daher, dass die Deutungshoheit über
den Geist des Widerstands eben keine Augenzeugenschaft erforderte.

Auch die von Angelika Probst befürchtete Ergänzung und Dramatisierung des
Handlungsablaufs hatte in dem Exposé schon längst stattgefunden. Im Großen
und Ganzen orientierten sich der Plot und die Motivlage zwar an dem, was Inge
Scholl bereits in den *Erinnerungen an München* festgehalten hatte.[266] Die Erzählung konzentrierte sich auf die Widerstandsereignisse:[267] das Verfassen und Verteilen der Flugblätter, das Anbringen von Wandparolen sowie die Versuche, Kon-

---

262 Ebd.
263 Ebd., Hervorhebung i. Orig.
264 IfZ, ED 474, Bd. 402, [Inge Scholl und Otl Aicher]: Filmexposé, 1. Exemplar, o. D. [ca.
    1947/48], sowie die Vorentwürfe (Personenliste, Themen usw.), o. D. [ca. 1947/48]. Alles
    auch in DLA, A: Zuckmayer (Manuskripte Anderer: Aicher-Scholl, Inge), Mappe 1. Das
    Exposé schrieb Barbara Schüler in einer Edition fälschlicherweise Carl Zuckmayer zu:
    [Zuckmayer]: Weiße Rose. Vgl. auch Schüler: „Im Geiste der Gemordeten...", S. 250–260.
    Richtigstellung durch Sannwald: Nicht von Zuckmayer.
265 DLA, A: Zuckmayer (Manuskripte Anderer: Aicher-Scholl, Inge), Mappe 5, Inge Scholl an
    Carl Zuckmayer, 9. 2. 1948.
266 Siehe Kap. 1.
267 Hierzu und zum Folgenden siehe IfZ, ED 474, Bd. 402, [Inge Scholl und Otl Aicher]: Film-
    exposé, 1. Exemplar, o. D. [ca. 1947/48].

takte zu anderen Oppositionellen herzustellen. In kurzen biografischen Rückblenden auf die Zeit in der Jugendbewegung und der HJ, in Gesprächen unter den Studenten sowie in Debatten mit Muth, Haecker oder Huber wurden exemplarisch die Motivationen und Ziele des Widerstands verhandelt. Dazu kamen Erfahrungen wie der Russlandeinsatz, Sophie Scholls Wissen über die Deportation behinderter Kinder, Kontakte mit Verfolgten und Verschleppten sowie der Einfluss von Hubers Vorlesungen. Doch erstmals hatten Inge Scholl und Otl Aicher den Ereignissen, die ihnen bislang als tatsächlich und faktisch richtig galten, fiktive Szenen als dramaturgische Elemente hinzugefügt. Dazu gehört etwa eine Episode, die bei dem „Stadtkommandanten" Münchens spielt, den Hans Scholl im Gespräch vom Widerstand überzeugen kann.

Davon war in den Verhandlungen mit den anderen Familien jedoch keine Rede. Inge Scholl verfasste lange Antwortbriefe an die Angehörigen, in denen sie erklärte, schmeichelte, überredete und es dabei auch manchmal mit der Wahrheit nicht ganz so genau nahm.[268] So unterstellte sie Zustimmung da, wo Angehörige eine Zusammenarbeit im Filmprojekt lediglich als *ultima ratio* erwogen hatten, und suggerierte so Einigkeit zwischen den Familien, wo gar keine zu finden war.[269] Über das Filmprojekt drohten sich die Hinterbliebenen erstmals ernsthaft zu entzweien.[270] Die Konflikte verschärften sich, als die Nachrichtenagentur *dena* mit Berufung auf Inge Scholl die Meldung verbreitete, dass die Angehörigen sich auf eine Verfilmung der Geschichte der *Weißen Rose* geeinigt hätten und Zuckmayer auch schon als Autor des Drehbuchs zugesagt habe.[271] Es stellte sich heraus, dass dies nur eine von Inge Scholl ganz bewusst lancierte Falschmeldung gewesen war, um Konkurrenten um den Widerstands-Stoff aus dem Feld zu schlagen.[272] Es habe alles sehr schnell gehen müssen, schrieb sie bedauernd den aufgebrachten anderen Angehörigen, dass sie schlicht keine Zeit mehr gehabt habe, sie vorab über diesen Schritt zu informieren.[273]

Trotz der Ablehnung durch die Familien und Zuckmayers Zögern blieb Inge Scholls Optimismus, das Projekt doch noch realisieren zu können, lange ungebrochen. Das lag nicht nur daran, dass sie hoffte, mit einem Spielfilm das Interesse eines breiten Publikums für die Geschichte der *Weißen Rose* gewinnen und so

---

[268] IfZ, ED 474, Bd. 402, Inge Scholl an [Dorothea] Huber, 25. 4. 1948. Bd. 282, Inge Scholl an Erich Schmorell, 25. 4. 1948.

[269] IfZ, ED 474, Bd. 402, Inge Scholl an [Dorothea] Huber, 25. 4. 1948.

[270] DLA, A: Zuckmayer (Manuskripte Anderer: Aicher-Scholl, Inge), Mappe 4, Angelika Probst an Carl Zuckmayer, 11. 5. 1948.

[271] IfZ, ED 474, Bd. 402, Die „Weiße Rose". Ein Film über die Geschwister [dena-Meldung], in: o. Ang. [ca. Anfang 1948], mit handschriftlicher Notiz Inge Scholls: „1948 Deckinserat, um Filmpläne auszulöschen". [Notiz des] Tagesspiegel, 4. 3. 1948.

[272] Bei dem Konkurrenten handelte es sich vermutlich um die Berliner *Junge Film-Union*, siehe IfZ, ED 474, Bd. 402, Inge Scholl an die Junge Film-Union (Berlin), 19. 1. 1948.

[273] IfZ, ED 474, Bd. 402, Paula Huber an Inge Scholl, 19. 4. 1948, und Inge Scholl an Paula Huber, 25. 4. 1948. Dorothea Huber an Inge Scholl, 20. 4. 1948, und Inge Scholl an [Dorothea] Huber, 25. 4. 1948. DLA, A: Zuckmayer (Manuskripte Anderer: Aicher-Scholl, Inge), Mappe 3, Carl Zuckmayer an Herbert Hohenemser, 5. 3. 1948.

deren ideelles Erbe vermitteln zu können. Dazu kam ihr im Kontext der Ulmer Volkshochschule erwachtes Interesse an allem „Modernen", dessen Realisierung angesichts der physischen und moralischen Zerstörung Deutschlands in greifbare Nähe gerückt zu sein schien.[274] An der Ulmer vh kristallisierten sich diese Zukunftshoffnungen in der Gruppe von *Studio Null*, der neben Inge Scholl auch Otl Aicher, Elisabeth Scholl und deren Mann Fritz Hartnagel sowie einige weitere befreundete junge Leute angehörten.[275] *Studio Null* verfolgte große Ziele. Es sah sich als „Realisationspunkt des Geahnten und Gespürten, das über unseren Tagen steht", und seine Aufgabe darin, „das einzelstehende [sic!] zu verbinden und zu einem einheitlichen Kulturbewußtsein zu verbinden".[276] Etwa seit Anfang Januar 1948 traf man sich zu diesem Zweck mehr oder weniger regelmäßig, um zu diskutieren.[277] Allerdings waren die geforderten arbeitsintensiven Vor- und Nachbereitungen der Treffen für die meisten der Teilnehmer kaum zu leisten.[278] Auch die hochfliegenden Pläne – etwa einen Verlag zu gründen[279] – blieben Luftschlösser. Dagegen war das Filmprojekt über die *Weiße Rose* eine realistisch scheinende Möglichkeit, die eigenen Vorstellungen von Moderne und Gegenwartskunst umzusetzen.[280] In einem acht Seiten umfassenden Manifest stellte die Gruppe ihre Ansichten und Forderungen an einen Film zusammen. Der Text schwankte zwischen Selbstüberschätzung und Kapitulation vor den Gegebenheiten. So hieß es:

,Studio Null', das den Kreis der Geschwister Scholl fortführt, [verlangt,] dass ihm die letzten Entscheidungen über diesen Film obliegen und dass er durch eine Zusammenarbeit mit ihm zustande kommt. Es kann freilich nicht Aufgabe dieses Studios sein, an der Herstellung dieses Films als solchem mitzuarbeiten, vielmehr behält es sich das Recht vor, den letzten entscheidenden Einfluss wenigstens dahin zu behalten, dass ihm die Entscheidungen über die Auswahl der Mitarbeiter anheim gegeben werden.[281]

Eine Realisierung des Filmprojekts wurde unterdessen immer unwahrscheinlicher. Im Herbst 1948 gab es für Inge Scholl nochmals kurzzeitig einen Hoffnungsschimmer, als Erich Engel von der ostdeutschen DEFA sich für die Verfilmung interessierte.[282] Engel war zudem ein guter Freund von Zuckmayer. Allerdings war Zuckmayer weiterhin nicht von den Filmplänen zu überzeugen, da er weder

---

[274] Schüler: „Im Geiste der Gemordeten…", S. 392–396.

[275] Ebd., S. 401–438.

[276] IfZ, ED 474, Bd. 462, o. Verf.: [„Studio Null ist eine freie Arbeitsgruppe…"], o. D. [ca. 1948]. Vgl. auch DLA, A: Zuckmayer (Manuskripte Anderer: Aicher-Scholl, Inge), Mappe 2, Studio Null: entwurf zu einem manifest, o. D. [ca. 1948].

[277] IfZ, ED 474, Bd. 463, verzeichnis der arbeiten von studio null, o. D. [ca. 1948]. Siehe auch die Aufstellung der Vorträge bei Schüler: „Im Geiste der Gemordeten….", S. 502–504.

[278] IfZ, ED 474, Bd. 464, Inge Scholl: wir müssen aus diesem hinkenden zustand herauskommen. ein hilferuf des sekretariats, 10. 7. 1948. Bd. 34, Inge Scholl an Otl Aicher, 17. 8. 1948.

[279] IfZ, ED 474, Bd. 462, o. Verf.: [„Studio Null ist eine freie Arbeitsgruppe…"], o. D. [ca. 1948].

[280] IfZ, ED 474, Bd. 462, o. Verf. [Otl Aicher?]: Rundschreiben an Studio Null, 10. 1. 1948.

[281] IfZ, ED 474, Bd. 402, Studio Null: [„Ein Film, der die Tat der Geschwister Scholl behandeln will…"], o. D. [ca. 1948].

[282] DLA, A: Zuckmayer (Manuskripte Anderer: Aicher-Scholl, Inge), Mappe 4, Herbert Hohenemser an Carl Zuckmayer, 8. 9. 1948. Mappe 5, Inge Scholl an Carl Zuckmayer, 18. 11. 1948.

den Zeitpunkt für günstig noch die Produktion durch die DEFA für akzeptabel hielt. *Bavaria Film* war auch keine Option, weil Pommer – abgesehen von allen anderen Differenzen mit Zuckmayer – die Verpflichtung Engels ablehnte.[283] Damit war das Projekt eines *Weiße-Rose*-Films endgültig in einer Sackgasse gelandet. Zuckmayer verfasste nie ein Drehbuch, *Studio Null* löste sich sang- und klanglos wieder auf und Inge Scholl wandte sich anderen Plänen zu. Noch während sie mit Zuckmayer über den Film verhandelte, besprach sie mit ihm schon neue Ideen: die ersten Überlegungen zu einer neuen Schule, die später zur Gründung der *Hochschule für Gestaltung* (hfg) in Ulm führten.[284] Bis Anfang der 1950er-Jahre konzentrierte sie sich immer mehr auf diese Schulgründung und eine Verfilmung der Geschichte der *Weißen Rose* war kein Thema mehr. Erst als dann mit einer ersten Welle von Widerstandsfilmen auch das Interesse der Filmindustrie am *Weiße-Rose*-Stoff wieder zunahm, musste sich Inge Scholl erneut damit auseinandersetzen. Doch den Glauben an die künstlerischen Fähigkeiten und die „unerhörte pädagogische Macht" des Films hatte sie zu diesem Zeitpunkt schon längst verloren.[285]

[283] DLA, A: Zuckmayer (Manuskripte Anderer: Aicher-Scholl, Inge), Mappe 3, Carl Zuckmayer an Erich Engel, 26.9.1948.
[284] IfZ, ED 474, Bd.462, o. Verf.: [„Studio Null ist eine freie Arbeitsgruppe…"], o.D. [ca. 1947/48]. Vgl. auch DLA, A: Zuckmayer (Manuskripte Anderer: Aicher-Scholl, Inge), Mappe 2, Studio Null: entwurf zu einem manifest, o.D. [ca. 1948], und Studio Null: Plan 48, o.D. [ca. 1948]. Mappe 5, Inge Scholl an Carl Zuckmayer, 2.8.1948.
[285] Siehe Kap. 4.3.

3 Das Archiv: Sammeln, ordnen, nutzen

Die Bedeutung der Angehörigen bei der Auseinandersetzung mit dem Widerstand beruhte nach Kriegsende vor allem auf deren exklusivem Wissen über die Widerstandskämpfer, das sich ebenso aus der Zeitzeugenschaft wie aus den hinterlassenen Briefen, Tagebüchern, Notizen und Fotos der Beteiligten ergab. Allerdings wiesen auch die Familienerinnerungen Lücken auf, denn die Angehörigen waren weder in die Widerstandsaktionen, deren Motivationen und Ziele eingeweiht gewesen, noch gaben die schriftlichen Hinterlassenschaften der Hingerichteten darüber detailliert Auskunft. Inge Scholl versuchte noch während des Krieges, sich diesen Teil der Biografien ihrer Geschwister wieder anzueignen. Sie las deren Tagebücher, Briefe und Notizen, reinterpretierte ihre eigenen Erinnerungen, tauschte ihr Wissen mit Familie und Freunden aus und erfuhr während der Verhöre durch die Gestapo Einzelheiten über den Widerstand. In den *Erinnerungen an München* hielt sie das erste Ergebnis dieser Bemühungen fest. Nach Kriegsende eröffnete sich ihr die Möglichkeit, ihre Suche nach Informationen und Dokumenten über den Widerstand auszuweiten. Inge Scholl nutzte sie und baute in den Folgejahren ein umfangreiches Archiv über ihre Geschwister und die *Weiße Rose* auf.

Folgt man Jacques Derridas Überlegungen zu Archivierung, so ist diese durch die mediale Auslagerung von Erinnerung, die damit einhergehende Reproduzierbarkeit, „Versammlung" oder „Konsignation" von Material an einem Ort, die der Versammlung zugrunde liegende Ordnung sowie die Reglementierung des Zugangs gekennzeichnet.[1] Das so in Archiven an konkreten Orten und in seiner Materialität gesammelte Wissen und dessen Nutzung bestimmten auch wesentlich das, was an Informationen über die *Weiße Rose* in die Erinnerungserzählungen Eingang fand. Erst so konnten diese Inhalte Bestandteil kollektiv geteilten Wissens und eines in den Kommunikationsprozessen der Gesellschaft verankerten Archivs werden. Was wir heute über die *Weiße Rose* wissen, beruht auf den Materialien, die in den Archiven gesammelt und aufbewahrt wurden. Doch wer besaß eigentlich wann welche Unterlagen? Was wurde als „archivierungswürdig" eingestuft, was nicht? Und welche Bestände waren für wen überhaupt zugänglich und nutzbar? Das Archiv legt nicht nur Wissen offen, sondern verheimlicht auch, es sammelt nicht wahllos, sondern sortiert aus, klassifiziert und reglementiert.

Die Archivbestände zur *Weißen Rose* lagerten an ganz unterschiedlichen Orten und wurden von Menschen mit ganz verschiedenen Intentionen gesammelt und verwaltet. Diese Archivierungsprozesse stehen im Folgenden im Mittelpunkt. Anhand des Sammelns, Ordnens und Nutzens von Dokumenten werden in einem chronologischen Längsschnitt die Archivierungspraktiken beleuchtet, die das Fundament und die Voraussetzung für die Erinnerung an die *Weiße Rose* bildeten.

---

[1] Derrida: Archiv, S. 11–15, S. 25–26.

3.1 Die Akten der staatlichen Überlieferung

Den ersten Aktenbestand über die *Weiße Rose*, ihre Mitglieder, ihre Tat, ihre Motivation und ihre Zielsetzung legten die Verfolgungsbehörden des NS-Staats an, als nach dem Auftauchen der ersten Flugblätter im Frühsommer 1942 die Ermittlungsarbeit von Polizei und Gestapo begann. Nach der Verhaftung der Geschwister Scholl am 18. Februar 1943 steigerten sich die Aktivitäten der Behörden. Sie trugen Aussagen, Gutachten, Beweismittel und Indizien zusammen, die den Widerstand der *Weißen Rose* dokumentierten. Hinzu kamen Korrespondenzen, Vermerke und Formulare, die für den reibungslosen Ablauf der Verwaltungsarbeit – von der Einlieferung ins Gestapo-Gefängnis bis zur Hinrichtung – sorgen sollten.[2] Aus diesen Komponenten setzte sich der nationalsozialistische Wissenskomplex zur *Weißen Rose* zusammen, der sich – physisch in Form von Akten – auf den Schreibtischen und in den Schränken der Justizbehörden in München und Berlin befand. Welchen Weg die Akten nehmen würden, war ungewiss: Würden sie als archivwürdig befunden werden und somit als langfristig verfügbares Wissen in das Gedächtnis des NS-Regimes eingehen? Der Krieg und seine Folgen enthoben die nationalsozialistischen Behörden dieser Antwort. Durch alliierte Bombenangriffe wurden die Münchner Gestapo-Zentrale und das Berliner Areal des Volksgerichtshofs (VGH) zerstört. Unter dem Schutt der Gebäude lagen die Akten begraben.[3] Vielleicht waren die Münchner Unterlagen auch – hierzu gab es Mutmaßungen des ehemaligen Gestapo-Beamten Robert Mohr – nach Schloss Berg am Starnberger See gebracht worden. Nach Kriegsende waren sie dort jedoch nicht mehr auffindbar.[4] Gleiches galt für die VGH-Unterlagen, die Ermittlungs- und Prozessakten zur *Weißen Rose* enthielten, und die nach Potsdam verlagert worden waren. Große Teile der Bestände des VGH wurden bei Luftangriffen zerstört oder durch gezielte Verbrennungsaktionen kurz vor Kriegsende vernichtet.[5]

Mit der Besetzung Deutschlands durch alliierte Truppen wurden die Akten des NS-Regimes begehrte Kriegsbeute.[6] Das hatte verschiedene Gründe. Zum einen fanden sich hier Hinweise auf Mitglieder der NSDAP, Parteifunktionäre und Beteiligte an nationalsozialistischen Verfolgungsmaßnahmen und Massenmord, die eine Grundlage für die Strafverfolgung und Entnazifizierung bildeten, wie sie bei der Konferenz von Potsdam im Sommer 1945 beschlossen worden waren. Neben diesen pragmatischen Überlegungen spielte zum anderen die Überzeugung eine

---

[2] Zu den Ermittlungsarbeiten der Münchner Gestapo und den VGH-Prozessen siehe Zankel: Mit Flugblättern, S. 416–472.

[3] Henke: Schicksal, S. 565.

[4] IfZ, ED 474, Bd. 287, Robert Mohr: Niederschrift!, 19. 2. 1951. Bd. 6, Robert Scholl an Frl. Bonhoeffer, 2. 9. 1957. ADK, Günther Weisenborn Archiv, 1206, Robert Scholl an Günther Weisenborn, 29. 8. 1952.

[5] Boberach u. a. (Bearb.): Bundesarchiv, S. 70.

[6] Eckert: Kampf. Henke: Schicksal. Lötzke: Bedeutung. Leide: NS-Verbrecher.

Rolle, dass den Deutschen mittels der Akten nicht auch die Deutungshoheit über die NS-Vergangenheit überlassen werden dürfe.[7]

Die Unterlagen des VGH gerieten zum Großteil in den Besitz der Sowjets und wurden später in die Bestände der Archive der DDR bzw. der Sowjetunion eingegliedert.[8] Andere Teile beschlagnahmten die Amerikaner und lagerten sie im *Berlin Document Center* (BDC) ein.[9] Die Akten zur *Weißen Rose* fanden sich in der DDR und – im Falle der Unterlagen zu Alexander Schmorell – in der Sowjetunion wieder.[10] Sie verteilten sich zunächst im Wesentlichen auf das Archiv des 1947 gegründeten *Instituts für Marxismus-Leninismus* (IML) beim Zentralkomitee (ZK) der SED[11] und das *Deutsche Zentralarchiv*[12] in Potsdam.

Der Aktenbesitz der DDR wurde in der Bundesrepublik vor allem durch die Arbeiten des Historikers Karl-Heinz Jahnke publik, der seit Ende der 1950er-Jahre in der DDR über den deutschen Widerstand publizierte.[13] In den Fußnoten seiner Arbeiten finden sich Hinweise auf Aktenstücke über die *Weiße Rose*, als deren Aufbewahrungsort das IML angegeben war.[14] Darunter befanden sich auch Verhörprotokolle, u.a. von Kurt Huber und Sophie Scholl.[15] Sie waren in einer Mappe mit der Beschriftung „Scholl-Gruppe" gesammelt.[16] Nach der Gründung des *Zentralen Parteiarchivs der SED* (ZPA), das organisatorisch jedoch weiter dem IML zugeordnet blieb, wurden die in der DDR vorhandenen Akten zur *Weißen Rose* ab 1963 zumindest teilweise dorthin verbracht. So vermerkte Jahnke in der 1969 in Westdeutschland erschienenen Monografie *Weiße Rose contra Hakenkreuz* über seine Quellen:[17] „[Im IML/ZPA] sind u.a. die Anklageschrift und das Urteil gegen Hans Scholl, Sophie Scholl und Christoph Probst, die Anklageschrift gegen Alexander Schmorell und die übrigen 13 Angeklagten sowie ein Teil der Handakten u.a. von Alexander Schmorell, Willi Graf, Professor Huber, Traute Lafrenz und Dr. Harnack vorhanden."[18] Klaus Drobisch publizierte 1968 in der DDR die Dokumentation *Wir schweigen nicht!*, für die er auch Akten aus dem IML/ZPA

---

[7] Eckert: Kampf. Henke: Schicksal. Lötzke: Bedeutung.

[8] Zur problematischen Überlieferung der Akten des VGH siehe Jürgen Zarusky: Einleitung, in: Nationalsozialismus, Holocaust, Widerstand und Exil 1933–1945. Online-Datenbank, http://db.saur.de/DGO/searchResults.faces?documentId=WHO-004 (zuletzt eingesehen am 3.6.2012). Leide: NS-Verbrechen. Zur Überlieferung und Nutzung der Akten zur *Weißen Rose* eine knappe Zusammenstellung bei Ueberschär: Vernehmungsprotokolle, S. 344–345.

[9] IfZ, ED 474, Bd. 161, [Bundesarchiv]: Vorbemerkung des Findbuchs zu R 60 I, 18.3.1963. Zum BDC siehe Browder: Problems. Krüger: Archiv. Hansen: Geheime Demokratie.

[10] Zankel: Mit Flugblättern, S. 17, FN 49.

[11] Marquardt: „Institut für Marxismus-Leninismus".

[12] IfZ, ED 475, Bd. 1, Prof. Lötzke an Anton Hoch, 14.1.1964 und 31.3.1964. IfZ, ED 474, Bd. 160, Inge Scholl: Aktennotiz über Recherchen beim Marxismus-Leninismus-Institut in Ostberlin am 30. und 31.10.84, 5.11.1984.

[13] Zu Jahnkes Forschungstätigkeit siehe Schilde: „Forschungen".

[14] Jahnke: Widerstandskampf.

[15] Ebd., S. 214–218. Zu Huber siehe die FN auf S. 217, zu Sophie Scholl siehe die FN auf S. 218.

[16] Ebd., S. 217–218.

[17] Jahnke: Weiße Rose. Das Buch erschien nur in der BRD, siehe Schilde: „Forschungen", S. 33.

[18] Jahnke: Weiße Rose, S. 13, FN 4.

herangezogen hatte.[19] In Franz Fühmanns in den späten 1960er-Jahren entstandenen Materialsammlung für einen Film über den Münchner Widerstand finden sich Quellenverzeichnisse, die Akten aus dem *Deutschen Zentralarchiv* in Potsdam und dem IML/ZPA auflisten, darunter Urteile, Anklageschriften und die Verhörprotokolle von Huber, Graf, Lafrenz und Harnack.[20] Zu diesem Zeitpunkt hatten die einzelnen Aktenstücke offenbar schon neue Signaturen erhalten. Die zehn Jahre früher summarisch als „Mappe Scholl-Gruppe" bezeichneten Einheiten wurden mit der Abkürzung „NJ" für N(azi)-J(ustiz) und fortlaufender Nummerierung versehen.[21]

Weitere Umordnungen fanden statt, als Akten an das so genannte *NS-Archiv* des *Ministeriums für Staatssicherheit* (MfS) abgegeben wurden.[22] Dazu gehörten neben anderen Unterlagen auch die Verhörprotokolle von Hans und Sophie Scholl sowie Christoph Probst, aber auch das früher von Jahnke und anderen benutzte Vernehmungsprotokoll von Traute Lafrenz. Sie wurden mit Z-Signaturen versehen, die sie als Akten des *NS-Archivs* kenntlich machten.[23] Die Konzeption des *NS-Archivs* als Wissensspeicher für die „operativen" Tätigkeiten des MfS hatte Folgen für Ordnung und Erschließung der Unterlagen. Die Dokumente waren als Mittel der Überwachung und Kontrolle von ehemaligen Nationalsozialisten sowie als Propagandainstrument gegenüber der als „faschistisch" angesehenen Bundesrepublik gedacht.[24] Entsprechend erfolgte ihre Erschließung über eine Personenkartei, die so genannte Z-Kartei.[25] 1983/84 erhielt das IML/ZPA den Auftrag, die Akten über den „antifaschistischen Widerstandskampf" aus dem *NS-Archiv* auszugliedern und in einer eigenständigen Personenkartei zu erfassen und zu erschließen.[26] Dieses Projekt kam nicht mehr zum Abschluss. Die Vereinigung beider deutscher Staaten 1990 betraf auch das Archivwesen. Den Großteil der (partei-)staatlichen Archive der DDR übernahm das westdeutsche Bundesarchiv, so auch die Bestände über die *Weiße Rose*.[27]

Bis zu diesem Zeitpunkt gab es in der Bundesrepublik nur eine rudimentäre staatliche Überlieferung zur *Weißen Rose*. So existierten Akten zu den *Weiße-Rose*-Folgeprozessen, die nicht vor dem VGH stattgefunden hatten, sondern wie bei-

---

[19] Drobisch: Wir schweigen nicht!

[20] ADK, Franz Fühmann Archiv, 202/1–20, hier v. a. 202/10.

[21] Jahnke: Weiße Rose.

[22] Zum Umgang der Archive in der DDR mit NS-Akten siehe Krüger: Archiv, S. 60–64, und Menne-Haritz: Parteiarchiv. Vgl. zu den Signaturen auch die Angaben in: Boberach (Bearb.): Inventar, Teil 2, S. XV–XVI.

[23] Zu den Signaturen der Akten siehe die Angaben bei Zankel: Mit Flugblättern, S. 17, FN 49, und S. 568. Moll: Weiße Rose, S. 443, FN 2 und S. 445, FN 12. Unverhau: „NS-Archiv". Siehe auch IfZ, ED 474, Bd. 175, [o. Verf.]: Dokumente des NS-Regimes über die „Weiße Rose", o. D. [ca. 1980er-Jahre], und Bd. 160, Inge Scholl: Aktennotiz über Recherchen beim Marxismus-Leninismus-Institut in Ostberlin am 30. und 31. 10. 84, 5. 11. 1984.

[24] Weinke: Kampf.

[25] Unverhau: „NS-Archiv".

[26] Ebd., S. 143–157.

[27] Dumschat: Archiv. Marquart: „Institut für Marxismus-Leninismus". Unverhau: „NS-Archiv". Moll: Weiße Rose, S. 443, FN 2, und S. 445, FN 12. Allgemein: Herbst u. a.: Aufgaben.

spielsweise im Fall Manfred Eickemeyers vom Sondergericht München verhandelt worden waren.[28] 1960 konnte das Bundesarchiv erstmals einen eigenen Bestand von mehreren Hundert vervielfältigten VGH-Urteilen sein Eigen nennen, die zufällig bei Enttrümmerungsarbeiten auf dem ehemaligen VGH-Gelände in Westberlin gefunden worden waren.[29] Darunter befand sich auch ein Exemplar des Urteils aus dem Huber-Prozess.[30] Dazu kamen bis zu den 1980er-Jahren Mikroverfilmungen von *Weiße-Rose*-Akten, die aus den Beständen des IML/ZPA stammten.[31] Da in der Bundesrepublik über den Gesamtumfang und Inhalt dieser Überlieferungen bis in die 1990er-Jahre hinein nur sehr wenig bekannt war, blieb jedoch unklar, inwiefern die an das Bundesarchiv abgegebenen Mikrofilme tatsächlich den Gesamtbestand an *Weiße-Rose*-Akten in den DDR-Archiven widerspiegelten.[32] Das Gleiche galt für die westalliierte Überlieferung von VGH-Akten im BDC. Die Vermutung, dass es auch dort Unterlagen über die *Weiße Rose* geben müsse, stützte sich vor allem auf eine in den 1960er-Jahren erschienene amerikanische Publikation. Der Autor James Donohoe nannte darin eine Abschrift des Urteils gegen Hans und Sophie Scholl und Christoph Probst aus dem BDC.[33] Das BDC gab bis in die 1980er-Jahre sukzessive Unterlagen aus seinen VGH-Beständen an das Bundesarchiv ab, jedoch nichts, was die *Weiße Rose* betraf.[34]

Erst mit Ende des *Kalten Kriegs* und dem damit verbundenen Wechsel der vergangenheitspolitischen Maßgaben wurden aus Vermutungen Fakten. Die Öffnung der Archive in Ost und West ermöglichte erstmals, die archivalische Überlieferung aus der Zeit des Nationalsozialismus zu überblicken. Das Bundesarchiv übernahm nicht nur die Archive der ehemaligen DDR, sondern auch das BDC.[35] Damit gingen auch die Akten über die *Weiße Rose* in dessen Bestände über.

3.2 Familienarchive: Das Beispiel von Inge Scholls *Geschwister-Scholl-Archiv*

3.2.1 Überlieferung als Familienangelegenheit

Da die staatliche Überlieferung zur *Weißen Rose* überwiegend jenseits des *Eisernen Vorhangs* lagerte, gewannen in der Bundesrepublik alternative Dokumentenbestände schnell an Bedeutung. Schon während des Nationalsozialismus hatte

[28] Moll: Weiße Rose, S. 443, FN 2. Zankel: Mit Flugblättern, S. 573.
[29] IfZ, ED 474, Bd. 161, [Bundesarchiv]: Vorbemerkung des Findbuchs zu R 60 I, 18. 3. 1963. Boberach u. a. (Bearb.): Bundesarchiv, S. 70–71.
[30] IfZ, ED 474, Bd. 161, [Bundesarchiv]: Vorbemerkung des Findbuchs zu R 60 I, 18. 3. 1963. Boberach (Bearb.): Inventar, Teil 1, S. 227–228.
[31] Siehe die Korrespondenz zwischen Inge Scholl und dem Bundesarchiv in: IfZ, ED 474, Bd. 160.
[32] Krüger: Archiv. Boberach (Bearb.): Inventar, Teil 1, S. 227–228.
[33] Donohoe: Opponents, S. 335. Siehe auch Krüger: Im Spannungsfeld.
[34] IfZ, ED 474, Bd. 161, [Bundesarchiv]: Vorbemerkung zum Findbuch zu R 60 II, September 1983.
[35] Boberach (Bearb.): Inventar, Teil 2, S. XX.

eine vor allem von Familien und Freunden getragene Gegenüberlieferung eingesetzt, die unabhängig von staatlichen Archivierungspraktiken funktioniert hatte:
Flugblätter waren aufbewahrt worden, es gab Erinnerungen von Beteiligten und
Angehörigen sowie Briefe und Tagebücher der Hingerichteten. Das galt nicht nur
für die Scholls, auch die anderen Familien bewahrten Unterlagen von den und
über die Hingerichteten auf. Was überdauerte, hing jedoch wesentlich davon ab,
ob es der Beschlagnahme durch die Behörden oder der Vernichtung durch die
Angehörigen entgangen war. Die Gestapo hatte zwar Material beschlagnahmt,
doch die bedeutendste Informationsquelle waren für sie von Anfang an die Verhöre, die sehr schnell zu Ermittlungserfolgen führten.[36] Die Familien hingegen
trieb gerade die Angst vor einer möglichen Beschlagnahme durch die Gestapo
dazu, kurz nach der Verhaftung ihrer Angehörigen Material zu vernichten, das sie
als belastend einstuften. Das betraf vor allem die Familien Probst und Schmorell.[37] Nach welchen Kriterien ausgesondert wurde, bleibt jedoch im Dunkeln.
Manches erscheint heute nur schwer nachvollziehbar: So zerstörte Familie Schmorell zwar Briefe, bewahrte aber Flugblätter der *Weißen Rose* auf.[38] Inge und Elisabeth Scholl und ihren Eltern gelang die Überlieferung der Familiendokumente
vermutlich vor allem deshalb, weil sie nach der „Sippenhaft" ihre Wohnung am
Ulmer Münsterplatz räumen mussten. Die Unterlagen nahmen wohl teilweise
Inge Scholl, teilweise Elisabeth Scholl mit auf den *Bruderhof* bzw. zu Familie
Daub, wo Elisabeth Scholl arbeitete.[39] Dort überdauerten sie den Krieg, während
vom Haus am Münsterplatz nach einem alliierten Luftangriff nur noch Trümmer
blieben.

Ursprünglich waren diese Archive für Familie und Freunde bestimmt und da-
mit Orte privaten Wissens und Gedenkens. Willi Graf hatte dies seiner Schwester
Anneliese kurz vor seiner Hinrichtung sogar noch aufgetragen. Er schrieb: „Und
Du mögest dafür sorgen, daß dieses Andenken in der Familie, den Verwandten
und Freunden lebendig und bewußt bleibt."[40] Im Kern blieben die Archive der
Angehörigen über Jahrzehnte in erster Linie private Familienarchive, die von den
Familien verwahrt und verwaltet wurden. Clara Huber war die erste, die 1983 den
Nachlass ihres Mannes an ein öffentliches Archiv abgab, das Münchner Stadt-
archiv.[41] Zwei Jahrzehnte später, 2001, folgte das Archiv Inge Scholls, das vom
Münchner *Institut für Zeitgeschichte* (IfZ) übernommen wurde.[42] Die Übergabe
der Nachlässe Probsts und Schmorells und anderer Beteiligter an das Bayerische

---

[36] Zankel: Mit Flugblättern, S. 416–458, hier insbesondere S. 434–435.

[37] Siehe den Erinnerungsbericht von Probst: „Mein einziger Kummer", S. 86, und Moll: Vorbemerkung, S. 20, sowie IfZ, Fa 215, Bd. 3, Aktennotiz von Franziska Violet, 8. 2. 1963.

[38] IfZ, ED 474, Bd. 282, Inge Scholl an Herrn und Frau Dr. Schmorell, 17. 12. 1946.

[39] Hinweise finden sich in IfZ, ED 474, Bd. 32, Inge Scholl an Otl Aicher, 11. 9. 1944. Bd. 33, Inge
Scholl an Otl Aicher, 3. 2. 1945.

[40] Willi Graf an Anneliese [Knoop-]Graf, 12. 10. 1943, zit. nach: Graf: Briefe und Aufzeichnungen, S. 199.

[41] Hecker: Nachlaß.

[42] Aicher: Geschwister-Scholl-Archiv. Siehe auch die Beständeliste des IfZ unter http://ifz-
muenchen.de/sammlungen_und_nachlaesse.html?&L=17 (zuletzt eingesehen am 3. 6. 2012).

Hauptstaatsarchiv München wurde 2007 vereinbart.[43] Anneliese Knoop-Graf verwahrte die Unterlagen über ihren Bruder bis zu ihrem Tod 2009 bei sich. Im Frühjahr 2012 erhielt das Bayerische Hauptstaatsarchiv auch diesen Nachlass.[44] Die dauerhafte Sicherung, Erschließung und Gewährleistung von Zugänglichkeit der Nachlässe liegt heute also in den Händen staatlicher Archive, nicht mehr in denen der Familien.

Angefangen hatte alles aber im Familienkreis. Die Geschichte ihrer Geschwister zu bewahren, bedeutete für Inge Scholl zunächst, ihre Erinnerungen niederzuschreiben und sie so festzuhalten. Schnell zeigte sich jedoch, dass die eigene Erinnerung durch Dokumente – Briefe, Tagebuchaufzeichnungen, Fotos und Zeichnungen – ihrer Geschwister ergänzt werden konnte, die scheinbar unmittelbarer an deren Einstellungen und Erlebnisse heranführten. Hier liegen die Anfänge von Inge Scholls Archiv über ihre hingerichteten Geschwister. Deren Texte und Bilder waren Wissensspeicher, die Gedanken, Gefühle und Erlebnisse festhielten und die Toten scheinbar noch einmal zum Sprechen brachten. Bereits die 1944/45 entstandenen *Erinnerungen an München* spiegelten nicht nur Inge Scholls eigenes Wissen wider, sondern auch jene Erkenntnisse, die sie aus der Lektüre von Briefen und Tagebüchern ihrer Geschwister gewonnen hatte.[45] Gerade in den ersten Wochen nach Ende der „Sippenhaft", als Inge Scholl, ihre Mutter und ihre Schwester Elisabeth wieder in der gemeinsamen Wohnung am Ulmer Münsterplatz wohnten, entdeckte sie immer wieder neue Dokumente, die vom Leben ihrer hingerichteten Geschwister zeugten. So beschrieb sie etwa in ihrem Tagebuch eine Episode, die sich kurz nach ihrer Haftentlassung abgespielt hatte:

Gestern habe ich ein Bildchen von Sophie gefunden, auf dem man sie lächeln sieht. Sie steht wohl am Fenster und mit einer feinen Gebärde hebt sie die Hand übers Auge und hebt ein wenig das lächelnde Gesicht. Als Mutter es sah, sagte sie: ‚So hat sie zuletzt ausgesehen. […]'[46]

Das Bild (Abb. 2) war nun nicht mehr nur ein unbedachter, bedeutungsloser Schnappschuss, sondern eine prophetische Vorwegnahme der letzten Stunden Sophie Scholls. Ihr Blick ins Licht, den sie auf dem Foto noch mit der Hand abschirmen musste, schien auf den Weg zu Gott als einen Weg ins Licht zu verweisen und bestätigte für Inge Scholl ihre hagiografische Deutung des Todes ihrer Geschwister. Ihr Bruder Werner, Otl Aicher und andere Freunde erhielten von ihr Abzüge von ausgewählten Fotos – etwa dem bereits beschriebenen, auf dem Sophie Scholl in die Sonne blickt – oder Abschriften aus Tagebüchern und Briefen von Hans und Sophie Scholl, die Inge Scholl beeindruckt hatten.[47] Selbst in ihrem 1952 veröffentlichten Buch *Die weiße Rose* rekurrierte Inge Scholl in der Beschreibung von Sophie Scholls letzten Stunden auf das Foto, das sie 1943 in ihrer

---

[43] „Weisse Rose Archiv" im Bayerischen Hauptstaatsarchiv, in: Nachrichten aus den Staatlichen Archiven Bayerns (2007), 53, S. 14.

[44] Nachlass von Willi Graf kommt ins Archiv, in: Die Welt kompakt, 4. 4. 2012.

[45] Siehe Kap. 1.

[46] IfZ, ED 474, Bd. 35, Tagebucheintrag Inge Scholls, 31. 7. 1943.

[47] IfZ, ED 474, Bd. 17, Inge Scholl an Werner Scholl, 31. 7. 1943, 6. 10. 1943. Bd. 31, Inge Scholl an Otl Aicher, 28. 8. 1943, 4. 3. 1944. Bd. 24, Lisa Schlehe an Inge Scholl, 19. 9. 1943.

Abb. 2: Sophie Scholl, ca. Anfang 1940er-Jahre.

Wohnung neu entdeckt hatte: „Daraufhin wurde Sophie von der Wachtmeisterin herbeigeführt. [...] Sie lächelte immer, als schaue sie in die Sonne."[48] Einmalige Momente wurden so zu bewahrten und teilbaren Erlebnissen, wo sonst Vergessen drohte. Von dieser Gefahr eines neuerlichen Verlusts der Hingerichteten sprach auch Sophie Scholls enge Freundin Lisa Schlehe, als sie im September 1943 an Inge Scholl schrieb: „Danke auch für die lieben Bildchen von Sofie, man klammert sich jetzt an solche äußeren Zeichen, wenn das Bild, das man mit sich herumträgt, doch allmählich verblassen will."[49] Die entstehende Erinnerungsgemeinschaft aus Familie und Freunden war auch von den materiellen Zeugnissen getragen, die Inge Scholl verschickte. Solche Erlebnisse schärften Inge Scholls Sinn für die Materialität von Erinnerung. Das Material erwies sich als scheinbar haltbarer als die eigene Erinnerung. Über die Bewahrung des Inhalts hinaus verwies es jedoch auch auf die Aura des Originals. Durch Handschrift, Zeichnungen oder fotografisches Abbild hatten sich Hans und Sophie Scholl in den Dokumenten sichtbar verewigt. Noch 1977 schrieb Inge Scholl darüber in ihr Tagebuch:

Plötzlich entdecke ich an den rostigen Spuren bei den Manuskripten für das Windlicht [ein Rundbrief der Scholls und einiger Freunde, C.H.] die materielle Gemeinsamkeit mit meinen

---

[48] Scholl: Weiße Rose, Frankfurt a. M.: Verlag der Frankfurter Hefte, [1]1952, S. 78.
[49] IfZ, ED 474, Bd. 24, Lisa Schlehe an Inge Scholl, 19. 9. 1943.

toten Geschwistern, besonders mit Hans. Es berührt mich so stark, daß ich einen Augenblick meine brave Archivarbeit weglegen muß. Man kann es nicht beschreiben, es ist nur, als sei Hans einen winzigen Moment an meinen Schreibtisch getreten.[50]

In einem visionären Akt, wie ihn auch die christliche Hagiografie kennt, konnte die Distanz zwischen den Lebenden und den Toten überwunden werden. Das Autograf wurde zur Reliquie.[51]

Die Briefe, Fotos und anderen Erinnerungsgegenstände in Inge Scholls Archiv stammten schon bald nicht nur aus Familienbesitz. Noch während des Krieges hatten Freunde von Hans und Sophie Scholl begonnen, ihre Unterlagen an die Familie Scholl zurückzugeben.[52] Ihr Anspruch auf Erinnerung und deren materielle Manifestation wurde anerkannt, auch wenn dies bedeutete, die eigene Erinnerung physisch abzugeben. Am 23. Februar 1947 schrieb etwa Rose Nägele an Inge Scholl: „Ich versuche Deiner Mutter alle Briefe von Hans, die ich besitze, zu schenken, ich glaube, dass sie dort am besten sind, wo er seinen Anfang gefunden hat."[53] Durch Rückgaben wie die von Rose Nägele besaßen Inge Scholl und ihre Familie sehr früh einen Großteil der erhaltenen schriftlichen Dokumente von Hans und Sophie Scholl.

3.2.2 Wechselbeziehungen: Staatliche Überlieferung und Familienarchiv

Nach Kriegsende begann Inge Scholl, ihr Archiv systematisch auszubauen und um Bestände zu erweitern, die sich außerhalb des engeren Familien- und Freundeskreises befanden. Dabei ging es vor allem darum, die Phasen im Leben ihrer Geschwister zu dokumentieren, die in ihrem Archiv und ihren Erinnerungen bislang fehlten. Dies betraf vor allem die Zeit des Widerstands, der Haft und des Prozesses. Darüber gaben die Briefe und Aufzeichnungen, die sie besaß, keine Auskunft. Es waren Lücken, die gefüllt werden mussten. Inge Scholl besaß bis Kriegsende weder die Flugblätter noch die Anklageschrift oder das Urteil aus dem Prozess ihrer Geschwister, die über die Widerstandsaktionen hätten berichten können. Auch deren Abschiedsbriefe waren der Familie nicht ausgehändigt, sondern den Akten beigefügt worden.[54] Zusätzlich erschwert wurde die Suche dadurch, dass Inge Scholl nur über rudimentäre Kenntnisse über den Ablauf und Umfang der Widerstandsaktivitäten verfügte. So kannte sie etwa die Flugblätter nicht und wusste nicht, wie viele verschiedene hergestellt worden waren. Zudem besaß sie bis in die 1950er-Jahre hinein keine Informationen darüber, ob und wo die Ermittlungs- und Prozessunterlagen ihrer Geschwister überliefert waren. Ein

---

[50] IfZ, ED 474, Bd. 36, Tagebucheintrag Inge Scholls, 7. 2. 1977.
[51] Diedrichs: Glauben, S. 149–157. Ruhrberg: Körper, S. 150–151.
[52] Vgl. z. B. IfZ, ED 474, Bd. 24, Lisa Schlehe an Inge Scholl, 19. 12. 1943.
[53] IfZ, ED 474, Bd. 24, Rose Nägele an Inge Scholl, 23. 2. 1947.
[54] IfZ, ED 474, Bd. 565, Inge Scholl an Karl Raddatz, 28. 2. 1948. Bd. 287, Robert Scholl an Robert Mohr, 5. 7. 1950, und Robert Mohr: Niederschrift, 19. 2. 1951. DLA, A: Zuckmayer (Manuskripte Anderer: Aicher-Scholl, Inge), Mappe 5, Inge Scholl an Carl Zuckmayer, 4. 3. 1947.

Weg, an mehr Informationen und Dokumente zu kommen, war, sich an die Öffentlichkeit zu wenden. Nach dem Zusammenbruch des NS-Regimes und mit der zunehmenden Lizenzierung von Tageszeitungen und Zeitschriften durch die Alliierten war es wieder möglich, eine größere Öffentlichkeit zu erreichen und diese in die eigenen Nachforschungen einzubinden. Anfang 1947 erschien in mehreren Tageszeitungen ein Aufruf Inge Scholls, in dem sie um Material über den Widerstand ihrer Geschwister bat, insbesondere die Flugblätter.[55] Allerdings war die Ausbeute eher gering: Neben einer Flugblattabschrift erhielt sie noch eines jener nachgedruckten Flugblätter, die die britische *Royal Air Force* über Deutschland abgeworfen hatte.[56]

Als wesentlich bedeutender für ihre Nachforschungen erwiesen sich die Verbindungen zu den anderen Angehörigen sowie den Überlebenden, die am Widerstand beteiligt gewesen waren. 1946 erhielt Inge Scholl von den Eltern Alexander Schmorells vier Flugblätter, vermutlich die ersten vier Flugschriften, die den Titel *Flugblätter der Weißen Rose I-IV* trugen, zur Abschrift.[57] Dort, wo Texte fehlten, konnte Inge Scholl auf das Gedächtnis der überlebenden Mitstreiter ihrer Geschwister zurückgreifen. Gerade in den ersten Nachkriegsjahren, als Inge Scholl noch nicht viele schriftliche Dokumente aus dem Widerstand besaß, war das Wissen der anderen ein wichtiges Instrument der Authentifizierung. Als sich auf ihren Zeitungsaufruf hin im März 1947 ein gewisser Alfred Wenzel meldete und ihr die Abschrift eines Flugblatts übersandte, wusste sie nicht sicher, ob es sich dabei um einen Text der *Weißen Rose* handelte.[58] Hans Hirzel, der in Ulm Flugblätter der *Weißen Rose* versandt hatte, identifizierte es schließlich als Abschrift des fünften Flugblatts.[59] Ob der Wortlaut jedoch authentisch war, konnte er aus seiner Erinnerung nicht sicher bestimmen und stellte fest: „Es ist mir fast jedes Wort bekannt. Ob kleine Änderungen und Weglassungen vorgenommen wurden, kann ich nicht sicher sagen, doch glaube ich nicht."[60] Damit zeigte dieser Fall nicht nur, dass Inge Scholl auf das Wissen und die Kooperation anderer Angehöriger und Überlebender angewiesen war, um ihr Archiv aufzubauen. Zugleich stellte er heraus, welche Rolle das Original als Garant für die Richtigkeit und Sicherheit der Überlieferung spielte. Die Fragen nach Wortlaut, Textgestalt, Größe, Farbigkeit oder Art der Vervielfältigung konnten letztlich nur die Originale selbst beantworten. Deutlich wurde dies auch in Bezug auf die Aspekte von Vollständigkeit und Chronologie der Flugblätter, die Inge Scholl eng an die Überlieferung des Origi-

---

[55] Vgl. z. B. IfZ, ED 474, Bd. 240, Flugblätter der Widerstandsbewegung in Deutschland, in: Stuttgarter Zeitung, o. D. [ca. Januar 1947].

[56] IfZ, ED 474, Bd. 284, Alfred Wenzel an Inge Scholl, 2. 3. 1947. Bd. 282, Grete Schumann an Inge Scholl, 11. 3. 1947, und Inge Scholl an Grete Schumann, 15. 3. 1947.

[57] IfZ, ED 474, Bd. 282, Inge Scholl an Herrn und Frau Dr. Schmorell, 17. 12. 1946.

[58] IfZ, ED 474, Bd. 284, Alfred Wenzel an Inge Scholl, 2. 3. 1947.

[59] IfZ, ED 474, Bd. 268, Inge Scholl an Hans Hirzel, 4. 3. 1947.

[60] IfZ, ED 474, Bd. 268, Hans Hirzel an Inge Scholl, 13. 3. 1947.

nals knüpfte. Noch als 1952 in ihrem Buch *Die weiße Rose* der Wortlaut der sechs Flugblätter veröffentlicht werden sollte[61], bestanden Unsicherheiten.[62]

Die Lücken im Archiv ließen Raum für Spekulation. Bis weit in die 1960er-Jahre hinein versuchte Inge Scholl, Originalflugblätter, also jene Flugschriften, die von der *Weißen Rose* hergestellt und verteilt worden waren, für ihr Archiv zu finden.[63] Heute sind in ihrem Nachlass die Kopien bzw. Faksimiles aller sechs Flugblätter überliefert[64], dazu ein Original der Flugblätter, die die britische *Royal Air Force* als Propagandamaterial über Deutschland abgeworfen hatte.[65]

Die Fokussierung der Suche auf Materialien, die den Widerstand, die Verhaftung, den Prozess und die Hinrichtung von Hans und Sophie Scholl dokumentierten, führte dazu, dass die Akten aus der NS-Überlieferung in den Mittelpunkt rückten, vor allem die Ermittlungs- und Prozessakten von Gestapo und VGH. Die Familie Scholl besaß lediglich die Vorladungen zur Verhandlung, wobei Sophie Scholl auf die Rückseite ihres Exemplars mit Bleistift das Wort „Freiheit" geschrieben hatte.[66] Karin Kleeblatt, die Mutter Christoph Probsts, hatte dessen Abschiedsbrief in den Gestapo-Akten zumindest einsehen dürfen und unmittelbar danach eine Niederschrift aus dem Gedächtnis angefertigt, die jedoch von der Familie wie ein Original gehandelt wurde.[67] Die Familien der anderen Hingerichteten verfügten zum Teil über mehr Unterlagen aus der Zeit der Verhaftung und der Prozesse, vor allem die Familien Graf, Schmorell und Huber. Da beim zweiten *Weiße-Rose*-Prozess die Zeitspanne zwischen Verurteilung und Hinrichtung länger gewesen war – Huber und Schmorell wurden im Sommer 1943 hingerichtet, Graf einige Monate später –, gab es noch Korrespondenz mit den Familien aus der Zeit der Inhaftierung der zum Tode Verurteilten sowie Abschiedsbriefe.[68] Auch die Urteilsabschrift war ausgehändigt worden.[69] In diesem Dokument war auch die Urteilsbegründung aus dem Urteil gegen Hans und Sophie Scholl und Christoph Probst zitiert.[70] Die Nachforschungen Inge Scholls nach den Akten, die Auskunft über ihre Geschwister geben konnten, blieben lange Zeit erfolglos. Auf

---

[61] Scholl: Weiße Rose, Frankfurt a. M.: Verlag der Frankfurter Hefte, [1]1952, S. 85–110.

[62] IfZ, ED 474, Bd. 335, Inge Scholl an Fritz F. Nunnemann (Verlag der Frankfurter Hefte), 5. 6. 1952.

[63] IfZ, ED 475, Bd. 3, Hertha Schmorell an Hellmuth Auerbach, 25. 9. 1964 und 19. 12. 1967.

[64] Siehe die Angaben im Findbuch von IfZ, ED 474, z. B. Bd. 185.

[65] IfZ, ED 474, Bd. 282, Grete Schumann an Inge Scholl, 11. 3. 1947, und Inge Scholl an Grete Schumann, 15. 3. 1947.

[66] Zankel: Mit Flugblättern, S. 466.

[67] Siehe den Brief und den Kommentar in: Probst/Schmorell: Briefe, S. 890. Siehe auch IfZ, ED 474, Bd. 35, Tagebucheintrag Inge Scholls, 9. 9. 1945.

[68] Der Abschiedsbrief Hubers etwa ist abgedruckt in: Huber (Hrsg.): Kurt Huber, S. 36–37. Auszüge aus den Gefängnis- und Abschiedsbriefen Grafs sind abgedruckt in: Vielhaber u. a. (Hrsg.): Gewalt, S. 117–123. Der Abschiedsbrief Schmorells findet sich in: Gollwitzer u. a. (Hrsg.): Du hast mich heimgesucht bei Nacht, S. 80.

[69] Eine erste faksimilierte Teilveröffentlichung findet sich in: Huber (Hrsg.): Kurt Huber, o. Pag.

[70] Urteil 1H 101/43 -- 6J 24/43, in: Nationalsozialismus, Holocaust, Widerstand und Exil 1933–1945. Online-Datenbank, http://db.saur.de/DGO/basicFullCitationView.jsf?documentId=wh2935 (zuletzt eingesehen am 3. 6. 2012).

Anraten Manfred Eickemeyers, in dessen Münchner Atelier ein Teil der Flugblätter der *Weißen Rose* vervielfältigt worden war, wandte sie sich Ende der 1940er-Jahre an den Opferverband *Vereinigung der Verfolgten des Naziregimes* (VVN), ohne jedoch eine Antwort zu erhalten.[71] Erst 1960, als auf dem ehemaligen VGH-Gelände in der Berliner Bellevuestraße unter den Vervielfältigungen von mehreren Hundert VGH-Urteilen auch das gegen die Geschwister Scholl und Christoph Probst gefunden wurde, erhielt Inge Scholl eine Kopie für ihr Archiv. Ihr Vater hatte aus der Zeitung von dem Fund erfahren und an Berlins Regierenden Bürgermeister Willy Brandt geschrieben, der die Zusendung veranlasste.[72] Der Anspruch der Familie wurde auch hier anerkannt. Der Inhalt des Dokuments erwies sich für die Familie dann jedoch als wesentlich weniger spektakulär als erhofft. Enttäuscht schrieb Robert Scholl an seine Tochter Inge: „Das Urteil bringt in seinem Tenor nichts Besonderes, die Begründung ist uns bereits aus deren Rekapitulation im Urteil gegen Professor Huber und die anderen bekannt."[73] Trotzdem weckte der Fund wieder Hoffnungen und führte dazu, dass Inge Scholl und ihr Vater ihre Suche intensivierten.[74] Im gleichen Jahr wurden zudem der Münchner Ludwig-Maximilians-Universität (LMU) von einem gewissen Hellmut E. Schnier Unterlagen angeboten. Schnier gab an, eine Kopie des Todesurteils gegen Huber[75] sowie Kopien aus der Handakte zum Prozess gegen Huber beschaffen zu können.[76] Letztere liege „bei einer ostzonalen Stelle".[77] Schnier schickte zwar eine Reproduktion des Todesurteils[78], doch nach einigen Unstimmigkeiten vor allem wegen der Zahlungsmodalitäten verliefen die Verhandlungen über die Prozessunterlagen im Sande.[79]

Seit Anfang der 1960er-Jahre kooperierte Inge Scholl mit dem Münchner *Institut für Zeitgeschichte*, das begonnen hatte, eine eigene archivalische Sammlung zur *Weißen Rose* aufzubauen.[80] 1964 erhielt das IfZ Mikroverfilmungen von Aktenstücken aus dem Bestand des Reichsjustizministeriums im *Deutschen Zentralarchiv* in Potsdam, die auch Unterlagen über die *Weiße Rose* umfassten.[81] Im Wesentlichen handelte es sich dabei um die ausführliche Anklageschrift gegen Hans

---

[71] IfZ, ED 474, Bd. 565, Inge Scholl an Karl Raddatz (VVN), 28.2.1948.

[72] IfZ, ED 474, Bd. 160, [Robert Scholl] an den Senat der Stadt Berlin, 14.12.1960. Bd. 6, Willy Brandt an Robert Scholl, 28.12.1960.

[73] IfZ, ED 474, Bd. 15, Robert Scholl an Inge Scholl, 9.1.1961.

[74] IfZ, ED 474, Bd. 161, Briefentwurf Robert Scholls an die G2 – Doc. Control Group (Oberursel), o. D. [ca. 1960].

[75] UAM, Slg-III Weiße Rose, Hellmut E. Schnier an die Universität München, 13.12.1959.

[76] UAM, Slg-III Weiße Rose, Hellmut E. Schnier an die Ludwig-Maximilians-Universität München, Archiv, 2.5.1960.

[77] Ebd.

[78] UAM, Slg-III Weiße Rose, Hellmut E. Schnier an die Universität München, Rektorat, 10.4.1960.

[79] UAM, Slg-III Weiße Rose, Hellmut E. Schnier an die Ludwig-Maximilians-Universität, Archiv, 2.6.1960.

[80] IfZ, Fa 215, Bd. 3, Aktennotiz Franziska Violet, 7.2.1963. Ausführlicher dazu siehe Kap. 3.3.

[81] IfZ, Fa 215, Bd. 3, Aktennotiz, 11.4.1963. Siehe auch die Vorbemerkungen in den Findbüchern „Widerstand" (zu Fa 215) und „Reichsjustizministerium" (zu MA 593).

und Sophie Scholl und Christoph Probst, die Vollstreckungsberichte sowie Vermerke bezüglich der Gnadenersuche. Dazu kamen Dokumente über Alexander Schmorell und den noch kurz vor Kriegsende hingerichteten Hans Leipelt.[82] Diese Unterlagen, soweit sie ihre Geschwister betrafen, konnte Inge Scholl vom IfZ in Kopie in ihr Archiv übernehmen.[83] Auch die privaten Anfragen, die Robert Scholl an Archive in Ost-Berlin stellte, waren erfolgreich. Er erhielt Aktenkopien aus den VGH-Beständen. Ohne nähere Angaben zum Material schrieb er dazu an seine Tochter:

> Bei Deinem letzten Hiersein wolltest Du die Fotokopien aus den Akten des Volksgerichtshofs mitnehmen, die ich aus Ostberlin erhielt. […] Ich werde nun nochmals nach Ostberlin schreiben, ob sie dort keine Akten der Gestapo in Verwahrung haben und bejahendenfalls werde ich um Fotokopien auch von diesen Akten bitten.[84]

Davon ermutigt erreichte sie, dass sie in den 1970er-Jahren das erste Mal selbst für Nachforschungen in die DDR einreisen durfte. Doch die Akten, die ihr im IML zur Einsicht vorgelegt wurden, kannte sie bereits.[85] Dabei war aus Veröffentlichungen ostdeutscher Historiker auch im Westen längst bekannt, dass es dort mehr Material geben musste. Jahnke etwa hatte dies auch im persönlichen Gespräch mit den Scholls bestätigt.[86] Inge Scholl unternahm nach dieser Reise in die DDR für längere Zeit keinen Versuch mehr, dort an weitere Unterlagen zu kommen. Der Fehlschlag saß tief. Noch Jahre später stellte sie rückblickend fest: „Ich war damals entmutigt und enttäuscht."[87] Es war Anneliese Knoop-Graf, die Schwester Willi Grafs, die schließlich in den 1980er-Jahren den Stein erneut ins Rollen brachte. Begünstigt von einem Umschwung in der Archivpolitik der DDR, die mit der neuen Zielvorgabe, eine eigene Archivabteilung über den Widerstand gegen den Nationalsozialismus anzulegen, auch die Benutzungsbestimmungen für Angehörige gelockert hatte[88], erreichte sie die Einsichtnahme in die Verhörprotokolle ihres Bruders.[89] Von diesen Funden ermutigt, fuhr auch Inge Scholl 1984 zwei Mal nach Ost-Berlin, um im IML/ZPA Akten über die *Weiße Rose* ein-

---

[82] IfZ, ED 475, Bd. 1, Hellmuth Auerbach an Inge Scholl, 29.9.1964. Prof. Lötzke an Anton Hoch, 14.1.1964 und 31.3.1964.
[83] IfZ, ED 475, Bd. 1, Hellmuth Auerbach an Inge Scholl, 9.6.1964 und 29.9.1964.
[84] IfZ, ED 474, Bd. 15, Robert Scholl an Inge Scholl, 31.5.1967.
[85] IfZ, ED 474, Bd. 263, Inge Scholl an Anneliese Knoop-Graf, 1.11.1983.
[86] IfZ, ED 474, Bd. 160, [Robert Scholl] an das Institut für Marxismus-Leninismus, Prof. Dr. Lothar Berthold, 8.12.1966. Inge Scholl an das Presseamt beim Ministerpräsidenten der DDR, Kurt Blecha, 23.1.1968. Inge Scholl an das Institut für Marxismus-Leninismus/ZPA, Dr. Voßke, 27.2.1970. Siehe auch die Korrespondenz zwischen Jahnke und Robert und Inge Scholl, in: IfZ, ED 474, Bd. 735.
[87] IfZ, ED 474, Bd. 263, Inge Scholl an Anneliese Knoop-Graf, 1.11.1983.
[88] Unverhau: „NS-Archiv".
[89] IfZ, ED 474, Bd. 263, Anneliese Knoop-Graf an [Erich Honecker], 25.4.1983. Erich Honecker an Anneliese Knoop-Graf, 13.5.1983. Lya Rothe (ZPA) an Anneliese Knoop-Graf, 10.6.1983. Knoop-Graf: Probleme, S. 179–180. Vgl. die Verwendung der Protokolle, jedoch ohne Quellenangabe, bei: Jens: „…weitertragen, was wir begonnen haben", S. 18–26. Vgl. auch ebd. die Danksagung, S. 251–252 und die Anmerkungen, in denen auf die Akten im IML/ZPA Bezug genommen wird, etwa S. 315–325. Moll: Weiße Rose, S. 445, FN 12.

zusehen.[90] Dort wurde ihr eine Vielzahl von Dokumenten vorgelegt, von denen sie Kopien anfertigen lassen konnte. Auf diesem Wege gelangten mehrere Hundert Blatt Kopien aus der staatlichen Überlieferung in ihr Archiv.[91] Im Gegenzug überließ sie dem Ost-Berliner Archiv Kopien von Briefen ihrer Geschwister.[92] Obwohl sie diesmal bedeutend mehr und für sie auch neues Material einsehen durfte, erfüllten die neuerlichen Archivbesuche keineswegs alle ihre Erwartungen. Inge Scholl erhielt vor allem Unterlagen zum zweiten und dritten Prozess gegen die *Weiße Rose* – gegen Huber u. a. bzw. gegen Söhngen u. a. – zur Einsicht, jedoch nichts, was spezifisch ihre Geschwister betraf.[93] Trotz mehrfacher Nachverhandlungen mit den Archiven musste sie die Suche nach den Verhörprotokollen, Abschiedsbriefen und anderen Unterlagen aus dem Verfahren gegen ihre Geschwister ergebnislos aufgeben.[94]

Dennoch waren die 1980er-Jahre die Phase, in der Inge Scholl am intensivsten nach Akten forschte. Dies betraf nicht mehr nur ihre Geschwister, sondern auch den Rest ihrer Familie, ihre Eltern, ihre Schwester Elisabeth und Otl Aicher und deren in den Akten festgeschriebene Schicksale nach der Hinrichtung von Hans und Sophie Scholl.[95] Auch hier hatte es Verhöre, Verfahren und Verurteilungen durch das NS-Regime gegeben. Familiengeschichte und -archiv, die bislang vor allem auf Hans und Sophie Scholl fokussiert waren, erweiterten sich und banden mehr und mehr auch die anderen Familienmitglieder ein. Neue Funde wie die Akten des Verfahrens gegen Hans Scholl aus dem Jahr 1937/38 im Hauptstaatsarchiv Düsseldorf bestätigten den Verdacht, dass noch längst nicht alle in den Archiven überlieferten Dokumente über ihre Familie ans Tageslicht geholt worden waren.[96]

Nach der deutschen Einigung 1989/90 gab es dann auch wieder Hoffnung, dass die Archive der DDR nun endlich ihre Geheimnisse preisgeben würden. Doch die schwierige und undurchsichtige Überlieferung, Ordnung und Erschließung der Akten erschwerten die Suche. Neue Funde waren eher Zufallsprodukte als Ergebnisse systematischer Nachforschungen. Im Frühjahr 1992 tauchten die Akten auf, nach denen Inge Scholl so lange gesucht hatte: die Verhörprotokolle ihrer Geschwister und die Prozessakten.[97] In zwei Lieferungen erhielt sie Kopien vom nun zuständigen *Bundesarchiv*, zunächst von den Verhörprotokollen, dann auch von den übrigen Akten.[98] Die lange Suche war zu einem Ende gekommen, aber in die

---

[90] IfZ, ED 474, Bd. 160, Inge Scholl an Lya Rothe (IML/ZPA), 6. 2. 1984. Heinz Voßke (IML/ZPA) an Inge Scholl, 5. 3. 1984. Inge Scholl an Heinz Voßke (IML/ZPA), 4. 4. 1984 und 7. 6. 1984.

[91] IfZ, ED 474, Bd. 160, Heinz Voßke (IML/ZPA) an Inge Scholl, 15. 5. 1984 und 13. 11. 1984.

[92] IfZ, ED 474, Bd. 160, Inge Scholl an Heinz Voßke (IML/ZPA), 12. 12. 1984 und 18. 12. 1984.

[93] IfZ, ED 474, Bd. 160, Inge Scholl an Heinz Voßke (IML/ZPA), 7. 6. 1984 und 23. 9. 1984.

[94] IfZ, ED 474, Bd. 160, Inge Scholl: Aktennotiz über Recherchen beim Marxismus-Leninismus-Institut in Ostberlin am 30. und 31. 10. 84, 5. 11. 1984.

[95] Siehe die Korrespondenzen mit zahlreichen Archiven in Ost und West in: IfZ, ED 474, Bd. 161 und 162.

[96] Zankel: Mit Flugblättern, S. 22, FN 62.

[97] Anneliese Knoop-Graf: Probleme, S. 180.

[98] IfZ, ED 474, Bd. 162, Inge Scholl an Friedrich P. Kahlenberg, 26. 3. 1992 und 4. 6. 1992, und Friedrich P. Kahlenberg an Inge Scholl, 1. 9. 1992.

Freude über den Fund mischte sich die Angst vor der in den Akten festgeschriebenen Gewissheit über die letzten Tage ihrer Geschwister. Die Verhörprotokolle arbeitete sie im Sommer 1992 durch. Die Bearbeitung der Prozessakten verschob sie, um eine weitere Konfrontation mit dem Schicksal ihrer Geschwister zu vermeiden. Denn das Archiv war mit diesen neuen Wissensbeständen auch zur emotionalen Belastung geworden. Am 21. September 1992 notierte die 75-jährige Inge Scholl über die neu erhaltenen Aktenkopien: „Ich fühle mich nicht in der Lage, dies alles durchzusehen. Möglicherweise sind die Abschiedsbriefe von Hans und Sophie darin enthalten."[99]

3.2.3 Zeitzeugenschaft und Archivierung

Die über viele Jahrzehnte kaum zugängliche staatliche Überlieferung und die fehlenden zeitgenössischen Aufzeichnungen der Beteiligten über ihren Widerstand stärkten eine neue Quellengruppe, den Zeitzeugenbericht.[100] Die Erinnerungen von Zeitzeugen ersetzten die fehlende staatliche Überlieferung und erhielten durch Niederschrift, Aufbewahrung und Ordnung im Archiv den Status eines Dokuments. Sie erzählten die Geschichte der Geschwister Scholl als Bestandteil der Biografien Dritter, sodass über diesen Weg zahlreiche Lebensgeschichten Eingang in Inge Scholls Archiv fanden. In den Berichten konnten die Zeitzeugen ihre Version der Geschichte der *Weißen Rose* erzählen und darin die Kriterien für richtig und falsch, authentisch oder gefälscht selbst festlegen. Sobald ihre Texte jedoch in Inge Scholls Archiv lagen, entschied diese darüber, welche von ihnen zugänglich waren, welche als Belege herangezogen wurden oder im Regal liegen blieben, ob sie bearbeitet oder redigiert wurden. Mit den Texten gaben die Zeitzeugen auch einen Teil ihrer Lebensgeschichten ab.

Die Gruppe der Zeitzeugen selbst war sehr heterogen und änderte und erweiterte sich im Laufe der Jahre mehrfach. Sie reichte von den „Ulmer Schülern" wie Hans Hirzel, der in Ulm Flugblätter verteilt bzw. per Post verschickt hatte, über nur am Rande Beteiligte wie den Maler und Architekten Manfred Eickemeyer bis hin zu ehemaligen Zellengenossen oder den Gefängnisseelsorgern. Wie Inge Scholl im Einzelnen an die Berichte kam, lässt sich aus der Überlieferung nur schwer nachvollziehen. Es liegt nahe, dass vor allem persönliche Kontakte, gerade unter den Angehörigen und Überlebenden, den Austausch von Erinnerungen begünstigten. Dazu kamen jene Zeitzeugen, die sich aus eigenem Antrieb meldeten.

Weil es kaum zugängliche Überlieferung zur Haftzeit, den Verhören, dem Prozess und den letzten Stunden vor der Hinrichtung gab, wurde gerade Berichten zu dieser Lebensphase Hans und Sophie Scholls große Bedeutung und eine besondere Wertigkeit zugesprochen. Dazu zählten die Aussagen der ehemaligen

---

[99] IfZ, ED 474, Bd. 162, Notiz Inge Scholls, 21. 9. 1992.
[100] Vgl. Inge Scholls Sammlung von Zeitzeugenberichten in: IfZ, ED 474, Bd. 253–290.

Zellengenossen Hans und Sophie Scholls, Helmut Fietz[101] bzw. Else Gebel[102], des evangelischen Gefängnispfarrers Karl Alt[103] und des ehemaligen Gestapo-Beamten Robert Mohr. Mohr hatte 1943 Sophie Scholl verhört und auch einige Vernehmungen der Angehörigen in „Sippenhaft" geführt. Die Nähe zu Sophie Scholl in deren letzten Tagen und die Überzeugung, dass er durch die Ermittlungsarbeit seiner Behörde und die Verhöre am meisten über den Widerstand der *Weißen Rose* wusste, ließen seinen Zeitzeugenbericht ungeheuer wertvoll erscheinen. An diesem Beispiel lassen sich zudem die konkurrierenden Einschreibungspraktiken von Zeitzeugen ins Archiv aufzeigen. Die Initiative, Kontakt zur Familie Scholl aufzunehmen, ging im Sommer 1950 von Robert Mohr aus.[104] Seine Intention ist unklar. Er selbst schrieb, er erfülle mit dem Brief den während der „Sippenhaft" geäußerten Wunsch Robert Scholls, Mohr als den vernehmenden Gestapo-Beamten Sophie Scholls nach Kriegsende wiederzusehen. Pragmatischere Motive wie etwa Unterstützung bei der Entnazifizierung – wofür Robert Scholl bekannt war[105] – oder die Bitte um finanzielle Zuwendungen schloss er in seinem Schreiben ausdrücklich aus. Scholls Antwort war überaus positiv.[106] Er bat Mohr, seine Erinnerungen an Hans und Sophie Scholl niederzuschreiben und ihm zu schicken. Anfang Oktober 1950 bedankte sich Scholl bei Mohr für die Übersendung des Erinnerungsberichts, forderte ihn jedoch gleichzeitig auf, ihn zu überarbeiten und zu ergänzen.[107] Denn der Bericht war ihm nicht ausführlich genug und hatte noch Fragen offen gelassen. Als Hilfestellung schickte Scholl Mohr die Berichte Else Gebels und des Gefängnispfarrers Karl Alt sowie eine Liste mit Fragen, die vor allem das Verhalten Hans und Sophie Scholls während der Verhöre sowie vor, während und nach der Gerichtsverhandlung betrafen.[108] Am 19. Februar 1951 stellte Mohr seinen zweiten Erinnerungsbericht fertig und schickte ihn an Robert Scholl, der diesmal mit dem Ergebnis zufrieden war.[109] Mohrs erste *Niederschrift!*

---

[101] Stadtarchiv Ulm, B 006.10, Nr. 8.2, Helmut Fietz an Robert Scholl, 16. 9. 1945, und Robert Scholl an Helmut Fietz, 15. 10. 1945. IfZ, ED 474, Bd. 287, Zeitzeugenbericht Helmut Fietz.

[102] IfZ, ED 474, Bd. 287, Zeitzeugenbericht Else Gebel, November 1946. Siehe auch IfZ, Fa 215, Bd. 2.

[103] IfZ, ED 474, Bd. 286, Zeitzeugenbericht Karl Alt. Siehe auch Alt: Todeskandidaten, S. 85–94. Dort gibt Alt aus seiner Erinnerung Auszüge aus dem Abschiedsbrief Hans Scholls wieder, siehe ebd., S. 89.

[104] Hier und im Folgenden: IfZ, ED 474, Bd. 287, Robert Mohr an Robert Scholl, 30. 6. 1950.

[105] IfZ, ED 474, Bd. 287, Robert Scholl an Robert Mohr, 5. 7. 1950 und 24. 10. 1950. Vgl. hierzu auch die Aussagen Robert Scholls in: Stadtarchiv Ulm, B 006.10, Nr. 8.5, Auszug aus der Niederschrift über die Beratungen des Oberbürgermeisters mit dem Beirat der Stadt Ulm, 3. 5. 1946 sowie IfZ, ED 474, Bd. 240, Scholl entlastet ehemaligen Gestapochef, in: Schwäbische Donauzeitung, 2. 2. 1952. Bd. 6, Korrespondenz zwischen Robert Scholl und Anna Mahler, 1952, und Korrespondenz zwischen Robert Scholl und Oswald Schäfer, 1951.

[106] Hierzu und zum Folgenden: IfZ, ED 474, Bd. 287, Robert Scholl an Robert Mohr, 5. 7. 1950.

[107] IfZ, ED 474, Bd. 287, Robert Scholl an Robert Mohr, 3. 10. 1950, und Robert Mohr an Robert Scholl, 6. 7. 1950.

[108] IfZ, ED 474, Bd. 287, Robert Scholl an Robert Mohr, 3. 10. 1950.

[109] IfZ, ED 474, Bd. 287, Robert Mohr: Niederschrift, 19. 2. 1951. Robert Mohr an Robert Scholl, 21. 2. 1951, und Robert Scholl an Robert Mohr, 21. 3. 1951.

von 1951 umfasste sieben handschriftlich verfasste Seiten.[110] Der zweite Bericht bestand aus sechs beidseitig mit der Schreibmaschine beschriebenen Blättern.[111] Mohr verwandte für diese zweite Niederschrift ganze Textpassagen aus der ersten, ergänzte und vervollständigte sie jedoch nach den Wünschen Robert Scholls. Robert Mohr schilderte den Ablauf der letzten Tage Sophie Scholls von der Verhaftung bis zur Hinrichtung aus der Sicht des ermittelnden Beamten. In seiner Erzählung verfolgte er zwei Interpretationslinien, die die Sichtweise auf den Widerstand nachhaltig beeinflussten. Zum einen begründete er hier den Topos vom – wie Inge Scholl später schrieb – „große[n] Wettstreit um das Leben der Freunde".[112] Hans und Sophie Scholl hätten zunächst alle Vorwürfe geleugnet, dann jedoch unter der erdrückenden Beweislast ein Geständnis abgelegt, in dem sie alles auf sich genommen hätten. Das entsprach der Interpretation, zu der Inge Scholl bereits in den *Erinnerungen an München* gekommen war[113], und die auch Gebel und Fietz bestätigt hatten.[114] Zum anderen etablierte Mohr hier die Erzählung vom guten Gestapobeamten und integrierte seine Entschuldungsstrategien in die Geschichte des Widerstands. Bereits in seinem ersten Brief an Robert Scholl hatte Mohr seine Sicht auf die eigene Rolle während des Nationalsozialismus geschildert:[115] Es „schmerze" ihn, dass er „dazu ausersehen war, dem Größenwahn u. der Despotie Handlangerdienste zu leisten". Doch es sei „für zahlreiche Menschen ein Glück" gewesen, dass er von „amtswegen" zur Gestapo versetzt worden sei, wo er nach besten Kräften den Verhafteten geholfen habe. Damit schrieb er sich aus der Gruppe der Täter heraus und negierte jede Mitverantwortung für die Verfolgungsmaßnahmen während des Nationalsozialismus. In seinen Zeitzeugenberichten – vor allem im zweiten – betonte Mohr sein Engagement insbesondere für Sophie Scholl. Er habe mit ihr seine Brotzeiten und den Kaffee geteilt, obwohl „darüber bei uns im Haus gesprochen wurde".[116] Zudem gab er an, Sophie Scholl angeboten zu haben, sie vor der drohenden Todesstrafe zu retten, wenn sie die Widerstandstat vollständig ihrem Bruder anlaste. Sophie Scholl habe das jedoch abgelehnt.[117] Beide Episoden hatte in ähnlicher Form auch Else Gebel erwähnt, deren Aussagen Mohr bei der Abfassung seines zweiten Berichts ja vorliegen hatte. Es ist müßig, darüber entscheiden zu wollen, inwiefern diese Darstellungen „tatsächliche" Ereignisse schildern. Fragt man jedoch nach der Funktion dieser Episoden in den jeweiligen Erinnerungserzählungen, werden Unterschiede deutlich. Gebel setzt beide als Belege für die Außergewöhnlichkeit Sophie Scholls ein,

---

[110] IfZ, ED 474, Bd. 287, Robert Mohr: Niederschrift!, o. D. [1950].

[111] IfZ, ED 474, Bd. 287, Robert Mohr: Niederschrift, 19. 2. 1951.

[112] Scholl: Weiße Rose, Frankfurt a. M.: Verlag der Frankfurter Hefte, ¹1952, S. 62. Siehe auch Zankel: Mit Flugblättern, S. 434–442.

[113] IfZ, ED 474, Bd. 35, Inge Scholl: Erinnerungen an München, o. D. [ca. 1944/45].

[114] Siehe die Zeitzeugenberichte in: IfZ, ED 474, Bd. 287.

[115] Hierzu und zum Folgenden: IfZ, ED 474, Bd. 287, Robert Mohr an Robert Scholl, 30. 6. 1950.

[116] IfZ, ED 474, Bd. 287, Robert Mohr: Niederschrift!, o. D. [1950], und Ders.: Niederschrift, 19. 2. 1951.

[117] IfZ, ED 474, Bd. 287, Robert Mohr: Niederschrift, 19. 2. 1951.

die die bei Gebel als überzeugte Nationalsozialisten charakterisierten Gestapo-Beamten mit ihrer Standhaftigkeit und Geradlinigkeit beeindruckt und diese zu ungewöhnlichen Zugeständnissen veranlasst habe.[118] Mohr hingegen nahm diese Szenen auf, um das Bild des „guten" Gestapo-Beamten zu zeichnen. Das war ihm auch durchaus bewusst. So schrieb er, bevor er die Situation schilderte, in der er Sophie Scholl das Rettungsangebot machte: „In diesem Zusammenhang möchte ich nun auf einen Vorgang zu sprechen kommen, den ich in meiner ersten Niederschrift in gleicher Sache absichtlich verschwiegen habe, um nicht in den Verdacht von Schönfärberei zu kommen."[119] Die Diskrepanzen der Berichte erkannte auch Mohr. Er fühle sich, so klagte er in seiner zweiten Niederschrift, von Gebels Darstellung „befremdet".[120] In einem eigenen Textabschnitt beschäftigte sich Mohr nur damit, Gebels Glaubwürdigkeit als Zeitzeugin zu unterminieren, unterstellte ihrem Bericht Fehler und kritisierte eine tendenziöse Darstellung. Er resümierte:

Alles in allem, bezweifle ich die Objektivität der Gebel'schen Niederschrift, weil man nur als Kenner der Verhältnisse Wahrheit und Dichtung unterscheiden kann. Fräulein Gebel hat bei ihrer Niederschrift wohl nicht in Rechnung gestellt, dass mir ihr Bericht in die Hände kommt, sonst wäre sie vielleicht doch etwas vorsichtiger gewesen.[121]

Seinen eigenen Bericht charakterisierte er mit Begriffen wie „redlich" und „wahrheitsgetreu".[122] Letztlich gelang es beiden, sich in die Geschichte der *Weißen Rose* einzuschreiben, allerdings mit unterschiedlichem Erfolg. Während die Aussagen Else Gebels in den frühen Ausgaben von Inge Scholls 1952 erstmals erschienenem Erinnerungsbericht *Die weiße Rose* noch breiten Raum einnahmen[123], sank ihr Anteil im Zuge zahlreicher Überarbeitungen beständig. Schon in der Neuausgabe im *Fischer Verlag* 1955 war Gebels Zeitzeugenbericht bis zur Unkenntlichkeit im Text Inge Scholls aufgegangen, ihr Name daraus verschwunden.[124] Robert Mohrs Bericht hingegen fand – wenn auch gekürzt und redigiert – Aufnahme in den Dokumententeil der erweiterten Neuausgabe 1982.[125] Zumindest Anneliese Knoop-Graf fiel das negativ auf. Sie kritisierte den Abdruck des Mohr-Berichts als „eine späte Rechtfertigung des Herrn Mohr".[126] Diese Rechtfertigung blieb bis in die Gegenwart wirkmächtig. Zuletzt übernahm 2005

---

[118] IfZ, ED 474, Bd. 287, Zeitzeugenbericht Else Gebel, November 1946.

[119] IfZ, ED 474, Bd. 287, Robert Mohr: Niederschrift, 19. 2. 1951.

[120] Ebd.

[121] Ebd.

[122] Ebd.

[123] Scholl: Weiße Rose, Frankfurt a. M.: Verlag der Frankfurter Hefte, ¹1952, S. 63–72. Der Text Inge Scholls, in den der zehnseitige Zeitzeugenbericht Gebels integriert war, umfasste insgesamt nur 83 Seiten.

[124] Scholl: Weiße Rose, Frankfurt a. M.: Fischer-Bücherei, 1955, S. 93–102.

[125] Ebd., S. 212–225. Eine gekürzte Abschrift des zweiten Berichts von Mohr befindet sich auch in IfZ, Fa 215, Bd. 3. Dort ist jedoch nicht kenntlich gemacht, dass es sich um eine gekürzte Abschrift handelt.

[126] IfZ, ED 474, Bd. 263, Anneliese Knoop[-Graf] an Inge Scholl, 19. 1. 1983. Eine kritische Passage zu Mohrs Bericht findet sich allerdings in Inge Scholls Nachwort in: Dies.: Weiße Rose, erw. Neuausg., Frankfurt a. M.: S. Fischer, 1982, S. 124.

das Drehbuch Fred Breinersdorfers für den Film *Sophie Scholl – die letzten Tage* kritiklos Mohrs Sichtweise, bis hin zum brüderlichen Teilen des Bohnenkaffees.[127]

3.2.4 Das Archiv und seine Ordnung

Während sich die Sammlungspraxis Inge Scholls aus den überlieferten Quellen recht genau erschließt, gilt dies nicht für die Ordnung des Archivs. Es gibt Hinweise, dass es immer wieder Neuordnungen unterworfen war, die sich abhängig von der ständigen Erweiterung, den aktuellen Interessengebieten Inge Scholls und ihrer Beanspruchung durch andere Projekte ergaben. Dazu kam eine ganz pragmatische Seite. Mehrere Umzüge innerhalb Ulms und schließlich 1974 nach Rotis ins Allgäu brachten jeweils neue Lagerungsräume, die ein neues Ablagesystem in den Schränken und Regalen und damit auch eine neue Ordnung des Archivmaterials notwendig machten. Das Ordnungssystem folgte zum Großteil einer Erschließung nach Personen. Es gab quasi Personalakten zu den Beteiligten, Angehörigen und Zeitzeugen. In entsprechend beschrifteten Mappen befand sich das gesammelte Material zu der jeweiligen Person aus den unterschiedlichen Provenienzen.[128] Die Prozessakten, die ja erst relativ spät dazukamen, stellten einen eigenen Sammlungsbereich dar, bei dem überwiegend die Ordnung beibehalten wurde, die die Unterlagen in den besitzenden staatlichen Archiven gehabt hatten.[129]

Dennoch war das Archiv häufig auch ein Ort der Unordnung und der Unsicherheit. Die Abgrenzung dessen, was zum Archiv gehörte und was vielleicht als nur privat und nicht zur Geschichte der *Weißen Rose* zugehörig zu gelten hatte, war oft schwierig. Am 13. Oktober 1984 notierte Inge Scholl: „In alten Briefen aus der Zeit nach 1945 gestöbert, sortiert, reduziert."[130] Die Abgrenzung des Bewahrenswerten vom nicht Archivwürdigen bedeutete meist vernichten, wegwerfen. Auch vermeintlich kompromittierende Unterlagen waren immer wieder auf dem Prüfstand. So findet sich auf Inge Scholls Diensttagebuch des Jungmädel-Rings II aus ihrer Zeit beim BDM ein Notizzettel mit der Anweisung: „Anschauen, evtl. vernichten!"[131] Bestehende Ordnungen verloren im Laufe der Zeit ihre Nachvollziehbarkeit und wurden zum Durcheinander. Einer Mappe, in der sich Schriftstücke aus der bündischen Zeit Hans Scholls finden, ist ein Blatt beigelegt, das unter anderem festhält: „Dieses Sammelsurium wurde vor ca. 30 Jahren in diese Mappe gelegt."[132] Manchmal half nur die Kapitulation vor den Gegebenheiten und ein Offenlegen der Defizite. Unordnung wurde nicht zwangsläufig durch die Etablie-

---

127 Sophie Scholl – Die letzten Tage, Spielfilm, Regie: Marc Rothemund, Drehbuch: Fred Breinersdorfer, BRD 2005. Siehe auch Breinersdorfer/Chaussy (Hrsg.): Sophie Scholl.
128 Aicher: Geschwister-Scholl-Archiv. Mündliche Auskunft des Archivs des IfZ a. d. Verf.
129 Ebd.
130 IfZ, ED 474, Bd. 36, Tagebucheintrag Inge Scholls, 13. 10. 1984.
131 IfZ, ED 474, Bd. 2, [Diensttagebuch des] JM-Rings II.
132 IfZ, ED 474, Bd. 2, Notiz von [Inge Scholl], August 1982.

rung einer neuen Ordnung ersetzt. Allerdings bestand dieser Anspruch durchaus. Als Inge Scholl Mitte der 1970er-Jahre nach dem Umzug nach Rotis und dem Ende ihrer beruflichen Tätigkeit an der Volkshochschule begann, sich wieder intensiver mit ihrem Archiv zu beschäftigen, stellte die Frage der Ordnung für sie einen entscheidenden Motivationsgrund dar. Sie schrieb:

Dann habe ich jetzt die Freiheit, selbstgewählte Aufgaben in Angriff zu nehmen, und das gibt meinem Alltag eine grosse Weite. [...] Ich sehe auch mit neuen Augen das sporadisch begonnene Archiv über die Weisse Rose, das mit seinen zahlreichen authentischen Details eines Tages so transparent stehen sollte, dass sich ein Historiker seiner bedienen kann, um es vielleicht in die tieferen Trends unseres Jahrhunderts einzubauen.[133]

Für Inge Scholl stellte sich Transparenz als das Ergebnis einer perfekten Ordnung dar, die in ihren Augen die Voraussetzung für die Nutzbarkeit des Archivs war. Diese Sichtweise erweiterte die Bedeutung von Ordnung über die Aspekte der Zusammengehörigkeit und des Wiederfindens hinaus um das Element der Offenlegung inhaltlicher Zusammenhänge durch Ordnung. Vielleicht ist das auch der Grund, warum praktisch keine Findmittel überliefert sind: Die perfekte Tektonik des Materials sollte seine Ordnung – die einzig mögliche Ordnung – offensichtlich machen.

Das Ziel, das Archiv transparent zu machen, ging jedoch nicht mit einer offenen Praxis der Zugänglichkeit zu den darin gelagerten Dokumenten einher. Das, was an die Öffentlichkeit gelangte, durch die reglementierte Herausgabe von Unterlagen zu kontrollieren, schien vor allem in den ersten Nachkriegsjahren das wirksamste Mittel.[134] Die Herausgabe bedeutete immer Kontrollverlust über die Dokumente und ihre Inhalte, die dann – zumindest in der Sichtweise der Familien – unkontrollierter Weitergabe, widersprüchlichen Deutungen und neuen Kontextualisierungen preisgegeben waren.

Die Familienarchive der Angehörigen wurden erst in den 1980er-Jahren in einem größeren Umfang öffentlich gemacht, als die ersten größeren Quellensammlungen zur *Weißen Rose* erschienen. Bereits seit den 1940er-Jahren, als Clara Huber in *Kurt Huber zum Gedächtnis* die ersten Dokumente von und über ihren Mann veröffentlicht hatte, gab es immer wieder vereinzelt solche Publikationen. Zu nennen sind hier die Zeitzeugenberichte und Flugblätter in Inge Scholls Buch *Die weiße Rose*, die Abschiedsbriefe und andere persönliche Aufzeichnungen verschiedener Widerstandskämpfer, die in dem u. a. von Helmut Gollwitzer 1954 herausgegebenen Sammelband *Du hast mich heimgesucht bei Nacht*[135] erschienen, oder die Publikation einer Auswahl von Briefen Willi Grafs in dem Band *Widerstand im Namen der deutschen Jugend* von 1963.[136] Erst ab Mitte der 1980er-Jahre gab es ausführlichere, kommentierte Quellenpublikationen von Hans und Sophie

---

[133] Stadtarchiv Ulm, NL Theodor Pfizer (Ordner: Persönlicher Schriftwechsel A), Inge Scholl an Theodor Pfizer, 10. 2. 1975.

[134] Ein Beispiel ist IfZ, ED 474, Bd. 268, Inge Scholl an Hans Hirzel, 12. 7. 1946. Siehe auch Kap. 2.2.1.

[135] Gollwitzer: Du hast mich heimgesucht bei Nacht.

[136] Vielhaber (Hrsg.): Widerstand [seit 1964: Gewalt und Gewissen].

Scholl sowie von Willi Graf, die jeweils den Titel *Briefe und Aufzeichnungen* trugen.[137] 1993 erschien ein Band mit einem Teil der während der „Sippenhaft" der Scholls ausgetauschten Kassiber.[138] Zumindest diese Bücher machten einen Teil des Archivs zugänglich.

Die bedeutendste Veränderung der Ordnung und Zugänglichkeit ihres Archivs initiierte jedoch nicht Inge Scholl selbst, sondern ihr jüngster Sohn, Manuel Aicher. Als er 1998 nach dem Tod seiner Mutter deren gesammelte Unterlagen übernahm, gehörte dazu neben dem Material zur Vorgeschichte und den Aktionen des Widerstands bis hin zu Verhaftung, Prozess und Hinrichtung im Februar 1943 auch eine Vielzahl an Briefen, Fotos, Zeitungsausschnitten und Büchern, die die Rezeptionsgeschichte der *Weißen Rose* betrafen und auch Inge Scholls eigenes Engagement für eine Erinnerung an den Widerstand und ihr politisches Leben in der Bundesrepublik dokumentierten.[139] Als Aicher 2001 den Nachlass seiner Mutter in der Fachzeitschrift *Der Archivar* zur Übernahme durch ein öffentliches Archiv anbot, plädierte er dafür, beide Bestandteile als Komponenten eines Archivs zu erfassen:

> Da das Lebenswerk von Inge Aicher-Scholl untrennbar mit der Geschichte von Hans und Sophie Scholl verbunden ist, ist es angezeigt, den Nachlass von Hans und Sophie Scholl gemeinsam mit dem von Inge Aicher-Scholl in einem Archiv zu verwahren. […] Ein Auseinanderreißen der Archivalien würde diesen Zusammenhang zerstören.[140]

Auch seine Bestandsangaben spiegeln dies wider. Das Archiv umfasse

> die persönlichen Aufzeichnungen von Hans und Sophie Scholl, ihre Briefe sowie Briefe an sie und aus dem familiären und freundschaftlichen Umkreis, Berichte von Augenzeugen über die Geschehnisse in den Jahren 1942 und 1943, Fotografien, die Korrespondenz von Inge Aicher-Scholl mit diversen Zeitzeugen und Interessenten an der Geschichte der Weißen Rose, darunter Persönlichkeiten wie Carl Zuckmayer, Hans Carossa, Carl Muth, Theodor Haecker, Romano Guardini, etc., Korrespondenz zur Namenserteilung von Straßen und Schulen, Nachweise ihrer Tätigkeit als Publizistin und Referentin, Materialien zu diversen teilweise verwirklichten, teilweise nicht verwirklichten Projekten, die Geschichte in Schrift oder Film darzustellen, die Bibliothek von Hans und Sophie Scholl – für die Ideengeschichte besonders wertvoll –, eine Bibliothek von Sekundärliteratur über die Weiße Rose und den Widerstand und schließlich ein umfangreicher Bestand an Nachweisen zur Weißen Rose in der in- und ausländischen Presse seit 1943. […] In Kopie sind vorhanden weitgehend sämtliche Akten der staatlichen Verfolgung der Zeit vor 1945.[141]

Das Archiv des *Instituts für Zeitgeschichte* in München, das schließlich den Zuschlag erhielt, folgte dieser Sichtweise und erschloss die Unterlagen als einen Bestand, den „Nachlass Inge Aicher-Scholl".[142] In mehrere Hundert Bände aufgeteilt lagert dort nun ein umfangreicher Dokumentenbestand, der den Widerstand ebenso dokumentiert wie den Umgang der Bundesrepublik damit. Am Beginn

---

[137] Graf: Briefe und Aufzeichnungen. Scholl/Scholl: Briefe und Aufzeichnungen.
[138] Aicher-Scholl (Hrsg.): Sippenhaft.
[139] Aicher: Geschwister-Scholl-Archiv.
[140] Ebd.
[141] Ebd.
[142] Vgl. das Online-Findbuch ED 474: http://www.ifz-muenchen.de/archiv/ed_0474.pdf (zuletzt eingesehen am 3.6.2012).

seiner Entstehung hatte dagegen ein viel kleiner scheinendes Ziel gestanden: der Wunsch Inge Scholls, all das, was sie über die Geschichte ihrer Geschwister wusste, einmal aufzuschreiben, um nichts zu vergessen.

3.3 Konkurrenz? Das Archiv des Münchner *Instituts für Zeitgeschichte*

Die Übernahme des Nachlasses von Inge Scholl war nicht der erste Versuch des Archivs des Münchner *Instituts für Zeitgeschichte*, einen Bestand über die *Weiße Rose* aufzubauen. Das Institut hatte 1949 seine Arbeit aufgenommen, zunächst unter dem etwas sperrigen Namen *Deutsches Institut für die Geschichte der nationalsozialistischen Zeit*. In die drei Abteilungen Forschung, Archiv und Bibliothek gegliedert, hatte es den Auftrag, Dokumente über die Vorgeschichte und die Zeit des Nationalsozialismus zu sammeln, auszuwerten und für die wissenschaftliche Nutzung sowie für die politische Bildung aufzuarbeiten.[143] Die Erforschung des deutschen Widerstands war ein Thema, das von Beginn an im Interesse des neu gegründeten Instituts lag. Im Protokoll der ersten Beiratssitzung vom 11. September 1950 findet sich eine Aufzählung möglicher Forschungsvorhaben, die gleich als ersten Projektvorschlag „das Werk der Geschwister Scholl" nannte.[144] Erst danach zählte die Liste zentrale Ereignisse der Frühzeit des Nationalsozialismus wie den Reichstagsbrand oder den Röhm-Putsch auf. Ganz am Schluss schließlich wurde auch der 20. Juli 1944 genannt, dessen Vorgeschichte – nicht das Attentat selbst – als erforschenswert eingestuft wurde. Das Projekt, die Geschichte des Widerstands der „Geschwister Scholl" zu erforschen, blieb die ganzen 1950er-Jahre hindurch virulent[145], ohne jedoch zu einem greifbaren Ergebnis zu führen. Erst Anfang der 1960er-Jahre konkretisierten sich die Pläne, wenn auch nun nicht mehr die Erforschung, sondern die Sammlung und Archivierung von Dokumenten im Vordergrund standen.[146] Angestoßen hatte diesen neuen Zugriff der *Bayerische Rundfunk* (BR), der plante, einen Dokumentarfilm über die *Weiße Rose* zu drehen.[147] Dafür sollte das IfZ die Materialsammlung, -sichtung und -auswertung übernehmen.[148] Das war jedoch nur mit Unterstützung der Angehörigen und Überlebenden möglich, sodass vorgesehen war, Inge Scholl um die Überlassung von Kopien aus ihrem Archiv zu bitten und dieses Material dann durch

---

[143] Zur Geschichte des IfZ vgl. Auerbach: Gründung.

[144] Zit. nach: Buchheim/Graml: Die fünfziger Jahre, S. 70.

[145] IfZ, ED 474, Bd. 565, Inge Scholl an Dietrich Spangenberg, 29. 9. 1951. Bd. 227, Inge Scholl an Angelika Probst, 28. 8. 1953.

[146] IfZ, Fa 215, Bd. 3, Aktennotiz Franziska Violet, 7. 2. 1963.

[147] IfZ, Fa 215, Bd. 3, [Notiz über eine] Besprechung am 9. April 1963 zwischen Heinz Böhmler (BR), Helmut Krausnick (IfZ), Franziska Violet (IfZ) und Hellmuth Auerbach (IfZ). IfZ, ED 475, Bd. 1, Heinz Böhmler (BR) an Helmut Krausnick, 20. 3. 1963. Zu Böhmlers Recherchen zur *Weißen Rose* siehe auch DFM, Artur Brauner Archiv (Manuskripte Sch), Heinz Böhmler an Artur Brauner, 9. 1. 1953.

[148] Ebd.

Zeitzeugenbefragungen zu ergänzen.[149] Inge Scholl war bereit, das Projekt zu unterstützen. Sie gab Unterlagen aus ihrem Archiv zur Sichtung und zur Erstellung von Kopien an das IfZ weiter.[150] Von Vollständigkeit konnte dabei jedoch keine Rede sein. Trotz gegenteiliger Vereinbarungen blieben etwa die Tagebücher ihrer Geschwister in ihrem Archiv verschlossen.[151] Dabei mögen nicht nur Vorbehalte eine Rolle gespielt haben, dass dann diese Unterlagen der eigenen Kontrolle entzogen waren. Es kam hinzu, dass Inge Scholl selbst seit Ende 1962 zusammen mit den Familien der anderen Hingerichteten die Veröffentlichung eines Buches mit persönlichen Dokumenten der Widerstandskämpfer plante.[152] Es herrschte also zwischen den Familien, dem Dokumentarfilmprojekt des BR und des dafür mit der Dokumentensammlung beauftragten IfZ eine direkte Konkurrenz um die Unterlagen.

Zugleich geriet das Netzwerk der Angehörigen und Überlebenden in Bewegung. Inge Scholl vermittelte dem Institut Adressen und Kontakte.[153] Am 3. Februar 1963 fand ein erstes Treffen zwischen Institutsmitarbeitern und unterstützungswilligen Angehörigen und Überlebenden in München statt.[154] Neben den Familien Schmorell, Probst und Graf waren auch Heinrich Guter, der als Schüler in Ulm Flugblätter verteilt bzw. verschickt hatte[155], und Manfred Eickemeyer anwesend, in dessen Atelier die Flugblätter vervielfältigt worden waren.[156] Bei dem Treffen 1963 zeigte sich schnell, dass die Motivation der anderen Angehörigen und Überlebenden, das IfZ zu unterstützen, auch damit zu tun hatte, die als dominant empfundene Position Inge Scholls zu schwächen. Die Aktennotiz zu diesem ersten Treffen hielt fest:

Heinrich Guter und die Schwägerin Schmorell, allem Anschein nach aber auch die Hinterbliebenen von Christoph Probst und Willi Graf sind der Meinung, dass Inge Scholl [...] aus dem Fall ihrer Geschwister ein ‚Poesiealbum' gefertigt und sich infolge ihres mehr oder minder auf die Familie Scholl begrenzten Blickfeldes der ‚Geschichtsklitterung' schuldig gemacht habe.[157]

Im Gespräch mit den Mitarbeitern des IfZ und den anderen Angehörigen und Überlebenden, aber ohne Inge Scholl, bot sich offensichtlich ein Forum, angestautem Unmut über die Erinnerungs- und Archivierungsarbeit der Schwester Hans und Sophie Scholls Luft zu machen. Dabei waren Anfang der 1960er-Jahre

---

149 IfZ, Fa 215, Bd. 3, [Notiz über eine] Besprechung am 9. April 1963 zwischen Heinz Böhmler (BR), Helmut Krausnick (IfZ), Franziska Violet (IfZ) und Hellmuth Auerbach (IfZ).
150 IfZ, ED 475, Bd. 1, Hellmuth Auerbach an Inge Scholl, 9.6.1964 und 19.8.1964. Inge Scholl an Hellmuth Auerbach, 19.6.1964.
151 IfZ, ED 475, Bd. 1, Inge Scholl an Hellmuth Auerbach, 19.6.1964, und Hellmuth Auerbach an Inge Scholl, 22.2.1980.
152 IfZ, ED 474, Bd. 342, Clara Huber an Inge Scholl, 14.11.1962, Anneliese Knoop-Graf an Inge Scholl, 27.12.1962, Angelika Probst an Inge Scholl, 31.10.1962, Inge Scholl an Angelika Probst, 7.3.1963 [bezüglich der Beteiligung von Familie Schmorell].
153 IfZ, ED 475, Bd. 1, Inge Scholl an Hellmuth Auerbach, 19.6.1964.
154 IfZ, Fa 215, Bd. 3, Aktennotiz von Franziska Violet, 7.2.1963.
155 Zankel: Mit Flugblättern, S. 469.
156 Zankel: Mit Flugblättern, S. 472.
157 IfZ, Fa 215, Bd. 3, Aktennotiz von Franziska Violet, 7.2.1963.

die Beziehungen zwischen den Familien Scholl, Graf, Probst, Schmorell und Huber eigentlich eher gut. Bereits im Winter 1962 hatten sich diese geeinigt, dem Vorschlag Inge Scholls zuzustimmen, gemeinsam ein Buch mit ausgewählten Dokumenten der Hingerichteten zu veröffentlichen.[158] Demgegenüber stand allerdings weiterhin die „Befürchtung, dass die Geschichte der ‚Weissen Rose' im öffentlichen Bewusstsein allmählich zu einer Hans-und-Sophie-Scholl-etc.-Legende zusammenschrumpft"[159], die auch das gemeinsame Buchprojekt nicht mindern konnte. Die Sammlungsabsicht des IfZ wurde von den anderen Angehörigen und Überlebenden vielmehr als Chance gesehen, eine Gegenüberlieferung zu Inge Scholls Archiv und damit indirekt auch eine konkurrierende Geschichtsdeutung zu etablieren. Es ging deshalb nicht nur um Sammlung, sondern auch um Zugänglichkeit und Nutzung des neu zusammenzustellenden Archivs. Die bei dem ersten Treffen anwesenden Angehörigen und Überlebenden wollten der Tatsache Geltung verschaffen, dass es noch unveröffentlichtes Material von den anderen Beteiligten gab und Teile der Widerstandsbewegung noch immer unerforscht waren. Das habe nun „den Wunsch geweckt, es möge endlich einmal der ganze Komplex nüchtern erforscht und sachlich dargestellt werden."[160]

Bereits bei dem wenige Tage später stattfindenden zweiten Treffen offenbarte sich jedoch ein fast undurchdringliches Gestrüpp von Gerüchten, falschen oder nur halb richtigen Informationen und verbal zugesicherter, praktisch aber verweigerter Kooperationsbereitschaft. Sowohl die Frage, was überhaupt an Material vorhanden war und was davon abgegeben werden würde, warf Unstimmigkeiten auf, als auch die mögliche Nutzung der Unterlagen. Das Protokoll fasste in neun Punkten die Ergebnisse des Gesprächs zusammen, darunter Folgendes:

3. Inge Scholl hat angeblich die Verhandlungsprotokolle der Gestapo.
4. Schmorell sagte: ‚Was wir an Dokumenten haben, ist veröffentlicht.' Andererseits war da immer von dem russischen Tagebuch Alexander Schmorells die Rede [...]. Es sind auch noch Briefe da, die aber ebenfalls rein privater Natur sein sollen. [...]
6. Angelika Probst hat die irgendwie politisch bzw. historisch relevanten Briefe ihres Bruders vernichtet, nachdem er verhaftet worden war. [...] Besitzt angeblich nur noch rein private Briefe. [...]
7. Laut Eickemeyer wurde Willi Graf von seinen Eltern nach seinem Tode ‚aus der Familie ausgestossen'. [...]
9. Es tauchte die Frage auf, ob belegte Tatsachen auch gegen den Willen der Hinterbliebenen bzw. Betroffenen veröffentlicht werden dürfen oder ob es da ein Einspruchsrecht im Interesse der Betreffenden gibt. (Konnte ich nicht beantworten.)[161]

Die Archivpolitik der anderen Angehörigen und Überlebenden setzte also auch weiterhin auf eine Monopolisierung, Verknappung und gezielte Auswahl der

---

[158] IfZ, ED 474, Bd. 342, Clara Huber an Inge Scholl, 14.11.1962, Anneliese Knoop-Graf an Inge Scholl, 27.12.1962, Angelika Probst an Inge Scholl, 31.10.1962, Inge Scholl an Angelika Probst, 7.3.1963 [bezüglich der Beteiligung von Familie Schmorell].
[159] IfZ, Fa 215, Bd. 3, Aktennotiz von Franziska Violet, 7.2.1963.
[160] Ebd.
[161] IfZ, Fa 215, Bd. 3, Aktennotiz von Franziska Violet, 8.2.1963.

Dokumente. Dabei war es weniger die Sorge um die Aufbewahrung als die Angst vor der Nutzung der Archivalien, die diese Haltung bestimmte.

Das Archiv des IfZ war allerdings auf die Kooperation der Angehörigen angewiesen. Das betraf vor allem die Frage nach dem Stand der Überlieferung und die Bereitschaft, zumindest Kopien aus den Familienarchiven abzugeben. Häufig wurde vorgebracht, dass relevantes Material bereits 1943 aus Angst vor Verfolgung vernichtet worden sei. Es gebe also schlicht nichts mehr.[162] Andere, wie etwa Anneliese Knoop-Graf, verwiesen darauf, dass die bedeutenden Dokumente bereits veröffentlicht worden seien.[163] Eine Abgabe von diesen Materialien an das Archiv schien damit hinfällig, denn die Inhalte waren ja zugänglich. Die Abgrenzung zwischen dem „Interessanten" und „Relevanten" im Gegensatz zum „Privaten" und „Irrelevanten" nahmen die Angehörigen und Überlebenden nach eigenem Gutdünken wahr. Es gab Bereiche, die in deren Sichtweise nur zur eigenen Familienerinnerung gehörten und nicht mit einer Öffentlichkeit geteilt oder einer Historisierung unterworfen werden konnten. So schrieb etwa Anneliese Knoop-Graf an den IfZ-Mitarbeiter Hellmuth Auerbach: „Was bisher noch unveröffentlicht ist, sind lediglich persönliche Briefe – vor allem an mich. Ich würde sie Ihnen gerne überlassen, doch habe ich selber nichts darin gefunden, was für Ihre Arbeit wichtig wäre."[164] Gisela Schertling, die Freundin Hans Scholls, argumentierte in ähnlicher Weise: „Von Hans Scholl besitze ich einen Abschiedsbrief, der mir kurz nach seinem Tode überbracht wurde. Sie werden verstehen, daß ich diesen ganz persönlich gehaltenen Brief nicht aus der Hand geben möchte."[165] Gegen solche emotionale Begründungen war kaum anzukommen. Zum Teil übernahm aber auch Auerbach selbst diese Kategorisierung. Er schickte Briefe von Christoph Probsts Schwiegervater Harald Dohrn mit dem Vermerk an die Familie zurück, er habe keine Kopien für das Archiv angefertigt, da ihm „der Inhalt doch zu privat" erscheine, „um wörtlich zitiert zu werden".[166]

Neben den Selbstzeugnissen konzentrierte sich das Interesse des Instituts auf Zeitzeugenberichte. Dafür wurden zum Teil Interviews durch Institutsmitarbeiter durchgeführt, zum Teil wurden bereits niedergeschriebene Berichte – etwa aus Inge Scholls Archiv – übernommen.[167] Hier konnten Angehörige und Überlebende noch einmal selbst zu Wort kommen. Es bot sich die Gelegenheit, die eigenen

---

162 IfZ, ED 475, Bd. 3, Gisela Schertling an Hellmuth Auerbach, 1.8.1965, Hertha Schmorell an Hellmuth Auerbach, 25.9.1964, Mauritius Schurr an Hellmuth Auerbach, 26.6.1964.

163 Vielhaber: Gewalt.

164 IfZ, ED 475, Bd. 2, Anneliese Knoop-Graf an Hellmuth Auerbach, 15.8.1964.

165 IfZ, ED 475, Bd. 3, Gisela Schertling an Helllmuth Auerbach, 1.8.1965. Der Abschiedsbrief war Gisela Schertling von Franz Völkl überbracht worden, wie dieser in einem Brief an Inge Scholl behauptete, siehe IfZ, ED 474, Bd. 284, Franz Völkl an Inge Scholl, 8.3.1947. Gisela Schertling dagegen erinnerte sich, dass ihr die „Schwestern Scholl nach der Verurteilung und Hinrichtung ihrer Geschwister am 22. Februar Nachmittags" den Brief übergeben hätten: IfZ, Fa 215, Bd. 3, Gisela Schertling an Herrn F., 18.2.[ca. 1960er-Jahre?].

166 IfZ, ED 475, Bd. 3, Hellmuth Auerbach an Herta Siebler-Probst, 4.9.1964. Siehe auch IfZ, Fa 215, Bd. 3, Gespräch mit Frau Siebler, 19.8.1964.

167 Siehe die Sammlung in IfZ, Fa 215.

Erinnerungen im Archiv abzulegen. Die Intentionen waren hierbei recht ambivalent. Hans Hirzel schrieb an Hellmuth Auerbach:

Es scheint mir hoch an der Zeit dafür zu sein, dass die Zeitgeschichte die Fakten dieses Unternehmens [des Widerstands der *Weißen Rose*, C.H.] sichert, ehe wichtige Zeugen tot sind oder so viel Zeit vergangen ist[,] dass auch lebende Zeugen für ihre Erinnerung nicht mehr genügend gerade stehen können.[168]

Die Niederschrift und Hinterlegung der Zeitzeugenberichte im Archiv war für ihn eine Möglichkeit, die „Fakten" auch rein physisch zu sichern. Hier zeigte sich die Hoffnung, dass die Erinnerung sich vom erinnernden Subjekt löse und durch die Archivierung objektiv und zeitlos würde. Der Mensch vergeht, Papier besteht.

Für andere wie – etwa Falk Harnack – ergab sich vor allem die Gelegenheit, die Geschichte geradezurücken und entglittene Verfügungsgewalt zurückzugewinnen. Harnack war sehr überrascht, als Auerbach ihm mitteilte, Inge Scholl habe ihm einen Zeitzeugenbericht Harnacks überlassen. Es handelte sich dabei, wie Harnack an Auerbach schrieb, um einen frühen Entwurf seinerseits für einen Bericht, der auf ihm unbekannten Wegen an Inge Scholl geraten und „von fremder Hand redigiert" worden sei.[169] Daraufhin verfasste er einen neuen Text und versicherte, dass dieser nun „historisch exakt" sei.[170] Auch wenn Harnack so keinen Einfluss mehr auf die Archivierungspraxis Inge Scholls nehmen konnte, so gelang es ihm doch zumindest, an einem anderen Ort eine Version der Geschichte seines Lebens zu hinterlegen, wie er sie für richtig hielt. Für Zeitzeugen wie Harnack wurde der Bestand im Archiv des IfZ so zu einer regelrechten Gegenüberlieferung.

Die Dokumente von Angehörigen und Überlebenden der *Weißen Rose* standen im Mittelpunkt der Erwerbungstätigkeit des IfZ. Daneben versuchte das Institut, Akten aus den von den Alliierten beschlagnahmten Beständen sowie aus den Archiven der DDR zu erhalten, war jedoch nur in der DDR zumindest zum Teil erfolgreich.[171] Das *Deutsche Zentralarchiv* in Potsdam überließ dem IfZ einige mikroverfilmte Aktenstücke über die *Weiße Rose* aus seinem Besitz.[172]

Im Sommer 1964 war für Auerbach die Sammlung weitgehend abgeschlossen. Er war überzeugt, dass mit diesen Akten „das Gesamtbild des Kreises [der *Weißen Rose*, C.H.] […] jetzt schon klar [sei], es dürften nur kleine Details dazukommen".[173] Wenn er gewusst hätte, wie viel mehr Dokumente in Inge Scholls Familienarchiv lagerten, hätte er sich vermutlich nicht zu dieser Aussage hinreißen lassen. Bis Anfang der 1990er-Jahre passte die gesamte Geschichte der *Weißen Rose* jedoch in fünf schmale Aktenbände, die kaum Originale, sondern vor allem

---

[168] IfZ, ED 475, Bd. 2, Hans Hirzel an Hellmuth Auerbach, 29. 7. 1964.
[169] IfZ, ED 475, Bd. 2, Falk Harnack an Hellmuth Auerbach, 1. 9. 1964 und 21. 6. 1964.
[170] IfZ, ED 475, Bd. 2, Falk Harnack an Hellmuth Auerbach, 1. 9. 1964.
[171] IfZ, ED 475, Bd. 1, Hellmuth Auerbach an Alexander Yaney jr. (Berlin Document Center), 7. 8. 1963. Anton Hoch (IfZ) an Prof. Lötzke (Deutsches Zentralarchiv), 18. 11. 1963.
[172] IfZ, ED 475, Bd. 1, Prof. Lötzke (Deutsches Zentralarchiv) an Anton Hoch (IfZ), 14. 1. 1964 und 31. 3. 1964. IfZ, Fa 215, Bd. 3, Aktennotiz, 11. 4. 1963. Siehe auch die Vorbemerkungen in den Findbüchern „Widerstand" (zu Fa 215) und „Reichsjustizministerium" (zu MA 593).
[173] IfZ, ED 475, Bd. 1, Hellmuth Auerbach an Heinz Böhmler (BR), 30. 7. 1964.

Kopien enthielten.[174] Im Laufe der Jahre waren zu den von Auerbach gesammelten Unterlagen nur wenige hinzugekommen, vor allem Zeitungsartikel. Für Historiker war das neben den wenigen Unterlagen im Bundesarchiv der wichtigste zugängliche archivalische Bestand über die Widerstandsgruppe in Westdeutschland. Von der anderen Seite des *Eisernen Vorhangs* gesehen scheint es hingegen weitaus schwieriger gewesen zu sein, diese Akten einzusehen. Der ostdeutsche Historiker Karl-Heinz Jahnke kritisierte Ende der 1960er-Jahre ganz öffentlich in seinem Buch *Weiße Rose contra Hakenkreuz*, dass ihm der Zugang zu der Sammlung vom *Institut für Zeitgeschichte* verwehrt worden sei.[175] Der *Kalte Krieg* machte auch vor der *Weißen Rose* nicht halt. Die Anfänge lagen in den frühen 1950er-Jahren und betrafen nicht nur den Zugang zu Archivmaterial, sondern ebenso die Interpretation des Widerstandsgeschehens. Erst jetzt wurde die Geschichte der *Weißen Rose* zu einer spezifisch *bundesrepublikanischen* Erinnerungserzählung. Wie es dazu kam und welche Rolle Inge Scholl dabei spielte, steht im Folgenden im Mittelpunkt.

---

[174] IfZ, Fa 215.
[175] Jahnke: Weiße Rose, S. 13, FN 4.

4 Wem gehört Erinnerung? Konkurrenzen, Allianzen und neue Antworten

Anfang der 1950er-Jahre begann sich die gesellschaftliche Auseinandersetzung mit dem Widerstand stark zu verändern. Mit der Gründung der beiden deutschen Staaten 1949 und der sich verschärfenden Blockkonfrontation diesseits und jenseits des *Eisernen Vorhangs* wandelten sich auch die Anforderungen an die nationale historische Selbstverortung. Inge Scholl stand vor ganz neuen Herausforderungen. Einerseits erlebte die *Weiße Rose* einen ersten Popularitätsschub, an dem auch Inge Scholl ihren Anteil hatte, andererseits galt es nun, die Grenzen zwischen privat und öffentlich, zwischen legitimen und illegitimen Formen des Erinnerns neu zu bestimmen. Das lief nicht ohne Konflikte ab.

Für Inge Scholl war es eine aufregende, anstrengende Zeit. Nicht nur die Erinnerungsarbeit, auch die Volkshochschule (vh) und ihr neues Projekt, die 1953 eröffnete *Hochschule für Gestaltung* (hfg), bereiteten ihr manch schlaflose Nacht.[1] Dafür erlebte sie neues privates Glück. Am 7. Juni 1952 heiratete sie endlich Otl Aicher.[2] Aus Fräulein Scholl wurde Frau Aicher-Scholl. Ein Jahr später kam Tochter Eva auf die Welt, das erste von insgesamt fünf Kindern.[3] Beruflich waren Inge Scholl und Otl Aicher in dieser Phase ein äußerst erfolgreiches Team. Sie waren innovativ, hatten ein gutes Gespür für die Trends der Zeit und Inge Scholl verfügte auch über die notwendige Hartnäckigkeit, das einmal Begonnene in die Tat umzusetzen. Inge Scholl war in dieser Zeit gleichermaßen Archivbesitzerin und Erinnernde, Vorzeigedemokratin, angesehene Pädagogin und (lokal-)politische Strategin. Dabei bedingte das eine das andere. Um diesen Verflechtungen auf die Spur zu kommen, stehen zunächst Inge Scholls politische Vorstellungen und deren praktische Umsetzung in der Ulmer Volkshochschule und der *Hochschule für Gestaltung* im Mittelpunkt. Wie diese Überzeugungen auch in ihre Auseinandersetzung mit der *Weißen Rose* Eingang fanden, ist Gegenstand eines zweiten Teils: Inge Scholls berühmtes Buch *Die weiße Rose*, dessen Entstehungsgeschichte hier beleuchtet wird, war ebenso ein Produkt des *Kalten Kriegs* wie (erinnerungs)politisches Statement seiner Verfasserin. Abschließend werfen wir einen Blick in die Kinosäle, die im Falle der *Weißen Rose* allerdings dunkel blieben. Das lag nicht daran, dass niemand Interesse an einer Verfilmung der Widerstandsgeschichte gehabt hätte – das Gegenteil ist der Fall. Warum trotzdem aus den Protagonisten der *Weißen Rose* erst einmal keine Leinwandhelden wurden und welche Rolle Inge Scholl dabei spielte, ist Thema des dritten Teils.

---

[1] IfZ, ED 474, Bd. 36, Tagebucheintrag o. D. [1958]: „Ich kann wieder mal nicht schlafen vor lauter Sorgen und Problemen [...]."
[2] IfZ, ED 474, Bd. 15, Robert Scholl an Inge Scholl, 28. 5. 1952.
[3] Siehe Aicher-Scholl: Eva.

4.1 „Ein Mädchen – Symbol für Deutschland":[4] Inge Scholl und das „Demokratiewunder"

Die Debatten um die *Weiße Rose* kreisten in den ersten Nachkriegsjahren um den „Geist" des Widerstands und stellten diesen als moralisches Vorbild in den Mittelpunkt. Von Politik war dabei nur selten die Rede und wenn, dann ablehnend.[5] Widerstand war nicht politisch, jedenfalls nicht in erster Linie. Diese Sichtweise setzte sich bis in die Wissenschaft hinein fort und findet sich etwa in Hans Rothfels' Studie *Die deutsche Opposition gegen Hitler*.[6] Die Aufgabe des Historikers in der Auseinandersetzung mit dem Widerstand bestehe nicht ausschließlich darin, so Rothfels, die „begrenzten Sphären" des Politischen zu betrachten, sondern vielmehr auf der Suche nach dem „Prinzipiellen" zu den „Kräften der moralischen Selbstbehauptung" vorzudringen.[7]

Auch Inge Scholl lehnte das Politische als entscheidenden Faktor für das Verständnis und die Motivation des Widerstands in ihren frühen Äußerungen dazu konsequent ab. Stattdessen ging es um das Menschliche, das Moralische und den Glauben, also um als allgemein und überzeitlich geltende Maßstäbe des Handelns. Diese Deutung findet sich schon in den *Erinnerungen an München* und Inge Scholl trug sie in ihren Gedenkreden auch an die Öffentlichkeit. Sie sagte in einer ihrer ersten Rundfunkansprachen:

> Wenn man schon über meine Geschwister und ihre Freunde sprechen will, so muss vor allem dies gesagt sein, dass ihre Kraft nicht aus einem politischen Aktionismus erwuchs, sondern aus Gefühlen der Menschlichkeit, die sich bestärkten und gerade richteten in einer befreienden Bindung an Gott. Ohne diese Festigung in einer tiefen Religiosität ließe sich nicht ihr Leben verstehen, und noch weniger ihr Tod.[8]

Zwar lässt sich diese Argumentation ebenso wie die gesamte Diskussion um den Widerstand als grundsätzlich politische Auseinandersetzung lesen, weil sie ein Bestandteil der Debatten über Vergangenheitsbewältigung und damit eines zentralen Politikfeldes der Nachkriegszeit war.[9] Allerdings war Widerstand in den ersten Nachkriegsjahren kaum als „politisch" benennbar. Diese kritische Sicht auf das Politische resultierte nicht nur aus Inge Scholls Erzählung über den Widerstand, die in dieser Phase vor allem eine Konversions- bzw. Versöhnungserzählung christlicher Prägung war. Vielmehr war gerade die Skepsis gegenüber dem Politischen selbst Ausdruck einer politischen Haltung und eines „überpolitischen" De-

---

4 So die Überschrift eines Artikels über Inge Scholl, in: Die Neue Zeitung, 30.1.1950.
5 Hans von Hülsen: Helden gegen Hitler, in: Süddeutsche Zeitung, 23.10.1945. Stadtarchiv München, NL Kurt Huber, Nr.196, Franz Josef Schöningh: Sechs Tote bitten die Welt um Gerechtigkeit, Sonderdruck aus: Süddeutsche Zeitung, 1.11.1946.
6 Rothfels: Deutsche Opposition.
7 Ebd., S.15–16.
8 IfZ, ED 474, Bd.397, [Inge Scholl]: Zum Gedenken an Sophie und Hans Scholl und ihre Freunde, o. Ang. [vermutlich Rundfunk, ca. 1945]. Vgl. zur ähnlichen Haltung der anderen Angehörigen IfZ, ZS/A 26 a, Hertha Blaul [d.i. Hertha Schmorell]: [Bericht über Alexander Schmorell], o.D. [1946].
9 Kämper: Schulddiskurs. Reichel: Vergangenheitsbewältigung. Wolfrum: Geschichtspolitik.

mokratieverständnisses, für das Demokratie sich nicht in formalen Prozessen erschöpfte, sondern eine „existenzielle Sinnkategorie" darstellte.[10] Damit verbunden war eine Moralisierung, Ethisierung und religiöse Ausdeutung des Demokratiebegriffs: „Die angemessene Haltung zur Erreichung dieses Ziels einer umfassenden nachhaltigen Demokratisierung [...] heißt im Westen *gläubig* [...]."[11] Für Inge Scholl und ihre Generation war der Begriff Politik überdies eng mit dem des Nationalsozialismus verknüpft.[12] Wie im Fall Inge Scholls hatte das erste politische Engagement dieser Generation in der Phase des sich konsolidierenden NS-Regimes stattgefunden. Rückblickend erschien ihr das jedoch als Verblendung und skrupellose Ausnutzung ihres jugendlichen Idealismus, nicht als eigene politische Entscheidung.[13]

Inge Scholls Engagement für die 1946 von ihr mit gegründete Ulmer Volkshochschule und die Erwachsenenbildung spiegelte ein Verständnis von Politik, das aus diesen Erfahrungen entstanden war.[14] Bildung sollte den Menschen befähigen, als mündiger und verantwortungsbewusster (Staats-)Bürger zu handeln. Idealbild war also durchaus ein politischer Mensch, nicht jedoch ein Parteigänger. Das entsprach der verbreiteten Ansicht, dass die „politische Unmündigkeit" der Deutschen eine wesentliche Entstehungsbedingung für den Nationalsozialismus gewesen sei.[15] Inge Scholls Konzept von politischer Mitbestimmung war auf die lokale Ebene rückgebunden und gerade die Arbeitsgruppen der Volkshochschule, die sich mit lokalpolitischen Fragen wie dem Wiederaufbau befassten, standen dafür prototypisch.[16] Auch die Arbeitsgruppe *Studio Null* bekräftigte diese Vorstellung von politischem Handeln, das vor allem jenseits von Parteien, Parlamenten und Institutionen stattfinden sollte.[17] Inge Scholl fragte dort kritisch in einem Vortrag „sind die parteien vorbei?" und schlug vor:

Ich weiss noch keine klare antwort darauf. [...] Eines ist mir klar: dass das politische klima ein anderes werden will und soll, weil der mensch der zukunft ein anderer sein wird. [...] Gewiss muss es in der demokratie eine interessenvertretung geben. Aber kann sie nicht so *sachlicher natur* sein wie die der gewerkschaften, die ja auch keine partei sind?[18]

Parteien standen für Inge Scholl also generell unter Ideologieverdacht. Diese Ausführungen blieben auch innerhalb von *Studio Null* nicht unwiderspro-

---

[10] Artikel „Demokratie", Gebrauch durch „Nichttäter West", in: Kämper: Opfer – Täter – Nichttäter.

[11] Ebd., S. 40, Hervorhebung i. Orig.

[12] Kleinen: Demokratie, S. 277–278. Moses: Die 45er.

[13] IfZ, ED 474, Bd. 291, [Inge Scholl]: Biografische Notizen über Hans und Sophie Scholl, o. D. [Nachdatierung, handschriftlich: „1947 (?)"]. Siehe auch Hübner-Funk: Loyalität.

[14] Allgemein siehe Braun: Umerziehung. Ciupke/Reichling: „Unbewältigte Vergangenheit". Olbrich: Erwachsenenbildung. Fröhlich/Kohlstruck: Vergangenheitspolitik.

[15] Artikel „politische Unreife", in: Kämper: Opfer – Täter – Nichttäter.

[16] IfZ, ED 474, Bd. 448, [Inge Scholl?]: Arbeitsgruppen der vh, o. D. [ca. 1949/50]. Inge Scholl an [?], 6. 12. 1950. [Inge Scholl?]: Arbeitsgruppen der VH, o. D. [Dezember 1950]. Otl Aicher an Inge Scholl, 2. 2. 1949. Bd. 439, Inge Scholl: Jahresbericht der vh für das Jahr 1950, 2. 3. 1951.

[17] IfZ, ED 474, Bd. 462, Otl Aicher: [Hans und Sophie Scholl waren keine Politiker], o. D. [ca. 1948]. Bd. 464, o. Verf. [*Studio Null*]: fangen wir an, [Entwurf?], 16. 6. 1948.

[18] IfZ, ED 474, Bd. 464, Inge Scholl: sind die parteien vorbei?, 4. 9. 1948, Hervorhebung d. Verf.

chen[19], doch die Grundauffassung, dass politisches Handeln beim Einzelnen ansetzen müsse und dass es nicht zu reiner Repräsentativität und zu einer Trennung der politischen Sphäre vom Menschen kommen dürfe, darüber war man sich bei *Studio Null* einig. Und zumindest Inge Scholl und Otl Aicher betrachteten diese Sichtweise des Politischen als ein zentrales Vermächtnis des Widerstands der *Weißen Rose*. Darüber waren auch die Begriffe der Politik bzw. des Politischen rehabilitierbar. So schrieb Otl Aicher:

> Und doch hatten sich die beiden [Hans und Sophie Scholl, C.H.] zur Politik entschlossen. Und nicht nur zu einer Politik des Volkes, der Debatten und der Opposition des Mundes. Ihre Worte kamen aus dem Rückhalt des Handelns, standen auf dem Fundament der letzten Entschlossenheit. Und sie machten die beste Politik, die wir in diesen zwölf Jahren erlebten, die einzige Politik, auf die wir uns heute berufen können.[20]

Der Widerstand als Tat und sein „Geist" wurden so zur einzig möglichen Referenz politischen Handelns in der eigenen Gegenwart. Das spiegelt auch die Unsicherheit in Bezug auf die deutsche Zukunft, als die Gründung der Bundesrepublik und der Zuschnitt ihres politischen Systems zwar festgelegt wurden, dessen Ausgestaltung aber noch offen und diskutierbar war.

Trotz dieser Skepsis Inge Scholls gegenüber den politischen Entwicklungen ihrer Zeit galt sie bei der amerikanischen Militärregierung und später beim amerikanischen Hochkommissar für Deutschland als Vorzeigemodell gelungener *Reeducation* und demokratischer Zukunftshoffnung. Als Ralph E. Berry, der Leiter des *Adult Education Branch* in Württemberg-Baden, Anfang Oktober 1946 die erst wenige Monate alte Ulmer vh besuchte, war er beeindruckt von dem, was er sah, und noch mehr davon, dass dieser Institution eine Frau vorstand. Inge Scholl schrieb über Berrys Besuch an Otl Aicher: „[…] auf die Frau als Gestalterin der Zukunft hält er [Berry, C.H.] viel und war ganz begeistert, dass ich in meiner Eigenschaft als Leiterin der Volkshochschule eine Frau sei. Er liess es sofort notieren und sagte, das würde die Amerikaner interessieren. Aber Spass beiseite […]."[21] Auch wenn Inge Scholl sich hier ein wenig über Berrys Begeisterung für weibliches Engagement lustig machte, so profitierte sie doch auch von einer Besatzungs- und *Reeducation*-Politik, die Frauen als eine bedeutende Zielgruppe ihres Handelns definiert hatte.[22] Das resultierte aus dem sozialanthropologischen Fundament der *Reeducation*, das gerade Familie und Erziehung – auch öffentliche Erziehung – als zentrales, traditionell von Frauen dominiertes Handlungsfeld politischer Bildung ansah.[23] Inge Scholl entsprach also mit ihrem Engagement genau den Zielvorstellungen amerikanischer Besatzungspolitik.[24] Dabei wäre ihr

---

[19] IfZ, ED 474, Bd. 124, Otl Aicher: antwort auf inges arbeit: sind die parteien vorbei?, o. D. [ca. 1948].

[20] IfZ, ED 474, Bd. 462, Otl Aicher: [Hans und Sophie Scholl waren keine Politiker], o. D. [ca. 1948].

[21] IfZ, ED 474, Bd. 445, Inge Scholl an Otl Aicher, 4. 10. 1952. Siehe auch Braun: Umerziehung.

[22] Rupieper: Democracy. Zepp: Redefining Germany.

[23] Zepp: Redefining Germany, S. 77–83.

[24] Braun u. a.: „Die lange Stunde Null". Lammersdorf: „Das Volk ist streng demokratisch".

Start in die Volkshochschularbeit an einer anderen Vorgabe der Militärregierung fast gescheitert. Denn als sie im April 1946 Leiterin der Ulmer vh werden sollte, wurde ihr dieses Amt aufgrund ihres Entnazifizierungsbescheids zunächst verweigert. Dort war sie wegen ihrer Führungspositionen beim BDM als belastet eingestuft worden.[25] Ihr Widerspruch gegen die nicht erfolgte Anstellung war dann jedoch erfolgreich.[26] Mit Unterstützung der Spruchkammer und Kurt Frieds, des Kulturbeauftragten der Stadt Ulm, ließ sich die Militärregierung von der durchaus anzuzweifelnden Argumentation überzeugen, dass selbst Inge Scholls Einsatz für den BDM eine verdeckte, „rein antifaschistische" Tätigkeit gewesen sei. Überdies hätten sie und ihre Familie bekannterweise „schwerste Opfer im Kampfe gegen den Nationalsozialismus gebracht".[27] Inge Scholl wurde dann doch noch Leiterin der vh und ihr Engagement rechtfertigte in der Folgezeit das in sie gesetzte Vertrauen. Sie nahm an einer Tagung zu Fragen der Volkshochschularbeit im Schweizer Volkshochschulheim Herzberg teil[28], war 1949 auf Initiative der britischen Regierung Gast in der Bildungsstätte Wilton Park[29] – wo auch der junge Ralf Dahrendorf Kurse besucht hatte – und galt bereits Ende der 1940er-Jahre als bekannteste Bürgerin Ulms.[30] Hildegard Brücher, die später als FDP-Politikerin Karriere machte, würdigte in gleich zwei Artikeln in der *Neuen Zeitung* die Leistungen Inge Scholls und ihrer Familie für Wiederaufbau und soziales Engagement[31], was zumindest im Fall des Beitrags *Ein Wall gegen Hass und Not* einen ernsthaften politischen Konflikt in Ulm hervorrief. Dort wurde insbesondere die Arbeit des Oberbürgermeisters Robert Scholl weitaus kritischer gesehen als in Hildegard Brüchers enthusiastischem Zeitungsartikel.[32] 1950 nannte John J. McCloy, der amerikanische Hochkommissar für Deutschland, Inge Scholl in einer Rundfunkansprache ein „Symbol für Deutschland" und einen Grund dafür, warum die Amerikaner Vertrauen in die junge Demokratie der Bundesrepublik haben könnten.[33]

---

[25] Staatsarchiv Ludwigsburg, EL 902/21, Ingeborg Scholl, Meldebogen, 26.4.1946. Spruchkammer Ulm/Stadt, Der öffentliche Kläger, Auskunftserteilung, 26.2.1947 und 6.3.1947.

[26] Staatsarchiv Ludwigsburg, EL 902/21, Inge Scholl an den Oberbürgermeister Ulm [sic!], 4.2.1946.

[27] Staatsarchiv Ludwigsburg, EL 902/21, Protokoll des Hauptprüfungsausschusses, 5.2.1946, und Kurt Fried an den Hauptprüfungsausschuss zum Vorstellungsverfahren, Ulm, 4.2.1946. Wiegandt: Das kulturelle Geschehen. Schüler: „Im Geiste der Gemordeten...", S. 293.

[28] IfZ, ED 474, Bd.96, Inge Scholl an Otl Aicher, 8.5.1949. Schüler: „Im Geiste der Gemordeten....".

[29] IfZ, ED 474, Bd.240, Unser Sonntagsporträt: Inge Scholl, in: Schwäbische Donauzeitung, 28.5.1949.

[30] Ebd.

[31] Hildegard Brücher: Junge Gesichter: Inge Scholl, in: Die Neue Zeitung, 28.3.1947, und Dies.: Ein Wall gegen Hass und Not, in: Die Neue Zeitung, 27.6.1947.

[32] Stadtarchiv Ulm, B 006.10, Nr. 8.6, Auszug aus der Niederschrift über die Verhandlungen des Gemeinderats vom 23.8.1947.

[33] Ein Mädchen – Symbol für Deutschland, in: Die Neue Zeitung, 30.1.1950. Ein Teilabdruck der Rundfunkansprache findet sich in: Die Neue Zeitung, 28.1.1950. Zu McCloy und Inge Scholl siehe Bird: Chairman, S. 332–333. Schwartz: Atlantik-Brücke.

Abb. 3: Inge Scholl, ca. 1955.

Bereits wenige Jahre nach der Gründung der Volkshochschule hegten Inge Scholl und Otl Aicher Pläne für eine neue Bildungsstätte in Ulm.[34] Diesmal sollte nicht die breite Masse der Bevölkerung Zielgruppe sein, sondern an der neuen Hochschule sollte eine junge, internationale Elite zusammenkommen. Zunächst war geplant, dort eine politik- und gesellschaftswissenschaftliche Ausbildung in den Mittelpunkt zu stellen, allerdings verlagerte sich die Schwerpunktbildung schnell hin zu Gestaltung und Design. Dafür war vor allem der Einfluss des Schweizer Designers und Architekten Max Bill entscheidend, den Inge Scholl und Otl Aicher bei ihrer Schweiz-Reise 1948 kennen gelernt hatten. Bill war ehemaliger *Bauhaus*-Schüler und gehörte zu den bekanntesten Vertretern des Schweizer *Werkbunds.* Er sollte Gründungsdirektor der neuen Hochschule werden. Bis es so weit war, war Inge Scholl nicht nur mit der inhaltlichen Ausrichtung der Schule befasst, sondern kümmerte sich auch um Genehmigungsverfahren und Finanzierung. Die Schule wurde zu einem Prestigeobjekt deutsch-amerikanischer Zusammenarbeit. Der amerikanische *McCloy-Fonds* unterstützte Inge Scholl mit einer Million D-Mark und von deutschen Unternehmen kamen Spenden in fast der gleichen Höhe zusammen. 1953 begann der provisorische Unterricht an der nun *Hochschule für Gestaltung* genannten Ausbildungsstätte. Als sie 1955 ganz offiziell mit einem großen Festakt auf dem Oberen Kuhberg in Ulm ihre Pforten öffnete, wurde sie als Zeichen für die demokratische Wende in Deutschland wahrgenom-

---

[34] Hierzu und zum Folgenden siehe Betts: Authority. Spitz: Politische Geschichte. Seeling: Geschichte. Schüler: „Im Geiste der Gemordeten....".

men. Sie schloss an Traditionen gestalterischer Moderne der Zwischenkriegszeit an und berief sich mit der Namensgebung ganz bewusst auf das *Bauhaus – Hochschule für Gestaltung*, das nach der „Machtergreifung" geschlossen worden war. Zugleich entfernte sie sich damit von einer Traditionsbildung, die auf den deutschen Widerstand zurückging. Denn der anfangs geplante Name der Schule, *Geschwister-Scholl-Hochschule*, hatte sich nicht durchsetzen können. Vor allem Max Bill hatte im Vorfeld den „sentimentalen" Charakter einer Namensgebung kritisiert, die sich allein auf den deutschen Widerstand bezog.[35] Lediglich die Stiftung, die der hfg ihre Rechtsform gab, hieß *Geschwister-Scholl-Stiftung*.[36] Das zeigt auch, dass die Berufung auf den Widerstand allein zur Legitimation für politisches Handeln nicht mehr ausreichte oder auch einfach nicht mehr nötig war. Lediglich in der Anfangsphase der Pläne Ende der 1940er-Jahre war das eine tragende Legitimationsstrategie.[37] Inge Scholl wurde zwar durchaus noch als Schwester der hingerichteten Widerstandskämpfer wahrgenommen, aber das war nur ein Aspekt.[38] Als wesentlich bedeutender wurde ihre eigene Leistung für den gesellschaftlichen Wiederaufbau in der Nachkriegszeit eingestuft. Inge Scholls Engagement für die hfg ging mit einem Bekenntnis für die deutsche Westbindung einher. Sie wurde zu einer jener „transatlantischen Mittlerinnen", die den westlichen Normen- und Wertekanon in die junge Bundesrepublik hineintrugen.[39] Schon die vh hatte die junge intellektuelle Elite angezogen, in der hfg traf sich nun eine wesentlich internationalere Klientel von Schülern und Lehrern und neben jungen, aufstrebenden Talenten wie Otl Aicher unterrichteten auch *Bauhaus*-Veteranen wie Johannes Itten.[40] In den Stiftungs- und Verwaltungsgremien hatte Inge Scholl ebenfalls eine Anzahl illustrer Namen versammeln können, darunter den Rechtsanwalt Hellmuth Becker, den Bankier Hermann Abs und die Verlegerin Brigitte Bermann-Fischer.[41]

Die untergeordnete Rolle der Widerstandstradition, die vor allem als nationale Tradition verstanden wurde, lag sicherlich auch an der Internationalität, die die hfg von Anfang an anstrebte. Dazu kam, dass gerade auf Seiten der deutschen (Wirtschafts-)Politik, die finanziell an der hfg beteiligt war, in erster Linie ein Interesse daran bestand, deutsche Produkte international konkurrenzfähig und exportierbar zu machen.[42] Dass dem Industriedesign, wie es auch die hfg plante, dabei eine tragende Rolle zugeschrieben wurde, zeigt die Gründung des *Rats für Formgebung* 1951. Auch geschichtspolitisch war keine zusätzliche Legitimation

---

[35] Schüler: „Im Geiste der Gemordeten....", S. 458.
[36] Ebd. Spitz: Politische Geschichte. Seeling: Geschichte.
[37] hfg-Archiv, AZ 433, Inge Scholl an Shepard Stone, 8.12.1949. IfZ, ED 474, Bd. 466, Inge Scholl: Bericht über die Geschichte der Hochschule, o. D. [ca. 1960/61]. Schüler: „Im Geiste der Gemordeten...", S. 439–448.
[38] Vgl. z. B. Carl Georg Heise: Die Idee des Bauhauses wurde heimgeholt, in: DIE ZEIT, 13.10.1955. Siehe auch Spitz: Politische Geschichte. Seeling: Geschichte.
[39] Bauerkämper u. a.: Transatlantische Mittler.
[40] Schüler: „Im Geiste der Gemordeten....". Spitz: Politische Geschichte.
[41] Ebd.
[42] Hierzu und zum Folgenden siehe Betts: Authority. Ders.: Politics.

der hfg durch den Widerstand nötig. Denn das funktionalistische Design, das an der Hochschule gelehrt wurde, stand selbst für eine Entnazifizierung und Demokratisierung bis in die Welt der Gebrauchsgegenstände hinein. Der Leitsatz „form follows function" implizierte durchschaubares und insofern demokratisches Design, das den als verhüllend und manipulativ wahrgenommenen Inszenierungspraktiken des NS-Regimes gegenübergestellt wurde.[43] Faktisch funktionierte das nie, denn dem Massengeschmack des „Nierentisch-Desasters"[44] hatten die teuren funktionalistischen Designprodukte zumindest vom Marktanteil her nichts entgegenzusetzen.[45] Aber dem positiven Image, das mit dem Funktionalismus verbunden war, konnte das nichts anhaben.

Nicht nur die Gründungsgeschichte der hfg stand für einen sich wandelnden Umgang mit Widerstandserinnerung. Als Legitimationsstrategie nach außen verlor sie zunehmend an Bedeutung. Das hing auch damit zusammen, dass sich mit der Veränderung der politischen Rahmenbedingungen auch die Voraussetzungen für Erinnerung und Traditionsbildung verändert hatten. Mit der Gründung der Bundesrepublik, der Erlangung von – wenn auch noch eingeschränkter – Souveränität und dem Beginn des *Kalten Kriegs* wandelte sich Deutschland vom Kriegsgegner zum Bündnispartner der Westalliierten. Nationale Identität ergab sich nun weniger aus der Abwehr alliierter Vorhaltungen von Schuld und Verantwortung an Krieg und Völkermord mittels einer positiven Gegenerzählung als vielmehr aus der Ablehnung des sozialistischen SED-Regimes in der DDR. Denn auch diese leitete sich wesentlich aus dem Umgang mit bzw. der Abgrenzung vom Nationalsozialismus her. In diesem Kontext politisierte sich Widerstandserinnerung auch in der Wahrnehmung der Akteure und wurde zunehmend als Mittel der ideellen Grenzziehung zwischen zwei konkurrierenden politischen Systemen begriffen.[46] Dieser Prozess beschleunigte sich noch durch den Aufstand vom 17. Juni 1953 in der DDR. Die darauf folgende gewaltsame Unterdrückung von Protest und Opposition förderte in der Bundesrepublik eine Gleichsetzung des SED-Regimes mit dem Nationalsozialismus. Die Präsenz der Totalitarismustheorie in der Wissenschaft, die von einer grundsätzlichen Gleichheit beider Regime ausging, tat ein Übriges, solche Sichtweisen zu verfestigen.[47] Zugleich führte dies aber auch zu einer Aufwertung des Widerstands, insbesondere des Attentats vom 20. Juli 1944. Denn der Protest in der DDR wurde zunehmend mit dem Widerstand gegen den Nationalsozialismus parallelisiert und erhielt so eine aktuelle und äußerst positive Konnotation. Zudem hatte der ein Jahr früher stattfindende Prozess gegen den Gründer der *Sozialistischen Reichspartei* (SRP) und ehemaligen Kommandeur des Berliner Wachbataillons, Otto Ernst Remer, wegen Verleumdung der Widerstandskämpfer des *20. Juli* juristisch Grundsätzliches zum Um-

---

[43] Betts: Authority. Ders.: Politics. Koetzle: Moral. Breidenbach: Deutsche. Siehe auch die Gutachten zur Unterstützung der Gründung der hfg in: hfg-Archiv (Ulm), AZ 93.
[44] Betts: Authority.
[45] Siegfried: Time, S. 85–86 und S. 92–102. Breidenbach: Deutsche, S. 259–260.
[46] Hierzu und zum Folgenden Wolfrum: Geschichtspolitik.
[47] Kershaw: NS-Staat.

gang mit dem Widerstand festgelegt.[48] Das Verfahren, das vom späteren Ankläger im Auschwitz-Prozess, Fritz Bauer, vertreten wurde, ahndete Remers Aussage auf einer SRP-Versammlung, die Attentäter vom *20. Juli* hätten Landesverrat begangen, und rehabilitierte damit den Widerstand. Umfrageergebnisse nach dem Prozess zeigten, dass der zuvor überwiegend ablehnend beurteilte Widerstand des *20. Juli* nun von einer Mehrheit positiv gesehen wurde. Von dieser Aufmerksamkeit, die dem Widerstand entgegengebracht wurde, profitierte auch die Erinnerung an die *Weiße Rose*.

4.2 „Ein schönes, aber unvollständiges Bild"? Inge Scholls Buch *Die weiße Rose*

Im sich verfestigenden antikommunistischen Grundkonsens des Westens wurde Inge Scholl zunehmend damit konfrontiert, dass von ihr dezidiert politische Positionierungen verlangt wurden, um weiterhin partizipieren zu können. Das stellte sich als umso dringlicher heraus, als es in Westdeutschland erste Versuche gab, die Erinnerung an die *Weiße Rose* in die Nähe ostdeutscher SED-Politik zu rücken. Die Münchner Hochschulgruppe der sozialistischen *Freien Deutschen Jugend* (FDJ) nannte sich *Geschwister Scholl*, was eine erbitterte, in langen Briefen geführte Kontroverse mit Inge Scholl nach sich zog, die diese Namensgebung unbedingt verhindern wollte.[49] Das Problem löste sich jedoch erst, als die FDJ 1951 in der Bundesrepublik verboten wurde.[50] Inge Scholls restriktive Haltung resultierte nicht nur daraus, dass sie dem Sozialismus in der DDR grundlegend kritisch gegenüberstand und das geistige Erbe ihrer Geschwister dort gerade nicht verwirklicht sah.[51] Vor allem konnte sie es sich schlicht nicht leisten, in dem antikommunistisch geprägten Klima des *Kalten Kriegs* in den Ruf zu geraten, sozialistische oder kommunistische Politik in der Bundesrepublik zu unterstützen. Das Bekenntnis zu diesem antikommunistischen Grundkonsens war also durchaus erwünscht und notwendig, um sowohl die Erinnerung an den Widerstand wie auch die eigene Legitimität für politisches Handeln nicht zu diskreditieren. Für Inge Scholl war das auch deshalb wichtig, weil Anfang der 1950er-Jahre ihre Verhandlungen über die Gründung der hfg gerade in die heiße Phase eintraten. Allerdings geriet Inge Scholls politische Unverdächtigkeit zu diesem Zeitpunkt dennoch ins Wanken, weil sie und ihre Familie Gegenstand einer Verleumdungskampagne

---

[48] Hierzu und zum Folgenden siehe Reichel: Vergangenheitsbewältigung, S. 97–106.

[49] Siehe die Korrespondenz zwischen Inge Scholl und der FDJ-Hochschulgruppe München in: IfZ, ED 474, Bd. 497. Bd. 565, Freie Deutsche Jugend, Hochschulgruppe „Geschwister Scholl" (München) an Inge Scholl, 19. 5. 1951. hfg-Archiv, AZ 433, Inge Scholl an G. Shuster, 8. 5. 1951, und George N. Shuster an Inge Scholl, 21. 5. 1951.

[50] Herms: Hinter den Linien, S. 222–228. Siehe auch IfZ, ED 474, Bd. 565, Lieselotte Berger an Inge Scholl, 2. 7. 1951.

[51] IfZ, ED 474, Bd. 497, Inge Scholl an die Hochschulgruppe der FDJ (München), 5. 6. 1950 und 14. 2. 1951. Inge Scholl an Herrn Berger (FDJ-Hochschulgruppe München), 7. 6. 1951.

waren, die sie der Unterstützung des Kommunismus beschuldigte.[52] Der Verfassungsschutz des Landes Württemberg-Baden verlangte Auskunft[53] und die deutschen und amerikanischen Vertreter aus Politik und Industrie waren stark irritiert. Nur langsam gelang es Inge Scholl, die Bedenken zu zerstreuen.[54]

Doch in diesem aufgeheizten politischen Klima erhielt Inge Scholl auch wieder Impulse, die Geschichte ihrer Geschwister in die sich wandelnden Sichtweisen auf Vergangenheit, Gegenwart und Zukunft neu einzuschreiben. Anlass dafür waren die anhaltenden Proteste von Studenten in der DDR gegen das SED-Regime, die Anfang 1951 einen ersten Höhepunkt erlebten.[55] Für viele dieser Studenten war die *Weiße Rose* ein Vorbild, das sie jedoch nicht gegen ihren kapitalistischen Nachbarn Bundesrepublik, sondern gegen die politischen Verhältnisse in der DDR wendeten und als Legitimation für die eigene Opposition nutzten.[56] Das Wissen über die *Weiße Rose* war auch in der DDR weit verbreitet. Dort gehörte die Widerstandsgruppe ebenso wie in der Bundesrepublik zu den schnell etablierten Erinnerungsbeständen.[57] Auf diese Weise rutschte die Erinnerung an die *Weiße Rose* mitten in die Blockkonfrontation des *Kalten Kriegs*. Sie wurde Bestandteil eines Politikfelds, das sich um die Begriffe „Freiheit – Friede – Demokratie"[58] entfaltete und konstituierend für das Selbstverständnis der jungen Bundesrepublik war.[59] Im Frühjahr 1951 bat Lieselotte Berger vom *Amt für gesamtdeutsche Fragen* des *Verbands deutscher Studentenschaften* (VDS), einer sich als gesamtdeutsch verstehenden Studentenorganisation, Inge Scholl um Hilfe für die oppositionellen Studie-

---

[52] DLA, A: Zuckmayer (Manuskripte Anderer: Aicher-Scholl, Inge), Mappe 2, Abschrift von [Albert Riester?]: Zusammenfassung über Oberbürgermeister a. D. Scholl und Tochter Inge Scholl, o. D. [1951], sowie Inge Scholl: Erklärung zu einer anonymen Denunziation gegen die Familie Scholl, 25. 9. 1951. IfZ, ED 364, Bd. 3, o. Verf.: [Denkschrift], 8. 5. 1951. Schüler: „Im Geiste der Gemordeten…", S. 449. Siehe auch die Autobiografie von Albert Riester: Gegen den Strom.

[53] Stadtarchiv Ulm, B 123.37, Nr. 8, Das Landesamt für Verfassungsschutz Württemberg-Baden an Theodor Pfizer, 13. 8. 1951, und das Antwortschreiben Pfizers vom 7. 9. 1951. Siehe auch die Korrespondenz 1951/52 in: NL Theodor Pfizer (Ordner: Geschwister Scholl Stiftung, Hochschule für Gestaltung, Schriftwechsel, Februar 1950 bis Dezember 1957).

[54] Stadtarchiv Ulm, NL Theodor Pfizer (Ordner: Geschwister Scholl Stiftung, Hochschule für Gestaltung, Schriftwechsel, Februar 1950 bis Dezember 1957), Inge Scholl an Theodor Pfizer, 30. 1. 1952. DLA, A: Zuckmayer (Manuskripte Anderer: Aicher-Scholl, Inge), Mappe 5, Inge Scholl an Carl Zuckmayer, 19. 10. 1951. Siehe auch die erklärenden Briefe Inge Scholls u. a. an Konrad Adenauer und Hermann Abs, in: HfG-Archiv, AZ 542.

[55] Vgl. die Aussagen von Zeitzeugen in Ijoma Mangold: Die Diktatur im Keim ersticken, in: Süddeutsche Zeitung, 20. 6. 2008.

[56] Ammer: „Angeregt durch die Methode der Geschwister Scholl". Blecher/Wiemers (Hrsg.): Studentischer Widerstand. Lienert: Widerstand. Mühlen: „Eisenberger Kreis". Siehe hierzu auch die Website *Jugendopposition* der *Bundeszentrale für politische Bildung* (Berlin) und der *Robert-Havemann-Gesellschaft e. V.* (Berlin) http://www.jugendopposition.de/index.php?id=2658 (zuletzt eingesehen am 3. 6. 2012).

[57] Kershaw: NS-Staat. Auch Alfred Neumanns Roman *Es waren ihrer sechs* war dort sehr populär, siehe Ijoma Mangold: Die Diktatur im Keim ersticken, in: Süddeutsche Zeitung, 20. 6. 2008.

[58] Siehe die Artikel „Demokratie", „Freiheit", „Friede", in: Kämper: Opfer – Täter – Nichttäter.

[59] Jarausch: Umkehr. Schildt: Abendland.

renden in der DDR.[60] Die Schwester von Hans und Sophie Scholl sollte Material bereitstellen, aus dem eine Broschüre zur ideellen Unterstützung der Proteste entstehen sollte. Inge Scholl stand dem Projekt wohlwollend gegenüber. Sie übersandte die gewünschten Unterlagen und sicherte ihre Mitarbeit zu.[61] Allerdings verzögerte sich dann die Weiterführung, vor allem weil Inge Scholl wegen der Vorarbeiten für die hfg sehr eingespannt war.[62] Ihre Sympathie für die protestierenden Studenten bekundete sie jedoch schon bei einer „Gedenkstunde der Freien Universität [Berlin] für Professoren und Studenten, die dem nationalsozialistischen und sowjetischen Terror zum Opfer fielen", die am 21. Juli 1951 stattfand und von RIAS im Rundfunk übertragen wurde.[63] Das Datum stellte das Gedenken in den Kontext des Erinnerns an den *20. Juli 1944* und schon der Titel der Veranstaltung parallelisierte den Widerstand gegen den Nationalsozialismus mit den Protesten gegen das SED-Regime. Inge Scholl sprach über ihre Geschwister und den Widerstand der *Weißen Rose*, um dann zu einer Analyse der Gegenwart zu kommen. Sie verurteilte die totalitären Regime und deren „Simplifizierungssucht":[64]

Es ist der Gewaltakt, anstelle des pulsierenden, wachsenden und sich entwickelnden Lebens eine starre Ordnung, ein unantastbares Programm zu setzen und zu seinen Gunsten alles auszurotten, was sich nicht gleichschalten kann oder will.[65]

Neben Pluralität kennzeichnete vor allem Freiheit das demokratische Selbstverständnis des Westens. Inge Scholl sagte:

Einige Angehörige der FDJ haben mich gebeten, doch in einem Punkte mit ihnen einig zu sein und mit ihnen gemeinsame Sachen zu machen, in der Bemühung um den Frieden der Welt. Wie gern hätte ich ihnen die Hand gereicht, aber ich musste sagen, dass die Freiheit der Persönlichkeit zuerst kommt, dass zuerst dieses Trennende, die Unterdrückung einzelner Menschen aufgehoben werden müsse.[66]

„Freiheit" war das Leitmotiv in der bundesrepublikanischen Auseinandersetzung mit der DDR, die sich demnach vor allem durch die Abwesenheit von Freiheit definierte. Auch wenn Inge Scholl in ihrer Rede den Widerstand ihrer Geschwister noch nicht sehr deutlich in eine Tradition von Freiheit stellte, kristallisierte sich das bereits als aktualisiertes Deutungsmuster der Erinnerung an die *Weiße Rose* heraus.

Der Text, den Inge Scholl schließlich für die geplante VDS-Broschüre verfasste, entstand nicht vollständig neu. Vielmehr hatte sich Inge Scholl seit Kriegsende

---

[60] IfZ, ED 474, Bd. 565, Lieselotte Berger (VDS) an Inge Scholl, 5. 5. 1951. Siehe auch Rohwedder: Kalter Krieg.

[61] IfZ, ED 474, Bd. 565, Inge Scholl an Lieselotte Berger (VDS), 2. 5. 1951.

[62] IfZ, ED 474, Bd. 565, Inge Scholl an Dietrich Spangenberg (VDS), 29. 9. 1951.

[63] IfZ, ED 474, Bd. 397, Rede Inge Scholls bei einer „Gedenkstunde der Freien Universität [Berlin] für Professoren und Studenten, die dem nationalsozialistischen und sowjetischen Terror zum Opfer fielen", 20. 7. 1951. Zur Bedeutung des Rundfunks für die politische Bildung Jugendlicher siehe Hilgert: „Geist".

[64] IfZ, ED 474, Bd. 397, Rede Inge Scholls bei einer „Gedenkstunde der Freien Universität [Berlin] für Professoren und Studenten, die dem nationalsozialistischen und sowjetischen Terror zum Opfer fielen", 20. 7. 1951, S. 3.

[65] Ebd.

[66] Ebd., S. 4.

immer wieder damit beschäftigt, die Geschichte ihrer Geschwister für die Öffentlichkeit niederzuschreiben. Projekte wie das Gedenkbuch von Ricarda Huch, für das auch Inge Scholl einen Erinnerungsbericht schrieb, hatten dafür gesorgt, dass sie fast kontinuierlich an Texten über den Widerstand arbeitete. Etwa 1947, also im Kontext des Buchprojekts von Ricarda Huch, entstanden die *Biografischen Notizen über Hans und Sophie Scholl*, die anders als die *Erinnerungen an München* vor allem die lebensgeschichtliche Entwicklung ihrer Geschwister in den Blick nahmen.[67] Als sie 1949 in *Wilton Park* war, bat sie Otl Aicher, ihr den vergessenen Schlussteil eines Manuskripts über Hans und Sophie Scholl zu schicken, das sich an Jugendliche zwischen 13 und 17 Jahren richten sollte.[68] Auch Zuckmayer hatte einen Bericht von ihr erhalten.[69] Mitten in den Verhandlungen mit dem VDS ergab sich für Inge Scholl ganz zufällig eine neue Option. Im Dezember 1951 besuchte Walter Guggenheimer, Lektor beim *Verlag der Frankfurter Hefte*, Inge Scholl in Ulm wegen „einiger gemeinsamer Überlegungen"[70] und erfuhr dort von dem Erinnerungsbericht. Er war beeindruckt und erkannte das Marktpotenzial des Textes. In einer ersten Stellungnahme an den Verlagsleiter, den ehemaligen Buchenwald-Häftling, Autor des Buches *Der SS-Staat* und Mitherausgeber der Zeitschrift *Frankfurter Hefte*, Eugen Kogon[71], schilderte Guggenheimer seine Eindrücke.[72] Guggenheimer sah in dem Fund ein glückliches Zusammenfallen von literarischen, politischen und nicht zuletzt auch finanziellen Interessen des Verlags. Er lobte den Text als „von höchster, quasi absichtsloser literarischer Qualität"[73] und den gelungenen dramaturgischen Aufbau. Mehr noch: Die Darstellung sei „von höchstem menschlichen Interesse (was eine sehr schwache Ausdrucksweise darstellt). Sie ist politisch und dokumentarisch von grossem Wert."[74] Er sah in Inge Scholls Darstellung eine gelungene Ergänzung des Verlagsprogramms, für das u. a. die Publikation der Erinnerungen der Jüdin Lotte Paepcke vorgesehen war.[75] Außerdem schien es ihm ein geschickter Schachzug zu sein, auch die „Original-Darstellung"[76] zum Widerstand in das Programm aufzuneh-

---

[67] IfZ, ED 474, Bd. 291, [Inge Scholl]: Biografische Notizen über Hans und Sophie Scholl, o. D. [Nachdatierung, handschriftlich: „1947 (?)"].

[68] IfZ, ED 474, Bd. 96, Inge Scholl an Otl Aicher, 13. 5. 1949.

[69] DLA, A: Zuckmayer (Manuskripte Anderer: Aicher-Scholl, Inge), Mappe 2, [Inge Scholl:] [Erinnerungsbericht], o. D. [ca. 1948/49]. Der Text beginnt mit denselben Worten wie Inge Scholls 1952 veröffentlichtes Buch *Die weiße Rose*: „In den frühlingshaften Februartagen nach der Schlacht bei Stalingrad fuhr ich in einem Vorortzug von München nach Solln."

[70] IfZ, ED 474, Bd. 335, WG [Walter Guggenheimer]: [Notiz für] EK [Eugen Kogon], 11. 12. 1951.

[71] Kießling: „Gesprächsdemokraten". Perels: Eugen Kogon.

[72] IfZ, ED 474, Bd. 335, WG [Walter Guggenheimer]: [Notiz für] EK [Eugen Kogon], 11. 12. 1951. Zur Bedeutung von Verlegern und Lektoren für die Zeitgeschichtsschreibung siehe Blaschke: Zeitgeschichte.

[73] Ebd.

[74] Ebd.

[75] Dieses Buch wird dann auch im Klappentext von Inge Scholls *Die weiße Rose* beworben: Scholl: Weiße Rose, Frankfurt a. M.: Verlag der Frankfurter Hefte, ⁴1952.

[76] IfZ, ED 474, Bd. 335, WG [Walter Guggenheimer]: [Notiz für] EK [Eugen Kogon], 11. 12. 1951.

men, nachdem es dem *Verlag der Frankfurter Hefte* gelungen war, durch den Aufkauf des Stockholmer *Neuen Verlags* Neumanns Roman *Es waren ihrer sechs* zu erwerben. Politisch würde die Publikation des Buches von Inge Scholl, so Guggenheimer, die Linie des Verlags bestätigen: „Endlich läge es ausserordentlich auf unserer Linie der moralisch-politischen Rechtfertigung des Widerstands, und zwar auf eine ganz untheoretische Weise, dass es niemandem in diesem Zusammenhang auch nur einfallen könnte, Bedenken anzumelden."[77] Und schließlich rechnete Guggenheimer mit der Erschließung eines breiten Leserkreises: „Bei dem doch wahrscheinlich ziemlich klar umrissenen Mindestkreis von Interessenten sollte hier das Risiko kleiner sein, als in sonst ähnlich gelagerten Fällen."[78] Auch eher konservative Kunden würden sich von der Darstellung angesprochen fühlen. Dagegen bekundete Guggenheimer kaum Interesse an der ursprünglich geplanten Nutzung des Textes als ideelle Hilfestellung für oppositionelle Studenten in der DDR und war sogar bereit, dieses – vermutlich auch kaum lukrative – Unterfangen anderen zu überlassen.[79]

Guggenheimer war überzeugt davon, dass es der richtige Zeitpunkt für die Veröffentlichung von Inge Scholls Buch war, und setzte sich für schnelles Handeln ein. Im Februar 1952 verhandelte der Verlag schon mit Inge Scholl über eine Erweiterung des Manuskripts, das in der ersten Fassung aus etwa 40 maschinengeschriebenen Seiten bestand.[80] Zusätzlich zur engeren Geschichte des Widerstands sollte es auch noch so genannte „Episoden"[81] beinhalten, die den verbrecherischen Charakter des NS-Regimes illustrierten. Für die gewünschten Ergänzungen griff Inge Scholl auf dramaturgische Elemente zurück, die sie bereits früher verwendet hatte. So findet sich die Schilderung über die Deportation und Ermordung von Kindern im Rahmen des nationalsozialistischen „Euthanasie"-Programms schon in den *Erinnerungen an München*. Bereits einen Monat später mahnte Guggenheimer den erweiterten Text bei Inge Scholl an, die – für ihre Verhältnisse äußerst pünktlich – dann auch wenige Wochen später das Gewünschte lieferte. Inge Scholl hatte selbst großes Interesse an einem schnellen Erscheinen, denn, so schrieb sie an Guggenheimer: „Für die Geschwister-Scholl-Stiftung wäre es eine grosse Unterstützung, wenn das Bändchen bald erscheinen könnte."[82]

Im Sommer 1952 erschien das schmale, nur knapp über 100 Seiten umfassende Buch.[83] Das Layout und den schwarzen Umschlag mit einer stilisierten weißen Rose hatte Otl Aicher entworfen. Der Titel war schlicht *Die weiße Rose*. Doch diese Benennung war folgenreich, denn erst so erhielt die Widerstandsgruppe ex post einen feststehenden Namen. Zuvor war in den Medien die Bezeichnung

---

[77] Ebd.
[78] Ebd.
[79] Ebd.
[80] IfZ, ED 474, Bd. 268, Inge Scholl an Clara Huber, 9.5.1952. Bd. 263, Inge Scholl an Anneliese Knoop[-Graf], 9.5.1952.
[81] IfZ, ED 474, Bd. 335, Walter M. Guggenheimer an Inge Scholl, 20.2.1952.
[82] IfZ, ED 474, Bd. 335, Inge Scholl an Dr. Guggenheimer, 2.4.1952.
[83] Scholl: Weiße Rose, Frankfurt a. M.: Verlag der Frankfurter Hefte, [1]1952.

„Weiße Rose" kaum verwendet worden. Weitaus geläufiger war es, von der „Münchner Studentenerhebung" oder der „Münchner Studentenrevolte" zu sprechen.[84] Erst im Gefolge von Inge Scholls Buchtitel etablierte sich der Name *Weiße Rose* im allgemeinen Sprachgebrauch als feststehender Begriff. Diese Entwicklung zeigte sich auch in der Schreibweise des Buchtitels selbst: Hieß es am Anfang noch *Die weiße Rose*, wurde später *Die Weiße Rose*[85] daraus. Inge Scholl orientierte sich bei der Auswahl des Titels vermutlich an den ersten Flugblättern, in denen die Widerstandsgruppe sich selbst so genannt hatte. Sie selbst hatte vorher den Namen *Weiße Rose* ebenfalls nicht benutzt.

Die Geschichte der *Weißen Rose* erzählte Inge Scholl in ihrem Buch in einer rückblickenden Perspektive. Ausgangspunkt ist die Veröffentlichung der Nachricht von den Hinrichtungen, die zum Anlass wird, über den Widerstand und die daran Beteiligten zu berichten. Die Erzählung verläuft dann chronologisch und beginnt mit der Kindheit und Jugend der Scholl-Kinder. Die Begeisterung für den Nationalsozialismus und das Engagement in HJ und BDM werden ebenso geschildert wie der langsam einsetzende Ablösungsprozess, die Bedeutung der Jugendbewegung und die Entdeckung des Christentums. In diesen Passagen geht es vor allem um Hans Scholl, weniger um Sophie Scholl. Erst als sich die Biografien auch geografisch trennen, bekommen beide Geschwister ihren Platz in der Erzählung. Während bei Hans Scholl die Zeit der Verhaftung 1937/38, das Kriegserlebnis, das Studium in München und die Bekanntschaft mit Schmorell, Probst, Graf, Huber und Muth als entscheidend geschildert werden, sind dies bei Sophie Scholl die Einschränkungen durch Reichsarbeitsdienst und Kriegshilfsdienst, die Hoffnung auf mehr persönliche Freiheit durch das Studium und die Loyalität zu ihrem Bruder. Mit Sophie Scholls Einführung in das Münchner Studentenleben werden exemplarisch die Aktivitäten und Ansichten des Freundeskreises geschildert: die gemeinsame Lektüre, die Diskussionen – auch über den Widerstand – und die geselligen Abende. Gleichfalls überwiegend aus Sophie Scholls Perspektive ist der Widerstand dargestellt: Sie entdeckt ein Flugblatt, vermutet ihren Bruder dahinter und wird zur Beteiligten. Von den Aktionen, an Häuserwänden Parolen gegen das NS-Regime anzubringen, erfährt der Leser durch die Schilderung Hans Scholls gegenüber seiner Schwester. Dann trennen sich die Erzählstränge kurzzeitig wieder: Hans Scholl, Graf und Schmorell müssen zur Frontfamulatur an die Ostfront und werden dort mit Kriegsverbrechen und dem Leid der Menschen konfrontiert. Sophie Scholl wird wieder für Kriegshilfsdienste in einer Fabrik verpflichtet, wo sie mit russischen „Fremdarbeiterinnen" in Kontakt kommt. Schließlich naht das Ende: Das letzte Flugblatt wird gedruckt, Hans und Sophie Scholl verteilen es an der Uni, werden entdeckt, ver-

---

[84] Siehe die Pressesammlung in IfZ, ED 474, Bd. 240, und Zankel: Mit Flugblättern, S. 1.
[85] Scholl: Die Weiße Rose, erw. Neuausg., Frankfurt a. M.: S. Fischer, 1982. Die Taschenbuchausgabe, die es neben dieser Hardcover-Ausgabe weiterhin gab, behielt jedoch den Titel *Die weiße Rose*, siehe z. B. Scholl: Die weiße Rose, erw. Neuausg., 441.–460. Tsd., Frankfurt a. M.: Fischer Taschenbuch Verlag, 1982.

haftet, verhört und zusammen mit Christoph Probst zum Tode verurteilt und hingerichtet. Ein Ausblick auf die Zeit nach den ersten Hinrichtungen thematisiert den zweiten Prozess, in dem gegen Huber, Graf und Schmorell Todesurteile verhängt werden. Den Abschluss des Buches bilden Abschriften der Flugblätter der *Weißen Rose*.

Wie schon in den *Erinnerungen an München* schrieb sich Inge Scholl auch in *Die weiße Rose* autobiografisch mit ein:[86] in der Rolle der Beobachterin, der Besucherin, der miterlebenden Schwester, der nachträglich Deutenden und der rückblickend Erzählenden. Die Erzählperspektive wechselt zwischen der ersten Person – „ich" oder „wir" – und einer objektivierenden Erzählposition in der dritten Person. Der Text lässt sich in drei Teile gliedern: die Kindheit und Jugend, in die auch das Engagement für das NS-Regime und die erste Distanzierung dazu fielen, die Studienzeit Hans und Sophie Scholls in München und der aktive Widerstand sowie schließlich die Aufdeckung der Widerstandsgruppe, die Verhaftung, die Verhöre, die Prozesse und die Hinrichtungen. Obwohl der Titel *Die weiße Rose* die Geschichte der gesamten Widerstandsgruppe nahelegte, war das Buch in erster Linie eine Familiengeschichte der Scholls. Über Probst, Schmorell, Graf und Huber erfährt der Leser nur wenig. Vieles in der Erzählung bleibt einerseits vage – etwa der Zeitpunkt und der Umfang der Beteiligung am Widerstand –, anderes wird – etwa Gespräche über den Widerstand – in direkter Rede dargestellt, was einen Effekt der Unmittelbarkeit und der Augenzeugenschaft bewirkt. Die Erzählung stellt die persönliche Entwicklung sowie die Motive und Beweggründe der Entscheidung Hans und Sophie Scholls für den Widerstand in den Mittelpunkt. Sie wird als langsamer Prozess der Erkenntnis geschildert, der fast zwangsläufig in die Aktion gegen das NS-Regime münden musste. Als zentral bewertete Inge Scholl vier Faktoren: Erstens sei das der zunehmende Einfluss des Vaters gewesen, nachdem es in den NS-Jugendorganisationen zu ersten Enttäuschungen für die Geschwister gekommen war. Zum Zweiten nannte sie die alternativen Weltbilder und Lebensentwürfe der bündischen Jugend und vor allem des Christentums. Drittens schilderte sie die Erfahrung von Repression und Verfolgung infolge der Verhaftungen wegen „bündischer Umtriebe" und der Verurteilung Robert Scholls wegen „Heimtücke". Das habe dazu geführt, dass ihre Geschwister den verbrecherischen Charakter des NS-Regimes erkennen konnten. Schließlich sei – viertens – ausschlaggebend gewesen, dass Hans und Sophie Scholl Menschen begegnet seien, die ebenso wie sie bereit waren, aktiv gegen das NS-Regime vorzugehen.

Ganz ähnlich hatte Inge Scholl schon in den *Erinnerungen an München* argumentiert. Der entscheidende Unterschied dazu liegt vor allem in der Deutung der Ziele und Absichten der Widerstandsgruppe. Während in den *Erinnerungen an München* die Sühne von Schuld und das Angebot zu Frieden und Versöhnung im Mittelpunkt gestanden hatten, bot Inge Scholl nun eine andere Verortung des Widerstands an: Freiheit. Diese Interpretation gab sie gleich am Anfang ihrer Darstellung vor, wo es heißt:

---

[86] Sayner: Women, S. 75–117.

Während die einen über sie spotteten und sie in den Schmutz zogen, sprachen die anderen von Helden der Freiheit.
Aber kann man sie Helden nennen? Sie haben nichts Übermenschliches unternommen. Sie haben etwas Einfaches verteidigt, sind für etwas Einfaches eingestanden, für das Recht und die Freiheit des einzelnen Menschen, für seine freie Entfaltung und sein Recht auf ein freies Leben. Sie haben sich keiner außergewöhnlichen Idee geopfert, haben keine großen Ziele verfolgt; was sie wollten, war, daß Menschen wie du und ich in einer menschlichen Welt leben können. [...] Vielleicht liegt darin das wirkliche Heldentum, beharrlich gerade das Alltägliche, Kleine und Naheliegende zu verteidigen, nachdem allzu viel von großen Dingen geredet worden ist.[87]

Diese Interpretation von Freiheit als zentrales Anliegen der *Weißen Rose* schien sich in den Flugblättern leicht wiederfinden zu lassen. So hieß es etwa im letzten Flugblatt: „Im Namen der deutschen Jugend fordern wir vom Staat Adolf Hitlers die persönliche Freiheit, das kostbarste Gut der Deutschen zurück, um das er uns in der erbärmlichsten Weise betrogen."[88] Hans Scholls letzte Worte waren „Es lebe die Freiheit" gewesen, wie Inge Scholl erfahren hatte.[89] Damit integrierte sie die Geschichte der *Weißen Rose* in das zentrale Politikfeld der jungen Bundesrepublik, die sich mit Begriffen wie „persönliche Freiheit" und „politische Freiheit" jedoch weniger von der NS-Vergangenheit abgrenzte als von der DDR.[90] Diese Sichtweise findet sich auch in der Historiografie zum *20. Juli*. In Eberhard Zellers 1952 erschienener Studie *Der Geist der Freiheit* gibt schon der Titel die Interpretationsrichtung vor.[91]

Widerstand war zugleich nichts mehr, was ausschließlich Helden oder Märtyrern vorbehalten war. Diese Zuschreibungen wurden von der zunehmenden Bedeutung des Freiheitsbegriffes verdrängt.[92] Vielmehr war mit dem Erinnern an den Widerstand der Appell verbunden, sich in der Gesellschaft für die Bewahrung der Freiheit als Grundwert des bundesrepublikanischen Selbstverständnisses einzusetzen. An die Stelle der tragischen Heroen des Widerstands traten nun die Helden des Alltags, die in ihrem jeweiligen Umfeld für Freiheit eintraten. Widerstand war damit wiederholbar und in die Gegenwart übertragbar. Kritik am Verhalten der Menschen während des Nationalsozialismus war mit dieser gegenwartsorientierten Sichtweise jedoch eher nicht verbunden. Vielmehr entsprach Inge Scholls Schilderung des Lebens im NS-Staat gängigen, von der Totalitarismustheorie geprägten Klischees eines totalen Überwachungsstaats. Widerstand wurde entsprechend in ihrer Erzählung immer wieder als „gefährlich" klassifiziert und der Tod als unvermeidliches, von den Akteuren bewusst in Kauf genommenes Ende dargestellt. Für die Gegenwart aber galt der Widerstand als Vorbild und

---

[87] Scholl: Weiße Rose, Frankfurt a. M.: Verlag der Frankfurter Hefte, [1]1952, S. 8–9.
[88] Ebd., S. 108.
[89] Ebd., S. 80. Siehe auch Zankel: Mit Flugblättern, S. 466.
[90] Artikel „Freiheit", Gebrauch „Nichttäter West", in: Kämper: Opfer – Täter – Nichttäter.
[91] Zeller: Geist.
[92] Als Beispiele für das zeitweilige Nebeneinander bzw. die Kombination der Begriffe siehe z. B. IfZ, ED 474, Bd. 240, Theodor Steltzer: Wofür haben unsere Toten ihr Leben geopfert?, in: Die Neue Zeitung, o. D. [November/Dezember 1951]. Stadtarchiv München, NL Kurt Huber, Nr. 196, Erich Kuby: Vor 10 Jahren von Freisler aufs Schafott geschickt, in: Süddeutsche Zeitung, 21./22. 2. 1953.

Option für politisches Handeln. Zwar blieb Widerstand weiterhin stark moralisch aufgeladen, erhielt aber nun auch eine deutliche politische Konnotation. Ein Rezensent sah gerade darin die Bedeutung des Buches von Inge Scholl für die Gegenwart: „Aber es wäre ein Mangel, beschränkte sich seine Wirkung auf den menschlichen Bereich und zielte sie nicht ins Politische."[93] Ältere Einschätzungen, die noch aus der unmittelbaren Nachkriegszeit stammten, bestanden weiter oder mischten sich mit neuen. Sichtbar ist das im Buch selbst. Während Inge Scholl gleich an den Anfang den Appell stellte, sich für die Freiheit einzusetzen, treten im Klappentext die moralischen und ethischen Züge der Widerstandsdeutung zutage. Dort heißt es: „Die Münchner Studenten hatten keine großen Pläne und Mittel, aber sie hatten die Reinheit, die Wahrhaftigkeit und den Mut der Jugend."[94]

Inge Scholl verstand ihr Buch durchaus als Rechtfertigung des Widerstands und als politischen Appell in pädagogischer Absicht, der nicht nur Jugendliche, sondern auch deren Eltern erreichen sollte.[95] Das hing eng mit ihrer Einschätzung der politischen Situation zusammen, die sie stark beschäftigte und worauf auch der ursprüngliche Entstehungskontext des Textes als VDS-Broschüre hinweist.[96] Rückblickend schrieb sie über die Entstehung des Buches an Angelika Probst:

Liebe Angeli, wenn Du wüsstest, aus welcher tiefen Sorge um die politische Entwicklung und welchem Schmerz heraus das Büchlein entstanden ist, damals, im Jahre 1951. […] Es war meiner Ansicht nach höchste Zeit, dass man Versuche zu einer anderen Weichenstellung unternahm.[97]

Die Verortung des Widerstands in einem freiheitlich-demokratischen Kontext bundesrepublikanischer Prägung blieb trotz aller Veränderungen, die Inge Scholl im Laufe der Jahrzehnte am Buchtext vornahm, gleich. Den Wortlaut der Textstelle, die gleich zu Anfang diese Lesart vorgab, behielt sie auch bei all den vielen Überarbeitungen bei. Insofern lässt sich diese Passage auch als eine Art politisches Bekenntnis Inge Scholls lesen, in dem deutlich wird, dass Inge Scholl ihr in dieser Zeit erworbenes politisches Selbstverständnis ein Leben lang beibehielt.

Von den Lesern wurde der politische Appell zu Beginn des Buches als solcher wahrgenommen und reflektiert. Sie nahmen das Deutungsangebot auf.[98] Eine Leserin, Helmi H., die zur Zeit des Widerstands der *Weißen Rose* noch ein Kind und damals ihrer eigenen Aussage nach eine „Nationalsozialistin im wahrsten Sinne des Wortes"[99] gewesen war, schrieb an Inge Scholl:

---

[93] IfZ, ED 474, Bd. 240, Die Mahnung der Toten, in: Schwäbische Donauzeitung, 9. 8. 1952.

[94] Scholl: Weiße Rose, Frankfurt a. M.: Verlag der Frankfurter Hefte, [4]1952, Klappentext.

[95] IfZ, ED 474, Bd. 277, Inge Scholl an Angelika Probst, 28. 8. 1953. Bd. 268, Inge Scholl an Clara Huber, 9. 5. 1952. Bd. 263, Inge Scholl an Anneliese Knoop[-Graf], 9. 5. 1952.

[96] DLA, A: Zuckmayer (Manuskripte Anderer: Aicher-Scholl, Inge), Mappe 5, Inge Scholl an Carl Zuckmayer, 19. 10. 1951.

[97] IfZ, ED 474, Bd. 277, Inge Scholl an Angelika Probst, 28. 8. 1953.

[98] Kritik gab es wohl eher selten. Ein Beispiel ist IfZ, ED 474, Bd. 341, Luise S. an den Fischer Verlag, 26. 10. 1957.

[99] IfZ, ED 474, Bd. 341, Helmi H. an Inge Scholl, 12. 10. 1952.

Ihre Geschwister und Freunde dürfen nicht vergessen werden, es wäre dann ja doch noch alles umsonst gewesen. Wir müssen den Mut haben, diesen Anfang, den Ihre Geschwister machten, nach dem Osten weiterleiten [sic!]. Es sind dort zu wenig die sich gegen das dortige System öffentlich auflehnen. Es ist dort genauso wie damals im 3. Reich[.] Bitte sagen Sie mir eine Möglichkeit, die grosse Schuld, die man jahrelang – unbewusst – mit sich herumgetragen hat, in irgendeiner Form zu verringern. Es ist vielleicht im Augenblick noch zuviel des eben gelesenen in meinem Sinn aber ich will auch dazu beitragen, dass man einstmals von uns sagen kann, sie haben es nicht zugelassen.[100]

Ganz Ähnliches lässt sich auch in Schulaufsätzen finden. 1959 stellte ein Lehrer an der Oberrealschule in Kempten im Allgäu als Thema für einen Besinnungsaufsatz die Frage: „Was bedeutet Ihnen die Tat der Geschwister Scholl?"[101] Die Antworten, die die Schüler in ihren Aufsätzen gaben, ordnen sich in das antikommunistische Freiheitsnarrativ ein, in das Inge Scholl den Widerstand gestellt hatte. Der Schüler H. kam zu dem Ergebnis:

Und als sie schließlich am 22. Februar 1943 hingerichtet wurden, hatte die Welt wieder 2 Helden weniger, keine Helden, die andere Länder verwüsten, sondern aufrechte Menschen, denen die Freiheit und das Bewußtsein, anderen geholfen zu haben, mehr bedeutete als ihr Leben. Wer jetzt nach dem Sinn dieser Opfer fragt, nach dem Sinn des 17. Juni 53 und nach dem Wert der Ungarnrevolution, der wird nie begreifen, daß es nicht nur materielle Werte gibt, sondern auch ideelle, ohne die ein denkender Mensch nicht zu leben vermag.
Diese blutigen Bekenntnisse für die Freiheit, die eine Diktatur rücksichtslos niederwalzt, sollten uns zu denken geben, was dieses eine Wort bedeutet: Freiheit![102]

Aufsätze wie dieser geben vielleicht weniger Auskunft darüber, ob der Schüler H. tatsächlich dieser Meinung war. Aber das Beispiel zeigt, dass die Verwendung solcher Deutungsmuster des Widerstands als konsensfähig und erfolgversprechend galt, sodass eine gute Bewertung zu erwarten war – was in diesem Fall dann auch zutraf.[103] H. erfüllte die Ansprüche, die die Schule an ihn herantrug. Inge Scholl hatte die Geschichte ihrer Geschwister in ein Politikfeld eingeordnet, das bis weit in die Gesellschaft hinein akzeptiert war, und so die Erinnerung an die *Weiße Rose* dort verankert. Die Schulen erwiesen sich als Multiplikatoren.[104] 1956 wurden 2000 Exemplare von Inge Scholls Buch an die *Bundeszentrale für Heimatdienst*, die Vorläuferin der *Bundeszentrale für politische Bildung*, verkauft, die sie bei einem Preisausschreiben für Schüler ausloben wollte.[105]

Inge Scholls Buch wurde auch von den Rezensenten weniger als Erinnerungsbericht als vielmehr als politische Stellungnahme verstanden und deshalb nicht nur im Feuilleton, sondern auch im politischen Teil der Zeitungen besprochen.[106] Die Resonanz war durchweg positiv, genau wie es sich Guggenheimer erwartet

---

[100] Ebd.
[101] IfZ, ED 474, Bd. 6, Helmut S. an Robert Scholl, 2. 7. 1959.
[102] IfZ, ED 474, Bd. 6, Aufsatz des Schülers H., Oberrealschule Kempten i. Allgäu, o. D. [1959]. In Bd. 6 finden sich auch weitere Beispiele.
[103] IfZ, ED 474, Bd. 6, Helmut S. an Robert Scholl, 2. 7. 1959.
[104] Exemplarisch siehe auch IfZ, ED 474, Bd. 383, Elisabeth H.: [Rede anlässlich der Enthüllung einer Büste von Sophie Scholl am Sophie-Scholl-Realgymnasium München], 22. 2. 1963.
[105] IfZ, ED 474, Bd. 340, Hans M. Jürgensmeier (Fischer Bibliothek) an Inge Scholl, 7. 1. 1956.
[106] IfZ, ED 474, Bd. 341, Helmut Cron (Deutsche Zeitung) an Inge Scholl, 7. 8. 1952.

hatte.[107] Gelobt wurde neben der als gelungen eingestuften politischen Richtungs-vorgabe des Buches vor allem dessen Darstellungsweise. Sie sei „ruhig, sachlich, ohne Bitterkeit und Ressentiment".[108] In den Rezensionen tauchte auf einmal auch wieder Alfred Neumanns Roman *Es waren ihrer sechs* auf. Nun jedoch wur-de er ausschließlich negativ bewertet und diente als Kontrastfolie, vor der Inge Scholls Buch umso heller erstrahlte. Erst mit dem Erscheinen der *Weißen Rose* verschwand *Es waren ihrer sechs* vom westdeutschen Buchmarkt. Die letzte Auf-lage war bereits 1949 im *Neuen Verlag* erschienen, danach wurde das Buch in der Bundesrepublik nicht mehr aufgelegt. Letztlich gelang es Inge Scholl also doch, Neumanns Roman über den Widerstand ins Vergessen abzudrängen: durch Über-schreiben. Ihr Buch war äußerst erfolgreich. Bereits im ersten Jahr seines Erschei-nens gab es zehn Auflagen. 15 Jahre später wurde bereits das 285. Tausend ge-druckt.[109]

Inge Scholls Buch galt als erste Gesamtdarstellung zur Geschichte der *Weißen Rose*. Auch wenn Inge Scholl darin vor allem die Geschichte ihrer Geschwister nachzeichnete, nahm sie doch für sich in Anspruch, die Geschichte der gesamten Widerstandsgruppe zu erzählen. Bereits der Titel *Die weiße Rose* weckte diese Er-wartung und trug langfristig dazu bei, die *Weiße Rose* und die Geschwister Scholl zu einem Synonym werden zu lassen. Die Biografien ihrer Geschwister sah sie als prototypisch für die aller Beteiligten an. Ihre Absichten erklärte sie in einem Brief an Angelika Probst:

> Weiter kam es mir nicht zuerst darauf an, die einzelnen Personen herauszustellen, sondern die politische Absicht und Konsequenz der ‚Weissen Rose'. Diese wurde von den Sechsen nicht als eine Gruppe von 6 Personen (jede Person ein Rosenblatt) aufgefasst, sondern als geistige und politische Bewegung. Ich glaube, auch unseren Toten war das Private weniger wichtig als ihr Tun für die Gesamtheit. [...] Insofern habe ich die Schilderung der Kindheit und Jugend meiner Geschwister nur als Modell sehen können für eine politische Entwicklung vieler junger Men-schen, die erst an das Dritte Reich glaubten, dann aber erwachten.[110]

Inge Scholls Konzeption des Buches und die Diskrepanz zwischen Titel und In-halt waren folgenreich für die Rezeption der Widerstandsgruppe, setzten aber auch Erzählweisen fort, die es schon vorher gegeben hatte. Die Dominanz Hans und Sophie Scholls als Protagonisten der Erzählung bestand bereits und wurde von Inge Scholl nun noch einmal festgeschrieben. Die Präsenz der „Lichthof-Sze-ne" als Kernelement der Geschichte der *Weißen Rose* hatte schon in der unmittel-

---

[107] Eine ergiebige Sammlung von Rezensionen findet sich in IfZ, ED 474, Bd. 240. Siehe auch IfZ, ED 474, Bd. 336, Inge Scholl an Fritz F. Nunnemann (Verlag der Frankfurter Hefte), 22. 8. 1952.

[108] IfZ, ED 474, Bd. 240, Emil Zenz: Die sechs von der Weißen Rose, in: Der Sonntag (Trier), 21. 9. 1952.

[109] Scholl: Weiße Rose, 273.–285. Tsd., Frankfurt a. M: Fischer Bücherei, 1967. Aus den Angaben zur Auflagenhöhe lässt sich nicht erschließen, ob es sich nur um die bei *Fischer* erschienenen Auflagen handelt, wo *Die weiße Rose* seit 1955 erschien, oder ob auch die Stückzahlen des *Verlags der Frankfurter Hefte* berücksichtigt sind.

[110] IfZ, ED 474, Bd. 277, Inge Scholl an Angelika Probst, 28. 8. 1953. Siehe auch die rückblicken-de Bewertung Inge Scholls in IfZ, ED 474, Bd. 736, Inge Scholl an Inge Jens, 2. 3. 1983.

baren Nachkriegszeit die Geschwister Scholl in den Mittelpunkt gestellt. Inge Scholl stützte und verstetigte mit ihrem Buch diese Dramaturgie der Erinnerungserzählung.

Die weiße Rose wurde in erster Linie als „dokumentarische" Darstellung der Münchner Widerstandsgruppe wahrgenommen. Diesen Anspruch hatte auch schon Ricarda Huch mit ihrem Werk über den Widerstand vertreten. Doch Inge Scholls Buchkonzept unterschied sich grundlegend von den als Gedenkbücher angelegten Projekten wie Huchs Widerstandsporträts, Günther Weisenborns Folgepublikation *Der lautlose Aufstand* von 1953 oder Annedore Lebers 1954 erschienener biografischer Sammlung *Das Gewissen steht auf.*[111] Sie brach die an der Tradition des Totengedenkens orientierte Zusammenstellung von individuellen Lebensläufen aus dem Widerstand auf und entwarf stattdessen in *Die weiße Rose* eine durchgängige Erzählung, die die Geschichte einer einzigen Widerstandsgruppe thematisierte. Dabei berief sie sich zwar genauso wie Leber und vor allem Weisenborn auf die Nutzung von archivalischen Quellen und implizierte damit „Objektivität", doch sie erzählte gleichzeitig auch eine ergreifende Geschichte. Das machte ihr Werk leicht zugänglich. Diese neue Art und Weise, Widerstand zu erzählen, war ein entscheidender Faktor für Inge Scholls Erfolg.

In ihrem Buch trat Inge Scholl als Zeitzeugin auf, ergänzte ihre eigenen Erinnerungen aber durch Dokumente. Zur Autorität der Schwester trat die Autorität des Archivs. Schon im Klappentext des Buches hieß es: „Inge Scholl […] weiß als Schwester der beiden Scholl genau Bescheid und ist im Besitz der Dokumente."[112] Beides legitimierte ihre Aussagen und ihre Position als Erzählerin. Inge Scholls Umgang mit ihren eigenen Erinnerungen und mit den dokumentarischen Unterlagen ist im Buch ambivalent. Es gibt zahlreiche Passagen, in denen sie sich als erinnernde Erzählerin zu erkennen gibt. So heißt es gleich am Anfang: „In den frühlingshaften Februartagen nach der Schlacht von Stalingrad fuhr ich in einem Vorortzug von München nach Solln."[113] An anderen Stellen, wenn in der dritten Person erzählt wird, wechselt die Erzählweise und gibt eine objektive Tatsachentreue vor. Neben den eigenen Erinnerungen und solchen als objektiv richtig gekennzeichneten Passagen stehen zahlreiche Dokumente. Inge Scholl zitiert beispielsweise Ausschnitte aus den Predigten Galens, aus Sophie Scholls Tagebuch sowie aus Christoph Probsts Abschiedsbrief.[114] Der Großteil der Dokumente steht aber am Schluss des Textes, wenn es um die Verhöre, den Prozess und die Hinrichtungen geht, und treiben dort fast ausschließlich die Handlung voran. Inge Scholl stieß hier an die Grenzen dessen, was für sie als Schwester erzählbar war. Der Teil, der die Haft und die Verhöre behandelt, wird vollständig mit dem Zitieren von Zeitzeugenberichten bestritten. Zunächst kommt Else Gebel, die ehema-

---

[111] Huch: Aktion (Teil I und II). Weisenborn (Hrsg.): Aufstand. Leber u. a. (Hrsg.): Das Gewissen steht auf. Dies. (Hrsg.): Das Gewissen entscheidet.
[112] Scholl: Weiße Rose, Frankfurt a. M.: Verlag der Frankfurter Hefte, ⁴1952, Klappentext.
[113] Scholl: Weiße Rose, Frankfurt a. M.: Verlag der Frankfurter Hefte, ¹1952, S. 7.
[114] Ebd., S. 23–25, S. 57, S. 77.

lige Zellengenossin Sophie Scholls, auf insgesamt zehn Seiten zu Wort[115], dann auf zwei Seiten Helmut Fietz, der mit Hans Scholl in der Zelle gewesen war.[116] Ebenso wird ein Bericht der Gefängniswärter wiedergegeben.[117] Den Abschluss des erzählenden Textes bildet der Entwurf Hubers für ein Schlusswort vor dem Volksgerichtshof.[118] Am Ende des Buches stehen die Flugblätter.[119] Alle diese Passagen werden als überlieferte Dokumente gekennzeichnet und in ihren Überlieferungskontext eingeordnet. So heißt es einführend zu Gebels Bericht: „Else Gebel, die mit Sophie eine Zelle teilte, berichtete uns 1945".[120] Vor Hubers Schlusswort findet sich folgende Erklärung:

In Notizen von Professor Huber, der auch in Haft, vor und nach der Verurteilung, unermüdlich an seinem wissenschaftlichen Werk arbeitete, fand sich der folgende Entwurf für das ‚Schlusswort des Angeklagten'. Es sind Worte, die, wie berichtet wird, mindestens ihrem Sinn nach, vor dem ‚Volksgericht' wiederholt wurden[.][121]

Konkrete Überlieferungsvorgänge dienten ebenso der Legitimierung des Dokuments wie ein nicht näher spezifiziertes, aber als „wahr" qualifiziertes Erfahrungswissen, das tradiert wurde.

Welche Quellen Inge Scholl im Einzelnen für ihre Darstellung verwendete, lässt sich nur schwer nachvollziehen. Sie selbst verwies auf die Briefe und Tagebücher ihrer Geschwister[122], auf die Informationen, mit denen sie und ihre Eltern in ihren eigenen Gestapo-Verhören 1943 konfrontiert worden waren, sowie auf das, was Hans Hirzel und Josef Söhngen ihr berichtet hatten, die in Ulm und München am Widerstand beteiligt gewesen waren.[123] Trotz ihres steten Beharrens auf der dokumentarischen Wahrhaftigkeit und Richtigkeit ihres Buches verneinte Inge Scholl, ein historisches Werk verfasst zu haben.[124] Das wolle sie Historikern überlassen. Sie habe vielmehr, so schrieb sie an Angelika Probst, einen „persönlichen Bericht" verfassen wollen, der sich – nach der Anfrage eines Lehrers – an 13- bis 18jährige Jugendliche richten sollte.[125] Auch die Rezensionen stuften das Buch überwiegend als Jugendbuch ein.[126] Von den Plänen einer VDS-Broschüre, die den entscheidenden Impuls zur Abfassung des Buches geliefert hatten, war keine Rede mehr. Die

---

[115] Ebd., S. 63–72.
[116] Ebd., S. 72–74.
[117] Ebd., S. 79–80.
[118] Ebd., S. 81–83.
[119] Ebd., S. 85–110.
[120] Ebd., S. 63.
[121] Ebd., S. 81.
[122] IfZ, ED 474, Bd. 277, Inge Scholl an Angelika Probst, 28.8.1953. Bd. 268, Inge Scholl an Clara Huber, 9.5.1952.
[123] IfZ, ED 474, Bd. 406, Inge Scholl an Robert Scholl, 1.5.1963. Bd. 268, Inge Scholl an Hans Hirzel, 7.2.1984.
[124] Ebd.
[125] Ebd. IfZ, ED 474, Bd. 268, Inge Scholl an Clara Huber, 9.5.1952. Siehe auch Inge Scholl: Weiße Rose, 273.–285. Tsd., Frankfurt a. M.: Fischer Bücherei, 1967, Rückseitentext.
[126] IfZ, ED 474, Bd. 240, Emil Zenz: Die sechs von der Weißen Rose, in: Der Sonntag (Trier), 21.9.1952. Die Mahnung der Toten, in: Schwäbische Donauzeitung, 9.8.1952.

Publikation der *Weißen Rose* und der darin enthaltenen Dokumente machten das Buch jedoch auch zu einer Art Quintessenz und veröffentlichtem Kondensat des Archivs sowie des Wissens Inge Scholls. Statt Unterlagen zu übersenden oder selbst auf Gedenkveranstaltungen zu sprechen, verwies Inge Scholl nun auf ihr Buch.[127] Zugleich lassen sich die Niederschrift und der Buchdruck selbst als Verfahren der Einschreibung und damit der Archivierung lesen.[128]

Die Familien Probst, Graf, Schmorell und Huber waren über Inge Scholls Publikationspläne beim *Verlag der Frankfurter Hefte* informiert. Diese hatte sich mit der Bitte, ihr Fotos und biografische Informationen über die Beteiligten für das Buch zu überlassen, im Vorfeld an die Familien gewandt.[129] Ihr Manuskript charakterisierte sie in ihren Briefen als „Bericht über meine Geschwister", in dem sie vorhabe, „neben der Geschichte selbst auch die Gestalten der sechs Toten so liebevoll und deutlich als möglich zu zeichnen, und zwar so, dass sie eben durch das ganze Geflecht der Geschichte durchschimmern".[130] Die Reaktionen auf das Ergebnis fielen bei den anderen Angehörigen unterschiedlich aus. Bewertet wurde jedoch nicht Inge Scholls Einordnung des Widerstands, sondern die Darstellung der Personen und die Rolle im Widerstandsgeschehen, die ihnen die Erzählung zuwies. Zunächst gar nicht reagierte Clara Huber auf die zwei Exemplare der *Weißen Rose*, die Inge Scholl ihr zugesandt hatte. Erst auf Nachfrage antwortete sie, sie sei von „der Biographie Ihrer Geschwister" „ergriffen" gewesen.[131] Zumindest Clara Huber sah in dem Buch also weniger eine Gesamtdarstellung der Widerstandsgruppe als eine Biografie Hans und Sophie Scholls. Allerdings hatte sie ja selbst schon 1947 ein Erinnerungsbuch für ihren Mann veröffentlicht und war, als *Die weiße Rose* erschien, gerade damit beschäftigt, sich um die Publikation des wissenschaftlichen Nachlasses Hubers zu kümmern.[132] Sie hatte – kurz gesagt – andere Sorgen. Auch Anneliese Knoop-Graf war von der Lektüre „ergriffen". Sie hatte Verständnis für die Konzentration Inge Scholls auf ihre Geschwister, kritisierte aber dennoch, dass über die anderen zu wenig geschrieben und das Spezifische an deren Biografien zu kurz gekommen sei.[133] Herta Probst las das Buch zunächst nicht, aber ihr ältester Sohn verschlang es „voll Spannung und mit grossem Interesse".[134] Sehr gekränkt durch Inge Scholls Darstellung und ihren

---

[127] IfZ, ED 474, Bd. 382, Ingela Albers (i. A. Inge Scholl) an Vilma Mönckeberg-Kollmar (W.O.M.A.N., Hamburg), 26. 1. 1953.

[128] Derrida: Archiv, S. 51.

[129] IfZ, ED 474, Bd. 263, Inge Scholl an Anneliese Knoop[-Graf], 9. 5. 1952 und 6. 6. 1952. Bd. 268, Inge Scholl an Clara Huber, 9. 5. 1952. Bd. 277, Angelika Probst an Inge Scholl, 8. 6. 1953. Korrespondenz mit der Familie Schmorell zu diesem Thema ist im Nachlass Inge Scholls nicht überliefert.

[130] IfZ, ED 474, Bd. 268, Inge Scholl an Clara Huber, 9. 5. 1952. Siehe auch Bd. 263, Inge Scholl an Anneliese Knoop[-Graf], 9. 5. 1952.

[131] IfZ, ED 474, Bd. 268, Inge Scholl an Clara Huber, 24. 10. 1952, und Clara Huber an Inge Scholl, 7. 11. 1952.

[132] Ebd.

[133] IfZ, ED 474, Bd. 263, Anneliese Knoop[-Graf] an Inge Scholl, 19. 9. 1952.

[134] IfZ, ED 474, Bd. 277, Herta Siebler[-Probst] an Inge Scholl, 8. 8. 1952.

Umgang mit den Angehörigen fühlte sich dagegen Angelika Probst. Sie hielt Inge Scholl vor, dass der Titel des Buches die ganze Widerstandsgruppe umfasste, der Inhalt aber die anderen am Widerstand Beteiligten nicht ausreichend berücksichtige: „Du bist ganz von Deinen Geschwistern ausgegangen und hast ein schönes, aber unvollständiges Bild von dem ganzen Geschehen geschaffen."[135] Ihren Bruder Christoph Probst und dessen Frau Herta, die Inge Scholl als „ängstlich und zart"[136] charakterisiert hatte, fand sie geradezu verzerrt gezeichnet.[137] Besonderen Anstoß nahm sie an zwei Stellen. Zum einen war dies eine Aussage zur Widerstandsbeteiligung Probsts: „Aber wenn noch ein Funke Gesetzlichkeit in diesem Staat war, dachte Sophie verzweifelt, konnte Christl nichts geschehen, denn er hatte nichts getan."[138] Zum anderen ging es um Probsts Verhalten vor dem Volksgerichtshof: „Christl bat um sein Leben um seiner Kinder willen."[139] Beide Passagen, so meinte Angelika Probst, erweckten den Eindruck, Probst sei gar nicht am Widerstand beteiligt gewesen und auch nicht bereit gewesen, wie die anderen für seine Überzeugung einzustehen. Inge Scholls Buch entwerfe von Christoph Probst ein „verschwommenes, unmännliches Bild"[140], und auch das Foto Probsts, das im Buch abgedruckt war, entsprach nicht Angelika Probsts Vorstellungen. Herta Probst hatte es Inge Scholl überlassen, ohne vorher Angelika Probsts Zustimmung einzuholen.[141] Inge Scholl fühlte sich durch diese Kritik zwar missverstanden, war aber bereit, zumindest teilweise auf die Vorschläge einzugehen.[142] So strich sie in der anstehenden Neuauflage der *Weißen Rose* den Halbsatz „denn er hatte nichts getan", charakterisierte Herta Probst als „zarte, tapfere Frau" und tauschte im Einvernehmen mit Familie Probst das Foto Christoph Probsts aus.[143] Nur die Volksgerichtshof-Passage blieb gleich und das erklärende Vor- oder Nachwort, das Angelika Probst gefordert hatte, blieb ungeschrieben. Auch von anderer Stelle waren Beschwerden gekommen. Helmut Fietz, der Zellengenosse Hans Scholls, war mit seiner Darstellung als „argloser, einfacher Bauernbursche"[144] nicht einverstanden, er sei schließlich „staatlich geprüfter Obermelker".[145] Inge Scholl korrigierte die Stelle in „argloser, einfacher Mensch"[146] – ob das den Vorstellungen Fietz' mehr entsprach, ist nicht überliefert.

---

[135] IfZ, ED 474, Bd. 277, Angelika Probst an Inge Scholl, 7. 3. 1953.
[136] Scholl: Weiße Rose, Frankfurt a. M.: Verlag der Frankfurter Hefte, ¹1952, S. 62.
[137] IfZ, ED 474, Bd. 277, Angelika Probst an Inge Scholl, 7. 3. 1953.
[138] Scholl: Weiße Rose, Frankfurt a. M.: Verlag der Frankfurter Hefte, ¹1952, S. 62.
[139] Ebd., S. 77.
[140] IfZ, ED 474, Bd. 277, Angelika Probst an Inge Scholl, 8. 6. 1953.
[141] IfZ, ED 474, Bd. 277, Angelika Probst an Inge Scholl, 7. 3. 1953.
[142] IfZ, ED 474, Bd. 277, Inge Scholl an Angelika Probst, 28. 8. 1953, und Inge Scholl an Herta Siebler-[Probst], 22. 4. 1953.
[143] IfZ, ED 474, Bd. 335, Inge Scholl an Fritz F. Nunnemann (Verlag der Frankfurter Hefte), 22. 8. 1953 und 7. 9. 1953, sowie Fritz F. Nunnemann (Verlag der Frankfurter Hefte) an Inge Scholl, 27. 8. 1953. Bd. 277, Inge Scholl an Herta Siebler[-Probst], 28. 8. 1953.
[144] Scholl: Weiße Rose, Frankfurt a. M.: Verlag der Frankfurter Hefte, ¹1952, S. 72.
[145] IfZ, ED 474, Bd. 335, Inge Scholl an Fritz F. Nunnemann (Verlag der Frankfurter Hefte), 22. 8. 1953.
[146] Ebd.

Inge Scholl verstand ihre Erzählung über die *Weiße Rose* als exemplarischen Text. Die dort geschilderten biografischen Entwicklungen, religiösen, moralischen und politischen Ansichten betrachtete sie als allen Beteiligten gemeinsam.[147] Damit machte sie aus den Beteiligten eine monolithische, homogene Gruppe und ebnete alle Unterschiede und Differenzen ein. Deshalb verstand sie aber auch die grundlegenden Einwände von Angelika Probst gegen eine einseitige Hervorhebung der Geschwister Scholl nicht, die auch Anneliese Knoop-Graf – wenn auch weniger vehement – vorgebracht hatte. In ihrer Sicht der Dinge waren in ihrem Buch *Die weiße Rose* alle Beteiligten gleichermaßen berücksichtigt, weil es zwar äußerliche Differenzen in den Biografien geben mochte, diese aber durch ideelle Gemeinsamkeiten aufgehoben wurden. Es genügte also, zwei Biografien zu erzählen, um die aller zu erfassen.[148] Ein zweites Argument für ihr Vorgehen war die Zielgruppe des Buches und die politische Notwendigkeit für ein solches Buch.[149] Inge Scholl argumentierte, sie habe versucht, sich in die Leser hineinzuversetzen und ihr Anliegen verständlich zu machen, weshalb sie notgedrungen einige Details habe weglassen müssen. Daran, dass das Geschilderte „in der Gesamtheit richtig ist", ändere das nichts.[150] Die gewünschte Leserschaft von Jugendlichen und – im Idealfall – auch deren Eltern zu erreichen, war deshalb so wichtig, weil Inge Scholl mit ihrem Buch ganz bewusst eine politische Botschaft verbunden hatte. Sie wollte, so schrieb sie mehrfach, den Lesern die Ziele des Widerstands verständlich machen und dazu beitragen, dass diese sich die *Weiße Rose* zum Vorbild für ihr eigenes Handeln nahmen.[151] Es ging um eine Rechtfertigung des Widerstands ebenso wie um – wie Inge Scholl es nannte – „politische Erziehung (in einem tieferen Sinne verstanden)".[152] Dahinter stand einerseits die Angst vor einem Scheitern der jungen bundesrepublikanischen Demokratie, andererseits die Sorge, der Widerstand der *Weißen Rose* würde unter den Veränderungen und Aufbrüchen der eigenen Gegenwart untergehen und vergessen werden. Widerstand als Vorbild für die Gegenwart musste offensichtlich wieder neu verständlich gemacht werden. Nicht nur Inge Scholl sprach davon, auch Anneliese Knoop-Graf äußerte die Hoffnung, dass durch Inge Scholls Buch „das Andenken an unsere Lieben wieder wach wird".[153] Widerstandserinnerung begann sich zu diesem Zeitpunkt in der westdeutschen Gesellschaft zu aktualisieren.

Auch wenn Inge Scholl es gegenüber den anderen Angehörigen nicht erwähnte, hatte sie das Anliegen des VDS nicht vergessen. Zwar erschien ihr Manuskript nun nicht als Broschüre des VDS, aber Inge Scholl setzte sich stark dafür ein, dass Eugen Kogon das in seinem Verlag publizierte Buch in einer einfach ausgestatte-

---

[147] IfZ, ED 474, Bd. 277, Inge Scholl an Angelika Probst, 28. 8. 1953.
[148] Ebd.
[149] Ebd. IfZ, ED 474, Bd. 268, Inge Scholl an Clara Huber, 9. 5. 1952.
[150] IfZ, ED 474, Bd. 277, Inge Scholl an Angelika Probst, 28. 8. 1953.
[151] Ebd. IfZ, ED 474, Bd. 268, Inge Scholl an Clara Huber, 9. 5. 1952.
[152] IfZ, ED 474, Bd. 277, Inge Scholl an Angelika Probst, 28. 8. 1953.
[153] IfZ, ED 474, Bd. 263, Anneliese Knoop[-Graf] an Inge Scholl, 19. 9. 1952. Siehe auch Robert Scholl: War denn alles umsonst? [Leserbrief], in: Süddeutsche Zeitung, 1. 3. 1952.

ten Auflage unter Studenten in der DDR in Umlauf brachte.[154] Dort wurde *Die weiße Rose* im Sommer 1953 verteilt.[155] Der Text entsprach dem der Ausgabe des *Verlags der Frankfurter Hefte*. Ein Vorwort Inge Scholls[156], eine Stellungnahme Dietrich Spangenbergs[157], des Leiters des *Amts für gesamtdeutsche Fragen* des VDS, sowie ein nicht namentlich gekennzeichnetes Nachwort[158], die wohl ursprünglich als Ergänzung des Buches geplant waren, wurden jedoch nicht abgedruckt. Alle drei Entwürfe parallelisierten den Nationalsozialismus und das SED-Regime und riefen zu einem Einsatz für die „Freiheit" auf. Es ist denkbar, dass nach dem Aufstand gegen die SED-Politik vom 17. Juni 1953 solche deutlichen politischen Kampfansagen nicht mehr möglich waren. 1955 verteilte der VDS noch einmal 9000 Exemplare der *Weißen Rose* an die neu immatrikulierten Studenten der westdeutschen Universitäten als politisches Rüstzeug für ihr Studium.[159] Offiziell erschien Inge Scholls *Die weiße Rose* erst 1986 in der DDR.[160]

1954 ging der *Verlag der Frankfurter Hefte* in Konkurs.[161] Inge Scholl suchte für ihr Buch einen neuen Verleger und entschied sich für Gottfried und Brigitte Bermann-Fischer vom Frankfurter Verlag *S. Fischer*.[162] Mit beiden verband sie bereits eine längere Bekanntschaft. Brigitte Bermann-Fischer hatte die Gründung der hfg stark unterstützt[163] und sie und ihr Mann hatten schon Interesse an Inge Scholls Buchmanuskript bekundet, als diese es 1952 dann an den *Verlag der Frankfurter Hefte* abgegeben hatte.[164] Ende Mai 1955 erschien *Die weiße Rose* als Band 88 der *Fischer Bücherei* und war seit Anfang Juni in den Buchhandlungen erhältlich.[165] Der Text orientierte sich an der Version der zehnten Auflage beim *Verlag der Frankfurter Hefte*.[166] Entscheidende Änderungen erfuhren lediglich die Zeitzeugenberichte von Else Gebel und Helmut Fietz am Ende des Buches. Beide wurden nun nicht mehr ausführlich zitiert, sondern ihr Inhalt wurde – zum Teil stark gekürzt – ein Bestandteil der Erzählung in der dritten Person.[167] Dadurch wurde die Erzählung zwar homogener, aber die vorher meist deutlich gekennzeichneten Grenzen zwischen eigener Erinnerung und den Zeitzeugenberichten verschwammen.

---

[154] IfZ, ED 474, Bd. 335, Inge Scholl an Eugen Kogon, 15. 8. 1952. Bd. 403, Inge Scholl an Eugen Kogon, 17. 10. 1952.

[155] IfZ, ED 474, Bd. 335, Fritz F. Nunnemann (Verlag der Frankfurter Hefte) an Inge Scholl, 27. 8. 1953. Scholl: Weiße Rose, einmaliger Sonderdruck für den Verband deutscher Studentenschaften, Frankfurt a. M.: Verlag der Frankfurter Hefte, [1953].

[156] IfZ, ED 474, Bd. 335, [Inge Scholl]: Geplantes Vorwort für die ‚Weiße Rose' 1952.

[157] IfZ, ED 474, Bd. 335, Dietrich Spangenberg: [Vorwort], o. D. [ca. 1952].

[158] IfZ, ED 474, Bd. 335, o. Verf.: [Nachwort], o. D. [ca. 1952].

[159] IfZ, ED 474, Bd. 340, Brigitte Bermann-Fischer an Inge Scholl, 25. 3. 1955.

[160] Scholl: Weiße Rose, Berlin (Ost): Evangelische Verlagsanstalt, 1986.

[161] IfZ, ED 474, Bd. 336, Eugen Kogon an Inge Scholl, 24. 6. 1954.

[162] IfZ, ED 474, Bd. 337, Günther Schlensag an Brigitte Bermann-Fischer, 16. 7. 1954.

[163] Schüler: „Im Geiste der Gemordeten…", S. 451.

[164] IfZ, ED 474, Bd. 336, Gottfried Bermann-Fischer an Inge Scholl, 12. 2. 1955.

[165] IfZ, ED 474, Bd. 337, Fritz Arnold (Fischer Bücherei) an Inge Scholl, 24. 1. 1955. Bd. 340, Ronsiek (Fischer Bücherei) an Inge Scholl, 24. 9. 1955.

[166] IfZ, ED 474, Bd. 337, Inge Scholl an Brigitte Bermann-Fischer, 28. 10. 1954.

[167] Scholl: Weiße Rose, Frankfurt a. M.: Verlag der Frankfurter Hefte, [10]1953, S. 93–102.

Wesentlich deutlicher wurde die politische Einordnung des Buches. Zu Anfang stand nun ein Ausschnitt aus den Grußworten, die Bundespräsident Theodor Heuss anlässlich des zehnten Todestags der Geschwister Scholl und Probsts am 22. Februar 1953 an die Studenten in München und Berlin gerichtet hatte.[168] Private Erinnerung wurde so durch das Buch nicht nur öffentlich gemacht, sondern auch als staatlich legitimiertes und sanktioniertes Erinnern markiert. Zudem begann Inge Scholl, den Widerstand ihrer Geschwister als politisch zu bewerten. So hieß es etwa:

> Ich hatte Gelegenheit gehabt, nach ihrem Tod selbst im Gefängnis in den endlos sich hinziehenden Stunden der Ungewissheit und des Schmerzes über die Haltung, die Worte, den Weg meiner Geschwister und ihrer Freunde nachzudenken, und hatte versucht, durch das Filter der Trauer hindurch den tieferen *politischen Sinn* ihres Handelns zu begreifen.[169]

Diese Politisierung von Widerstandserinnerung kam erst in den späten 1960er-Jahren wirklich zum Tragen[170], aber erste Anzeichen für eine solche Bewertung lassen sich bereits hier finden.

Auch Inge Scholls eigene Anliegen und Projekte erhielten ihren Platz in der neuen Taschenbuchausgabe. Die Buchrückseite ist weniger Werbung in Sachen *Weiße Rose* als vielmehr für Inge Scholl. Dort wird sie als Autorin und Schwester Hans und Sophie Scholls vorgestellt, aber auch als Gründerin der Ulmer Volkshochschule, der *Geschwister-Scholl-Stiftung* und der *Hochschule für Gestaltung*. Der Zeitpunkt war günstig. Als 1955 *Die weiße Rose* bei *Fischer* erschien, eröffnete auch die *Hochschule für Gestaltung* offiziell und mit zahlreichen prominenten Gästen ihre Pforten.[171]

4.3 *Movie stars, interrupted*: Filme, die nicht gedreht wurden

Das wachsende gesellschaftliche und politische Interesse am Widerstand seit Anfang der 1950er-Jahre bescherte nicht nur Inge Scholls Buch *Die weiße Rose* Publikumserfolge, sondern rief auch andere Interessenten wieder auf den Plan, denen Inge Scholl nicht sehr wohlgesonnen war: die Filmproduktionsfirmen. Bislang war noch kein Film über den Widerstand in Deutschland gedreht worden. Doch gerade Inge Scholls Buch war ein Impuls für Filmschaffende, sich diesem Thema wieder zuzuwenden. Zugleich wurde hier der Startschuss für eine Debatte über Widerstandserinnerung gegeben, die das Verhältnis von als privat verstandener Familiengeschichte, öffentlichem Anspruch an Erinnerung, künstlerischer Gestaltbarkeit und wirtschaftlichen Interessen zu bestimmen suchte. So ähnlich war dies auch

---

[168] Scholl: Weiße Rose, Frankfurt a. M: Fischer Bücherei, 1955, o. Pag. Siehe auch IfZ, ED 474, Bd. 337, Fritz Arnold (Fischer Bücherei) an Inge Scholl, 13.8.1954, und Inge Scholl an Theodor Heuss, 17.8.1954.
[169] Scholl: Weiße Rose, Frankfurt a. M.: Fischer Bücherei, 1955, S. 95–96, Hervorhebung d. Verf.
[170] Siehe Kap. 5.
[171] Spitz: Politische Geschichte.

schon Ende der 1940er-Jahre im Kontext des *Bavaria*-Filmprojekts diskutiert worden. Hier wird es nun darum gehen, zu zeigen, wie sich diese Debatte wandelte und neu kontextualisiert wurde. Im Mittelpunkt stand nicht mehr das bislang exklusive Wissen der Angehörigen über den Widerstand. Denn davon war mittlerweile – nicht zuletzt durch Inge Scholls Buch – viel im Umlauf und das im Archiv Verwahrte war zumindest in der Wahrnehmung der Rezipienten in einen allgemein verfügbaren Wissensbestand übergegangen. Im Zentrum stand vielmehr die moralische Frage nach dem öffentlichen Umgang mit privaten Geschichten. Je öffentlicher Erinnerung wurde oder zu werden drohte, desto mehr wurde über ihre Privatheit verhandelt. Konnte zugelassen werden, dass die Widerstandskämpfer und „deren Denken und Tun ins Theatralische übersetzt, typisiert, vervielfältigt über Lautsprecher und Leinwand den Menschen vorgesetzt"[172] würden? Es war damit auch eine Debatte um die Erinnerungskompetenz des deutschen Kinos.

Im Sommer 1952, kurz nach dem Erscheinen der *Weißen Rose*, schrieb der Regisseur Kurt Meisel an Inge Scholl, die Lektüre des Buches habe ihn so erschüttert, dass er nun entschlossen sei, einen Spielfilm über die Widerstandsgruppe zu drehen.[173] Inge Scholl lehnte ab[174], doch im September 1952 wandte sich die Berliner *Central Cinema Company* (CCC) Artur Brauners[175] an Eugen Kogon, um über die Rechte am *Weiße-Rose*-Stoff zu verhandeln.[176]

Es war ein ambitioniertes Projekt der CCC. Geplant war ein Spielfilm von „künstlerischem Gewicht"[177], der bei der *Berlinale* 1953 uraufgeführt werden sollte.[178] Als Grundlage für das Drehbuch war zunächst Alfred Neumanns Roman *Es waren ihrer sechs* vorgesehen[179], bis Eugen Kogon Inge Scholls *Die weiße Rose* vorschlug, die die „gültige Darstellung" und „sachlich und rechtlich nicht zu übergehen" sei.[180] Als jedoch eine Einigung über die Rechtevergabe vor allem wegen des Einspruchs Inge Scholls und der ungeklärten Rechtslage für *Es waren ihrer sechs*[181] immer fraglicher wurde[182], strebte die CCC einen Film an, der sich thematisch an den Münchner Ereignissen von 1943 orientieren, sich aber nicht auf eine spezielle Buchvorlage beziehen sollte.[183] Juristisch schien das möglich, da davon ausgegan-

---

[172] IfZ, ED 474, Bd. 403, Der Apparat und der Einzelne, in: Deutsche Zeitung, 8. 4. 1953.

[173] ADK, Kurt Meisel Archiv, 402, Kurt Meisel an Inge Scholl, 11. 8. 1952.

[174] ADK, Kurt Meisel Archiv, 402, Inge Scholl an Kurt Meisel, 5. 9. 1952.

[175] Hauser: Neuaufbau, S. 439. Dillmann-Kühn: Artur Brauner, S. 81–82.

[176] DFM, Artur Brauner Archiv (Manuskripte Sch), Artur Brauner an die Frankfurter Verlagsanstalt, 27. 9. 1952.

[177] DFM, Artur Brauner Archiv (Manuskripte Sch), Artur Brauner an Dr. Hoffmann (Senatsverwaltung für Wirtschaft, Berlin), 17. 10. 1952.

[178] DFM, Artur Brauner Archiv (Manuskripte Sch), Artur Brauner an Eugen Kogon, 20. 2. 1953.

[179] DFM, Artur Brauner Archiv (Manuskripte Sch), Artur Brauner an die Frankfurter Verlagsanstalt, 27. 9. 1952.

[180] DFM, Artur Brauner Archiv (Manuskripte Sch), Eugen Kogon an die Central Cinema Company, 10. 10. 1952.

[181] Ebd., und Eugen Kogon an die Central Cinema Company, 29. 10. 1952. Dort auch weitere Korrespondenz. Siehe auch: IfZ, ED 474, Bd. 403, [Inge Scholl]: Aktennotiz über Telefongespräch mit Eugen Kogon am 26. 11. 1952.

[182] DFM, Artur Brauner Archiv (Manuskripte Sch), Eugen Kogon an Artur Brauner, 25. 2. 1953.

[183] DFM, Artur Brauner Archiv (Manuskripte Sch), Artur Brauner an Eugen Kogon, 20. 2. 1953.

gen wurde, dass die Geschwister Scholl als Personen der Zeitgeschichte galten und
es sich deshalb um ein „freie[s] Thema" handle.[184] Zudem arbeitete seit 1952 Falk
Harnack, der Kontakte zur Münchner Widerstandsgruppe gehabt hatte und im
zweiten *Weiße-Rose*-Prozess angeklagt gewesen war, als Regisseur für die CCC und
sollte nun eine Beraterfunktion für den geplanten Widerstandsfilm übernehmen.[185] Er nutzte seine eigenen Kontakte, die über die Familien der Hingerichteten hinausgingen, etwa zu Alexander Schmorells enger Freundin Lilo Fürst-
Ramdohr.[186] Diese neuen Konstellationen und die damit verbundene Verfügbar-
keit der Widerstandskämpfer und ihrer Geschichte zeigt, wie sehr sich das Wissen
über den Widerstand von dem (archivalischen) Wissen und der Deutungsmacht
der Angehörigen entfernt hatte. In diesem Kontext – auch um juristischen Kom-
plikationen endgültig jeden Grund zu entziehen – fiktionalisierte sich die Film-
story und entfernte sich von der anfangs noch erstrebten Tatsachentreue.[187] Aus
den Geschwistern Hans und Sophie Scholl wurden die Geschwister Martin und
Irene Haller. Im Frühjahr 1953 lag nach mehreren Vorentwürfen das erste Rohdrehbuch vor.[188] Darin rückte die weibliche Hauptfigur, Irene Haller, in den Mittelpunkt.[189] Aus ihrer Perspektive sollte – rückblickend vom Zeitpunkt der Verhaftung aus – die Geschichte des Widerstands erzählt werden.[190] Brauner begründete diese Konzeption: „Diese rührende und doch tapfere Gestalt [Irene Haller,
C.H.] wird unserer Meinung nach das Publikum auf das Stärkste beeindrucken."[191]
DER SPIEGEL sah sich zu der spöttischen Bemerkung veranlasst, dass Brauner
„wohl ein politisch gehobener Frauenfilm vorschwebt".[192]

Die Personalfragen blieben lange Zeit virulent. Fest stand zunächst nur Kurt
Meisel als Regisseur, der ja schon im Sommer 1952 Inge Scholl gegenüber sein
Interesse an dem Filmthema geäußert hatte. Das Drehbuch sollten, nachdem
unter anderen Helmut Käutner[193] und Carl Zuckmayer[194] abgelehnt hatten,
Gerhard Grindel[195] und Axel Eggebrecht[196] schreiben. Beide waren während des

---

[184] Ebd.
[185] DFM, Artur Brauner Archiv (Manuskripte Sch), Falk Harnack an Liselotte [Lilo] Fürst[-
Ramdohr], 2.1.1953. Siehe auch ebd., Axel Eggebrecht an Falk Harnack, 27.12.1952.
[186] DFM, Artur Brauner Archiv (Manuskripte Sch), Falk Harnack an Liselotte [Lilo] Fürst[-
Ramdohr], 2.1.1953, und Liselotte [Lilo] Fürst[-Ramdohr] an Falk Harnack, 12.1.1953.
[187] DFM, Artur Brauner Archiv (Manuskripte Sch), Axel Eggebrecht an Artur Brauner, 13.12.1952.
[188] DFM, Artur Brauner Archiv (Manuskripte Sch), Artur Brauner an Clara Huber, 27.3.1953.
[189] Ebd.
[190] Etwas für Frauen?, in: DER SPIEGEL (1953), 18, S. 28–30.
[191] DFM, Artur Brauner Archiv (Manuskripte Sch), Artur Brauner an Clara Huber, 27.3.1953.
[192] Etwas für Frauen?, in: DER SPIEGEL (1953), 18, S. 28–30, hier S. 29.
[193] DFM, Artur Brauner Archiv (Manuskripte Sch), Artur Brauner an Helmut Käutner,
26.8.1952, und Helmut Käutner an Artur Brauner, 14.9.1952.
[194] DFM, Artur Brauner Archiv (Manuskripte Sch), Artur Brauner an Carl Zuckmayer, 29.8.
1952, und Carl Zuckmayer an Artur Brauner, 10.9.1952.
[195] DFM, Artur Brauner Archiv (Manuskripte Sch), Herr Laaser (CCC) an Eugen Kogon, 6.11.
1952.
[196] DFM, Artur Brauner Archiv (Manuskripte Sch), Artur Brauner an Axel Eggebrecht,
12.12.1952, und Axel Eggebrecht an Artur Brauner, 13.12.1952. Siehe auch ebd., Artur
Brauner an Eugen Kogon, 20.2.1953.

Nationalsozialismus verfolgt worden – Grindel galt gar als Widerstandskämpfer[197] – und hatten bereits erfolgreich Drehbücher verfasst. Die geplanten Schauspieler wechselten mehrfach: Neben Maria Schell, Werner Hinz, O.W. Fischer und der Nachwuchshoffnung Jan Hendriks[198] waren auch Gustaf Gründgens[199], O.E. Hasse[200], Karlheinz Böhm[201] und die damals sehr bekannte junge Gertrud Kückelmann[202] im Gespräch. Als Filmverleih konnte die *Allianz Film* gewonnen werden.

Da es sich um einen Film mit künstlerischem Anspruch handeln sollte, war für dessen Produktion das zu dieser Zeit relativ hohe Budget von 800 000 bis zu einer Million DM veranschlagt.[203] Die CCC und die *Allianz Film* konnten davon jedoch nur etwa zehn Prozent selbst finanzieren.[204] Der Rest sollte über Bankkredite zusammenkommen, die über Ausfallbürgschaften des Bundes sowie des Berliner Senats abgesichert sein sollten. Solche Kalkulationen waren gängig, denn die Filmindustrie litt unter chronischem Mangel an Eigenkapital.[205] Durch „Bürgschaftsaktionen" versuchten Bund und Länder Anfang bis Mitte der 1950er-Jahre diese Finanzierungslücke zu schließen. Diese Praxis führte jedoch auch dazu, dass Filmproduktion zu einer politischen Angelegenheit wurde, denn letztlich waren es politische Gremien, die über die Vergabe von Bürgschaften und damit indirekt über die Realisierung von Filmprojekten entschieden. Deshalb argumentierte die CCC in den Verhandlungen mit potenziellen Bürgen mit der politischen Gegenwartsbedeutung des geplanten Widerstandsfilms als Beitrag zur Vergangenheitsbewältigung.[206] Es sei zu erwarten, dass von dem Film eine „Erschütterung" ausgehen werde, „die heute weiteren Kreisen, die allzu leicht zur Vergesslichkeit neigen, nottun dürfte".[207] Das finanzielle Risiko, also die Frage, ob mit einem Widerstandsfilm auch an den Kinokassen Gewinn zu machen sei, galt als unwäg-

---

[197] Etwas für Frauen?, in: DER SPIEGEL (1953), 18, S. 28–30, hier S. 30.

[198] DFM, Artur Brauner Archiv (Manuskripte Sch), Artur Brauner an die Frankfurter Verlagsanstalt, 27. 9. 1952, und an Maria Schell, 26. 8. 1952.

[199] DFM, Artur Brauner Archiv (Manuskripte Sch), Artur Brauner an Eugen Kogon, 14. 10. 1952.

[200] IfZ, ED 474, Bd. 403, Robert Scholl an das Bundesinnenministerium, 24. 2. 1953, Abschrift mit hinzugefügtem Entwurf für eine Pressenotiz und aufgeklebten Presseausschnitten.

[201] DFM, Artur Brauner Archiv (Manuskripte Sch), Artur Brauner an Dr. Hoffmann (Senatsverwaltung für Wirtschaft, Berlin), 17. 10. 1952.

[202] Ebd. Siehe auch: Etwas für Frauen?, in: DER SPIEGEL (1953), 18, S. 28–30.

[203] DFM, Artur Brauner Archiv (Manuskripte Sch), Artur Brauner an Herrn Dr. Hoffmann (Senatsverwaltung für Wirtschaft, Berlin), 17. 10. 1952. Etwas für Frauen?, in: DER SPIEGEL (1953), 18, S. 28.

[204] Ebd.

[205] Dillmann-Kühn: Artur Brauner, S. 48–59. Fehrenbach: Cinema, S. 145–146. Hauser: Neuaufbau, S. 453–469. Hickethier: Restructuring.

[206] DFM, Artur Brauner Archiv (Manuskripte Sch), Artur Brauner an Dr. Hoffmann (Senatsverwaltung für Wirtschaft, Berlin), 17. 10. 1952. Artur Brauner an Dr. Suchan (Berliner Zentralbank), 13. 9. 1952.

[207] DFM, Artur Brauner Archiv (Manuskripte Sch), Artur Brauner an Dr. Hoffmann (Senatsverwaltung für Wirtschaft, Berlin), 17. 10. 1952.

bar.[208] Ein Erfolg schien aber nicht ausgeschlossen, sodass in der Presse und von Seiten der Familien auch der Vorwurf laut wurde, die CCC wolle mit der Erinnerung an den Widerstand und deshalb letztlich auch mit den Gefühlen der Hinterbliebenen Profit machen.[209] Robert Scholl schrieb:

Dabei nehmen wir für uns das Recht und die Pflicht in Anspruch, über das Andenken an die Toten zu wachen und es rein zu halten. Wir können nicht zustimmen, dass deren Schicksal von einem Filmunternehmen in geschäftlicher Weise ausgenützt wird.[210]

Präzedenzfälle gab es nicht, denn bislang war in Deutschland kein Spielfilm über Widerstand in den Lichtspielhäusern gelaufen. Brauner schätzte zumindest die Akzeptanz eines solchen Films im Ausland sehr positiv ein und hatte Hoffnung, dass auch das deutsche Kinopublikum Interesse zeigen würde.[211] Dabei hatte Brauner, der selbst Jude war, mit seinem ersten Filmversuch zur NS-Vergangenheit eine Niederlage einstecken müssen. *Morituri*, der den Holocaust thematisierte, hatte, als er 1948 in die Kinos kam, keinen Erfolg.[212] Weit besser waren die von der CCC produzierten seichten Unterhaltungsfilme beim Publikum angekommen.[213]

Das Filmprojekt *Geschwister Haller* der CCC zog ein sich über Jahre ausdehnendes, zähes Ringen um dessen Realisierung nach sich. Dreh- und Angelpunkt waren die Angehörigen. Als zentraler Konfliktpunkt kristallisierte sich eine moralische Frage heraus: Durfte gegen den erklärten Willen der Familien der Hingerichteten ein Film über den Widerstand gedreht werden? Eine praktische Relevanz erhielt dieses moralische Problem daher, dass die potenziellen Bürgen ihre Unterstützung des Filmprojekts von der Zustimmung der Angehörigen abhängig machten.[214] Auch der CCC war das sehr schnell klar, noch bevor überhaupt die ersten Stellungnahmen zu den Bürgschaften eintrafen.[215] Das führte dazu, dass die Familien der Hingerichteten umworben waren wie nie zuvor.

Die CCC hatte zunächst noch Eugen Kogon auf ihrer Seite. Dieser war verhandlungsbereit, auch aus wirtschaftlichen Interessen.[216] Er war zuversichtlich, dass es ihm gelingen würde, bei den Familien und insbesondere bei Inge Scholl

[208] DFM, Artur Brauner Archiv (Manuskripte Sch), Artur Brauner an Dr. Suchan (Berliner Zentralbank), 13. 9. 1952, und Artur Brauner an Dr. Hoffmann (Senatsverwaltung für Wirtschaft, Berlin), 17. 10. 1952. Siehe auch Reichel: Erfundene Erinnerung, S. 71.

[209] Stadtarchiv München, NL Kurt Huber, Nr. 61, Geschwister Scholl – kein Filmstoff, in: o. Ang., 30. 3. 1953. IfZ, ED 474, Bd. 403, Der Apparat und der Einzelne, in: Deutsche Zeitung, 8. 4. 1953.

[210] IfZ, ED 474, Bd. 403, Robert Scholl an das Bundesinnenministerium, 24. 2. 1953.

[211] Ebd.

[212] Dillmann-Kühn: Artur Brauner, S. 27–39.

[213] Ebd.

[214] IfZ, ED 474, Bd. 403, Der Bundesminister des Innern an Robert Scholl, 16. 3. 1953, und Herr Baensch (Leiter des Referats Film beim Senator für Volksbildung, Berlin) an Robert Scholl, 28. 4. 1953.

[215] DFM, Artur Brauner Archiv (Manuskripte Sch), Aktennotiz: Telefonat von Dr. [Falk] Harnack mit Axel Eggebrecht, 26. 12. 1952.

[216] DFM, Artur Brauner Archiv (Manuskripte Sch), Eugen Kogon an die Central Cinema Company, 10. 10. 1952. IfZ, ED 474, Bd. 403, Eugen Kogon an Inge Scholl, 28. 2. 1953.

„das bestehende Bedenken zu zerstreuen".[217] Allerdings befand er sich in einer schwierigen Situation: Die Rechtslage für Alfred Neumanns Roman *Es waren ihrer sechs* erwies sich als kompliziert und Inge Scholl verweigerte die Zustimmung, das Verfilmungsrecht ihres Buches *Die weiße Rose* an die CCC abzutreten. Kogon durfte dieses aber nur „im Einvernehmen mit der Verfasserin [...] vergeben".[218] Die Unklarheit darüber, ob Kogon befugt war, im Namen Inge Scholls und der anderen Angehörigen zu verhandeln, und Konflikte über die Frage des Copyrights führten dann aber dazu, dass Kogon und die CCC sich zerstritten.[219] Als die CCC zudem beschloss, sich nur locker an Motive von Inge Scholls *Weißer Rose* und Neumanns *Es waren ihrer sechs* anzulehnen, war Kogon endgültig von den Verhandlungen ausgeschlossen.

Inge Scholl ihrerseits verweigerte zwar Kogon die Abtretung der Filmrechte, fürchtete aber zugleich, Kogon würde stattdessen eine Verfilmung von Neumanns Roman vorantreiben. Aufgebracht über diese Möglichkeit schrieb sie ihm: „[Neumanns] Buch ist ein so erbärmliches Machwerk, so fernab vom Geist meiner Geschwister und ihrer Freunde – politisch so ungeschickt und instinktlos und unwahr, dass ich dieses Missgeschick keinesfalls auf die Leinwand übertragen sehen möchte."[220] Ihre grundsätzliche Abneigung gegen eine Verfilmung der Geschichte ihrer Geschwister speiste sich aus den gleichen Motiven, die bereits Ende der 1940er-Jahre das Filmprojekt der *Bavaria Film* gekippt hatten. Zum einen kritisierte sie die fehlende künstlerische Leistung des deutschen Nachkriegsfilms. Stattdessen sei dieser durch „Mittelmässigkeit, das Schielen nach dem angeblichen Publikumsgeschmack, Ratlosigkeit und Mangel an Mut zum Guten und Kompromisslosen"[221] charakterisiert. Dieser Vorwurf war nicht abwegig. *DER SPIEGEL* hatte 1950 berechnet, dass ein Film erst dann wirklich lukrativ wurde, wenn er mindestens fünf Millionen Kinobesucher anzog: „Es geht um Lieschen Müllers Kino-Mark."[222] Das bedeutete, dass ein Film von etwa jedem zehnten Bundesbürger gesehen werden musste. Ein „artistischer Film" locke hingegen nur zwischen 50 000 und 200 000 Zuschauer. Auf die Popularität kitschiger Heimat- und Liebesfilme reagierte die deutsche Filmindustrie mit immer neuen Produktionen.[223] Die deshalb fast unausweichlich schlechte Verfilmung drohe, so fürchtete Inge Scholl, „den Widerstand wieder verächtlich und lächerlich"[224] zu machen. Und sie stellte fest: „[...] wer übernimmt die ungeheure politische Verantwortung

[217] DFM, Artur Brauner Archiv (Manuskripte Sch), Eugen Kogon an die Central Cinema Company, 10.10.1952.

[218] IfZ, ED 474, Bd. 335, Verlagsvertrag zwischen Inge Scholl und dem *Verlag der Frankfurter Hefte*, 14./25.3.1952.

[219] DFM, Artur Brauner Archiv (Manuskripte Sch), Artur Brauner an Eugen Kogon, 20.2.1953, und Eugen Kogon an Artur Brauner, 25.2.1953. IfZ, ED 474, Bd. 403, Eugen Kogon an Inge Scholl, 28.2.1953.

[220] IfZ, ED 474, Bd. 403, Inge Scholl an Eugen Kogon, 17.10.1952.

[221] Ebd.

[222] Hundert stöhnen „uff", in: DER SPIEGEL (1950), 51, S. 38–39, hier S. 38.

[223] Fehrenbach: Cinema, S. 148–168. Hauser: Neuaufbau, S. 470–477.

[224] Ebd.

dafür [...]? Ich nicht. Ich finde die politische und moralische Verantwortung, zu einer Verfilmung jazusagen, so ungeheuer gross, dass es für mich eben nur eine klare Haltung gibt: eindeutig mich gegen die Verfilmung zu stellen."[225]

Eine Intervention Harnacks im Auftrag der CCC, Inge Scholl doch noch zu überzeugen, scheiterte. Weder das Versprechen, ihr weiteres dokumentarisches Material über die *Weiße Rose* zu verschaffen, noch dass Harnack – was Inge Scholl besonders empörte – „seinen toten Bruder ins Gefecht"[226] führte, der als Mitglied der *Roten Kapelle* 1943 hingerichtet worden war, konnten sie umstimmen.[227]

Inge Scholls Strategie, die Verfilmung zu verhindern, zielte in drei Richtungen. Alle stellten die moralische Seite ihrer Verweigerung in den Mittelpunkt. Den Konflikt auf juristischem Weg beizulegen, war Inge Scholl zwar grundsätzlich bereit und hatte auch entsprechend Rat eingeholt, allerdings waren die Erfolgsaussichten unsicher.[228] Überdies drohte eine gerichtliche Auseinandersetzung sehr kostspielig zu werden. Stattdessen wählte sie Mittel, die sie schon früher genutzt und die sich zumindest teilweise auch als erfolgreich erwiesen hatten. Zum einen wandte sie sich an die Presse. Diese sei, so schrieb sie an ihren Vater, „[...] unsere einzige Waffe in diesem Kampf".[229] Als die ersten Meldungen in den Zeitungen erschienen, dass die CCC einen Film über die *Weiße Rose* drehen werde[230], ließ sie durch die Presseagentur dpa ein Dementi verbreiten.[231] Auch in der Presse wurde vermerkt, dass Robert Scholl sich, „ebenso wie seine Tochter Inge Aicher-Scholl, darüber im klaren [ist], daß er mit moralischen Druckmitteln weiterkäme als mit Paragraphen".[232] In den verschiedenen Artikeln, die zu dieser Diskussion erschienen, waren die Meinungen zu einer Verfilmung und den Fähigkeiten und der Verantwortung des deutschen Kinos zwar geteilt, aber es herrschte weitgehend Einigkeit darüber, dass nur im Einverständnis mit den betroffenen Familien gehandelt werden dürfe.[233] So hieß es in einem Artikel der *Deutschen Zeitung*: „Gleichgültig, ob man einen solchen Film für wünschenswert hält oder nicht, das Recht der Frau Scholl und ihrer Familie [...] [sollte] höher stehen als das der Filmautoren."[234]

---

[225] Ebd.

[226] IfZ, ED 474, Bd. 403, [Inge Scholl]: Aktennotiz über Anruf Falk Harnack aus Berlin am 22. 12. 1952.

[227] Ebd., und Inge Scholl an Falk von Harnack [sic!], 31. 12. 1952, sowie Falk Harnack an Inge Scholl, 8. 1. 1953.

[228] Stadtarchiv München, NL Kurt Huber, Nr. 61, Geschwister Scholl – kein Filmstoff, in: o. Ang., 30. 3. 1953.

[229] IfZ, ED 474, Bd. 403, Inge Scholl an Robert Scholl, 15. 3. 1953.

[230] IfZ, ED 474, Bd. 403, Inge Scholl an Eugen Kogon, 24. 2. 1953.

[231] Etwas für Frauen?, in: DER SPIEGEL (1953), 18, S. 28–30, hier S. 28. Stadtarchiv München, NL Kurt Huber, Nr. 61, Geschwister Scholl – kein Filmstoff, in: o. Ang., 30. 3. 1953. Siehe auch IfZ, ED 474, Bd. 403, Robert Scholl an das Bundesinnenministerium, 24. 2. 1953.

[232] Stadtarchiv München, NL Kurt Huber, Nr. 61, Geschwister Scholl – kein Filmstoff, in: o. Ang., 30. 3. 1953.

[233] Ebd. Stadtarchiv München, NL Kurt Huber, Nr. 61, Günther Goercke: Geschäfte mit den Scholls?, in: Abendzeitung, 2. 4. 1953. Was wird aus dem Scholl-Film?, in: Abendzeitung, 14. 4. 1953. IfZ, ED 474, Bd. 403, Der Apparat und der Einzelne, in: Deutsche Zeitung, 8. 4. 1953.

[234] IfZ, ED 474, Bd. 403, Der Apparat und der Einzelne, in: Deutsche Zeitung, 8. 4. 1953.

Das zukünftige Kinopublikum beurteilte die Situation durchaus kritischer. In einer Umfrage der Münchner *Abendzeitung* kamen sehr unterschiedliche Haltungen der Befragten – überwiegend Studenten – zum Vorschein.[235] Die einen sprachen sich für eine Berücksichtigung der Privatsphäre der Scholls aus, hatten Bedenken in Bezug auf die Qualität des deutschen Films und warfen den Beteiligten vor, nur auf Sensation aus zu sein. Zudem wurde gefragt, ob ein Film überhaupt nötig sei, da ja jedes Jahr die Gedenkfeiern an der Universität stattfänden. Die anderen bewerteten entweder die Familien oder den Widerstand wesentlich negativer. So wurde Inge Scholl der Geschäftemacherei verdächtigt, weil ein Film nur auf der Grundlage ihres Buches möglich sei, und ihre hingerichteten Geschwister wurden des Landesverrats und des Fanatismus bezichtigt.

Inge Scholls zweite Strategie zielte darauf ab, einflussreiche Verbündete zu gewinnen. Sie schrieb an den Mitgründer des *Verlags der Frankfurter Hefte*, Walter Dirks[236], sowie an Romano Guardini[237] und bat beide, auf Kogon in ihrem Sinne einzuwirken. Zumindest Guardini erfüllte ihr diesen Wunsch. Er argumentierte mit der Betroffenheit der Familie:

Frau Inge Aicher-Scholl hat mir geschrieben, es bestehe der Plan, das Schicksal ihrer Geschwister und ihrer Freunde zu verfilmen. Das ist für sie selbst wie auch für ihre Angehörigen schrecklich. […]Und nun leben doch Vater, Mutter und die zwei Schwestern der Getöteten; wie kann man da etwas Derartiges machen? [238]

Auch Zuckmayer meldete sich wieder zu Wort und unterstützte Inge Scholls Position.[239] In München vertrat der Rektor der Universität, Mariano San Nicolò, die ablehnende Haltung der Familien auch der Presse gegenüber.[240] Gleiches galt für Günther Weisenborn, der seinen Unmut über das Filmprojekt ebenfalls in der Zeitung kundtat.[241] Beide wurden in der Presse ihrerseits zum Teil heftig kritisiert: Sie „drängelten sich […] in die Debatte".[242] Robert Scholl schrieb an das Bundesinnenministerium und – auf die Bitte Inge Scholls hin – an den Berliner Senat und bat dort, die Ausfallbürgschaften für den geplanten CCC-Film nicht zu

---

[235] Hierzu und zum Folgenden Stadtarchiv München, NL Kurt Huber, Nr. 61, Interview der Woche: Soll das Leben der Geschwister Scholl verfilmt werden?, in: Abendzeitung, 11. 4. 1953.

[236] IfZ, ED 474, Bd. 403, Inge Scholl an Walter Dirks, 24. 2. 1953.

[237] IfZ, ED 474, Bd. 403, Inge Scholl an Romano Guardini, 24. 2. 1953.

[238] IfZ, ED 474, Bd. 403, Romano Guardini an Eugen Kogon, 3. 3. 1953.

[239] IfZ, ED 474, Bd. 403, Abschrift eines Auszugs aus einem Brief von Carl Zuckmayer an Inge Scholl, o. D., Anlage zum Schreiben von Inge Scholl an Eugen Kogon, 20. 4. 1953. Siehe auch DLA, A: Zuckmayer (Manuskripte Anderer: Aicher-Scholl, Inge), Mappe 5, Inge Scholl an Carl Zuckmayer, 24. 2. 1953.

[240] IfZ, ED 474, Bd. 403, Der Apparat und der Einzelne, in: Deutsche Zeitung, 8. 4. 1953. Stadtarchiv München, NL Kurt Huber, Nr. 61, Günther Goercke: Geschäfte mit den Scholls?, in: Abendzeitung, 2. 4. 1953.

[241] IfZ, ED 474, Bd. 403, Günther Weisenborn zum Scholl-Film: Auch ich protestiere…, in: o. Ang., [13. 4. 1953?].

[242] Etwas für Frauen?, in: DER SPIEGEL (1953), 18, S. 28–30, hier S. 28. Siehe auch Stadtarchiv München, NL Kurt Huber, Nr. 61, Günther Goercke: Geschäfte mit den Scholls?, in: Abendzeitung, 2. 4. 1953.

übernehmen.[243] Zumindest beim Bundesinnenminister Robert Lehr schien die Sache aussichtsreich. Schließlich hatte sich Lehr schon früher für die Sache der Angehörigen der hingerichteten Widerstandskämpfer eingesetzt, als er 1951/52 den Prozess gegen Otto Ernst Remer ins Rollen gebracht hatte.

Drittens ging es Inge Scholl schließlich darum, die Familien der Hingerichteten auf eine gemeinsame Linie einzuschwören. Bei einer ersten Besprechung der Angehörigen, die sich am 22. Februar 1953 zur Gedenkfeier für die *Weiße Rose* trafen, wurde vereinbart, das Filmprojekt geschlossen abzulehnen.[244] Robert Scholl sollte diese Position im Namen aller Familien nach außen vertreten.[245] Allerdings scherte Clara Huber nur wenige Tage nach der Besprechung in München aus dem zwischen den Familien getroffenen Konsens aus. In zwei Briefen an Kurt Meisel[246] und die CCC[247] kritisierte sie zwar das mittlerweile vorliegende Treatment Eggebrechts, das ihr ebenso wenig zusagte wie den anderen Familien, und teilte ihre prinzipielle Ablehnung der Verfilmungspläne mit. Gleichzeitig bot sie aber an, Dokumente zu übergeben, und kündigte – äußerst vorsichtig formuliert – eine Unterstützung des Filmprojekts an, um Einfluss auf dessen Realisierung nehmen zu können.[248] Zudem stellte sie klar, dass sie unabhängig von Inge und Robert Scholl handle. Für die CCC eröffnete sich durch Clara Hubers Vorgehen eine neue Chance auf die Finanzierung und damit die Umsetzung des Filmprojekts. Und ihr Entgegenkommen schien zunächst auch honoriert zu werden: Das Filmpendant zu Huber, das im vorliegenden Treatment „Grabow" heißen sollte, erhielt Clara Hubers Wünschen entsprechend einen „süddeutsch-schwäbischen" Namen[249] und wurde in „Graber"[250] umbenannt. Außerdem sollte Huber/Graber eine wesentlich bedeutendere Rolle im Film bekommen als bislang vorgesehen.[251] Allerdings rückte dann im ersten Rohdrehbuch die weibliche Hauptfigur Irene Haller in den Mittelpunkt.[252] Auch die Finanzierung einer Werkausgabe Hubers soll seiner Witwe in Aussicht gestellt worden sein.[253]

---

[243] IfZ, ED 474, Bd. 403, Robert Scholl an das Bundesinnenministerium, 24. 2. 1953, und Robert Scholl an den Senat der Stadt Berlin, 16. 3. 1953. Inge Scholl an Robert Scholl, 7. 3. 1953.

[244] IfZ, ED 474, Bd. 403, Inge Scholl an Eugen Kogon, 24. 2. 1953.

[245] IfZ, ED 474, Bd. 403, Hugo Schmorell an Robert Scholl, 19. 4. 1953.

[246] Stadtarchiv München, NL Kurt Huber, Nr. 61, Clara Huber an Kurt Meisel, 27. 2. 1953. Siehe auch Clara Huber an Eugen Kogon, 27. 2. 1953. Zur Meinung der anderen Familien zu Eggebrechts Treatment siehe IfZ, ED 474, Bd. 403, Inge Scholl an Eugen Kogon, 24. 2. 1953.

[247] DFM, Artur Brauner Archiv (Manuskripte Sch), Clara Huber an die C.C.C. Filmgesellschaft [sic!], 5. 3. 1953. Auch in: Stadtarchiv München, NL Kurt Huber, Nr. 61, mit Entwurf vom 27. 2. 1953.

[248] Siehe auch Stadtarchiv München, NL Kurt Huber, Nr. 61, Clara Huber: [Stellungnahme zur Vorgeschichte des geplanten Scholl-Films], 28. 4. 1953.

[249] DFM, Artur Brauner Archiv (Manuskripte Sch), Artur Brauner an Clara Huber, 19. 3. 1953.

[250] DFM, Artur Brauner Archiv (Manuskripte Sch), Artur Brauner an Clara Huber, 27. 3. 1953.

[251] DFM, Artur Brauner Archiv (Manuskripte Sch), Artur Brauner an Clara Huber, 19. 3. 1953.

[252] DFM, Artur Brauner Archiv (Manuskripte Sch), Artur Brauner an Clara Huber, 27. 3. 1953.

[253] IfZ, ED 474, Bd. 403, Robert Scholl an Inge Scholl, 19. 4. 1953. Siehe auch Dillmann-Kühn: Artur Brauner, S. 81.

Eine aus Sicht der Familien ähnlich abtrünnige Rolle wie Clara Huber nahm zeitweilig Robert Scholl ein. Von Kurt Meisel und Hans-Dietrich Nelte vom Film-verleih *Allianz Film* in den Glauben gesetzt, dass die CCC auch ohne staatliche Finanzierung den Film drehen würde, stimmte er einer Unterstützung des Film-projekts zu.[254] Tatsächlich gab es wohl Pläne der CCC, eine private Finanzierung zu versuchen.[255] Kurze Zeit später stand die Zusage Robert Scholls ebenso in der Zeitung wie die positive Stellungnahme Clara Hubers.[256] Das löste nicht nur einen ernsthaften Konflikt Robert Scholls mit seiner ältesten Tochter aus[257], sondern auch die anderen Familien, insbesondere Hugo Schmorell[258], fühlten sich von Robert Scholl hinters Licht geführt. Inge Scholl und Hugo Schmorell argumentierten in ihren Briefen an Robert Scholl ähnlich.[259] Sie führten an, dass die künstlerische Qualität des deutschen Films zu wünschen übrig ließe und eine Verfilmung der Geschichte der *Weißen Rose* nicht im Sinne der Toten sei. Auch sie argumentierten mit ihren Gefühlen als Hinterbliebene und Wächter des Anden-kens der Hingerichteten. Inge Scholl schrieb an ihren Vater: „Ich möchte es auf keinen Fall Hans und Sophie antun, dass sie sich im Grabe noch unser zu schä-men hätten."[260] Als problematisch empfanden Inge Scholl und Hugo Schmorell aber vor allem das Bild der Uneinigkeit, das in der Presse nun bezüglich der Haltung der Familien zu einer Verfilmung entstanden war. Beide fürchteten, dass dieser Schaden nicht mehr gutzumachen und der Film nicht mehr zu verhindern sei.

Die Bedenken erwiesen sich als unnötig. Bereits am 16. März 1953 hatte Innen-minister Robert Lehr Robert Scholl mitgeteilt, dass, sobald ein Antrag der CCC auf Übernahme einer Bundesbürgschaft für den geplanten Widerstandsfilm vor-liegen würde, er „nachdrücklich im Bürgschaftsausschuss auf Ihren berechtigten Wunsch hinweisen" werde.[261] Vom Bund würde es also keine Bürgschaft geben, solange die Familie das Filmprojekt nicht unterstützte. Der Anspruch der Familie auf Verwaltung und Bewahrung von Erinnerung wurde anerkannt. Ende April bestätigte auch der Berliner Senat, der die zweite Bürgschaft für den Spielfilm hätte übernehmen sollen, diese Position. Der Leiter des Referats Film beim Sena-tor für Volksbildung schrieb: „Doch wollen Sie bitte gleichfalls die Versicherung

---

[254] Ebd.
[255] IfZ, ED 474, Bd. 403, Hans-Dietrich Nelte an Robert Scholl, 15.6.1953.
[256] Stadtarchiv München, NL Kurt Huber, Nr. 61, Was wird aus dem Scholl-Film?, in: Abend-zeitung, 14.4.1953.
[257] IfZ, ED 474, Bd. 403, Inge Scholl an Robert Scholl, 15.3.1953, und Robert Scholl an Inge Scholl, 19.4.1953.
[258] IfZ, ED 474, Bd. 403, Hugo Schmorell an Robert Scholl, 19.4.1953. Angelika Probst an [Ro-bert] Scholl, 7.5.1953. Bd. 277, Herta Siebler[-Probst] an Inge Scholl, 18.4.1953, und Inge Scholl an Herta Siebler[-Probst], 22.4.1953.
[259] IfZ, ED 474, Bd. 403, Hugo Schmorell an Robert Scholl, 19.4.1953, und Inge Scholl an Robert Scholl, 15.3.1953.
[260] IfZ, ED 474, Bd. 403, Inge Scholl an Robert Scholl, 15.3.1953. Siehe auch Etwas für Frauen?, in: DER SPIEGEL (1953), 18, S. 28–30, hier S. 29.
[261] IfZ, ED 474, Bd. 403, Der Bundesinnenminister [Robert Lehr] an Robert Scholl, 16.3.1953.

entgegennehmen, daß hier nicht daran gedacht wird, das Filmvorhaben amtlich zu unterstützen, solange nicht zweifelsfrei feststeht, daß Sie es in vollem Umfange billigen."[262] Diese Entscheidung hatte lange gedauert, denn der Berliner Senator für Volksbildung, Joachim Tiburtius, befürwortete grundsätzlich das Vorhaben der CCC unter der „Voraussetzung [....], daß in erster Linie ein Filmdokument von *künstlerischem* Wert angestrebt wird".[263] Doch auch er konnte sich letztlich dem Primat, der der Familienerinnerung zugebilligt wurde, nicht entziehen. Der *SPIEGEL*-Artikel *Etwas für Frauen?* zerstreute schließlich endgültig die Befürchtungen der Angehörigen, legte er doch offen, dass eine private Finanzierung des CCC-Projekts nicht in Sicht war.[264] Auch die *Allianz Film* beendete die Zusammenarbeit mit der CCC in Sachen Widerstandsfilm.[265] Robert Scholl verfasste eine Pressemeldung, in der er die Ablehnung der Filmbürgschaften und die weiterhin verweigerte Unterstützung der CCC durch seine Familie und die „meisten übrigen Angehörigen" mitteilte.[266] Denn Clara Huber war weiterhin bereit, bei einem Filmprojekt mitzuarbeiten. Sie hielt fest:

Zusammenfassend möchte ich noch einmal feststellen, dass mein Bemühen, gegen Unrichtigkeiten mir bekannt werdender Projekte Stellung zu nehmen aus der Einsicht heraus erwuchs, dass das Schicksal der Münchner Studentengruppe, die sich mit ihren Äusserungen bewusst an die Öffentlichkeit gewandt hat, früher oder später doch wieder vor dem Forum dieser Öffentlichkeit gestaltet und diskutiert werden wird. Wir haben ja an dem Beispiel des gut gemeinten, aber in vielen Einzelheiten irreführenden Romans von Alfred Neumann ‚Es waren ihrer sechs' erlebt, dass man im Nachhinein mit Berichtigungen oder Protesten praktisch, d. h. also für die einmal angesprochene Hörer- oder Leserschaft, nichts mehr erreicht.[267]

Clara Huber hatte also durchaus die gleichen Erfahrungen gemacht wie die anderen Angehörigen. So rekurrierte auch sie auf Neumanns Roman als Zentralerlebnis gescheiterter Widerstandsdarstellung und die Probleme, diese Version der Widerstanderzählung zu verdrängen. Allerdings sind ihre Schlussfolgerungen andere. Während vor allem Inge Scholl, aber auch die übrigen Familien, eine Strategie der Kontrolle im Vorfeld und der Verhinderung von Erinnerungserzeug-

---

[262] IfZ, ED 474, Bd. 403, Herr Baensch (Leiter des Referats Film beim Senator für Volksbildung, Berlin) an Robert Scholl, 28. 4. 1953.

[263] DFM, Artur Brauner Archiv (Manuskripte Sch), Herr Baensch (Leiter des Referats Film beim Senator für Volksbildung, Berlin) an Artur Brauner, 5. 12. 1952, Hervorhebung i. Orig. Siehe auch IfZ, ED 474, Bd. 403, Herr Baensch (Leiter des Referats Film beim Senator für Volksbildung, Berlin) an Robert Scholl, 1. 4. 1953.

[264] Etwas für Frauen?, in: DER SPIEGEL (1953), 18, S. 28–30. Siehe auch IfZ, ED 474, Bd. 403, Robert Scholl an [Angelika] Probst, 5. 5. 1953, Robert Scholl an Clara Huber, 5. 5. 1953, und Angelika Probst an [Robert] Scholl, 7. 5. 1953.

[265] IfZ, ED 474, Bd. 403, Hans-Dietrich Nelte an Robert Scholl, 15. 6. 1953. Stadtarchiv München, NL Kurt Huber, Nr. 61, Hans-Dietrich Nelte an Clara Huber, 15. 6. 1953.

[266] IfZ, ED 474, Bd. 403, Robert Scholl: [Pressemitteilung], 8. 5. 1953, adressiert an: Süddeutsche Zeitung, Münchner Merkur, Abendzeitung, Die Neue Zeitung, dpa, Bayerischer Rundfunk, Rektorat der Münchner Universität. Siehe auch Stadtarchiv München, NL Kurt Huber, Nr. 61, Geschwister-Scholl-Film abgelehnt, in: Abendzeitung, 12. 5. 1953.

[267] Stadtarchiv München, NL Kurt Huber, Nr. 61, Clara Huber: [Stellungnahme zur Vorgeschichte des geplanten Scholl-Films], 28. 4. 1953. Siehe auch Clara Huber an Hans-Dietrich Nelte, 12. 5. 1953.

nissen verfolgten, also gewissermaßen präventiv auf die Darstellung in den Medien einzuwirken versuchten, sprach sich Clara Huber hier für die aktive Mitarbeit daran aus. Schon das Widerstandsereignis selbst, so Clara Huber, sei öffentlich und an eine Öffentlichkeit gewandt gewesen. Es war in ihren Augen also gar nicht möglich, Widerstandserinnerung als Privatangelegenheit zu betrachten. Ganz ähnlich hatte Inge Scholl 1947/48 gegenüber den anderen Angehörigen argumentiert, als sie noch ihr eigenes Filmprojekt anstrebte.[268] Allerdings konnte Clara Huber sich mit ihrer Sichtweise nicht durchsetzen. Vielmehr bestätigte die staatliche *Bürgschaftsgesellschaft für Filmkredite* auch im Sommer 1954 noch einmal den familiären Anspruch auf Privatheit von Erinnerung. Als die CCC erneut einen Antrag auf Übernahme einer Bundesbürgschaft für das *Scholl*-Projekt stellte[269], machte die *Bürgschaftsgesellschaft für Filmkredite* Brauner wenig Hoffnung und präzisierte ihre Haltung in einem Schreiben an den SPD-Bundestagsabgeordneten Helmut Kalbitzer, das in Kopie an die CCC ging:

> Wir glauben, dass an der Verfilmung gerade dieses Stoffes kein so großes öffentliches Interesse besteht, als dass man es verantworten könnte, die Gefühle der Angehörigen einfach zu negieren. Uns scheint es auch, dass hier garnicht [sic!] so sehr das von Herrn Brauner immer behauptete öffentliche Interesse eine Rolle spielt, sondern das geschäftliche Interesse der CCC. Und da kann es unseres Erachtens nach nun gar keinen Zweifel geben, wem der Vorrang gebührt, den Gefühlen der Familie oder dem geschäftlichen Interesse der CCC.[270]

Inge Scholl galt nach der erfolgreichen Verhinderung des CCC-Filmprojekts als Spezialistin für die Durchsetzung eigener Erinnerungs- und Deutungsansprüche gegenüber konkurrierenden Akteuren. Ihre Erfahrung war auch deshalb immer gefragter, weil das steigende Interesse an Verfilmungen zu Widerstand und Opposition nicht nur die *Weiße Rose* betraf. Helmut Käutners Antikriegsfilm *Die letzte Brücke*, der 1954 in die Kinos kam und die Geschichte einer mit jugoslawischen Partisanen kooperierenden deutschen Ärztin erzählte, war beim Publikum und der Kritik sehr erfolgreich gewesen.[271] Nachdem damit erwiesen war, dass mit solchen Themen auch die Kinogänger zu gewinnen waren, brach eine regelrechte Jagd der Filmgesellschaften auf Widerstandsgeschichten los.[272] Theodor Heuss bat Inge Scholl, die Witwe von Wilhelm Canaris dabei zu unterstützen, ein Verfilmungsprojekt über deren Mann, der als Chef des *Amts Ausland/Abwehr* des *Oberkommandos der Wehrmacht* Widerstand geleistet hatte, zu Fall zu bringen.[273] Doch auch Inge Scholls Ratschläge konnten nicht verhindern, dass *Canaris* – weniger

---

[268] IfZ, ED 474, Bd. 402, Inge Scholl an Clara Huber, 13. 1. 1948.

[269] DFM, Artur Brauner Archiv (Manuskripte Sch), Artur Brauner an die Bürgschaftsgesellschaft für Filmkredite, 19. 7. 1954.

[270] DFM, Artur Brauner Archiv (Manuskripte Sch), Die Bürgschaftsgesellschaft für Filmkredite an Helmut Kalbitzer, 31. 7. 1954, hier vertrauliche Abschrift für Herrn Jaffé (CCC).

[271] Reichel: Erfundene Erinnerung, S. 65.

[272] Erdachte Verschwörung, in: DER SPIEGEL (1954), 26, S. 29–31, hier S. 29. Siehe auch DFM, Artur Brauner Archiv (Manuskripte Sch), Artur Brauner an die Bürgschaftsgesellschaft für Filmkredite, 19. 7. 1954.

[273] IfZ, ED 474, Bd. 403, Theodor Heuss an Inge Scholl, 14. 10. 1953, und Inge Scholl an Theodor Heuss, 31. 10. 1953.

Widerstandsdrama als Agententhriller – am 30. Dezember 1954 uraufgeführt wurde und dann die Kassen klingeln ließ.[274] 1955 kamen gleich zwei Filme über den *20. Juli 1944* in die Kinos. Bei dem von der CCC produzierten Streifen *Der 20. Juli* hatte Falk Harnack Regie geführt. *Es geschah am 20. Juli* hatte der Regisseur Georg Wilhelm Pabst gedreht.[275]

Die CCC versuchte 1955 auch noch einmal ihr Glück mit einer Verfilmung des *Weiße-Rose*-Stoffes, diesmal in Kooperation mit Hans Abichs Göttinger *Filmaufbau*, die sich ebenfalls für das Thema interessierte.[276] Weiterhin hieß der Arbeitstitel des Projekts *Geschwister Haller*. Regie führen sollte nun Abichs Kompagnon Rolf Thiele[277], als Drehbuchautor war zumindest zeitweise Günther Weisenborn vorgesehen.[278] In einer Stellungnahme zum bereits vorliegenden Drehbuch *Geschwister Haller* der CCC erläuterte die *Filmaufbau*, wie sie sich einen Film über den Geschwister-Scholl-Stoff vorstellte.[279] Um welche Fassung des Drehbuchs der CCC es sich handelte, lässt sich aus den Quellen nicht erschließen, allerdings war die Story wohl als Kriminalgeschichte konzipiert, in deren Mittelpunkt die Jagd des SD auf die Widerstandskämpfer stehen sollte.[280] Die *Filmaufbau* sah den Konfliktstoff, der die Handlung vorantreiben sollte, jedoch an ganz anderer Stelle. Die Tradition des deutschen Idealismus, der auch die Scholls verhaftet gewesen seien, habe zu deren vollkommener Unfähigkeit geführt, wirkungsvoll Widerstand gegen einen totalitären Staat zu leisten: „Im Schicksal der Scholls spiegelt sich ein gut Teil historischer Tragik des deutschen Geistes wider: der Zwiespalt von Gesinnung und Tat, und die Unvereinbarkeit vom moralischen Gesetz und Glückseligkeit in der deutschen ethischen Tradition.“[281] Hans Scholl sollte entsprechend wegen der „Masslosigkeit seiner ideellen Sehnsucht“[282] schuldig werden und „um des unendlichen Menschen*bildes* willen […] den wirklichen, den nahen, greifbaren Menschen“[283] missachten. Auch zwischen der Figur des Huber und Hans Scholl sollte dieser Grundkonflikt sichtbar werden: im Erschrecken Hubers über die für die Gegenwart unbrauchbare idealistische Tradition, die er gelehrt hatte, und die Scholl nun in den sicheren Tod führte.[284] Diese in der Stellungnahme der *Filmaufbau* vorgeschlagene Interpretation des Widerstands war neu und brach

---

274 Dillmann-Kühn: Artur Brauner, S. 82. Kannapin: Dialektik. Reichel: Erfundene Erinnerung, S. 64–70. Westermann: Identität.

275 Dillmann-Kühn: Artur Brauner, S. 82–85. Reichel: Erfundene Erinnerung, S. 71–78.

276 IfZ, ED 474, Bd. 404, Günther Schlensag [i. A. Inge Scholl] an Heinz Kleine, 1. 3. 1955 und 14. 4. 1955. Geschwister-Scholl-Film wird doch gedreht, Abschrift, my-Kulturdienst, 2. 5. 1955. Zur *Filmaufbau* siehe Sobotka: Filmwunderkinder. Meier: Filmstadt Göttingen.

277 DFM, Artur Brauner Archiv (Manuskripte Sch), Hans Abich an Artur Brauner, 16. 6. 1955.

278 IfZ, ED 474, Bd. 404, Inge Scholl an Heinz Kleine, 21. 9. 1955.

279 DFM, Artur Brauner Archiv (Manuskripte Sch), Filmaufbau: [Stellungnahme zu] Die Geschwister Haller (Stoff um die Geschw. Scholl), 11. 2. 1955. Auch in IfZ, ED 474, Bd. 404, und ADK, Günther Weisenborn Archiv, 252.

280 Ebd., S. 4.

281 Ebd., S. 1–2.

282 Ebd., S. 4.

283 Ebd., S. 4.

284 Ebd., S. 5–6.

mit den idealistischen Traditionen des deutschen Geschichtsbilds nach 1945. Ihre Wirkung entfaltete diese Deutung jedoch erst gut zehn Jahre später, als sie im Gefolge von '68 neu formuliert und in die Öffentlichkeit getragen wurde.[285] Inge Scholl, der die Stellungnahme der *Filmaufbau* vorlag, hielt sie schon 1955 für „Humbuk [sic!]".[286]

Als Inge Scholl von dem neuerlichen Filmprojekt erfuhr, holte sie juristischen Rat ein. Andere Strategien der Verhinderung, wie die Presse, wurden zwar genutzt, aber wesentlich weniger.[287] Die zwei Jahre früher noch geltende Überzeugung, dass man mit „moralischen Druckmitteln weiterkäme als mit Paragraphen"[288], hatte sich nun umgekehrt. Widerstandsgeschichte war schon im Kino zu sehen und hatte ein breites Publikum gewonnen, das für moralische Argumente über die Privatheit von Familienerinnerung nicht mehr zugänglich war. Auch die Bürgschaftsgeber gingen nun bereitwilliger auf die Anfragen von Filmproduzenten ein, die ein Projekt über den Widerstand finanzieren wollten.[289] Zudem war zu befürchten, „daß heute eine der Filmgesellschaften in der Lage ist, ohne eine Bürgschaft das Filmprojekt durchzuführen".[290] Allerdings waren Inge Scholls Aussichten, auf dem Rechtsweg eine Verfilmung verhindern zu können, eher gering.[291] Die Gutachten, die im Vorfeld des *Canaris*-Films erstellt worden waren, ließen wenig Hoffnung.[292] Es hatte sich bestätigt, dass Widerstandskämpfer wie Canaris oder die Scholls als Personen der Zeitgeschichte galten, deren Taten verfilmt werden durften, sofern die „Privatsphäre unangetastet" blieb.[293] Auch die juristischen Stellungnahmen im Vorfeld der Filme über den *20. Juli* eröffneten keine neuen Wege.[294] Nach Ansicht Inge Scholls und der Hinterbliebenen anderer Widerstandskämpfer fehlte es an Rechtsmitteln, um die Anliegen der Familien gegenüber Filmfirmen und Öffentlichkeit geltend zu machen.[295] Ein Gesetzesvorschlag des Bundestagsabgeordneten Franz Böhm versprach Abhilfe zu schaffen und das imaginierte Anrecht der Familien auf die Bewahrung von Erinnerung auch in Gesetzestext zu gießen: Mit dem Gesetz sollte die Darstellung von lebenden oder toten Personen im Spielfilm ohne die Zustimmung der Angehörigen

---

[285] Siehe Kap. 5.

[286] IfZ, ED 474, Bd. 404, Inge Scholl an Karl Korn, 7.5.1955, und Inge Scholl an Helmut Käutner, 7.5.1955. Karl Korn an Inge Scholl, 27.5.1955. Günther Schlensag an Heinz Kleine, 4.5.1955 und 7.6.1955.

[287] IfZ, ED 474, Bd. 404, Inge Scholl an Karl Korn, 7.5.1955.

[288] Stadtarchiv München, NL Kurt Huber, Nr. 61, Geschwister Scholl – kein Filmstoff, in: o. Ang., 30.3.1953.

[289] Erdachte Verschwörung, in: DER SPIEGEL (1954), 26, S. 29–31, hier S. 29.

[290] IfZ, ED 474, Bd. 404, Günther Schlensag [i. A. Inge Scholl] an Heinz Kleine, 1.3.1955. Siehe auch Inge Scholl an Karl Korn, 7.5.1955.

[291] IfZ, ED 474, Bd. 404, Günther Schlensag [i. A. Inge Scholl] an Heinz Kleine, 1.3.1955 und 4.5.1955. Heinz Kleine an Günther Schlensag, 14.4.1955 und 21.7.1955.

[292] IfZ, ED 474, Bd. 404, Heinz Kleine an Günther Schlensag, 14.4.1955.

[293] Ebd.

[294] IfZ, ED 474, Bd. 404, Heinz Kleine an Günther Schlensag, 21.7.1955.

[295] IfZ, ED 474, Bd. 404, Inge Scholl an Eugen Gerstenmaier, 6.6.1955.

untersagt werden.[296] Erinnerung sollte nicht mehr nur moralisch, sondern auch juristisch verbrieft Familienangelegenheit bleiben. Dahinter stand die Hoffnung, die immer wieder neu auszuhandelnde Antwort auf die Frage „Wem gehört Erinnerung?" ein für alle Mal festzulegen. Die gemeinsame Ablehnung der Filmprojekte brachte die Angehörigen der unterschiedlichen Widerstandsgruppen zusammen. Es war wohl das einzige Mal, dass sie so vereint politisch aktiv wurden. Inge Scholl bat Bundestagspräsident Eugen Gerstenmaier, der selbst dem *Kreisauer Kreis* angehört hatte, um Unterstützung dieses Vorhabens.[297] Allerdings war Inge Scholls Hoffnung auf Böhms Gesetzesentwurf vergeblich. Er konnte sich nicht durchsetzen. Schnell waren juristische Bedenken dagegen aufgetreten.[298]

Dennoch drehten weder die CCC noch die *Filmaufbau* den Film über die Geschichte der *Weißen Rose*. Gründe dafür lassen sich in den Quellen kaum finden. Möglicherweise gab es Probleme, einen Verleiher zu finden.[299] Zwar war das Projekt bei der CCC noch 1956, 1957 und 1962 im Gespräch, ohne jedoch realisiert zu werden.[300] Erst 1982 produzierte Artur Brauner einen Spielfilm über die *Weiße Rose* mit: den Film *Die Weiße Rose* von Michael Verhoeven und Mario Krebs.[301]

Auch in den folgenden Jahren gab es immer wieder Planungen, einen Spielfilm über die *Weiße Rose* zu drehen.[302] Der Realisierung am nächsten war vielleicht Erich Kuby, ein guter Bekannter Inge Scholls, mit dem sie eine Art Stillhalteabkommen seitens ihrer Familie abgeschlossen hatte.[303] Er wollte mit Rolf Thiele zusammenarbeiten und der neue Entwurf zu den *Geschwistern Haller* ähnelte stark dem, was die *Filmaufbau* 1955 vorgeschlagen hatte.[304] Doch die UFA, die den Film produzieren sollte, ging pleite und damit war das gesamte Projekt ad acta gelegt.[305]

---

[296] IfZ, ED 474, Bd. 404, Günther Schlensag an Heinz Kleine, 4. 6. 1955.

[297] IfZ, ED 474, Bd. 404, Inge Scholl an Eugen Gerstenmaier, 6. 6. 1955.

[298] IfZ, ED 474, Bd. 404, Heinz Kleine an Günther Schlensag, 21. 7. 1955, 20. 10. 1955 und 19. 11. 1955.

[299] FH Hannover, Kulturarchiv, FAB 239, Aktennotiz, [Betreff] Weitere Zusammenarbeit mit Schorchtfilm, o. D. [ca. 1955], und Aktennotiz, [Betreff] Besuch bei Schorcht-Film, München am 12. 3. 1955. DFM, Artur Brauner Archiv (Manuskripte Sch), Hans Abich an Artur Brauner, 25. 7. 1955.

[300] DFM, Artur Brauner Archiv (Manuskripte Sch), Artur Brauner an Eugen Gerstenmaier, 22. 7. 1956. Heinz-Werner John an Artur Brauner, 11. 10. 1957. IfZ, ED 474, Bd. 405, Erich Kuby an Inge Scholl, 8. 7. 1962.

[301] Dillmann-Kühn: Artur Brauner, S. 82 und S. 285. Siehe auch Kap. 6.2.

[302] Siehe hierzu IfZ, ED 474, Bd. 405–406. Zu einem Projekt Franz Fühmanns in der DDR siehe Bd. 406, sowie ADK, Franz Fühmann Archiv, 202/1–20.

[303] IfZ, ED 474, Bd. 404, [Inge Scholl?:] Stellungnahme zu einem Filmprojekt über die Geschwister Scholl, 3. 11. 1958. Siehe auch Erich Kuby an Inge Scholl, o. D. [Ende 1958?] und 8. 7. 1962. Inge Scholl an Alexander Kluge, 12. 7. 1962.

[304] IfZ, ED 474, Bd. 405, Erich Kuby/Rolf Thiele: Entwurf zu einem Film *Die Geschwister Haller* (Arbeitstitel), frei nachgebildet den historischen Vorgängen, die mit dem Namen Scholl und dem Symbol der Weissen Rose verbunden sind, o. D. [ca. Juni 1958].

[305] IfZ, ED 474, Bd. 405, Erich Kuby an Inge Scholl, 8. 7. 1962.

Die Debatten um die Widerstandsverfilmungen der 1950er-Jahre drehten sich kaum um die politischen Fragen und Verortungen von Widerstandserinnerung im antikommunistischen Freiheitsnarrativ der Bundesrepublik, die im Kontext von Inge Scholls Buch *Die weiße Rose* virulent geworden waren. Vielleicht lag das auch daran, dass der Film im Zuge des weiterhin andauernden Heimatfilm-Booms nicht mehr als politisches Medium wahrgenommen wurde, wie das noch wenige Jahre früher der Fall gewesen war. Vielmehr ging es darum, die Grenzen auszuloten, die das Verhältnis von Familienerinnerung einerseits und öffentlichem sowie wirtschaftlichem Interesse an Widerstandserinnerung andererseits bestimmten. Was war privat, was öffentlich, durfte Widerstandserinnerung lukrativ sein und wer bestimmte die Abgrenzungen? Diese Fragen waren nicht alle neu, aber sie gewannen an Brisanz, weil mit dem Spielfilm ein ungleich größeres Publikum erreichbar schien als mit Büchern. Und für die Angehörigen der Hingerichteten der *Weißen Rose* war schon die Erfahrung, welchen Publikumserfolg Alfred Neumanns Roman *Es waren ihrer sechs* erzielt hatte, regelrecht traumatisch gewesen. Zudem führte das steigende Interesse der Filmproduktionsfirmen an Widerstandsthemen dazu, dass immer mehr Angehörige von hingerichteten Widerstandskämpfern von diesen Fragen betroffen waren. Doch die Verfilmungspläne wurden überwiegend negativ bewertet. Entscheidend war dabei ein grundsätzlicher Zweifel an der Erinnerungskompetenz des Mediums Film, das zumindest in den Augen der Angehörigen den „Geist" des Widerstands weder erfassen noch darstellen konnte. Damit verbunden war der Anspruch auf das Deutungsmonopol von Widerstandserinnerung, die für die Angehörigen in erster Linie Familienerinnerung war, und sie selbst erschienen damit gleichermaßen als die einzig legitimen Wächter, Erben und Exegeten des „Geistes" des Widerstands. Das bedeutete nicht, dass diese Erinnerung nicht auch öffentlich sein konnte, vielleicht sogar öffentlich sein musste, um ihre gesellschaftliche und politische Wirkung als Erbschaft mit Gegenwartsrelevanz zu entfalten. Aber das war in der Sichtweise der Angehörigen unmöglich, wenn es ohne ihr Einverständnis geschah.

5 Münchner (Universitäts-)Geschichten: Von Idealisten, Realisten und Ewiggestrigen

Für Erinnerung spielt es eine entscheidende Rolle, dass es Menschen wie Inge Scholl gibt, die bereit sind, Privates öffentlich zu machen, die von der Bedeutung ihrer Sache für Politik und Gesellschaft überzeugt sind, und denen es gelingt, ihr Anliegen in Beziehung zu einem von der Gesellschaft gepflegten und der Wissenschaft bestätigten Geschichtsbild zu setzen. Im Folgenden wird sich der Fokus ein wenig verschieben und die Orte in den Blick nehmen, an denen sich Erinnerung anlagern konnte. Sie wurden Bestandteil von Gedenktraditionen und boten zugleich Anlass, darüber zu verhandeln, wie dieses Gedenken aussehen sollte. Beispiel ist die Stadt München, die sich nach dem Krieg schnell die Erinnerung an die *Weiße Rose* aneignete. Neben Straßen und Plätzen der Stadt, in die Erinnerung eingeschrieben wurde, steht die Universität im Mittelpunkt, die als ein zentraler Ort des Widerstands immer wieder Gelegenheit gab, über Gegenwartsbezug und angemessenes Erinnern nachzudenken. Das wurde im Laufe der 1960er-Jahre zunehmend konfliktreich.

Diese Konflikte stehen im zweiten Teil dieses Kapitels im Mittelpunkt. Darin wird es um die Auswirkungen der gesellschaftlichen und politischen Veränderungen in der Folge von „68" auf den Umgang mit der Erinnerung an die *Weiße Rose* in Wissenschaft und Medien gehen. Als 1968 der Student Christian Petry mit seinen Forschungsergebnissen über die *Weiße Rose* an die Öffentlichkeit trat, zogen seine Interpretationen die vehemente Kritik Inge Scholls nach sich. In ihrer Reaktion spiegelte sich nicht nur eine grundlegende Auseinandersetzung um Quelleninterpretation und sachliche Richtigkeit. Vielmehr stand hinter dem Konflikt um die Deutungshoheit über den Widerstand die Frage, ob die Geschichte der Bundesrepublik eine demokratische Erfolgsgeschichte oder eine Geschichte unzureichender Vergangenheitsbewältigung war. Im Kern war diese Debatte ein Generationenkonflikt zwischen denjenigen, die aus der Erfahrung des Nationalsozialismus heraus die Bundesrepublik als demokratisches Gegenstück mit aufgebaut hatten, und denjenigen, die diese demokratische Erfolgsgeschichte in der eigenen Gegenwart nicht finden konnten, vielleicht gerade deshalb, weil sie die Zeit des NS-Regimes nicht miterlebt hatten. Das Ergebnis dieser Debatte – so viel sei hier vorweggenommen – war ernüchternd für Inge Scholl: Am Ende gab es nicht mehr Aufmerksamkeit für die *Weiße Rose*, sondern Vergessen. Zurückzuführen ist diese Entwicklung auf die Ergebnisse und Interpretationen von NS-Vergangenheit und Widerstand, die sich im Zuge von „68" etablieren konnten.

5.1 Erinnern – in München

5.1.1 Erinnerung in den Stadtplan einschreiben

Der zentrale Ort des Widerstands der *Weißen Rose* war München. Schon Inge Scholl nannte ihren ersten Erinnerungsbericht *Erinnerungen an München*. Nach dem Ende des *Dritten Reiches* hatte die Stadt aber ein ambivalentes Erbe zu verwalten[1]: Sie war die ehemalige *Hauptstadt der Bewegung*, in der das NS-Regime den öffentlichen Raum besetzt hatte.[2] Am Odeonsplatz standen Gedenktafeln zur Erinnerung an den niedergeschlagenen Putsch Hitlers von 1923, am Königsplatz ersetzten Steinplatten die Rasenfläche und in den „Ehrentempeln" waren die 1923 getöteten „Märtyrer der Bewegung" zu ihrer nur wenige Jahre dauernden letzten Ruhe gebettet worden. Der an den Königsplatz angrenzende *Führerbau* war Schauplatz der Verhandlungen zum *Münchner Abkommen* 1938. Straßennamen und das Münchner Stadtwappen, das 1935 um ein Hakenkreuz erweitert worden war, demonstrierten ebenfalls die enge Verbindung der Stadt zum Nationalsozialismus. Allerdings war München auch ein Ort des Widerstands gegen das NS-Regime gewesen. Im *Bürgerbräukeller* hatte der Schreiner Georg Elser 1939 ein Attentat auf Hitler verübt, die *Weiße Rose* hatte Flugblätter verteilt und die *Freiheitsaktion Bayern* hatte noch wenige Tage vor der Einnahme der Stadt durch amerikanische Truppen versucht, das NS-Regime aus eigener Kraft zu stürzen.[3]

Nach Kriegsende ging es in der teilweise durch den Bombenkrieg zerstörten Stadt ebenso um Wiederaufbau wie um die Beseitigung kompromittierender Reste des NS-Regimes.[4] Die „Ehrentempel" am Königsplatz wurden bis auf die Sockel gesprengt, Reichsadler, Hakenkreuze und Gedenktafeln des NS-Regimes von den Gebäuden entfernt, das stark zerstörte *Wittelsbacher Palais*, der ehemalige Sitz der Gestapo, wurde abgerissen.[5] Das Münchner Stadtwappen verlor das Hakenkreuz und nationalsozialistisch umbenannte Straßen und Plätze erhielten ihre alten Namen zurück oder wurden mit neuen versehen.[6] Denn so, wie während des Nationalsozialismus die Nähe zum NS-Regime im Erscheinungsbild der Stadt sichtbar gewesen war, so wurde nun die Nähe zu einem anderen Erbe, dem Widerstand, gesucht.[7] Bereits im November 1945, als die erste Gedenkfeier für die Hingerichteten der *Weißen Rose* in München stattfand, versicherte Oberbürgermeister Karl Scharnagl in seiner Rede „den Stolz für die Größe der Geisteshal-

---

[1] Rosenfeld: Architektur.

[2] Deutlich wird das auf dem interaktiven Stadtplan 1918–1945: http://www.ns-dokumentations-zentrum-muenchen.de/ns_in_muenchen/interaktive-karte (zuletzt eingesehen am 3.6.2012). Siehe auch: Münchner Stadtmuseum (Hrsg.): München. Hajak/Zarusky (Hrsg.): München.

[3] Für diese und weitere Beispiele für Widerstand in München siehe Bretschneider: Widerstand.

[4] Rosenfeld: Architektur.

[5] Ebd., S. 137–165.

[6] Ebd., S. 133–201.

[7] Ein äußerst knapper Überblick bis in die 1980er-Jahre, der auch die Universität mit einschließt, findet sich bei Rosenfeld: Architektur, S. 208–212, S. 350–356, S. 466–468.

tung, die sie bekundet haben und die ihrem Namen und ihrer Person dauernd eine glanzvolle Erinnerung in den Geschichtsblättern unserer Universität wie unserer Stadt sichern wird".[8] Innerhalb der Stadtgeografie war der Widerstand der *Weißen Rose* aus Sicht der Stadtväter vor allem in der Universität verortet. Diese Interpretation schrieben sie in den Folgejahren in den Münchner Stadtplan ein. Im Januar 1946 gab es im Stadtrat eine erste Anregung, dass eine *„Strasse nach den Geschwistern Scholl* benannt wird".[9] Sie seien, so hieß es weiter, „mit der Befreiung Münchens eng verbunden" und hätten ein „einmaliges Heroentum" bewiesen.[10] Dieser Vorschlag konkretisierte sich wenige Wochen später. In der Presse und in Petitionen von Bürgern an den Stadtrat war mehrfach gefordert worden, Straßen oder Plätze nach den Geschwistern Scholl, Kurt Huber und Alexander Schmorell zu benennen.[11] Nicht erwähnt wurden – über die Gründe schweigen die Quellen – Probst, Graf und Leipelt.[12] Die Abgeordneten entsprachen dem Anliegen der Bevölkerung und begründeten diesen Schritt mit seiner für jeden erkennbaren Selbstverständlichkeit: „Die Vorgänge sind noch in so naher Erinnerung, dass es keiner Erörterung bedarf, inwiefern die Ehrung berechtigt und veranlasst ist."[13] Auch über die geografische Verteilung in der Stadt war man sich schnell einig. So stellte der zuständige Referent, Stadtrat Preiß, klar: „Es ist naheliegend, den jugendlichen Mut und die Opferbereitschaft der studierenden Geschwister Scholl mit der Universität in Zusammenhang zu bringen."[14] Er schlug vor, die neuen und noch namenlosen „platzartigen Erweiterungen" vor dem Universitätsgebäude und dem gegenüberliegenden Priesterseminar nach den Geschwistern Scholl bzw. Professor Huber zu benennen.[15] Lediglich die genaue Bezeichnung des Kurt Huber gewidmeten Platzes löste noch Diskussionen aus. So gab es Kritik daran, dass der Platz „Professor-Huber-Platz" und nicht „Kurt-Huber-Platz" heißen sollte. Den Ausschlag zugunsten der Bezeichnung „Professor-Huber-Platz" gab die Befürchtung falscher Betonung durch die Münchner Bevölkerung. Preiß führte dazu aus: „Nach dem Sprachgebrauch scheint mir ‚Professor'-Huber-Platz richtiger zu sein; denn die Münchner sagen nicht Curt-*Huber*- [sic!], sondern *Curt*huber-Platz [sic!]. Jeder Straßenbahner wird sagen: Aussteigen, Curt-Huber-Platz [sic!]!"[16] Beide Platzbenennungen sorgten dafür, dass nun auch auf

---

[8] Stadtarchiv München, Bürgermeister und Rat, Nr. 2066, Rundfunkansprachen: Ansprache des Oberbürgermeisters Scharnagl bei der Geschwister-Scholl-Gedenkfeier in München am 4.11.45.

[9] Stadtarchiv München, Bürgermeister und Rat, Ratssitzungsprotokolle, Nr. 719/1, Sitzung des Stadtrats vom 3.1.1946, Hervorhebung i. Orig.

[10] Ebd.

[11] Stadtarchiv München, Bürgermeister und Rat, Ratssitzungsprotokolle, Nr. 719/1, Sitzung des Stadtrats vom 5.2.1946.

[12] Ebd.

[13] Ebd.

[14] Ebd.

[15] Ebd.

[16] Ebd. Zu diesem Zeitpunkt fuhr noch die Straßenbahn durch die Ludwigstraße, deshalb verwies Preiß auf den „Straßenbahner".

dem Stadtplan der Widerstand der *Weißen Rose* in enger Verbindung zur Universität stand. Verstärkt wurde dies noch, weil sich dadurch die Postanschrift der Universität änderte. Hatte sie bislang „Ludwigstraße 17" gelautet, so hieß sie nun „Geschwister-Scholl-Platz 1".[17] Zum Gedenken an Alexander Schmorell wurde in der Nähe seines Elternhauses der bisherige Harthauserplatz im Stadtteil Harlaching dem Widerstandskämpfer gewidmet.[18]

1947 gab es Beschlüsse, Straßen in einem geplanten Neubaugebiet im Stadtteil Freimann nach Probst und Graf zu benennen. Diese Planungen hatten sich allerdings noch Anfang der 1960er-Jahre nicht realisieren lassen.[19] Dann zeichnete sich eine Alternative ab: In der neu entstehenden *Studentenstadt* in Freimann, einer Wohnheimsiedlung für Studierende der Münchner Universitäten, wurden nach Stadtratsbeschluss weitere Straßen nach den Mitgliedern der *Weißen Rose* benannt.[20] Ausschlaggebend für diese Entscheidung war auch das Jubiläum zum 20. Todestag 1963.[21] Neben Christoph Probst und Willi Graf erhielt auch Hans Leipelt eine Straße. Die Interpretation, den Widerstand der *Weißen Rose* als studentischen Widerstand zu verstehen, wirkte hier also weiter. Zugleich lassen sich an diesem Prozedere auch Hierarchien des Erinnerns festmachen. Zum einen finden sich diese in der Chronologie der Ereignisse. Hans und Sophie Scholl, Kurt Huber und Alexander Schmorell erhielten vor den anderen Hingerichteten Plätze in der Stadt gewidmet. Erst etwa 20 Jahre später kamen die nach Probst, Graf und Leipelt benannten Straßen dazu. Zum anderen werden diese Unterschiede in der Stadtgeografie deutlich. Nach den Geschwistern Scholl und Huber wurden die repräsentativen und zentralen Plätze vor der Universität benannt. Sie befanden sich unmittelbar dort, wo die letzte Flugblattverteilung stattgefunden hatte. Der Schmorellplatz wurde durch seine Nähe zum schmorellschen Elternhaus hingegen eher in den Kontext von Familienleben gestellt. Näher am Stadtrand liegt auch die *Studentenstadt*. Überdies sind die dort nach den Widerstandskämpfern benannten Straßen eher Fußwege, die überwiegend von den Bewohnern der Siedlung benutzt werden und so klein sind, dass sie auf dem Stadtplan nur schwer auszumachen sind.

Auch Gedenktafeln verankerten die Erinnerung an die *Weiße Rose* im öffentlichen Raum. Vor allem in den 1990er-Jahren erlebte diese Form der Ehrung einen regelrechten Boom[22], doch es gab auch schon vorher vereinzelt Initiativen. Zum 25. Todestag von Hans und Sophie Scholl 1968 schlug der Stadtrat Herbert

---

[17] Ebd.

[18] Ebd.

[19] Stadtarchiv München, Kulturamt, Straßenbenennungen 1956–1967, Nr. 1355, Stadtrat Fischer an Stadtrat Herbert Hohenemser, 12.6.1963 und 10.7.1963.

[20] Stadtarchiv München, Bürgermeister und Rat, Ratssitzungsprotokolle, Nr. 736/4, Sitzung des Hauptausschusses vom 20.11.1963. Kulturamt, Straßenbenennungen 1956–1967, Nr. 1355, Stadtrat Fischer an Herbert Hohenemser, 21.1.1964. NL Kurt Huber, Nr. 196, Friedrich Mager: Weiße Rose – Symbol des Opfermutes, in: o. Ang. [Süddeutsche Zeitung?], 19.2.1963.

[21] Stadtarchiv München, Kulturamt, Straßenbenennungen 1956–1967, Nr. 1355, Stadtrat Fischer an Stadtrat Herbert Hohenemser, 10.7.1963.

[22] Pfoertner: Geschichte.

Hohenemser, ein langjähriger Freund Inge Scholls, vor, am ehemaligen Wohn-
haus der Geschwister in der Franz-Joseph-Straße eine Gedenktafel anzubringen.[23]
Die Geldspende, die dazu nötig war, fiel eher zufällig an. Hans Dürrmeier, der
Geschäftsführer des *Süddeutschen Verlags*, hatte der Stadt Geld für Gedenktafeln
gespendet, das zum Zeitpunkt des Vorschlags von Hohenemser noch nicht aufge-
braucht war.[24] Mit diesen Mitteln und nach der Zustimmung des Hausbesitzers
war es möglich, 1967 die Gestaltung der Tafel beim Bildhauer Karl Oppenrieder
in Auftrag zu geben. Als Inschrift war vorgesehen: „Hans und Sophie Scholl [,]
die unter dem Zeichen der ‚Weißen Rose' aktiven Widerstand gegen das Dritte
Reich geleistet haben, wohnten von Juni 1942 bis zu ihrem Tod am 22. Februar
1943 im Hause Franz-Joseph-Straße 13 Rückgebäude."[25] Pünktlich zum 22. Februar 1968 wurde das Denkmal am Gebäude angebracht, jedoch ohne große
Zeremonie. Das hatte der Spender abgelehnt.[26] Erst Mitte der 1980er-Jahre gab es
noch eine ähnliche Gedenktafel für ein Mitglied der *Weißen Rose*. Sie wurde 1985
an dem Haus in der Mandlstraße angebracht, in dem Willi Graf bis zu seiner Verhaftung im Februar 1943 gewohnt hatte.[27]

Ein weiterer Gedenkort in der Stadt waren die Friedhöfe, auf denen die Hingerichteten beigesetzt worden waren.[28] Hans und Sophie Scholl, Christoph Probst,
Alexander Schmorell und Willi Graf waren auf dem Friedhof am Perlacher Forst,
direkt neben dem Gefängnis Stadelheim, beerdigt worden. Nur Kurt Huber hatte
seine letzte Ruhestätte im Familiengrab auf dem Waldfriedhof gefunden. Nach
Kriegsende wurden Willi Grafs sterbliche Überreste exhumiert und nach Saarbrücken, wo seine Eltern wohnten, überführt. Dort wurden sie in einem Ehrengrab
der Stadt beerdigt.[29]

Die Grabpflege war zunächst Familienangelegenheit. Inge Scholl und ihre Mutter fuhren noch während des Kriegs mehrfach nach München, um die Gräber zu
besuchen und in Ordnung zu halten.[30] Zusammen mit Herta Probst, deren
Mann neben den Scholls beerdigt war, plante sie zudem die Aufstellung neuer

---

[23] Stadtarchiv München, Kulturamt, Nr. 1204, Scholl-Gedenktafel 1967–68, Herbert Hohenemser an Herrn Delisle (Bauamt), 27. 2. 1967.
[24] Stadtarchiv München, Kulturamt, Nr. 1204, Scholl-Gedenktafel 1967–68, Herr Gebhardt
(Bauamt) an Herrn Böck (Kulturreferat), 14. 3. 1967, und Herr Delisle (Bauamt) an Herrn
Böck (Kulturreferat), 31. 10. 1967.
[25] Stadtarchiv München, Kulturamt, Nr. 1204, Scholl-Gedenktafel 1967–68, Herr Delisle (Bauamt) an Herrn Böck (Kulturreferat), 31. 10. 1967.
[26] Stadtarchiv München, Kulturamt, Nr. 1204, Scholl-Gedenktafel 1967–68, Herr Gebhardt
(Bauamt) an Herrn Böck (Kulturreferat), 15. 2. 1968. IfZ, ED 474, Bd. 6, Robert Scholl an Ge-
neraldirektor Dürrmeier, 26. 1. 1968. Gedenktafel für die Geschwister Scholl, in: Süddeutsche
Zeitung, 25. 1. 1968.
[27] http://www.ris-muenchen.de/RII/RII/DOK/SITZUNGSVORLAGE/1294949.pdf (zuletzt eingesehen am 3. 6. 2012).
[28] Stuiber: Hingerichtet.
[29] IfZ, ED 474, Bd. 263, Gerhard Graf an Familie Scholl, 22. 6. 1947.
[30] IfZ, ED 474, Bd. 31, Inge Scholl an Otl Aicher, 23. 9. 1943 und 4. 11. 1943. Bd. 32, Inge Scholl
an Otl Aicher, 24. 2. 1944, 23. 6. 1944.

Holzkreuze nach Entwürfen Otl Aichers, was allerdings auf die Zeit nach Kriegsende verschoben werden musste.[31]

Je mehr die Gräber vor allem der Scholls und Probsts im Laufe der Zeit zu Gedenkorten wurden, die nicht nur der familiären Erinnerung, sondern auch dem öffentlichen Gedenken dienten, desto größer wurde die Einmischung städtischer Stellen, in deren Ressort die Friedhofsverwaltung fiel. Bereits im Herbst 1946 hatte es einen Stadtratsbeschluss gegeben, dass die Pflege von Grabstellen politisch Verfolgter von der Stadt übernommen würde, sofern sich nicht Verwandte und Freunde darum kümmerten.[32] Das traf für die Gräber der Scholls und Probsts nicht zu, doch wurde über die in der Verantwortung der Familien liegende Instandhaltung gewacht und – wenn es nötig schien – disziplinarisch eingegriffen. So kritisierte der zuständige Stadtrat Erwin Hamm 1956 in einem Brief an Inge Scholl den schlechten Zustand der Gräber und mahnte eine Erneuerung der stark verwitterten Holzkreuze an: „Sowohl die Gräber Ihrer Geschwister wie das des Herrn Probst werden aber des öfteren von in- und ausländischen Delegationen besucht und hinterlassen dabei nicht den besten Eindruck."[33] Die daraufhin einsetzende Neuaushandlung um die Zuständigkeiten bei der Instandhaltung der Grabstätten führte dazu, dass diese in die Obhut der Stadt überging, einschließlich einer Kranzniederlegung am Todestag und an Allerheiligen.[34] Anfang 1957 wurden neue Kreuze auf den Gräbern aufgestellt, die 1963 nach Entwürfen von Otl Aicher noch einmal ersetzt wurden.[35] Die Holzkreuze wurden von Exemplaren aus Bronze abgelöst, auch die Bodenplatten wurden aus diesem Material hergestellt.[36] Die Querbalken der Kreuze, die an Hans und Sophie Scholl erinnern, sind miteinander verbunden. Auf den Bodenplatten stehen noch einmal die Namen der Hingerichteten und deren Geburts- und Sterbejahr. Diese Übernahme der Gräber in die öffentliche Hand machte es immer schwieriger, diesen Ort auch noch als privaten Ort zu besetzen. So gab es nach dem Tod von Magdalene Scholl 1958 komplizierte Verhandlungen zwischen Robert Scholl und der Stadtverwaltung, ob deren Urne in den Gräbern ihrer Kinder beigesetzt werden dürfe. Das wurde schließlich genehmigt[37], doch als Familiengrab schied dieser Ort in Zukunft aus. Als Robert Scholl 1973 starb, wurde er in Stuttgart beerdigt, wo er zuletzt gewohnt hatte.[38]

---

[31] IfZ, ED 474, Bd. 32, Inge Scholl an Otl Aicher, 22. 9. 1944 und 11. 11. 1944.
[32] Stadtarchiv München, Bürgermeister und Rat, Ratssitzungsprotokolle, Nr. 719/4, Sitzung des Hauptausschusses vom 26. 9. 1946.
[33] IfZ, ED 474, Bd. 6, Erwin Hamm an Inge Scholl, 19. 7. 1956.
[34] IfZ, ED 474, Bd. 6, Robert Scholl an Erwin Hamm, 21. 9. 1956. Erwin Hamm an Robert Scholl, 25. 9. 1956 und 26. 10. 1956.
[35] IfZ, ED 474, Bd. 6, Robert Scholl an die Direktion des Bestattungsamtes, 1. 12. 1959. Herr Scheibmayr (Städtische Bestattung) an Robert Scholl, 6. 6. 1963.
[36] IfZ, ED 474, Bd. 6, Otl Aicher: [Beschreibung der geplanten Grabgestaltung], 17. 10. 1961.
[37] IfZ, ED 474, Bd. 6, Korrespondenz zwischen Robert Scholl und dem Bestattungsamt. Siehe v. a. Robert Scholl an die Direktion des Bestattungsamts, 1. 12. 1959.
[38] Siehe hierzu IfZ, ED 474, Bd. 13.

Die Entscheidungen des Stadtrats und der Stadtverwaltung bestimmten also darüber mit, wo und wie Orte des Erinnerns in der Stadt geschaffen wurden und wie Erinnerung in den öffentlichen Raum integriert wurde. Dabei handelten die Vertreter der Stadt aus eigener Initiative, häufiger reagierten sie aber auf Impulse von außen. Dann jedoch trieben sie diese Projekte voran und bemühten sich, den Ansprüchen der Öffentlichkeit gerecht zu werden. Dabei wurden Orte privaten Gedenkens entprivatisiert. Das traf insbesondere auf die Gräber von Hans und Sophie Scholl und Christoph Probst zu, die mehr und mehr zu öffentlichen Gedenkorten wurden, an denen für familiäres Erinnern kaum noch Platz war.

5.1.2 Die Universität und die *Weiße Rose*

Zentraler Gedenkort in München wurde die Ludwig-Maximilians-Universität (LMU), wo Hans und Sophie Scholl am 22. Februar 1943 das letzte Flugblatt der Widerstandsgruppe verteilt hatten.[39] Der Ort des Geschehens, der Lichthof, kam jedoch zunächst als Gedenkstätte nicht infrage. Er war bei einem Luftangriff im Sommer 1944 stark beschädigt worden und galt seitdem als einsturzgefährdet.[40] Die Universitätsleitung nutzte diesen Umstand nach Kriegsende dafür, von der Stadt Unterstützung für den Wiederaufbau des Universitätsgebäudes zu fordern. So hieß es 1947 in einem Schreiben des Rektors an Oberbürgermeister Scharnagl, in dem er um Gerät zur Schutträumung bat: „[…] die Universität wurde schon mehrfach, auch von ausländischer Seite, darauf hingewiesen, daß der Zustand des Platzes wenig würdig des Namens sei, den er erhalten hat."[41] Die Stadt München hatte sich mit der Benennung des *Geschwister-Scholl-Platzes* also auch eine besondere Verantwortung für den Wiederaufbau der Universität aufgeladen – zumindest in der Sicht der Universitätsleitung.

Das Gedenken an den Widerstand der *Weißen Rose* innerhalb der Universität musste bis zur Wiederherstellung des Lichthofs an andere Orte innerhalb des Gebäudes verlagert werden. Dass Gedenken stattfinden sollte und auch musste, darüber bestand Einigkeit. Wie viele andere Institutionen hatte die Rolle, die sie während des *Dritten Reichs* eingenommen hatte, auch das Selbstverständnis der Universitäten in ihren Grundfesten erschüttert. Die Universitäten hatten sich in Lehre, Forschung und Verwaltung ideologischen Vorgaben gebeugt, sie mitgetragen, ausgeführt und radikalisiert.[42] Die Studentenschaft, zusammengefasst im *Nationalsozialistischen Deutschen Studentenbund*, hatte 1933 die Bücherverbrennungen initiiert und durchgeführt, die in München auf dem Königsplatz statt-

---

[39] Ein knapper Überblick zum Gedenken an der Universität München findet sich bei Kirchberger: „Weiße Rose", S. 33–39.

[40] UAM, Sen. 389/1 (Universitätsgebäude, Wiederaufbau), Universitätsbauamt München: Luftkriegsschäden und Wiederaufbau der Universität München und ihrer Institute, 24. 11. 1947.

[41] UAM, Sen. 389/1 (Universitätsgebäude, Wiederaufbau), Der Rektor an Karl Scharnagel, 10. 3. 1947.

[42] Kraus (Hrsg.): Universität.

gefunden hatten.[43] Walther Wüst, der seit 1941 Rektor an der LMU gewesen war, hatte zudem die Etablierung der so genannten „völkischen Wissenschaften" an der Universität vorangetrieben.[44] Das alles belastete die Wiederaufnahme des Universitätsbetriebs nach Kriegsende mit einem schweren Erbe.[45] Die Entwicklungen der Universitäten und das Verhalten vieler Wissenschaftler während der Zeit des Nationalsozialismus stellten sich nun als Verrat an den traditionellen Bildungsidealen der Universitäten humboldtscher Prägung dar. Die Universitäten suchten wie die ganze Gesellschaft in ihrer Geschichte nach unbelasteten Vorbildern und Zeichen des Widerstands gegen den Nationalsozialismus. Das ging zum einen mit einer Rückbesinnung auf die humboldtschen Traditionen einher[46], zum anderen erfuhr der Widerstand der *Weißen Rose* eine breite Rezeption. Er wurde als spezifisch „universitär" interpretiert und galt als Beweis dafür, dass die altbewährten akademischen und wissenschaftlichen Tugenden auch während des Nationalsozialismus überlebt hatten.[47] Insofern richtete sich gerade in den ersten Jahren das Gedenken an die *Weiße Rose* auf eine Rehabilitierung der Institution Universität. Anknüpfungspunkte ließen sich leicht finden. Bis auf Probst hatten alle der hingerichteten Studenten ihr Studium in München absolviert und Huber hatte dort gelehrt.[48] Das letzte Flugblatt, das im Lichthof der Universität verteilt worden war, hatte sich schon mit seinem Titel *Kommilitoninnen! Kommilitonen!* an die studentische Öffentlichkeit gewandt.

Die Initiative für eine erste Gedenktafel innerhalb des Universitätsgebäudes ging jedoch nicht von der Universitätsleitung, den Lehrenden oder Studierenden aus, sondern war ein Anliegen des bayerischen Kultusministers Franz Fendt. Fendt gab schon während der Gedenkfeier vom 4. November 1945 bekannt, dass er sich für die Anbringung eines Denkmals am Ort des Geschehens einsetzen wolle.[49] Fast genau ein Jahr später, am 2. November 1946, wurde die Gedenktafel enthüllt.[50] Weil der Lichthof noch immer nicht zugänglich war, wurde sie neben der Aula angebracht. Diese Steintafel trägt eine lateinische Inschrift, deren Übersetzung lautet:

Aus Liebe zur Menschlichkeit starben eines unmenschlichen Todes: Willi Graf, Kurt Huber, Hans Leipelt, Christoph Probst, Alexander Schmorell, Hans Scholl, Sophie Scholl. In den Jahren

[43] Rosenfeld: Architektur, S. 146.

[44] Schreiber: Walther Wüst.

[45] Wolgast: Wahrnehmung, S. 285–328. Paulus: Vorbild USA?, S. 97–146.

[46] Paletschek: Erfindung. Christina Schwartz stellt dagegen die „Universitas-Idee" heraus, siehe Schwartz: Hochschule.

[47] Das gilt allerdings nicht für einen Großteil der Feiern zur Wiedereröffnung der Universitäten seit dem Herbst 1945. In den dort gehaltenen Reden kam die *Weiße Rose* kaum vor, auch an der LMU wurde sie nicht erwähnt, siehe: Wolgast: Wahrnehmung, S. 312–319.

[48] Siehe die Biografien in Zankel: Mit Flugblättern.

[49] Sie starben für uns alle, in: Süddeutsche Zeitung, 6. 11. 1945.

[50] Stadtarchiv München, NL Kurt Huber, Nr. 196, F. Kemp: Gedenkfeier für die Opfer der Münchner Studentenrevolte, in: o. Ang. [Süddeutsche Zeitung, ca. Anfang November 1946]. Mittlerweile wurde die Tafel umgesetzt und befindet sich nun an der vermuteten Abwurfstelle der Flugblätter auf der Galerie des Lichthofs.

1943 und 1945. So bewährt sich der echte Mut, der sich keiner fremden Willkür beugt. Seneca, Briefe XIII.[51]

Die lateinische Sprache der Inschrift verwies auf den akademischen Adressatenkreis dieser Widmung. Weniger Gebildeten, die die lateinische Sprache nicht oder nicht ausreichend beherrschten, blieb der Zugang dazu verwehrt.

Bei der Einweihungsfeier beschwor der Romanist Karl Vossler, der die Festrede hielt, den Widerstand als Ausdruck überdauernder akademischer Traditionen und Überzeugungen auch während des Nationalsozialismus und richtete damit die Widerstandserinnerung auf ein akademisches Publikum aus.[52] Während die Tafelinschrift die „Liebe zur Menschlichkeit" als Motivation und Ziel des Widerstands der *Weißen Rose* nannte, ersetzte Vossler dies in seiner Rede durch den angeblichen Wunsch der Widerstandskämpfer nach Freiheit der Wissenschaft. Er schloss mit einem Appell an die Studierenden:

So verschieden im Einzelnen ihre Überzeugungen sein mochten, im Punkt der freien Wissenschaft waren die Sieben unserer Universität sich einig; und dafür haben sie ihr Leben gelassen. Die Gedenktafel, die wir nun enthüllen wollen, soll uns eine bleibende Erinnerung daran sein, ein Zeichen der Ehre und Dankbarkeit, die wir den toten Commilitonen schul[d]en, eine Mahnung für Jeden, der hier studieren will. Denn, vergessen wir es nicht: Freiheit und Echtheit der Wissenschaft ist keine Einrichtung und kein Vorrecht, das man ererbt oder durch die heute so viel begehrte Immatrikulation erwirbt und das sich etwa mit dem Opfertod heldenhafter Märtyrer für die Zukunft sichern läßt. Niemals! Wir selbst müssen, jeder mit persönlichem Einsatz[,] jedes Mal neu diese Freiheit erkämpfen, hüten, verteidigen. Dazu soll der Gedanke, wie unsere sieben Kameraden hier ihre Feuerprobe bestanden haben, uns immer ermutigen.[53]

Das Gedenken an den Widerstand der *Weißen Rose* erfüllte hier die Funktion einer akademischen Selbstvergewisserung, die sich in kämpferischer Rhetorik Glaubwürdigkeit und Moralität zurückzuerobern versuchte. Damit ist der Umgang mit der Erinnerung an den Widerstand zugleich ein Beispiel dafür, wie sich bestimmte gesellschaftliche Gruppen Erinnerung speziell auf ihre Bedürfnisse, Begründungs- und Traditionslücken zuschnitten. Es war nicht nur die „große" Geschichte der Bundesrepublik, in die die Erinnerung an die *Weiße Rose* eingeschrieben wurde, sondern auch die vielen kleinen, disparaten Geschichten von ganz unterschiedlichen gesellschaftlichen und politischen Gruppen. Das führte zu einer doppelten Verankerung der Widerstandserinnerung in der bundesdeutschen Gesellschaft.

Die enge Verknüpfung des Widerstands der *Weißen Rose* mit universitären Traditionen stellten nicht nur die etablierten Professoren wie Vossler oder – ein Jahr zuvor – Guardini her. Auch die Studenten suchten hier Vorbilder. Wolf Jaeger, der mit Hans Scholl befreundet gewesen war, interpretierte in seiner Rede zur Immatrikulationsfeier an der Universität Heidelberg im Juni 1946 die Beziehung von

---

[51] Zit. nach ebd.

[52] Stadtarchiv München, NL Kurt Huber, Nr. 196, Karl Vossler: Ansprache zur Enthüllung der Gedenktafel für die Opfer der Studentischen Widerstandsbewegung am 2. 11. 46 in der Aula der Münchener Universität. Veröffentlicht unter dem Titel: Gedenkrede für die Opfer an der Universität München, München 1947.

[53] Ebd.

Hans Scholl und Kurt Huber als das „ideale Verhältnis von Schüler und Lehrmeister" und den Widerstand als Tat der „*Universität* [...], die – in Erinnerung an die besten Traditionen deutscher Universitäten – in der Gestalt Professor Hubers und der Studenten um Hans Scholl den Kampf um ‚echte Geistesfreiheit und wahre Wissenschaft' aufnahm".[54] Das universitäre Gedenken zog auch eine Veränderung in den Erinnerungshierarchien nach sich. Vor allem in den ersten Jahren nach dem Krieg wurde Kurt Huber in diesem Kontext zur Zentralfigur des Widerstands und zum Symbol für den idealen Hochschullehrer. Huber war im Kontext des universitären Gedenkens zunächst rezipierfähiger, vor allem dann, wenn nicht in ausschließlich studentischen Kontexten erinnert wurde. Dort lässt sich hingegen das Fortschreiben einer Erinnerungserzählung finden, die die Geschwister Scholl in den Mittelpunkt stellte.

Studentisches Erinnern an den Widerstand der *Weißen Rose* war seit den ersten Nachkriegsjahren nicht nur an der LMU, sondern auch an anderen Universitäten präsent. Eine zentrale Rolle übernahmen hierbei die Überlebenden des Widerstands sowie Freunde der Hingerichteten. Sie begannen nach Kriegsende ihr Studium oder setzten die noch in der Kriegszeit begonnene universitäre Ausbildung fort. Ihre Zeitzeugenschaft war gefragt und das Sprechen über den Widerstand nun aus der Sicht der Beteiligten und Freunde möglich. Während des Nationalsozialismus hingegen hatte es eine deutliche Abgrenzung der Studentenschaft vom Widerstand gegeben, die mit einem klaren Bekenntnis zum NS-Regime einherging.[55] Auch deshalb bestand das Bedürfnis nach Rehabilitation und neuer positiver Traditionsbildung. Überlebende und Freunde meldeten sich in studentischen Publikationsorganen zu Wort oder wurden gar – wie Jürgen Wittenstein – im Ausland zum Botschafter des neuen deutschen studentischen Selbstverständnisses, das sich auf die Tradition des Widerstands berief.[56] Hans Hirzel schrieb in den Göttinger *Studentischen Blättern* über seine Sicht auf den Roman *Es waren ihrer sechs* von Alfred Neumann[57], und Fritz Hartnagel, der ehemalige Verlobte Sophie Scholls und nun Jurastudent in München, berichtete zum fünften Todestag 1948 in der *Münchner Studentenzeitung* von den Geschwistern Scholl. Er plädierte für eine Vergegenwärtigung des Widerstands im jeweils eigenen Leben: „Laßt sie uns doch viel lieber hereinholen in unsere Hörsäle, laßt sie zwischen uns sitzen bei unseren Gesprächen, laßt sie teilhaben an den Fragen und Problemen unserer Zeit, auf die ihr ganzes Denken und Trachten doch gerichtet war."[58] Widerstandserinnerung war zwar in den ersten Nachkriegsjahren kein zentrales Thema in den Studentenzeitungen. Dort überwog die Auseinandersetzung mit Alltagsproblemen wie Wohnungsnot und Nahrungsmangel sowie die aktuellen hochschulpolitischen

---

54 IfZ, ED 474, Bd. 382, [Wolf Jaeger]: Gedenkworte für die Opfer der Münchner Studentenerhebung 1943 in der Alten Aula der Heidelberger Universität, Immatrikulationsfeier am 17.6. 1946, Hervorhebung i. Orig. Siehe auch IfZ, Fa 215, Bd. 2.
55 Siehe Kap. 1.2, sowie Zankel: Mit Flugblättern.
56 Siehe Kap. 2.2.1.
57 Siehe Kap. 2.2.2.
58 Hartnagel: Todesurteil, S. 11.

Diskussionen.[59] Aber zumindest Jubiläen wie der fünfte Todestag 1948 oder Themen wie der Roman Neumanns boten Anlass, an den Widerstand zu erinnern. Gleiches galt für die jährlichen Ehrungen der *Weißen Rose* an der LMU mit Kranzniederlegung vor der Gedenktafel neben der Aula. Sie waren feste und schnell ritualisierte Programmpunkte des universitären Jahresablaufs, verloren aber, sobald die Veranstaltung vorüber war, schnell an Glanz. Das war auch nach der Enthüllung der Gedenktafel neben der Aula nicht anders. So schrieb Karin Kleeblatt, die Mutter Christoph Probsts, am 27. Februar 1948 an Inge Scholl: „Als ich vor einiger Zeit noch einmal in die Universität ging, um die Gedenktafel anzuschauen, waren die Trauerkränze ganz braun u. verdorrt u. der Flor grau verstaubt."[60]

Nach einer langen Wiederaufbauphase war der Lichthof seit Ende 1957 wieder zugänglich, doch mit einer Gedenkfeier für die *Weiße Rose* offiziell eröffnet wurde er erst am 12. Juli 1958, einen Tag vor dem 15. Todestag Kurt Hubers und in einem Jubiläumsjahr der LMU.[61] Noch während des Baus wurde der Lichthof als Ort des Erinnerns an den Widerstand konzipiert. Sichtbar gemacht werden sollte diese Verknüpfung durch ein Denkmal für die *Weiße Rose*. Die Entscheidung dazu lag seit 1954 vor[62], ein Jahr später wurde ein Künstlerwettbewerb ausgeschrieben.[63] Inge Scholl und ihr Vater versuchten, auch dieses Erinnern familiär zu besetzen. Sie legten dem Rektor der Universität nahe, für die Gestaltung des Denkmals Otl Aicher oder Max Bill, den Direktor der von Inge Scholl und Otl Aicher initiierten Ulmer *Hochschule für Gestaltung*, zu engagieren.[64] Das hätte überdies den Effekt gehabt, dass die noch in den Kinderschuhen steckende hfg einen prestigeträchtigen Auftrag hätte verbuchen können. Allerdings wurden sowohl Inge Scholl als auch ihr Vater auf den Wettbewerb verwiesen.[65] Diesen gewann dann der Bildhauer Lothar Dietz mit seinem Entwurf für ein Relief, das die sieben Hingerichteten in einer Reihe auf den Betrachter zuschreitend zeigt.[66] Sieben deshalb, weil auch Leipelt hier in den Kreis der Widerstandskämpfer aufgenommen war. Doch die Realisierung zog sich mehrere Jahre hin, bis schließlich eine Einigung über die konkrete Ausgestaltung des Denkmals gefunden werden konnte.[67] Auch die Angehörigen wurden bei der Begutachtung der Entwürfe mit einbezogen. Die schließlich genehmigte Bronzetafel wurde am südwestlichen Vierungspfeiler des

---

[59] Siehe z. B. die Münchner Studentenzeitung.

[60] IfZ, ED 474, Bd. 277, Karin Kleeblatt an Inge Scholl, 27. 2. 1948.

[61] BayHStA, MK 69120, Beiakt 6: Lichthof, Staatsministerium für Unterricht und Kultus: Vormerkung über eine Besprechung am 6. 5. 1967, 9. 5. 1957.

[62] Stadtarchiv München, NL Kurt Huber, Nr. 196, Ein Denkmal für die Weiße Rose, in: Süddeutsche Zeitung, 27./28. 11. 1954.

[63] IfZ, ED 474, Bd. 390, Der Rektor [Marchionini] an Inge Scholl, 14. 1. 1955.

[64] IfZ, ED 474, Bd. 390, Der Rektor [Marchionini] an Inge Scholl, 14. 1. 1955, und Robert Scholl an Marchionini, 23. 1. 1955.

[65] IfZ, ED 474, Bd. 390, Der Rektor [Marchionini] an Inge Scholl, 14. 1. 1955, und Marchionini an Robert Scholl, 23. 1. 1955.

[66] UAM, Sen. 389/1 (Universitätsgebäude, Wiederaufbau, 1956–60), Universitätsbauamt München: Vormerkung einer Besprechung am 13. 12. 1955, 14. 12. 1955.

[67] Siehe dazu die Korrespondenz in: UAM, Sen. 389/1 (Universitätsgebäude, Wiederaufbau, 1956–60).

Abb. 4: Ansprache des Rektors Egon Wiberg bei der Enthüllung der Gedenktafel im Lichthof am 12. Juli 1958.

Lichthofs angebracht.[68] Unterhalb finden sich in die Marmorwand eingraviert die Namen der Hingerichteten und ein kleiner Steinquader mit einer symbolisierten weißen Rosenblüte. Zeitweilig war im Gespräch, einen „Opferstein" vor dem Relief aufzustellen.[69] Die Wiedereröffnung des Lichthofs wurde gemeinsam mit der Denkmalseinweihung in Form einer Gedenkfeier für die *Weiße Rose* begangen (Abb. 4).[70] Der symbolische Bezug zum Todestag Hubers statt zu dem der Scholls war zum einen den Verzögerungen bei der Errichtung des Denkmals geschuldet. Zum anderen entsprach dieses Datum eher der Sichtweise der Universitätsleitung auf den Widerstand, die Huber und nicht die Studenten als dessen Zentrum ansehen wollte und so akademische Hierarchien im Gedenken reproduzierte. In der Einladung zur Einweihung der Tafel hieß es, diese werde „verbunden mit der

---

[68] UAM, Sen. 389/1 (Universitätsgebäude, Wiederaufbau 1956–60), Universitätsbauamt München: Vormerkung, 20.1.1958. Eine Beschreibung findet sich auch in: UAM, Sen. 389/1 (Feier der Wiederherstellung des Lichthofes der Univ. München), Das Mahnmal der „Weißen Rose", in: Münchner Merkur, 14.7.1958.

[69] Ebd.

[70] Ein Bericht über die Feier findet sich in: Jahrbuch der Ludwig-Maximilians-Universität München 1957/1958, S. 191–196.

Enthüllung des Mahnmals für Prof. Dr. Kurt Huber und seinen studentischen Widerstandskreis".[71] Die traditionelle Kranzniederlegung in der Universität am 22. Februar des gleichen Jahres hatte zwar stattgefunden, war aber ganz bewusst in bescheidenem Rahmen abgehalten worden, ohne dass die Angehörigen dazu eingeladen worden waren.[72] Diese interpretatorischen Vorgaben wirkten bis in die Presseberichterstattung fort. Der *Münchner Merkur* schrieb, Huber sei „geistiger Führer der […] Widerstandsorganisation" gewesen.[73] Die jährlichen Gedenkfeiern, die in der Folgezeit im Lichthof stattfanden, wurden jedoch wieder an das Datum des 22. Februar gekoppelt. Die Widerstandserinnerung ließ sich also dauerhaft nicht auf ein anderes Zentrum hin ausrichten. Schon bei der Einweihungsfeier gerieten diese unterschiedlichen Interpretationen sichtbar miteinander in Konflikt. Denn das Denkmal für die *Weiße Rose*, das gleichzeitig eingeweiht wurde, stellte Hans und Sophie Scholl in der Vordergrund. Ganz ähnlich kollidierte auch die Vorrangstellung Hubers in der akademischen Erinnerungserzählung mit der gleichzeitigen Aktualisierung der Widerstandserinnerung als Bestandteil des bundesrepublikanischen Freiheitsnarrativs. So gab es einerseits Bemühungen, Huber als idealtypischen Vertreter akademischer Freiheit herauszustellen, andererseits wurde das Denkmal im Lichthof zunehmend als „Freiheitsdenkmal" bezeichnet. Auch bei der Festrede, die Romano Guardini hielt, zeigte sich dies: Sie trug den Titel „Es lebe die Freiheit!" und spielte mit dem Zitat Hans Scholls auf diese verschiedenen Ebenen der Erinnerungserzählungen an.[74] Guardini appellierte darin an seine Zuhörer, die individuelle Freiheit in der Bindung an Gott zu wahren. Freiheit sei nicht in der Einhaltung von Menschen- und Bürgerrechten erschöpft, sondern müsse gestaltet und ihr Gebrauch von moralischen Maßstäben gestützt sein, weil sonst Willkür drohe. Darin sah Guardini auch „die Grundlage für alles das […], wofür unsere Universität stehen muß, solange sie ihres Namens würdig sein will".[75]

Die Einweihungsfeier war als akademisches Ereignis inszeniert, zu dem aber auch die Angehörigen und Überlebenden Zutritt hatten, die durch ihre Anwesenheit die Feier ihrerseits legitimierten.[76] Den Studierenden kam die Rolle der Zu-

---

[71] UAM, Sen. 389/1 (Feier der Wiederherstellung des Lichthofes der Universität München), Egon Wiberg (Rektor): Einladung zur Einweihung des wieder aufgebauten Lichthofs, 9.6. 1958.

[72] UAM, Sen. 389/1 (Horazspruch, Vol. I conf. Vol. II), Der Rektor der LMU an Robert Scholl, 25.2.1958.

[73] UAM, Sen. 389/1 (Feier der Wiederherstellung des Lichthofes der Universität München), Das Mahnmal der „Weißen Rose", in: Münchner Merkur, 14.7.1958. Das Vergangene durchdenken, in: Münchner Merkur, 14.7.1958. Bekenntnis zur Freiheit, in: Süddeutsche Zeitung, 14.7.1958.

[74] Guardini: „Es lebe die Freiheit!". Siehe auch UAM, Sen. 389/1 (Feier der Wiederherstellung des Lichthofes der Universität München), Das Mahnmal der „Weißen Rose", in: Münchner Merkur, 14.7.1958.

[75] Guardini: „Es lebe die Freiheit", S. 101.

[76] Feier der Wiederherstellung des Lichthofes und Enthüllung des Mahnmals für Professor Dr. Kurt Huber und seinen studentischen Widerstandskreis am 12. Juli 1958, in: Jahrbuch der Ludwig-Maximilians-Universität München 1957/1958, S. 191–196. UAM, Sen. 389/1 (Feier der Wiederherstellung des Lichthofes der Universität München), Einladungsliste, o. D. [ca. 1958].

hörer zu.[77] Allerdings zeigten sich zwischen den Erinnernden auch erste Diskrepanzen bezüglich des als „angemessen" verstandenen Umgangs mit Erinnerung.
Der Buchhändler Josef Söhngen, der am Widerstand beteiligt gewesen war, kritisierte in einem Brief an den Rektor die „Formlosigkeit" der der Feier beiwohnen-
den Studenten, die geraucht und gegessen hätten und zu leger gekleidet gewesen
seien.[78]

Auch wenn Söhngen das Auftreten der Studierenden bei der Einweihung des
Lichthofs bemängelte, so bedeutete deren Verhalten nicht, dass sie kein Interesse
an Widerstandserinnerung hatten. Es war vielmehr das Gegenteil der Fall. Bereits
seit Beginn der 1950er-Jahre verstärkte sich die studentische Inanspruchnahme
der *Weißen Rose* und führte zu einer hohen Präsenz der Widerstandserinnerung
an der LMU. Das lag an dem grundsätzlichen politischen und gesellschaftlichen
Trend, die Auseinandersetzung mit dem Antikommunismus auch über Vergangenheitsbewältigung zu führen. Diese Entwicklung bildete sich innerhalb der
Universitäten ab.[79]

Während es in den ersten Jahren nach Kriegsende vor allem um die Neuerfin-
dung positiver Erinnerungtraditionen gegangen war, änderten sich nun die Be-
zugspunkte für Widerstandserinnerung. Es wurde versucht, Gegenwartsbezug
über die Realitäten des *Kalten Kriegs* herzustellen. Diese Verknüpfung war auch
deshalb möglich geworden, weil in der DDR Anfang der 1950er-Jahre vor allem
Oberschüler und Studenten offen gegen den Alleinherrschaftsanspruch der SED
protestierten, was auch in der Bundesrepublik stark rezipiert wurde.[80] Die westdeutschen Studenten sahen sich und ihre Kommilitonen in der DDR durch eine
gemeinsame Wissenschaftradition verbunden, die durch die staatliche Teilung
nicht aufgehoben war.[81] Organisatorisch und strukturell institutionalisiert wurde
diese Auffassung durch das *Amt für gesamtdeutsche Studentenfragen* des *Verbands
deutscher Studentenschaften* (VDS). Die Unterstützung von Studenten in der DDR
war ein erster Kristallisationspunkt politischen Engagements westdeutscher Studenten, auch wenn sich dies vor allem in Geldsammlungen für notleidende Kommilitoninnen und Kommilitonen in der DDR ausdrückte.[82] Entscheidend war
dabei jedoch, dass die westdeutschen Studenten auf diesem Weg in den Antikommunismus-Konsens der jungen Bundesrepublik eingebunden wurden. Das führte
wiederum dazu, dass sich unter ihnen eine starke Befürwortung des westdeutschen Staats- und Politikmodells etablieren konnte. Über den Antikommunismus
wurde die Politik wieder in die Universität hineingetragen, woraus sie durch die

---

[77] Ebd.

[78] UAM, Sen. 389/1 (Feier der Wiederherstellung des Lichthofes der Universität München), Josef Söhngen an den Rektor der LMU, 15.7.1958.

[79] Spix: Elfenbeinturm.

[80] Ammer: Geschwister Scholl. Blecher/Wiemers (Hrsg.): Studentischer Widerstand. Mühlen:
„Eisenberger Kreis".

[81] Spix: Elfenbeinturm, S. 336–389. Rohwedder: Kalter Krieg.

[82] Für das Beispiel München siehe den Bericht des Allgemeinen Studentenausschusses (AStA),
in: Jahrbuch der Ludwig-Maximilians-Universität München 1957/1958, S. 263–270, hier
S. 266–267.

Rückbesinnung auf ein humanistisches Bildungsideal in den ersten Jahren nach Kriegsende vertrieben worden war. Die Widerstandserinnerung wurde auf diese Weise aktualisiert und neu verfügbar gemacht. Die Broschüre des VDS über die *Weiße Rose*, die dann zur Initialzündung für Inge Scholls Buch *Die weiße Rose* wurde, ist dafür ebenso symptomatisch wie der 1951/52 erbittert geführte Namenskonflikt der FDJ-Hochschulgruppe an der LMU, die sich nach der Münchner Widerstandsgruppe benennen wollte.[83] Widerstandserinnerung wurde damit auch zunehmend im Sinne einer bundesdeutschen freiheitlich-demokratischen Grundgesetztreue interpretiert, die sich gleichermaßen gegen linke wie rechte politische Strömungen richtete. Studierende nutzten Bezüge zur Widerstandstradition der *Weißen Rose*, um sich gleichermaßen von links wie von rechts abzugrenzen. Karl Tuch vom *Allgemeinen Studentenausschuss* (AStA) der Universität Tübingen schrieb an Inge Scholl: „Wir haben grosses Interesse daran, das Aufbegehren eines freiheitlich gesinnten Geistes gegen die Willkür nicht in Vergessenheit geraten zu lassen, sondern dieses Zeichen einer echten akademischen Würde auch heute wieder aufzurichten."[84] In Würzburg war es ein Treffen der rechtsradikalen *Sozialistischen Reichspartei* (SRP), das die Studierenden der dortigen Universität dazu bewegte, das Vorbild des Widerstands für sich in Anspruch zu nehmen. Karl Sauer und 19 weitere, nicht namentlich genannte Studenten schrieben in einem Leserbrief:

Eines aber ist uns, denen der Opfertod der Geschwister Scholl immer Verpflichtung und Mahnung sein wird, klargeworden: daß es unsere Aufgabe ist, schärfstens jenem Ungeist entgegenzutreten, der es heute wieder wagt, das Gedankengut einer überwundenen Epoche erneut anzubieten.[85]

Diese Verknüpfungen wurden von der bundesdeutschen Politik bestätigt. So wandte sich Bundespräsident Theodor Heuss aus Anlass des zehnten Todestags von Hans und Sophie Scholl und Christoph Probst mit einem Grußwort an die Studenten in München und Berlin, in dem er die Verpflichtung, zu gedenken, anmahnte.[86]

Diese Sichtweisen waren auch in München präsent. Hinzu kamen Ereignisse, die direkt an den Lichthof als Ort des Widerstands geknüpft waren und innerhalb der Studentenschaft einen Politisierungsschub auslösten.[87] Dabei spielte der Lichthof als Raum, an dessen Gestaltung sich politische Debatten entzündeten und in dem Protest artikuliert werden konnte, eine entscheidende Rolle.[88] Bereits kurz nachdem der Lichthof Ende 1957 wieder zugänglich war, entlud sich hier die

---

[83] Siehe Kap. 4.2.

[84] IfZ, ED 474, Bd. 382, Karl Tuch (AStA, Tübingen) an Inge Scholl, 15.1.1953.

[85] IfZ, ED 474, Bd. 240, Karl Sauer u.a.: [Leserbrief], in: Die Neue Zeitung (Ausg. Frankfurt a. M.), 9.7.1952.

[86] IfZ, ED 474, Bd. 382, Theodor Heuss: Entwurf zu einem Gedenkwort, o. D. [ca. 1953]. Siehe auch Bd. 337, Inge Scholl an Theodor Heuss, 17.8.1954, sowie Scholl: Weiße Rose, Frankfurt a. M.: Fischer Bücherei, 1955, S. 5.

[87] Zum Phänomen der Politisierung der Studentenschaft bereits in den 1950er-Jahren siehe Spix: Elfenbeinturm, S. 286–311.

[88] Zu diesem Konnex siehe Spix: Elfenbeinturm, S. 110–114.

erste große universitäre Auseinandersetzung über den Umgang mit der NS-Vergangenheit und Widerstandserinnerung. Auslöser war ein dekoratives Relikt, das den Krieg überstanden hatte: ein Fenstergitter, das vor einer Fensteröffnung auf der Galerie im ersten Stock des Lichthofs angebracht war. Das wegen seines Emblems auch als *Adlergitter* bezeichnete Fenstergitter trug eine lateinische Inschrift, das Horaz-Zitat „dulce et decorum est pro patria moriri": Es ist süß und ehrenvoll für das Vaterland zu sterben. Diese Inschrift war zunächst einem Journalisten der *Süddeutschen Zeitung* aufgefallen.[89] Sein Bericht stieß in der Universität auf große Resonanz. Studenten und Lehrpersonal protestierten gegen diesen Spruch, den sie nach zwei Weltkriegen und angesichts des *Kalten Kriegs* als nicht mehr „zeitgemäß" empfanden und seine Entfernung forderten.[90] Dabei überschnitten sich zwei virulente bundesrepublikanische Debatten. Zum einen ging es um konkurrierende gesellschaftliche Traditionslinien, die – ganz im wörtlichen Sinne – auch in der Universität sichtbar waren. Auf der einen Seite stand eine als militaristisch verstandene Verklärung des „Heldentods" auf dem Schlachtfeld, auf der anderen Seite das als ebenso heroisches, aber nicht kriegerisches Selbstopfer für das Freiheitsideal interpretierte Sterben der Geschwister Scholl. Welcher Tradition sollte der Lichthof gewidmet sein? Zum anderen kamen in der Debatte um das *Adlergitter* die seit Anfang der 1950er-Jahre anhaltenden Konflikte um die Wiederbewaffnung und Wehrpflicht bzw. um die Atombewaffnung der Bundeswehr zum Tragen, die auch in den Universitäten heftig diskutiert wurden.[91] 1957 warnten 18 namhafte bundesdeutsche Atomforscher in der *Göttinger Erklärung* vor den Gefahren des Einsatzes von atomaren Waffen und riefen die Bundesrepublik zu einem Verzicht auf, um so zum Erhalt des Weltfriedens beizutragen.[92] Die *Vereinigung der Verfolgten des Naziregimes* (VVN) brachte bei ihrem IV. Bundeskongress in München 1957 den Widerstand der *Weißen Rose* und die Ablehnung der Atombewaffnung direkt miteinander in Verbindung. So hieß es bei der von der VVN veranstalteten Gedenkfeier für die *Weiße Rose* in der Universität:

Man konnte ihnen, Professor Huber, den Geschwistern Scholl und all den anderen, die Sprache nehmen, aber ihre Gedanken leben weiter und sprechen *lauter denn je*.
In ihrem Geiste handelten die 18 deutschen Physiker, als sie ihre ernste Mahnung gegen Atombombenversuche und insbesondere gegen die Pläne einer deutschen Atomrüstung an die Öffentlichkeit richteten.[93]

---

[89] UAM, Sen. 389/1 (Horazspruch, Vol. I conf. Vol. II), Edmund Gruber: Streitgespräche um einen Spruch, in: Süddeutsche Zeitung, 29.1.1958.

[90] Ebd.

[91] Bericht des Allgemeinen Studentenausschusses (AStA), in: Jahrbuch der Ludwig-Maximilians-Universität München 1957/1958, S. 263–270, hier S. 264–265. Spix: Elfenbeinturm, S. 381–384.

[92] Wette: Nuklearpazifismus. Cooper: Paradoxes.

[93] Stadtarchiv München, NL Kurt Huber, Nr. 196, Ihre Gedanken leben weiter und sprechen lauter denn je, in: Die Tat, 25.5.1957.

Mit der *Kampf-dem-Atomtod*-Bewegung entstand die erste große Protestbewegung der Bundesrepublik.[94] Im sich zuspitzenden *Kalten Krieg* ging die in der Gesellschaft präsente Kriegsangst mit einer vehementen Ablehnung der Wehrpflicht einher, die allerdings weniger der Durchsetzung pazifistischer Ansichten als einem „bürgerlichen Egoismus" geschuldet war, der die Erlangung privaten Wohlstands über das Engagement für den Staat setzte.[95]

An der LMU schlug der Protest gegen das *Adlergitter* schnell hohe Wellen.[96] Studierende verhängten den horazschen Sinnspruch mit einem Transparent, auf dem „Turpe et stupidum est pro amentia loqui" (Schändlich und dumm ist es, für den Wahnsinn zu sprechen) zu lesen war[97], bis das Horaz-Zitat mit Metallplatten abgedeckt wurde.[98] Auch der akademische Mittelbau wandte sich mit kritischen Stellungnahmen an den Rektor, Egon Wiberg. So schrieb die Assistentin am Englischen Seminar, L. E., unterstützt von ihren Kollegen:

> Wir wollen zu diesem Spruch nicht grundsätzlich Stellung nehmen; wir halten es jedoch für unpassend, ihn zu dem jetzigen Zeitpunkt an einem Ort anzubringen, der auf immer mit dem Namen der Geschwister Scholl verbunden ist. Wir bitten Ew. Magnifizenz daher, die Beseitigung dieser Inschrift veranlassen zu wollen.[99]

Bei der Universitätsleitung stießen diese Bedenken auf positive Resonanz. Die Auseinandersetzung um das *Adlergitter* und die damit verbundene ideelle Selbstverortung der Universität wurde so zu einem akademischen Gemeinschaftsprojekt. Am 12. Dezember 1957 beschloss der Senat, Professoren und Studenten aufzurufen, einen anderen lateinischen oder griechischen Sinnspruch für das *Adlergitter* vorzuschlagen, in dem „ein Ideal zum Ausdruck kommt, für das es sich einzusetzen lohnt".[100] Als die Presse darüber berichtete, fühlte sich jedoch auch die Öffentlichkeit aufgerufen, Stellung zu nehmen. Der Umgang mit dem Horaz-Zitat war nun nicht mehr nur ein Problem der LMU, sondern wurde quer durch die Republik diskutiert und löste eine Welle an Zuschriften aus, die mögliche Alternativen vorschlugen. In knapp vier Wochen erhielt der Rektor mehrere Hundert Briefe aus dem gesamten Bundesgebiet, die kontroverse Haltungen spiegeln.[101] Die Absender waren überwiegend Professoren und Studienräte, von Studenten stammten nur drei Schreiben.[102] Die Mehrzahl der Briefe schlug die

---

[94] Nehring: Protests. Bald/Wette (Hrsg.): Alternativen.

[95] Geyer: Der Kalte Krieg.

[96] Eine knappe Übersicht findet sich im Bericht des Allgemeinen Studentenausschusses (AStA), in: Jahrbuch der Ludwig-Maximilians-Universität München 1957/1958, S. 263–270, hier S. 267–268, sowie bei Kraushaar: Protest-Chronik, S. 1784–1785. Zu den Formen des Protests siehe Spix: Elfenbeinturm, S. 312–314.

[97] UAM, Sen. 389/1 (Horazspruch, Vol. I conf. Vol. II), Edmund Gruber: Streitgespräche um einen Spruch, in: Süddeutsche Zeitung, 29.1.1958.

[98] UAM, Sen. 389/1 (Horazspruch, Vol. I conf. Vol. II), Harald M. an den Rektor, 30.12.1957.

[99] UAM, Sen. 389/1 (Horazspruch, Vol. I conf. Vol. II), L. E. u. a. an den Rektor, 29.11.1957.

[100] UAM, Sen. 389/1 (Horazspruch, Vol. I conf. Vol. II), Egon Wiberg an den Allgemeinen Studentenausschuss der Universität München, 13.12.1957.

[101] Siehe die Zuschriften in: UAM, Sen. 389/1 (Horazspruch, Vol. II conf. Vol. III).

[102] UAM, Sen. 389/1 (Horazspruch, Vol. I conf. Vol. II), Edmund Gruber: Streitgespräche um einen Spruch, in: Süddeutsche Zeitung, 29.1.1958.

Ersetzung des umstrittenen Zitats durch allerlei Lebensweisheiten vor, die dem jeweiligen Absender aufgrund der eigenen biografischen Erfahrung sinnvoll erschienen, oder sprach sich für die Beibehaltung des Horaz-Spruches aus. Obwohl der Anlass für die Zuschriften eine Debatte um historische Selbstverortung gewesen war, bestand die Schreib-Motivation der Absender in erster Linie in dem Wunsch, persönliche Lebenserfahrung weiterzugeben und diese im Gitterspruch zu ent-privatisieren. Die Anzahl derjenigen Einsendungen, die sich explizit auf den Widerstand oder die Wiederbewaffnungsdebatten bezogen, war demgegenüber wesentlich geringer. Und auch wenn sich die Briefeschreiber für eine Entfernung des Horaz-Zitats aussprachen, beinhalteten die Alternativvorschläge oft dieselben Ideen von Opfer und Tod, verbanden diese aber mit einer Würdigung des Widerstands. In einer Zuschrift hieß es beispielsweise:

NAVIGARE NECESSE EST, VIVERE (NON EST NECESSE)
Für dieses ‚navigare‘, dieses moralische Gesetz in ihnen, sind die Geschwister Scholl in den Tod gegangen, und mit ihnen zehntausende und vielleicht hunderttausende Widerstandskämpfer, die sich nicht die feige Maxime des Opportunisten zu eigen gemacht haben: ‚Man muss doch leben!‘
Ich glaube, dass dieser Sinnspruch in Erinnerung an die Jahre des Hitlerregimes eine ganz besondere Bedeutung gerade für die deutsche akademische Jugend hat.[103]

Mit dem Verweis auf den Widerstand wurde aber auch die Beibehaltung des Horaz-Zitats gefordert. Der emeritierte Professor Victor D. etwa sprach sich in seinem Schreiben an den Rektor für das Adlergitter in seiner bestehenden Form aus und interpretierte das Sterben „unseres Kollegen Huber und der Geschwister Scholl" dahingehend, dass diese „doch in edelster Haltung den Wahlspruch ernst gemacht" hätten.[104] Er plädierte deshalb dafür, „den edlen Wahlspruch als Parole einer anständigen Staats- und Volksgesinnung hoch in Ehren zu halten."[105] Zugleich vermisste er diese „anständige Staats- und Volksgesinnung" bei den protestierenden Studierenden, denen er unterstellte, „wehrunwillig" zu sein.[106] In solchen Zuschriften offenbaren sich vor allem antikommunistische Ressentiments, die die ständige Sorge schürten, bei einem möglichen Umschlagen des *Kalten Kriegs* in einen bewaffneten Konflikt schutzlos ausgeliefert zu sein. Eine Reaktivierung des Heldentod-Gedankens über den Verweis auf den Widerstand und den Tod der *Weißen Rose* war also durchaus im Sinne dieser Briefautoren.[107]

Und während die Schreiben engagierter, besorgter oder empörter Bundesbürger im Rektorat der LMU allmählich Ordner füllten, fühlten sich die Angehörigen und Überlebenden der *Weißen Rose* offensichtlich eher weniger in diese Debatte

---

[103] UAM, Sen. 389/1 (Horazspruch, Vol. I conf. Vol. II), Erich W. an den Akademischen Senat, 19.12.1957.
[104] UAM, Sen. 389/1 (Horazspruch, Vol. I conf. Vol. II), Victor D. an den Rektor, 22.1.1958.
[105] Ebd.
[106] Ebd.
[107] Siehe auch UAM, 389/1 (Horazspruch, Vol. I conf. Vol. II), Harald M. an den Rektor, 30.12.1957.

involviert. Sie schwiegen. Lediglich Robert Scholl schrieb dem Rektor und unterstützte dessen Position, den Gitterspruch abzuändern.[108]

Auf die Entscheidung, ob und wie das Horaz-Zitat ersetzt werden sollte, hatten letztlich weder die Zuschriften an den Rektor noch Angehörige wie Robert Scholl Einfluss. Die Entscheidungsgewalt darüber war den universitären Gremien vorbehalten. Die eingesandten Alternativen zum Horaz-Zitat blieben dort unberücksichtigt und stattdessen wurde der Vorschlag des Rektors Egon Wiberg favorisiert: Mortui viventes obligant (Die Toten verpflichten die Lebenden).[109] Vor einer endgültigen Entscheidung sollte allerdings noch die Meinung der Studierenden eingeholt werden. Zunächst schien das auf einem rein institutionellen Weg zu geschehen, indem der Rektor den *Allgemeinen Studentenausschuss* (AStA) als Vertretung der Studierenden um eine Stellungnahme bat.[110] Sie wurde zum Auslöser des ersten größeren Konflikts unter den unterschiedlich politisch eingestellten Studentengruppen. Der konservativ ausgerichtete AStA lehnte nämlich die Entfernung des Horaz-Zitats ab und begründete seine Position damit, „daß man sich gerade heute nicht vom Vaterland abkehren dürfe".[111] Dem *Ring freier Studentengruppen*, der sich für eine Abänderung des Horaz-Spruchs einsetzte, warf er Beeinflussung durch „sowjetzonale Kreise" vor.[112] Auch die Debatte um das *Adlergitter* wurde im Rahmen der Blockkonfrontation zwischen West und Ost gedeutet und als Argument genutzt. Doch der *Ring freier Studentengruppen* sammelte innerhalb weniger Tage gut 1000 Unterschriften von Studierenden und konnte auf dieser Grundlage eine außerordentliche Vollversammlung einberufen, die am 30. Januar 1958 stattfand.[113] Es kamen über 3000 Studenten.[114] Liberale standen den konservativen Vertretern des AStA sowie der katholischen Studentenverbindungen gegenüber. In der aufgeheizten Stimmung wurden Saalschlachten befürchtet. Der Rektor argumentierte in seiner Rede an die Studierenden in zwei Richtungen und versuchte so, die Lage zu beruhigen. Er machte deutlich, dass es nicht darum gehe, einer Sichtweise gegenüber der anderen den Vorzug zu geben:

Es gibt Vorbilder aus der Vergangenheit, die uns das Horaz-Zitat freudig bejahen lassen, und es gibt ebensoviele Vorbilder aus der Vergangenheit, die es in eindeutiger Weise Lügen strafen. […]

---

108 UAM, Sen. 389/1 (Horazspruch, Vol. I conf. Vol. II), Robert Scholl an den Rektor [Egon Wiberg], 1. 2. 1958, und der Rektor [Egon Wiberg] an Robert Scholl, 25. 2. 1958.

109 UAM, Sen. 389/1 (Horazspruch, Vol. I conf. Vol. II), Edmund Gruber: Streitgespräche um einen Spruch, in: Süddeutsche Zeitung, 29. 1. 1958.

110 UAM, Sen. 389/1 (Horazspruch, Vol. I conf. Vol. II), Der Rektor an den Allgemeinen Studentenausschuß der Universität München, 13. 12. 1957.

111 UAM, Sen. 389/1 (Horazspruch, Vol. I conf. Vol. II), Edmund Gruber: Streitgespräche um einen Spruch, in: Süddeutsche Zeitung, 29. 1. 1958.

112 Ebd.

113 Ebd. und Edmund Gruber: Ein Spruch, an dem sich die Geister scheiden, in: Süddeutsche Zeitung, 31. 1. 1958.

114 Hierzu und zum Folgenden siehe UAM, Sen. 389/1 (Horazspruch, Vol. I conf. Vol. II), Edmund Gruber: Ein Spruch, an dem sich die Geister scheiden, in: Süddeutsche Zeitung, 31. 1. 1958.

Der Lichthof soll aber nicht nur für die eine oder die andere Gruppe, sondern für *alle* Studenten eine Stätte der Besinnung, der Freude und der Erhebung sein.[115]

Deshalb plädierte er für eine Änderung des *Adlergitter*-Zitats in den von ihm vorgeschlagenen Sinnspruch, der an die – offensichtlich als konsensfähig eingestufte – „Heldentat der Geschwister Scholl erinnere."[116] Seiner Argumentation folgte dann auch der überwiegende Teil der bei der Vollversammlung anwesenden Studenten. 75 Prozent stimmten für den neuen Sinnspruch „Mortui viventes obligant" im *Adlergitter*.[117] Allerdings musste der ausgewählte Wortlaut dann noch einmal geändert werden, weil bereits der *Volksbund deutsche Kriegsgräberfürsorge e. V.* diesen Spruch für seine Werbung benutzte.[118] Die Münchner Altphilologen entwarfen daraufhin den Satz „Mortuorum virtute tenemur"[119] (Der Toten Opfermut verpflichtet uns), der schließlich das Horaz-Zitat ersetzte.

Die Debatte um das *Adlergitter* zeigt, wie über die Auseinandersetzung mit der Erinnerung an die *Weiße Rose* die Politik in die Universität hineingetragen wurde und von allen Akteuren Positionierungen verlangte. Ähnliches wiederholte sich, als am 20. Juli 1959 im Rahmen einer Gedenkfeier für den Widerstand eine Tafel enthüllt werden sollte, die an die Kriegstoten erinnerte.[120] Der Text bezeichnete deren Tod als „nicht vergebens", was eine derartige Empörung in der Studentenschaft und der Öffentlichkeit auslöste, dass die Einweihung verschoben wurde.[121] Auch wenn es sich beim Lichthof um einen universitären Raum und dessen Besetzung handelte, so bewegten die Debatten über die Deutung von Erinnerung doch die ganze Republik. Die vielen Vorschläge für eine neue Inschrift des *Adlergitters* von Außenstehenden, die eigentlich gar nicht aufgerufen gewesen waren, sich zu Wort zu melden, sich aber angesprochen gefühlt hatten, sind dafür symptomatisch. Der Lichthof war nicht nur symbolhaft besetzter Raum für (erinnerungs-)politisches Engagement innerhalb der Universität, sondern als zentraler Ort der Erinnerungserzählung über die *Weiße Rose* auch für eine breitere (Erinnerungs-)Öffentlichkeit relevant.

So sehr die Politisierung der Studentenschaft seit Anfang der 1950er-Jahre sich in den bundesrepublikanischen Antikommunismus-Konsens integriert und die studentischen Proteste gegen das SED-Regime in der DDR unterstützt hatte, so sehr gerieten diese Gewissheiten seit Anfang der 1960er-Jahre ins Wanken. An der LMU gab es 1959 und 1960 größere Konflikte innerhalb der Studentenschaft, als

---

[115] Zit. nach: Bericht des Allgemeinen Studentenausschusses (AStA), in: Jahrbuch der Ludwig-Maximilians-Universität München 1957/1958, S. 263–270, hier S. 268, Hervorhebung i. Orig.
[116] UAM, Sen. 389/1 (Horazspruch, Vol. I conf. Vol. II), Edmund Gruber: Ein Spruch, an dem sich die Geister scheiden, in: Süddeutsche Zeitung, 31. 1. 1958.
[117] Ebd.
[118] UAM, Sen. 389/1 (Horazspruch, Vol. II conf. Vol. III), Thallemer (Volksbund deutsche Kriegsgräberfürsorge e. V.) an den Rektor [Egon Wiberg], 30. 1. 1958, und Fritz Debus (Volksbund deutsche Kriegsgräberfürsorge e. V.) an den Rektor [Egon Wiberg], 14. 2. 1958.
[119] UAM, Sen. 389/1 (Horazspruch, Vol. II conf. Vol. III), Georg Pfligersdorffer an den Rektor der Universität München, 10. 2. 1958.
[120] Kirchberger: „Weiße Rose", S. 37.
[121] Ebd.

konservative Studenten die Trauerschleife eines Kranzes abschnitten, der von Studierenden der Universität Jena vor dem *Weiße-Rose*-Denkmal niedergelegt worden war, bzw. diesen Kranz entfernten.[122] Die zehn Jahre zuvor noch als eng und unverbrüchlich angesehene ideelle Verbindung durch gemeinsame akademische Traditionen verlor zunehmend an Bindungskraft.[123] Die nachrückende Studentengeneration orientierte sich neu und stellte andere politische Themen in den Mittelpunkt. Das führte einerseits zu einer intensiveren Auseinandersetzung mit der politischen, gesellschaftlichen und ökonomischen Lage in der Bundesrepublik. Hier wurden zunehmend Demokratisierungsdefizite in allen Bereichen diagnostiziert. Das umfasste auch eine als unzureichend wahrgenommene Auseinandersetzung mit der NS-Vergangenheit, insbesondere mit deren verbrecherischer Seite. Zum anderen öffneten sich erstmals die Türen zu einer globalen Problemwahrnehmung. Mangelnde Mitbestimmung, europäischer Kolonialismus und wirtschaftliche Ausbeutung wurden als globale Phänomene wahrgenommen, deren Lösung nicht den Nationalstaaten überlassen werden konnte. Das führte auch dazu, den etablierten nationalen Erinnerungskonsens auf den Prüfstein zu stellen.

5.2 Die *Weiße Rose* und die 68er

5.2.1 „Märtyrer einer integren Gesinnung" oder „Gefallene im politischen Kampf"?

Die Politisierung der Studierenden, die sich bereits in den späten 1950er-Jahren gezeigt hatte, verstärkte sich seit Anfang des folgenden Jahrzehnts, änderte aber ihre Zielrichtung.[124] Zum einen rückten nun hochschulpolitische Themen in den Fokus des Interesses. Seit Ende der 1950er-Jahre hatten sich die Diskussionen um die Notwendigkeit einer Hochschulreform verschärft.[125] Das führte dazu, dass sich der Blick zunehmend auf das eigene Hochschulsystem richtete, während zugleich die Einschätzung der Verhältnisse jenseits des *Eisernen Vorhangs* immer schwieriger wurde. Der Bau der Berliner Mauer 1961 hatte die studentischen Kontakte in die DDR weiter erschwert, die nach und nach zum Erliegen kamen.[126] Zum anderen begann – nicht nur innerhalb der Studentenschaft – der antikommunistische Grundkonsens der jungen Bundesrepublik zu bröckeln. Damit versiegte auch die bisherige Quelle politischen Engagements der Studenten. Statt für die „Brüder und Schwestern im Osten" Geld zu sammeln, um deren antikommu-

---

[122] UAM, Slg – III Weiße Rose, Faschisten störten Scholl-Gedenkfeier, in: Neues Deutschland (Berlin/Ost), 24.2.1960. Kirchberger: „Weiße Rose", S. 37.
[123] Spix: Elfenbeinturm, S. 353–359.
[124] Conze: Sicherheit, S. 344–360. Frei: 1968, S. 79–88. Rohstock: „Ordinarienuniversität". Spix: Elfenbeinturm.
[125] Rohstock: „Ordinarienuniversität".
[126] Spix: Elfenbeinturm, S. 353–359.

nistische Arbeit zu unterstützen, richteten sich die politischen Aktivitäten der Studierenden zunehmend auf die eigenen Universitäten und das eigene politische System.[127] Und dort wurden Demokratisierungsdefizite sichtbar, die sie vorher nicht bemerkt hatten. Vor allem die Sensibilisierung für personelle Kontinuitäten aus der Zeit des Nationalsozialismus fand in den Universitäten breiten Widerhall und führte zu einer kritischen Überprüfung der Lehrenden. Zugleich rückte wieder die Rolle der Universitäten während des Nationalsozialismus in den Mittelpunkt. Im Wintersemester 1965/66 gab es in München eine Ringvorlesung, die sich mit der Universität im *Dritten Reich* beschäftigte.[128] Die Auseinandersetzung mit der politischen Gegenwart bedeutete auch die Auseinandersetzung mit der NS-Vergangenheit. Eine erste studentische Aktion war die Ausstellung *Ungesühnte Nazijustiz,* die zwischen 1959 und 1962 in mehreren deutschen Universitätsstädten zu sehen war.[129] An der LMU, wo seit Kriegsende um den 22. Februar herum regelmäßig Gedenkfeiern für die *Weiße Rose* stattfanden, erwies sich das institutionalisierte Gedenken als Anlass für die protestierende Studentenschaft, politische Forderungen zu artikulieren.[130] 1965 störten erstmals Studenten im Lichthof die Gedenkveranstaltung für die Widerstandsgruppe. Es handelte sich dabei um Mitglieder der *Subversiven Aktion,* eine Gruppe, die sich auf den Flugblättern als *Aktion für internationale Solidarität* bezeichnete, die – die *Weiße Rose* nachahmend – Flugblätter in den Lichthof warfen, auf denen sie aus den Texten der Widerstandsgruppe zitierten.[131] Die Aktivisten wandten sich gegen Antikommunismus, mangelnde Aufarbeitung des Nationalsozialismus in Gesellschaft und Universität und warfen sieben Professoren vor, in den Nationalsozialismus verstrickt gewesen zu sein.[132] Kritisiert wurde nicht das Gedenken an sich, aber die Unehrlichkeit der universitären Feiern. Sie erreichten, dass die Feier abgebrochen wurde.[133]

Auch 1968, anlässlich des 25. Todestags von Hans und Sophie Scholl sowie Christoph Probst, kam es erneut zu Zwischenfällen während der Gedenkfeier.[134] In dem aufgeheizten politischen Klima an der LMU erwartete die Polizei schon im Vorfeld Probleme bei der Veranstaltung.[135] Während unten im Lichthof die Angehörigen, Professoren und Honoratioren auf Stühlen saßen, drängten sich

---

127 Ebd. Rohstock: „Ordinarienuniversität".
128 Ein Abdruck der Eröffnungsansprache von Ludwig Kotter sowie eine Liste der gehaltenen Vorlesungen findet sich in: Ludwig-Maximilians-Universität, Jahres-Chronik 1965/66, S. 63–66.
129 Paulmann: Studentenbewegung. Glienke: Ausstellung.
130 Zur Veränderung der studentischen Protestformen siehe Spix: Elfenbeinturm, S. 314–335. Zum Fall Münchens siehe Hemler: Protest-Inszenierungen.
131 Hemler: Protest-Inszenierungen, S. 281. Zwischenfall bei Gedenkfeier, in: Süddeutsche Zeitung, 21./22. 2. 1965.
132 Stadtarchiv München, NL Kurt Huber, Nr. 196, Flugblatt „In dieser Feier wurde das Wesentliche nicht gesagt", o. D. [1965].
133 Zwischenfall bei Gedenkfeier, in: Süddeutsche Zeitung, 21./22. 2. 1965.
134 Siehe auch Kirchberger: „Weiße Rose", S. 38.
135 Staatsarchiv München, Polizeidirektion München, Bd. 16355, Einsatzanordnung Nr. 13/68, 23. 2. 1968.

auf den Galerien und Treppen die Studenten.[136] Nach der Begrüßungsanspra-
che des Rektors bat Robert Scholl die Anwesenden um einen ungestörten Ablauf
der Veranstaltung.[137] Doch als der AStA-Vorsitzende Danschacher seine Rede
begann, brachen die Proteste los.[138] Er wurde von Zwischenrufen und Sprech-
chören unterbrochen und es gelang ihm nur mit Mühe, seine Ansprache zu
Ende zu bringen. Ähnlich erging es dem darauf folgenden Festredner, dem Historiker Walter Bußmann, von dem vermutet wurde, er sei Mitglied der rechtskonservativen *Deutschland-Stiftung*.[139] Es regnete Flugblätter des SDS[140] und
der *Aktionsgemeinschaft Demokratische Universität* (ADU)[141] (Abb. 5), Sprech-
chöre skandierten „Nazis raus" und „Die Mörder feiern ihre Opfer" und ein
riesiges Transparent kritisierte unter anderem „Wer den Widerstand feiert, un-
terdrückt ihn heute".[142] Die Flugblätter, die vom SDS stammten, ordneten die
eigenen politischen Ziele in die Tradition des Widerstands ein. So hieß es in einem Flugblatt: „Deshalb bedeutet für uns Solidarität mit den Widerstandskämpfern des Dritten Reiches Kampf gegen diese demokratische Heuchelei, gegen
den Neofaschismus in der BRD."[143] Der Protest des SDS zielte auch ganz bewusst auf eine Besetzung des Erinnerungsortes Lichthof durch die oppositionellen Studenten. In ihrem Flugblatt heißt es dazu: „Weil wir dieses zynische Schau-
spiel einer Universitätshierarchie, die ihre Unversehrtheit von 1933 bis heute
bewahren konnte, nicht zulassen können, kommen wir alle heute in den Lichthof, um die Geschwister Scholl angemessen zu vertreten."[144] Mit der Eroberung
des Ortes Lichthof war also auch die Übernahme von Gedenken verbunden.
Hier sollte nach Meinung des SDS das vollbracht werden, was weder dem Widerstand noch den eigenen Eltern gelungen war: der Sturz des nationalsozialistischen Regimes an der Universität. Dabei standen die Gedenkfeiern gleich für
zwei in den Augen der Studierenden vollkommen überholte, sogar gefährliche
Konzepte von Universität: die „braune" Universität des Nationalsozialismus, die

---

[136] Siehe dazu die Aufnahmen im Dokumentarfilm von Christian Petry und Joachim Hess: Die
Weiße Rose – Abschied von einem Mythos, Dokumentarfilm, Radio Bremen, BRD 1968.

[137] IfZ, ED 474, Bd. 243, [Robert Scholl]: Ansprache von Vater Scholl an die Studenten nach der
Begrüssung durch den Rektor, o. D. [23. 2. 1968]. Siehe auch Bd. 15, Robert Scholl an Friede-
rike von G., 1. 6. 1968.

[138] Hierzu und zum Folgenden siehe Gernot Sittner: Zwischenfälle bei Gedenkstunde für die
Weiße Rose, in: Süddeutsche Zeitung, 24./25. 2. 1968.

[139] Zur *Deutschland-Stiftung* siehe Bamberg: Deutschland-Stiftung.

[140] Staatsarchiv München, Polizeidirektion München, Bd. 16355, Flugblatt des SDS: „Die Reihe
der Provokationen […]", o. D. [23. 2. 1968].

[141] Vermutlich handelt es sich bei dem Flugblatt um das Folgende: UAM, Flugblattsammlung,
Flugblatt der *Aktionsgemeinschaft Demokratische Universität*: „Der Missbrauch der ‚Weißen
Rose'", o. D. [23. 2. 1968?].

[142] UAM, Sen. 289/196/3, Feier zum Gedenken an die Geschwister Scholl gestört, Zeitungsausschnitt, o. Ang. Gernot Sittner: Zwischenfälle bei Gedenkstunde für die Weiße Rose, in: Süddeutsche Zeitung, 24./25. 2. 1968.

[143] Staatsarchiv München, Polizeidirektion München, Bd. 16355, Flugblatt des SDS: „Die Reihe
der Provokationen […]", o. D. [23. 2. 1968].

[144] Ebd.

Abb. 5: Bei der Gedenkfeier am 23. Februar 1968 an der LMU regnete es Flugblätter.

in personellen Kontinuitäten noch präsent war, ebenso wie die unpolitische Universität humboldtscher Prägung, die den Nationalsozialismus nicht verhindert und nach dessen Ende seine Aufarbeitung nicht energisch genug betrieben zu haben schien.[145]

Allerdings konnten die oppositionellen Studenten die Fortsetzung der Feier nicht verhindern (Abb. 6). Studierende, die mit der Protestaktion des SDS nicht einverstanden waren, drängten die Protestierenden aus dem Lichthof.[146] Die Störung der Gedenkveranstaltung in München erhielt jedoch eine überregionale Bedeutung, als die Presse und die abendliche Nachrichtensendung im Fernsehen darüber berichteten.[147] Eine Vielzahl der Briefe, die daraufhin die Familie Scholl erreichten, solidarisierte sich mit dem etablierten Gedenken und verurteilte die Protestaktionen scharf.[148] Die Studentin Ursula Z. schrieb:

---

[145] Vgl. auch Paulmann: Studentenbewegung.
[146] UAM, Sen. 289/196/3, Feier zum Gedenken an die Geschwister Scholl gestört, Zeitungsausschnitt, o. Ang.
[147] Bernhard Pfletschinger: Würdeloses Gezänk, in: Unireport 1 (1968), 3.
[148] IfZ, ED 474, Bd. 15, Robert Scholl an Inge Scholl, 27. 2. 1968 und 8. 4. 1968.

Abb. 6: Die Gedenkfeier, an der auch Robert Scholl (2. v. r.) teilnahm, wurde trotz der Proteste fortgesetzt.

Da ich selbst Studentin bin, möchte ich Ihnen mein tiefstes Bedauern über jene Kommilitonen ausdrücken und Ihnen sagen, daß ich mich davon distanziere. Meine Freunde und ich sprechen stets mit großer Verehrung von den Geschwistern Scholl, die für mich und meine Freunde ein Symbol von wirklichem politischem freien Denken und von Opfermut sind.[149]

Diese Reaktionen verweisen auf die politischen und ideologischen Brüche innerhalb der Studentenschaft. Keineswegs alle solidarisierten sich mit dem SDS. Vielmehr gab es seit Beginn der 1960er-Jahre eine lebendige studentische Gedenkkultur, die vor allem von den gemäßigten linken Gruppen getragen wurde. Diese verknüpften das Gedenken ebenfalls mit politischen Fragen und Kritik am bestehenden politischen System. 1963 initiierte der *Gewerkschaftliche Arbeitskreis der Studenten* (GAST) neben den traditionellen Mahnwachen an den Gräbern am Perlacher Forst und Kranzniederlegungen auch Arbeitsgruppen, die das politische Erbe der *Weißen Rose* diskutieren sollten.[150] Themen waren „Staatsbürger und demokratische Institutionen", „Gefahren totalitären Denkens", „Chancen des Einzelnen", „Möglichkeiten der Studentenschaft". 1968 organisierte der GAST eine „Geschwister-Scholl-Gedenkwoche" mit zahlreichen Diskussions- und Infor-

---

[149] IfZ, ED 474, Bd. 15, Ursula Z. an Robert Scholl, 23. 2. 1968, sowie Rosemarie M. an die Eltern der Geschwister Scholl, 27. 2. 1968. Dagegen warb Claus-Heinrich v. W. um Verständnis, siehe Claus-Heinrich v. W. an Robert Scholl, 24. 2. 1968. Stadtarchiv München, NL Kurt Huber, Nr. 203, Leserbrief von Gottfried-Karl Kindermann: Die Leitbilder der Geschwister Scholl, in: Süddeutsche Zeitung, 2. 3. 1968.

[150] Stadtarchiv München, NL Kurt Huber, Nr. 196, Friedrich Mager: Weiße Rose – Symbol des Opfermutes, in: [Süddeutsche Zeitung?], 19. 2. 1963.

mationsveranstaltungen, die ganz gezielt als Gegenveranstaltung zum etablierten Gedenken gedacht waren.[151] In diesem Kontext wurde auch erstmals der Ruf laut, die LMU in *Geschwister-Scholl-Universität* umzubenennen.[152] Diese Forderung wurde nie umgesetzt. Allerdings erhielt das Politikwissenschaftliche Institut 1968 auf Anregung des Politologen Gottfried-Karl Kindermann den Namen *Geschwister-Scholl Institut für Politische Wissenschaft der Universität München* (GSI).[153]

Diese Gedenkaktivitäten dürfen jedoch nicht darüber hinwegtäuschen, dass die Bedeutung der Erinnerung an den Widerstand gerade im universitären Milieu insgesamt gesehen erodierte. „Runde" Gedenktage wie der 20. Todestag 1963 und der 25. Todestag 1968 waren mehr Anlass als Inhalt der studentischen Protestaktionen. Es waren Termine, bei denen man auf öffentliche Aufmerksamkeit für das eigene politische Anliegen hoffen durfte, das eben nicht primär Widerstandserinnerung war. Jenseits dieser Erinnerungsaktionen wurde die Vorbildfunktion des Widerstands der *Weißen Rose* von der ersten Nachkriegsgeneration mehr und mehr in Zweifel gezogen. Die *Weiße Rose* wurde zunehmend als einem idealistischen Weltbild verhaftet interpretiert, dessen Brauchbarkeit und politische Bedeutung für die eigene Gegenwart nicht mehr offensichtlich waren. Die „idealistische Tat" der *Weißen Rose* wurde der „politischen Tat" gegenübergestellt. Darin offenbarte sich ein grundlegend neues Verständnis von Politik und Erinnerung. Während in den ersten beiden Nachkriegsjahrzehnten gerade der Idealismus im Sinne einer Rückbesinnung auf eine spezifisch deutsche, aber nicht als nationalsozialistisch empfundene Geisteshaltung vor neuer ideologischer Verführung schützen sollte, wurde diese Haltung nun als „bürgerlich" und „unpolitisch" gewertet. Selbst aus konservativen studentischen Kreisen gab es Kritik. 1966 hinterfragte der Vorsitzende des damals als konservativ geltenden AStA, Kurt Faltlhauser, die Tradition der jährlichen Gedenkfeiern: „Soll sie dazu auffordern, nach Widerstandswerten in unseren Tagen zu suchen? Soll sie den verlorenen Glauben an die deutsche Universität wiederherstellen?"[154] Nach der Störung der Gedenkfeier 1968 spielte die Erinnerung an die *Weiße Rose* an der LMU kaum noch eine Rolle. Die Universitätsleitung setzte die Gedenkfeiern aus.[155] Und auch die Studierenden bezogen sich kaum noch auf den Widerstand. Lediglich studentische

---

151 Stadtarchiv München, NL Kurt Huber, Nr. 203, Ehrung für Geschwister Scholl, Zeitungsausschnitt, o. Ang. [1968]. UAM, Flugblattsammlung, Flugblatt des *Gewerkschaftlichen Arbeitskreises der Studenten* (GAST): „Geschwister Scholl – von rechts vereinnahmt?", o. D. [23.2.1968?]. Archiv der Münchner Arbeiterbewegung, Flugblattsammlung, Flugblatt des *Gewerkschaftlichen Arbeitskreises der Studenten* (GAST): „Antifaschistische Woche ,Geschwister Scholl' [...], Programm" und „Antifaschistische Woche ,Geschwister Scholl' [...], Wege zum Faschismus", beide o. D. [ca. Februar 1968].
152 UAM, Flugblattsammlung, Flugblatt des *Gewerkschaftlichen Arbeitskreises der Studenten* (GAST): „Geschwister Scholl – von rechts vereinnahmt?", o. D. [23.2.1968?].
153 Kirchberger: „Weiße Rose", S. 36. Zur Selbstdarstellung des GSI siehe http://www.gsi.uni-muenchen.de/organisation/institutsgeschichte/index.html (zuletzt eingesehen am 3.6.2012).
154 Stadtarchiv München, NL Kurt Huber, Nr. 203, Gernot Sittner: Opfer aus Treue zum Gewissen, in: [Süddeutsche Zeitung?], 26.2.1966.
155 BayHStA München, MK 69086, Mitteilung des Rektors der LMU, 29.4.1968.

Splittergruppen aus dem rechtskonservativen bzw. dem linksradikalen Spektrum versuchten einige wenige Male auf Flugblättern oder Gedenkfeiern, das Gedenken an die *Weiße Rose* für sich zu vereinnahmen.[156] Noch 1979 scheiterte der Plan, die Gedenkfeiern wiederaufzunehmen, an der Angst vor erneuten Störungen durch radikale Gruppen.[157] Erst ein Jahr später konnte sich mit dem Format der *Gedächtnisvorlesung*, die bekannte Wissenschaftler, Publizisten oder Politiker jeweils um den 22. Februar herum hielten, nach und nach wieder eine akademische Gedenktradition herausbilden.[158]

Die Ende der 1960er-Jahre sich etablierenden neuen Sichtweisen auf die *Weiße Rose* bündelten sich in den Arbeiten des Berliner Studenten Christian Petry. Er veröffentlichte 1968 eine auf der Grundlage seiner Examensarbeit entstandene Untersuchung über die Widerstandsgruppe, die den programmatischen Titel *Studenten aufs Schafott. Die Weiße Rose und ihr Scheitern* trug.[159] Publikumswirksam waren zudem ein Artikel zum gleichen Thema, den er zusammen mit Vincent Probst, dem jüngsten Sohn von Christoph Probst, im Magazin *Stern* publizierte[160], und schließlich der Fernseh-Dokumentarfilm *Die Weiße Rose – Abschied von einem Mythos*, der ebenfalls 1968 von der ARD ausgestrahlt wurde.[161]

Petrys Studie *Studenten aufs Schafott* galt als die erste wissenschaftliche Arbeit zu diesem Thema und zugleich als die „abschließende Darstellung".[162] Sie war ein Meilenstein in der Forschung zur *Weißen Rose* und stand gleichzeitig für Veränderungen, die die gesamte Forschungslandschaft zum Widerstand betrafen. Doch diese Wandlungen waren bislang vor allem in neueren Arbeiten zum *20. Juli* sichtbar geworden, denn das Interesse der Geschichtswissenschaft an der *Weißen Rose* war insgesamt eher gering geblieben.[163] 1966 war ein von Walter Schmitthenner

---

[156] IfZ, ED 734, Box 7/II, Bl. 1506, Flugblatt des Kommunistischen Hochschulbunds (Marxisten-Leninisten): „Vor 30 Jahren", o. D. [1973]. Bl. 1508, Flugblatt des VdS: „Zum 30. Jahrestag der Ermordung der Geschwister Scholl", o. D. [1973]. Bl. 1394, Flugblatt der *Örtlichen Burschenschaft*: Bemerkungen zum Thema Geschwister Scholl, o. D. Kirchberger: „Weiße Rose", S. 38. Zur Herausbildung einer „Gegen-Generation von 1968" siehe Goltz: Gegen-Generation.

[157] Kirchberger: „Weiße Rose", S. 38–39.

[158] IfZ, ED 474, Bd. 390, Inge Scholl an Wulf Steinmann (Präsident der LMU München), 3. 2. 1984. Die erste dieser Vorlesungen hielt Manès Sperber, siehe Bd. 244, Manès Sperber: Individuum und Gemeinschaft, in: Süddeutsche Zeitung, 1./2. 3. 1980, und Rudolf Reiser: „Mut zum sinnvollen Widerstand fördern", in: Süddeutsche Zeitung, 23./24. 2. 1980.

[159] Petry: Studenten, S. 7. IfZ, ED 474, Bd. 574, Hellmuth Auerbach an Inge Scholl, 14. 5. 1968.

[160] Christian Petry/Vincent Probst: Studenten aufs Schafott, in: Stern (1968), 8, S. 32ff.

[161] Die Weiße Rose – Abschied von einem Mythos, Dokumentarfilm, Regie: Christian Petry und Joachim Hess (Radio Bremen), BRD 1968 (Erstausstrahlung am 31. 10. 1968). Weitere Aufmerksamkeit durch die Medien erfuhr Petry durch seinen *Merkur*-Artikel *Studenten gegen Hitler*, sowie durch die Frauenfunk-Sendung *Die Studenten von München 1943. Der Geschwister Scholl-Kreis*, gesendet am 18. 2. 1968 im *Bayerischen Rundfunk*, Manuskript: Erika Wisselink, in: IfZ, ED 474, Bd. 754.

[162] IfZ, ED 474, Bd. 754, Albrecht Roeseler (Piper Verlag) an Inge Scholl, 13. 5. 1968, und Hellmuth Auerbach an Inge Scholl, 14. 5. 1968. Rückseitentext von Petry: Studenten.

[163] Siehe die Bibliografie zur *Weißen Rose*, in: Büchel: Widerstand, S. 140–141. Petry: Studenten, S. 9.

und Hans Buchheim herausgegebener Band erschienen, der vier neue Studien zum Widerstand enthielt, darunter zwei zum *20. Juli*, die Hermann Graml bzw. Hans Mommsen verfasst hatten.[164] Die Herausgeber und ihre Autoren setzten sich darin deutlich von der älteren Widerstandsforschung ab, die – wie etwa die Studien von Rothfels und Zeller, aber auch Weisenborns *Lautloser Aufstand* – in überarbeiteten Versionen immer noch erfolgreich aufgelegt wurden.[165] Zugleich reagierten sie auf ausgesprochen kritische Äußerungen zum Widerstand, die im Kontext des Jerusalemer Eichmann-Prozesses aufgekommen waren. Vor allem Hannah Arendt hatte die autoritären Staatsvorstellungen und das anfängliche „Mitmachen" der militärisch-konservativen Eliten angeprangert. Nun galt es, gleichermaßen die Vorwürfe der unkritischen Überhöhung wie der vollkomme-nen Ablehnung des Widerstands zu entkräften, um überhaupt produktiv Wider-standsforschung betreiben zu können. Schmitthenner und Buchheim verwiesen in ihrem Vorwort vor allem auf die biografische Distanz der jungen Historikerge-neration, die ihnen erlaube, einen neuen Standpunkt einzunehmen, „von dem aus ein *historisches Bild* der deutschen Widerstandsbewegung erarbeitet werden kann".[166] Die anfängliche Nähe der späteren Widerstandskämpfer zum NS-Re-gime sei nicht verwerflich, sondern das Entscheidende liege in der – auch morali-schen – Kraft, sich davon zu lösen und dann Widerstand zu leisten.[167] So hatte Inge Scholl in Bezug auf ihre Geschwister auch schon in ihrem Buch *Die weiße Rose* argumentiert. Doch zweifellos standen Studien wie die von Graml und Mommsen am Anfang eines weitaus kritischeren Umgangs mit dem Widerstand. Die eigene Zeitzeugenschaft und die häufig enge persönliche Verbindung zu den Widerstandskämpfern und deren Familien verloren ihre beglaubigende Funktion, die sie etwa noch in Ritters Goerdeler-Biografie aus dem Jahr 1954 gehabt hatten.[168] Stattdessen ging es nun um nüchterne Analyse der Quellen und ein Abwägen der Argumente, darum, biografische Brüche aufzuzeigen und zu er-klären, statt sie zu glätten. Widerstandsforschung stand nun zunehmend unter den Vorzeichen einer kritischen Geschichtswissenschaft.

Auch Petrys Studie stützte sich nicht auf persönliches Erleben und Erinnern, sondern auf eine breite Quellenbasis. Er hatte Zeitzeugeninterviews geführt und kritisch hinterfragt, mit Hilfe von Vincent Probst Einblick in die Archive von An-gehörigen und Überlebenden erhalten und die Bestände genutzt, die das Archiv

---

164 Schmitthenner/Buchheim (Hrsg.): Widerstand.
165 Rothfels: Deutsche Opposition, ungek., stark revid. Ausg., Frankfurt a. M. 1960 u. 1964. Wei-senborn (Hrsg.): Aufstand, Reinbek b. Hamburg 1962. Zeller: Geist, 4., vollst. neu bearb. Ausg., München 1963, u. 5., nochmals durchges. Aufl., München 1965. Siehe auch Bracher: Wissenschaft.
166 Schmitthenner/Buchheim: Vorwort, S. 12, Hervorhebung d. Verf. Siehe auch Kershaw: NS-Staat.
167 Schmitthenner/Buchheim: Vorwort, S. 12–13.
168 Ritter: Goerdeler. Berg: Holocaust, S. 120–123. Auch von Ritters Werk gab es 1964 eine Neu-auflage.

des Münchner *Instituts für Zeitgeschichte* gesammelt hatte.[169] In seiner Einleitung benannte er die ungeklärten Fragen zur *Weißen Rose*, die gleichzeitig sein Forschungsprogramm waren:

Es ist noch nicht erforscht, wie groß die Münchener Gruppe und wie homogen, d. h. wie einig sie eigentlich war in ihren Motiven für den Widerstand gegen die nationalsozialistische Herrschaft und in den Methoden, wie dieser Herrschaft mit den eigenen Mitteln zu begegnen sei. Völlig ungeklärt ist noch das Übergreifen des Widerstandes auf andere Universitäten. Die Frage, ob der Charakter des Widerstands der Studenten in Hamburg, Saarbrücken und Freiburg von dem ihrer Münchner Kommilitonen unterschieden werden kann, ist bisher weder gestellt noch beantwortet worden.[170]

In *Studenten aufs Schafott* sortierte Petry die Widerstandsgruppe gewissermaßen neu. Schon im Titel seines Buches wurde deutlich, dass er die *Weiße Rose* als spezifisch studentischen Widerstandskreis wertete. Kurt Huber wurde jetzt die Rolle des Mentors zugewiesen. Diese Neubewertung lag auch an Petrys Forschungsperspektive. Er wollte wissen, inwiefern die älteren Mentoren, die er einem antiquierten, unpolitischen Bürgertum zurechnete, durch ihren Einfluss auf die Jüngeren ihren angesichts des Nationalsozialismus unbrauchbar gewordenen Idealismus weitergaben – und so letztlich mit dafür verantwortlich waren, dass die Widerstandsgruppe scheiterte. Gleichzeitig differenzierte er die Biografien der Beteiligten. Während Inge Scholl in ihrem Buch für sich in Anspruch genommen hatte, mit den Lebensgeschichten ihrer Geschwister exemplarisch die aller Beteiligten zu schreiben, begann Petry seine Studie mit kurzen biografischen Abrissen zu Hans und Sophie Scholl, Christoph Probst und Alexander Schmorell. Zudem zeigte er erstmals die weiten Vernetzungen der Widerstandsgruppe auf, die Inge Scholl kaum bekannt gewesen waren und in ihrem Buch nur beiläufig erwähnt waren. In *Studenten aufs Schafott* wurde ein ganzes Netzwerk an Beteiligten an Universitäten in Freiburg, Saarbrücken und Hamburg sichtbar. Insbesondere arbeitete Petry die Bedeutung der Hamburger Widerstandsgruppe heraus, was dazu führte, dass dieser Kreis zunehmend als *Hamburger Zweig* der *Weißen Rose* in das Interesse der Öffentlichkeit rückte.[171] Petry untersuchte in seiner Arbeit detailliert die Beziehungen der Beteiligten untereinander und rekonstruierte den Ablauf der Widerstandsaktionen. Der Verteilung der Flugblätter im Lichthof der Universität war ein eigenes Kapitel gewidmet, ebenso der Zerschlagung der Widerstandsgruppen und den Prozessen nach dem 18. Februar 1943.

Das Skandalträchtige an Petrys Buch lag jedoch an anderer Stelle. Zum einen betraf dies die Bewertung des Widerstands der *Weißen Rose*. Bislang war es in den Medien oder bei Gedenkfeiern mehr oder weniger *common sense* gewesen, zwar durchaus von einem Scheitern des Widerstands zu sprechen, ihm aber in seiner Wirkung Erfolg und Sinn zuzusprechen. Selbst wenn der Sturz des NS-Regimes nicht geglückt war – zumindest der Welt war mit dem Widerstand gezeigt worden,

---

[169] Quellenverzeichnis in Petry: Studenten, S. 246–249. IfZ, ED 474, Bd. 754, Hellmuth Auerbach an Inge Scholl, 14. 5. 1968. Siehe auch Kap. 3.3.
[170] Petry: Studenten, S. 9–10.
[171] Siehe die Dokumentation in IfZ, Fa 215, Bd. 5.

dass Deutschland ja eigentlich ganz anders und selbst das erste Opfer des Nationalsozialismus gewesen sei. Es ging in erster Linie um Moral, nicht um Politik.
Petrys Überlegungen scheinen auf den ersten Blick in die gleiche Richtung zu
gehen. Auch er verstand den Widerstand der *Weißen Rose* in erster Linie als moralisch. Er sah das deutsche Bürgertum, zu dem er die *Weiße Rose* und ihre Mentoren rechnete, als vom Nationalsozialismus unüberbrückbar getrennt an. Beide
Welten – so argumentierte Petry – hätten sich deshalb gar nicht verstehen können. Diese Trennung zwischen den Nationalsozialisten und dem anderen, dem
bürgerlichen Deutschland, entsprach zwar grundsätzlich den gängigen Vorstellungen über Deutschland während des Nationalsozialismus. Damit war die Gemeinsamkeit aber auch schon erschöpft. Denn Petrys Schlussfolgerungen gingen
dann in eine ganz andere Richtung. Er argumentierte, dass die *Weiße Rose*, beein-
flusst von den älteren Mentoren und deren bürgerlichen Idealen, die noch dem
19. Jahrhundert verhaftet waren, schlicht irregeleitet gewesen seien und deshalb
dem Nationalsozialismus nichts hätten entgegensetzen können. Statt den Nationalsozialismus als politisches Phänomen zu verstehen, ihn zu analysieren und
dann effektiv zu bekämpfen, seien sie einfach von der unzeitgemäßen und damit
falschen Voraussetzung ausgegangen, sie hätten es mit dem metaphysischen Bö-
sen zu tun. Er präzisierte:

Weil sie aber die politische Analyse nicht interessierte, glaubten sie, dass der Widerstand gegen
das – nicht als Ergebnis politischer Geschichte verstandene – ‚Böse‘ nur ‚Umkehr‘ und ‚Liebe‘
sein sollte. Dieses Austreten aus der Geschichte – und damit aus der Politik – muß als Ergebnis
der Geschichte des deutschen Bürgertums begriffen werden, das seit 1848 an seiner Möglichkeit,
politisch zu wirken, verzweifelt hatte, und deshalb zu der Ansicht gekommen war, Politik sei
schmutzig.[172]

Ihr Widerstand war damit wie Don Quichottes Kampf gegen die Windmühlen:
Sie sahen etwas, was in dieser Form gar nicht da war und wählten deshalb die
falschen Mittel, sodass sie nur verlieren konnten. Insbesondere Hans Scholl erschien in Petrys Studie nicht mehr als der kühle Kopf, der wohlüberlegt die Fäden
des Widerstands fest zusammenhielt und durch bewusste Entscheidung zum
Märtyrertum den Tod riskiert hatte. Vielmehr entstand der Eindruck, Hans Scholl
habe durch Leichtsinn und Schwärmerei sein Leben und das der anderen Beteiligten aufs Spiel gesetzt.

Petry kehrte das in der Auseinandersetzung mit dem Widerstand etablierte Verhältnis von Politik und Moral um. Ältere Historiker wie Rothfels, Ritter oder Zeller hatten das Entscheidende am Widerstand nicht im Politischen, sondern im
Moralischen gesehen. Dadurch legitimierte sich nicht nur ex post die Wider-
standshandlung, sondern diese Konstruktion war auch eine entscheidende Legitimation für Widerstandserinnerung in der Nachkriegszeit.[173] Petrys Interpretation
des Widerstands war davon grundsätzlich gar nicht so weit entfernt. Auch er sah
das Moralische als Antrieb und wesentliches Merkmal der *Weißen Rose*. Doch

---

[172] Petry: Studenten, S. 147.
[173] Siehe Kap. 2.1.1 und Kap. 4.2.

Moralität und Menschlichkeit, die im ersten Nachkriegs-Jahrzehnt die Legitimität des Erinnerns begründet hatten, weil gerade darin das Fortbestehen des „anderen Deutschlands" gesehen wurde, delegitimierten in Petrys Interpretation Gedenken. Für Petry war das Politische und nicht das Moralische das entscheidende Kriterium, Relevanz für die eigene Gegenwart herzustellen. Nicht mehr 1848 war der Bezugspunkt für politisches Denken und Handeln, sondern die politischen Befreiungsbewegungen in der *Dritten Welt*.

Die Konsequenzen, die sich daraus für die Erinnerung an die *Weiße Rose* ergaben, waren vernichtend:

Die Studenten der Weißen Rose waren [...] Kinder, und das heißt hier vor allem: Opfer ihrer Zeit. Auch jährlich wiederkehrende Gedenkfeiern können nicht darüber hinwegtäuschen, daß das ‚andere Deutschland' durch die Erinnerung an seine Märtyrer politisch nicht am Leben gehalten werden kann, daß seine und ihre Zeit 1945 zu Ende ging.[174]

Das Scheitern des Widerstands war also total. Es war ihm weder geglückt, das NS-Regime zu stürzen, noch konnte er als Vorbild für die Nachwelt dienen. Die Erinnerung an die *Weiße Rose* war in der eigenen Gegenwart überflüssig. Diese Schlussfolgerung entstammte einem vollständig anderen Verständnis von Gegenwartsproblemen und Vergangenheitsbezug. Petry ging es nicht nur darum, die Geschichte der *Weißen Rose* nachzuzeichnen, sondern auch deren Relevanz für die Gegenwart aufzuzeigen. Konnte es noch Sinn haben, an die *Weiße Rose* zu erinnern, wie es etwa an der LMU die jährlich wiederkehrende Gedenkfeier tat? In Petrys Studie wurde deshalb auch sichtbar, wie die junge Studierendengeneration etablierte Erinnerung aneignen oder – im anderen Extrem – ausschalten wollte. In diesem Spannungsverhältnis hatten auch die Störungen der Gedenkfeiern an der LMU 1965 und 1968 gestanden.

Dieser Impetus wurde noch deutlicher in einem Artikel im Magazin *Stern*, den Petry zusammen mit Vincent Probst, dem jüngeren Sohn von Christoph Probst, veröffentlichte.[175] Der Artikel begann mit der Feststellung, dass die meisten Studierenden über die Geschwister Scholl hinaus keine Beteiligten der *Weißen Rose* kennen würden. Petry und Probst sahen das als Indiz dafür, dass es keinen Bezug der Studierenden zum Widerstand gebe. Sie arbeiteten zwei Punkte heraus, warum die protestierenden Studenten der Gegenwart mit den oppositionellen Studenten während der NS-Zeit nichts gemeinsam hätten. Erstens führten sie an, dass die „etablierte Macht" der Bundesrepublik nichts mit der „perfekten Diktatur" des Nationalsozialismus zu tun habe. Diese unterschiedlichen Ausgangsbedingungen ließen sich nicht direkt miteinander vergleichen. Zweitens kritisierten sie den deutschen Idealismus, der die Grundlage des Widerstands der *Weißen Rose* gewesen sei. Dieser verfüge aber – so die Autoren weiter – über keinerlei Relevanz

---

[174] Petry: Studenten, S. 151–152.
[175] Christian Petry/Vincent Probst: Studenten aufs Schafott, in: Stern (1968), 8, S. 32 ff. Vincent Probst war offensichtlich einer der wichtigsten Gesprächspartner Petrys und hatte auch bei den Zeitzeugeninterviews mitgearbeitet. Petry hat sein Buch *Studenten aufs Schafott* Vincent Probst gewidmet. Siehe Petry: Studenten, S. 8.

für die Gegenwart, wo es um die Beendigung des Vietnamkriegs und eine tiefgreifende Hochschulreform gehe. Sie schlossen:

> Im Namen dieses Idealismus lassen sich keine politischen Taten mehr tun, und bereits die Tat der ‚Weißen Rose‘, die im wesentlichen eine Opfertat war, hatte einen durchaus unpolitischen Charakter. Ihre Toten sind Märtyrer einer integren Gesinnung, aber nicht Gefallene im politischen Kampf. […] Wenn wir also die ‚Weiße Rose‘ historisch sehen ohne Bezug zur Gegenwart, dann wird sie damit nicht ein Stück unbewältigter Vergangenheit. Sie *ist* Vergangenheit.[176]

Die *Weiße Rose* war damit in zweifacher Hinsicht nicht erinnerungswürdig: Ihr Widerstand war schon während des NS-Regimes nicht adäquat und erfolgversprechend gewesen. Selbst wenn man davon ausging – wie es ja in weiten Teilen der Studentenbewegung der Fall war –, dass es Kontinuitäten vom Nationalsozialismus zur Bundesrepublik gab[177], konnte der Widerstand der *Weißen Rose* kein brauchbares Vorbild sein. Und auch für die eigene Gegenwart schien die idealistische Tat nicht das richtige Mittel politischer Beteiligung. Die *Weiße Rose* war somit doppelt gescheitert.

Die Frage, ob noch an die *Weiße Rose* erinnert werden sollte, bildete auch den Ausgangspunkt für den Fernseh-Dokumentarfilm *Die Weiße Rose – Abschied von einem Mythos*, an dem auch Petry mitgearbeitet hatte.[178] Bilder von der Störung der Gedenkfeier 1968 und eines Besuchs von Schulkindern im Lichthof, wo versucht wird, ihnen Wissen über den Widerstand zu vermitteln, eröffnen den Film und machen gleichzeitig die Diskrepanzen und Hierarchien zwischen junger und älterer Generation deutlich. In Zeitzeugeninterviews wird dann die Geschichte der *Weißen Rose* rekonstruiert. Die Interviewer sind sichtbar und melden sich mit Nachfragen zu Wort. Beim Zuschauer entsteht der Eindruck, selbst unmittelbar am Forschungsprozess teilzuhaben, auch weil die Aussagen unkommentiert bleiben. Befragt wurden Inge und Robert Scholl, Anneliese Knoop-Graf, Familie Schmorell sowie Wolfgang und Birgit Huber, die Kinder Kurt Hubers. Lediglich Familie Probst fehlte, obwohl Petry mit Vincent Probst ja sehr eng befreundet war.[179] Über die mangelnde Kooperationsbereitschaft der Probsts lässt sich nur spekulieren. Dazu kamen Interviews mit Freunden und Bekannten, darunter Jürgen Wittenstein, Falk Harnack, Wilhelm Geyer, Wolf Jaeger, Bernhard Knoop, Annemarie Farkasch und Josef Söhngen. Jeder der Befragten durfte seine Geschichte und seine Interpretation der Ereignisse erzählen. Dabei konzentrierten sie sich vor allem auf die Flugblattverteilung an der Universität und die Frage, wie es dazu gekommen war. Im Vordergrund stand nun jedoch nicht mehr der Versuch, dieser Tat als Opfertat einen Sinn zu verleihen, sondern Petrys These, am 18. Februar 1943 sei deutlich geworden, dass es der *Weißen Rose* um ein unpolitisches Fanal, nicht um die politisch wirksame konspirative Tätigkeit gegen das NS-Regime ge-

---

[176] Christian Petry/Vincent Probst: Studenten aufs Schafott, in: Stern (1968), 8, S. 32 ff., hier: o. Pag., Hervorhebung i. Orig.

[177] Paulmann: Studentenbewegung. Etzemüller: 1968. Siegfried: Time.

[178] Die Weiße Rose – Abschied von einem Mythos, Dokumentarfilm, Regie: Christian Petry und Joachim Hess (Radio Bremen), BRD 1968.

[179] Petry: Studenten, S. 8.

gangen sei. Die aneinandergereihten Ausschnitte aus den Interviews enthüllen unterschiedlichste Wahrnehmungen und Einstellungen. Neben routinierten Erzählern wie Anneliese Knoop-Graf oder Inge Scholl steht ein von seinen Gefühlen überwältigter Robert Scholl, der den Tränen nahe ist, als er von der letzten Begegnung mit seinen Kindern erzählt. Andere sind froh, überhaupt einmal gehört zu werden. Vor allem aus Josef Söhngens Kommentaren klingt Verbitterung. Er beklagt, nie zu Gedenkfeiern eingeladen zu werden, und schließt sich der Forderung an, das Gedenken einfach einzustellen und die alten Geschichten ruhen zu lassen. Kurt Hubers Sohn Wolfgang Huber, nun selbst Student, stimmt der Einschätzung seiner Kommilitonen zu, Erinnerung an den Widerstand sei überflüssig geworden. In diesen Stellungnahmen wird deutlich, wie unterschiedlich die privaten Erinnerungen ausfielen und wie sehr die Einschätzungen über die Brauchbarkeit dieser Erinnerung für die eigene Gegenwart auseinanderklafften.

Die *Weiße Rose* geriet in einen politischen und gesellschaftlichen Konflikt, der nicht nur mit der Frage zu tun hatte, wie mit dem Nationalsozialismus umgegangen werden sollte. Es ging vielmehr um unterschiedliche Wahrnehmungen einer sich wandelnden Welt. So stellte der 1923 geborene Publizist Harry Pross in einer Gedenkrede am 18. Februar 1968 fest:

Insofern gehört die neue studentische Jugend einem anderen Zeitalter an als die hundert, die 1943 in München verhaftet wurden. Es scheint mir daher fraglich, ob es ihre Sache sein kann, jene Vergangenheit im eigenen Geist wiederzubeleben. Che Guevara ist ihr Zeitgenosse, die Scholls sind es nicht. Der Erlebnisbereich ist in den letzten 25 Jahren ungeheuer in die Breite gegangen. Die Kapazität des Nacherlebens ist mit dem Aktuellen fast erschöpft […] Globale Kommunikation fordert ihren Tribut. Die europazentrischen Beschränkungen sind gefallen. Das verändert die Perspektive der neuen Jugend auch für das Historische. Die Mutmaßungen über den Gesamtzustand der Welt, die in der jugendlichen Mentalität schon angelegt sind, werden ihr wichtiger als die genaue Vergegenwärtigung der eigenen Herkunft.[180]

Im Kontext der Studentenbewegung von 1968 hatte sich zunehmend ein Gefühl für die Vernetztheit der Welt entwickelt. Politische Themen und Konflikte wurden mehr und mehr als Phänomene begriffen, die nicht nur national relevant waren. Das galt für die Studentenbewegung selbst, die in Westeuropa und in Nordamerika gleichermaßen ausgeprägt war, wie für den Vietnamkrieg, die Dekolonisation oder die Probleme der *Dritten Welt*.[181] Nationale Gründungsmythen und Erinnerungserzählungen verloren dabei zunehmend an Bedeutung. Che Guevara konnte dann Vorbild sein, die *Weiße Rose* nicht mehr. Erinnerung wurde zum Generationenkonflikt.

5.2.2 Auf verlorenem Posten?

Dabei hatten für Inge Scholl und die anderen Angehörigen die 1960er-Jahre vielversprechend begonnen. Sie profitierten von einem seit Ende der 1950er-Jahre

---

[180] Pross: Gedächtnis, S. 293. Ähnlich argumentierte schon 1963 der Journalist Wilhelm Süskind, siehe Stadtarchiv München, NL Kurt Huber, Nr. 196, W. E. Süskind: Der Tag der Weißen Rose, in: [Süddeutsche Zeitung?], 22. 2. 1963.
[181] Etzemüller: 1968. Klimke: Alliance.

stark ansteigenden Interesse an der Geschichte des *Dritten Reichs*. Inge Scholl begann sogar, an sie gerichtete Anfragen, Gedenkreden zu halten oder über ihre Geschwister zu publizieren, an Angelika Probst zu delegieren.[182] An der Aufmerksamkeit für zeithistorische Themen hatte auch das neue Medium Fernsehen seinen Anteil, das attraktive Formate anbot, um ein breites Publikum zu erreichen.[183] 1960/61 wurde die 14-teilige Doku-Serie *Das Dritte Reich*, eine Co-Produktion von SDR und WDR, ausgestrahlt.[184] Die vorletzte Folge hatte den Widerstand zum Thema, konzentrierte sich dabei aber auf den bürgerlich-konservativen und militärischen Widerstand, vor allem den *20. Juli*.[185]

Die Auseinandersetzung mit der NS-Vergangenheit wurde in dieser Phase differenzierter und rückte langsam von der bis dahin dominierenden Erzählung von den Deutschen als „erste Opfer" des Nationalsozialismus ab. Dabei nahmen die Fernsehdokumentationen eine wichtige Mittlerfunktion ein. Zugleich ließ diese kritischere Auseinandersetzung mit dem Nationalsozialismus das Interesse an Dokumenten ansteigen, die als scheinbar objektive und authentische Belege in die Filmerzählung eingebunden wurden und so historiografisches Vorgehen imitierten.[186]

Der Erfolg der Reihe *Das Dritte Reich* ließ die Fernsehanstalten nach weiteren geeigneten Stoffen Ausschau halten. Seit 1962 gab es beim BR und SDR Überlegungen, nach ähnlichem Muster einen Dokumentarfilm über die *Weiße Rose* zu produzieren.[187] Heinz Huber vom SDR, der schon an der Serie *Das Dritte Reich* mitgearbeitet hatte, sollte sich auch diesmal beteiligen.[188] Es war geplant, durch eine Kooperation mit dem Münchner *Institut für Zeitgeschichte* das dafür notwendige Material zu sammeln.[189] Inge Scholl stand diesem Dokumentarfilm-Projekt von Anfang an positiv gegenüber und hatte auch schon die – wie sie schrieb – „ausgezeichnete Sendung" *Das Dritte Reich* unterstützt.[190] Für den Film über die *Weiße Rose* war sie deshalb bereit, weiter mit den Fernsehanstalten zusammenzuarbeiten und auch zu versuchen, die anderen Familien zur Mitwirkung zu veranlassen.[191] Fast zeitgleich schlug Brigitte Bermann-Fischer Inge Scholl vor,

---

[182] IfZ, ED 474, Bd. 277, Inge Scholl an Angelika Probst, 22. 8. 1952, 11. 2. 1953, 20. 9. 1960, 23. 12. 1960, 10. 1. 1961 und 7. 4. 1961, sowie Angelika Probst an Inge Scholl, 22. 9. 1960 und 8. 1. 1961.

[183] Classen: Bilder, S. 79–86 und S. 169–173.

[184] Hierzu und zum Folgenden siehe Bösch: Nationalsozialismus, S. 63–69. Classen: Bilder, S. 115–116. Keilbach: Geschichtsbilder. Hodenberg: Konsens, S. 272–273. Horn: Erinnerungsbilder. Die Serie wurde 1963 noch einmal wiederholt, siehe Classen: Bilder, S. 115.

[185] Classen: Bilder, S. 136–146.

[186] Ebd., S. 35–46. Horn: Erinnerungsbilder, S. 151–154.

[187] IfZ, ED 474, Bd. 406, Clemens Münster an Inge Scholl, 21. 8. 1962, sowie Clemens Münster an den Intendanten des SDR, Hans Bausch, 21. 8. 1962.

[188] IfZ, ED 474, Bd. 406, Clemens Münster an den Intendanten des SDR, Hans Bausch, 21. 8. 1962.

[189] IfZ, ED 474, Bd. 406, Heinz Böhmler an Inge Scholl, 9. 4. 1963. Siehe auch Kap. 3.3.

[190] IfZ, ED 474, Bd. 277, Inge Scholl an Angelika Probst, 7. 4. 1961.

[191] IfZ, ED 474, Bd. 277, Inge Scholl an Angelika Probst, 9. 4. 1963, und Inge Scholl an Herta Siebler-Probst, 9. 4. 1963. Bd. 263, Inge Scholl an Anneliese Knoop[-Graf], 25. 3. 63. Bd. 342, Hertha Schmorell an Inge Scholl, 8. 4. 1963.

persönliche Dokumente und Fotos ihrer Geschwister in einem eigenen Band im *Fischer Verlag* zu veröffentlichen.[192] Inspiration waren zwei Mappen mit Fotos und Abschriften aus Tagebüchern und Briefen von Hans und Sophie Scholl, die Inge Scholl ihrem Vater 1961 zu Weihnachten geschenkt hatte.[193] Inge Scholl regte an, auch die Familien der anderen Hingerichteten mit einzubeziehen.[194] Doch bis Mitte der 1960er-Jahre waren beide Projekte im Sande verlaufen. Beim *Fischer Verlag* hatte der Weggang von Klaus Wagenbach, der die Edition betreute, die Pläne beendet.[195] Das Dokumentarfilm-Projekt verschwand einfach sang- und klanglos von der Agenda des BR und SDR.[196] Beides lässt sich als Indiz dafür lesen, dass sich der Umgang mit Widerstandserinnerung wandelte und vorher vielversprechende Projekte nun verzichtbar schienen. Lediglich Anneliese Knoop-Graf hatte in dieser Phase noch Erfolge verbuchen können: Ihr gelangen 1963 noch zwei Veröffentlichungen von Quellen und Zeitzeugenberichten von und über ihren Bruder Willi Graf.[197]

Inge Scholl nahm die politischen und gesellschaftlichen Veränderungen seit Anfang der 1960er-Jahre sehr aufmerksam wahr. Mit einem feinen Gespür erkannte sie schon früh das darin schlummernde Konfliktpotenzial. Im Jahresbericht 1958 der Volkshochschule Ulm reflektierte sie die Herausforderungen der Erwachsenenbildung durch generationelle Verwerfungen:

> Sicher scheint zu sein, dass eine Volkshochschule nur gedeihen kann, wenn sie hellsichtig und hellhörig bleibt, vor allem gegenüber den Strömungen in der jüngeren Generation. Vielfach stehen wir bei ihr einer erschreckend fremden Welt gegenüber, die wir erst verstehen lernen müssen.[198]

Zugleich nahm sie innerhalb der vh diese Herausforderungen an und versuchte durch Formate speziell für Jugendliche und durch die Aufnahme aktueller Themen darauf zu reagieren. Seit Anfang der 1960er-Jahre gab es mehr und mehr Veranstaltungen zur Zeitgeschichte, insbesondere über die Zeit des Nationalsozialismus, sowie zu Gegenwartsproblemen wie den Studentenprotesten.[199] Während in dem kleinen Kosmos der Ulmer Volkshochschule diese Maßnahmen Erfolg zeigten, schrumpfte der Einfluss Inge Scholls außerhalb dieser Mauern

---

[192] IfZ, ED 474, Bd. 342, Inge Scholl an Anneliese Knoop-Graf, 21.12.1962, und Inge Scholl an Brigitte Bermann-Fischer, 20.3.1962.

[193] IfZ, ED 474, Bd. 342, Inge Scholl an Brigitte Bermann-Fischer, 20.3.1962.

[194] Ebd. Bd. 277, Inge Scholl an Angelika Probst, 9.4.1963, und Inge Scholl an Herta Siebler-Probst, 9.4.1963. Bd. 263, Inge Scholl an Anneliese Knoop[-Graf], 25.3.1963. Bd. 342, Hertha Schmorell an Inge Scholl, 8.4.1963, und Hugo Schmorell an Inge Scholl, 16.1.1963.

[195] IfZ, ED 474, Bd. 342, Inge Scholl an Clara Huber, 3.6.1964. Inge Scholl an Anneliese Knoop-Graf, 19.5.1964. Inge Scholl an Angelika Probst, 19.5.1964. Inge Scholl an Hertha Schmorell, 2.6.1964.

[196] IfZ, ED 474, Bd. 406, Inge Scholl an Alfred Neven Du Mont, 2.11.1965.

[197] Vielhaber: Widerstand. Ders.: Gewalt.

[198] IfZ, ED 474, Bd. 439, Inge Scholl: Jahresbericht 1958 [der Volkshochschule Ulm], o.D. [1959].

[199] Siehe dazu die Jahresberichte der vh Ulm von 1962–1967 und 1968–1973, in: IfZ, ED 474, Bd. 439 und 440. Zu diesem Trend in den Volkshochschulen allgemein siehe: Ciupke/Reichling: „Unbewältigte Vergangenheit".

merklich. Im Nachklang des Gedenkens zum 20. Todestag ihrer Geschwister 1963 schrieb sie mit resigniertem Unterton an den ehemaligen Bundespräsidenten Theodor Heuss, „dass der Widerstand in Wirklichkeit kaum verstanden und schon gar nicht in der Weise angenommen wurde, wie er es verdient hätte."[200]

Inge Scholl und ihr Vater standen wie viele der älteren überzeugten Bundesrepublikaner den Studentenprotesten zunächst gar nicht negativ gegenüber.[201] Inge Scholl erwartete sich einen Demokratisierungsschub von der politischen Basis her, der der Bundesrepublik bislang gefehlt habe. In einem Interview gab sie sich zudem überzeugt, dass auch ihre Geschwister Hans und Sophie die Proteste der Studierenden mitgetragen hätten.[202] Ihr Vater sammelte Spenden für einen Fond, aus dem Rechtsanwälte für Studenten bezahlt wurden, die wegen ihrer Aktivitäten in Konflikt mit dem Gesetz geraten waren.[203] Die Debatten um die Notstandsgesetzgebung, die 1968 zu Protesten geführt hatte, hatten auch Inge Scholl stark beschäftigt.[204] Allerdings bröckelte die Zustimmung zu den Aktivitäten der Jungen umso deutlicher, je mehr Diskrepanzen zwischen politischen, gesellschaftlichen und wirtschaftlichen Vorstellungen der Generationen sichtbar wurden. Ein Dreh- und Angelpunkt war dabei die Auseinandersetzung mit der NS-Vergangenheit. Debatten um Erinnerung wurden so Debatten um die Gestaltung der Republik. Es ging um die Weltbilder, Ideale und moralischen Maßstäbe, die das Fundament und das Selbstverständnis der Bundesrepublik bilden sollten.[205]

Neben den personellen Kontinuitäten aus der Zeit des Nationalsozialismus, die die Jungen kritisierten, entfaltete vor allem die Vorstellung struktureller Kontinuität Sprengkraft. Über eine grundlegende Kritik des Kapitalismus als Voraussetzung und Kennzeichen des Faschismus wurde hier eine Kontinuitätslinie zwischen dem *Dritten Reich* und der Bundesrepublik geschaffen, die den westdeutschen Staat selbst als faschistisch erscheinen ließ.[206] In dieser Perspektive war eine „doppelte Realität" und „ein gespaltenes Zeitgefühl" entstanden: „Man lebte nicht nur in einer jungen, stets als gefährdet eingeschätzten und hinsichtlich ihrer Möglichkeiten skeptisch beäugten Demokratie, sondern gleichzeitig und parallel in einer in diese Gegenwart verlängerten Diktatur [...]."[207] Für die alte Generation, die die Bundesrepublik aufgebaut hatte und darin gerade den Gegenentwurf zum

---

[200] IfZ, ED 474, Bd. 383, Inge Scholl an Theodor Heuss, 17. 4. 1963.

[201] Siegfried: Time, S. 60–62.

[202] Stadtarchiv München, NL Kurt Huber, Nr. 203, Studenten im Geiste der Scholls, in: o. Ang., [ca. 1968]. Der gleiche Text findet sich in: ADK, Franz Fühmann Archiv, 490, Widerstand der Studenten – gestern und heute. DVZ-Gespräch mit Inge Aicher-Scholl, in: Deutsche Volkszeitung, 23. 2. 1968.

[203] IfZ, ED 474, Bd. 15, Robert Scholl an Inge Scholl, 2. 5. 1968. Siehe auch Bd. 242, Sophie würde auch heute protestieren, in: Abendzeitung (München), 20. 7. 1962.

[204] Requate: „Weimar". Spernol: Notstand. Zu Inge Scholl siehe die von ihr gesammelten Materialien zum Thema Notstandsgesetze in IfZ, ED 474, Bd. 694.

[205] Siegfried: Time, S. 60–72. Moses: German Intellectuals, S. 160–186. Geppert: Staatsskepsis. Ders.: Hans Werner Richter.

[206] Paulmann: Studentenbewegung. Etzemüller: 1968. Siegfried: Time.

[207] Schneider: Opfer, S. 1332.

Nationalsozialismus sah, war dieser Vorwurf vollkommen inakzeptabel. Die eigene Demokratisierungsleistung wurde wertlos. Bis dato war die Geschichte der Bundesrepublik vor allem eine Erfolgsgeschichte von wirtschaftlichem Wohlstand, sozialem Ausgleich und gelungener Demokratisierung gewesen. Wissenschaftlich beglaubigt war diese Überzeugung von der Soziologie und Helmut Schelskys Theorie der „nivellierten Mittelstandsgesellschaft".[208]

Ähnlich problematisch war, dass die Studentenproteste zunehmend gewalttätig wurden. Das weckte bei den Älteren ungute Erinnerungen an die politischen Straßenkämpfe der Weimarer Republik, die – so die weit verbreitete Vorstellung – direkt in den Nationalsozialismus geführt hatten. Umgekehrt schien die harte Reaktion des Staates auf die Proteste zu beweisen, dass die Bundesrepublik schon längst im festen Griff des Faschismus war.[209]

Die aufbrechenden Konflikte zwischen der Aufbaugeneration der Bundesrepublik, den 45ern[210], und der Protestgeneration der 68er waren für Inge Scholl nicht nur anlässlich der Gedenkfeiern an der Universität in München spürbar. Selbst an der Ulmer *Hochschule für Gestaltung* machten sich die Auswirkungen bemerkbar. Seit ihrer Gründung hatte die hfg ebenso mit finanziellen Nöten zu kämpfen wie mit internen Streitereien zwischen den Dozenten.[211] Zugleich geriet die Hochschule durch Politik und Öffentlichkeit immer mehr unter Druck.[212] Die Länder planten Bildungsreformen und verbanden damit neue Kompetenzzuteilungen und Zugriffsrechte.[213] Die nie verwirklichte Idee der autonomen Hochschule, wie sie Inge Scholl und Otl Aicher sich vorgestellt hatten, schien damit endgültig unmöglich geworden zu sein.[214] Überdies forderten die Studenten der hfg nun Ähnliches wie ihre Kommilitoninnen und Kommilitonen an anderen deutschen Hochschulen: mehr Mitsprache und mehr Transparenz.[215] Inge Scholl fühlte sich hintergangen. Sie schrieb in ihr Tagebuch:

---

[208] Schelsky: Wandlungen. Siehe auch Braun: Helmut Schelskys Konzept. Zu den 1960er-Jahren als Jahrzehnt des Wandels siehe v. a. Frese u. a. (Hrsg.): Demokratisierung. Herbert: Liberalisierung.

[209] Exemplarisch IfZ, ED 474, Bd. 755, Gertrud Lampe (Stiftung Hilfswerk 20. Juli) an Inge Scholl, 3.1.1969. Siehe auch Paulmann: Studentenbewegung. Etzemüller: 1968. Thomas: Protest Movements. Siehe auch die Beiträge von Davis, Peifer und Schmidtke in: Gassert/ Steinweis (Hrsg.): Coping with the Nazi Past.

[210] Moses: Die 45er.

[211] IfZ, ED 474, Bd. 466, Inge Scholl: Bericht über die Geschichte der Hochschule, o. D. [ca. 1963/64].

[212] Auf dem Kuhberg, in: DER SPIEGEL (1963), 12, S. 71–75. Siehe auch IfZ, ED 474, Bd. 15, Robert Scholl an Inge Scholl, 3.4.1963 und 3.12.1963. Erich Pfeiffer-Belli: Ulmer Hochschulsorgen. Probleme der Hochschule für Gestaltung, in: Süddeutsche Zeitung, 8./9.6.1963. Siehe auch die Vorgänge zur Überprüfung der Förderungswürdigkeit der hfg 1963–1966 durch das baden-württembergische Kultusministerium, in: HStA Stuttgart, Kultusministerium, EA 3/203, Nr. 87.

[213] Rohstock: „Ordinarienuniversität".

[214] Stadtarchiv Ulm, NL Theodor Pfizer (Ordner: Geschwister Scholl Stiftung, Hochschule für Gestaltung, Grundsätzliches), referat der studentenschaft der hfg ulm anlässlich der gedenkfeier zum 25. jahrestag der hinrichtung der geschwister scholl, 20.2.1968.

[215] Seeling: Geschichte, S. 130–134.

Studenten haben eine Abschußliste, angeblich wird sie mit den Behörden diskutiert. Das Super Establishment und die Anarchisten gegen die nicht Einreihbaren, gegen die Uneinigen, gegen die ‚Kapitalisten', die mehr oder weniger aus ihren Ideen leben.[216]

Tatsächlich waren die Ideen, die die hfg vertrat, aus der Mode gekommen. Die große Zeit des Funktionalismus und der Vorstellungen von Welt und Gesellschaft, die dahinterstanden, hatten ihre Blütezeit bereits hinter sich.[217] Das „Zeitgemäße" der Hochschule, das noch die Gutachten zur Gründung hervorgehoben hatten[218], war altmodisch geworden und damit fehlte auch jene ideelle Legitimation, die Anfang der 1950er-Jahre ihre Entstehung erst möglich gemacht hatte. Auch der Verweis auf den Widerstand der Geschwister Scholl, der ohnehin nur noch selten als Gründungsgedanke der hfg präsent war, konnte nichts mehr retten[219], war doch auch deren Stern in der öffentlichen Diskussion am Verblassen. 1968 schloss die *hfg* endgültig ihre Pforten, als der baden-württembergische Landtag eine weitere finanzielle Unterstützung verweigerte. Das war keine Verschwörung gegen die fortschrittlichen Kräfte in der Bundesrepublik, wie es Inge Scholl und Otl Aicher interpretierten, sondern vielmehr das Eingeständnis, dass es nun andere waren, die der Republik ihr fortschrittliches Gesicht gaben.

Der Generationenkonflikt begann auch, Inge Scholls Auseinandersetzung mit der Geschichte des Widerstands zu dominieren. Dabei waren es gar nicht die Störungen der Gedenkfeiern 1965 und 1968, die sie beschäftigten. Vielmehr wurde Christian Petry mit seinen Thesen zum Opponenten Inge Scholls. Petry fiel Inge Scholl das erste Mal im Frühjahr 1967 negativ auf, als in der Wochenzeitung *DIE ZEIT* seine Rezension der Dokumentation *Gewalt und Gewissen* über Willi Graf erschien.[220] Darin lobte Petry zwar die Veröffentlichung als gelungen, kritisierte aber gleichzeitig indirekt Inge Scholl. So werde ihr Buch *Die weiße Rose* als historiografische Darstellung gelesen, obwohl selbst Inge Scholl zugebe, dass es das nicht sei. Zudem stellte er zentrale Aussagen der ältesten Scholl-Schwester infrage, etwa die unpolitische Ausrichtung des Widerstands oder die enge Begrenzung der Widerstandsgruppe auf die Hingerichteten und insbesondere auf Hans und Sophie Scholl. Inge Scholl reagierte äußerst empfindlich auf diese Darstellung. Das lag nicht nur an der Kritik Petrys, sondern vor allem daran, dass Inge Scholl persönliche Motive dahinter vermutete. Sie schrieb an die *ZEIT*-Herausgeberin Marion Gräfin Dönhoff, „dass ein naher Verwandter des Verfassers der Buchbesprechung s. Zt. durch mich in den Vorstand der Geschwister-Scholl-Stiftung gerufen

---

[216] IfZ, ED 474, Bd. 36, Tagebucheintrag Inge Scholls, 20. 9. 1968.

[217] Klemp: Kurvatur.

[218] HfG-Archiv, AZ 93, siehe hier insbesondere das Gutachten von Prof. Dr. v. Pechmann, 23. 1. 1952.

[219] Die Eingaben an den baden-württembergischen Kultusminister, die sich für den Erhalt der hfg aussprechen, rekurrieren fast nicht auf die *Weiße Rose*, siehe HStA Stuttgart, EA 3/203, Nr. 83. Ausnahmen sind die Eingaben von H. Wichmann (Deutscher Werkbund Bayern e. V.), 5. 3. 1968, und des Bundes Deutscher Architekten, Landesverband Baden-Württemberg, 28. 2. 1968.

[220] Christian Petry: Die Helfer der Weißen Rose. Die Geschwister Scholl hatten viele Freunde, in: DIE ZEIT, 17. 3. 1967.

wurde, dass es aber nach Differenzen zwischen ihm und der Hochschule für Gestaltung zu einer Trennung kam".[221] Nur daher könne sie sich erklären, „dass Christian Petry die historische Qualifikation meiner Darstellung in Frage stellt".[222] Schon in diesem Brief wurde jedoch auch deutlich, dass es nicht nur um persönliche Kränkungen ging, sondern um eine sich wandelnde Beglaubigungspraxis im Umgang mit dem Nationalsozialismus. Die „historische Qualifikation" Inge Scholls war die Zeugenschaft, die ihrer Interpretation des Widerstandsgeschehens im ersten Nachkriegsjahrzehnt Glaubwürdigkeit verschafft hatte. Schon in den Affären um Annemarie Scholl und Alfred Neumann hatte sich darüber Legitimation bzw. Delegitimation ergeben.[223] Zeugenschaft war in diesem Kontext die Voraussetzung dafür, die dokumentarischen Hinterlassenschaften aus der Zeit des *Dritten Reichs* „richtig" zu interpretieren. Auch Inge Scholl war noch dieser Meinung, als sie in einem Brief an den Rechtsanwalt Hellmut Becker die Aufarbeitung der Geschichte der *Weißen Rose* durch einen Historiker forderte. Sie schrieb: „Ich finde darüberhinaus, dass dieser jene Zeit noch bewusst miterlebt haben müsste, um beispielsweise eine wirklichkeitsgerechte Auswertung und Interpretation von Protokollen des Volksgerichtshofs gewährleisten zu können."[224] Diese Kritik zeigte sich auch in den Rezensionen von Petrys Buch durch Thorsten Müller[225], der sich zum *Hamburger Zweig* der *Weißen Rose* zählte, und Ursula von Kardorff[226], die dem *20. Juli* nahegestanden hatte.

Für Petry sah die Sache ganz anders aus. Seine Legitimation ergab sich aus der Zugehörigkeit zu einer neuen Generation, die gesellschaftliche und politische Veränderungen erstrebte und deshalb auch nach neuen historischen Selbstverortungen suchte und alte infrage stellte. Deshalb konnte Petry die Tauglichkeit von Widerstandserinnerung für die Gegenwart kritisch überprüfen. Gleichzeitig wählte er eine andere Form der Beglaubigungspraxis: Wissenschaftlichkeit löste die Zeugenschaft ab und das Dokument ersetzte das Miterleben, das es vorher ergänzt und bestätigt hatte. Das war auch das entscheidende Argument des *Piper Verlags*, der ausdrücklich darauf hinwies, dass es sich bei Petrys Buch eben nicht um ein „Erinnerungsbuch" handle.[227] Weiter hieß es:

[221] IfZ, ED 474, Bd. 754, Inge Scholl an Marion Gräfin Dönhoff, 23.3.1967, und Marion Gräfin Dönhoff an Inge Scholl, 6.4.1967. Der „nahe Verwandte" war Thorwald Risler, siehe Inge Scholl an den Piper Verlag, 21.4.1968.

[222] IfZ, ED 474, Bd. 754, Inge Scholl an Marion Gräfin Dönhoff, 23.3.1967. Dönhoff teilte Inge Scholls Bedenken: Marion Gräfin Dönhoff an Inge Scholl, 6.4.1967. Siehe auch Inge Scholl an Hellmuth Auerbach, 10.4.1967, und Hellmuth Auerbach an Inge Scholl, 14.5.1968, sowie Inge Scholl an den Piper Verlag, 21.4.1968.

[223] Siehe Kap. 2.2.2.

[224] IfZ, ED 474, Bd. 754, Inge Scholl an Hellmut Becker, 28.6.1967. Siehe auch Inge Scholl an Ursula von Kardorff, 27.2.1968.

[225] Thorsten Müller: Der Duft der Weißen Rose, in: DIE ZEIT, 14.3.1969.

[226] Ursula von Kardorff: „Die Weiße Rose entblättern?", in: Süddeutsche Zeitung, 13.12.1968.

[227] IfZ, ED 474, Bd. 754, Albrecht Roeseler (Piper Verlag) an Inge Scholl, 13.5.1968.

Die Diskrepanz zwischen der Erinnerung Beteiligter und Betroffener und einer historischen Darstellung wird immer unlösbar bleiben, weil der Historiker durch seine ausgebreitetere Quellenkenntnis einerseits mehr, andererseits weniger weiß.[228]

Der Zeitzeuge wurde zum Feind des Historikers.[229] Inge Scholl war dagegen der Meinung, der Verlag mache es sich damit „etwas leicht":[230] „Sie konstruieren einen Gegensatz zwischen der Erinnerung der Beteiligten und Betroffenen und denjenigen, die sich um wissenschaftliche Exaktheit bemühen."[231] Die „wissenschaftliche Exaktheit" und die Zeitzeugenschaft schlossen sich in Inge Scholls Augen nicht zwangsläufig aus, während formale Kriterien allein ihr nicht genügten, Wissenschaftlichkeit hervorzubringen: „Schiefe Darstellungen mit wohl *absichtlich* überspitzten Formulierungen sind in meinen Augen aber nicht die Qualifikation für wissenschaftliche Methoden [...]."[232] Zugleich versuchte sie, Hans Hirzel dazu zu bewegen, Petry nach seinen Quellen zu befragen und dabei gleich eine Richtigstellung mitzuliefern, für die sie vorsorglich ein paar diesbezügliche Notizen mitschickte.[233] Ob diese Intervention dann tatsächlich stattfand, ist allerdings nicht überliefert.

Inge Scholl war auch deshalb so empört über Petry, weil sie sich von dessen Vorgehen getäuscht und hintergangen fühlte. In der Annahme, ein *Stern*-Redakteur, aber nicht Petry werde den Artikel schreiben, hatte sie dem Magazin Fotos zum Abdruck überlassen.[234] Ähnliches ereignete sich bei den Arbeiten zum Dokumentarfilm *Die weiße Rose – Abschied von einem Mythos*. Dabei waren Inge Scholl und ihr Vater zwar als Interview-Partner und Dokumenten-Lieferanten mit einbezogen worden, hatten aber schon nach kurzer Zeit Skrupel bekommen.[235] Zudem fand Inge Scholl einige Monate später durch Zufall heraus, dass auch Christian Petry an dem Film beteiligt war.[236] Sie reagierte, indem sie Briefe schrieb. Sie teilte dem *Piper Verlag* ihre Bedenken bezüglich Petrys „Fehlern" und der „eigentümlichen Tendenz" seiner bisherigen Äußerungen mit und drohte juristische Schritte an.[237] Mit dem gleichen Tenor wandte sie sich an Hellmuth Auerbach vom Münchner *Institut für Zeitgeschichte*, der die Arbeit Petrys im Auftrag des Verlags durchgesehen hatte.[238] Um die Ausstrahlung des Dokumentarfilms zu ver-

---

[228] Ebd. Siehe auch IfZ, ED 474, Bd. 754, Hellmuth Auerbach an Inge Scholl, 14.5.1968.
[229] Siehe hierzu Plato: Zeitzeugen, S. 7.
[230] IfZ, ED 474, Bd. 754, Inge Scholl an Albrecht Roeseler (Piper Verlag), 29.5.1968.
[231] Ebd.
[232] Ebd., Hervorhebung. i. Orig.
[233] IfZ, ED 474, Bd. 754, Inge Scholl an Hans [Hirzel], 27.2.1968.
[234] IfZ, ED 474, Bd. 263, Inge Scholl an Anneliese Knoop[-Graf], 13.5.1968.
[235] IfZ, ED 474, Bd. 754, Inge Scholl an Hans Weber (Radio Bremen), 14.8.1968.
[236] IfZ, ED 474, Bd. 754, Telegramm Inge Scholls an Harry Pross, 25.10.1968, und Inge Scholl an Harry Pross, 25.10.1968.
[237] IfZ, ED 474, Bd. 754, Inge Scholl an den Piper Verlag, 21.4.1968, und Inge Scholl an Albrecht Roeseler (Piper Verlag), 29.5.1968. Siehe auch Robert Scholl an Ursel Ertel[-Hochmuth], 18.8.1968.
[238] IfZ, ED 474, Bd. 754, Inge Scholl an Hellmuth Auerbach, 10.4.1967 und 27.6.1968, sowie Hellmuth Auerbach an Inge Scholl, 14.5.1968. Siehe auch die Leserzuschrift Auerbachs in DIE ZEIT vom 10.4.1967.

hindern, zog sie einen Rechtsanwalt hinzu[239] und versuchte zusammen mit ihrem Vater bei *Radio Bremen* zu erwirken, dass der Film nicht gesendet würde.[240] Allerdings blieben all diese Interventionen erfolglos. Der *Piper Verlag* und Hellmuth Auerbach gestanden zwar ein, dass Petry „pointierte Thesen" vertrete, doch diese bewegten sich im Rahmen des wissenschaftlich Akzeptierten.[241] Inge Scholls Zeugenschaft und der darauf begründete Einfluss geriet hier an seine Grenzen. Die Ausstrahlung des Dokumentarfilms war juristisch nicht anfechtbar.[242] Am 31. Oktober 1968 wurde er von der ARD gesendet und war zumindest nach Aussage der Fernsehanstalt beim Publikum erfolgreich.[243] Inge Scholls Ablehnung des Films[244] versteckte sich in der Öffentlichkeit hinter einer äußerst missbilligenden Besprechung, die ein langjähriger Freund, der Tübinger Rhetorikprofessor Walter Jens, unter dem Pseudonym „Momos" für *DIE ZEIT* verfasst hatte.[245] Die heftige Reaktion Inge Scholls auf Petrys Veröffentlichungen stieß jedoch oft auf Unverständnis. Rechtsanwalt Heinrich Hannover, der Inge Scholl bezüglich des Dokumentarfilms behilflich sein sollte, schrieb ihr, er habe beim Ansehen des Films die „negativen Tendenzen", von denen Inge Scholl spreche, gar nicht wahrgenommen.[246] Freunden und Bekannten, die er befragt habe, sei es ebenso gegangen.[247] Auch in den Schreiben vom *Piper Verlag* oder von Auerbach erscheinen Inge Scholls Bedenken vollkommen übertrieben.[248] Lediglich andere persönlich Betroffene wie Thorsten Müller, der überdies zu Anfang Petrys Arbeiten stark unterstützt hatte, und Ursel Ertel-Hochmuth, die sich für die Erinnerung an Hamburger Widerstandskämpfer einsetzte, teilten Inge Scholls Vorbehalte voll und ganz.[249] Petry habe die Dinge „auf den Kopf" gestellt.[250] 1972 wiederholte sich die Szenerie, als Gustav Ehmke zusammen mit Petry einen halbdokumentarischen Film[251] über die *Weiße Rose*

---

[239] IfZ, ED 474, Bd. 754, Inge Scholl an Heinrich Hannover, 28.10.1968.

[240] IfZ, ED 474, Bd. 754, Inge Scholl an Gerhard Weber (Radio Bremen), 27.10.1968, und Robert Scholl an Gerhard Weber, 2.10.1968. Siehe auch Gerhard Weber an Anne Scholl, 18.10.1968, und an Robert Scholl, 22.10.1968.

[241] IfZ, ED 474, Bd. 754, Albrecht Roeseler (Piper Verlag) an Inge Scholl, 13.5.1968, und Hellmuth Auerbach an Inge Scholl, 14.5.1968.

[242] IfZ, ED 474, Bd. 754, Heinrich Hannover an Gerhard Weber (Radio Bremen), 29.10.1968.

[243] IfZ, ED 474, Bd. 755, Gerhard Weber (Radio Bremen) an Inge Scholl, 14.11.1968.

[244] IfZ, ED 474, Bd. 755, Inge Scholl an Heinrich Hannover, 6.11.1968.

[245] IfZ, ED 474, Bd. 407, Momos: Henker, Opfer und Autoren, in: DIE ZEIT, 8.11.1968.

[246] IfZ, ED 474, Bd. 755, Heinrich Hannover an Inge Scholl, 11.11.1968.

[247] Ebd.

[248] IfZ, ED 474, Bd. 754, Albrecht Roeseler (Piper Verlag) an Inge Scholl,13.5.1968, und Hellmuth Auerbach an Inge Scholl, 14.5.1968.

[249] Siehe die Korrespondenzen Thorsten Müllers und Ursel Ertel-Hochmuths in IfZ, ED 474, Bd. 754, hier v. a. Ursel Ertel[-Hochmuth] an Christian Petry, 20.2.1968, Thorsten Müller an Christian Petry, 9.10.1968, Thorsten Müller an Inge Scholl, 3.11.1968. Weitere Korrespondenz Ertel-Hochmuths zu diesem Thema findet sich in Bd. 755 sowie in IfZ, Fa 215, Bd. 5 (Korrespondenz mit Ursula von Kardorff), für weitere Korrespondenz Müllers siehe IfZ, ED 474, Bd. 273, hier v. a. Thorsten Müller an Inge Scholl, 11.11.1968 und 26.11.1968.

[250] IfZ, ED 474, Bd. 755, Ursel Ertel[-Hochmuth] an Robert Scholl, 6.11.1968.

[251] Der Film selbst konnte nicht ausfindig gemacht werden. Einblicke in die Konzeption ermöglicht aber die Take List, o. D. [ca. 1972], in: IfZ, ED 474, Bd. 407.

produzierte, der auf Petrys Buch *Studenten aufs Schafott* beruhte.[252] Inge Scholl konnte trotz juristischer Unterstützung[253] weder verhindern, dass der Film auf der *Biennale* in Venedig gezeigt wurde[254], noch dass Ehmck mit den bundesdeutschen Fernsehanstalten über eine Ausstrahlung verhandelte. Wie schon früher erwiesen sich präventive Kontrolle und ein Beharren auf der juristischen Einklagbarkeit von „historischer Richtigkeit" als durchaus problematische Strategien. Inge Scholl war extra nach Venedig gereist, um den Film anzusehen, zeigte sich entsetzt von dem ihrer Meinung nach „mittelmässigen, belanglosen Machwerk"[255] und versuchte dann, die Fernsehsender davon zu überzeugen, dass dieser Film keinesfalls Eingang ins Programm finden dürfe.[256] Die Erfolgsaussichten für ein juristisches Vorgehen waren äußerst gering[257], sodass ihr nichts anderes übrigblieb, als auf das Entgegenkommen der Sendeanstalten zu hoffen.[258] Die Reaktionen auf diese Intervention waren unterschiedlich und reichten von Verständnis bis zu höflicher Zurückweisung.[259] Diesmal hatte Inge Scholl aber insofern Erfolg, weil der Film letztlich nicht im Fernsehen gezeigt wurde.[260] Ob das auf ihre Intervention zurückzuführen war oder auf das Anfang der 1970er-Jahre langsam schwindende Interesse an Widerstandsthemen, muss jedoch dahingestellt bleiben.

Petrys Arbeit und alle darauf aufbauenden Darstellungen über die *Weiße Rose* rührten an Grundüberzeugungen des familiären Erinnerns und das erklärt auch die heftigen Reaktionen Inge und Robert Scholls. Für Inge Scholl und ihren Vater waren Petrys Ergebnisse ein direkter Angriff auf ein jahrzehntelang sorgfältig zurechtgelegtes und gepflegtes Bild von Hans und Sophie Scholl und deren Widerstand. Die anderen Hingerichteten erhielten in Petrys Darstellung hingegen größeres Gewicht als etwa in Inge Scholls Kollektivbiografie *Die weiße Rose*. Vor

---

[252] IfZ, ED 474, Bd. 407, Inge Scholl an Josef Augstein, o. D. (ca. Anfang Juli 1972).

[253] IfZ, ED 474, Bd. 407, Josef Augstein an Inge Scholl, 19. 7. 1972, und Inge Scholl an Josef Augstein, 7. 8. 1972. Robert Rie an Inge Scholl, 21. 7. 1972.

[254] IfZ, ED 474, Bd. 407, Inge Scholl: Notiz über ein Telefongespräch mit Gustav Ehmck, 18. 8. 1972, und Gustav Ehmck an Inge Scholl, 18. 8. 1972. [Programmheft] „Filme aus Deutschland", *Biennale*, Venedig o. D. [1972].

[255] IfZ, ED 474, Bd. 407, Inge Scholl an Josef Augstein, 25. 8. 1972. Diese Meinung hielt sie auch nach einer zweiten, diesmal privaten Aufführung in München aufrecht, siehe Karlernst W. Geier an Inge Scholl, 11. 11. 1972, Josef Augstein an Inge Scholl, 30. 11. 1972, Josef Augstein an Gustav Ehmck, 1. 12. 1972, Karlernst W. Geier an Josef Augstein, 9. 12. 1972, Inge Scholl an Josef Augstein, 11. 12. 1972.

[256] IfZ, ED 474, Bd. 407, Josef Augstein an Verwaltungsdirektor Harald Ingensand (ZDF), Programmdirektor Viehöfer (ZDF), Intendant Klaus v. Bismarck (WDR) und Intendant Gerhard Schröder (NDR), jeweils 4. 12. 1972.

[257] IfZ, ED 474, Bd. 407, Josef Augstein an Inge Scholl, 30. 11. 1972.

[258] Das betraf auch die Frage von Korrekturen am Textbuch, siehe IfZ, ED 474, Bd. 407, Inge Scholl an Josef Augstein, 30. 12. 1972 und 26. 3. 1973.

[259] NDR und WDR lehnten den Film ab, siehe die entsprechende Korrespondenz in IfZ, ED 474, Bd. 407. Dagegen war das ZDF zunächst zu einer Ausstrahlung bereit, siehe Herr Friccius (Justitiariat, ZDF) an Josef Augstein, 15. 3. 1973, Inge Scholl an Josef Augstein, 26. 3. 1973.

[260] IfZ, ED 474, Bd. 407, Inge Scholl an Josef Augstein, 30. 8. 1973, und Josef Augstein an Inge Scholl, 7. 9. 1973.

allem Hans Scholl kam aber bei Petry schlecht weg. Petry zeichnete ihn als unpolitischen, leichtsinnigen Träumer, der durch bloße Fahrlässigkeit seine Mitstreiter aufs Schafott gebracht hatte. Dazu zählte er die Tatsache, dass in der Wohnung der Scholl-Geschwister von der Gestapo Material gefunden worden sei, das sie der Flugblattherstellung und -verteilung überführte, ebenso wie Briefe und Adressen von Beteiligten sowie die Uniformjacke Alexander Schmorells. Zudem hatte Hans Scholl – so Petry weiter – einen handschriftlichen Flugblattentwurf Christoph Probsts bei seiner Verhaftung bei sich getragen.[261] Das war weder vereinbar mit dem Bild vom kühlen Strategen Hans Scholl, der die Zügel des Widerstands fest in der Hand hielt, noch mit dem des selbstlosen Opfers und des „große[n] Wettkampf[s] um das Leben der Freunde"[262], wie es Inge Scholl in der *Weißen Rose* gezeichnet hatte. Im Kern ging es Inge Scholl in der Debatte mit Petry um persönliche Betroffenheit, die als „objektives" Verhandeln über historische „Fakten" getarnt war.

Weil die Zeugenschaft als Legitimation nicht mehr dafür ausreichte, gehört zu werden, musste Inge Scholl sich an das anpassen, was Petry neu vorgegeben hatte: Wissenschaftlichkeit. In diesem Sinne erarbeitete sie zusammen mit Otl Aicher umfangreiche „Richtigstellungen"[263], die meist im Namen Robert Scholls an die Presse oder an Personen mit öffentlichem Einfluss geschickt wurden, darunter Walter Jens, Heinrich Böll, der *Bayerische Rundfunk* oder die *Bundeszentrale für politische Bildung*.[264] Diese Richtigstellungen argumentierten mit „Fakten", nicht mit dem „Geist" des Widerstands.[265] Unterstützt wurden sie durch eine neue Dokumentensammlung Inge Scholls. Im Familienkreis und dem engeren Ulmer Umfeld trug sie neue Zeitzeugenberichte zusammen, die ihre Sicht der Dinge bestätigten und die eine dokumentarische Grundlage ihrer Aussagen bilden sollten.[266] Die Argumente richteten sich vor allem gegen all jene Passagen in Petrys Arbeiten, die Hans Scholl Leichtsinn vorwarfen. Mit Verweis auf die Aussagen von ehemaligen Gestapo-Beamten wurde Petry entgegengehalten, es sei gar kein

---

[261] Petry: Studenten, S. 111–112. Das entsprach den Angaben in der Anklageschrift sowie dem Zeitzeugenbericht Else Gebels.

[262] Scholl: Weiße Rose, Frankfurt a. M.: Verlag der Frankfurter Hefte, [1]1952, S. 62.

[263] IfZ, ED 474, Bd. 755, Inge Scholl: Bemerkungen zu dem Buch ‚Studenten aufs Schafott' von Christian Petry, 17. 11. 1968. Bd. 754, [Inge Scholl]: [Stellungnahme zum Stern-Artikel von Petry/Probst], o. D. [1968], und Robert Scholl: Anmerkungen zu Christian Petrys Veröffentlichungen über die Widerstandsgruppe ‚Weisse Rose' in München, 23. 9. 1968, siehe hierzu auch die beiliegenden Vorarbeiten Inge Scholls und Otl Aichers.

[264] Siehe die entsprechende Korrespondenz und weitere Beispiele in IfZ, ED 474, Bd. 754 und 755. Die *Bundeszentrale für politische Bildung* wird fälschlicherweise als *Bundeszentrale für Heimatschutz* [sic!] bezeichnet. Siehe auch IfZ, Fa 215, Bd. 5, Robert Scholl an Ursula von Kardorff, 4. 10. 1968.

[265] Ähnlich reagierte auch Thorsten Müller, siehe IfZ, ED 474, Bd. 754, Thorsten Müller: Korrekturen und Kommentare I zu Christian Petry „Studenten aufs Schafott", 28. 10. 1968.

[266] IfZ, ED 474, Bd. 754, Zeitzeugenberichte von Elisabeth Hartnagel, 17. 9. 1968, Otl Aicher, 22. 9. 1968, Dr. Hepperle, 17. 9. 1968, und Wilhelm Geyer, 21. 9. 1968.

offensichtlich belastendes Material gefunden worden.[267] Auch die Uniformjacke Alexander Schmorells sei eigentlich ein „Russenkittel" gewesen.[268] Das Auffinden des Flugblattentwurfs Christoph Probsts bei Hans Scholl wurde heruntergespielt. Robert Scholl verwies auf Angaben des Gestapo-Beamten Mohr, wonach der Entwurf in der schollschen Wohnung gefunden worden sei, und fragte seine Tochter: „Du hast die Anklageschrift des Oberreichsanwalts. Steht in dieser etwas darüber, wie das Schriftstück festgestellt wurde?"[269] Tatsächlich stand in der Anklageschrift, dass dieses „bei der Festnahme des Scholl in seiner Kleidertasche vorgefunden" worden war.[270] Inge Scholl wusste das also und ihr war klar, wie verheerend sich das auf das Schicksal Probsts ausgewirkt haben musste. Wenige Jahre zuvor hatte ihr das Angelika Probst noch einmal eindringlich aus ihrer Perspektive geschildert.[271] In den „Richtigstellungen" wurde das Auffinden des Flugblattentwurfs Probsts bei Hans Scholl nun als ein möglicher, aber nicht als entscheidender Faktor für dessen Todesurteil gewertet.[272] Das führte indirekt zu einer Aufwertung Probsts innerhalb der Widerstandsgruppe. Schließlich wandten sich Inge Scholl und ihr Vater noch gegen den Vorwurf von der „unpolitischen" Haltung Hans Scholls und verwiesen dabei ausgerechnet auf die Ermittlungsergebnisse der Gestapo: Sowohl in der Anklageschrift als auch in Gesprächen mit Gestapo-Beamten sei deutlich geworden, dass Hans Scholl ein politisch denkender und handelnder Mensch gewesen sei.[273]

Gerade die Frage, ob der Widerstand eine politische Tat gewesen sei, war für Inge Scholl virulent. Das kam nicht erst durch die direkte Auseinandersetzung mit Petry, sondern hatte Inge Scholl schon vorher beschäftigt. Die politischen und gesellschaftlichen Veränderungen auch im Umgang mit der NS-Vergangenheit waren ihr nicht verborgen geblieben. Besonders deutlich wurde das bei ihren Überarbeitungs- und Erweiterungsplänen für ihr Buch *Die weiße Rose*. Das, was sie darin veränderte, sollte eine langfristigere Wirkung haben und war auf eine breite Zielgruppe ausgelegt. Deshalb lassen sich hier die Veränderungen, die sie

---

[267] IfZ, ED 474, Bd. 755, Inge Scholl: Bemerkungen zu dem Buch ‚Studenten aufs Schafott' von Christian Petry, 17.11.1968 und [Inge Scholl]: [Stellungnahme zum Stern-Artikel von Petry/Probst], o. D. [1968].

[268] IfZ, ED 474, Bd. 754, Robert Scholl: Anmerkungen zu Christian Petrys Veröffentlichungen über die Widerstandsgruppe ‚Weisse Rose' in München, 23. 9. 1968.

[269] IfZ, ED 474, Bd. 15, Robert Scholl an Inge Scholl, 8. 4. 1968.

[270] Anklage 8J 35/43, in: Nationalsozialismus, Holocaust, Widerstand und Exil 1933–1945. Online-Datenbank. http://db.saur.de/DGO/basicFullCitationView.jsf?documentId=wh660 (zuletzt eingesehen am 3. 6. 2012).

[271] IfZ, ED 474, Bd. 342, Angelika Probst an Inge Scholl, 27. 1. 1963, und Inge Scholl an Angelika Probst, 3. 2. 1963. Siehe auch Kap. 2.2.1.

[272] IfZ, ED 474, Bd. 755, Inge Scholl: Bemerkungen zu dem Buch ‚Studenten aufs Schafott' von Christian Petry, 17. 11. 1968. Ähnlich argumentiert Ursel Ertel-Hochmuth, siehe Bd. 754, Ursel Ertel[-Hochmuth] an Christian Petry, 20. 2. 1968.

[273] IfZ, ED 474, Bd. 754, Robert Scholl: Anmerkungen zu Christian Petrys Veröffentlichungen über die Widerstandsgruppe ‚Weisse Rose' in München, 23. 9. 1968. Bd. 755, Inge Scholl: Bemerkungen zu dem Buch ‚Studenten aufs Schafott' von Christian Petry, 17. 11. 1968. IfZ, ED 474, Bd. 15, Robert Scholl an Inge Scholl, 8. 4. 1968.

für besonders wichtig hielt, sehr gut ablesen. Es fällt auf, dass es gerade in den Phasen, in denen der Umgang mit der NS-Vergangenheit und mit der Erinnerung an den Widerstand neu ausgehandelt wurde, auch die Überarbeitungen zu (erinnerungs-)politischen Statements wurden. Das galt für die späten 1960er- und die 1970er-Jahre genauso wie für die 1980er-Jahre. Im Juni 1967 – also noch vor der Causa Petry – schrieb Inge Scholl an den *Fischer Verlag*, sie werde ihr Buch „noch einmal sorgfältig und kritisch [...] überarbeiten".[274] Zudem schlug sie vor, es um einen Dokumentenanhang zu erweitern und in den Text eine Passage über den passiven Widerstand einzufügen.[275] Zu beidem kam es dann nicht, aber in der Ausgabe von 1967 der *Weißen Rose* finden sich einige kleine, wenngleich aufschlussreiche Änderungen. Der Widerstand der *Weißen Rose* wurde nun von Inge Scholl noch deutlicher zur politischen Tat erklärt als das Mitte der 1950er-Jahre der Fall gewesen war. Zwar änderte sich nichts am Beginn des Buches, aber an einigen anderen zentralen Stellen. In der Passage, in der Christoph Probst vorgestellt wurde, hatte es 1952 geheißen: „Als einziger der vier Studenten war er schon verheiratet und hatte zwei reizende Söhne im Alter von zwei und drei Jahren."[276] In der Überarbeitung von 1967 wurde diese Stelle dann wie folgt abgeändert: „Er hatte zwei Söhne im Alter von zwei und drei Jahren. Aus diesem Grunde hat man ihn bewusst aus den gefährdenden *politischen Aktionen* herausgehalten."[277] Hier wurde Widerstand zur politischen Angelegenheit.

Während also von Seiten der 68er zunehmend das Politische am Widerstand der *Weißen Rose* und damit auch die Legitimation, daran zu erinnern, angezweifelt wurde, schrieb Inge Scholl diesen Aspekt in die Geschichte ihrer Geschwister ein. Der Druck auf Inge Scholl, die eigene Position neu zu begründen, stieg, als Petrys Thesen an Aufmerksamkeit gewannen. Sie plante, ihr Buch um ein erklärendes Nachwort und einen Dokumentenanhang zu ergänzen.[278] Doch die Verkaufszahlen der *Weißen Rose* sanken.[279] Auch das ist ein Indiz dafür, dass Inge Scholls Buch als nicht mehr „zeitgemäß" galt. Allerdings ist auch zu berücksichtigen, dass *Die weiße Rose* bis zu diesem Zeitpunkt bereits in mehreren Hunderttausend Exemplaren verkauft worden war und davon auszugehen ist, dass diese im Familien- und Freundeskreis weitergegeben wurden. Ob sich die Leser im gleichen Maße wie die Käufer dezimierten, ist also ungewiss. Erst 1972 erschien eine erweiterte Ausgabe der *Weißen Rose*, die zwar keinen Dokumentenanhang, aber eine ausführliche Passage zu den *Weiße-Rose*-Nachfolgeprozessen in München

---

[274] IfZ, ED 474, Bd. 337, Inge Scholl an [Hans-Jürgen] Koch (Fischer Bücherei), 9. 6. 1967.

[275] Ebd.

[276] Scholl: Weiße Rose, Frankfurt a. M.: Verlag der Frankfurter Hefte, ¹1952, S. 27.

[277] Scholl: Weiße Rose, 273.–285. Tsd., Frankfurt a. M.: Fischer Bücherei, 1967, S. 41, Hervorhebung d. Verf.

[278] IfZ, ED 474, Bd. 337, Inge Scholl an Klaus Kamberger (Fischer Bücherei), 12. 3. 1969 und 2. 6. 1969 sowie an Jochen Greven (Fischer Bücherei), 16. 2. 1972. Dabei orientierte sie sich an dem Dokumentenanhang der amerikanischen Ausgabe: Scholl: Students.

[279] IfZ, ED 474, Bd. 337, Klaus Kamberger (Fischer Bücherei) an Inge Scholl, 22. 4. 1970.

und Hamburg und ein *Nachwort* Inge Scholls enthielt.[280] Auch der Verlag teilte nun die Meinung der Autorin, dass es notwendig sei, den „heutigen jungen Lesern eine Verständnishilfe für die ihnen schon ins Historische entrückten Aktionen des Widerstandskreises, die Motive und die geistige Orientierung ihrer Teilnehmer [zu] geben".[281]

Das Nachwort lässt sich als direkte Antwort Inge Scholls auf Petrys Thesen lesen. So heißt es zu Beginn:

Man ist heute geneigt, sehr oft in dem Widerstand der Münchner Studenten des Jahres 1943 nur eine moralische Gesinnungstat zu sehen, einen politisch nicht kalkulierten spontanen Aufbruch. [...] Deswegen seien hier zwei Fragen behandelt: Was war die Absicht dieses Widerstandes – und in welchem Verhältnis stand er zu einer allgemein vermuteten Aufsässigkeit von Studenten?[282]

Inge Scholl verfolgte dann vor allem zwei Argumentationslinien. Zum einen versuchte sie, die am Widerstand Beteiligten – und insbesondere Hans Scholl – als politisch denkende und handelnde Personen zu rehabilitieren. Sie verortete die politischen Vorstellungen der Widerstandsgruppe in „einer zunächst unreflektierten Anerkennung der parlamentarischen Demokratie, vor allem der angelsächsischen Form"[283], und ging davon aus, dass Politik „selbstverständlich [...] mehr und mehr auch zur theoretischen Passion" geworden sei.[284] Schließlich behauptete sie, Hans Scholl habe vorgehabt, vom Studienfach der Medizin zur Geschichte und Publizistik zu wechseln.[285] Zweitens ging es Inge Scholl darum, den passiven Widerstand, den die *Weiße Rose* in ihren Flugblättern gefordert hatte, als erfolgversprechende Widerstandstaktik gegen das NS-Regime zu etablieren. Dazu bekräftigte sie eine totalitaristische Sichtweise auf den NS-Staat, den sie als perfekten Überwachungsstaat entwarf, in dem die „Aufklärung" und der passive Widerstand dann die richtigen Mittel der Opposition gewesen seien, wenn diese über keine realen Machtmittel zum Sturz des Regimes verfügte.[286] Es sei der Widerstandsgruppe deshalb darum gegangen, Zweifel und Distanz zum NS-Regime bei den Adressaten zu erzeugen.[287]

In Inge Scholls *Nachwort* wird der Rechtfertigungsdruck deutlich, unter dem sie gestanden haben muss. Denn gerade ihre Ausführungen über die politischen Ansichten der Widerstandsgruppe ließen sich aus dem ihr zur Verfügung stehenden dokumentarischen Material gar nicht belegen. Auch das Argument, den pas-

---

[280] Scholl: Weiße Rose, erw. Ausg., 326.–332. Tsd., Frankfurt a. M.: Fischer Taschenbuch Verlag, 1972. Siehe auch IfZ, ED 474, Bd. 337, Jochen Greven (Fischer Taschenbuch Verlag) an Inge Scholl, 14. 3. 1972. Das entsprach den Änderungen, die Inge Scholl für die amerikanische Ausgabe 1970 vorgenommen hatte: Scholl: Students.

[281] IfZ, ED 474, Bd. 337, Jochen Greven (Fischer Taschenbuch Verlag) an Inge Scholl, 14. 3. 1972.

[282] Scholl: Weiße Rose, erw. Ausg., 326.–332. Tsd., Frankfurt a. M.: Fischer Taschenbuch Verlag, 1972, S. 135–136.

[283] Ebd., S. 143.

[284] Ebd.

[285] Ebd.

[286] Ebd., S. 136.

[287] Ebd., S. 136–141.

siven Widerstand zu rehabilitieren, stieß letztlich ins Leere. Petry hatte nicht die
Flugblattverteilung an sich als falsche Strategie angeprangert, sondern vielmehr
die Aktion im Lichthof der Universität am 18. Februar 1943. Hier sei – so Petry –
nur noch ein Selbstopfer, kein rationales politisches Handeln mehr erkennbar.
Entkräften konnte Inge Scholl das nicht.

Zwar wehrte Inge Scholl sich gegen die Parallelisierung des Widerstands der
Weißen Rose mit der Gegenwart. Sie schrieb: „Immer wieder sucht man Parallelen
herzustellen, aber ich meine, was damals war, sollte man stehen lassen wie es war.
Nutzanwendungen gibt es keine, höchstens Belege.“[288] Doch gleichzeitig war ihr
Nachwort von genau diesem Problem geprägt. Und es ging noch weiter. Selbst in
den Flugblättern findet sich der Versuch, den Widerstand der *Weißen Rose* gewissermaßen nachträglich zu korrigieren. Denn auch in diesen Texten nahm Inge
Scholl Änderungen vor. Größtenteils handelt es sich dabei um Korrekturen von
Druckfehlern, die sich mit der Zeit eingeschlichen hatten, und Stilistisches, etwa
wenn sie im letzten Flugblatt ein „zugleich“ umstellte und der Satz „Eine Führerauslese, wie sie *teuflischer und bornierter zugleich* nicht gedacht werden kann
[…]“[289] zu „Eine Führerauslese, wie sie *teuflischer und zugleich bornierter* nicht
gedacht werden kann […]“[290] wurde. Problematischer sind dagegen jene Korrekturen, die weit reichende inhaltliche Änderungen nach sich zogen und die darauf
abzielten, den Widerstand der *Weißen Rose* gewissermaßen allgemeingültiger zu
machen und zu verdeutlichen. Zwar betrifft das nur sehr wenige Stellen, aber ein
Beispiel aus dem letzten Flugblatt soll zeigen, wie Inge Scholl dadurch Sinn veränderte. So hieß es dort: „Im Namen *der ganzen deutschen Jugend* fordern wir vom
Staat Adolf Hitlers die persönliche Freiheit, das kostbarste Gut *des Deutschen* zurück […].“[291] Inge Scholl machte daraus „Im Namen *des ganzen deutschen Volkes*
fordern wir vom Staat Adolf Hitlers die persönliche Freiheit, das kostbarste Gut
der Deutschen zurück […]“.[292]

An Inge Scholls Auseinandersetzung mit Petry war nicht nur auffallend, wie
schnell es Petry gelang, die Erzählungen über die *Weiße Rose* so zu dominieren,
dass Inge Scholl sich seinen Vorgaben anpassen und ihre Interpretation des Widerstands gegenüber seinen Thesen rechtfertigen musste. Dazu kam der äußerst
emotionale, manchmal schon fast irrationale Ton, in dem Inge Scholl die Debatte
führte. Das wurde in der Unterstellung, Petry führe aus privaten Motiven einen
Rachefeldzug gegen sie, ebenso deutlich wie in ihrer „Richtigstellung“ zum *Stern*-
Artikel. Darin hieß es unter anderem:

---

[288] Ebd., S. 147.

[289] IfZ, Fa 215, Bd. 1, Flugblatt: Kommilitoninnen! Kommilitonen!, Hervorhebung d. Verf.

[290] IfZ, ED 474, Bd. 337, Korrekturen Inge Scholls in den Druckfahnen [?] von *Die weiße Rose*,
o. D. [1972], S. 132, Hervorhebung d. Verf. Abgedruckt in Scholl: Weiße Rose, erw. Ausg.,
326.–332. Tsd., Frankfurt a. M.: Fischer Taschenbuch Verlag, 1972, S. 132.

[291] IfZ, Fa 215, Bd. 1, Flugblatt: Kommilitoninnen! Kommilitonen!, Hervorhebung d. Verf.

[292] IfZ, ED 474, Bd. 337, Korrekturen Inge Scholls in den Druckfahnen [?] von *Die weiße Rose*,
o. D. [1972], S. 131, Hervorhebung d. Verf. Abgedruckt in Scholl: Weiße Rose, erw. Ausg.,
326.–332. Tsd., Frankfurt a. M.: Fischer Taschenbuch Verlag, 1972, S. 131.

4. Flugblätter von der Papierqualität 1943 fallen nicht klatschend auf den Boden. Das gehört mit zu der Tendenz, die Unvorsichtigkeit und Harmlosigkeit, ‚Leichtsinn‘ genannt, herauszuarbeiten.
5. Eine völlig unhaltbare, geradezu ungeheuerliche Behauptung ist die Feststellung, dass bei der ersten flüchtigen Durchsuchung sämtliches Beweismaterial zur Identifizierung des gesamten Kreises in die Hände der Gestapo geliefert worden sei. Die Flugblätter wurden selbstverständlich sofort vernichtet. Es gab keine Manuskripte. [...] Es gab überhaupt keine Adressen der Mitverschworenen, – es liegt kein Sinn darin, diese festgelegt zu haben. Die Findung liegt ganz wo anders. (Gestapospitzel, harmlose Randerscheinungen, die ahnungslos ausplauderten.) Die Adressen hatte inklusive Telefonnummern jeder im Kopf. Wozu sie aufschreiben? Hat der Verfasser jemals die Anschriften seiner besten Freunde aufschreiben müssen[?][293]

Das waren im Grunde nichts als haltlose Behauptungen, die Inge Scholl nicht belegen konnte. Sie gerierte sich als Expertin in der Zeitzeugenrolle, die noch genau wusste, über welche Eigenschaften Kriegspapier von 1943 verfügt hatte, verharmloste, brachte den „gesunden Menschenverstand" ins Spiel, indem sie es als völlig abwegig erklärte, Adressen und Telefonnummern von guten Freunden aufzuschreiben, und unterstellte Petry, er habe sich seine Argumente nur als Schein-Beleg für seine Thesen gebastelt. Dieser emotionale Ton nahm später etwas ab. Die heftige erste Reaktion war darauf zurückzuführen, dass Inge Scholl Petrys Überlegungen tatsächlich persönlich nahm. Sie rüttelten an all den Gewissheiten, Bildern und Begründungen, die sie sich über lange Jahre über ihre Geschwister zurechtgelegt hatte. Das quälte nicht nur sie, sondern auch ihren Vater, dessen Äußerungen im Familienkreis die ganze Verzweiflung offenlegen. Er schrieb an seine Tochter Inge: „Petrys Herabwürdigung der Teilnehmer am Widerstand der ‚Weissen Rose' belastet meine Seele und lässt mir keine Ruhe. [...] Er will vielleicht sagen, die Tat der Angehörigen der ‚Weissen Rose' ist heute bedeutungslos. Also ein zweites Todesurteil dieses Schnösels."[294]

Robert Scholl hatte tatsächlich gar nicht so unrecht mit seinem Urteil über die zu erwartenden Konsequenzen von Petrys Arbeiten über die *Weiße Rose*. Denn um Erinnerung für eine Gesellschaft lebendig zu halten, muss sie mit Gegenwartsbezug versehen sein. Es muss deutlich sein, warum es sinnvoll ist, sich an bestimmte historische Ereignisse zu erinnern. Erinnerungserzählungen sind Ausdruck der Ideale, Vorstellungen, Wünsche und Ziele der Gesellschaft, die erinnert, und damit nicht Geschichte, sondern Gegenwart.[295] Petry kam jedoch zu dem Schluss, dass dieser Gegenwartsbezug nicht mehr herzustellen sei. In Petrys Arbeiten spiegelten sich gesellschaftliche Veränderungen im Umgang mit der NS-Vergangenheit, die nach dem kurzen Aufmerksamkeitshoch für die *Weiße Rose* Ende der 1960er-Jahre zu Vergessen führten. Der Prozess des Vergessens war schleichend und verlief wenig spektakulär, von den meisten sogar unbemerkt. Mit dem Erscheinen der Studie *Weiße Rose contra Hakenkreuz* des Rostocker Historikers Karl-Heinz Jahnke im Frankfurter *Röderberg Verlag* 1969 keimte vielmehr

---

293 IfZ, ED 474, Bd. 754, [Inge Scholl], [Stellungnahme zum Stern-Artikel von Petry/Probst], o. D. [1968].
294 IfZ, ED 474, Bd. 754, Robert Scholl an Inge Scholl, 27. 8. 1968.
295 Assmann: Jahrestage. Dies.: Erinnerungsräume.

noch einmal Hoffnung bei Inge Scholl auf.[296] Sie hatte Jahnkes Arbeit sehr unterstützt und selbst den Abdruck von Auszügen aus Briefen und Tagebüchern ihrer Geschwister zugelassen.[297] Allerdings konnte die Arbeit des ostdeutschen Historikers nicht darüber hinwegtäuschen, dass die westdeutsche kritische Geschichtswissenschaft der 1960er-Jahre den Konsens der 1940er- und 1950er-Jahre aufgekündigt hatte. Die Historiografie und das von ihr vermittelte Geschichtsbild, die Ansichten einer sich wandelnden Öffentlichkeit, wie sie in den Studentenprotesten sichtbar geworden waren, und die private Erinnerung und politische Meinung von Angehörigen wie Inge Scholl gingen nicht mehr Hand in Hand, sondern waren in Konkurrenz zueinander getreten. Diese Konstellation führte dazu, dass die *Weiße Rose* nach und nach aus dem bundesrepublikanischen Gedächtnis verschwand. Vergessen gehört zwar immer zu Erinnerung und seine produktive, das Gedächtnis stabilisierende Wirkung ist in der Forschung immer wieder herausgestellt worden.[298] Doch es besitzt eben auch jene andere Seite, vorher festgefügt scheinende Erinnerung zu verdrängen und nur noch latent und an abgelegenen – privaten – Orten verfügbar zu halten.

Für Inge Scholl und ihren Vater wurde diese Entwicklung da besonders deutlich, wo die sichtbaren Zeichen der bislang fest verankert scheinenden Gedenktraditionen nicht mehr auffindbar waren. Schon am 22. Februar 1969 schrieb Inge Scholl in ihr Tagebuch: „Der 22. Februar ist diesmal recht still vorübergegangen. Keiner hat drangedacht – außer Otl [...]."[299] Die Gedenkfeiern an der Universität in München waren nach den Tumulten im Jahr vorher ausgesetzt worden.[300] 1971 teilte Robert Scholl seiner ältesten Tochter mit, dass die Stadt München zum ersten Mal zum Todestag Hans und Sophie Scholls keine Kränze auf deren Gräbern habe niederlegen lassen und „auch von den Angehörigen der anderen daneb[en] liegenden war kein Gedenkzeichen auf ihren Gräbern".[301] Das Erinnern wurde wieder zu einer – manchmal sogar vernachlässigten – Privatsache.

Die Wende von den 1960er- zu den 1970er-Jahren war eine Zäsur in Inge Scholls Leben. Es war für sie gewissermaßen das „Ende der Nachkriegszeit". Ihr politischer und gesellschaftlicher Einfluss schwand merklich und ihre bildungspolitischen Großprojekte, mit denen sie der jungen Bundesrepublik ihren Stempel aufgedrückt hatte, gerieten zunehmend ins Hintertreffen. 1968 schloss die *Hochschule für Gestaltung* und 1974 legte Inge Scholl auch die Leitung der Ulmer

---

296 Jahnke: Weiße Rose.
297 Ebd., S. 75–83. Siehe auch die Korrespondenz von Inge und Robert Scholl mit Karl-Heinz Jahnke, in: IfZ, ED 474, Bd. 735, insbesondere Inge Scholl an Karl-Heinz Jahnke, 28.11.1968 und o. D. [ca. 1969]. Dagegen war Thorsten Müllers Meinung zu Jahnkes Buch wesentlich kritischer, siehe IfZ, ED 474, Bd. 273, Thorsten Müller an Inge Scholl, 1.3.1969.
298 Espagne u. a. (Hrsg.): Archiv. Smith/Emrich (Hrsg.): Nutzen. Esposito: Soziales Vergessen. Barnert u. a. (Hrsg.): archive vergessen. Weinrich: Lethe.
299 IfZ, ED 474, Bd. 36, Tagebucheintrag Inge Scholls, 22.2.1969.
300 BayHStA München, MK 69086, Der Rektor der Universität München: Mitteilung, 29.4.1968. Siehe auch IfZ, ED 474, Bd. 272, Inge Scholl an Thorsten Müller, 16.2.1969.
301 IfZ, ED 474, Bd. 15, Robert Scholl an Inge Scholl, 7.3.1971.

Volkshochschule nieder.[302] Beides waren mehr oder weniger erzwungene Rück-
züge: Der hfg fehlten die notwendigen Finanzmittel für die Aufrechterhaltung des
Lehrbetriebs, und die Arbeit in der vh war deshalb immer schwieriger für Inge
Scholl geworden, weil sie 1972 zusammen mit Otl Aicher und ihren Kindern in
die *Rotismühle* bei Leutkirch im Allgäu gezogen war. Das war jedoch eher Otl
Aichers Entscheidung als die Inge Scholls gewesen. Brüskiert durch die Entscheidung des Ulmer Theaters, ihm die Gestaltung des *corporate designs* zu entziehen,
hatte Otl Aicher schon 1969 gedroht, nun Ulm endgültig zu verlassen[303], und das
dann auch in die Tat umgesetzt. *Rotis* wurde zur aicherschen Realutopie eines
semi-autarken Lebens in einer nach seinen Idealen gestalteten Umgebung.[304] Das
war auch deshalb möglich geworden, weil Aicher nach der grafischen Gestaltung
der Münchner Olympischen Spiele 1972 einen erneuten Karriereschub erlebte[305]
– und das, obwohl die Innovationskraft funktionalistischen Designs zunehmend
bezweifelt wurde.[306]

Inge Scholl dagegen war nun von ihren Ulmer Netzwerken buchstäblich abge-
schnitten und weit mehr als ihr viel herumreisender Ehemann an die Einsamkeit
der *Rotismühle* gefesselt. Zunächst aber genoss sie – so versicherte sie zumindest
Außenstehenden – die neue Rolle als Hausfrau und Mutter, die sie, wenn auch
mit „etwas schlechtem Gewissen gegenüber den vielen Verbalvertreterinnen der
Frauenemanzipation"[307], als sehr selbstbestimmt empfand, und widmete sich zudem intensiv ihrem Archiv.[308]

Nicht nur geografisch, auch innerhalb der Familie veränderte sich in dieser Zeit
vieles. Robert Scholl starb 1973.[309] Zwei Jahre später kam Inge Scholls und Otl
Aichers Tochter Pia bei einem Autounfall ums Leben, den Aicher verursacht hatte.[310] Zu den alten, kaum verarbeiteten Verlusten kamen neue hinzu.

---

[302] Siehe IfZ, ED 474, Bd. 441, dort insbesondere die Rede Inge Scholls anlässlich ihrer Verab-
schiedung am 27. 6. 1974, sowie Bd. 440, Jahresbericht der vh Ulm 1974, 15. 4. 1975.
[303] Stadtarchiv Ulm, NL Theodor Pfizer (Ordner: Persönlicher Schriftwechsel A), Otl Aicher an
Theodor Pfizer, 12. 10. 1969 und 10. 12. 1969, sowie Theodor Pfizer an Otl Aicher, 18. 10.
1969.
[304] Wetcke (Hrsg.): In rotis.
[305] Rathgeb: Otl Aicher.
[306] Siegfried: Time, S. 85–86. Klemp: Kurvatur.
[307] Stadtarchiv Ulm, NL Theodor Pfizer (Ordner: Persönlicher Schriftwechsel A), Inge Scholl an
Theodor Pfizer, 10. 2. 1975.
[308] Ebd. Siehe auch Kap. 3.
[309] Siehe hierzu IfZ, ED 474, Bd. 13.
[310] Siehe hierzu IfZ, ED 474, Bd. 135.

6 Erinnerungsboom? Perspektiven der 1970er- und 1980er-Jahre

Der Beginn der 1970er-Jahre stand im Hause Aicher-Scholl ganz im Zeichen der beruflichen Erfolge Otl Aichers. Bei den Olympischen Spielen 1972 blickte die Welt nach München und sah funktionalistisches Design in der Tradition der Ulmer *Hochschule für Gestaltung*. Otl Aicher hatte die Gelegenheit genutzt, um sich noch einmal mit der deutschen nationalsozialistischen Vergangenheit auseinanderzusetzen. Sein Farbkonzept gestaltete er als dezidiert bundesrepublikanisches Gegenmodell zu Olympia 1936 in Berlin: Ein „lichtes, mittleres Blau", das Aicher als „unpolitische Farbe" und als „die Farbe des strahlenden Himmels, die Farbe des Friedens und die Farbe der Jugend" charakterisierte, löste die „Diktatorenfarben" Rot und Gold ab.[1] Doch die geplanten „heiteren Spiele" wurden zum Schauplatz eines Blutbads: Palästinensische Terroristen nahmen israelische Sportler als Geiseln und ermordeten sie, als ihre Forderungen nach Gefangenenbefreiungen nicht erfüllt wurden.[2] Das positive, konfliktlose Bild der Bundesrepublik, das die Olympischen Spiele in München repräsentieren sollten, hatte mit der politischen Realität Anfang der 1970er-Jahre nicht sehr viel gemeinsam. Die Bundesrepublik stand am Beginn eines Jahrzehnts, in dem terroristische Gewalt und wirtschaftliche Krisen die politischen und gesellschaftlichen Debatten bestimmen sollten. Die „Suche nach Sicherheit" und die Gewissheit, in der Phase „nach dem Boom" angekommen zu sein, wurden zum Signum einer Gesellschaft, die sich zunehmend Risiken, Krisen und Katastrophenszenarien ausgesetzt sah.[3] Der Glaube an Planbarkeit und Machbarkeit, an Risikobeherrschung, Fortschritt und Wachstum, der die ersten Nachkriegsjahrzehnte geprägt hatte, geriet ins Wanken.[4] Ergebnis war jedoch nicht Resignation, sondern die Entstehung eines bislang ungekannten zivilgesellschaftlichen Engagements, das sich vor allem in der Friedens- und Umweltbewegung zeigte. Würde in diesem neuen gesellschaftlichen und politischen Umfeld auch der Widerstand der *Weißen Rose* wiederentdeckt werden?

6.1 Krisenzeiten

Zunächst sah es nicht danach aus, dass das Vergessen der *Weißen Rose*, das Ende der 1960er-Jahre schleichend eingesetzt hatte, einem neuen Erinnerungsboom weichen würde. Vielmehr deutete alles auf eine regelrechte „Erinnerungslücke"

---

[1] Stadtarchiv München, Olympische Spiele, Emblem, Nr. 541, büro aicher: Das Erscheinungsbild der Olympischen Spiele, München 1972. Vorlage für die Sitzung des Vorstandes des Organisationskomitees am 22.11.1967. Kritischer: Schiller/Young: Munich Olympics, S. 94–104.
[2] Schiller/Young: Munich Olympics, S. 187–220.
[3] Exemplarisch: Doering-Manteuffel/Raphael: Boom. Jarausch: Ende. Zeithistorische Forschungen, Themenheft „Die 1970er-Jahre". Conze: Sicherheit.
[4] Ebd.

hin.[5] Die großen Debatten über den Widerstand waren vorüber, die Themen andere. Das setzte sich in alle Bereiche der Gesellschaft fort. 1975 kritisierte die *Forschungsgemeinschaft 20. Juli* die ihrer Ansicht nach mangelhafte Darstellung des deutschen Widerstands in Schulbüchern.[6] Im Kontext des entstehenden Linksterrorismus wurde zwar häufig von Widerstand gesprochen, doch die Vorstellung davon hatte nichts mehr mit dem gewaltfreien Vorgehen der *Weißen Rose* zu tun. Die Ursprünge dieser Sichtweise liegen in den 1960er-Jahren.[7] Das spätere RAF-Mitglied Ulrike Meinhof hatte sich zwar schon 1964 zum 20. Jahrestag des *20. Juli* in einem Artikel für die Zeitschrift *konkret* mit dem Widerstand befasst.[8] Vier Jahre später zog sie in einer weiteren Stellungnahme eine Trennlinie zwischen „verbalem Protest und physischem Widerstand" und konstatierte: „Protest ist, wenn ich sage, das und das paßt mir nicht. Widerstand ist, wenn ich dafür sorge, daß das, was mir nicht paßt, nicht länger geschieht."[9] Diese gewaltbereite Rhetorik war mit den Flugblattaktionen der *Weißen Rose* und ihren Aufrufen zu passivem Widerstand nicht in Einklang zu bringen. Doch auch die konservativen Attentäter des *20. Juli* und ihre Politik- und Gesellschaftsvorstellungen konnten für den linksradikalen Terrorismus kein Vorbild sein. Während Anfang der 1960er-Jahre die Erinnerung an den Widerstand noch eine Stellungnahme wert gewesen war, gerieten diese Traditionen im Zuge der Radikalisierung zunehmend aus dem Blick: „Stadtguerilla" wurde zum Prototyp des gewaltbereiten, linksradikalen Terrorismus, der sich selbst als Widerstand gegen die als faschistisch wahrgenommene Gegenwart begriff.[10] „Widerstand" war zu einem geradezu inflationär gebrauchten Begriff geworden. Seine bisherige inhaltliche Festlegung als oppositionelles Handeln gegen den Nationalsozialismus büßte er immer mehr ein.[11] Diese Loslösung aus dem bisherigen Bedeutungszusammenhang als „Widerstand gegen den Nationalsozialismus" und die neue Verwendung im Kontext radikaler Bewegungen führten dazu, dass die Erinnerung daran ihre positive Funktion als gesellschaftlicher Bezugspunkt verlor. Dazu kam auf dem Höhepunkt der linksradikalen Terrorwelle Ende der 1970er-Jahre eine zeitweise geradezu hysterische „Sym-

---

[5] Ähnliche Befunde gibt es etwa für die Berichterstattung über Prozesse wegen NS-Gewaltverbrechen, z.B. den Majdanek-Prozess, siehe Horn: Erinnerungsbilder. Für die rückgängigen Zahlen deutscher Besucher in der KZ-Gedenkstätte Dachau siehe Marcuse: Legacies, S.333–334 u. Abb.73. Kölsch: Politik.

[6] BayHStA München, MK 63824, Der Bundespräsident (Scheel) an Prof. Dr. Joist Grolle (Präsident der Ständigen Konferenz der Kultusminister der Länder in der Bundesrepublik Deutschland), 8.10.1975. Schon 1960 war das ein Thema der Kultusministerkonferenz gewesen: MK 63814, Richtlinien für die Behandlung der jüngsten Vergangenheit im Unterricht. Beschluß der Kultusministerkonferenz vom 9./10.2.1961.

[7] Siehe hierzu den Artikel Widerstand, in: Eitz/Stötzel: Wörterbuch, S.648–676.

[8] Meinhof: 20. Juli (zuerst in *konkret*, 1964, 7/8).

[9] Meinhof: Protest, S.138, (zuerst in *konkret* (1968), 5). Zu den Bezügen zum Holocaust – schwankend zwischen Identifikation mit den jüdischen Opfern und Antisemitismus – siehe Marcuse: Legacies, S.317–319.

[10] Schneider: Opfer.

[11] Artikel Widerstand, in: Eitz/Stötzel: Wörterbuch.

pathisantenfurcht", die vor allem gemäßigte linke Intellektuelle traf.[12] Prominentes Beispiel ist der Schriftsteller Heinrich Böll, gegen den geradezu eine Hetzjagd in der Presse stattfand.[13] Doch gerade diese ältere, linksorientierte Generation hatte bisher die Auseinandersetzung mit der NS-Vergangenheit und dem Widerstand bestimmt. Nun wurde sie von der öffentlichen Meinung an den Rand gedrängt. Die „konservative Tendenzwende", die sich seit Mitte der 1970er-Jahre bemerkbar machte, veränderte das politische und gesellschaftliche Klima nachhaltig.[14]

Je weniger Interesse die Öffentlichkeit an der Geschichte der *Weißen Rose* zeigte, desto mehr zog sich das Erinnern an den Widerstand wieder in den privaten Familienkreis zurück. Zum ersten Mal seit vielen Jahren stand Robert Scholl am Todestag seiner Kinder wieder „einsam am Grabe und gedachte aller der hingegangenen Lieben."[15] Erinnern wurde mehr als früher zu einer privaten Rückbesinnung auf das, was gewesen war, und das, was noch kommen würde. Es war Anlass zur Selbstreflexion über den Widerstand und auch über das eigene Leben. Inge Scholl schrieb an ihren Vater:

Wir fühlten uns damals eingespannt in ein grosses geschichtliches Gewebe, dessen Muster das Vorantreiben einer Humanisierung der gesamten Menschheit war, und das hat uns geholfen. Diesen grossen Zusammenhang sollte man sich immer wieder in Erinnerung rufen und versuchen, die wichtigsten Fäden zwischen damals und heute zu verfolgen und zu bejahen.[16]

Doch die Deutungshoheit über die Verbindungen „zwischen damals und heute" hatte Inge Scholl in der Öffentlichkeit längst verloren, wie der Konflikt um die Thesen Christian Petrys gezeigt hatte.[17] Im Privaten hingegen fand Inge Scholl sie wieder. Sie widmete sich ihrem Archiv, das sie neu ordnete und ergänzte, und diese Arbeit ermöglichte ihr eine tiefe, emotionale Nähe zur Vergangenheit.[18] Zum ersten Mal seit vielen Jahren war die Auseinandersetzung mit dem Widerstand nicht nur ein Verwalten, Kontrollieren und Verhindern von Erinnerung in der Öffentlichkeit, sondern eine erneute, ganz private Annäherung an den Widerstand als Familiengeschichte.

Inge Scholl erlebte die Hochphase von Terrorismusfurcht und Krisenangst der späten 1970er-Jahre in einer Mischung aus Resignation und vorsichtiger Zukunftshoffnung. Mehr denn je schien ihr die Gegenwart aus der Geschichte nichts gelernt zu haben, alte und neue Nazis an Einfluss zu gewinnen und beide deutsche Staaten erschienen ihr als „furchtbar verworrene Knäuel, was Politik und Mentalität der Menschen betrifft."[19] Tatsächlich hatte der Kampf gegen den Terrorismus zu einem permanenten, aber nicht erklärten Ausnahmezustand ge-

---

[12] Moses: German Intellectuals, S. 201–218. Büchse: Von Staatsbürgern. Requate: Intellektuelle. Kölsch: Politik.

[13] Balz: Kampf.

[14] Schildt: „Gegenreform". Livi (Hrsg.): 1970er Jahre.

[15] IfZ, ED 474, Bd. 15, Robert Scholl an Inge Scholl, 7.3.1971.

[16] IfZ, ED 474, Bd. 16, Inge Scholl an Robert Scholl, 21.2.1971.

[17] Siehe Kap. 5.

[18] IfZ, ED 474, Bd. 36, Tagebucheintrag Inge Scholls, 7.2.1977.

[19] IfZ, ED 474, Bd. 36, Tagebucheintrag Inge Scholls, 13.11.1977.

führt.[20] Maßnahmen wie Anti-Terror-Gesetzgebung, Rasterfahndung und Extremistenbeschluss, in denen sich die Bundesrepublik als wehrhafte Demokratie gegenüber der terroristischen Bedrohung inszenierte, brachten überwunden geglaubte autoritäre Vorstellungen vom „starken Staat" in den politischen Alltag zurück. Insbesondere die Entführung und Ermordung von Hanns Martin Schleyer, dem Arbeitgeberpräsidenten und Vorsitzenden des BDI, durch die RAF im „heißen Herbst" 1977 hatte einer politischen Praxis Tür und Tor geöffnet, die demokratische Entscheidungen durch die Beschlüsse ad hoc gebildeter Zirkel ersetzte. Die Medien spielten dieses Spiel mit und beugten sich Nachrichtensperre und Selbstzensur. Doch so bedenklich dies auch scheinen mochte, es zeichnete sich schon Veränderung ab. Das zweite Anti-Terror-Paket passierte den Bundestag 1978 nur noch mit hauchdünner Mehrheit und in der Bevölkerung wuchs der Unmut über eine Politik, die demokratische Prinzipien infrage stellte oder gar missachtete. Die Bundesrepublik erwies sich als Staat, der fest auf demokratischen Füßen stand, und ging so gestärkt aus den Konflikten um Terrorismus, Staatsverständnis und Demokratie der 1970er-Jahre hervor.[21] Für Inge Scholl wurde in dieser Zeit vor allem die erstarkende Friedensbewegung zum Beweis eines demokratischen Aufbruchs. Seit Mitte der 1970er-Jahre engagierte sie sich in einer Friedensgruppe in Leutkirch, einem Nachbarort von Rotis.[22] Diese Gruppe aus überwiegend jungen Leuten organisierte einmal jährlich die *Friedenswoche Leutkirch*, bei der mit Informationsveranstaltungen, Theatervorstellungen und Diskussionen pazifistische Aufklärungsarbeit geleistet werden sollte. Inge Scholl als einzige Ältere unter den Beteiligten war vor allem für die Kontakte zu Presse und Politik zuständig, wo sie auf frühere Beziehungen aus Ulmer Zeiten zurückgreifen konnte, wenn auch mit gemischtem Erfolg. Das Thema Frieden und Abrüstung begleitete sie schon seit den 1950er-Jahren. Bereits damals hatte das atomare Wettrüsten der Supermächte USA und UdSSR im *Kalten Krieg* in der Bundesrepublik für erregte Debatten gesorgt.[23] Nicht nur, dass über eine mögliche Atombewaffnung der Bundeswehr nachgedacht wurde, auch die Stationierung von Atomraketen auf alliierten Stützpunkten in der Bundesrepublik schürte die Angst, Deutschland werde sich im Falle einer militärischen Auseinandersetzung zwischen den Supermächten in ein atomares Schlachtfeld verwandeln.[24] Für Inge Scholl war das Thema Frieden erst Anfang der 1960er-Jahre wirklich wichtig geworden, wie sie rückblickend feststellte. Damals hatte Hans Werner Richter, der Gründungsvater des Münchner *Komitees gegen Atomrüstung*, Inge Scholl überredet, an einem Frauen-Forum gegen atomare Rüstung teilzunehmen.[25] Bis 1968 engagierte sie sich dann

---

[20] Hierzu und zum Folgenden siehe Kraushaar: Ausnahmezustand. Hürter: Anti-Terrorismus-Politik. Geyer: Denk- und Handlungsfelder. Conze: Sicherheit.
[21] Conze: Sicherheit. Hürter: Anti-Terrorismus-Politik. Büchse: Von Staatsbürgern.
[22] Hierzu und zum Folgenden siehe Inge Scholls eigene Schilderung in IfZ, ED 474, Bd. 578, Inge Scholl an Robert Leicht, 31. 7. 1981.
[23] Nehring: Bürger. Geyer: Der Kalte Krieg. Schrafstetter: Auschwitz.
[24] Ebd.
[25] IfZ, ED 474, Bd. 580, Inge Scholl an Hans Werner [Richter], 17. 10. 1985.

für die Ostermarsch-Bewegung und organisierte zusammen mit Otl Aicher, ihrem Schwager Fritz Hartnagel und anderen die jährlichen Friedenskundgebungen
in Ulm.[26] Und da auch ihr Vater seit den 1950er-Jahren die Friedensaktivitäten
unterstützte, avancierte dieses Engagement zu einem regelrechten neuen Famili-
enprojekt im Hause Scholl-Aicher-Hartnagel.[27]

Als sich nach anfänglicher Entspannungspolitik zwischen Ost und West im
Laufe der 1970er-Jahre der *Kalte Krieg* wieder hochschaukelte, bekamen rüs-
tungspolitische Fragen auch für die Bevölkerung in der Bundesrepublik neue Brisanz.[28] Das lag vor allem an den Vereinbarungen des NATO-Doppelbeschlusses
von 1979, die unter anderem die Stationierung amerikanischer Pershing II-Raketen in der Bundesrepublik vorsahen.[29] Fast zeitgleich setzten Verhandlungen über
mögliche Rüstungsbeschränkung bzw. Abrüstung zwischen den verfeindeten Blö-
cken ein, sodass eine friedliche politische Lösung der Situation durchaus möglich
schien. In dieser Phase erhielt die Friedensbewegung einen bislang ungekannten
Zulauf. Zu Friedensdemonstrationen kamen bis zu hunderttausend Teilnehmer.[30]
Am 10. Oktober 1981 war auch Inge Scholl in der Masse der Demonstranten in
Bonn. Von diesem für sie neuen Erlebnis war sie tief beeindruckt. Sie schrieb darüber in ihr Tagebuch: „So fühle ich mich richtig zu Hause in der Bundesrepublik. Es ist wie ein Traum – und auch noch einer, der in Erfüllung gegangen ist."[31]
Obwohl sie mit den Entscheidungen der Bundesregierung zu Nachrüstung und
NATO-Doppelbeschluss nicht einverstanden war, befand sich Inge Scholl im Einklang mit „ihrer" Bundesrepublik. So, wie sie jetzt politisches Engagement erlebte,
hatte sie sich das von Anfang an für die Bundesrepublik gewünscht: lokal, individuell, solidarisch, nicht an Parteien oder Institutionen gebunden, aber an verbindliche Moralvorstellungen geknüpft. In der Friedensbewegung schien ihr das
alles verwirklicht. Sie fand dort „eine neue Qualität oder Moral des demokratischen Verhaltens", die sich in Form von Basisdemokratie als „der initiativen An-
teilnahme des Bürgers an seinem Staat" zeigte.[32] Die unterschiedlichen Gruppen
der Friedensbewegung verbanden gemeinsame Vorstellungen, die sie – so meinte
jedenfalls Inge Scholl – in den Parteien und Verbänden nicht finden konnte, vor
allem die Gewaltlosigkeit.[33] Und schließlich war für Inge Scholl diese neue Bewegung frei von Ideologie und bewusst pluralistisch. Programme sollte und konnte
es gar nicht geben, denn das, wofür die Friedensbewegung eintrat, waren in ihren
Augen so fundamentale „Grundrechte", dass Programme dazu gar nicht mehr

---

[26] IfZ, ED 474, Bd. 658, Dokumentation zum Ostermarsch in Ulm, o. D. [ca. 1968].

[27] Archiv Aktiv, Ostermarsch 1960–1962, RA Süd-West, Mappe 1959–30. 6. 1961, Appell an die
Verantwortlichen, in: Stuttgarter Zeitung, 4. 4. 1961. Mappe 1. 1. 1962–30. 6. 1962, Der Älteste
war 84 Jahre, in: Stuttgarter Zeitung, 24. 4. 1962.

[28] Schregel: Atomkrieg.

[29] Wirsching: Abschied. Gassert u. a. (Hrsg.): Zweiter Kalter Krieg.

[30] Schregel: Atomkrieg, S. 72–73.

[31] IfZ, ED 474, Bd. 36, Tagebucheintrag Inge Scholls, 11. 10. 1981.

[32] IfZ, ED 474, Bd. 620, Rede Inge Scholls anlässlich einer Friedensdemonstration in Ulm am
5. 12. 1981.

[33] Ebd.

nötig waren.[34] Inge Scholl besann sich darauf, dass der Wunsch nach dauerhaftem Frieden auch an der Wiege der Bundesrepublik gestanden hatte, doch: „Wir haben zu wenig aufgepaßt, diese Chance als die dominierende Leitlinie unserer jungen Republik zu erhalten."[35] Das war durchaus auch Kritik an ihren eigenen Prioritäten. Das Thema Frieden wieder zu einem Zentrum des politischen Engagements zu machen, war für Inge Scholl also ein Anknüpfen an die Anfänge einer Bundesrepublik, deren Wurzeln in einer Ablehnung von Krieg, Gewalt und Ideologie bestanden, und damit an die Grundlagen der eigenen politischen Biografie nach Kriegsende. Sie demonstrierte deshalb nicht nur in Bonn und in Mutlangen, einem kleinen Ort auf der Schwäbischen Alb, wo amerikanische Atomwaffen gelagert waren und der schnell zum Symbol der gesamten Protestbewegung wurde. Sie organisierte auch mit Otl Aicher ein Teilstück der Menschenkette von Ulm nach Stuttgart am 22. Oktober 1983, mit der gegen die Stationierung von Pershing II-Raketen in Neu-Ulm protestiert werden sollte.[36] Doch gleichgültig, wie existenziell der gesellschaftliche, politische und auch moralische Konflikt um Nachrüstung und Atombewaffnung sein mochte: Er rüttelte nicht am Rahmen des Grundgesetzes und wollte den Staat weder ins Wanken bringen noch stürzen. Er verstand sich vielmehr als legitime, demokratische Partizipation verantwortungsbewusster Bürger, wenn auch außerhalb von Institutionen und Organisationen, in denen sie sich nicht mehr ausreichend repräsentiert fühlten.[37] Diese Sichtweise blieb allerdings nicht unwidersprochen. Politikwissenschaftliche Analysen diagnostizierten einen bedenklichen „Loyalitätsentzug" gegenüber der Problemlösungskompetenz der demokratischen Institutionen, denen offensichtlich nicht mehr zugetraut wurde, bei so existenziellen Fragen wie (Kaltem) Krieg und Frieden verbindliche und akzeptierte Lösungen zu finden.[38]

Tatsächlich war die Friedensbewegung mit ihren Protesten eine ganz neue Herausforderung. Nie zuvor hatten in der Bundesrepublik so viele Menschen ihren Unmut mit den Entscheidungen von Regierung und Parlament kundgetan: Unterschriftenaktionen, Menschenketten und Sitzblockaden vor den Toren der Militärstützpunkte, wo Atomwaffen gelagert wurden, mobilisierten große Teile der Bevölkerung.[39] Die Aktivisten der Friedensbewegung agierten lokal und individuell, dachten dabei aber in globalen Maßstäben. Der Wunsch, auf politische Entscheidungen Einfluss zu nehmen, artikulierte sich deshalb nicht nur national, sondern war auch an internationale Adressaten gerichtet, wenn dort Lösungskompetenz vermutet wurde. So veröffentlichten etwa Inge Scholl und Otl Aicher in der Wochenzeitung *DIE ZEIT* eine ganzseitige Anzeige mit Statements von

---

[34] Ebd. Siehe auch Ziemann: Peace Movements.
[35] Ebd.
[36] IfZ, ED 474, Bd. 627, Inge Scholl und Otl Aicher an „liebe freunde", o. D. [Herbst 1983].
[37] Gassert: Lärm. Wirsching: Abschied, S. 98–103.
[38] Guggenberger: Grenzen. Siehe auch Wirsching: Abschied, S. 98–103. Kritisch: Gassert: Lärm.
[39] Carter: Peace Movements. Cooper: Paradoxes. Herf: War. Schregel: Atomkrieg. Wirsching: Abschied. Für eine kritische Auseinandersetzung mit dem Forschungsstand siehe Nehring/Ziemann: Wege.

Prominenten, die den US-Präsidenten Reagan und den Generalsekretär der KPdSU, Gorbatschow, zum Umdenken aufriefen, als diese sich 1985 in Genf zu Abrüstungsverhandlungen trafen.[40] Zum bundesdeutschen Symbol für Friedens-Aktivismus und die damit verbundenen Konflikte wurde jedoch Mutlangen, ein kleiner Ort auf der Schwäbischen Alb, wo zwischen 1983 und 1990 amerikanische Pershing II-Raketen stationiert waren. Der Ortsname inspirierte die Friedensbewegung zu dem programmatischen Slogan „Mutlangen – unser Mut wird langen". Bekanntheit erlangte der Ort spätestens im September 1983, als dort die erste „Prominenten-Blockade" als Protest gegen die Stationierung der Atomwaffen stattfand. Vom ersten bis zum dritten September saßen zwischen den Demonstranten mehrere hundert Prominente – bekannte Persönlichkeiten vor allem aus Kunst, Kultur und Wissenschaft, wie etwa die Schriftsteller Heinrich Böll und Günther Grass, aber auch Inge Scholl und Otl Aicher.[41] Diese Blockadeaktion brachte der Friedensbewegung kurz vor dem anstehenden Beschluss des Bundestags über die Stationierung von Atomraketen großes Medieninteresse. In einer ehemaligen Scheune wurde eine „Pressehütte" eingerichtet, die in der Folgezeit zum dauerhaften Anlaufpunkt avancierte und half, die Protestbewegung auf der Schwäbischen Alb zu verstetigen.[42] Und während Prominente und Presse in Mutlangen einfielen, verloren die Mutlanger Bürger – so überliefert ein Zeitungsartikel – „die Angst um ihre Schrebergärten, lassen Blumen bringen, radeln abends zur Blockade-Wiese, um Prominente zu besichtigen und ein Schwätzchen mit der Friedensbewegung zu halten."[43] Der Reiz des Neuen verflog in den Folgejahren jedoch rasch und bald waren die Mutlanger Bürger von den Friedensbewegten ebenso entnervt wie diese von den Anwohnern, die die Nähe der bedrohlichen Atomraketen einfach hinnahmen bzw. – im Jargon der Friedensbewegung – „resigniert" hatten.[44] Die Prominenten-Blockade war auch für die Friedensbewegung eine Herausforderung: Den nicht-prominenten Aktivisten musste klargemacht werden, warum die Unterstützung durch bekannte Persönlichkeiten für die Bewegung als Ganzes wichtig war und dass diese nicht den regelmäßigen Blockierern die Schau stehlen wollten.[45] Diskussionspunkte waren vor allem die „gerechte Verteilung" der Prominenz, deren möglicherweise unzureichende Vorbereitung auf die Blockade[46] und schließlich die Frage nach Gewaltfreiheit, die, so berich-

---

[40] Inserat „Sehr geehrter Herr Reagan, sehr geehrter Herr Gorbatschow", in: DIE ZEIT, 15.11. 1985. Zu den Reaktionen siehe IfZ, ED 474, Bd. 583.

[41] IfZ, ED 474, Bd. 631, Rundschreiben von Klaus Vack, 24.8.1983. Siehe hierzu auch die Eigendarstellung der Friedensbewegung: Nick u.a.: Mutlangen. Albertz: Erinnerungen.

[42] Nick u.a.: Mutlangen, http://www.pressehuette.de/buch.php?ID=147 (zuletzt eingesehen am 28.4.2012).

[43] IfZ, ED 474, Bd. 632, Wolfgang Michal: Mutlangen: In Watte gepackt, in: Vorwärts, Nr. 37, 8.9.1983.

[44] IfZ, ED 474, Bd. 631, Klaus Vack an „Liebe Freundinnen, liebe Freunde", 1.2.1984. Nick u.a.: Mutlangen, http://www.pressehuette.de/buch.php?ID=28 (zuletzt eingesehen am 28.4.2012).

[45] Nick u.a.: Mutlangen, http://www.pressehuette.de/buch.php?ID=147 (zuletzt eingesehen am 28.4.2012).

[46] IfZ, ED 474, Bd. 631, Rundschreiben von Klaus Vack, 24.8.1983.

tete die Wochenzeitung *DIE ZEIT*, zu größeren Verwerfungen vor allem mit den Jüngeren und den Gästen aus der amerikanischen Friedensbewegung führten.[47] Eine Frau – so schrieb die Zeitung weiter – „konnte bei der Abschlußkundgebung nur mit Mühe daran gehindert werden, sich selbst zu verbrennen."[48] Dieser Unmut war auch deshalb entstanden, weil die Polizei die Blockade nicht aufgelöst hatte. Zudem war der Stützpunkt von der US-Armee im Vorfeld der drohenden Prominenten-Blockade einfach geräumt worden – es gab im Grunde gar nichts zu blockieren.[49] Otl Aicher hingegen interpretierte die Friedensaktion wesentlich positiver. In einem Brief an Klaus Vack vom *Komitee für Grundrechte und Demokratie*, der die Blockade maßgeblich mit organisiert hatte, stellte er fest: „es ist Ihnen gelungen, die deutsche intelligenz in praktische widerstandsaktionen zu integrieren, sodaß die staatsgewalt etwas behutsamer geworden ist in der anwendung ihrer machtmittel."[50] Diese Zeilen Otl Aichers rührten an zwei zentrale Fragen, die Politik, Justiz, Gesellschaft und Friedensbewegung gleichermaßen beschäftigten: War das, was die Friedensbewegung tat, Widerstand? Und wie sollte der Staat auf die Aktionen der Friedensbewegung reagieren?

Noch in den 1950er- und frühen 1960er-Jahren berief sich die Ostermarschbewegung immer wieder auf den Widerstand gegen den Nationalsozialismus im Sinne eines „Aufstands des Gewissens".[51] Das eigene Handeln wurde analog als Ergebnis einer Gewissensentscheidung und damit als „Widerstand *ex post*" gedeutet.[52] 1968 fand das Recht auf Widerstand im Kontext der Notstandsgesetzgebung Eingang in das Grundgesetz. Der Absatz 4 des Artikels 20 berechtigte nun zum Widerstand, wenn die „verfassungsmäßige Ordnung" in Gefahr war. Diese Definition entkoppelte Widerstand zwar nicht gänzlich von historischen Vorbildern, doch sie verlegte Widerstand von der Vergangenheit in die Zukunft, von einer Situation, in der Widerstand erfolgt war, in eine Situation, in der Widerstand möglicherweise wieder nötig sein würde. Das führte dazu, dass es nicht mehr darum gehen konnte, Widerstand *ex post* zu leisten, sondern *antizipierend*. Weitaus populärer war es, das eigene Handeln als „zivilen Ungehorsam" zu interpretieren.[53] Damit war eine Strategie oppositionellen Handelns gemeint, die darauf abzielte, durch kontrollierte Regelverletzungen Öffentlichkeit für das eigene, als moralisch hochstehend angesehene Ziel zu erreichen und Unterstützer zu gewinnen.[54] Auch wenn die konkrete Ausgestaltung von zivilem Ungehorsam durchaus umstritten war, so einte dieses Konzept doch die gesamte Friedensbewegung in

---

[47] IfZ, ED 474, Bd. 632, Michael Schwelien: Leiden um jeden Preis, in: DIE ZEIT, 9.9.1983.

[48] Ebd.

[49] Albertz: Erinnerungen. Hans-Joachim Noack: Der unerklärte Frieden von Mutlangen, in: DER SPIEGEL (1983), 36, S. 116–117.

[50] IfZ, ED 474, Bd. 631, Otl Aicher an Klaus Vack, 12.9.1983.

[51] Nehring: Bürger.

[52] Ebd., S. 134, Hervorhebung i. Orig.

[53] Es gibt eine ganze Flut an zeitgenössischer Literatur zum Thema. Exemplarisch siehe Glotz (Hrsg.): Ungehorsam.

[54] Überblicksartig zusammengefasste Definitionen und Interpretationen finden sich bei Brownlee: Civil Disobedience. Siehe auch Ladwig: Regelverletzungen.

Westeuropa, den USA und Japan.[55] Auch das erklärt, warum die Rückbesinnung
auf den Widerstand gegen Nationalsozialismus keine sehr prominente Rolle für
die Friedensbewegung spielte: Die bundesdeutsche Erinnerung an den Widerstand war nationalgeschichtlich geprägt und überdies eng mit der Frühphase des
Kalten Kriegs verwoben. Für eine sich als weltumspannend verstehende Bewegung, die gegen die Auswüchse des *Kalten Kriegs* ankämpfte, ließen sich hier nur
selten Anknüpfungspunkte finden. Eine gewisse Popularität im deutschsprachigen Raum erlangten Personen, die während des Nationalsozialismus meist aus
religiösen Gründen den Kriegsdienst verweigert hatten und deshalb in Konzentrationslager deportiert oder hingerichtet worden waren, etwa Franz Jägerstätter
oder Hermann Stöhr.[56] Als neuer gemeinschaftsstiftender historischer Bezugspunkt wurde eher das Schreckensszenario des „atomaren Holocaust" konsensfähig – ein Bild, das einherging mit einem seit Ende der 1970er-Jahre vor allem in
Westeuropa und den USA steigenden Interesse an der Geschichte der Ermordung
der europäischen Juden während des Nationalsozialismus.[57]

Für den Staat waren die Blockade-Aktionen der Friedensaktivisten weder Widerstand nach Artikel 20 des Grundgesetzes noch „ziviler Ungehorsam", für den
es keinen eigenen Paragrafen gab, sondern schlicht Nötigung im Sinne von § 240
StGB. Die Aufklärung über die möglichen juristischen Folgen für Teilnehmer an
solchen Aktionen gehörten bald in jedes Blockade-Handbuch[58] und das Amtsgericht Schwäbisch-Gmünd, das für die angeklagten Aktivisten zuständig war, er-
stickte in einer regelrechten Prozesswelle.[59] Üblicherweise wurden die Angeklagten zu Geldstrafen verurteilt. Wer sich weigerte, zu zahlen, wanderte ins Gefängnis, was allerdings von manchen Aktivisten ganz bewusst in Kauf genommen und
zu einer weiteren Aktion des friedenspolitischen Engagements umgedeutet wurde.[60] In umfangreicher Korrespondenz wurde Kontakt mit den Gleichgesinnten
„draußen" gehalten.[61] Die Praxis, die Blockaden als Nötigung strafrechtlich zu
verfolgen, war in Politik, Justiz und Gesellschaft stark umstritten, vor allem deshalb, weil eine Verurteilung nach § 240 StGB „Verwerflichkeit" und „Gewalt" des
Handelns voraussetzte, was schwerlich auf den explizit gewaltlosen Protest und
die Ziele „Weltfrieden" und „Abrüstung" zuzutreffen schien. Das Bundesverfas-
sungsgericht urteilte 1986, dass eine Verurteilung nach § 240 StGB nach Prüfung
des Einzelfalls grundsätzlich zulässig sei.[62] Auch Inge Scholl war in diese Krimina-
lisierungswelle der Friedensbewegten geraten. Auslöser war die Prominenten-
Überraschungs-Blockade vom 24. September 1985, an der auch ihr Schwager Fritz

---

[55] Ziemann: Peace Movements in Western Europe, S. 11. Hauswedell: Friedenswissenschaften.
[56] Bergmann: Franz Jägerstätter. Röhm: Sterben.
[57] Herf: War, S. 185–192. Warneke: Aktionsformen. Hauswedell: Friedenswissenschaften.
[58] Siehe hierzu das Beispiel in Nick u. a.: Mutlangen, http://www.pressehuette.de/buch.
php?ID=32 (zuletzt eingesehen am 28. 4. 2012).
[59] Thomas Darnstädt: „Mir nötige net, mir hänselet", in: DER SPIEGEL (1984), 50, S. 39–48.
[60] Nick u. a.: Mutlangen. http://www.pressehuette.de/buch.php?ID=106. Laubenthal: Gefängnis.
[61] Ebd.
[62] Böttcher: Nötigung.

Abb. 7: Die Prominenten-Überraschungs-Blockade am 24. September 1985. In der Mitte sitzt Inge Scholl, hinter ihr Otl Aicher, links davon Wolf Biermann. Ganz links außen ist Fritz Hartnagel zu sehen, neben ihm vermutlich Helga Einsele.

Hartnagel, der Liedermacher Wolf Biermann und die Frankfurter Juristin Helga Einsele teilnahmen (Abb. 7).[63] Ziel war, sich von der Polizei beim Auflösen der Blockade verhaften zu lassen und dann über den zu erwartenden Nötigungsprozess öffentliche Aufmerksamkeit für das eigene politische Anliegen zu erreichen.[64] Die angesichts der jahrelangen Proteste und der mangelnden Erfolgsbilanz ermüdete Friedensbewegung brauchte neuen Schwung.[65] Der Plan ging auf, auch wenn weniger und nicht so bekannte Prominente wie ursprünglich vorgesehen in Mutlangen auf der Straße saßen.[66] Inge Scholl, Fritz Hartnagel, Helga Einsele und Wolf Biermann wurden wie geplant verhaftet und standen im Februar 1986 in Schwäbisch-Gmünd vor Gericht. Erwartungsgemäß wurden sie wegen Nötigung zu Geldstrafen verurteilt, was in der Presse wie erhofft einigen Widerhall fand.[67] Die Prozesse boten den Friedensaktivisten immer auch ein Forum, in den „Verteidigungsreden" ihre Sicht der Dinge darzulegen. Gerade bei den Prominenten-Prozessen nahm die Presse üblicherweise zumindest Auszüge dieser Reden in ihre Berichterstattung auf. Teilweise publizierte die Friedensbewegung auch selbst sol-

---

[63] IfZ, ED 474, Bd. 631, Klaus Vack an Inge Scholl u. a., 4.9.1985, und Klaus Vack an „Ihr Lieben", 19.9.1985. Archiv aktiv, Gemeinsames Mutlangen-Archiv (Bestand Werner Dierlamm), Friedens- und Begegnungsstätte Mutlangen e. V.: Rundbrief, Nr. 5, November 1985.

[64] Ebd.

[65] Ebd., siehe auch Klaus Vack an „Liebe Freundinnen, liebe Freunde", 1.2.1984.

[66] IfZ, ED 474, Bd. 631, Klaus Vack an „Ihr Lieben", 19.9.1985.

[67] Siehe die Presseberichte in IfZ, ED 474, Bd. 637, u. a. Stefan Stremel: Eine Dichterlesung vor dem Amtsgericht, in: Augsburger Allgemeine, 11.2.1986. Zwanzig Tagessätze für bessere Argumente, in: Rems-Zeitung, o. D. [11.2.1986]. Manfred Beer: „Friedensarbeit ist nicht verwerflich", in: Südwest-Presse, 13.2.1986.

che Reden, sei es als Selbstvergewisserung des eigenen Tuns, sei es als Modell für andere Angeklagte.[68] Inge Scholls Verteidigungsrede vor dem Amtsgericht Schwäbisch Gmünd zeigt, wie sehr sie einerseits als Schwester der hingerichteten Widerstandskämpfer Hans und Sophie Scholl wahrgenommen wurde, und wie sehr sie sich andererseits mittlerweile davon emanzipiert hatte. Sie thematisierte den Widerstand in ihrer Verteidigungsrede, weil das, wie sie sagte, von ihr erwartet werde und vor allem junge Leute danach fragten.[69] Hier war sie wieder ganz die „ewige Schwester", deren Prominenz in erster Linie durch ihre Verwandtschaft mit den Widerstandskämpfern Hans und Sophie Scholl zustande gekommen war. Doch Inge Scholl verneinte eine unmittelbare Verbindung zwischen dem Widerstand der *Weißen Rose* und den Friedensprotesten der Gegenwart. Ihre Motivation ließ sich daraus allein nicht erklären. Sie führte vor Gericht aus:

> [...] ich [handle] heute nicht in erster Linie [...] aus einer Erinnerung an meine Geschwister. Ein Vergleich mit damals wäre abwegig und würde das Nazi-Regime nur verharmlosen. Wir leben in einer Demokratie, nicht in einer Diktatur. Wir leben in einem Staat, in dem man leben kann. Das empfinde ich jedes Mal mit einer tiefen inneren Geborgenheit, wenn ich in Mutlangen demonstriere.[70]

Das, was sie als Aktivistin der Friedensbewegung tat, hatte also insofern nichts mit der NS-Vergangenheit zu tun, weil die historischen Situationen nicht vergleichbar waren.[71] Dennoch blieb Anlass zu Besorgnis aus dem Bewusstsein heraus, dass die Lehren aus der (Vor-)Geschichte des Drittens Reichs in Vergessenheit zu geraten drohten: „Allerdings in einem Punkt sehe ich Parallelen zu damals. Das ist die Tendenz, einen schweigsamen Untertan zu erziehen, den Mitläufer, der sich möglichst tief ins Privatleben zurückzieht, um keine Auseinandersetzung, keine Stellungnahme zu riskieren."[72] Dagegen anzukämpfen durchzog Inge Scholls politische Biografie seit der Nachkriegszeit. Die Arbeit in der Volkshochschule und die Gründung der *Hochschule für Gestaltung* hatten genau darauf abgezielt, einen mündigen, informierten Bürger mit Widerspruchsgeist zu erziehen, der für seine Überzeugungen eintrat und die Demokratie lebendig und wandelbar erhielt.[73] Und genau diesen Aspekt hatte Inge Scholl immer wieder als zentrales Vermächtnis des Widerstands ihrer Geschwister bezeichnet.[74] Dessen Umsetzung verbuchte sie als Erfolg der jungen Bundesrepublik und ihrer Aufbaugeneration. Nun ging es darum, diese Errungenschaft über die Generationengrenzen weiterzutragen. Für Inge Scholl waren die Friedensbewegung und das generationenübergreifende politische Engagement, das dort sichtbar wurde, Zeichen dafür,

---

[68] Siehe beispielsweise Vack/Vack (Hrsg.): Mutlangen.
[69] Aicher-Scholl: Zerreißt den Mantel der Gleichgültigkeit!, S. 72.
[70] Ebd.
[71] Siehe auch IfZ, ED 474, Bd. 656, Inge Scholl: [Rede bei einer Friedensveranstaltung in Memmingen], Dezember 1983, und Inge Scholl an Monika Kemen (WDR), 11.11.1986. Sie lehnte auch die Verwendung von weißen Rosen als Symbol für die Friedensbewegung ab: IfZ, ED 474, Bd. 654, Inge Scholl an Peter L., 31.5.1983.
[72] Aicher-Scholl: Zerreißt den Mantel der Gleichgültigkeit!, S. 72.
[73] Siehe hierzu Kap. 4.
[74] Ebd.

dass weder der Widerstand noch die Lehren daraus umsonst gewesen waren. Ganz im Gegenteil: Sie trugen Früchte. Diese Erkenntnis ließ Inge Scholl trotz aller Atomangst zuversichtlich in die Zukunft blicken.

Eine Reaktivierung der Erinnerung an die *Weiße Rose* ließ sich daraus allerdings nicht ableiten. Dass die Widerstandsgruppe trotzdem Anfang der 1980er-Jahre nach einem Jahrzehnt des Vergessens einen Popularitätsschub erlebte, lag eher daran, dass sich – mal wieder – das Medium Film der Geschichte des Widerstands annahm. Und auch das lang gehegte, aber bislang stets unvollendet gebliebene Projekt eines Dokumentenbands über den Widerstand der *Weißen Rose* erlebte eine Neuauflage.

6.2 Große Emotionen: Alte Geschichten neu erzählt

Bereits seit Ende der 1970er-Jahre entdeckten Journalisten, Filmemacher und Historiker den Widerstand gegen den Nationalsozialismus als lohnenswerten Gegenstand ihrer Arbeiten neu. Der Journalist Hermann Vinke begann seine Arbeit an der biografischen Collage *Das kurze Leben der Sophie Scholl*, die 1980 erschien. Auf Anregung der Schriftstellerin Ilse Aichinger dachten Inge Scholl, der Tübinger Rhetorikprofessor Walter Jens sowie dessen Frau Inge über die Publikation von Dokumenten aus dem Nachlass von Hans und Sophie Scholl nach. Und auch eine jüngere Generation von Filmemachern – unter ihnen Hans W. Geißendörfer (*1941), Percy Adlon (*1935) und Michael Verhoeven (*1929) – zeigte Interesse am Thema *Weiße Rose*. Sie alle erwarteten offensichtlich, mit ihren Werken über den Widerstand wieder ein Publikum gewinnen zu können und sahen nun die Gelegenheit, zum Teil lange gehegte Vorhaben umsetzen zu können.[75] Impulse für die neu einsetzende künstlerische und gesellschaftliche Auseinandersetzung mit der Geschichte des Nationalsozialismus gingen vor allem vom Medium Fernsehen aus. Die US-Fernsehserie *Holocaust*, die die Geschichte der fiktiven jüdischen Familie Weiß während der NS-Zeit erzählte, war auch in der Bundesrepublik ein Publikumserfolg, als sie 1979 dort über die Fernsehschirme flimmerte.[76] Die Ausstrahlung von *Holocaust* gilt als Wende in der Geschichte der Vergangenheitsbewältigung: Sie brachte das Faktum der planmäßigen Ermordung der europäischen Juden in das Bewusstsein der Öffentlichkeit. Sie stand am Beginn einer Entwicklung, die meist als „Universalisierung des Holocaust" bezeichnet wird und die Auschwitz zu einem allgemein genutzten und verstandenen Synonym für die Verbrechen des NS-Regimes machte.[77] Die Geschichte der vom NS-Regime Verfolgten und Ermordeten wurde nun zum zentralen Referenzpunkt der Beschäftigung mit dem Nationalsozialismus. Zugleich setzte die Fernsehserie auch

---

[75] Siehe z. B. Verhoeven: Annäherung, S. 189–191.
[76] Hierzu und zum Folgenden siehe Bösch: Film. Uhl: Medienereignis. Siehe auch Classen (Hrsg.): Fernsehserie.
[77] Eckel/Moisel (Hrsg.): Universalisierung. Levy/Sznaider: Erinnerung.

einen Trend für die mediale Darstellungsform und die Dramaturgie von populären Geschichtserzählungen: Emotion, empathisches Mitfühlen mit den Protagonisten sowie die Fokussierung auf individuelle Schicksale und Lebensgeschichten charakterisierten nun die Auseinandersetzung mit der Vergangenheit. Das Einzelschicksal von Opfern der nationalsozialistischen Verfolgung rückte in den Mittelpunkt. Dabei galt das Interesse vorrangig den jüdischen Opfern, aber auch jenen Gruppen, die zu diesem Zeitpunkt erstmals als „vergessene Opfer" wahrgenommen wurden, etwa Homosexuelle oder ehemals als „Zigeuner" Verfolgte.[78] Die Auseinandersetzung mit der Geschichte des Nationalsozialismus wurde in dieser Phase auch mehr und mehr zur Beschäftigung historischer Laien. „Geschichtswerkstätten" wurden gegründet, die lokal, manchmal nur auf einzelne Stadtteile bezogen, die nationalsozialistische Vergangenheit erforschten.[79]

Diese Entwicklungen gingen auch an der Erinnerung an den Widerstand nicht spurlos vorüber, wobei sich die Trends des populären Geschichtsinteresses mit denen in der Fachwissenschaft ergänzten. Denn auch in der Widerstandsforschung hatte sich mit dem neuen Interesse an der Alltagsgeschichte und der Geschichte der „kleinen Leute" seit Ende der 1970er-Jahre der Blickwinkel auf den Forschungsgegenstand stark verändert. Ausschlaggebend waren hier vor allem Überlegungen, die im Münchner *Institut für Zeitgeschichte* im Kontext des so genannten „Bayern-Projekts" über „Widerstand und Verfolgung in Bayern 1933-1945" angestellt wurden.[80] Martin Broszat und seine Mitarbeiter entwickelten dort den Begriff der „Resistenz" als Erweiterung und Differenzierung des Widerstandsbegriffs. Resistenz wurde definiert als „wirksame Abwehr, Begrenzung, Eindämmung der NS-Herrschaft oder ihres Anspruches, gleichgültig von welchen Motiven, Interessen und Kräften dies bedingt war".[81] In dieser Perspektive machten nicht mehr die Intentionen des Handelns die entscheidende Trennlinie zu widerständigem Handeln aus, sondern dessen Wirkungen, vollkommen unabhängig davon, welche Motive dafür ausschlaggebend gewesen waren. Damit konnten auch die Handlungen der „kleinen Leute" als widerständig gelten, wenn sich diese zwar nicht unbedingt generell, aber in bestimmten Teilbereichen ihres Lebens dem totalitären Herrschaftsanspruch entzogen, etwa indem sie an religiösen Praktiken festhielten oder Verfolgte unterstützten.

Das Interesse an individuellen Lebensläufen und an bislang kaum als geschichtsmächtig wahrgenommenen Personengruppen sowie neue methodische Ansätze wie die „oral history", die vor allem mit lebensgeschichtlichen Interviews arbeitete, war die wissenschaftliche Ausprägung des populären Zugriffs auf die Geschichte über biografische und emotionale Zugänge.[82] Das spiegelte sich im

---

[78] Giesen: Tätertrauma. Goschler: Moral.

[79] Exemplarisch: Heer/Ullrich (Hrsg.): Geschichte.

[80] Broszat u. a. (Hrsg.): Bayern.

[81] Broszat/Fröhlich: Alltag, S. 49. Siehe auch Kershaw: Bayern. Inge Scholl hatte den Begriff „Resistenz" schon 1972 benutzt, um den Widerstand der *Weißen Rose* zu charakterisieren, siehe Scholl: Weiße Rose, erw. Ausg., 326.–332. Tsd., Frankfurt a. M.: Fischer Taschenbuch Verlag, 1972, S. 137.

[82] Niethammer u. a. (Hrsg.): Lebenserfahrung. Ders.: Jahre.

populären Geschichtsbewusstsein vor allem in der Suche nach den „vergessenen Opfern" des Nationalsozialismus und rückte im Kontext des Interesses an der Geschichte des Holocaust Opfererzählungen in den Mittelpunkt.[83] Diese Schwerpunktverschiebung färbte auch auf die Wahrnehmung von Widerstand ab. Während bis Ende der 1960er-Jahre Widerstand vor allem als Opfer *für etwas* gedeutet worden war, wurden nun auch die Widerstandskämpfer zunehmend als Opfer *von* nationalsozialistischer Verfolgung aufgefasst. Das löste nachträglich auch das Dilemma auf, in das Christian Petrys Thesen 1968 die unterschiedlichen Interpretationen des Widerstands der *Weißen Rose* gestürzt hatte: Petry hatte das bewusste Opfer der Widerstandskämpfer als politisch sinnlos angesehen, während die vorherrschende Interpretation gerade dieses Opfer *für etwas* als Kernpunkt gedeutet hatte. Indem die Widerstandskämpfer nun als Opfer *von* nationalsozialistischer Verfolgung angesehen wurden, war diese Frage gegenstandslos geworden.

Und obwohl die Erzählungen über den Widerstand ebenso wie die über den Holocaust ähnlich konzipiert waren – individuell, biografisch, emotional – blieben beide doch getrennte Felder innerhalb der Erinnerung an die Zeit des Nationalsozialismus. Während die Holocaust-Erinnerung in Westeuropa und Nordamerika zu einem gemeinsamen Bezugspunkt wurde[84], blieb Widerstandserinnerung eher Bestandteil einer Nationalgeschichtsschreibung, die teilweise gezielt als nationalhistorischer Kontrapunkt zur Verbrechensgeschichte des Holocaust gesetzt wurde. Das galt vor allem im Rahmen einer „offiziellen" Geschichtspolitik, die insbesondere nach der Wahl Helmut Kohls (CDU) zum Bundeskanzler 1982 die bundesdeutsche Innen- und Außenpolitik entscheidend mitprägte. Die von ihm propagierte „geistig-moralische Wende" enthielt auch eine Hinwendung zur deutschen Geschichte, allerdings nicht zur Geschichte des Nationalsozialismus, sondern unter dem Schlagwort der „Normalisierung" wurde eine bundesrepublikanische Erfolgsgeschichte – Demokratisierung, Wirtschaftswunder, Westbindung – zur Referenz.[85] Dem liefen allerdings nicht nur die Entwicklungen in der Bundesrepublik selbst, sondern vor allem in den USA entgegen, wo es zeitgleich zu einer Institutionalisierung der Holocaust-Erinnerung kam. Die Pläne für das *United States Holocaust Memorial Museum* (USHMM) in Washington als zentralen amerikanischen Ort des Gedenkens an die Ermordung der europäischen Juden beunruhigten die auswärtige Kulturpolitik der Bundesrepublik derart, dass sie sehr viel Mühe investierte, um in der Ausstellung Gegenerzählungen zur Verbrechensgeschichte des Nationalsozialismus unterzubringen. In diesem Kontext war dann auch die Erinnerung an den deutschen Widerstand reaktivierbar, der

---

[83] Macho: Bedeutungswandel. Agamben: Auschwitz. Eine eher tagesaktuelle Einschätzung liefern Jureit/Schneider: Opfer.

[84] Eckel/Moisel (Hrsg.): Universalisierung. Levy/Sznaider: Erinnerung.

[85] Wirsching: Abschied, S. 473–488. Ders.: „Konstruktion". Moller: Entkonkretisierung. Seuthe: „Geistig-moralische Wende". Kirsch: 8. Mai. Eder: Holocaust-Erinnerung. Siehe auch François/Schulze: Einleitung.

schließlich nach zähen Verhandlungen doch seinen Platz im USHMM fand, darunter auch die *Weiße Rose*.[86]

Jenseits des internationalen diplomatischen Parketts markierte Hermann Vinkes 1980 erschienenes Jugendbuch *Das kurze Leben der Sophie Scholl* den Umschwung im bundesrepublikanischen Gedenken an die *Weiße Rose*. In einer collagenartigen Zusammenstellung von Zeitzeugeninterviews, von Auszügen aus Tagebüchern und Briefen sowie von Fotos erzählte Vinke die Geschichte der Widerstandskämpferin. Die Darstellungsform verhieß Authentizität und verfolgte mit der Konzentration auf eine einzige Protagonistin einen konsequent biografischen Zugang. Dieses Konzept passte in die Reihe *Mädchen & Frauen* des *Ravensburger Verlags*, in der Vinkes Buch erschien. Die Reihe richtete sich speziell an eine weibliche Leserschaft, die im Kontext der *Neuen Frauenbewegung* als eigene Zielgruppe zunehmend interessant geworden war. Sie versprach, über „authentische" Lebensgeschichten Vorbilder für weibliche Lebensentwürfe zu liefern.[87] Das Buch lässt sich deshalb als Identifikationsangebot lesen und als Appell für eine Suche nach der eigenen (weiblichen) Identität und Individualität. Entsprechend spielten für Vinke nicht nur Motivation, Durchführung und Ziele des Widerstands eine Rolle, sondern auch ganz „alltägliche" Fragen des Erwachsenwerdens: Körperliche Nähe, Sexualität und erste Liebe kommen ganz selbstverständlich vor. Über die gemeinsame Erfahrung des Erwachsenwerdens ließ sich eine Brücke zwischen dem Leben Sophie Scholls und denen der Leserinnen schlagen. Die Geschichte des Widerstands wurde mit der individuellen Identitätsfindung verknüpft. In einem Interview, das dem Buch als Anhang hinzugefügt war, machte die Schriftstellerin Ilse Aichinger diese Verbindung deutlich. Auf die Frage, was Jugendliche aus der Geschichte der *Weißen Rose* lernen könnten, sagte sie: „Sich nicht anpassen lassen. [...] Sich noch weniger denn je anpassen lassen an diese Welt, die sie immer deutlicher zur Verzweiflung treibt, gerade die Jugend."[88] Es ging im Grunde genommen darum, die eigene Widerständigkeit gegenüber den Anforderungen von außen – Familie, Schule, Politik, Gesellschaft – zu kultivieren und so die eigene Identität zu finden und auszuleben. Diese Interpretation spiegelte den sich seit den späten 1960er-Jahren verstärkenden Trend zur Individualisierung innerhalb der bundesdeutschen Gesellschaft. Der Pluralität von Lebensentwürfen, der damit Raum geboten war, konnten keine einseitigen Handlungsanweisungen mehr entgegengestellt werden, wie dies etwa die Widerstandserinnerung noch in den 1950er-Jahren getan hatte, als sie unter dem Schlagwort der Freiheit zu antikommunistischem Engagement aufgerufen hatte. An den Widerstand erinnern bedeutete nun eher, den eigenen inneren moralischen Kompass auszurichten und danach zu handeln. Wie genau und auf welches Ziel hin – das musste

---

[86] Eder: Holocaust-Erinnerung. Auch in den USA gab es in den 1980er-Jahren ein gewisses Interesse an der Geschichte der *Weißen Rose*, siehe Dumbach/Newborn: Shattering, und Hanser: Treason.

[87] Vinke: Sophie Scholl, Klappentext.

[88] Vinke: Sophie Scholl, S. 186.

notwendigerweise eher diffus bleiben. Gemeinsames Fundament waren der manchmal etwas naiv erscheinende Glaube an das Gute im Menschen und die Überzeugung, dass jeder Einzelne etwas zur positiven Veränderung der Welt beitragen konnte. Inge Scholl, die Vinkes Vorhaben durch Dokumente und Fotos – viele bislang unveröffentlicht – sowie ein Interview unterstützt hatte, gefiel das Ergebnis: „Ich denke, es sagt ziemlich viel aus."[89]

Das kurze Leben der Sophie Scholl zeigt aber nicht nur, wie die Geschichte des Widerstands gegen Nationalsozialismus zu Beginn der 1980er-Jahre einer neuen, jüngeren Leserschaft nahegebracht werden konnte. Es markiert auch einen entscheidenden Bruch in der Wahrnehmung der *Weißen Rose* als Gruppe. Erstmals stand Sophie Scholl allein im Mittelpunkt, sodass die ikonische Formel von den *Geschwistern Scholl* aufzubrechen begann. Die Faszination für Sophie Scholl, die bis heute den Blick auf die *Weiße Rose* bestimmt, entstand erst jetzt, Anfang der 1980er-Jahre. Das lag nicht nur an Vinkes Buch. Auch andere entdeckten Sophie Scholl als Protagonistin ihrer Werke und machten sie darin zu einer außergewöhnlichen, klugen, konsequenten und zugleich warmherzigen und manchmal fast mädchenhaften Figur. Dass sie zur neuen Ikone für den Widerstand der *Weißen Rose* wurde, war auch der Bildmächtigkeit eines Mediums geschuldet, dem Inge Scholl bislang die Deutungsmacht über ihre Geschwister immer entzogen hatte: der Spielfilm. 1982 kamen mit Michael Verhoevens *Die weiße Rose* und Percy Adlons *Fünf letzte Tage* gleich zwei Filme über die *Weiße Rose* in die Kinos. Beide Filme rückten Sophie Scholl als Protagonistin in den Mittelpunkt, waren allerdings konzeptionell sehr unterschiedlich angelegt.[90] Adlon erzählte seine Geschichte rückblickend aus der Perspektive von Sophie Scholls Zellengenossin Else Gebel[91], Verhoevens Film nahm den Zuschauer von der Ankunft Sophie Scholls in München im Mai 1942 mit bis zu deren Hinrichtung knapp ein Jahr später. Dass diese Filme überhaupt zustande kamen, lag auch daran, dass Inge Scholl ihre Politik im Umgang mit solchen Projekten grundlegend geändert hatte. Zunächst wiederholte sie gegenüber Verhoeven jedoch die Bedenken, die sie bereits seit Jahrzehnten hegte[92], und schlug vor, stattdessen einen Dokumentarfilm zu drehen oder einen Spielfilm, der sich nur locker an die Ereignisse anlehnte. Doch trotz dieser ersten Ablehnung löste Verhoevens Vorhaben in Inge Scholl erstmals Zweifel aus, ob ihre Haltung noch angemessen sei. Nicht nur, dass in den Augen Inge Scholls die deutschen Spielfilme grundsätzlich besser geworden waren – mit „Papas Kino" der 1950er-Jahre hatten die jüngeren Filmemacher ja schon im *Oberhausener Manifest* 1962 abgerechnet.[93] Dazu kamen Inge Scholls Überlegun-

[89] IfZ, ED 474, Bd. 408, Inge Scholl an Michael Verhoeven, 11.9.1980.

[90] Verhoeven: Annäherung, S. 194. Siehe auch Barbara von Jhering: Die doppelte Sophie, in: DER SPIEGEL (1982), 40, S. 252–255.

[91] Exemplarisch siehe IfZ, ED 474, Bd. 244, „Sprich, ich höre Dir zu", in: Süddeutsche Zeitung, 2./3.10.1982.

[92] Hierzu und zum Folgenden IfZ, ED 474, Bd. 408, Inge Scholl an Michael Verhoeven, 14.3.1979 und 30.5.1979.

[93] Fehrenbach: Cinema, S. 211–225.

gen, ob der Film als breitenwirksames Medium nicht das Buch längst abgelöst habe. Wollte man also nach der „Erinnerungslücke" der 1970er-Jahre wieder ein größeres Publikum erreichen und ihm die Geschichte der *Weißen Rose* näherbringen, könnte das nur über den Film geschehen. Die Verfilmung war eine Chance, der Erinnerung an den Widerstand erneut einen Platz in der bundesdeutschen Gesellschaft zu verschaffen. Inge Scholl entschied sich deshalb für einen Mittelweg zwischen Ablehnung und offizieller Befürwortung. Ihre Position erklärte sie in einem Brief an Otl Aicher:

> Indem wir unsere Zurückhaltung deklarieren, uns aber einem solchen Vorhaben nicht mehr in den Weg stellen, da wir wissen, dass der qualitative Zustand des bundesdeutschen Films halbwegs garantiert, daß etwas herauskommt, das *anständig* ist und breite Menschenschichten anspricht. Und wir verhindern nicht etwas, das augenblicklich – vielleicht – ein weiterer Beitrag einer politischen Aufklärung wäre, ein Schritt, der das Thema Widerstand in Richtung Popularität bewegen könnte, besser gesagt, ins Bewußtsein brächte [...] Können wir mit gutem Gewissen einem Film entgegentreten, der versucht, exemplarisch das Phänomen Widerstand zu plakatieren?[94]

Damit war festgelegt, wie die Familie, Elisabeth und Fritz Hartnagel eingeschlossen, mit dem Filmprojekt Verhoevens umgehen würde: Offizielle Unterstützung würde es nicht geben, aber ebenso wenig den Versuch, Verhoevens Arbeit zu sabotieren. „Detailfragen", darauf wies Inge Scholl explizit hin, würde sie aber beantworten.[95] Auch andere Angehörige und Überlebende schlossen sich dieser Position an, unter ihnen Anneliese Knoop-Graf, Michael Probst, Erich Schmorell und Clara Huber sowie deren Tochter Birgit.[96] Das bedeutete das Ende des jahrzehntelangen, von den Familien betriebenen Film-Boykotts.

Und obwohl Inge Scholl sich eigentlich Zurückhaltung auferlegen wollte, tat sie dann doch das, was sie schon immer getan hatte, wenn ein anderer über ihre Geschwister schreiben oder einen Film drehen wollte: Sie mischte sich ein. Sie schickte Verhoeven Bücher, wobei sie ihm vor allem das 1980 auch in Deutschland erschienene Werk des US-Amerikaners Richard Hanser, *Deutschland zuliebe*, nahe legte. Mehrfach empfahl sie ihm, einen zeitgeschichtlichen Berater hinzuzuziehen, der auf jeden Fall Zeitzeuge sein sollte, und machte auch gleich Vorschläge, wer für diesen Posten infrage kommen könnte, etwa der Journalist und Autor zahlreicher Bücher über das *Dritte Reich*, Albert Wucher. Und ein weiterer Punkt trieb sie um, nämlich die Angst, dass Christian Petrys Thesen vom leichtsinnigen, dilettantischen Handeln Hans und Sophie Scholls bei der Verteilung des letzten Flugblatts an der Universität in Verhoevens Film fortgeschrieben würden. Ohne Petrys Namen oder den Titel seines Werkes zu erwähnen, ermahnte sie Verhoeven:

> Ich führe einen jahrelangen bitteren Kampf gegen diese irreführende Darstellung, die – auch in anderen Fällen, die den Widerstand betreffen – von Besserwissern ausgeht, die immer ihre Sicherheit dem Risiko vorziehen, um dann vom sicheren Platz aus nachträglich Kritik und Rat-

---

[94] IfZ, ED 474, Bd. 408, Inge Scholl an Otl Aicher, 31.5.1979, Hervorhebung i. Orig.
[95] IfZ, ED 474, Bd. 408, Inge Scholl an Michael Verhoeven, 23.7.1979.
[96] Verhoeven: Annäherung, S. 189, S. 191–193.

schläge [zu] verteilen. Mit diesen Zeilen möchte ich auf solche üblen Klischees rechtzeitig aufmerksam machen.[97]

Die Wunden waren also immer noch nicht ganz verheilt und jedes neue Werk über die *Weiße Rose* barg das Risiko, alte Verletzungen wieder aufbrechen zu lassen. Die Furcht davor konnte Inge Scholl nicht ablegen, auch wenn Verhoeven sich sehr um Kooperation bemühte. Inge Scholls Mitarbeit war nämlich durchaus gefragt, doch die Grenzen von Unterstützung und Kontrolle erwiesen sich als fließend. Als Zeitzeugin, Schwester von Hans und Sophie Scholl sowie als Hüterin des Familienarchivs stand Inge Scholl immer noch auf der Schwelle, die Authentizität von Fiktion abgrenzte. Verhoeven wollte Briefe und Tagebücher Hans und Sophie Scholls einsehen, Fotos nutzen und Details über Familiengeschichte und -alltag wissen und war deshalb an Inge Scholls Entgegenkommen interessiert. Doch was er tatsächlich sehen und benutzen durfte, darüber entschied Inge Scholl. So händigte sie ihm zwar Fotos ihrer Geschwister aus, darunter auch solche, die bislang nicht publiziert worden waren. Allerdings wollte sie nicht, dass diese dann am Ende des Films gezeigt würden. Lediglich die bereits bekannten und publizierten Fotos sollte Verhoeven dort verwenden dürfen. Alle anderen sollten „ausschließlich für dokumentarische Filmarbeiten reserviert“[98] bleiben, wie sie Verhoeven schrieb. Auch die anderen Familien nahmen Einfluss, indem sie ihre Sicht der Dinge erzählten, um so – das war jedenfalls die Wahrnehmung Verhoevens – das „falsche Bild“ von der *Weißen Rose*, „das [er] sich gemacht hatte, allmählich zu korrigieren.“[99] Immer noch bestimmten also die Familien den Blick auf die *Weiße Rose*. Die Archivbestände im *Institut für Zeitgeschichte*, die Verhoeven ebenfalls als Quellengrundlage nutzte, waren für ihn demgegenüber nur unvollkommene und vor allem – da die Verhörprotokolle der Gestapo fehlten – unvollständige Ergänzung.[100]

In München hatte der Film, der den schlichten Titel *Die weiße Rose* trug, am 24. September 1982 im *Odyssee*-Kino in der Schwanthaler Straße Premiere.[101] Verhoeven hatte für die Protagonisten seines Films junge Schauspieler ausgewählt, für die *Die weiße Rose* teilweise zum Startpunkt ihrer Karriere wurde, etwa für Ulrich Tukur, der Willi Graf verkörperte, und den früh verstorbenen Werner Stocker, der die Rolle des Christoph Probst übernommen hatte.[102] Bekannter waren dagegen Martin Benrath, der Kurt Huber spielte, sowie Lena Stolze, die Darstellerin Sophie Scholls, die bereits auf namhafte Theaterengagements zurückblicken konnte, und die auch in Adlons Film *Fünf letzte Tage* die Rolle der Sophie Scholl übernommen hatte.[103]

---

[97] IfZ, ED 474, Bd. 408, Inge Scholl an Michael Verhoeven, 13. 6. 1981.
[98] IfZ, ED 474, Bd. 408, Inge Scholl an Michael Verhoeven, 17. 11. 1981.
[99] Verhoeven: Annäherung, S. 191, S. 192–193.
[100] Ebd., S. 193–194.
[101] IfZ, ED 474, Bd. 408, Ankündigung des Films, o. D. [1982].
[102] Besetzungsliste, in: Verhoeven/Krebs: Weiße Rose, S. 214–215.
[103] Barbara von Jhering: Die doppelte Sophie, in: DER SPIEGEL (1982), 40, S. 252–255.

Verhoeven stellte Sophie Scholl in den Mittelpunkt seiner Erzählung. Inge Scholl wies ihn zwar darauf hin, dass ihr Bruder Hans die „Schlüsselfigur" innerhalb der Gruppe gewesen sei, legte aber kein Veto gegen Verhoevens Konzeption ein.[104] Aus der Perspektive Sophie Scholls lernt auch der Zuschauer die anderen Protagonisten kennen. Durch Zufall entdeckt die Studentin die Widerstandstätigkeit ihres Bruders und seiner Freunde. Gegen die anfänglichen Vorbehalte der bislang ausschließlich männlichen Mitglieder der *Weißen Rose* setzt Sophie Scholl durch, dass sie als Frau mitarbeiten darf. Dann konzentriert sich der Film vor allem auf die Widerstandsaktivitäten: das Vervielfältigen und Verbreiten der Flugblätter, die nächtlichen „Malaktionen" und die Versuche, weitere Verbündete zu gewinnen. Mit der Flugblattverteilung der Scholls im Lichthof, der Verhaftung, dem Prozess vor dem Volksgerichtshof und der Vollstreckung des Todesurteils an Sophie Scholl endet der Film.

In der Handlung lehnte sich der Film stark an das an, was auch Inge Scholl in ihrem Buch *Die weiße Rose* erzählt hatte. Doch vor allem für das jüngere Kinopublikum war diese Geschichte neu und Verhoeven hatte ihren Protagonisten gewissermaßen eine Verjüngungskur verpasst.[105] Er verstand seinen Film als Gegenerzählung zu den „bekannten feierlichen Darstellungen" des Widerstands, denen er das Heroische nehmen und stattdessen das Menschliche in den Mittelpunkt stellen wollte.[106] Seine Filmcharaktere sind lebenslustige junge Menschen, die ausgelassen feiern, wechselnde Liebesverhältnisse eingehen, aber auch untereinander Konflikte haben. Diskrepanzen und Widersprüchlichkeiten werden nicht ausgespart. Deutlich wird das in einer Sequenz, in der Sophie Scholl während ihres „Arbeitseinsatzes" in einer Rüstungsfabrik vorsichtig Kontakt zu einer russischen Zwangsarbeiterin aufnimmt und nach Feierabend von ihrem Verlobten Fritz Hartnagel, der die Uniform eines Luftwaffen-Offiziers trägt, abgeholt wird. Das Erschrecken und die Enttäuschung der jungen Zwangsarbeiterin wird sichtbar, als ihr klar wird, dass Sophie Scholl eben trotz allem eine voll integrierte „Volksgenossin" ist und – im Film durch den trennenden Fabrikzaun deutlich gemacht – auf der anderen Seite steht. Widerstand war für Verhoeven ebenso wenig bewusstes Selbstopfer wie verantwortungsloser Leichtsinn. Das zeigte vor allem seine Interpretation der Lichthof-Szene, als Hans und Sophie Scholl dort am helllichten Tag Flugblätter verteilen und dabei vom Hausmeister beobachtet werden. Dass die Aktion scheiterte, lastete Verhoeven allein dem unglücklichen Zufall an, der dann zur Zerschlagung der *Weißen Rose* führte.[107] Damit löste der Regisseur ganz *en passant* den seit Ende der 1960er-Jahre schwelenden Konflikt um die Deutung dieser Flugblattverteilung als heldenhaftes Selbstopfer oder leichtsinnige Dummheit.[108] Zugleich zeigte Verhoeven seine Protagonisten, wie sie ihren Wi-

---

[104] IfZ, ED 474, Bd. 408, Inge Scholl an Michael Verhoeven, 18. 10. 1979.
[105] Exemplarisch hierzu eine Diskussion mit Münchner Schülern: IfZ, ED 474, Bd. 244, Angie Dullinger: Nie was davon gehört?, in: Abendzeitung (München), 25./26. 9. 1982.
[106] Verhoeven: Annäherung, S. 190.
[107] Ebd., S. 198–199.
[108] Siehe Kap. 4.

derstand mit bemerkenswerter Raffinesse und Kaltblütigkeit ausüben. So gibt Sophie Scholl sich als Sekretärin aus und stiehlt aus einer Behörde Papier, um die Flugblattproduktion fortsetzen zu können, oder erfindet den „Heldentod" ihres Verlobten, über den sie Freunde und Verwandte informieren müsse, um bei der Post größere Mengen Briefmarken kaufen zu können, ohne in Verdacht zu geraten. Mit solchen Szenen ging Verhoeven allerdings über das hinaus, was als gesichertes Wissen über die *Weiße Rose* galt und überschritt bewusst die Grenze zum Fiktiven. Ihm ging es nicht um das, was „*wirklich* geschah", sondern nur darum, „wie es *wahrscheinlich* war".[109] Damit hatte er sich ganz pragmatisch über das hinweggesetzt, was lange die Diskussion über eine Verfilmung bestimmt hatte: die Angst vor Dramatisierung durch Fiktionalisierung und die Frage nach dem Abbildcharakter des Films. Er nutzte die Möglichkeiten des Mediums Film für seine Darstellung und nahm die Grenzen, die damit gegenüber der „Wirklichkeit" gesetzt waren, in Kauf. Und zum ersten Mal wurde dem in der Öffentlichkeit auch nicht widersprochen. Selbst Inge Scholl gestand dem Film zu, dass er „nicht ohne gewisse künstlerische Freiheiten auskommen" könne[110], was sie allerdings nicht daran hinderte, für Verhoeven eine Liste inhaltlicher „Fehler" im Buch zum Film zusammenzustellen. Das Authentizitätsversprechen des Films hatte nämlich in ihren Augen durchaus seine Tücken: „Es geschieht schon jetzt, daß Bilder bzw. [sic!] Fakten, die der Zuschauer dem Spielfilm ‚Die Weiße Rose' entnimmt, als bare historische Münze verstanden werden."[111] Die Vermittlung von historischem Wissen verlegte sich auf das Medium Film. Damit hatte sich zwar Inge Scholls Wunsch erfüllt, wieder ein größeres Publikum mit der Geschichte ihrer Geschwister zu erreichen, doch auf die Aneignung dieser Geschichte hatte sie keinerlei Einfluss.

Die Verfilmung Verhoevens war sicherlich ein entscheidender Faktor dafür, dass die *Weiße Rose* Anfang der 1980er-Jahre wieder größere Aufmerksamkeit erfuhr. Allein die filmische Darstellung machte die Geschichte des Widerstands einem neuen Publikum zugänglich. Dazu kam, dass die Frage nach dem Umgang mit Konflikten zwischen dem Staat und seinen Bürgern angesichts der Nachrüstungsdebatten und der Protestaktionen der Friedensbewegung eine ganz aktuelle Brisanz besaß. Verhoeven war sehr an diesem Gegenwartsbezug gelegen. In Interviews und in seinem Buch zum Film betonte er die Verbindungen zwischen dem Film und der Gegenwart.[112] Die lagen für Verhoeven nicht in einer direkten

---

109 Verhoeven: Annäherung, S. 198, Hervorhebung i. Orig.
110 IfZ, ED 474, Bd. 409, Inge Scholl: Korrekturen am Text von Mario Krebs [und Michael Verhoeven] „Informationen zum Film", 6. 2. 1985.
111 Ebd.
112 IfZ, ED 474, Bd. 244, Herbert Beck: Bald kämpft die Weiße Rose im Kino gegen die Nazis, in: Schwäbische Zeitung, 10. 12. 1981. Sigrid Hardt: Gewissen wird nicht belohnt, in: Abendzeitung (München), 8. 1. 1982. Gitta Wortmann: Die Weiße Rose, in: Weltbild, 14. 5. 1982. Niklas Frank: Helden ohne Heldensätze, in: Stern, 23. 9. 1982, S. 126. A. Ascher: Gegen das Regime sterben, in: Allgäuer Zeitung, 24. 9. 1982. Angie Dullinger: Nie was davon gehört?, in: Abendzeitung (München), 25./26. 9. 1982. Eher kritische Besprechungen finden sich ebd., H.G. Pflaum: Deutliche Spuren von Genre-Kino, in: Süddeutsche Zeitung, 24. 9. 1982.

Nachfolge oder einem „nachholenden" Widerstand. Vielmehr war die *Weiße Rose* in seinen Augen ein Beispiel für den grundlegenden Konflikt zwischen Staat und Bürger, den er als Motor des historischen Wandels ansah. Neben dem Widerstand nannte er etwa die Arbeiterbewegung.[113] Die aktive Opposition gegen das NS-Regime war demnach nur eine Ausprägung dieses historischen Grundkonflikts. Daraus für die Gegenwart lernen ließ sich aber trotzdem. Es könne, so Verhoeven, „egal in welcher Staatsform – nicht Aufgabe des Bürgers sein […], politische Verhältnisse als gegeben und unanfechtbar hinzunehmen."[114] Widerstand hieß demnach, den Verlockungen des „Rückzug[s] ins Private" und der Resignation zu entsagen und sich stattdessen für die Lösung der großen Probleme der Gegenwart zu engagieren, die Verhoeven vor allem im gefährdeten Weltfrieden und der fortschreitenden Umweltzerstörung sah.[115] Diese Interpretation des Gegenwartsbezugs von Widerstandserinnerung, die Eigenverantwortung betonte und zivilgesellschaftliches Engagement forderte, verband Inge Scholl und Michael Verhoeven ebenso wie die gemeinsame Unterstützung der Friedensbewegung.[116]

Die öffentliche Debatte um den Film *Die weiße Rose* entzündete sich dann aber an ganz anderer Stelle und führte von der Friedens- und Umweltbewegung weg zur Frage nach dem Stand der bundesdeutschen Vergangenheitsbewältigung. Auslöser war ein meist vernachlässigter Bestandteil von Filmen: der Nachspann. Michael Verhoeven und der Co-Autor des Drehbuchs, Mario Krebs, nutzten den Nachspann zu einem politischen Statement, in dem sie den bundesdeutschen Umgang mit der NS-Vergangenheit als unzureichend anprangerten. Dort fand sich der knappe Vermerk: „Nach Auffassung des Bundesgerichtshofs bestehen die Urteile gegen die ‚Weiße Rose' zu recht. Sie gelten noch immer."[117] Diese zwei Sätze beinhalteten erhebliches Konfliktpotenzial. Zwar hatte der Bundesgerichtshof (BGH) sich nie mit den Urteilen gegen die *Weiße Rose* beschäftigt, also auch nicht über deren Rechtmäßigkeit oder Gültigkeit geurteilt.[118] Allerdings hatte er sich bislang in Urteilen und Stellungnahmen immer sehr zurückhaltend zum VGH, seinen Richtern und Urteilen geäußert und vor allem die Urteilsmöglichkeiten bundesdeutscher Gerichte zum Tatbestand der Rechtsbeugung in Prozessen gegen ehemalige NS-Richter stark beschnitten.[119] Kein Berufsrichter oder

---

Christa Lantz: Gut gemeint und doch mißglückt, in: Rhein-Neckar-Zeitung, 28.9.1982. Diedrich Kraft: Mädchen unter dem Fallbeil, in: Deutsches Allgemeines Sonntagsblatt, 3.10.1982. Ruprecht Skasa-Weiß: Das Typische, das Faßliche, in: Stuttgarter Zeitung, 25.9. 1982. Siehe auch Verhoeven: Annäherung, S. 203–212.

[113] Verhoeven: Annäherung, S. 208.

[114] Ebd.

[115] Ebd., S. 203–212.

[116] IfZ, ED 474, Bd. 409, Inge Scholl an Michael Verhoeven, 5.4.1983 und 31.5.1983.

[117] Zit. nach Verhoeven: „Die Weiße Rose", S. 134. Hier findet sich auch eine ausführliche Darstellung Verhoevens zur „Nachspann-Diskussion".

[118] IfZ, ED 474, Bd. 244, BGH: Urteile gegen „Weiße Rose" nicht als rechtens bezeichnet, in: Süddeutsche Zeitung, 12.10.1982.

[119] Zu dieser Einsicht kam der BGH aber erst 1996, siehe: Späte Einsicht, in: DER SPIEGEL (1996), 4, S. 21.

Staatsanwalt des VGH war wegen Rechtsbeugung belangt worden.[120] Was als Auseinandersetzung mit der *Weißen Rose* begonnen hatte, wandelte sich schnell zu einer Grundsatzdebatte über den Umgang mit der NS-Vergangenheit in der Justiz. Dabei verstiegen sich alle Beteiligten in juristische Details. Es ging zum einen darum, ob und in welchem Umfang alliierte Gesetze zum Umgang mit der NS-Justiz, etwa das Gesetz Nr. 21 der amerikanischen Militärregierung, gültig seien. Zum anderen – eng damit zusammenhängend – kam die Frage auf, ob die Bundesregierung nun handeln und alle VGH-Urteile pauschal aufheben müsse.[121] Das zog Kreise bis in den Bundestag, wo dieses Problem in mehreren Fragestunden Thema war.[122] Reichte die Vergangenheitsbewältigung, wie sie die Bundesrepublik bislang geleistet hatte, aus? Diese Frage wurde noch dadurch verschärft, dass neben dem Justizministerium schnell auch das Auswärtige Amt involviert war. Denn dieses hatte den *Goethe-Instituten* im Ausland die Genehmigung verweigert, Verhoevens Film mit dem inkriminierten Nachspann zu zeigen, obwohl Verhoeven und sein Co-Autor Mario Krebs mittlerweile dessen Text erheblich erweitert und inhaltlich präzisiert hatten.[123] Verhoeven wiederum wollte auf den nun sechs Punkte umfassenden Nachspann, der damit seiner Ansicht nach „juristisch ‚wasserdicht‘" war, nicht verzichten.[124] Doch das Auswärtige Amt schien keinerlei Interesse daran zu haben, die eigene auswärtige Kulturpolitik[125] mit einer Äußerung zu belasten, die zumindest diesem selbst als Affront erschien. Erst 1984, so berichtet Michael Verhoeven, wurde entschieden, die Filmvorführung zuzulassen, allerdings unter dem Vorbehalt, dem Publikum einen erläuternden Handzettel auszuteilen, der dem im Nachspann Behaupteten die Schärfe nehmen und es korrigieren sollte.[126]

Angesichts der Heftigkeit der Debatte brachen auch die Angehörigen und Überlebenden ihr Schweigen. Doch der Konsens zwischen den Familien, der bislang zumindest stets als Ideal das Agieren in der Öffentlichkeit bestimmt hatte,

---

[120] Ebd.

[121] Zur in der Presse geführten Diskussion siehe IfZ, ED 474, Bd. 244, SPD will Klarheit über NS-Sondergerichte, in: Süddeutsche Zeitung, 8. 12. 1982. Robert M.W. Kempner: Hoffentlich der Gerechtigkeit gedient [Leserbrief], in: Süddeutsche Zeitung, 2. 12. 1982. Helmut Lesch: Angriff im Zwielicht, in: Abendzeitung (München) 1. 12. 1982. Dietrich Strothmann: Die Dornen der „Weißen Rose", in: DIE ZEIT, 26. 11. 1982. Helmut Lesch: Faschisten-Methoden, in: Abendzeitung (München), 24. 11. 1982. Pfeiffer nimmt Bundesgerichtshof in Schutz, in: Frankfurter Allgemeine Zeitung, o. D. [18. od. 19. 11. 1982]. Michael Verhoeven/Mario Krebs: Die Urteile gegen die Weiße Rose [Leserbrief], in: Frankfurter Allgemeine Zeitung, 1. 11. 1982. Claus Arndt: Die Mordmaschine der NSDAP [Leserbrief], in: Süddeutsche Zeitung, 6./7. 11. 1982. „Urteile des Volksgerichtshofs durch Gesetz aufheben", in: Der Tagesspiegel, 17. 11. 1982. Helmut Kerscher: Urteile, an die niemand denken will, in: Süddeutsche Zeitung, 21. 10. 1982. Wolfgang Fikentscher: „Die Weiße Rose" [Leserbrief], in: Frankfurter Allgemeine Zeitung, 16. 10. 1982.

[122] Siehe hierzu v. a. Deutscher Bundestag, 9. Wahlperiode, 131. Sitzung, 26. 11. 1982, S. 8097 (B)–8098 (B) und 135. Sitzung, 8. 12. 1982, S. 8337 (A)–8339 (B).

[123] Deutscher Bundestag, 10. Wahlperiode, 11. Sitzung, 9. 6. 1983, S. 580 (A)–581 (B).

[124] Verhoeven: „Die Weiße Rose", S. 137–138.

[125] Eder: Holocaust-Erinnerung.

[126] Verhoeven: „Die Weiße Rose", S. 144.

war brüchig geworden. Dafür waren mehrere Faktoren ausschlaggebend, die alle eng miteinander verknüpft waren. Zuvorderst wirkten sich personelle Veränderungen aus. Inge Scholl lehnte weiterhin jede öffentliche Einmischung zum Thema Film ab und stellte damit auch die Führungsrolle zur Disposition, die sie jahrzehntelang in der Öffentlichkeit beansprucht hatte. Wer sollte dieses Vakuum füllen? In die Lücke stießen die, die bislang nur wenig Gehör gefunden hatten: die Überlebenden, die ihre Unterstützung des Widerstands nicht mit dem Leben bezahlt hatten. Dabei waren es vor allem die ehemaligen Mitglieder der so genannten „Ulmer Schülergruppe", die nun aktiv wurden, allen voran Hans Hirzel und Franz Joseph Müller. Dazu kam mit Christoph Probsts ältestem Sohn Michael Probst und Inge Scholls jüngstem Sohn Manuel Aicher die jüngere Generation der Söhne bzw. Neffen. Das war auch eine Reaktion auf die veränderten Familienverhältnisse. Inge Scholl weigerte sich, noch einmal aktiv zu werden, und Angelika Probst, die bislang ihre Familie in öffentlichen Belangen vertreten hatte, war bereits 1976 gestorben. Jetzt war erstmals Platz und Gelegenheit für die Jüngeren, das Familienerbe zumindest probeweise in Besitz zu nehmen. Von den Älteren war nur noch Anneliese Knoop-Graf beteiligt. Familie Schmorell und Clara Huber übten sich ähnlich wie Inge Scholl in Zurückhaltung – zumindest tauchen sie in den öffentlichen Debatten nicht auf. Ihr Schweigen ist schwer zu interpretieren. Unterstützten sie Verhoeven, lehnten sie seinen politischen Aktionismus ab oder war ihnen einfach gleichgültig, was er tat? Diese Fragen bleiben offen.

Während Manuel Aicher, der in Berlin Rechtswissenschaften studierte, die Nachspann-Debatte zum Anlass nahm, sich mit einer ausführlichen Analyse der Urteile die ersten juristischen Sporen zu verdienen[127], ging es Michael Probst um etwas ganz anderes. Michael Probst hatte – so sagte er selbst – die Geschichte seines Vaters erst nach dem Tod seiner Tante Angelika zu entdecken begonnen und dessen Briefe gelesen, die er im Nachlass seiner Tante fand.[128] Die Auseinandersetzung mit der Verfilmung der *Weiße-Rose*-Geschichte bot ihm eine Gelegenheit, für die eigene Familie zu sprechen und einen Platz in den Debatten über den Widerstand für sich zu beanspruchen.[129] Probst war der Einzige, der sich ganz offen gegen Verhoeven und diejenigen unter den Angehörigen und Überlebenden stellte, die Verhoevens Position stützten. In einem Leserbrief, der kurz hintereinander in der *Süddeutschen Zeitung* und in der *Frankfurter Allgemeinen Zeitung* erschien, kritisierte er vehement die Darstellung des Widerstands in Verhoevens Film und den Nachspann.[130] Er warf Verhoeven bewusste Agitation gegen die freiheitlich-demokratische Grundordnung vor, da der Nachspann „gefühlsmäßig eine Gleichsetzung von Bundesgerichtshof und Volksgerichtshof, von Bundesrepublik und

---

[127] IfZ, ED 474, Bd. 773, Manuel Aicher: Die Urteile gegen die Mitglieder der „Weißen Rose" vom 22. Februar und 19. April 1943 aus juristischer Sicht, Berlin 1983 [masch. vervielf.].

[128] Probst: „Mein einziger Kummer", S. 86–87.

[129] Ebd.

[130] IfZ, ED 474, Bd. 278, Michael Probst: Vom mißbrauchten Widerstand [Leserbrief], in: Süddeutsche Zeitung, 18. 11. 1982, und in: Frankfurter Allgemeine Zeitung, 20. 11. 1982.

NS-Staat erreicht".[131] Damit leiste Verhoeven einem „bestehenden Gefühl der Hoffnungslosigkeit und Staatsverdrossenheit"[132] Vorschub. Kurz: Der Film sei eine Gefahr für die bundesrepublikanische Demokratie. Dass Verhoeven überhaupt zu einer solchen Darstellung gekommen war, führte Probst darauf zurück, dass dieser das Christentum als den Kernpunkt des Widerstands der *Weißen Rose* nicht ernst genommen habe. Der Glaube habe die Widerstandskämpfer dazu gebracht, allen zu vergeben – Richtern, Henkern, denjenigen, die nicht Widerstand leisteten. Gerade das legte die Interpretation nahe, dass Probst eine strafrechtliche Ahndung der NS-Justiz für überflüssig hielt, was ihm Verhoeven in einer Leserbrief-Antwort auch vorwarf.[133]

Die kontrovers geführte öffentliche Debatte über diese Frage zog sich über Jahre hin, doch der Stein, der ins Rollen geraten war, ließ sich nicht mehr aufhalten. Nach zähen Verhandlungen verabschiedete der Bundestag schließlich am 25. Januar 1985 eine Erklärung, die klarstellte, dass der VGH „kein Gericht im rechtsstaatlichen Sinne, sondern ein Terrorinstrument zur Durchsetzung der nationalsozialistischen Gewaltherrschaft" gewesen sei.[134] Entsprechend galten dessen Urteile nun als aufgehoben.[135] Verhoeven schrieb rückblickend: „Der Nachspann hatte seine Arbeit getan. […] Im Februar 1985 schnitten wir ihn ab."[136]

Damit hatten sich auch Inge Scholls Hoffnungen erfüllt, dass von einer Verfilmung ein Impuls für eine neue Auseinandersetzung mit der NS-Vergangenheit ausgehen würde. Obwohl sie selbst den Film nie gesehen hatte, bewertete sie dessen Wirkungen äußerst positiv. Anfang 1983 schrieb sie an Clara Huber: Der Film „hat doch mindestens etwas sehr Positives bewirkt: nämlich daß ein großer Teil jugendlicher Zeitgenossen stark angerührt wurde. Ich habe ihn mir nicht angeschaut, werde nur immer wieder von dieser Wirkung überrascht."[137]

6.3 „Die intimsten Dinge"? Die *Briefe und Aufzeichnungen* Hans und Sophie Scholls

Verhoevens Plan, einen Spielfilm über die *Weiße Rose* zu drehen, blieb auch vom Buchmarkt nicht unbeachtet. Nachdem die Absatzzahlen von Inge Scholls Buch

---

131 Ebd.
132 Ebd.
133 IfZ, ED 474, Bd. 278, Michael Verhoeven: Nicht ohne Wenn und Aber mit dem Nationalsozialismus gebrochen [Leserbrief], in: Süddeutsche Zeitung, 2.12.1982.
134 Deutscher Bundestag, 10. Wahlperiode, Drucksache 10/2368, 14.11.1984. Siehe auch Drucksache 10/116, 8.6.1983, sowie die Debatte des Bundestags, 10. Wahlperiode, 118. Sitzung, 25.1.1985, S. 8761 (D)–8767 (C).
135 Deutscher Bundestag, 10. Wahlperiode, Drucksache 10/2368, 14.11.1984.
136 Verhoeven: „Die Weiße Rose", S. 144. In der DVD-Version von 2009 ist der Nachspann in der erweiterten Fassung allerdings immer noch zu sehen. Zu den Reaktionen der Angehörigen und Überlebenden siehe IfZ, ED 474, Bd. 245, Kreis um die „Weiße Rose" lobt Beschluß über Volksgerichtshof, in: Süddeutsche Zeitung, 29.1.1985.
137 IfZ, ED 474, Bd. 268, Inge Scholl an Clara Huber, 10.1.1983.

Die weiße Rose in den 1960er- und 1970er-Jahren spürbar zurückgegangen waren[138], brachte der Kinofilm die Hoffnung, nun wieder neue Kunden erreichen zu können. Pünktlich zum Kinostart im Herbst 1982 sollte auch eine neue Auflage von Inge Scholls Buch über die Widerstandsgruppe in den Buchhandlungen liegen.[139] Erstmals war eine etwas teurere Hardcover-Ausgabe geplant, die nun endlich auch den von Inge Scholl lange gewünschten Anhang mit Zeitzeugenberichten und anderen Dokumenten enthalten sollte.[140] Daneben sollte weiterhin eine günstige Taschenbuchausgabe erhältlich sein, allerdings ohne den Dokumentenanhang.[141] Inge Scholl stimmte dem Vorschlag des Verlags zu, überarbeitete ein weiteres Mal den Buchtext, aktualisierte das Nachwort und stellte den Anhang zusammen. Ende 1982 waren mit Inge Scholls *Die weiße Rose*, Vinkes *Das kurze Leben der Sophie Scholl*, Verhoevens Buch zum Film, das ebenfalls im *Fischer Verlag* erschien, sowie mit der zuerst in den USA erschienenen Darstellung Richard Hansers *Deutschland zuliebe*[142] vier neue bzw. überarbeitete und ergänzte Publikationen über die Widerstandsgruppe erhältlich.

Inge Scholls Publikationspläne waren damit jedoch nicht erschöpft. Seit Ende der 1970er-Jahre nahm das Vorhaben, ausgesuchte Briefe und Tagebücher Hans und Sophie Scholls zu veröffentlichen, immer konkretere Formen an. Die Idee dazu gärte in Inge Scholl schon seit gut zehn Jahren, als die Verlegerin und langjährige Freundin Inge Scholls, Brigitte Bermann-Fischer, die Veröffentlichung von Selbstzeugnissen der Widerstandskämpfer angeregt hatte.[143] Damals war das Projekt noch als gemeinsames Vorhaben aller Familien angelegt gewesen, allerdings sehr schnell im Sande verlaufen. Jetzt brachte die Schriftstellerin Ilse Aichinger – so erinnerte sich jedenfalls Inge Scholl – einen neuen Publikationsversuch ins Gespräch.[144] Diesmal war allerdings kein gemeinsames Projekt aller Familien geplant, sondern nur die Veröffentlichung von Dokumenten Hans und Sophie Scholls. Was letztlich den Ausschlag gab, einen neuen Versuch zu wagen, Dokumente Hans und Sophie Scholls zu veröffentlichen, bleibt im Vagen. Dem *Fischer Verlag* gegenüber, wo der Band erscheinen sollte, begründete Inge Scholl ihren Entschluss mit der „politischen Wirkung", die sie sich davon „erhoff[t]e".[145] Was sie damit meinte, lässt sich erschließen, wenn man sich noch einmal ihre Situation Ende der 1970er-Jahre vor Augen führt: Einerseits war sie extrem enttäuscht und frustriert von den politischen Entwicklungen der „bleiernen Zeit", von Ter-

---

[138] IfZ, ED 474, Bd. 337, Klaus Kamberger (Fischer Bücherei) an Inge Scholl, 22. 4. 1970.
[139] IfZ, ED 474, Bd. 338, Ivo Frenzel (S. Fischer Verlag) an Inge Scholl, 12. 10. 1981 und 30. 4. 1982.
[140] IfZ, ED 474, Bd. 338, Ivo Frenzel (S. Fischer Verlag) an Inge Scholl, 30. 4. 1982.
[141] IfZ, ED 474, Bd. 338, Inge Scholl an Ivo Frenzel (S. Fischer Verlag), 23. 6. 1982.
[142] Hanser: Deutschland, (zuerst in den USA erschienen als A Noble Treason). 1988 kam noch dazu Dumbach/Newborn: Gewissen (zuerst in den USA erschienen als Shattering the German Night).
[143] Siehe Kap. 4.
[144] IfZ, ED 474, Bd. 344, Inge Scholl an Fritz und Elisabeth Hartnagel, 12. 2. 1980. Siehe auch Inge Scholl an Monika Schoeller (S. Fischer Verlag), 15. 11. 1977.
[145] IfZ, ED 474, Bd. 344, Inge Scholl an Monika Schoeller (S. Fischer Verlag), 2. 3. 1978.

rorismus, „starkem Staat" und mangelnder Aufarbeitung der NS-Vergangenheit. Andererseits machten ihr die langsam erstarkende Friedensbewegung, das politische Interesse der Jugendlichen und deren Bereitschaft, sich zu engagieren, große Hoffnungen auf positive Veränderungen. In dieser Umbruchphase, so ließe sich schlussfolgern, sollte die *Weiße Rose* Orientierungshilfe sein, die richtigen Entscheidungen zu treffen und die demokratische Entwicklung der Bundesrepublik voranzutreiben.

Anders als noch bei den Planungen für den Dokumentenband Anfang der 1960er-Jahre sollte diesmal die Federführung bei der Editionsarbeit nicht innerhalb der Familie bleiben, sondern in erfahrene Hände ausgelagert werden. War dafür zunächst der Tübinger Rhetorikprofessor Walter Jens im Gespräch, fiel schließlich die Wahl auf seine Frau Inge. Mit beiden waren Inge Scholl und Otl Aicher schon lange Jahre befreundet. Sie kannten sich aus den Anfangstagen der Ulmer Volkshochschule, später verband sie das gemeinsame Engagement in der Friedensbewegung.[146]

Innerhalb der Familie war Inge Scholls Entscheidung umstritten, die Briefe und Aufzeichnungen ihrer Geschwister zu veröffentlichen. Vor allem ihr Schwager Fritz Hartnagel, der mit Sophie Scholl verlobt gewesen war, beurteilte das Vorhaben kritisch:

> Ich meine, daß auch ein Toter darauf Anspruch hat, daß sein Innerstes und Geheimstes, das er einmal in eine[r] Art Selbstgespräch seinem Tagebuch anvertraut hat, nicht der Öffentlichkeit preisgegeben wird. Ich jedenfalls habe das Gefühl, daß wir, die wir ihnen nahestanden, verpflichtet wären, einen Schutzwall gegen solche Zudringlichkeiten zu errichten.[147]

Ließ es sich rechtfertigen, das ganz Private, das bislang durch die Mauern des Familienarchivs verborgen und abgeschirmt gewesen war, an das Licht der Öffentlichkeit zu bringen? Hatten Hans und Sophie Scholl nicht nur die Flugblätter für die Öffentlichkeit bestimmt?[148] Auch Inge Scholl quälten diese Fragen immer wieder, etwa als entschieden werden musste, welche Tagebuchaufzeichnungen ihrer Schwester Sophie in die Edition aufgenommen werden sollten.[149] Doch es ging nicht allein um die Privatsphäre Hans und Sophie Scholls, sondern auch um die der Briefadressaten und derjenigen, die in den Tagebucheinträgen erwähnt wurden. Auch ihre Lebensgeschichten, Gedanken und Gefühle, die sich dort fanden, würden durch die Edition öffentlich werden. Wenn Fritz Hartnagel also die Befürchtung äußerte, dass den Toten durch die Publikation Unrecht getan würde, so lässt sich darin auch der Wunsch ablesen, die eigene Lebensgeschichte vor „Zudringlichkeiten" zu schützen. Gerade er hatte eine sehr intensive und intime Korrespondenz mit Sophie Scholl geführt, die – so hatte das jedenfalls Inge Scholl

---

[146] Siehe dazu die Schilderung von Jens: Erinnerungen, S. 165–166.
[147] IfZ, ED 474, Bd. 736, Fritz Hartnagel an Inge Scholl 1.12.1983.
[148] IfZ, ED 474, Bd. 737, o. Verf. [Inge Scholl]: Die Briefe und ihre Sprache, 16.1.1984.
[149] IfZ, ED 474, Bd. 736, Inge Scholl an Inge Jens, 5.3.1983.

von Anfang an ins Gespräch gebracht – zumindest teilweise in die Edition aufgenommen werden sollte.[150]

Das Editionsprojekt bedeutete also einen komplizierten Balanceakt, in dem das, was als Wunsch und Vermächtnis der Hingerichteten gedeutet wurde, familiäre Ansprüche auf Privatsphäre und der Wunsch nach der Weitergabe von Wissen über den Widerstand miteinander in Einklang gebracht werden mussten. Doch wie sollte dieser Widerspruch gelöst und Distanz zu diesen scheinbar unmittelbaren, das Innerste ihrer Autoren preisgebenden Dokumenten geschaffen werden? Eine Möglichkeit war die Auswahl der zu veröffentlichenden Briefe und Tagebucheinträge. Tatsächlich fand nur ein Bruchteil des vorhandenen Materials Eingang in die Edition, zudem wurde vieles nur auszugsweise veröffentlicht.[151] Von wesentlich größerer Bedeutung für Inge Scholl und ihre Familie war jedoch die Entscheidung, den Dokumenten eine aufwändige Kommentierung beizugeben, die den von Fritz Hartnagel geforderten „Schutzwall" bilden sollte. Inge Scholl machte die Position ihrer Familie in einem Brief an Inge Jens deutlich: „Wir waren uns ja immer einig, daß man diese Briefe in ihrem so sehr privaten und persönlichen Charakter nicht ohne den Schutz solcher Kommentierung in die Öffentlichkeit entlassen kann."[152] Diese Rechtfertigung für eine Veröffentlichung der persönlichen Dokumente Hans und Sophie Scholls führte dazu, dass die Kommentierungsarbeit der Editorin in den Fokus der Familie rückte und zum Gradmesser einer gelungenen und moralisch zu verantwortenden Publikation wurde. Zugleich bot die Kommentierung der Familie ein Forum, den Lesern die eigenen Sichtweisen, Interpretationen und Überzeugungen darzulegen.

In der Folge verbrachten Inge Scholl und Inge Jens viel Zeit damit, das Material zu sichten, auszuwählen und zu kontextualisieren. In den Dokumenten erwähnte Personen, ihre Beziehung zu Hans und Sophie Scholl, Ereignisse und Anspielungen mussten geklärt werden. Ein Großteil der überlieferten Korrespondenz Inge Scholls an Inge Jens über den Briefband macht die Beantwortung von Fragen zu diesen Themenbereichen aus.[153] Inge Scholl bemühte sich nach Kräften, die Unklarheiten zu beseitigen, auch wenn dieses Unterfangen immer wieder zu reiner Spekulation geriet.[154] In diesen Briefen Inge Scholls offenbart sich ganz klar ihr Deutungsanspruch über die Geschichte ihrer Geschwister. Sie waren oft regelrechte Anleitungen für die Lektüre der Dokumente und für die Bewertung bestimmter Aussagen.[155] Inge Scholl ging es – ganz ähnlich wie schon einmal kurz nach Kriegsende – darum, die Charaktere, Verhaltensweisen und das ganze Wesen

---

[150] IfZ, ED 474, Bd. 736, Inge Scholl an Inge und Walter Jens, 1. 6. 1978. Der Briefwechsel zwischen Sophie Scholl und Fritz Hartnagel wurde erst 2005 fast vollständig veröffentlicht, siehe Hartnagel/Scholl: Damit wir uns nicht verlieren.

[151] Inge Jens: Nachwort, in: Scholl/Scholl: Briefe und Aufzeichnungen, S. 240–241.

[152] IfZ, ED 474, Bd. 736, Inge Scholl an Inge Jens, 11. 4. 1983.

[153] Siehe die Briefe Inge Scholls an Inge Jens in: IfZ, ED 474, Bd. 736.

[154] Exemplarische Beispiele sind IfZ, ED 474, Bd. 736, Inge Scholl an Inge Jens, 12. 11. 1982 und 2. 3. 1983.

[155] Exemplarische Beispiele sind IfZ, ED 474, Bd. 736, Inge Scholl an Inge und Walter Jens, 27. 11. 1979, sowie an Inge Jens, 1. 10. 1981 und 12. 11. 1982.

ihrer Geschwister für jemanden verständlich zu machen, der diese selbst nicht gekannt hatte. Dabei sollte dieser Transformationsprozess von Erinnerung möglichst ohne inhaltliche Verluste vonstattengehen. Konflikte waren damit vorprogrammiert.

Die eigene Erinnerung zu greifen und zu vermitteln, fiel Inge Scholl schwer, wie sie Inge Jens in einem Brief zu erklären versuchte:

Als ich meine Geschichte [*Die weiße Rose*, C.H.] schrieb, war ich noch so nahe bei der Wirklichkeit, in der Sophie und Hans noch lebten. Ich dachte nicht in Daten und Kalendern, sondern ich sah diese Wirklichkeit in Bildern, in Schwerpunkten, in Musik und Gebärden, in Gesprächen und Begegnungen. Warum das Gedächtnis dies und jenes bewahrt und anderes ‚entläßt‘, darüber habe ich mir schon manchmal Gedanken gemacht. […] Jetzt, wenn ich mich an Daten entlang hangeln muß, ist alles so fern – fast unreal, – das Sicherinnern, das Zurücktauchen wird zu einem fast schmerzlichen Kraftakt.[156]

So schwierig diese Situation für Inge Scholl auch war: Inge Jens' Fragen zur Geschichte der Familie und des Widerstands brachten sie dazu, den eigenen Erinnerungen nachzuspüren und über ihren Umgang damit nachzudenken.[157] Ihren hingerichteten Geschwistern, insbesondere ihrem Bruder Hans, fühlte sie sich in dieser Zeit sehr nahe. Sie dachte sogar darüber nach, noch einmal ihre Erinnerungen niederzuschreiben.[158] Doch für die Edition der Briefe und Tagebuchaufzeichnungen hatte sie diese Aufgabe Inge Jens überlassen und zunächst schien Inge Scholl dieses Unterfangen von Erfolg gekrönt. Sie war davon beeindruckt, wie sie an Inge Jens nach einem Treffen in Rotis schrieb, „wie nahe Du meinen Geschwistern gekommen bist".[159] Auch die Kommentierung, die Inge Scholl im Herbst 1983 gelesen hatte, fand grundsätzlich Zustimmung.[160] Die Probleme begannen, als Inge Jens ihren Einleitungsessay schickte. Dieser war auch ein Wunsch Inge Scholls gewesen, die darin den historischen Kontext, die Entstehungsbedingungen und die Sprache der Dokumente sowie die geistige Entwicklung ihrer Geschwister erläutert haben wollte.[161] Doch das, was sie dann las, entsprach ganz und gar nicht ihren Vorstellungen. Inge Jens machte in ihrem Aufsatz drei wesentliche Faktoren aus, die das Weltbild der Widerstandskämpfer bestimmt und deren Widerstand erst ermöglicht hätten.[162] Der erste war Freundschaft, die sie mit Verweis auf Harry Pross als den Ansprüchen und Vorstellungen des NS-Regimes zutiefst gegenläufig charakterisierte. Zweitens betonte sie die Bedeutung der Jugendbewegung, die die Liebe zu Kunst und Literatur geweckt und – das führte sie zum dritten Punkt – ein schwärmerisches, romantisierendes Russlandbild ge-

---

[156] IfZ, ED 474, Bd. 736, Inge Scholl an Inge Jens 2. 3. 1983.

[157] IfZ, ED 474, Bd. 736, Inge Scholl an Inge Jens, 18. 10. 1978 und 19. 4. 1983.

[158] IfZ, ED 474, Bd. 736, Inge Scholl an Inge Jens, 19. 4. 1983.

[159] IfZ, ED 474, Bd. 736, Inge Scholl an Inge Jens, 5. 5. 1983.

[160] IfZ, ED 474, Bd. 736, Inge Scholl an Inge Jens, 7. 9. 1983. Allerdings forderte Inge Scholl hier auch, die Verweise auf Petry zu streichen. Bd. 344, Inge Scholl an Wolfgang Mertz (S. Fischer Verlag), 29. 8. 1983.

[161] IfZ, ED 474, Bd. 736, Inge Scholl an Inge Jens, 5. 3. 1983.

[162] Siehe hierzu und zum Folgenden den separat veröffentlichten Einleitungsessay von Jens: „Weiße Rose".

festigt habe. Das, so argumentierte sie, habe eine Distanz zum NS-Regime, das Bewusstsein für lebenspraktische Alternativen und damit schließlich auch den Widerstand hervorgebracht. Diese Argumentation lief den Deutungen und Erklärungen Inge Scholls diametral entgegen. Für diese war von Anfang an klar gewesen, dass die Jugendbewegung und auch das Russlanderlebnis zwar Stationen auf dem Weg in den Widerstand gewesen waren, aber keineswegs die maßgeblichen. Aus der Sicht Inge Scholls war die entscheidende Motivation für den Widerstand die Hinwendung zum Christentum, insbesondere zum Katholizismus, gewesen.[163] Diese Überzeugung hatte sie ihr ganzes Leben lang beibehalten, weil die von ihr rückblickend herausdestillierte biografische Gemeinsamkeit mit ihren Geschwistern ja insbesondere in der angeblich gemeinsamen Hinwendung zum Katholizismus bestand. Noch 1985 schrieb sie dazu an Michael Probst: „Mein unverändert lebendig gebliebenes Verhältnis zum Christentum, das völlig identisch ist mit dem meiner Geschwister Hans und Sophie, weil wir in einer unnennbaren Gemeinsamkeit hineingewachsen sind, lasse ich nicht antasten."[164] Diese Gemeinsamkeit infrage zu stellen bedeutete also auch, Inge Scholls eigene biografische Gewissheit ins Wanken zu bringen. Es war ein existenzieller Konflikt, der da schwelte. Von der Nähe zu Hans und Sophie Scholls Welt, die Inge Scholl zunächst in Inge Jens Arbeit anerkennend festgestellt hatte, war knapp ein Jahr später nicht mehr die Rede. Inge Scholl meinte nun vielmehr, eine unüberbrückbare Distanz zu bemerken. Sie schrieb über Inge Jens: „Sie ist ein völlig anderer Typ wie Sophie [sic!], es wird ihr schwer, sich in Sophie hinein zu denken, sie zu verstehen."[165] Erinnern und Verstehen schienen Inge Scholl außerhalb des engsten Familien- und Freundeskreises wieder vollkommen unmöglich. Die eigenen Erinnerungen, Erfahrungen und Erkenntnisse stellten sich als nicht kommunizierbar heraus. In den Augen von Inge Jens, so nahm das zumindest Inge Scholl wahr, geriet Zeitzeugenschaft zur „Subjektivität" und verlor damit jede Legitimation.[166]

Auch Fritz Hartnagel war alarmiert.[167] Er kritisierte, dass Inge Jens mit der Betonung von Russophilie und Literaturbegeisterung den Argumenten Christian Petrys Vorschub leiste, der in seiner Studie *Studenten aufs Schafott* die Widerstandsgruppe ganz im deutschen Idealismus verortet und damit seine Kritik an deren – wie er argumentierte – unpolitischem Handeln begründet hatte. Zudem, und das wog sicher schwerer, warf Hartnagel Inge Jens vor, die *Weiße Rose* zu einer rein männlichen Angelegenheit zu machen. Die elitären, ausschließlich männlichen Zirkel der bündischen Jugend sowie das „Russlanderlebnis" während des Fronteinsatzes schieden als Erklärungsmuster für Sophie Scholl aus und rückten sie damit an den Rand. Sie werde „als Mädchen nur als Nebenfigur, wie eine zu-

---

[163] Zur Kritik an Inge Jens siehe IfZ, ED 474, Bd. 736, Inge Scholl an Inge Jens, 11. 4. 1983. Bd. 737, o. Verf. [Inge Scholl]: Die Briefe und ihre Sprache, 16. 1. 1984. Siehe auch Kap. 1.
[164] IfZ, ED 474, Bd. 278, Inge Scholl an Michael Probst, 2. 7. 1985.
[165] IfZ, ED 474, Bd. 36, Tagebucheintrag Inge Scholls, 4. 2. 1984.
[166] Ebd.
[167] Zum Folgenden siehe IfZ, ED 474, Bd. 737, Fritz Hartnagel an Inge Scholl und Otl Aicher, 17. 1. 1984.

fällige Mitläuferin angesehen".[168] Darin spiegelte sich berechtigte Kritik ebenso
wie die eigene biografische Erfahrung. Für Hartnagel war Sophie Scholl über
viele Jahre eine wichtige Gesprächs- und Korrespondenzpartnerin gewesen und
er war an ihrem intellektuellen und religiösen Rigorismus gewachsen.[169] Sie hatte
seine politische und religiöse Entwicklung maßgeblich mitgeprägt, doch in der
Geschichte der *Weißen Rose* sollte ihr nun ihr Platz streitig gemacht werden? Das
konnte Hartnagel nicht akzeptieren. Die Kämpfe um die Veröffentlichung des
Essays blieben hart. Inge Scholl und ihre Familie ließen sich nicht erweichen,
doch ohne ihr Plazet würde es keine Publikation geben. Verschärft wurde der
Konflikt dadurch, dass Inge Jens noch während der Vorbereitung der Edition be-
gonnen hatte, ihre Version und Interpretation der Geschichte der *Weißen Rose* in
Vorträgen in die Öffentlichkeit zu tragen. So hielt sie etwa den Vortrag bei einer
Gedenkveranstaltung an der Münchner Universität 1984, was Inge Scholl große
Sorgen bereitete[170] und sie schließlich davon abhielt, selbst daran teilzunehmen.[171] Dabei ging es nicht nur darum, dass Inge Jens eine Geschichte erzählte,
die Inge Scholl für falsch hielt. Weitaus problematischer war, dass – egal was Inge
Jens auch sagen mochte – sie das nun mit der ganzen Autorität des Archivs tun
konnte. Wenn Inge Jens in der Öffentlichkeit mit ihren Thesen und Überlegungen
auftrat, dann berief sie sich auf diesen bislang nie in diesem Umfang zugänglich
gewesenen Bestand und begründete so die Legitimität ihrer Aussagen. Sie kannte,
wie Inge Scholl besorgt in ihr Tagebuch notierte, die *„intimsten* Dinge von Hans
und Sophie" und scheute sich nicht, sie öffentlich zu machen.[172] Diese Aneignung von Familiengeschichte löste in Inge Scholl großes Unbehagen aus und riss
die Wunden vergangener Verluste wieder auf. Die ganze Familie habe sich „von
Hans und Sophie auf eine Weise losreißen müssen, was nie so ganz verheilen
wird", und das müsse sie „in einer anderen Weise nun von den Briefen wieder
tun".[173] Verständnislos schloss sie: „Aber dieses Ansichreißen von Außenstehenden, denen es um das und jenes zu gehen scheint…".[174] Vielleicht zum ersten Mal
war Inge Scholl vollkommen ratlos.[175]

Die Veröffentlichung der *Briefe und Aufzeichnungen* Hans und Sophie Scholls
drohte zu scheitern. Doch letztlich lenkte Inge Jens ein und verzichtete auf die
Veröffentlichung ihres Einleitungsessays in der Edition, den sie stattdessen in der
Neuen Rundschau publizierte.[176] So konnten im Sommer 1984 die *Briefe und Auf-
zeichnungen* Hans und Sophie Scholls erscheinen.[177] Inge Jens schildert in ihrer
Autobiografie ihr Nachgeben gegenüber der Familie Scholl als Nachgeben gegen-

---

168 Ebd.
169 Hartnagel/Scholl: Damit wir uns nicht verlieren.
170 IfZ, ED 474, Bd. 36, Tagebucheinträge Inge Scholls, 12. 2. 1984 und 15. 2. 1984.
171 IfZ, ED 474, Bd. 737, Inge Scholl an Inge Jens (handschriftl. Entwurf), 19. 2. 1984.
172 IfZ, ED 474, Bd. 36, Tagebucheintrag Inge Scholls, 12. 2. 1984, Hervorhebung i. Orig.
173 IfZ, ED 474, Bd. 737, Inge Scholl an Fritz und Elisabeth Hartnagel, 9. 3. 1984.
174 Ebd.
175 IfZ, ED 474, Bd. 36, Tagebucheintrag Inge Scholls, 15. 2. 1984.
176 Jens: „Weiße Rose".
177 IfZ, ED 474, Bd. 36, Tagebucheintrag Inge Scholls, 19. 8. 1984.

über „Zensur und Verbot", die sie „bis dahin als Privileg der Rechten angesehen hatte".[178] Das „schlechte Gewissen und ein schaler Nachgeschmack", sich nicht durchgesetzt zu haben, blieben.[179] Als Ausweg, wie es ihr rückblickend erschien, eröffnete sich ihr jedoch kurze Zeit später ein weiteres Editionsprojekt aus dem Kreis der *Weißen Rose*: die Herausgabe von Briefen und Tagebuchaufzeichnungen Willi Grafs, die nach dem Vorbild derjenigen Hans und Sophie Scholls ebenfalls bei *Fischer* erscheinen sollten.[180] Und hatte Inge Jens in der Auseinandersetzung mit Inge Scholl und deren Familie zwar gelernt, „den Standpunkt der Hinterbliebenen jedenfalls zu verstehen, wenn auch nicht gutzuheißen"[181], so empfand sie Willi Grafs Schwester Anneliese Knoop-Graf in der Zusammenarbeit als „erste Verbündete" und „Partnerin".[182] Denn Anneliese Knoop-Graf versuchte nicht wie die Scholls, so stellte es sich jedenfalls für Inge Jens dar, Zensur auszuüben, sondern sie war bereit, auch „nicht ins Bild passende, unbequeme, gelegentlich auch schmerzhafte Erkenntnisse vorurteilslos zu akzeptieren und die eigene Position dem Geschehen gegenüber wieder und wieder zu reflektieren".[183]

In der Öffentlichkeit wurde der Streit um den Einleitungsessay zwar kritisch betrachtet, aber nicht zum Skandal. In der *Süddeutschen Zeitung* hieß es: „Analyse, so ist zu vermuten, war seitens der Familie […] nicht gefragt. Fürchtete man um die Glasur, mit der sich die im Laufe der Jahre zu Heiligenfiguren gewordenen Geschwister überzogen hatten?"[184] Umgekehrt gab es aber auch Stimmen, die die editorische Arbeit von Inge Jens wenig überzeugend fanden.[185] Die Frage nach der Motivation des Widerstands, die Inge Scholl und Inge Jens so sehr entzweit hatte, war in der öffentlichen Wahrnehmung der *Briefe und Aufzeichnungen* gar nicht der springende Punkt. Dort setzte der Bildersturz an ganz anderer Stelle an, nämlich an den „Heiligenfiguren", zu denen Hans und Sophie Scholl und die anderen Widerstandskämpfer im Laufe der Zeit geworden seien. In den Rezensionen wurde der „Absolutheitsglanz"[186] und die „mythisierende Überhöhung ins zeitlos Unbedingte"[187] der Geschwister Scholl ebenso verdammt wie ihr „zweite[r] Tod auf den Sockeln der Mäler, auf die man sie entrückt" hatte[188], und ihre Dar-

---

178 Jens: Erinnerungen, S. 169.
179 Ebd., S. 170.
180 Ebd., S. 170–171.
181 Ebd., S. 169.
182 Ebd.
183 Ebd., S. 171.
184 IfZ, ED 474, Bd. 345, Albert von Schirnding: Wider die Gleichgültigkeit, in: Süddeutsche Zeitung, 29./30. 9. 1984.
185 Beispiele sind IfZ, ED 474, Bd. 345, Angela Bottin: Was sie dachten, in: DIE ZEIT, 5. 10. 1984, und Dolf Sass: Weder für den Altar noch fürs Katheder – Briefe, die sich selbst gehören, in: Südwest-Presse, 20. 10. 1984.
186 IfZ, ED 474, Bd. 345, Albert von Schirnding: Wider die Gleichgültigkeit, in: Süddeutsche Zeitung, 29./30. 9. 1984.
187 Ebd.
188 IfZ, ED 474, Bd. 345, Dolf Sass: Weder für den Altar noch fürs Katheder – Briefe, die sich selbst gehören, in: Südwest-Presse, 20. 10. 1984.

stellung als „Märtyrer in stilisierter Pose".[189] Mit dieser Distanz, so wurde argumentiert, brachen die *Briefe und Aufzeichnungen*. Sie holten die Widerstandskämpfer gewissermaßen in die Realität zurück und machten sie wieder zu Menschen aus Fleisch und Blut, mit denen mitgefühlt und mitgelitten werden konnte. Den veröffentlichten Dokumenten wurde zugetraut, einen unverstellten und authentischen Blick in die Leben der Hingerichteten und so auch wieder Verbindungen zur Gegenwart zu eröffnen. Die Auswahl und Kürzungen der Dokumente, die der Publikation vorausgegangen waren, spielten für diese Wahrnehmung keine Rolle.[190] In der *Süddeutschen Zeitung* hieß es: „ [...] je verstehbarer Täter und Tat werden, um so größer erscheinen sie. [...] An ihren genau vermessenen historischen Ort verwiesen, gewinnt die Rebellion der Geschwister Scholl erst die aktuelle Verbindlichkeit, die sie als Kultgegenstand längst eingebüßt hat."[191] Historische Größe konnte demnach erst dann erkennbar sein, wenn Hans und Sophie Scholl in ihrem Alltag sichtbar wurden. Die öffentliche Wahrnehmung der *Briefe und Aufzeichnungen* erteilte dabei der Widerstandserinnerung eine Absage, die die ersten Nachkriegsjahre geprägt hatte.[192] Während damals gerade das Sprechen in religiösen Begriffen, von Märtyrern und Heiligen, überhaupt erst Erinnerung ermöglicht hatte, wurden diese Sagbarkeitsformen nun vollständig entwertet. Sie galten als antiquiert und unangemessen. Auch die Interpretation als „Helden der Freiheit", die die 1950er-Jahre bestimmt hatte, war nicht mehr akzeptabel. Die Abgrenzung von den Bildern und Erzählmustern dieser Zeit erklärt sich dadurch, dass das die letzten funktionierenden Modelle von Widerstandserzählung gewesen waren. Die Bejahung von Widerstandserinnerung konnte sich nicht auf die Ablehnung der 1960er- und 1970er-Jahre stützen. Zugleich zeigt sich in der Abgrenzung von den Erinnerungs-Modi des *Kalten Kriegs* der Wunsch nach Abgrenzung von den Mentalitäten dieser Zeit. Denn für diese war in einer zunehmend als grenzenlos empfundenen Welt, die sich in der Friedens- und Umweltbewegung zusammenschloss, nicht mehr viel Platz. Zu der Ablehnung von Heldenbildern trug auch bei, dass sich der Zugang zur Geschichte des Nationalsozialismus grundlegend gewandelt hatte. Die Hinwendung zu den Biografien *aller* Opfer des NS-Regimes führte zu dem Anspruch einer unterschiedslosen Würdigung. Weil grundsätzlich alle Opfer-Biografien nun als erinnerungswürdig galten, war kein Platz mehr für Helden. Es war nicht mehr nötig, sich selbst zum Opfer gebracht zu haben, es genügte, ein Opfer zu sein. Die damit einhergehende Haltung, den Widerstand erst von seiner ideologischen und verfälschenden „Glasur"

---

[189] IfZ, ED 474, Bd. 345, Otto Betz: Widerstand, in: Christ und Gegenwart, 9.12.1984.
[190] Siehe hierzu auch Zankel: Mit Flugblättern, S. 54. Dagegen Breyvogel: „Weiße Rose", S. 161–164.
[191] IfZ, ED 474, Bd. 345, Albert von Schirnding: Wider die Gleichgültigkeit, in: Süddeutsche Zeitung, 29./30. 9. 1984.
[192] Siehe hierzu beispielsweise die Rezensionen in IfZ, ED 474, Bd. 345, dort neben den bereits genannten Artikeln v. a. Lena Stolze: Blätter der Weißen Rose, in: DIE ZEIT, 5. 10. 1984, und Hans Kühner: Über den Widerstand der „Weissen Rose", in: Jüdische Rundschau Maccabi, 21. 2. 1985.

befreien zu müssen, setzte sich bis in die wissenschaftliche Forschung zur *Weißen Rose* fort und hält sich dort bis in die Gegenwart.[193]

Mit den *Briefen und Aufzeichnungen* Hans und Sophie Scholls sowie Willi Grafs war bis Ende der 1980er-Jahre ein umfangreich erscheinendes Konvolut an Selbstzeugnissen publiziert worden. Dazu kam die um einen Dokumentenanhang erweiterte Neuausgabe von Inge Scholls *Die weiße Rose*, die sich nun auch als Ganzes im Sinne einer Quellenedition lesen ließ: Neben dem Bericht Inge Scholls enthielt das Buch noch weitere Dokumente. Clara Huber schließlich brachte 1986 mit „... *der Tod* ... *war nicht vergebens"* eine aktualisierte Version von *Kurt Huber zum Gedächtnis* heraus, das 1947 erstmals veröffentlicht worden war.[194] War mit diesen Publikationen endlich der ungehinderte Blick ins Archiv möglich, das sich nun zwischen Buchdeckeln zu finden schien? Hatte der Hunger nach der scheinbaren Authentizität des Dokuments sich durch die Mauern der Familienarchive gefressen? Diese Fragen ließen sich von den Zeitgenossen kaum beantworten, denn was in den Archiven gelagert war, war weiterhin unklar. Was blieb, war zumindest die Illusion der Zugänglichkeit.

6.4 Nachwehen: Die Institutionalisierung von Widerstandserinnerung

Mit dem Regierungswechsel 1982, als Helmut Kohl als Bundeskanzler mit einer CDU/CSU-FDP-Koalition die sozialliberale Koalition ablöste, war eine konservative Neuausrichtung der Bundesrepublik politisches Programm.[195] Die konservative Vorstellung, dass der seit den 1960er-Jahren zu verzeichnende Identitätsverlust und die damit einhergehende Orientierungslosigkeit nur durch eine Rückbesinnung auf die historischen Wurzeln der Deutschen zu korrigieren seien, führte zu dem Wunsch nach verbindlichen historischen Vorbildern.[196] Damit stellte sich auch die Frage nach dem Umgang mit der NS-Vergangenheit neu. Welchen Platz sollte sie in einer Geschichte einnehmen, die eine spezifisch bundesrepublikanische sein sollte? Kohl ging es darum, die Geschichte der Bundesrepublik im Sinne einer demokratischen und wirtschaftlichen Erfolgsgeschichte in den Vordergrund zu stellen und sie so als positives Gegenbild zur Geschichte des Nationalsozialismus zu etablieren. War unmittelbar nach Kriegsende der Bezug auf weiter in der Vergangenheit liegende Ereignisse und Traditionen vor allem des 18. und 19. Jahrhunderts noch notwendig gewesen, um sich von der NS-Zeit zu distanzieren, so sollten solche Traditionen nun in der eigenen, gut 30-jährigen Geschichte gefun-

---

[193] Hüttenberger.: Vorüberlegungen. Broszat/Fröhlich: Alltag. Schneider/Süß: Volksgenossen, S. 7–8. Zankel: Mit Flugblättern, S. IX.

[194] Huber (Hrsg.): Tod. Dies. (Hrsg.): Kurt Huber.

[195] Wirsching: Abschied, S. 49–55. Assmann/Frevert: Geschichtsvergessenheit.

[196] Hierzu und zum Folgenden siehe Assmann/Frevert: Geschichtsvergessenheit. Eder: Holocaust-Erinnerung. Kirsch: 8. Mai. Moller: Entkonkretisierung. Seuthe: „Geistig-moralische Wende". Wirsching: Abschied, S. 466–491.

den werden. Die erfolgreiche Demokratisierung, das Wirtschaftswunder und die Bündnispartnerschaft mit den Westmächten sollten nun die Eckpfeiler bundesdeutscher Tradition bilden und eine Gegengeschichte zur Verbrechensgeschichte des Nationalsozialismus erzählen. Hinter all diesen Überlegungen stand die Vorstellung einer „Normalisierung" der deutschen Geschichte, die sich nicht mehr vor allem auf die Auseinandersetzung mit der NS-Zeit fokussieren sollte. Diese Fragen ließen auch die Historikerzunft nicht kalt. Der *Historikerstreit*, der 1986 in einer aufgeheizten Mediendebatte ausgetragen wurde, drehte sich genau darum, welchen Platz die Geschichte des Nationalsozialismus und insbesondere die des Holocaust in der deutschen Historiografie einnehmen sollte.[197] Eine Antwort fand sich darauf nicht, doch spiegelte sich hierin das Dilemma geschichtspolitischer Auseinandersetzungen der 1980er-Jahre. Zugleich forderten öffentliches Interesse und Anlässe wie der 50. Jahrestag der „Machtergreifung" Hitlers 1983 und die vierzigste Wiederkehr des Kriegsendes von der Politik, Stellung zu beziehen. Das Gedenken an das Ende des Krieges geriet 1985 zu einer der größten Sternstunden und der größten Niederlagen bundesdeutscher Erinnerungspolitik. Während die Rede des damaligen Bundespräsidenten Richard von Weizsäcker im Bundestag, in der er das Kriegsende als „Tag der Befreiung" bezeichnete, als bedeutender Wendepunkt des bundesrepublikanischen Erinnerns an das Kriegsende gilt[198], geriet Helmut Kohls Treffen mit US-Präsident Reagan auf dem Soldatenfriedhof in Bitburg zum politischen Desaster.[199] Was als effektvolle Versöhnungsgeste über den Gräbern gefallener Soldaten gedacht war – ähnlich wie ein Jahr zuvor mit Frankreichs Staatspräsident Mitterand in Verdun – wurde zum Krisenfall. Als sich herausstellte, dass auf dem Friedhof in Bitburg auch Mitglieder der Waffen-SS beerdigt waren, ging in Deutschland und den USA ein Aufschrei durch die Öffentlichkeit.[200] Doch trotz aller Kritik hielten Kohl und Reagan an dem Programmpunkt fest, auch wenn er kürzer als ursprünglich gedacht ausfiel und durch einen Besuch im ehemaligen Konzentrationslager Bergen-Belsen ergänzt wurde. Die Öffentlichkeit beruhigte das allerdings nicht. Der *Weißen Rose* brachte die Bitburg-Affäre neue Aufmerksamkeit diesseits und jenseits des Atlantiks. Von der Ignoranz gegenüber der Problematik des besuchten Ortes alarmiert, organisierte der *American Jewish Congress* in Zusammenarbeit mit der Stadt München und Angehörigen und Überlebenden der *Weißen Rose* innerhalb kürzester Zeit eine Gegenveranstaltung auf dem Friedhof am Perlacher Forst, wo u. a. an den Gräbern der Scholls und Probsts den Opfern des NS-Regimes gedacht wurde.[201] Dass das so schnell gelingen konnte und dass ausgerechnet die *Weiße Rose* ins

---

[197] Große Kracht: Zunft. Herbert: Historikerstreit. Kailitz: Deutungskultur.
[198] Dubiel: Niemand, S. 206–215. Kritisch: Jureit/Schneider: Opfer.
[199] Hierzu und zum Folgenden siehe Kirsch: 8. Mai. Seuthe: „Geistig-moralische Wende".
[200] Siehe hierzu v. a. die Dokumentation von Hartman (Hrsg.): Bitburg.
[201] Siehe die Zeitzeugenberichte von Hahnzog: Gründung, und Wyschogrod: Initiativen. Siehe auch IfZ, ED 474, Bd. 429, Franz Joseph Müller: Weiße Rose Stiftung und White Rose Foundation, in: Programm der Weiße-Rose-Konferenz, Ein deutsch-jüdischer Dialog, München, 16.–18. Mai 1988, S. 2–3.

Zentrum der Gegenerinnerung rückte, ging auf einen Vorschlag des jüdischen Religionsphilosophen Michael Wyschogrod zurück. Wyschogrod – so erinnert er sich – verwarf die erste Idee des *American Jewish Congress,* der Attentäter des *20. Juli* zu gedenken.[202] Er kritisierte, dass die Offiziere viel zu lange Hitler unterstützt hätten, und brachte stattdessen die *Weiße Rose* ins Spiel.[203] Insofern war es sicher mehr dem Zufall als einer langfristigen strategischen Planung geschuldet, dass das Gedenken an die *Weiße Rose* nun zu einem Akt geschichtspolitischer Opposition wurde. Die Folgen für den Umgang mit der Erinnerung an die Widerstandsgruppe waren jedoch weitreichend. Aus diesem ersten Treffen entwickelte sich der Wunsch nach Institutionalisierung sowohl der transatlantischen Zusammenarbeit als auch des Gedenkens in Deutschland.[204] Bislang verfügten die Angehörigen und Überlebenden der *Weißen Rose* über keine Organisationsform, sondern sie hatten sich stets ad hoc zusammengefunden. Die Gründung der *Weiße Rose Stiftung e. V.* in München im Jahr 1987, der die Gründung der Schwesterorganisation *White Rose Foundation* in Washington, D.C., vorausgegangen war, änderte das.[205] Zwar saßen nicht alle Angehörigen und Überlebenden mit am Tisch, aber dennoch lässt sich die *Weiße Rose Stiftung e. V.* als Wendepunkt im Umgang mit der Geschichte der Widerstandsgruppe lesen. Während all die Jahrzehnte zuvor die Ausrichtung des Erinnerns vor allem auf aktuelle Themen und Ereignisse reagiert hatte, ging es nun erstmals darum, die Erinnerung an die *Weiße Rose* zukunftsfest zu machen und die Erkenntnisse und Interpretationen, wie sie die Angehörigen und Überlebenden sehen wollten, zu konservieren. Dafür spricht vor allem die Konzeption einer Wanderausstellung über die Widerstandsgruppe, die federführend von Otl Aicher gestaltet wurde.[206] Kurz vor seinem Tod 1991 war sie fertiggestellt. Auf den Ausstellungstafeln findet sich das, was den Angehörigen und Überlebenden wichtig war, bzw. das, was sich als konsensfähig herausgestellt hatte.[207] Sie informierten über die Biografien der Hingerichteten, das intellektuelle Umfeld und die Widerstandsaktionen ebenso wie über die Geschichte Münchens und der Universität im Nationalsozialismus. Die Ausstellung legte fest, wie die Geschichte der *Weißen Rose* in Zukunft aussehen sollte. Dieser Trend hin zur Konservierung und Zukunftssicherung des familiären Wissens und Erinnerns in der Öffentlichkeit lässt sich auch für den *20. Juli* feststellen. Die

---

[202] Wyschogrod: Initiativen, S. 87.

[203] Ebd.

[204] Hahnzog: Gründung.

[205] Weiße-Rose-Stiftung e. V. (München), Presseausschnittsammlung, K-703, Stiftung Weiße Rose, in: DIE ZEIT, 20. 2. 1987. Weiße Rose, in: Frankfurter Allgemeine Zeitung, 24. 2. 1987. Hermann Vinke: Bitburg und die Weiße Rose, in: Deutsches Allgemeines Sonntagsblatt, 1. 3. 1987. Roman Arens: Reagans Bitburg-Besuch gab den Anstoß, in: Frankfurter Rundschau, 17. 5. 1988.

[206] Aichers Skizzen zu den Ausstellungstafeln und die zugehörigen Texte lassen sich teilweise auf der Homepage der *Weiße Rose Stiftung e. V.* einsehen: http://www.weisse-rose-stiftung. de/fkt_standard2.php?aktion=cs&ma=cs&c_id=mamura&topic=044&mod=11&page=1&la ng=de&PHPSESSID=9lclcb0lgub2i49u59agncfso7 (zuletzt eingesehen am 10. 5. 2012).

[207] Ebd.

wenige Jahre nach dem Ende des Zweiten Weltkriegs gegründete *Stiftung Hilfs-werk 20. Juli 1944* hatte sich viele Jahrzehnte vor allem um die materielle Versor-gung der Hinterbliebenen der hingerichteten Widerstandskämpfer gekümmert[208] – ein Aspekt, der für die Familien der *Weißen Rose* immer eine geringere Rolle gespielt hatte, weil bis auf Probst und Huber keiner der Hingerichteten Frau und Kinder gehabt hatte, die es nach dem Tod des Familienernährers zu versorgen galt. 1994 strich die Stiftung das Wort „Hilfswerk" aus dem Namen und nennt sich seitdem nur noch *Stiftung 20. Juli 1944*.[209] Zugleich verschob sich auch ihre Ausrichtung mehr in Richtung Überlieferung und politische Bildung, ganz ähnlich wie bei der *Weiße Rose Stiftung e. V.*[210] Heute sind beide praktisch aus-schließlich auf diesen Gebieten tätig.

Auch die Stadt München strickte Anfang der 1980er-Jahre an der Institutionali-sierung der Erinnerung an die *Weiße Rose* mit. Nicht nur, dass sie gewissermaßen Geburtshelferin der *Stiftung* gewesen war. 1980 lobte sie zusammen mit dem *Ver-band Bayerischer Verlage und Buchhandlungen e. V.* den *Geschwister-Scholl-Preis* aus.[211] Dass der Preis nach Hans und Sophie Scholl benannt wurde und nicht nach der *Weißen Rose*, so kolportiert die Erinnerung des Verlegers Klaus G. Saur, lag daran, dass man sich uneins war, ob er „Der *Weiße-Rose*-Literaturpreis" oder der „Die *Weiße-Rose*-Literaturpreis" heißen müsse.[212] Einmal jährlich verliehen zeich-net er – so steht es in den Statuten – ein Buch aus, „das im weitesten Sinn an das Vermächtnis der Geschwister Scholl erinnert, von geistiger Unabhängigkeit zeugt und geeignet ist, bürgerliche Freiheit, moralischen, intellektuellen Mut zu fördern und dem verantwortlichen Gegenwartsbewusstsein wichtige Impulse zu geben".[213] Damit waren nicht nur die Koordinaten abgesteckt, die die Stifter als Vermächtnis des Widerstands ansahen, nämlich vor allem bürgerliche Freiheitsrechte und Un-abhängigkeit, sondern sie beanspruchten damit auch die Deutungshoheit über ei-nen immer wieder neu festzusetzenden Gegenwartsbezug des Erinnerten. Dieser schwankte von Rolf Hochhuts 1980 ausgezeichnetem Werk *Eine Liebe in Deutsch-land*[214] bis zum Preisträger 2009, Roberto Saviano, der sich gegen die organisierte Kriminalität in Italien engagiert. Auch Historiker wie Raul Hilberg (2002) oder Mark Roseman (2003) finden sich unter den Ausgezeichneten.[215]

---

[208] Toyka-Seid: Gralshüter.

[209] http://www.stiftung-20-juli-1944.de/geschichte.php (zuletzt eingesehen am 10. 5. 2012).

[210] Ebd.

[211] Ein rückblickender Zeitzeugenbericht findet sich bei Saur: Geschichte. Der *Verband Bayeri-scher Verlage und Buchhandlungen e. V.* wurde mittlerweile umbenannt in *Börsenverein des Deutschen Buchhandels – Landesverband Bayern e. V.*

[212] Ebd., S. 147.

[213] Statuten des *Geschwister-Scholl-Preises*, § 1, zit. nach: http://www.geschwister-scholl-preis.de/preis/statuten.php (zuletzt eingesehen am 4. 6. 2012).

[214] http://www.geschwister-scholl-preis.de/preistraeger_1980-1989/1980/index.php (zuletzt ein-gesehen am 4. 6. 2012).

[215] http://www.geschwister-scholl-preis.de/preistraeger_2000-2009/2009/index.php (zuletzt ein-gesehen am 4. 6. 2012).

Diese familiären und lokalpolitischen Bemühungen um Institutionalisierung des Erinnerns entsprachen dem geschichtspolitischen Trend der Ära Kohl. Unter der Ägide Helmut Kohls entstanden zahlreiche, in Konzeption und Gestaltung häufig umstrittene Denkmals- und Museumsprojekte, die überwiegend erst in den 1990er-Jahren fertig gestellt wurden, etwa die *Neue Wache* in Berlin oder das *Haus der Geschichte der Bundesrepublik Deutschland* in Bonn.[216] 1983 initiierte der damalige Regierende Bürgermeister Richard von Weizsäcker den Ausbau und die Neukonzeption der bereits seit 1968 bestehenden Dauerausstellung *Widerstand gegen den Nationalsozialismus* im Berliner *Bendlerblock*, einem der zentralen Schauplätze des Umsturzversuchs vom 20. Juli 1944.[217] Unter der Federführung des Historikers Peter Steinbach entstand eine Ausstellung, deren erklärtes Ziel es war, Widerstand in seiner ganzen Bandbreite darzustellen und den „politisch-pädagogischen Auftrag" einer Gedenkstätte zu erfüllen.[218] Steinbachs Konzept betonte den Aspekt des Lernens aus der Geschichte. So sollten „Verhaltensmaximen" vermittelt werden, „die auf Toleranz, Nächstenliebe und Pluralismus verweisen". Explizit abgelehnt wurde dagegen, „im Widerstand [...] ein Modell für heutige Fundamentalopposition zu sehen."[219] Es galt also, Widerstandserinnerung wieder als relevanten und positiven Bezugspunkt bundesrepublikanischer Selbstverortung zu etablieren. Am 20. Juli 1989 eröffnete die neue Ausstellung. Neben der *Weißen Rose* und den Attentätern um Stauffenberg wurde hier nun auch an bislang wenig beachtete Gruppen wie die *Rote Kapelle* oder an den Widerstand von KZ-Häftlingen und Zwangsarbeitern erinnert, sodass sich das Erinnerungsangebot auffächerte.[220] Das hing auch damit zusammen, dass mit der Ausstellung wissenschaftlich belegte und konsensfähige Ergebnisse präsentiert werden sollten, die dem aktuell erreichten Stand der Forschung entsprachen.[221] Die professionelle Geschichtswissenschaft beanspruchte die Kompetenz für sich, über die Auswahl und Deutung des Relevanten und Erinnerungswürdigen zu entscheiden.

Inge Scholl blieb hinter der zunehmenden Aufmerksamkeit für die Geschichte der *Weißen Rose* fast unsichtbar. Die Aushandlungsprozesse von Erinnern verlagerte sie mehr und mehr von der Öffentlichkeit ins Private. Bedenken, Zweifel und der Anspruch auf Deutungshoheit finden sich in Tagebucheinträgen und Korrespondenzen mit der Familie und direkt Betroffenen wie Michael Verhoeven oder Inge Jens. Nach außen getragen wurde jedoch praktisch nichts mehr. Inge Scholl begann, sich aus allem herauszuhalten und Konflikte, die in der Öffentlichkeit ausgetragen wurden, zu meiden. Verhoevens Film sah sie nicht an, die Debatte über die VGH-Urteile überließ sie ihrem Sohn Manuel und zu Inge Jens' Thesen schwieg sie. Sie war weiterhin überzeugt von der politischen Bedeutung der Erinnerung an ihre Geschwister und von deren Vorbildfunktion gerade für Ju-

---

[216] Moller. Entkonkretisierung.
[217] http://www.gdw-berlin.de/de/gedenkstaette/geschichte/ (zuletzt eingesehen am 5. 4. 2012).
[218] Steinbach: Widerstand gegen den Nationalsozialismus, S. 481.
[219] Ebd., S. 485.
[220] Ebd., S. 486–487.
[221] Ebd., S. 488–489.

gendliche. Sie glaubte, ihnen bei ihrer Suche nach Vorbildern und Identität das Beispiel ihrer Geschwister nicht vorenthalten zu dürfen.[222] Dabei lässt sich aber eine Schwerpunktverschiebung feststellen. Es ging immer weniger um die Verwaltung des Erbes des Widerstands als um das Erbe der Aufbaugeneration der Bundesrepublik. Über die Widerstandserinnerung sollten die Demokratisierungserfolge der 45er-Generation weitergegeben werden. Das war ein ganz wesentlicher Motivationsgrund dafür, dass Inge Scholl Verhoevens Verfilmung zustimmte und sich so lange um einen Ausgleich im Konflikt um die *Briefe und Aufzeichnungen* bemüht hatte. Doch zugleich schwand ihr Kampfgeist und machte Resignation Platz. Das betraf vor allem all jene Auseinandersetzungen mit der Geschichte ihrer Geschwister, die sie als wissenschaftlich einstufte – und damit etwa auch die Kommentierung und den Einleitungsessay von Inge Jens. Dabei wird ein tiefes Misstrauen gegenüber den Methoden und Erkenntnismöglichkeiten der Geschichtswissenschaft sichtbar. Nach einem Gespräch über die Arbeit des britischen Historikers Barry Pree, die jedoch nie fertiggestellt werden sollte, schrieb Inge Scholl in ihr Tagebuch:

Man ist so ausgeliefert, wie die Gewichte von solchen Leuten gesetzt werden. Das sieht fast nach Eifersucht aus, nach dem Verdacht, daß er z. B. Christl [d. i. Christoph Probst, C. H.] über Hans und Sophie setzen möchte. Dabei ist gar kein Grund dafür vorhanden. Trotzdem war der Stich zunächst da, wie so manches Mal, wenn ich spürte, wie der Stoff, der historische Stoff dieser Geschichte verzogen, verzerrt und verändert wurde.[223]

Die Diskrepanz zwischen biografischer Nähe und emotionaler Verbundenheit auf der einen Seite und dem Anspruch von analytischem und kritischem Forschen – ungeachtet dessen, ob das dann tatsächlich auch stattfand – auf der anderen wurde für sie immer schwieriger zu überwinden. Überall da, wo sie sich nicht als Zeitzeugin, der rückhaltlos geglaubt wurde, angesprochen und akzeptiert fühlte, war keine Kooperation möglich.[224] Dazu kamen die immer schwieriger werdenden Beziehungen zu den anderen Angehörigen und Überlebenden. Am 3. April 1985 schrieb Inge Scholl in ihr Tagebuch: „All diese Gerüchte, diese leicht vergifteten Geschichten mag ich nicht mehr. Sie sollen Hans und Sophie nicht mehr anrühren.“[225] Sie war immer weniger bereit, ihre Erinnerungen zu teilen und sie damit auch konkurrierenden Sichtweisen und Interpretationen preiszugeben. Ihre Erinnerungen wurden wieder zu Familienerinnerung.

---

[222] IfZ, ED 474, Bd. 737, o. Verf. [Inge Scholl]: Die Briefe und ihre Sprache, 16. 1. 1984, und Inge Scholl an Fritz und Elisabeth Hartnagel, 9. 3. 1984.
[223] IfZ, ED 474, Bd. 36, Tagebucheintrag Inge Scholls, 9. 11. 1981. Siehe auch Bd. 268, Inge Scholl an Hans Hirzel, 7. 2. 1984.
[224] IfZ, ED 474, Bd. 36, Tagebucheintrag Inge Scholls, 4. 2. 1984.
[225] IfZ, ED 474, Bd. 36, Tagebucheintrag Inge Scholls, 3. 4. 1985.

Schluss

Die Aufdeckung des Widerstands von Hans und Sophie Scholl und ihre Hinrichtung im Februar 1943 war auch ein entscheidender Einschnitt im Leben ihrer ältesten Schwester Inge. Von den regimekritischen Aktivitäten ihrer Geschwister hatte sie nichts gewusst, doch sie wurde trotzdem an den Rand der nationalsozialistischen „Volksgemeinschaft" gedrängt. In dieser Phase überdachte sie nicht nur ihr eigenes Leben neu, sondern versuchte auch, sich die Biografien ihrer Geschwister wieder als Familienerinnerung anzueignen und die Wissenslücken zu schließen, die dadurch entstanden waren, dass sie nicht in den Widerstand eingeweiht gewesen war. Die Auseinandersetzung mit den Leben von Hans und Sophie Scholl wurde damit zur autobiografischen Selbstvergewisserung. Inge Scholl schrieb die Geschichte ihrer Geschwister und schrieb sich gleichzeitig mit ihren Überzeugungen, Interpretationen und Gewissheiten darin ein. Dabei griff sie auf religiöse Erzählmuster zurück, was nicht nur ihre eigene Hinwendung zum Katholizismus spiegelte, sondern sich auch als Rückgriff auf vom Nationalsozialismus scheinbar unbelastete Traditionen lesen lässt. Diese Interpretation des Widerstands erwies sich nach Kriegsende anschlussfähig an andere Erzählungen über die Zeit des Nationalsozialismus. Die Betonung des Menschlichen und Moralischen und die Abwertung des Politischen als Motivation und Zielsetzung von Handeln, die Inge Scholls Widerstandserzählung ausmachten, fanden sich auch in den geschichtswissenschaftlichen und populären Äußerungen über den Nationalsozialismus. Die Geschichte der *Weißen Rose* etablierte sich in dieser Phase als positive Gegenerzählung zur Verbrechensgeschichte des Nationalsozialismus. Grundlegend dafür war eine Interpretation des Widerstandsgeschehens, die gleichzeitig als Entschuldungsstrategie für die Gegenwart diente: Widerstand wurde als ein Phänomen beschrieben, das in einem totalitären Staat wie dem NS-Staat von vornherein zum Scheitern verurteilt gewesen war. Aktives Handeln gegen das NS-Regime wurde so zum bewussten Selbstopfer, um Deutschland und der Welt zu zeigen, dass es noch ein anderes, „echtes", nicht nationalsozialistisches Deutschland gab. Durch diese Zeichenhaftigkeit erhielt der Widerstand rückblickend seinen Sinn, ohne jedoch einen Vorwurf an all jene darzustellen, die keine aktive Opposition geleistet hatten. Vielmehr – so die Deutung – war das stillschweigende Bewahren der „echten" deutschen Traditionen, die vor allem im Erbe von Klassik und Romantik, der Befreiungskriege und der Revolution von 1848 gesehen wurden, die klügere Tat, um nach dem Untergang des Nationalsozialismus wieder an diese Traditionen anknüpfen zu können. Diese Vereinnahmung des Widerstands diente der deutschen Gesellschaft folglich gleichermaßen als Entschuldungsstrategie wie als positive Traditionslinie in die Gegenwart.

Das Interesse der Öffentlichkeit an der Geschichte der *Weißen Rose* ging mit der Suche nach „authentischem" Wissen über die Widerstandsgruppe einher. Diese Authentizität wurde vor allem in der Zeitzeugenschaft vermutet, was den Angehörigen der hingerichteten Widerstandskämpfer, vor allem den Familien

Scholl, Probst, Graf, Schmorell und Huber, die Partizipation an den Debatten über den Widerstand und die NS-Vergangenheit ermöglichte. Familiäres Wissen wurde über Medien wie Zeitungen oder Rundfunk, aber auch durch Gedenkveranstaltungen in die Auseinandersetzung mit der Erinnerung an den Widerstand mit eingespeist. Das Verhältnis zu den Medien blieb für Inge Scholl und die anderen Familien allerdings ambivalent. Einerseits profitierten sie davon, dass diese die familiäre Sichtweise und Interpretation des Widerstandsgeschehens in eine größere Öffentlichkeit hineintrugen, doch andererseits war das Wissen, das einmal dort verbreitet war, auch der Kontrolle der Angehörigen entzogen. Das führte dazu, dass die Frage, welches Wissen weitergegeben werden sollte und durfte, den Umgang der Angehörigen mit der Öffentlichkeit bestimmte. Vor allem Inge Scholl versuchte durch die präventive Kontrolle dessen, was den Familienkreis verließ, ihre Deutungsmacht über die Geschichte ihrer Geschwister aufrechtzuerhalten. Das bedeutete vor allem, unerwünschte Publikationen schon im Voraus zu verhindern. Erst wenn diese Strategie nicht erfolgreich war, versuchte Inge Scholl – häufig mit Hilfe der Medien – diese ihrer Ansicht nach „falschen" oder „verfälschenden" Darstellungen zu delegitimieren und aus der Öffentlichkeit zu verdrängen.

Inge Scholls eigenes Wissen über den Widerstand und die Legitimität ihrer Aussagen über die *Weiße Rose* begründeten sich nicht allein aus ihrer Zeitzeugenschaft, sondern auch aus ihrem Archiv. Schon kurz nach der Hinrichtung ihrer Geschwister hatte sie begonnen, deren hinterlassene Dokumente zu sammeln. Nach Kriegsende weitete sie diese Sammlungstätigkeit aus und legte ein Archiv über die *Weiße Rose* an, das neben den persönlichen Dokumenten Hans und Sophie Scholls auch zahlreiche Zeitzeugenberichte und Kopien aus der staatlichen Überlieferung enthielt. Das im Archiv versammelte Wissen füllte Inge Scholls Erinnerungslücken auf und diente gleichzeitig als Beglaubigung ihrer Aussagen über den Widerstand der *Weißen Rose*. Zur Legitimität durch die Zeitzeugenschaft trat die des Dokuments.

Diese auf der Autorität der Zeitzeugenschaft und des Familienarchivs beruhende Legitimität geriet ins Wanken, als alternative Formen der Beglaubigung in den öffentlichen Debatten an Bedeutung gewannen und zugleich konkurrierende Archivbestände verfügbar wurden. Deutlich wurde das am Beispiel von Christian Petry und seinem 1968 erschienenen Buch *Studenten aufs Schafott*, das als erste wissenschaftliche Arbeit über die *Weiße Rose* galt. Die Geschichte von amateurhaftem Leichtsinn und politischer Ignoranz, die er schrieb, war auch durch Inge Scholls Beharren auf ihrer exklusiven Deutungshoheit nicht zu entkräften. Dazu kam, dass Petrys Werk in eine Phase des politischen und gesellschaftlichen Umbruchs fiel und Entwicklungen aufnahm, die einen anderen Umgang mit der NS-Vergangenheit mit sich brachten. Inge Scholls Erfolg, die Geschichte ihrer Geschwister in die Geschichte der frühen Bundesrepublik einzuschreiben, hatte vor allem darauf beruht, dass es ihr gelungen war, sie nicht nur in Erzählungen über den Nationalsozialismus einzuordnen, sondern auch mit Gegenwartsbezug zu versehen. Sie ordnete die Widerstandsgeschichte in den antikommunistischen

Grundkonsens der bundesdeutschen Gesellschaft ein, indem sie den Widerstand als Kampf um Freiheit beschrieb, der auf die Situation des *Kalten Kriegs* in den 1950er-Jahren übertragbar schien. Doch als dieser antikommunistische Grundkonsens im Zuge der Umwälzungen der 1960er-Jahre an Bindungskraft verlor, gelang es ihr nicht, Alternativen zu entwickeln. Petry wiederum sprach der Erinnerung an die *Weiße Rose* jeden Gegenwartsbezug ab, da er deren politische Ideale im 19. Jahrhundert verortete, die in seiner Sichtweise für die eigene Gegenwart kein Vorbild sein konnten. Während also gerade im ersten Nachkriegsjahrzehnt die Berufung auf die geistesgeschichtlichen Traditionen des 18. und 19. Jahrhunderts eine Voraussetzung dafür gewesen war, überhaupt an den Widerstand erinnern zu können, schlug dies nun in das Gegenteil um. In einer Zeit, als mit der Studentenbewegung die globale Vernetzung mehr und mehr in das bundesdeutsche Bewusstsein rückte, verloren nationale Bezüge ebenso an Bedeutung wie bestehende politische Glaubenssätze der Westbindung und Blockkonfrontation. Die *Weiße Rose* ließ sich nicht mehr in dieses Welt- und Geschichtsbild integrieren.

Die 1970er-Jahre erscheinen als regelrechte Erinnerungslücke für die Auseinandersetzung mit der *Weißen Rose*. Der verlorengegangene Gegenwartsbezug ließ sich nicht mehr herstellen. Das lag vor allem daran, dass mit dem erstarkenden Linksterrorismus und den zunehmend panischen Debatten über „Sympathisantentum" auch gemäßigte Linke wie Inge Scholl ihren Einfluss auf das (erinnerungs-)politische *Agenda-Setting* verloren. Doch gerade dieses Milieu hatte bislang die kritische Auseinandersetzung mit dem Nationalsozialismus und dem Widerstand vorangetrieben. Erst im Kontext der Friedensbewegung seit Ende der 1970er-Jahre bekam deren Stimme wieder mehr Gewicht. Eine direkte Traditionsbildung vom Widerstand gegen den Nationalsozialismus hin zur Friedensbewegung blieb allerdings aus. Die pluralistische und transnational agierende Friedensbewegung verstand ihr eigenes politisches Handeln eher im Sinne des Konzepts von „zivilem Ungehorsam", nicht jedoch als Widerstand. Auch Inge Scholl, die sich ebenfalls an Friedensaktionen beteiligte, wies darauf hin, dass eine Parallelisierung zwischen der eigenen, demokratischen Gegenwart und dem NS-Regime nicht zulässig war. Lernen ließe sich aus dem Widerstand aber eine Verpflichtung zum Engagement und zum Widerspruch. Gegenwartsbezug war so wieder herstellbar. Diese Interpretation des Widerstands nahm Michael Verhoevens Spielfilm *Die weiße Rose* Anfang der 1980er-Jahre auf. Der (Kino-)Film als Medium des Erinnerns war ein entscheidender Faktor dafür, dass die *Weiße Rose* wieder mehr öffentliche Aufmerksamkeit erfuhr. Die Aneignungsweise von historischem Wissen hatte sich stark verändert. Gefragt waren emotionale, persönliche Zugänge, was einzelbiografische Erzählungen und populäre Darstellungen begünstigte. Die starke Konzentration auf Sophie Scholl als Protagonistin des Widerstands der *Weißen Rose* ist deshalb in dieser Phase zu verorten. Dazu kam, dass das Archiv noch einmal an Bedeutung gewann, weil das Interesse an Selbstzeugnissen zunahm. In bislang nicht gekanntem Umfang erschienen nun populäre Quelleneditionen, wie die *Briefe und Aufzeichnungen* von Hans und Sophie Scholl bzw. Willi Graf. Inge Scholl zog sich in dieser Phase mehr und mehr aus den öffentlichen Debatten über den Widerstand zurück. Zwar nahm sie weiterhin Einfluss etwa auf den Film Verhoevens oder die Auswahl, Kommentierung und Einordnung der in den *Briefen und Aufzeichnungen* veröffentlichten Dokumente. Doch das geschah nur noch hinter den Kulissen. Den in der Öffentlichkeit ausgetragenen Konflikten über Stand und Zielrichtung der bundesdeutschen Vergangenheitsbewältigung – etwa in der Diskussion um den Nachspann von Verhoevens Film – blieb sie fern. Die Erinnerung an die *Weiße Rose* wurde für sie zunehmend wieder zu privater Familienerinnerung.

Die Geschichte Inge Scholls und der Erinnerung an die *Weiße Rose* hat gezeigt, dass Widerstandserinnerung, die über private Erinnerung hinausging, nur dann funktionierte, wenn sie in die spezifischen Zeitkontexte interpretatorisch eingeschrieben wurde. Die Geschichten über den Widerstand wurden immer dann zu Erfolgsgeschichten, wenn sie die jeweils dominierenden politischen, gesellschaftlichen und historiografischen Strömungen aufnahmen und reflektierten. Wo das nicht gelang, warteten Marginalisierung und Vergessen. Die Herstellung von Gegenwartsbezug, der für große Teile der jeweiligen Gesellschaft nachvollziehbar und akzeptabel ist, kristallisierte sich als das entscheidende Kriterium dafür heraus, dass Erinnern funktioniert.

Zweitens lässt sich als Ergebnis festhalten, dass Erinnerung nicht einfach „passiert". Vielmehr hängt das, was eine Gesellschaft sich als historische Selbstverortung zuschreibt, von Akteuren ab, die mit der Erinnerung an bestimmte Ereignisse und Personen ihre eigenen Ansprüche auf Partizipation und Vorstellungen von Gegenwart und Zukunft durchzusetzen versuchen. Zeitzeugen, Journalisten, (Roman-)Autoren, Filmemacher und Historiker konkurrieren um Deutungshoheit. Eine akteurszentrierte Herangehensweise schärft zudem den Blick dafür, dass die Auseinandersetzung mit der Vergangenheit nicht erst bei den „Erinnerungsprodukten", also etwa Gedenkreden, Büchern oder Filmen, ansetzt, sondern schon vorher. Sie ermöglicht, nach den Wissensbeständen zu fragen, die die Grundlage dessen bilden, was gesagt werden kann. Das Archiv als Ort der Auslagerung, Versammlung und Legitimierung von Erinnerung, aber auch als Ort des Vergessens, Verdrängens und Verschweigens wird so zu einem Untersuchungsobjekt, das bislang nur wenig Beachtung in der Erinnerungsforschung gefunden hat.

Schließlich ist auch die mediale Darstellungsform von Bedeutung. Welchen Medien wird zugetraut, Widerstand und das ihm zugeschriebene ideelle Erbe adäquat darzustellen? Die langen Debatten über die Filmprojekte seit den 1950er-Jahren haben gezeigt, welche große Bedeutung der Erinnerungskompetenz zukommt, die dem jeweiligen Medium (nicht) zugestanden wird.

Heute steht die Erinnerung an die *Weiße Rose* vor einem Umbruch. Widerstandserinnerung als Familienerinnerung spielt eine immer geringere Rolle, weil die Zeitzeugengeneration langsam schwindet. Welche Auswirkungen wird das in der Zukunft haben? Wird Widerstandserinnerung weiterhin ein Bezugspunkt bundesrepublikanischer Selbstverortung bleiben? Die Antworten darauf müssen erst noch gefunden werden.

Abkürzungen

ADU	Aktionsgemeinschaft Demokratische Universität
AfS	Archiv für Sozialgeschichte
APuZ	Aus Politik und Zeitgeschichte
ARD	Arbeitsgemeinschaft der öffentlich-rechtlichen Rundfunkanstalten der Bundesrepublik Deutschland
AStA	Allgemeiner Studentenausschuss
BBC	British Broadcasting Company
BDC	Berlin Document Center
BDI	Bundesverband der Deutschen Industrie e. V.
BDM	Bund deutscher Mädel
BGH	Bundesgerichtshof
BR	Bayerischer Rundfunk
BRD	Bundesrepublik Deutschland
CCC	Central Cinema Company
CDU	Christlich Demokratische Union
CSU	Christlich-Soziale Union
DDR	Deutsche Demokratische Republik
DEFA	Deutsche Film AG
FDJ	Freie Deutsche Jugend
FDP	Freie Demokratische Partei
FN	Fußnote
GAST	Gewerkschaftlicher Arbeitskreis der Studenten
Gestapo	Geheime Staatspolizei
GSI	Geschwister-Scholl-Institut für Politische Wissenschaft der Universität München
GWU	Geschichte in Wissenschaft und Unterricht
hfg	Hochschule für Gestaltung
HJ	Hitler-Jugend
i. Orig.	im Original
IfZ	Institut für Zeitgeschichte
JM	Jungmädel
IML	Institut für Marxismus-Leninismus
LMU	Ludwig-Maximilians-Universität
MfS	Ministerium für Staatssicherheit
NATO	North Atlantic Treaty Organization
NDR	Norddeutscher Rundfunk
NL	Nachlass
NSDAP	Nationalsozialistische deutsche Arbeiterpartei
o. Ang.	ohne Angaben
o. D.	ohne Datum
o. Pag.	ohne Paginierung

o. Verf.   ohne Verfasser
ODF   Opfer des Faschismus
OKW   Oberkommando der Wehrmacht
RAF   Royal Air Force
RAF   Rote Armee Fraktion
RGBL   Reichsgesetzblatt
SA   Sturmabteilung
SD   Sicherheitsdienst des Reichsführers SS
SDR   Süddeutscher Rundfunk
SDS   Sozialistischer Deutscher Studentenbund
SED   Sozialistische Einheitspartei Deutschlands
SRP   Sozialistische Reichspartei
SS   Schutzstaffel
UFA   Universum Film AG
UNO   United Nations Organization
USHMM   United States Holocaust Memorial Museum
VDS   Verband deutscher Studentenschaften
VfZ   Vierteljahrshefte für Zeitgeschichte
VGH   Volksgerichtshof
vh   Volkshochschule
VVN   Vereinigung der Verfolgten des Naziregimes
WDR   Westdeutscher Rundfunk
ZfG   Zeitschrift für Geschichtswissenschaft
ZK   Zentralkomitee [der SED]
ZPA   Zentrales Parteiarchiv der SED

Quellen- und Literaturverzeichnis

Quellen

archiv aktiv (Hamburg):

Gemeinsames Mutlangen Archiv
Ostermarsch-Bewegung

Archiv der Münchner Arbeiterbewegung (München):

Flugblattsammlung

Archiv der Akademie der Künste (Berlin) (ADK):

Franz Fühmann Archiv
Günther Weisenborn Archiv
Kurt Meisel Archiv

Archiv des Bayerischen Rundfunks:

SN/32.1

Bayerisches Hauptstaatsarchiv (München) (BayHStA):

MK (Bestand Kultusministerium)

Deutsches Filmmuseum, Archiv (Frankfurt a. M.) (DFM):

Artur Brauner Archiv

Deutsches Literaturarchiv (Marbach am Neckar) (DLA):

A: Zuckmayer, Carl

FH Hannover, Kulturarchiv:

Bestand Filmaufbau, Göttingen

Friedrich-Wilhelm-Murnau-Stiftung (Wiesbaden):

Bestand Bavaria Film

Hauptstaatsarchiv Stuttgart (HStA Stuttgart):

EA 3/203 (Kultusministerium, Abteilung Kunst)

HfG-Archiv (Ulm):

AZ 93
AZ 433
AZ 517
AZ 524

Institut für Zeitgeschichte (München) (IfZ):

ED 356 (Nachlass Hartmut von Hentig)
ED 364 (Nachlass Marcia Kahn)
ED 474 (Nachlass Inge Aicher-Scholl)
ED 475 (Sammlung Hellmuth Auerbach)
ED 734 (Nachlass Rijk Hilferink)
Fa 215 (Sammlung Weiße Rose)
ZS/A 26 a (Ricarda Huch)

Staatsarchiv Ludwigsburg:

EL 902/21 (Spruchkammer 45 – Ulm (Stadt)), Entnazifizierungsakte Inge Scholl

Staatsarchiv München:

Bestand Polizeidirektion München

Stadtarchiv München:

Bestand Bürgermeister und Rat
Bestand Kulturamt
Bestand Olympische Spiele
Nachlass Kurt Huber

Stadtarchiv Ulm:

B 006.10 (Oberbürgermeister)
B 123.37 (Verfassungsschutz, Hochverrat etc.)
Nachlass Theodor Pfizer

Archiv der Ludwig-Maximilians-Universität München (UAM):

Flugblattsammlung
Sen. 389
Slg III – Weiße Rose

Weiße Rose Stiftung e.V. (München):

Presseausschnittsammlung

Filme

Die Weiße Rose – Abschied von einem Mythos, Dokumentarfilm, Regie: Christian Petry und Joachim Hess (Radio Bremen), BRD 1968.

Die weiße Rose, Spielfilm, Regie: Michael Verhoeven, Drehbuch: Michael Verhoeven, Mario Krebs, BRD 1982.

Die Widerständigen. Zeugen der Weißen Rose, Dokumentarfilm, Regie: Katrin Seybold, BRD 2008.

Sophie Scholl – Die letzten Tage, Spielfilm, Regie: Marc Rothemund, Drehbuch: Fred Breinersdorfer, BRD 2005.

Online-Ressourcen

Badische Zeitung, Dossier: 60 Jahre Kriegsende
http://lahr.badische-zeitung.de/aktionen/2005/dossiers/kriegsende (zuletzt eingesehen am 3.6. 2012).

Geschwister-Scholl-Institut (München)
http://www.gsi.uni-muenchen.de/organisation/institutsgeschichte/index.html (zuletzt eingesehen am 3.6.2012).

Geschwister-Scholl-Preis
http://www.geschwister-scholl-preis.de (zuletzt eingesehen am 4.6.2012).

Justizministerium Baden-Württemberg (Stuttgart)
http://www.justizportal.de/servlet/PB/menu/1240294/index.html?ROOT=1153239 (zuletzt eingesehen am 3.6.2012).

Landeshauptstadt München, Kulturreferat: Erinnerungsorte München
http://www.ris-muenchen.de/RII/RII/DOK/SITZUNGSVORLAGE/1294949.pdf (zuletzt eingesehen am 3.6.2012)

Nationalsozialismus, Holocaust, Widerstand und Exil, 1933-1945 (Datenbank) http://db.saur.de/DGO/login.jsf;jsessionid=2924f83cd2f24d832c41db72f266 (zuletzt eingesehen am 3.6.2012).

NS-Dokumentationszentrum München: Topographie des Nationalsozialismus in München, interaktiver Stadtplan, 1918-1945
http://www.ns-dokumentationszentrum-muenchen.de/ns_in_muenchen/interaktive-karte (zuletzt eingesehen am 3.6.2012).

Jugendopposition in der DDR (Website der Bundeszentrale für politische Bildung (Berlin) und der Robert-Havemann-Gesellschaft e.V. (Berlin))
http://www.jugendopposition.de/index.php?id=2658 (zuletzt eingesehen am 3.6.2012).

Weiße-Rose-Stiftung e.V. (München)
http://www.weisse-rose-stiftung.de (zuletzt eingesehen am 4.6.2012).

Gedruckte Quellen und Darstellungen

Agamben, Giorgio: Was von Auschwitz bleibt. Das Archiv und der Zeuge, Frankfurt a. M. 2003.

Ahrens, Franz: Widerstandsliteratur. Ein Querschnitt durch die Literatur über die Verfolgungen und den Widerstand im Dritten Reich, als Manuskript gedruckt zum Organisationsgebrauch, hrsg. vom Rat der VVN Hamburg, Hamburg 1948.

Aicher, Manuel: Geschwister-Scholl-Archiv sucht seine Bestimmung, in: Der Archivar 54 (2001), 2, S. 177.

Aicher, Otl: innenseiten des kriegs, Frankfurt a. M. 1985.

Aicher-Scholl, Inge: Eva. Weil du bei mir bist, bin ich nicht allein, Riedhausen 1996.

Dies.: Zerreißt den Mantel der Gleichgültigkeit!, in: Vack, Hanne/Vack, Klaus (Hrsg.): Mutlangen – unser Mut wird langen. Vor den Richtern in Schwäbisch Gmünd, elf Verteidigungsreden wegen „Nötigung", Sensbachtal [6]1988, S. 67–74.

Dies. (Hrsg.): Sippenhaft. Nachrichten und Botschaften der Familie in der Gestapo-Haft nach der Hinrichtung von Hans und Sophie Scholl, Frankfurt a. M. 1993.

Albertz, Heinrich: Erinnerungen an die Prominentenblockade, in: Mutlanger Erfahrungen. Erinnerungen und Perspektiven, hrsg. von der Friedens- und Begegnungsstätte Mutlangen, Mutlangen 1994, S. 3.

Albrecht, Clemens: Die Frankfurter Schule in der Geschichte der Bundesrepublik, in: Ders. u. a.: Die intellektuelle Gründung der Bundesrepublik. Eine Wirkungsgeschichte der Frankfurter Schule, Frankfurt a. M. u. a. 1999, S. 497–529.

Alt, Karl: Todeskandidaten. Erlebnisse eines Seelsorgers im Gefängnis München-Stadelheim mit zahlreichen im Hitlerreich zum Tode verurteilten Männern und Frauen, München 1946.

Ammer, Thomas: „Angeregt durch die Methode der Geschwister Scholl". Ein Rückblick auf den Eisenberger Kreis aus dem Jahre 1965, in: Jahrbuch für historische Kommunismusforschung 2007, S. 377–395.

Aretin, Felicitas von: Die Enkel des 20. Juli 1944, Leipzig 2004.

Assmann, Aleida: Canon and Archive, in: Astrid Erll/Ansgar Nünning (Hrsg.): A Companion to Cultural Memory Studies, Berlin u. a. 2010, S. 97–107.

Dies.: Erinnerungsräume. Formen und Wandlungen des kulturellen Gedächtnisses, München 2003.

Dies.: Die Last der Vergangenheit, in: Zeithistorische Forschungen 4 (2007) 3, http://www.zeithistorische-forschungen.de/16126041-Assmann-3-2007 (zuletzt eingesehen am 3. 6. 2012).

Dies.: Jahrestage – Denkmäler in der Zeit, in: Paul Münch (Hrsg.): Jubiläum, Jubiläum… Zur Geschichte öffentlicher und privater Erinnerung, Essen 2005, S. 305–314.

Dies./Frevert, Ute: Geschichtsvergessenheit, Geschichtsversessenheit. Vom Umgang mit deutschen Vergangenheiten nach 1945, Stuttgart 1999.

Dies./Hartman, Geoffrey: Die Zukunft der Erinnerung und der Holocaust, Konstanz 2012.

Auerbach, Hellmuth: Die Gründung des Instituts für Zeitgeschichte, in: VfZ 18 (1970), 4, S. 529–554.

Baer, Ulrich: Einleitung, in: Ders. (Hrsg.): „Niemand zeugt für den Zeugen". Erinnerungskultur und historische Verantwortung nach der Shoah, Frankfurt a. M. 2000.

Bajohr, Frank/Wildt, Michael: Einleitung, in: Dies. (Hrsg.): Volksgemeinschaft. Neue Forschungen zur Geschichte des Nationalsozialismus, Frankfurt a. M. 2009, S. 7–23.

Bald, Detlef/Wette, Wolfram (Hrsg.): Alternativen zur Wiederbewaffnung. Friedenskonzeptionen in Westdeutschland 1945–1955, Essen 2008.

Balz, Hanno: Kampf um die Grenzen. „Terrorismus" und die Krise öffentlichen Engagements in der Bundesrepublik der siebziger Jahre, in: Habbo Knoch (Hrsg.): Bürgersinn mit Weltgefühl. Politische Moral und solidarischer Protest in den sechziger und siebziger Jahren, Göttingen 2007, S. 294–310.

Bamberg, Hans-Dieter: Die Deutschland-Stiftung e. V. Studien über die Kräfte der „demokratischen Mitte" und des Konservatismus in der Bundesrepublik Deutschland, Meisenheim am Glan 1978.

Barnert, Anne u. a. (Hrsg.): archive vergessen, Themenheft Werkstatt Geschichte 18 (2009), 52.

Barth, Karl: Ein Wort an die Deutschen. [Vortrag gehalten auf Einladung des württembergischen Ministeriums des Innern im Württ. Staatstheater zu Stuttgart am 2. November 1945], Stuttgart 1946.

Bassler, Sibylle: Die Weiße Rose. Zeitzeugen erinnern sich, Reinbek b. Hamburg 2006.

Bauerkämper, Arnd u. a.: Transatlantische Mittler und die kulturelle Demokratisierung Westdeutschlands 1945–1970, in: Dies. (Hrsg.): Demokratiewunder. Transatlantische Mittler und die kulturelle Öffnung Westdeutschlands 1945–1970, Göttingen 2005, S. 11–37.

Bayles, William: Seven were Hanged. An Authentic Account of the Student Revolt in Munich University, London 1945.

Berek, Mathias: Kollektives Gedächtnis und die gesellschaftliche Konstruktion der Wirklichkeit. Eine Theorie der Erinnerungskulturen, Wiesbaden 2009.

Berg, Nicolas: Der Holocaust und die westdeutschen Historiker. Erforschung und Erinnerung, Göttingen 2003.

Bergmann, Georg: Franz Jägerstätter. Ein Leben vom Gewissen entschieden, Stein am Rhein 1980.

Bersch, Richard: Pathos und Mythos. Studien zum Werk Werner Helwigs mit einem bio-bibliographischen Anhang, Frankfurt a. M. u. a. 1992.

Betts, Paul: The Authority of Everyday Objects. A Cultural History of West German Industrial Design, Berkeley u. a. 2004.

Ders.: The Politics of Post-Fascist Aesthetics: 1950s West and East German Industrial Design, in: Richard Bessel/Dirk Schumann (Hrsg.): Life after Death. Approaches to a Cultural and Social History of Europe during the 1940s and 1950s, Cambridge u. a. 2003, S. 291–321.

Bird, Kai: The Chairman. John J. McCloy, the Making of the American Establishment, New York 1992.

Blaha, Tatjana: Willi Graf und die Weiße Rose. Eine Rezeptionsgeschichte, München 2003.

Blaschke, Olaf: Zeitgeschichte gestalten. Verleger und Lektoren, in: Frank Bösch/Constantin Goschler (Hrsg.): Public History. Öffentliche Darstellungen des Nationalsozialismus jenseits der Geschichtswissenschaft, Frankfurt a. M./New York 2009, S. 219–251.

Blecher, Jens/Wiemers, Gerald (Hrsg.): Studentischer Widerstand an den mitteldeutschen Universitäten 1945 bis 1955. Von der Universität in den GULAG, Studentenschicksale in sowjetischen Straflagern 1945 bis 1955, Leipzig ²2005.

Boberach, Heinz u. a. (Bearb.): Das Bundesarchiv und seine Bestände. Übersicht, 2., erg. u. bearb. Aufl., Boppard 1968.

Ders. (Bearb.): Inventar archivalischer Quellen des NS-Staates. Die Überlieferung von Behörden und Einrichtungen des Reichs, der Länder und der NSDAP, Teil 1 u. 2, München u. a. 1991–1995.

Bösch, Frank: Der Nationalsozialismus im Dokumentarfilm. Geschichtsschreibung im Fernsehen, 1950–1990, in: Ders./Constantin Goschler (Hrsg.): Public History. Öffentliche Darstellungen des Nationalsozialismus jenseits der Geschichtswissenschaft, Frankfurt a. M./New York 2009, S. 52–76.

Ders.: Film, NS-Vergangenheit und Geschichtswissenschaft. Von „Holocaust" zu „Der Untergang", in: VfZ 55 (2007), 1, S. 1–32.

Böttcher, Hans-Ernst: Strafbare Nötigung oder Ausübung von Grundrechten? Die gerichtliche Auseinandersetzung mit den Sitzblockaden gegen den NATO-Doppelbeschluß, in: Helmut Kramer/Wolfram Wette (Hrsg.): Recht ist, was den Waffen nützt. Justiz und Pazifismus im 20. Jahrhundert, Berlin 2004, S. 295–316.

Bracher, Karl Dietrich: Wissenschaft und Widerstand. Das Beispiel Weiße Rose, in: APuZ (1963), 29, S. 3–16.

Braun, Birgit: Umerziehung in der amerikanischen Besatzungszone. Die Schul- und Bildungspolitik in Württemberg-Baden von 1945 bis 1949, Münster 2004.

Braun, Hans: Helmut Schelskys Konzept der „nivellierten Mittelstandsgesellschaft" und die Bundesrepublik der 50er Jahre, in: AfS 29 (1989), S. 199–223.

Braun, Hans u. a.: „Die lange Stunde Null". Exogene Vorgaben und endogene Kräfte im gesellschaftlichen und politischen Wandel nach 1945, in: Dies. (Hrsg.): Die lange Stunde Null. Gelenkter sozialer Wandel in Westdeutschland nach 1945, Baden-Baden 2007, S. 7–26.

Breidenbach, Joana: Deutsche und Dingwelt. Die Kommodifizierung nationaler Eigenschaften und die Nationalisierung deutscher Kultur, Münster u. a. 1994.

Breinersdorfer, Fred/Chaussy, Ulrich (Hrsg.): Sophie Scholl. Die letzten Tage, Frankfurt a. M. 2005.

Bretschneider, Heike: Der Widerstand gegen den Nationalsozialismus in München 1933–1945, München 1968.

Breyvogel, Wilfried: Die Gruppe „Weiße Rose". Anmerkungen zur Rezeptionsgeschichte und kritischen Rekonstruktion, in: Ders./Matthias von Hellfeld (Hrsg.): Piraten, Swings und Junge Garde. Jugendwiderstand im Nationalsozialismus, Bonn 1991, S. 159–201.

Brockmann, Stephen: German Literary Culture at the Zero Hour, Rochester 2004.

Bronnen, Barbara: Fliegen mit gestutzten Flügeln. Die letzten Jahre der Ricarda Huch, 1933–1947, Zürich/Hamburg 2007.

Broszat, Martin/Fröhlich, Elke: Alltag und Widerstand – Bayern im Nationalsozialismus, München 1987.

Broszat, Martin u. a. (Hrsg.): Bayern in der NS-Zeit, 6 Bde., München 1977–1983.

Browder, George C.: Problems and Potentials of the Berlin Document Center, in: Central European History 5 (1972), S. 362–380.

Brownlee, Kimberley: Artikel „Civil Disobedience", in: Stanford Encyclopedia of Philosophy, http://plato.stanford.edu/entries/civil-disobedience/ (zuletzt eingesehen am 23.1.2012).

Büchel, Regine: Deutscher Widerstand im Spiegel von Fachliteratur und Publizistik seit 1945, München 1975.

Buchheim, Hans/Graml, Hermann: Die fünfziger Jahre. Zwei Erfahrungsberichte, in: Horst Möller/Udo Wengst (Hrsg.): 50 Jahre Institut für Zeitgeschichte. Eine Bilanz, München 1999, S. 69–83.

Büchse, Nicolas: Von Staatsbürgern und Protestbürgern. Der Deutsche Herbst und die Veränderung der politischen Kultur in der Bundesrepublik, in: Habbo Knoch (Hrsg.): Bürgersinn mit Weltgefühl. Politische Moral und solidarischer Protest in den sechziger und siebziger Jahren, Göttingen 2007, S. 311–332.

Buddrus, Michael: Totale Erziehung für den totalen Krieg. Hitlerjugend und nationalsozialistische Jugendpolitik, Teil 1, München 2003.

Burke, Peter: Die Kulturgeschichte der Träume, in: Ders.: Eleganz und Haltung, Berlin 1998, S. 37–62.

Burton, Antoinette (Hrsg.): Archive Stories. Facts, Fictions and the Writing of History, Durham u. a. 2005.

Carter, April: Peace Movements. International Protest and World Politics since 1945, London/New York 1992.

Cerutti, Mauro u. a. (Hrsg.): Penser l'archive. Histoire d'archives – archives d'histoire, Lausanne 2006.

Chenaux, Philippe: Entre Mauras et Maritain. Une génération intellectuelle catholique (1920–1930), Paris 1999.

Ciupke, Paul/Reichling, Norbert: „Unbewältigte Vergangenheit" als Bildungsangebot. Das Thema „Nationalsozialismus" in der westdeutschen Erwachsenenbildung 1946 bis 1989, Frankfurt a. M. 1996.

Clark, Mark W.: Beyond Catastrophe. German Intellectuals and Cultural Renewal after World War II, 1945–1955, Lanham u. a. 2006.

Classen, Christoph: Bilder der Vergangenheit. Die Zeit des Nationalsozialismus im Fernsehen der Bundesrepublik Deutschland 1955–1965, Köln u. a. 1999.

Ders. (Hrsg.): Die Fernsehserie „Holocaust" – Rückblicke auf eine „betroffene Nation", Themenschwerpunkt von Zeitgeschichte online, März 2004, http://www.zeitgeschichte-online.de/md=FSHolocaust-Inhalt (zuletzt eingesehen am 4. 6. 2012).

Cofalla, Sabine: Der „soziale Sinn" Hans Werner Richters. Zur Korrespondenz des Leiters der Gruppe 47, 2., überarb. Aufl., Berlin 1998.

Confino, Alon: Memory and the History of Mentalities, in: Astrid Erll/Ansgar Nünning (Hrsg.): A Companion to Cultural Memory Studies, Berlin u. a. 2010, S. 77–84.

Ders./Peter Fritzsche: Introduction: Noises of the Past, in: Dies. (Hrsg.): The Work of Memory. New Directions in the Study of German Society and Culture, Urbana/Chicago 2002, S. 1–21.

Cooper, Alice Holmes: Paradoxes of Peace. German Peace Movements since 1945, Ann Arbor 1996.

Conze, Eckart: Die Suche nach Sicherheit. Eine Geschichte der Bundesrepublik Deutschland von 1949 bis in die Gegenwart, München 2009.

Cornelißen, Christoph: Zur Erforschung von Erinnerungskulturen in West- und Osteuropa. Methoden und Fragestellungen, in: Ders. u. a. (Hrsg.): Diktatur – Krieg – Vertreibung. Erinnerungskulturen in Tschechien, der Slowakei und Deutschland seit 1945, Essen 2005, S. 25–44.

Crane, Susan A.: (Not) Writing History: Rethinking the Intersections of Personal History and Collective Memory with Hans von Aufsess, in: History and Memory 8 (1996), 1, S. 5–29.

Derrida, Jacques: Dem Archiv verschrieben. Eine Freudsche Impression, Berlin 1997.

Deutscher Bundestag (10. Wahlperiode): Drucksachen.

Deutscher Bundestag (10. Wahlperiode): Stenographische Berichte.

Die 1970er-Jahre – Inventur einer Umbruchszeit, Themenheft Zeithistorische Forschungen (2006), 3, http://www.zeithistorische-forschungen.de/site/40208704/default.aspx (zuletzt eingesehen am 4. 6. 2012).

Diedrichs, Christof L.: Vom Glauben zum Sehen. Die Sichtbarkeit der Reliquie im Reliquiar, ein Beitrag zur Geschichte des Sehens, Berlin 2001.

Dillmann-Kühn, Claudia: Artur Brauner und die CCC. Filmgeschäft, Produktionsalltag, Studiogeschichte 1946–1990, Frankfurt a. M 1990.

Dipper, Christof: Verräter oder Helden? Das Bild des deutschen Widerstandes in der bundesrepublikanischen Gesellschaft, in: Holger Afflerbach/Christoph Cornelißen (Hrsg.): Sieger und Besiegte. Materielle und ideelle Neuorientierungen nach 1945, Tübingen u. a. 1997, S. 297–313.

Doering-Manteuffel, Anselm/Raphael, Lutz: Nach dem Boom. Perspektiven auf die Zeitgeschichte seit 1970, Göttingen 2008.

Donohoe, James: Hitler's Conservative Opponents in Bavaria. A Study of Catholic, Monarchist, and Separatist Anti-Nazi Activities, Leiden 1961.

Drobisch, Klaus: Wir schweigen nicht! Eine Dokumentation über den antifaschistischen Kampf Münchner Studenten 1942/43, Berlin (Ost) 1968.

Dubiel, Helmut: Niemand ist frei von der Geschichte. Die nationalsozialistische Herrschaft in den Debatten des Deutschen Bundestages, München u. a. 1999.

Dumbach, Anette/Newborn, Jud: Shattering the German Night. The Story of the White Rose, Boston u. a. 1986.

Dies.: Wir sind Euer Gewissen. Die Geschichte der Weißen Rose, Stuttgart 1988.

Dumschat, Sabine: Archiv oder „Mülleimer"? Das „NS-Archiv" des Ministeriums für Staatssicherheit der DDR und seine Aufarbeitung im Bundesarchiv, in: Archivalische Zeitschrift 89 (2007), S. 119–146.

Ebbinghaus, Julius: Zu Deutschlands Schicksalswende, Frankfurt a. M. 1946.

Ebeling, Knut/Günzel, Stephan: Einleitung, in: Dies. (Hrsg.): Archivologie. Theorien des Archivs in Philosophie, Medien und Künsten, Berlin 2009, S. 7–26.

Eckel, Jan: Geschichte als Besinnung. Hans Rothfels' Bild des Widerstands gegen den National-sozialismus, in: Jürgen Danyel u. a. (Hrsg.): 50 Klassiker der Zeitgeschichte, Göttingen 2007, S. 33–36.

Ders.: Intellektuelle Transformationen im Spiegel der Widerstandsdeutungen, in: Ulrich Herbert (Hrsg.): Wandlungsprozesse in Westdeutschland. Belastung, Integration, Liberalisierung 1945–1980, Göttingen 2002, S. 140–176.

Ders./Moisel, Claudia (Hrsg.): Universalisierung des Holocaust? Erinnerungskultur und Geschichtspolitik in internationaler Perspektive, Göttingen 2008.

Eckert, Astrid M.: Kampf um die Akten. Die Westalliierten und die Rückgabe von deutschem Archivgut nach dem Zweiten Weltkrieg, Stuttgart 2004.

Eckert, Hans-Peter: Die Legende. Kulturanthropologische Annäherung an eine literarische Gattung, Stuttgart/Weimar 1993.

Eder, Jacob S.: Holocaust-Erinnerung als deutsch-amerikanische Konfliktgeschichte. Die bundesdeutschen Reaktionen auf das United States Holocaust Memorial Museum in Washington, DC, in: Jan Eckel/Claudia Moisel (Hrsg.): Universalisierung des Holocaust? Erinnerungskultur und Geschichtspolitik in internationaler Perspektive, Göttingen 2008, S. 109–134.

Ehmer, Hermann: Die Besetzung Badens im April 1945, in: Hansmartin Schwarzmaier (Hrsg): Landesgeschichte und Zeitgeschichte. Kriegsende 1945 und demokratischer Neubeginn am Oberrhein, Karlsruhe 1980, S. 35–58.

Eitler, Pascal: „Gott ist tot – Gott ist rot". Max Horkheimer und die Politisierung der Religion um 1968, Frankfurt a. M. 2009.

Eitz, Thorsten/Stötzel, Georg: Wörterbuch der „Vergangenheitsbewältigung". Die NS-Vergangenheit im öffentlichen Sprachgebrauch, [Bd. 1], Hildesheim 2007.

Engelhardt, Michael von: Geschlechtsspezifische Muster des mündlichen autobiographischen Erzählens im 20. Jahrhundert, in: Magdalene Heuser (Hrsg.): Autobiographien von Frauen. Beiträge zu ihrer Geschichte, Tübingen 1996, S. 368–392.

Erll, Astrid: Kollektives Gedächtnis und Erinnerungskulturen. Eine Einführung, Stuttgart/Weimar 2005.

Dies./Nünning, Ansgar (Hrsg.): A Companion to Cultural Memory Studies, Berlin u. a. 2010.

Espagne, Michel u. a. (Hrsg.): Archiv und Gedächtnis. Studien zur interkulturellen Überlieferung, Leipzig 2000.

Esposito, Elena: Soziales Vergessen. Formen und Medien des Gedächtnisses der Gesellschaft, Frankfurt a. M. 2002.

Etzemüller, Thomas: 1968 – Ein Riss in der Geschichte? Gesellschaftlicher Umbruch und 68er-Bewegungen in Westdeutschland und Schweden, Konstanz 2005.

Ewers, Hanns Heinz: Horst Wessel. Ein deutsches Schicksal, Stuttgart u. a. 1932.

Fallada, Hans: Jeder stirbt für sich allein. Roman, ungek. Neuausg., Berlin ²2011.

Farge, Arlette: Le goût de l'archive, Paris 1989.

Fay, Jennifer: Theaters of Occupation. Hollywood and the Reeducation of Postwar Germany, Minnesota 2008.

Fehrenbach, Heide: Cinema in Democratizing Germany. Reconstructing National Identity after Hitler, Chapel Hill u. a. 1995.

Finker, Kurt: Die Stellung der Sowjetunion und der sowjetischen Geschichtsschreibung zum 20. Juli 1944, in: Gerd R. Ueberschär (Hrsg.): Der 20. Juli 1944. Bewertung und Rezeption des deutschen Widerstandes gegen das NS-Regime, Köln 1994, S. 38–54.

Foucault, Michel: Die Archäologie des Wissens, Frankfurt a. M. 2005.

François, Etienne/Schulze, Hagen: Einleitung, in: Dies. (Hrsg.): Deutsche Erinnerungsorte, Bd. 1, München 2003, S. 9–24.

Frei, Norbert: 1945 und wir. Das Dritte Reich im Bewusstsein der Deutschen, München 2005.

Ders.: 1968. Jugendrevolte und globaler Protest, München 2008.

Ders.: Erinnerungskampf. Zur Legitimationsproblematik des 20. Juli 1944 im Nachkriegsdeutschland, in: Christian Jansen u. a. (Hrsg.): Von der Aufgabe der Freiheit. Politische Verantwortung und bürgerliche Gesellschaft im 19. und 20. Jahrhundert, Festschrift für Hans Mommsen zum 5. November 1995, Berlin 1995, S. 493–504.

Ders.: Vergangenheitspolitik. Die Anfänge der Bundesrepublik und die NS-Vergangenheit, München 1996.

Frese, Matthias u. a. (Hrsg.): Demokratisierung und gesellschaftlicher Aufbruch. Die sechziger Jahre als Wendezeit der Bundesrepublik, Paderborn u. a. ²2005.

Fritzsche, Peter: Life and Death in the Third Reich, Cambridge u. a. 2008.

Ders.: Wie aus Deutschen Nazis wurden, Zürich 1999.

Fröhlich, Claudia/Kohlstruck, Michael: Vergangenheitspolitik in kritischer Absicht, in: Dies. (Hrsg.): Engagierte Demokraten. Vergangenheitspolitik in kritischer Absicht, Münster 1999, S. 7–30.

Fulda, Daniel u. a.: Zur Einführung, in: Dies. (Hrsg.): Demokratie im Schatten der Gewalt. Geschichte des Privaten im deutschen Nachkrieg, Göttingen 2010, S. 7–21.

Gassert, Philipp: Viel Lärm um nichts? Der NATO-Doppelbeschluss als Katalysator gesellschaftlicher Selbstverständigung in der Bundesrepublik, in: Ders. u. a. (Hrsg.): Zweiter Kalter Krieg und Friedensbewegung. Der NATO-Doppelbeschluss in deutsch-deutscher und internationaler Perspektive, München 2011, S. 175–202.

Ders. u. a. (Hrsg.): Zweiter Kalter Krieg und Friedensbewegung. Der NATO-Doppelbeschluss in deutsch-deutscher und internationaler Perspektive, München 2011.

Ders./Steinweis, Alan E. (Hrsg.): Coping with the Nazi Past. West German Debates on Nazism and Generational Conflict, 1955–1975, New York u. a. 2006.

Geppert, Dominik: Hans Werner Richter, die Gruppe 47 und „1968", in: Franz-Werner Kersting u. a. (Hrsg.): Die zweite Gründung der Bundesrepublik. Generationswechsel und intellektuelle Wortergreifungen 1955–1975, Stuttgart 2010, S. 175–187.

Ders.: Von der Staatsskepsis zum parteipolitischen Engagement. Hans Werner Richter, die Gruppe 47 und die deutsche Politik, in: Ders./Jens Hacke (Hrsg.): Streit um den Staat. Intellektuelle Debatten in der Bundesrepublik 1960–1980, Göttingen 2008, S. 46–68.

Gesetz zur Änderung des Strafgesetzbuchs vom 28. Juni 1935, RGBl. I, S. 839.

Geyer, Martin H.: Im Schatten der NS-Zeit. Zeitgeschichte als Paradigma einer (bundes-)republikanischen Geschichtswissenschaft, in: Alexander Nützenadel/Wolfgang Schieder (Hrsg.): Zeitgeschichte als Problem. Nationale Traditionen und Perspektiven der Forschung in Europa, Göttingen 2004, S. 25–53.

Ders.: Sozialpolitische Denk- und Handlungsfelder. Der Umgang mit Sicherheit und Unsicherheit, in: Ders. (Hrsg.): 1974–1982 Bundesrepublik Deutschland. Neue Herausforderungen, wachsende Unsicherheiten, Baden-Baden 2008, S. 111–231.

Geyer, Michael: Der Kalte Krieg, die Deutschen und die Angst. Die westdeutsche Opposition gegen Wiederbewaffnung und Kernwaffen, in: Klaus Naumann (Hrsg.): Nachkrieg in Deutschland, Hamburg 2001, S. 267–318.

Ders.: Resistance as Ongoing Project. Visions of Order, Obligations to Strangers, Struggles for Civil Society, in: The Journal of Modern History 64 (1992), Supplement: Resistance Against the Third Reich, S. 217–241.

Giesen, Bernhard: Das Tätertrauma der Deutschen, in: Ders./Christoph Schneider (Hrsg.): Tätertrauma. Nationale Erinnerung im öffentlichen Diskurs, Konstanz 2004, S. 11–53.

Glienke, Stephan Alexander: Die Ausstellung „Ungesühnte Nazijustiz" (1959–1962). Zur Geschichte der Aufarbeitung nationalsozialistischer Justizverbrechen, Baden-Baden 2008.

Glotz, Peter (Hrsg.): Ziviler Ungehorsam im Rechtsstaat, Frankfurt a. M. 1983.

Gollwitzer, Helmut u. a. (Hrsg.): Du hast mich heimgesucht bei Nacht. Abschiedsbriefe und Aufzeichnungen des Widerstandes 1933–1945, München 1956.

Goltz, Anna von der: Eine Gegen-Generation von 1968? Politische Polarisierung und konservative Mobilisierung an westdeutschen Universitäten, in: Massimiliano Livi u. a. (Hrsg.): Die 1970er Jahre als schwarzes Jahrzehnt. Politisierung und Mobilisierung zwischen christlicher Demokratie und extremer Rechter, Frankfurt a. M. 2010, S. 73–89.

Goschler, Constantin: Politische Moral und Moralpolitik. Die lange Dauer der „Wiedergutmachung" und das politische Bild des „Opfers", in: Habbo Knoch (Hrsg.): Bürgersinn mit Weltgefühl. Politische Moral und solidarischer Protest in den sechziger und siebziger Jahren, Göttingen 2007, S. 138–156.

Ders.: Schuld und Schulden. Die Politik der Wiedergutmachung für NS-Verfolgte seit 1945, Göttingen 2005.

Graf, Willi: Briefe und Aufzeichnungen, hrsg. von Anneliese Knoop-Graf und Inge Jens, Frankfurt a. M. 1988.

Granieri, Ronald J.: The Ambivalent Alliance. Konrad Adenauer, the CDU/CSU, and the West, 1949–1966, New York u. a. 2004.

Große Kracht, Klaus: Die zankende Zunft. Historische Kontroversen in Deutschland nach 1945, Göttingen ²2011.

Guardini, Romano: Die Waage des Daseins. Rede zum Gedächtnis von Sophie und Hans Scholl, Christoph Probst, Alexander Schmorell, Willi Graf und Prof. Dr. Huber, gehalten am 4. November 1945, Tübingen u. a. 1946.

Ders.: „Es lebe die Freiheit!". Festrede, gehalten bei der Enthüllung des Mahnmals für Professor Kurt Huber und seinen studentischen Widerstandskreis am 12. Juli 1958, in: Jahrbuch der Ludwig-Maximilians-Universität München 1957/1958, München [1958], S. 101–110.

Gudehus, Christian u. a. (Hrsg.): Gedächtnis und Erinnerung. Ein interdisziplinäres Handbuch, Stuttgart u. a. 2010.

Guggenberger, Bernd: Die Grenzen des Gehorsams – Widerstandsrecht und atomares Zäsurbewußtsein, in: Roland Roth/Dieter Rucht (Hrsg.): Neue soziale Bewegungen in der Bundesrepublik Deutschland, Bonn 1987, S. 327–343.

Haecker, Theodor: Der Christ und die Geschichte, München ²1949.

Haffner, Sebastian: Geschichte eines Deutschen. Die Erinnerungen 1914–1933, Stuttgart/München 2000.

Hahn, Brigitte J.: Umerziehung durch Dokumentarfilm? Ein Instrument amerikanischer Kulturpolitik im Nachkriegsdeutschland (1945–1953), Münster 1997.

Hahnzog, Klaus: Gründung und frühe Entwicklung der Weiße Rose Stiftung, in: Mathias Rösch (Hrsg.): Erinnern und Erkennen. Festschrift für Franz J. Müller, Stamsried 2004, S. 69–84.

Hajak, Stefanie/Zarusky, Jürgen (Hrsg.): München und der Nationalsozialismus. Menschen, Orte, Strukturen, Berlin 2008.

Hammerstein, Katrin: Schuldige Opfer? Der Nationalsozialismus in den Gründungsmythen der DDR, Österreichs und der Bundesrepublik Deutschland, in: Regina Fritz u. a. (Hrsg.): Nationen und ihre Selbstbilder. Postdiktatorische Gesellschaften in Europa, Göttingen 2008, S. 39–61.

Hansen, Karl-Heinz: Geheime Demokratie in einer unheimlichen Republik, in: Blätter für deutsche und internationale Politik 29 (1984), S. 1319–1328.

Hanser, Richard: A Noble Treason. The Revolt of the Munich Students against Hitler, New York 1979.

Ders.: Deutschland zuliebe. Leben und Sterben der Geschwister Scholl, die Geschichte der Weißen Rose, München 1980.

Hardt, Ursula: From Caligari to California. Eric Pommer's Life in the International Film Wars, Providence/Oxford 1996.

Hartman, Geoffrey (Hrsg.): Bitburg in Moral and Political Perspective, Bloomington 1986.

Hartnagel, Fritz: Das Todesurteil. Zur Erinnerung an den 18. Februar 1943, in: Münchner Studentenzeitung 1 (1948), 5/6, S. 11–12.

Harzendorf, Fritz: So kam es. Der deutsche Irrweg von Bismarck bis Hitler, Konstanz ²1946.

Hauser, Johannes: Neuaufbau der westdeutschen Filmwirtschaft 1945–1955 und der Einfluß der US-amerikanischen Filmpolitik. Vom reichseigenen Filmmonopolkonzern (UFI) zur privatwirtschaftlichen Konkurrenzwirtschaft, Pfaffenweiler 1989.

Hauswedell, Corinna: Friedenswissenschaften im Kalten Krieg. Friedensforschung und friedenswissenschaftliche Initiativen in der Bundesrepublik Deutschland in den achtziger Jahren, Baden-Baden 1997.

Hecker, Hans-Joachim: Der Nachlaß Kurt Hubers, in: Clara Huber (Hrsg.): „… der Tod … war nicht vergebens". Kurt Huber zum Gedächtnis, München 1986, S. 168–176.

Heer, Hannes/Ullrich, Volker (Hrsg.): Geschichte entdecken. Erfahrungen und Projekte der neuen Geschichtsbewegung, Reinbek b. Hamburg 1985.

Hemler, Stefan: Protest-Inszenierungen. Die 68er-Bewegung und das Theater in München, in: Hans-Michael Körner/Jürgen Schläder: Münchner Theatergeschichtliches Symposium 2000, München 2000, S. 276–318.

Henke, Josef: Das Schicksal deutscher zeitgeschichtlicher Quellen in Kriegs- und Nachkriegszeit. Beschlagnahme – Rückführung – Verbleib, in: VfZ 39 (1982), 4, S. 557–620.

Herbert, Ulrich: Der Historikerstreit. Politische, wissenschaftliche, biographische Aspekte, in: Martin Sabrow (Hrsg.): Zeitgeschichte als Streitgeschichte. Große Kontroversen nach 1945, München 2003, S. 94–113.

Ders.: Liberalisierung als Lernprozess. Die Bundesrepublik in der deutschen Geschichte – eine Skizze, in: Ders. (Hrsg.): Wandlungsprozesse in Westdeutschland. Belastung, Integration, Liberalisierung 1945–1980, Göttingen 2002, S. 7–49.

Herbst, Ludolf u.a: Aufgaben und Perspektiven der Zeitgeschichtsforschung nach der politischen Umwälzung in Osteuropa und in der DDR, in: VfZ 30 (1990), 3, S. 509–514.

Herf, Jeffrey: War by other Means. Soviet Power, West German Resistance, and the Battle of Euromissiles, New York u. a. 1991.

Ders.: Zweierlei Erinnerung. Die NS-Vergangenheit im geteilten Deutschland, Berlin 1998.

Herms, Michael: Hinter den Linien. Westarbeit der FDJ 1945–1956, Berlin 2001.

Hickethier, Knut: The Restructuring of the West German Film Industry after the 1950s, in: John E. Davidson/Sabine Hake (Hrsg.): Take Two. Fifties Cinema in Divided Germany, New York/Oxford 2007, S. 194–209.

Hikel, Christine: Erinnerung als Partizipation. Inge Scholl und die „Weiße Rose" in der Bundesrepublik, in: Dies. u. a. (Hrsg.): Lieschen Müller wird politisch. Geschlecht, Staat und Partizipation in Deutschland im 20. Jahrhundert, S. 105–114.

Dies.: Lügengeschichten, Sensationsromane und andere Machwerke. Vergessenes von der „Weißen Rose", in: Anne Barnert u. a. (Hrsg.): archive vergessen, Themenheft Werkstatt Geschichte 18 (2009), 52, S. 23–37.

Dies. u. a.: Impulse für eine neue Frauen-Politikgeschichte, in: Dies. u. a. (Hrsg.): Lieschen Müller wird politisch. Geschlecht, Staat und Partizipation in Deutschland im 20. Jahrhundert, S. 7–12.

Dies./Zankl, Sönke (Hrsg.): Ein Weggefährte der Geschwister Scholl. Die Briefe des Josef Furtmeier 1938–1947, München 2007.

Hilgert, Christoph: „… den freien, kritischen Geist unter der Jugend zu fördern": Der Beitrag des Jugendfunks zur zeitgeschichtlichen und politischen Aufklärung von Jugendlichen in den 1950er Jahren, in: Franz-Werner Kersting u. a. (Hrsg.): Die zweite Gründung der Bundesrepublik. Generationswechsel und intellektuelle Wortergreifungen 1955–1975, Stuttgart 2010, S. 21–41.

Hockerts, Hans-Günter: Gab es eine Stunde Null? Die politische, gesellschaftliche und wirtschaftliche Situation in Deutschland nach der bedingungslosen Kapitulation, in: Stefan Krimm u. a. (Hrsg.): Nachkriegszeiten – Die Stunde Null als Realität und Mythos in der deutschen Geschichte, München 1996, S. 119–156.

Ders.: Zugänge zur Zeitgeschichte: Primärerfahrung, Erinnerungskultur, Geschichtswissenschaft, in: Konrad H. Jarausch/Martin Sabrow (Hrsg.): Verletztes Gedächtnis. Erinnerungskultur und Zeitgeschichte im Konflikt, Frankfurt a. M. u. a. 2002, S. 39–73.

Hodenberg, Christina von: Konsens und Krise. Eine Geschichte der westdeutschen Medienöffentlichkeit 1945–1973, Göttingen 2006.

Holdenried, Michaela: Autobiografie, Stuttgart 2000.

Holler, Eckard: Hans Scholl und Sophie Scholl zwischen Hitlerjugend und dj. 1.11, in: puls 22 (1999), S. 27–52.

Holler, Regina: 20. Juli 1944, Vermächtnis oder Alibi? Wie Historiker, Politiker und Journalisten mit dem deutschen Widerstand gegen den Nationalsozialismus umgehen, eine Untersuchung der wissenschaftlichen Literatur, der offiziellen Reden und der Zeitungsberichterstattung in Nordrhein-Westfalen von 1945–1986, München u. a. 1994.

Holtmann, Karen: Die Saefkow-Jacob-Bästlein-Gruppe vor dem Volksgerichtshof. Die Hochverratsverfahren gegen die Frauen und Männer der Berliner Widerstandsorganisation 1944–1945, Paderborn u. a. 2010.

Horn, Sabine: Erinnerungsbilder. Auschwitz-Prozess und Majdanek-Prozess im westdeutschen Fernsehen, Essen 2009.

Huber, Clara (Hrsg.): „… der Tod … war nicht vergebens". Kurt Huber zum Gedächtnis, München 1986.

Dies. (Hrsg.): Kurt Huber zum Gedächtnis. Bildnis eines Menschen, Denkers und Forschers, Regensburg 1947.

Hübner-Funk, Sybille: Loyalität und Verblendung. Hitlers Garanten der Zukunft als Träger der zweiten deutschen Demokratie, Potsdam 1998.

Huch, Ricarda: Die Aktion der Münchner Studenten gegen Hitler, in: Neue Schweizer Rundschau, N. F. 16 (1948), 5, S. 283–296.

Dies.: Die Aktion der Münchner Studenten gegen Hitler (II), in: Neue Schweizer Rundschau, N. F. 16 (1948), 6, S. 346–365.

Dies.: In einem Gedenkbuch zu sammeln… Bilder deutscher Widerstandskämpfer, hrsg. u. eingel. von Matthias Schwiedrzik, Leipzig 1997.

Hummel, Karl-Josef: Katholische Glaubenszeugen des Dritten Reiches im Wandel der Erinnerung, in: Hans Maier/Carsten Nicolaisen (Hrsg.): Martyrium im 20. Jahrhundert, Annweiler 2004, S. 45–86.

Hürter, Johannes: Anti-Terrorismus-Politik. Ein deutsch-italienischer Vergleich, in: VfZ 57 (2009), 3, S. 329–348.

Hüttenberger, Peter: Vorüberlegungen zum „Widerstandsbegriff", in: Jürgen Kocka (Hrsg.): Theorien in der Praxis des Historikers. Forschungsbeispiele und ihre Diskussion, Göttingen 1977, S. 117–139.

Jacobsen, Wolfgang: Erich Pommer. Ein Produzent macht Filmgeschichte, Berlin 1989.

Jahnke, Karl-Heinz: Aus dem antifaschistischen Widerstandskampf der deutschen Studenten, in: Ders. (Hrsg.): Niemals vergessen! Aus dem antifaschistischen Widerstand der Studenten Europas, Berlin 1959, S. 182–219.

Ders.: Weiße Rose contra Hakenkreuz. Der Widerstand der Geschwister Scholl und ihrer Freunde, Frankfurt a. M. 1969.

Jahrbuch der Ludwig-Maximilians-Universität München 1957/1958, München [1958].

Jarausch, Konrad H.: Das Ende der Zuversicht? Die siebziger Jahre als Geschichte, Göttingen 2008.

Ders.: Die Umkehr. Deutsche Wandlungen 1945–1995, München 2004.

Ders.: Zeitgeschichte und Erinnerung. Deutungskonkurrenz oder Interdependenz?, in: Ders./ Martin Sabrow (Hrsg.): Verletztes Gedächtnis. Erinnerungskultur und Zeitgeschichte im Konflikt, Frankfurt a. M. u. a. 2002, S. 9–37.

Ders./Geyer, Michael: Zerbrochener Spiegel. Deutsche Geschichten im 20. Jahrhundert, München 2005.

Jens, Inge: Über die „Weiße Rose", in: Neue Rundschau 95 (1984), 1/2, S. 193–213.

Dies.: Unvollständige Erinnerungen, Reinbek b. Hamburg ³2009.

Jens, Walter: „…weitertragen, was wir begonnen haben." Zur Erinnerung an Willi Graf, in: Willi Graf: Briefe und Aufzeichnungen, hrsg. von Anneliese Knoop-Graf und Inge Jens, Frankfurt a. M. 1988, S. 7–26.

Jung-Schmidt, Regina: Sind denn die Sehnsüchtigen so verflucht? Die verzweifelte Suche nach Gott im Frühwerk des Dichters Manfred Hausmann, Neukirchen-Vluyn 2006.

Jureit, Ulrike/Schneider, Christian: Gefühlte Opfer. Illusionen der Vergangenheitsbewältigung, Stuttgart 2010.

Kämper, Heidrun: Der Schulddiskurs in der frühen Nachkriegszeit. Ein Beitrag zur Geschichte des sprachlichen Umbruchs nach 1945, Berlin/New York 2005.

Dies.: Opfer – Täter – Nichttäter. Ein Wörterbuch zum Schulddiskurs 1945–1955, Berlin/New York 2007.

Kailitz, Steffen: Die politische Deutungskultur im Spiegel des Historikerstreits, Wiesbaden 2001.

Kannapin, Detlef: Dialektik der Bilder. Der Nationalsozialismus im deutschen Film, ein Ost-West-Vergleich, Berlin 2005.

Kapphan, Hermann: Wo liegt Deutschlands Zukunft? Vom Sinn der Katastrophe, Seebruck am Chiemsee 1947.

Keilbach, Judith: Geschichtsbilder und Zeitzeugen. Zur Darstellung des Nationalsozialismus im bundesdeutschen Fernsehen, Münster 2008.

Keppler, Angela: Tischgespräche. Über Formen kommunikativer Vergemeinschaftung am Beispiel der Konversation in Familien, Frankfurt a. M. 1994.

Kershaw, Ian: Bayern in der NS-Zeit: Grundlegung eines neuen Widerstandskonzeptes, in: Horst Möller/Udo Wengst (Hrsg.): 50 Jahre Institut für Zeitgeschichte. Eine Bilanz, München 1999, S. 315–329.

Ders.: Der NS-Staat. Geschichtsinterpretationen und Kontroversen im Überblick, erw. u. überarb. Neuausg., Reinbek b. Hamburg 1999.

Kessel, Martina: Archiv, Macht, Wissen. Organisieren, Kontrollieren und Zerstören von Wissensbeständen von der Antike bis zur Gegenwart, in: Auskunft 27 (2007), 1, S. 17–46.

Kettenacker, Lothar: Die Haltung der Westalliierten gegenüber Hitlerattentat und Widerstand nach dem 20. Juli 1944, in: Gerd R. Ueberschär (Hrsg.): Der 20. Juli 1944. Bewertung und Rezeption des deutschen Widerstandes gegen das NS-Regime, Köln 1994, S. 19–37.

Kießling, Friedrich: Die undeutschen Deutschen. Eine ideengeschichtliche Archäologie der alten Bundesrepublik 1945–1972, Paderborn u. a. 2012.

Ders.: „Gesprächsdemokraten" – Walter Dirks' und Eugen Kogons Demokratie- und Pluralismusbegründungen in der frühen Bundesrepublik, in: Alexander Gallus/Axel Schildt (Hrsg.): Rückblickend in die Zukunft. Politische Öffentlichkeit und intellektuelle Positionen in Deutschland um 1950 und um 1930, Göttingen 2011, S. 385–412.

Kirchberger, Günther: Die „Weiße Rose". Studentischer Widerstand gegen Hitler in München, München 1980.

Kirsch, Jan-Holger: „Wir haben aus der Geschichte gelernt". Der 8. Mai als politischer Gedenktag in Deutschland, Köln u. a. 1999.

Kleinen, Karin: Ringen um Demokratie. Studieren in der Nachkriegszeit, die akademische Jugend Kölns (1945–1950), Köln 2005.

Klemm, Claudia: Erinnert – umstritten – gefeiert. Die Revolution von 1848/49 in der deutschen Gedenkkultur, Göttingen 2007.

Klemp, Klaus: Die Kurvatur des rechten Winkels. Visuelle Kommunikation um 1968, in: Wolfgang Schepers (Hrsg.): '68 – Design und Alltagskultur zwischen Konsum und Konflikt, Köln 1998, S. 172–187.

Klemp, Stefan: „Richtige Nazis hat es hier nicht gegeben". Nationalsozialismus in einer Kleinstadt am Rande des Ruhrgebiets, Münster 1997.

Klimke, Martin: The Other Alliance. Student Protest in West Germany and the United States in the Global Sixties, Princeton/Oxford 2010.

Knoch, Habbo: Die Tat als Bild. Fotografien des Holocaust in der deutschen Erinnerungskultur, Hamburg 2001.

Knoop-Graf, Anneliese: Probleme mit der Vergangenheit. Zur Rezeption der „Weißen Rose" im Nachkriegsdeutschland (1997), in: Dies.: Ausgewählte Aufsätze, hrsg. von Rolf-Ulrich Kunze u. a., Konstanz 2006, S. 167–194.

Kock, Lisa: „Man war bestätigt und man konnte was!". Der Bund Deutscher Mädel im Spiegel der Erinnerungen ehemaliger Mädelführerinnen, Münster u. a. 1994.

Koetzle, Michael: Die Moral der Dinge. Ulmer Lehrstück – Design, in: Ders. u. a. (Hrsg.): Die Fünfziger Jahre. Heimat, Glaube, Glanz, der Stil eines Jahrzehnts, München 1998, S. 186–197.

Kollmeier, Kathrin: Ordnung und Ausgrenzung. Die Disziplinarpolitik der Hitler-Jugend, Göttingen 2007.

Kölsch, Julia: Politik und Gedächtnis. Die Gegenwart der NS-Vergangenheit als politisches Sinnstiftungspotenzial, in: Wolfgang Bergem (Hrsg.): Die NS-Diktatur im deutschen Erinnerungsdiskurs, Opladen 2003, S. 137–150.

Koop, Volker: Besetzt. Französische Besatzungspolitik in Deutschland, Berlin 2005.

Koselleck, Reinhart: Terror und Traum. Methodologische Anmerkungen zu Zeiterfahrungen im Dritten Reich, in: Ders.: Vergangene Zukunft. Zur Semantik geschichtlicher Zeiten, Frankfurt a. M. 1979, S. 278–299.

Ders.: Nachwort, in: Charlotte Beradt: Das Dritte Reich des Traums, Frankfurt a. M. 1981, S. 117–132.

Kramer, F[ranz] A[lbert]: Vor den Ruinen Deutschlands. Ein Aufruf zur geschichtlichen Selbstbestimmung, Koblenz [ca. 1945].

Kraus, Elisabeth (Hrsg.): Die Universität München im Dritten Reich, 2 Bde., München 2006–2008.

Kraushaar, Wolfgang: Der nicht erklärte Ausnahmezustand. Staatliches Handeln während des sogenannten Deutschen Herbstes, in: Ders. (Hrsg.): Die RAF und der linke Terrorismus, Bd. 2, Hamburg 2006, S. 1011–1025.

Ders.: Protest-Chronik 1949–1959. Eine illustrierte Geschichte von Bewegung, Widerstand und Utopie, Bd. 3: 1957–1959, Hamburg 1996.

Krüger, Dieter: Archiv im Spannungsfeld von Politik, Wissenschaft und öffentlicher Meinung. Geschichte und Überlieferungsprofil des ehemaligen „Berlin Document Center", in: VfZ 45 (1997), 1, S. 49–74.

Kühne, Thomas: Kameradschaft. Die Soldaten des nationalsozialistischen Krieges und das 20. Jahrhundert, Göttingen 2006.

Laak, Dirk van: Zeitgeschichte und populäre Geschichtsschreibung: Einführende Überlegungen, in: Zeithistorische Forschungen 6 (2009), 3, http://www.zeithistorische-forschungen.de/16126041-vanLaak-3-2009 (zuletzt eingesehen am 3. 6. 2012).

Ladwig, Bernd: Regelverletzungen im demokratischen Rechtsstaat – Begriffliche und normative Bemerkungen zu Protest, zivilem Ungehorsam und Widerstand, in: Ders./Klaus Roth: Recht auf Widerstand? Ideengeschichtliche und philosophische Perspektiven, Potsdam 2006, S. 55–84.

Lammersdorf, Raimund: „Das Volk ist streng demokratisch". Amerikanische Sorgen über das autoritäre Bewusstsein der Deutschen in der Besatzungszeit und frühen Bundesrepublik, in: Arnd Bauerkämper u. a. (Hrsg.): Demokratiewunder. Transatlantische Mittler und die kulturelle Öffnung Westdeutschlands 1945–1970, Göttingen 2005, S. 85–103.

Large, David Clay: „A Beacon in the German Darkness". The Anti-Nazi-Resistance Legacy in West German Politics, in: The Journal of Modern History 64 (1992), Supplement: Resistance Against the Third Reich, S. 173–186.

Laubenthal, Ulrike: Im Gefängnis wegen gewaltfreier Blockaden, in: Mutlanger Erfahrungen. Erinnerungen und Perspektiven, hrsg. von der Friedens- und Begegnungsstätte Mutlangen, Mutlangen 1994, S. 44–48.

Le Goff, Jacques: Geschichte und Gedächtnis, Frankfurt a. M. u. a. 1992.

Leber, Annedore u. a. (Hrsg.): Das Gewissen steht auf. 64 Lebensbilder aus dem deutschen Widerstand, 1933–1945, Frankfurt a. M. 1954.

Dies. (Hrsg.): Das Gewissen entscheidet. Bereiche des deutschen Widerstandes von 1933–1945 in Lebensbildern, Berlin u. a. 1957.

Lechner, Silvester (Hrsg.): Die „Hitlerjugend" am Beispiel der Region Ulm/Neu-Ulm. Ein Aspekt im Umfeld der „Weißen Rose", 1942/43, eine kommentierte Dokumenten- und Materialsammlung, Ulm [6]2004.

Leide, Henry: NS-Verbrecher und Staatssicherheit. Die geheime Vergangenheitspolitik der DDR, Göttingen 2005, S. 143–190.

Lejeune, Philippe: Der autobiographische Pakt (1973/75), in: Günter Niggl (Hrsg.): Die Autobiographie. Zu Form und Geschichte einer literarischen Gattung, Darmstadt 1989, S. 214–257.

Lenz, Claudia: Haushaltspflicht und Widerstand. Erzählungen norwegischer Frauen über die deutsche Besatzung 1940–1945 im Lichte nationaler Vergangenheitskonstruktionen, Tübingen 2003.

Levy, Daniel/Sznaider, Natan: Erinnerung im globalen Zeitalter: Der Holocaust, Frankfurt a. M. 2001.

Lienert, Matthias: Zwischen Widerstand und Repression. Studenten der TU Dresden 1946–1989, Köln u. a. 2011.

Livi, Massimiliano u. a. (Hrsg.): Die 1970er Jahre als schwarzes Jahrzehnt. Politisierung und Mobilisierung zwischen christlicher Demokratie und extremer Rechter, Frankfurt a. M. 2010.

Lötzke, Helmut: Die Bedeutung der von der Sowjetunion übergebenen deutschen Archivbestände für die deutsche Geschichtsforschung, in: ZfG 3 (1955), S. 775–779.

Ludwig-Maximilians-Universität: Jahres-Chronik 1965/66, München 1967.

Lühe, Irmela von der (Hrsg.): Fremdes Heimatland. Remigration und literarisches Leben nach 1945, Göttingen 2005.

Macho, Thomas: Zum Bedeutungswandel der Begriffe des Opfers und des Opfertodes im 20. Jahrhundert, in: Martin Treml/Daniel Weidner (Hrsg.): Nachleben der Religionen. Kulturwissenschaftliche Untersuchungen zur Dialektik der Säkularisierung, München 2007, S. 225–235.

Marcuse, Harold: Legacies of Dachau. The Uses and Abuses of a Concentration Camp, 1933–2001, Cambridge u. a. 2001.

Marquart, Bernhard: Artikel „Institut für Marxismus-Leninismus beim ZK der SED (IML)", in: Rainer Eppelmann u. a. (Hrsg.): Lexikon des DDR-Sozialismus. Das Staats- und Gesellschaftssystem der Deutschen Demokratischen Republik, Paderborn u. a. 1996, S. 307–308.

Maubach, Franka: Die Stellung halten. Kriegserfahrungen und Lebensgeschichten von Wehrmachthelferinnen, Göttingen 2009.

Mayenburg, David von: Kriminologie und Strafrecht zwischen Kaiserreich und Nationalsozialismus. Hans von Hentig (1887–1974), Baden-Baden 2006.

Mayr, Florian: Theodor Haecker. Eine Einführung in sein Werk, Paderborn u. a. 1994.

Meier, Bettina: Goethe in Trümmern. Zur Rezeption eines Klassikers in der Nachkriegszeit, Wiesbaden 1989.

Meier, Gustav: Filmstadt Göttingen. Bilder für eine neue Welt?, Zur Geschichte der Göttinger Spielfilmproduktion 1945–1961, 2. überarb. Aufl., Northeim 1998.

Meinecke, Friedrich: Nach der Katastrophe. Betrachtungen und Erinnerungen, Wiesbaden 1946.

Meinhof, Ulrike: Vom Protest zum Widerstand, in: Dies.: Die Würde des Menschen ist antastbar. Aufsätze und Polemiken, Berlin 1994, S. 138–141.

Dies.: Zum 20. Juli, in: Dies.: Die Würde des Menschen ist antastbar. Aufsätze und Polemiken, Berlin 1994, S. 49–51.

Menne-Haritz, Angelika: Das Parteiarchiv der SED und die politische Nutzung der Akten des NS-Staates in der DDR, in: Mitteilungen des Österreichischen Staatsarchivs 55 (2011), S. 149–171.

Miller, Susanne: Widerstand und Exil. Bedeutung und Stellung des Arbeiterwiderstands nach 1945, in: Gerd R. Ueberschär (Hrsg.): Der 20. Juli 1944. Bewertung und Rezeption des deutschen Widerstandes gegen das NS-Regime, Köln 1994, S. 235–249.

Moeller, Robert W.: War Stories. The Search for a Usable Past in the Federal Republic of Germany, Berkeley 2001.

Moll, Christiane: Editorische Vorbemerkung, in: Christoph Probst/Alexander Schmorell: Gesammelte Briefe, hrsg. von Christiane Moll, Berlin 2001, S. 15–20.

Dies.: Die Weiße Rose, in: Peter Steinbach/Johannes Tuchel (Hrsg.): Widerstand gegen den Nationalsozialismus, Berlin 1994, S. 443–467.

Moller, Sabine: Die Entkonkretisierung der NS-Herrschaft in der Ära Kohl. Die Neue Wache, das Denkmal für die ermordeten Juden Europas, das Haus der Geschichte der Bundesrepublik Deutschland, Hannover 1998.

Dies.: Vielfache Vergangenheit. Öffentliche Erinnerungskulturen und Familienerinnerungen an die NS-Zeit in Ostdeutschland, Tübingen 2003.

Moser, Eva: Otl Aicher, Gestalter, Ostfildern 2012.

Moses, A. Dirk: Die 45er. Eine Generation zwischen Faschismus und Demokratie, in: Neue Sammlung 40 (2000), S. 233–263.

Ders.: German Intellectuals and the Nazi Past, Cambridge u. a. 2007.

Mühlen, Patrik von zur: Der „Eisenberger Kreis". Jugendwiderstand und Verfolgung in der DDR 1953–1958, Bonn 1995.

Müller, Jan-Werner (Hrsg.): German Ideologies since 1945. Studies in the Political Thought and Culture of the Bonn Republic, New York 2003.

Müller, Klaus-Jürgen/Mommsen, Hans: Der deutsche Widerstand gegen das NS-Regime. Zur Historiographie des Widerstands, in: Klaus-Jürgen Müller (Hrsg.): Der deutsche Widerstand 1933–1945, 2. durchges. u. erg. Aufl., Paderborn 1990, S. 13–21.

Münchner Stadtmuseum (Hrsg.): München – „Hauptstadt der Bewegung". Ausstellungskatalog, München 2005.

Nehring, Holger: British and German Protests against Nuclear Weapons, the Politics of Transnational Communications and the Social History of the Cold War, 1957–1964, in: Contemporary European History 14 (2005), 4, S. 559–582.

Ders.: Die eigensinnigen Bürger. Legitimationsstrategien im politischen Kampf gegen die militärische Nutzung der Atomkraft in der Bundesrepublik der frühen sechziger Jahre, in: Habbo Knoch (Hrsg.): Bürgersinn mit Weltgefühl. Politische Moral und solidarischer Protest in den sechziger und siebziger Jahren, Göttingen 2007, S. 117–137.

Ders.: Frieden als Zivilität. Friedenspolitische Interventionen von Hans Werner Richter und Alfred Andersch in der unmittelbaren Nachkriegszeit, in: Detlef Bald/Wolfram Wette (Hrsg.): Alternativen zur Wiederbewaffnung. Friedenskonzeptionen in Westdeutschland 1945–1955, Essen 2008, S. 139–153.

Ders./Ziemann, Benjamin: Führen alle Wege nach Moskau? Der NATO-Doppelbeschluss und die Friedensbewegung – eine Kritik, in: VfZ 59 (2011), S. 81–100.

Neumann, Alfred: Es waren ihrer sechs. Roman, Berlin: Habel, 1947.

Ders.: Es waren ihrer sechs. Roman, Berlin: Deutsche Buch-Gemeinschaft, 1947.

Ders.: Es waren ihrer sechs. Roman, Stockholm 1949.

Ders.: Six of them, New York 1945.

Neumann, Veit: Die Theologie des Renouveau catholique. Glaubensreflexion französischer Schriftsteller in der Moderne am Beispiel von Georges Bernanos und François Mauriac, Frankfurt a. M. u. a. 2007.

Nick, Volker u. a.: Mutlangen 1983–1987. Die Stationierung der Pershing II und die Kampagne Ziviler Ungehorsam bis zur Abrüstung, http://www.pressehuette.de/buch.php (zuletzt eingesehen am 28. 4. 2012).

Niethammer, Lutz: Die Jahre weiß man nicht, wo man die heute hinsetzen soll. Faschismuserfahrungen im Ruhrgebiet, Berlin u. a. 1983.

Ders.: Die Mitläuferfabrik. Die Entnazifizierung am Beispiel Bayerns, Berlin/Bonn 1982.

Ders. u. a. (Hrsg.): Lebenserfahrung und kollektives Gedächtnis. Die Praxis der „Oral History", Frankfurt a. M. 1980.

Nora, Pierre: Zwischen Geschichte und Gedächtnis, Berlin 1990.

Olbrich, Josef: Geschichte der Erwachsenenbildung in Deutschland, Opladen 2001.

Paletschek, Sylvia: Die Erfindung der Humboldtschen Universität. Die Konstruktion der deutschen Universitätsidee in der ersten Hälfte des 20. Jahrhunderts, in: Historische Anthropologie 10 (2002), S. 183–205.

Paul, Gerhard: Von Psychopathen, Technokraten des Terrors und „ganz gewöhnlichen" Deutschen. Die Täter der Shoah im Spiegel der Forschung, in: Ders. (Hrsg.): Die Täter der Shoah. Fanatische Nationalsozialisten oder ganz normale Deutsche?, Göttingen 2003, S. 13–90.

Paulmann, Volker: Die Studentenbewegung und die NS-Vergangenheit in der Bundesrepublik, in: Stephan Alexander Glienke u. a. (Hrsg.): Erfolgsgeschichte Bundesrepublik? Die Nachkriegsgesellschaft im langen Schatten des Nationalsozialismus, Göttingen 2008, S. 185–215.

Paulus, Stefan: Vorbild USA? Amerikanisierung von Universität und Wissenschaft in Westdeutschland 1945–1976, München 2010.

Perels, Joachim: Eugen Kogon – Zeuge des Leidens im SS-Staat und Anwalt gesellschaftlicher Humanität, in: Claudia Fröhlich/Michael Kohlstruck (Hrsg.): Engagierte Demokraten. Vergangenheitspolitik in kritischer Absicht, Münster 1999, S. 31–45.

Perz, Bertrand: Die KZ-Gedenkstätte Mauthausen. 1945 bis zur Gegenwart, Innsbruck u. a. 2006.

Petrescu, Corina L.: Against All Odds. Models of Subversive Spaces in National Socialist Germany, Bern 2010.

Petry, Christian: Studenten aufs Schafott. Die Weiße Rose und ihr Scheitern, München 1968.

Ders.: Studenten gegen Hitler, in: Merkur 22 (1968), 8, S. 771–776.

Pfoertner, Helga: Mit der Geschichte leben. Mahnmale, Gedenkstätten, Erinnerungsorte für die Opfer des Nationalsozialismus in München 1933–1945, 3 Bde., München 2001–2005.

Pine, Lisa: Creating Confirmity. The Training of Girls in the Bund Deutscher Mädel, in: European History Quarterly 33 (2003), S. 367–385.

Plato, Alexander von: Zeitzeugen und die historische Zunft. Erinnerung, kommunikative Tradierung und kollektives Gedächtnis in der qualitativen Geschichtswissenschaft, ein Problemaufriss, in: BIOS 13 (2000), 1, S. 5–29.

Plum, Günter: Widerstand und Resistenz, in: Martin Broszat/Horst Möller (Hrsg.): Das Dritte Reich. Herrschaftsstruktur und Geschichte, 2. durchges. Aufl. 1986, S. 248–273.

Pompe, Hedwig/Scholz, Leander (Hrsg.): Archivprozesse. Die Kommunikation der Aufbewahrung, Köln 2002.

Prittie, Terence: Deutsche gegen Hitler. Eine Darstellung des deutschen Widerstands gegen den Nationalsozialismus während der Herrschaft Hitlers, Tübingen 1964.

Probst, Christoph/Schmorell, Alexander: Gesammelte Briefe, hrsg. von Christiane Moll, Berlin 2011.

Probst, Michael: „Mein einziger Kummer ist, dass ich Euch Schmerz bereiten muss", in: Christoph Probst (1919–1943). Wir müssen es wagen…, hrsg. vom Christoph-Probst-Gymnasium Gilching, Gilching 1993, S. 83–89.

Pross, Harry: Zum Gedächtnis der Weißen Rose. Rede, gehalten in Ulm (Donau) am 20. Februar 1968, in: Neue Rundschau 2 (1968), S. 288–293.

Randolph, John: „That Historical Family". The Bakunin Archive and the Intimate Theater of History in Imperial Russia, 1780–1925, in: Russian Review 63 (2004), 4, S. 574–593.

Rathgeb, Markus: Otl Aicher, London u. a. 2006.

Reese, Dagmar (Hrsg.): Die BDM-Generation. Weibliche Jugendliche in Deutschland und Österreich im Nationalsozialismus, Berlin 2007.

Reichel, Peter: Erfundene Erinnerung. Weltkrieg und Judenmord in Film und Theater, München u. a. 2004.

Ders.: Vergangenheitsbewältigung in Deutschland. Die Auseinandersetzung mit der NS-Diktatur von 1945 bis heute, München 2001.

Ders. u. a. (Hrsg.): Der Nationalsozialismus – die zweite Geschichte. Überwindung – Deutung – Erinnerung, München 2009.

Requate, Jörg: Gefährliche Intellektuelle? Staat und Gewalt in der Debatte über die RAF, in: Dominik Geppert/Jens Hacke (Hrsg.): Streit um den Staat. Intellektuelle Debatten in der Bundesrepublik 1960–1980, Göttingen 2008, S. 251–268.

Ders.: „Weimar" als Argument in der Debatte um die Notstandsgesetze, in: Christoph Gusy (Hrsg.): Weimars lange Schatten – „Weimar" als Argument nach 1945, Baden-Baden 2003, S. 311–334.

Retzlaff, Birgit/Lechner, Jörg-Johannes: Bund Deutscher Mädel in der Hitlerjugend. Fakultative Eintrittsgründe von Mädchen und jungen Frauen in den BDM, Hamburg 2008.

Ricarda Huch. 1864–1947, eine Ausstellung des deutschen Literaturarchivs im Schiller-Nationalmuseum Marbach am Neckar, […], Marbach am Neckar 1994.

Rickard, Katie: Memorializing the White Rose Resistance Group in Post-War Germany, in: Bill Niven/Chloe Paver (Hrsg.): Memorialization in Germany since 1945, Basingstoke u. a. 2010, S. 157–167.

Riester, Albert: Gegen den Strom. Das Leben eines streitbaren Bürgers, München 1987.

Riley, Patrick: Character and Conversion in Autobiography. Augustine, Montaigne, Rousseau, and Sartre, Charlottesville/London 2004.

Ritter, Gerhard: Carl Goerdeler und die deutsche Widerstandsbewegung, Stuttgart 1954.

Ders.: Carl Goerdeler und die deutsche Widerstandsbewegung, München 1964.

Röhm, Eberhard: Sterben für den Frieden. Spurensicherung: Hermann Stöhr (1898–1940) und die ökumenische Friedensbewegung, Stuttgart 1985.

Rohstock, Anne: Von der „Ordinarienuniversität" zur „Revolutionszentrale"? Hochschulreform und Hochschulrevolte in Bayern und Hessen, 1957–1976, München 2010.

Rohwedder, Uwe: Kalter Krieg und Hochschulreform. Der Verband deutscher Studentenschaften in der frühen Bundesrepublik (1949–1969), Essen 2012.

Rosenfeld, Gavriel D.: Architektur und Gedächtnis. München und Nationalsozialismus, Strategien des Vergessens, München/Hamburg 2004.

Roseman, Mark: Der „Bund. Gemeinschaft für sozialistisches Leben" im Dritten Reich, in: Mittelweg 36 16 (2007/08), 1, S. 100–121.

Roth, Claudia: Das trennende Erbe. Die Revolution von 1848 im deutsch-deutschen Erinnerungsstreit 100 Jahre danach, in: Heinrich August Winkler (Hrsg.): Griff nach der Deutungsmacht. Zur Geschichte der Geschichtspolitik in Deutschland, Göttingen 2004, S. 209–229.

Rothfels, Hans: Die deutsche Opposition gegen Hitler. Eine Würdigung, Krefeld 1949.

Ders.: Die deutsche Opposition gegen Hitler. Eine Würdigung, ungek., stark revid. Ausg., Frankfurt a. M. 1960. [Nochmals nachgedruckt Frankfurt a. M. 1964.]

Ders.: The German Opposition to Hitler. An Appraisal, Hinsdale 1948.

Ders.: Zeitgeschichte als Aufgabe, in: VfZ 1 (1953), 1, S. 1–8.

Ruhrberg, Christine: Der literarische Körper der Heiligen. Leben und Viten der Christina von Stommeln (1242–1312), Tübingen/Basel 1995.

Rupieper, Hermann-Josef: Bringing Democracy to the Frauleins. Frauen als Zielgruppe der amerikanischen Demokratisierungspolitik in Deutschland 1945–1952, in: Geschichte und Gesellschaft 17 (1991), S. 61–91.

Sannwald, Daniela: Nicht von Zuckmayer: Die Weisse Rose. Carl Zuckmayer, ein Filmprojekt über die Geschwister Scholl und ein Forschungsirrtum, in: Zuckmayer Jahrbuch 5 (2002), S. 511–552.

Saur, Klaus G.: Die Geschichte des Geschwister-Scholl-Preises, in: Michael Kißener/Bernhard Schäfers (Hrsg.): „Weitertragen“. Studien zur „Weißen Rose“, Festschrift für Anneliese Knoop-Graf zum 80. Geburtstag, Konstanz 2001, S. 141–152.

Sayner, Joanne: Women without a Past? German Autobiographical Writings and Fascism, Amsterdam u. a. 2007.

Schäfers, Christa: Die Schriften von Anneliese Knoop-Graf, in: Michael Kißener/Bernhard Schäfers (Hrsg.): „Weitertragen“. Studien zur „Weißen Rose“, Festschrift für Anneliese Knoop-Graf zum 80. Geburtstag, Konstanz 2001, S. 153–166.

Schelsky, Helmut: Wandlungen der deutschen Familie in der Gegenwart. Darstellung und Deutung einer empirisch-soziologischen Tatbestandsaufnahme, Dortmund 1953.

Schilde, Kurt: „Forschungen zum antifaschistischen Widerstandskampf der deutschen Jugend“ an der Rostocker Universität 1968–1989, in: Ders.: Jugendopposition 1933–1945. Ausgewählte Beiträge, Berlin 2007, S. 29–35.

Ders.: Im Schatten der „Weißen Rose“. Jugendopposition gegen den Nationalsozialismus im Spiegel der Forschung (1945 bis 1989), Frankfurt a. M. u. a. 1995.

Schildt, Axel: Eine Ideologie im Kalten Krieg – Ambivalenzen der abendländischen Gedankenwelt im ersten Jahrzehnt nach dem Zweiten Weltkrieg, in: Thomas Kühn (Hrsg.): Von der Kriegskultur zur Friedenskultur? Zum Mentalitätswandel in Deutschland seit 1945, Münster 2000, S. 49–63.

Ders.: „Die Kräfte der Gegenreform sind auf breiter Front angetreten“. Zur konservativen Tendenzwende in den Siebzigerjahren, in: AfS 44 (2004), S. 449–478.

Ders.: Zwischen Abendland und Amerika. Studien zur westdeutschen Ideenlandschaft der 50er Jahre, München 1999.

Schiller, Kay/Young, Christopher: The 1972 Munich Olympics and the Making of Modern Germany, Berkeley u. a. 2010.

Schmitthenner, Walter/Buchheim, Hans (Hrsg.): Der deutsche Widerstand. Vier historisch-kritische Studien von Hermann Graml, Hans Mommsen, Hans Joachim Reichardt und Ernst Wolf, Köln/Berlin 1966.

Dies.: Vorwort, in: Dies. (Hrsg.): Der deutsche Widerstand. Vier historisch-kritische Studien von Hermann Graml, Hans Mommsen, Hans Joachim Reichardt und Ernst Wolf, Köln/Berlin 1966, S. 9–13.

Schneider, Barbara: Die Höhere Schule im Nationalsozialismus. Zur Ideologisierung von Bildung und Erziehung, Köln u. a. 2000.

Schneider, Christian: Omnipotente Opfer. Die Geburt der Gewalt aus dem Geist des Widerstands, in: Wolfgang Kraushaar (Hrsg.): Die RAF und der linke Terrorismus, Bd. 2, Hamburg 2006, S. 1328–1342.

Schneider, Manfred: Die erkaltete Herzensschrift. Der autobiografische Text im 20. Jahrhundert, München 1986.

Schneider, Michael C./Süß, Winfried: Keine Volksgenossen. Studentischer Widerstand der Weißen Rose, München 1993.

Scholl, Hans/Scholl, Sophie: Briefe und Aufzeichnungen, hrsg. von Inge Jens, Frankfurt a. M. 1984.

Scholl, Inge: Die weiße Rose, Frankfurt a. M.: Verlag der Frankfurter Hefte, [1]1952.

Dies.: Die weiße Rose, Frankfurt a. M.: Verlag der Frankfurter Hefte, [4]1952.

Dies.: Die weiße Rose, einmaliger Sonderdruck für den Verband deutscher Studentenschaften, Frankfurt a. M.: Verlag der Frankfurter Hefte, [1953].

Dies.: Die weiße Rose, Frankfurt a. M.: Verlag der Frankfurter Hefte, [10]1953.

Dies.: Die weiße Rose, Frankfurt a. M: Fischer Bücherei, 1955.

Dies.: Die weiße Rose, 273.–285. Tsd., Frankfurt a. M.: Fischer Bücherei, 1967.

Dies.: Die weiße Rose, erw. Ausg., 326.–332. Tsd., Frankfurt a. M.: Fischer Taschenbuch Verlag, 1972.

Dies.: Die Weiße Rose, erw. Neuausg., Frankfurt a. M.: S. Fischer, 1982.

Dies.: Die weiße Rose, erw. Neuausg., 441.–460. Tsd., Frankfurt a. M.: Fischer Taschenbuch Verlag, 1982.

Dies.: Die weiße Rose, Berlin (Ost): Evangelische Verlagsanstalt, 1986.

Dies.: Students Against Tyranny, Middletown 1970.

Scholl, Sophie/Hartnagel, Fritz: Damit wir uns nicht verlieren, Briefwechsel 1937–1943, hrsg. von Thomas Hartnagel, Frankfurt a. M. 2005.

Scholtyseck, Joachim/Schröder, Stephen (Hrsg.): Die Überlebenden des deutschen Widerstandes und ihre Bedeutung für Nachkriegsdeutschland, Münster 2005.

Schrafstetter, Susanna: Auschwitz and the Nuclear Sonderweg. Nuclear Weapons and the Shadow of the Nazi Past, in: Philipp Gassert/Alan E. Steinweis (Hrsg.): Coping with the Nazi Past. West German debates on Nazism and Generational Conflict, 1955–1975, New York u. a. 2006, S. 309–324.

Schregel, Susanne: Der Atomkrieg vor der Wohnungstür. Eine Politikgeschichte der neuen Friedensbewegung in der Bundesrepublik 1970–1985, Frankfurt a. M./New York 2011.

Schreiber, Maximilian: Walther Wüst. Dekan und Rektor der Universität München, 1935–1945, München 2008.

Schüler, Barbara: „Im Geiste der Gemordeten…“. Die „Weiße Rose" und ihre Wirkung in der Nachkriegszeit, Paderborn u. a. 2000.

Schultze-Jahn, Marie-Luise: Meine Zeit mit Hans Leipelt am Staatslaboratorium der Universität München, in: Hans-Ulrich Wagner (Hrsg.): Hans Leipelt und Marie-Luise Jahn – Studentischer Widerstand in der Zeit des Nationalsozialismus am Chemischen Staatslaboratorium der Universität München, Haar/München 2003, S. 6–18.

Schulze, Winfried: Deutsche Geschichtswissenschaft nach 1945, München 1989.

Schwartz, Christina: Erfindet sich die Hochschule neu? Selbstbilder und Zukunftsvorstellungen in den westdeutschen Rektoratsreden 1945–1950, in: Andreas Franzmann/Barbara Wolbring (Hrsg.): Zwischen Idee und Zweckorientierung. Vorbilder und Motive von Hochschulreformen seit 1945, Berlin 2007, S. 47–60.

Schwartz, Thomas Alan: Die Atlantik-Brücke. John McCloy und das Nachkriegsdeutschland, Frankfurt a. M. u. a. 1992.

Seeling, Hartmut: Geschichte der Hochschule für Gestaltung Ulm 1953–1968. Ein Beitrag zur Entwicklung ihres Programms und der Arbeiten im Bereich der Visuellen Kommunikation, Köln 1985.

Seuthe, Rupert: „Geistig-moralische Wende?" Der Umgang mit der NS-Vergangenheit in der Ära Kohl am Beispiel von Gedenktagen, Museums- und Denkmalprojekten, Frankfurt a. M. u. a. 2001.

Shandley, Robert R.: Rubble Films. German Cinema in the Shadow of the Third Reich, Philadelphia 2001.

Shuk, Alexander: Das nationalsozialistische Weltbild in der Bildungsarbeit von Hitlerjugend und Bund Deutscher Mädel. Eine Lehr- und Schulbuchanalyse, Frankfurt a. M. 2002.

Siegfried, Detlef: Time is on my Side. Konsum und Politik in der westdeutschen Jugendkultur der 1960er Jahre, Göttingen 2006.

Siegmund-Schultze, Friedrich: Die deutsche Widerstandsbewegung im Spiegel der ausländischen Literatur, Stuttgart 1947.

Siemens, Daniel: Horst Wessel. Tod und Verklärung eines Nationalsozialisten, München 2009.

Skriebeleit, Jörg: Erinnerungsort Flossenbürg. Akteure, Zäsuren, Geschichtsbilder, Göttingen 2009.

Smith, Gary/Emrich, Hinderk M. (Hrsg.): Vom Nutzen des Vergessens, Berlin 1996.

Sobotka, Jens U.: Die Filmwunderkinder. Hans Abich und die Filmaufbau GmbH Göttingen, Düsseldorf 1999.

Spernol, Boris: Notstand der Demokratie. Der Protest gegen die Notstandsgesetze und die Frage der NS-Vergangenheit, Essen 2008.

Spitz, René: Die politische Geschichte der Hochschule für Gestaltung in Ulm (1953–1968). Ein Beispiel für Bildungs- und Kulturpolitik in der Bundesrepublik Deutschland, Euskirchen 1997.

Spix, Boris: Abschied vom Elfenbeinturm? Politisches Verhalten Studierender 1957–1967, Berlin und Nordrhein-Westfalen im Vergleich, Essen 2008.

Steedman, Carolyn: Dust. The Archive and Cultural History, New Brunswick 2002.

Steinbach, Peter: Postdiktatorische Geschichtspolitik. Nationalsozialismus im deutschen Geschichtsbild nach 1945, in: Petra Bock/Edgar Wolfrum (Hrsg.): Umkämpfte Vergangenheit. Geschichtsbilder, Erinnerung und Vergangenheitspolitik im internationalen Vergleich, Göttingen 1999, S. 17–40.

Ders.: „Stachel im Fleisch der deutschen Nachkriegsgesellschaft". Die Deutschen und der Widerstand, in: APuZ, B 28/94, S. 3–14.

Ders.: Widerstand gegen den Nationalsozialismus. Zur Konzeption der ständigen Ausstellung „Widerstand gegen den Nationalsozialismus" in der „Gedenkstätte deutscher Widerstand" in Berlin, in: GWU 37 (1986), S. 481–497.

Ders.: Widerstand im Dritten Reich – Die Keimzelle der Nachkriegsdemokratie? Die Auseinandersetzung mit dem Widerstand in der historischen politischen Bildungsarbeit, in den Medien und in der öffentlichen Meinung nach 1945, in: Gerd R. Ueberschär (Hrsg.): Der 20. Juli 1944. Bewertung und Rezeption des deutschen Widerstandes gegen das NS-Regime, Köln 1994, S. 79–100.

Ders./Tuchel, Johannes: Von „Helden" und „halben Heiligen". Darstellungen und Wahrnehmungen der Weißen Rose 1943 bis 1948, in: Michael Kißener/Bernhard Schäfers (Hrsg.): „Weitertragen". Studien zur „Weißen Rose", Festschrift für Anneliese Knoop-Graf zum 80. Geburtstag, Konstanz 2001, S. 97–118.

Stern, Guy: Alfred Neumann, in: Ders.: Literatur im Exil. Gesammelte Aufsätze 1959–1989, Ismaning 1989, S. 249–281.

Stöver, Bernd: Volksgemeinschaft im Dritten Reich. Die Konsensbereitschaft der Deutschen aus der Sicht sozialistischer Exilberichte, Düsseldorf 1993.

Strohmeyer, Arn u. a.: Landschaft, Licht und niederdeutscher Mythos. Die Worpsweder Kunst und der Nationalsozialismus, Weimar 2000.

Stuiber, Irene: Hingerichtet in München-Stadelheim. Opfer nationalsozialistischer Verfolgung auf dem Friedhof am Perlacher Forst, München 2004.

Szpilman, Wladislaw: Der Pianist. Mein wunderbares Überleben, München 2002.

Tellenbach, Gerd: Die deutsche Not als Schuld und Schicksal, Stuttgart 1947.

Thomas, Nick: Protest Movements in 1960s West Germany. A Social History of Dissent and Democracy, Oxford u. a. 2003.

Toyka-Seid, Christiane: Gralshüter, Notgemeinschaft oder gesellschaftliche „Pressure-Group"? Die Stiftung „Hilfswerk 20. Juli 1944" im ersten Nachkriegsjahrzehnt, in: Gerd R. Ueberschär (Hrsg.): Der 20. Juli 1944. Bewertung und Rezeption des deutschen Widerstandes gegen das NS-Regime, Köln 1994, S. 157–169.

Tuchel, Johannes: Im Spannungsfeld von Erinnerung und Instrumentalisierung – Die Wahrnehmung der studentischen Widerstandsgruppe Weiße Rose im westlichen Nachkriegsdeutschland bis 1968, in: Mathias Rösch (Hrsg.): Erinnern und Erkennen. Festschrift für Franz J. Müller, Stamsried 2004, S. 45–59.

Ders.: Vergessen, verdrängt, ignoriert. Überlegungen zur Rezeptionsgeschichte des Widerstandes gegen den Nationalsozialismus im Nachkriegsdeutschland, in: Ders. (Hrsg.): Der vergessene Widerstand. Zur Realgeschichte und Wahrnehmung des Kampfes gegen die NS-Diktatur, Göttingen 2005, S. 7–35.

Ders. (Hrsg.): Der vergessene Widerstand. Zur Realgeschichte und Wahrnehmung des Kampfes gegen die NS-Diktatur, Göttingen 2005.

Ueberschär, Gerd R. (Hrsg.): Der 20. Juli 1944. Bewertung und Rezeption des deutschen Widerstandes gegen das NS-Regime, Köln 1994.

Ders.: Die Vernehmungsprotokolle von Mitgliedern der Weißen Rose, in: Fred Breinersdorfer/ Ulrich Chaussy (Hrsg.): Sophie Scholl – Die letzten Tage, Frankfurt a. M. [3]2005, S. 341–465.

Uhl, Heidemarie: Medienereignis Holocaust. Nationale und transnationale Dimensionen eines globalen Gedächtnisortes, in: Friedrich Lenger (Hrsg.): Medienereignisse der Moderne, Darmstadt 2008, S. 172–191.

Ulmer, Bernd: Die autobiographische Plausibilität von Konversionserzählungen, in: Walter Sparn (Hrsg.): Wer schreibt meine Lebensgeschichte? Biographie, Autobiographie, Hagiographie und ihre Entstehungszusammenhänge, Gütersloh 1990, S. 287–295.

Umlauf, Konrad: Exil, Terror, Illegalität. Die ästhetische Verarbeitung politischer Erfahrungen in ausgewählten deutschsprachigen Romanen aus dem Exil 1933–1945, Frankfurt a. M. u. a. 1982.

Unverhau, Dagmar: Das „NS-Archiv" des Ministeriums für Staatssicherheit. Stationen einer Entwicklung, Münster 1998.

Vack, Hanne/Vack, Klaus (Hrsg.): Mutlangen – unser Mut wird langen. Vor den Richtern in Schwäbisch Gmünd, elf Verteidigungsreden wegen „Nötigung", Sensbachtal [6]1988 [zuerst 1986].

Verhoeven, Michael: Annäherung, in: Ders./Mario Krebs: Die weiße Rose. Der Widerstand der Münchner Studenten gegen Hitler, Informationen zum Film, Frankfurt a. M. 1982, S. 189–212.

Ders.: „Die Weiße Rose". Epilog zur Rezeptionsgeschichte eines deutschen Heimatfilms, in: Michael Kißener/Bernhard Schäfers (Hrsg.): „Weitertragen". Studien zur „Weißen Rose", Festschrift für Anneliese Knoop-Graf zum 80. Geburtstag, Konstanz 2001, S. 131–146.

Ders./Mario Krebs: Die weiße Rose. Der Widerstand der Münchner Studenten gegen Hitler, Informationen zum Film, Frankfurt a. M. 1982.

Vielhaber, Klaus u. a. (Hrsg.): Gewalt und Gewissen. Willi Graf und die „Weiße Rose", eine Dokumentation, Freiburg i. Br. 1964.

Ders. (Hrsg.): Widerstand im Namen der deutschen Jugend. Willi Graf und die „Weiße Rose", eine Dokumentation, Würzburg 1963.

Vinke, Hermann: Das kurze Leben der Sophie Scholl, Ravensburg 1980.

Vismann, Cornelia: Akten. Medientechnik und Recht, Frankfurt a. M. 2000.

Vossler, Karl: Gedenkrede für die Opfer an der Universität München, München 1947.

Wagner-Egelhaaf, Martina: Autobiographie, 2., aktual. u. erw. Ausg., Stuttgart/Weimar 2005.

Warneke, Tim: Aktionsformen und Politikverständnis der Friedensbewegung. Radikaler Humanismus und die Pathosformel des Menschlichen, in: Sven Reichardt/Detlef Siegfried (Hrsg.): Das Alternative Milieu. Antibürgerlicher Lebensstil und linke Politik in der Bundesrepublik Deutschland und Europa 1968–1983, Göttingen 2010, S. 445–472.

Weber, Petra: Thomas Mann in Frankfurt, Stuttgart und Weimar. Umstrittenes Erbe und deutsche Kulturnation, in: Udo Wengst/Hermann Wentker (Hrsg.): Das doppelte Deutschland. 40 Jahre Systemkonkurrenz, Berlin 2008, S. 35–63.

Wehrs, Nikolai: Von den Schwierigkeiten einer Geschichtsrevision. Friedrich Meineckes Rückblick auf die „deutsche Katastrophe", in: Jürgen Danyel u. a. (Hrsg.): 50 Klassiker der Zeitgeschichte, Göttingen 2007, S. 29–32.

Weigel, Sigrid: Schauplätze, Figuren, Umformungen. Zu Kontinuitäten und Unterscheidungen von Märtyrerkulturen, in: Dies. (Hrsg.): Märtyrer-Porträts. Von Opfertod, Blutzeugen und heiligen Kriegern, München 2007, S. 11–37.

Weinke, Annette: Der Kampf um die Akten. Zur Kooperation zwischen MfS und osteuropäischen Sicherheitsorganen bei der Vorbereitung antifaschistischer Kampagnen, in: Deutschland Archiv 32 (1999), S. 564–577.

Weinrich, Harald: Lethe – Kunst und Kritik des Vergessens, München 2005.

Weisenborn, Günther (Hrsg.): Der lautlose Aufstand. Bericht über die Widerstandsbewegung des deutschen Volkes 1933–1945, Hamburg 1953.

Ders. (Hrsg.): Der lautlose Aufstand. Bericht über die Widerstandsbewegung des deutschen Volkes 1933–1945, Reinbek b. Hamburg 1962.

„Weisse Rose Archiv" im Bayerischen Hauptstaatsarchiv, in: Nachrichten aus den Staatlichen Archiven Bayerns (2007), 53, S. 14.

Welzer, Harald: Das kommunikative Gedächtnis. Eine Theorie der Erinnerung, München 2005.

Ders.: Familiengedächtnis: Über die Weitergabe der deutschen Vergangenheit im intergenerationellen Gespräch, in: Werkstatt Geschichte (2001), 30, S. 61–64.

Ders. u. a. (Hrsg.): „Opa war kein Nazi". Nationalsozialismus und Holocaust im Familiengedächtnis, Frankfurt a. M. 2002.

Ders. u. a. (Hrsg.): „Was wir für böse Menschen sind!". Der Nationalsozialismus im Gespräch zwischen den Generationen, Tübingen 1997.

Westermann, Bärbel: Nationale Identität im Spielfilm der fünfziger Jahre, Frankfurt a. M. u. a. 1990.

Wetcke, Hans Hermann (Hrsg.): In rotis, Lüdenscheid [1987].

Wette, Wolfram: Der Beitrag des Nuklearpazifismus zur Ausbildung einer Friedenskultur, in: Thomas Kühne (Hrsg.): Von der Kriegskultur zur Friedenskultur? Zum Mentalitätswandel in Deutschland seit 1945, Münster 2000, S. 144–167.

Wiegandt, Herbert: Das kulturelle Geschehen, in: Hans-Eugen Specker (Hrsg.): Tradition und Wagnis. Ulm 1945–1972, Theodor Pfizer als Festschrift gewidmet, Ulm 1974, S. 92–136.

Wieviorka, Annette: The Era of the Witness, Ithaka/London 2006.

Wirsching, Andreas: Abschied vom Provisorium. 1980–1990, München 2006.

Ders.: Die mediale „Konstruktion" der Politik und die „Wende" von 1982/83, in: Historisch-politische Mitteilungen 9 (2002), S. 127–139.

Wohl, Robert: The Generation of 1914, Cambridge 1979.

Wolfrum, Edgar: Geschichte als Waffe. Vom Kaiserreich bis zur Wiedervereinigung, Göttingen 2001.

Ders.: Geschichtspolitik in der Bundesrepublik Deutschland. Der Weg zur bundesrepublikanischen Erinnerung 1948–1990, Darmstadt 1999.

Ders. u. a.: Krisenjahre und Aufbruchszeit. Alltag und Politik im französisch besetzten Baden 1945–1949, München 1996.

Wolgast, Eike: Die Wahrnehmung des Dritten Reiches in der unmittelbaren Nachkriegszeit (1945/46), Heidelberg 2001.

Wyschogrod, Michael: Initiativen im Vorfeld der Gründung der Weiße Rose Stiftung, in: Mathias Rösch (Hrsg.): Erinnern und Erkennen. Festschrift für Franz J. Müller, Stamsried 2004, S. 87–92.

Zankel, Sönke: Mit Flugblättern gegen Hitler. Der Widerstandskreis um Hans Scholl und Alexander Schmorell, Köln u. a. 2008.

Zarusky, Jürgen: Hans Leipelt – Widerstand und Verfolgung, in: Hans-Ulrich Wagner (Hrsg.): Hans Leipelt und Marie-Luise Jahn – Studentischer Widerstand in der Zeit des Nationalsozialismus am Chemischen Staatslaboratorium der Universität München, Haar/München 2003, S. 30–32.

Zeller, Eberhard: Geist der Freiheit. Der zwanzigste Juli, München [1952].

Ders.: Geist der Freiheit. Der zwanzigste Juli, 4., vollst. neu bearb. Ausg., München 1963.

Ders.: Geist der Freiheit. Der zwanzigste Juli, 5., nochmals durchges. Aufl., München 1965.

Zepp, Marianne: Redefining Germany. Reeducation, Staatsbürgerschaft und Frauenpolitik im US-amerikanisch besetzten Nachkriegsdeutschland, Göttingen 2007.

Ziemann, Benjamin: Peace Movements in Western Europe, Japan and the USA since 1945: Introduction, in: Mitteilungsblatt des Instituts für soziale Bewegungen (2004), 32, S. 5–19.

Ders.: Situating Peace Movements in the Political Culture of the Cold War. Introduction, in: Ders.: Peace Movements in Western Europe, Japan and the USA during the Cold War, Essen 2008, S. 11–38.

Zuckmayer, Carl: Deutschlandbericht für das Kriegsministerium der Vereinigten Staaten von Amerika, hrsg. von Gunther Nickel u. a., Göttingen [2]2004.

[Ders.]: Die Weiße Rose. Ein Filmskript von Carl Zuckmayer, ediert, eingeleitet und kommentiert von Barbara Schüler, in: Gunther Nickel (Hrsg.): Carl Zuckmayer und die Medien. Beiträge zu einem internationalen Symposium, St. Ingbert 2001, S. 19–134.

Abbildungsnachweis

Abb. 1:
IfZ, Bildarchiv (BA), Nr. 370

Abb. 2:
IfZ, Bildarchiv (BA), Nr. 246

Abb. 3:
HfG-Archiv Ulm, EH_SvS0384_A
Foto: Sisi von Schweinitz
Copyright © HfG-Archiv Ulm

Abb. 4:
Stadtarchiv München, Rudi-Dix-Archiv, RD0074A14
Foto: Rudi Dix
Copyright © Landeshauptstadt München, Stadtarchiv, Historisches Bildarchiv

Abb. 5:
Stadtarchiv München, Rudi-Dix-Archiv, RD0076N07
Foto: Rudi Dix
Copyright © Landeshauptstadt München, Stadtarchiv, Historisches Bildarchiv

Abb. 6:
Stadtarchiv München, Rudi-Dix-Archiv, RD0076N14
Foto: Rudi Dix
Copyright © Landeshauptstadt München, Stadtarchiv, Historisches Bildarchiv

Abb. 7:
IfZ, Bildarchiv (BA), Nr. 1648

Personenregister